BASTEI
LÜBBE
TASCHENBUCH

Weitere Titel der Autorin:

Ex und Flop
Frühlingsgewühle

Titel in der Regel auch als E-Book erhältlich

Über die Autorin:

Milly Johnsons schriftstellerische Karriere begann mit dem Verfassen origineller Grußkarten. Wenn sie nicht schreibt, verwendet sie ihre gesamte Energie darauf, möglichst glamourös durch den Alltag zu kommen. Sie lebt mit ihrer Familie in Yorkshire und kämpft jeden Tag mit einer neuen Diät und dem widerspenstigsten Bügeleisen der Welt.

Milly Johnson

Ein Kerl macht noch keinen Sommer

Roman

Aus dem Englischen von
Veronika Dünninger

BASTEI
LÜBBE
TASCHENBUCH

BASTEI LÜBBE TASCHENBUCH
Band 16036

1. + 2. Auflage: Juni 2011

Vollständige Taschenbuchausgabe

Bastei Lübbe Taschenbuch in der Bastei Lübbe GmbH & Co. KG

Deutsche Erstausgabe

Titel der englischen Originalausgabe: »A Summer Fling«
Originalverlag: Pocket Books, an imprint of Simon & Schuster UK Ltd
Dieses Werk wurde vermittelt durch die Literarische Agentur
Thomas Schlück GmbH, 30827 Garbsen.

Textredaktion: Anke Stockdreher
Titelillustration: shutterstock/iStock International Inc.
Umschlaggestaltung: Manuela Städele
Satz: hanseatenSatz-bremen, Bremen
Gesetzt aus der Goudy Oldstyle
Druck und Verarbeitung: CPI – Ebner & Spiegel, Ulm
Printed in Germany
ISBN 978-3-404-16036-5

Dieses Buch ist sechs fabelhaften Frauen gewidmet,
die mich zu diesem Buch inspiriert haben.

Nancy Scrimshaw, Sheila Isherwood und Mary Sutcliffe,
die mir gezeigt haben, dass Alter kein Hindernis für
Freundschaft, Gelächter oder Spaß ist, vor allem wenn man
vor einem Yorkshire-Herd heimlich süße Pasteten nascht.

Und meinen SUN-Schwestern: Pam Oliver, Helen
Clapham und Karen Baker. Das Leben wäre nicht dasselbe,
wenn wir nicht unsere Geschichten über die Arbeit und
die Männer miteinander teilen könnten – und darüber,
was einige von uns auf einem Berg getan haben.

»Zu lieben und geliebt zu werden heißt,
die Sonne von beiden Seiten zu spüren.«

David Viscott

April

Erstes Kapitel

Schon nach den ersten drei Worten von Malcolms Rede schaltete Dawn die Ohren auf Durchzug. Sie wollte seine monotone Stimme nicht hören. Und sie wollte auch nicht an alte Leute aus der Backwaren-Abteilung denken, die in den Ruhestand traten. Sie hatte den Kopf randvoll mit Konfetti und Flitterwochen, und sie zählte die Stunden bis zum nächsten Morgen, wenn sie endlich ihr Brautkleid aussuchen würde.

Während Malcolm noch immer davon schwafelte, wie eine Ära zu Ende ginge, und mit dem billigen Weißwein in seinem dicken Styroporbecher Brian, dem Ruheständler in spe, zuprostete, rechnete sie sich aus, wie lange es bis zu ihrem großen Tag noch war. *Vierundachtzig Tage, achtzehn Stunden, elf Minuten und dreiundvierzig Sekunden, zweiundvierzig Sekunden, einundvierzig Sekunden.* Jedes Ticken der Uhr brachte sie ihrem Leben als Mrs. Calum Crooke einen kleinen Schritt näher.

Jetzt klatschten Leute, und Dawn fiel mit ein, damit es so aussah, als würde sie an den Feierlichkeiten teilnehmen. Malcolm lächelte, fiel ihr auf. Gott. Noch vierzehn Millionen Mal, und er würde allen Ernstes Falten davon bekommen. Vermutlich Blähungen, dachte Dawn, während sie beobachtete, wie Malcolms Miene wieder ihren üblichen »Die Welt kann mich mal«-Ausdruck annahm. Na ja, im Augenblick konnte ihn die Welt wirklich mal. Er war davon ausgegangen, dass er als stellvertretender Leiter der Backwaren-Abteilung mit einem Sprung in die oberste Liga aufsteigen würde, wenn Brian in den Ruhestand trat. Er war alles andere als begeistert davon, dass er in die Käse-Abteilung abgeschoben wurde und der neue Leiter der Backwaren-Abteilung ein unbekannter Außenseiter sein würde, den der Geschäftsführer, Mr. McAskill, ins Boot holte.

Dass er »Käse-Chef« und kein Stellvertreter mehr sein würde, konnte seine Enttäuschung kaum lindern. Die Backwaren-Abteilung war sicher auf dem aufsteigenden Ast, der Käse auf dem absteigenden. Es ging das Gerücht, Mr. McAskill hätte vor, den Bereich völlig auslaufen zu lassen. Und in der Käse-Abteilung war er allein unter Männern, im Gegensatz zu den Backwaren, wo die Frauen von nun an unter sich sein würden. Er würde weitaus seltener die Gelegenheit haben, an den Kopierern seinen Kolleginnen in die Bluse zu schielen oder dichter auf die Pelle zu rücken, als er sollte. Dawn dachte mit Schaudern an ihren ersten Arbeitstag in der Abteilung zurück, als sie auf einmal seine Hand auf ihrem Gesäß gespürt hatte. Er hatte nur »hoppla« gesagt und es dabei belassen, aber sie hatte gewusst, dass es Absicht gewesen war. Danach hatte sie immer einen möglichst weiten Bogen um ihn gemacht.

Raychel stand allein da und schwenkte den scheußlichen Wein in ihrem Becher. Sie war von Natur aus ein Mauerblümchen, das sich am liebsten im Hintergrund hielt. Gesellschaftliche Anlässe wie dieser waren ihr unangenehm, aber sie hatte sich verpflichtet gefühlt, mit den anderen nach der Arbeit noch zu bleiben, um Brian zu verabschieden. Schließlich war er ein durchaus umgänglicher Mann, und während er von dem geplanten Campingurlaub mit seiner Frau im nächsten Sommer, einer neuen Mikrowelle und seinem Cairnterrier, Lady, redete, glaubte sie, ihn noch nie so lebhaft gesehen zu haben, seit sie Ende letzten Jahres in der Abteilung angefangen hatte.

Als sie erfuhr, dass Brian gehen würde, war sie davon ausgegangen, dass Malcolm auf den Chefposten nachrücken würde, da er sich sowieso schon ständig als der Boss aufspielte. Das war der Zeitpunkt, als sie begann, sich am Schwarzen Brett nach interesssanten Stellen in anderen Abteilungen umzusehen. Sie konnte Malcolm nicht ausstehen. Er ging für ihren Geschmack zu sehr auf Tuchfühlung: Jede Ausrede war ihm recht, um Hautkontakt zu bekommen, und Raychel hasste es, sich von irgendjemandem anfassen zu lassen – außer ihrem Ehemann Ben. Sie hatte Ben nichts von Malcolm erzählt oder dass Privatsphäre offenbar ein Fremdwort für ihn war, denn dann wäre er wie ein geölter Blitz in ihr Büro geschossen, um den kleinen Widerling in die Schranken zu weisen. Daher war sie froh – und ebenso erstaunt wie die anderen drei Frauen in der Abteilung als sie hörte, dass Malcolm zum Käse versetzt und Grace –, die älteste Dame in der Abteilung – zur stellvertretenden Leiterin ernannt werden würde. Der große Boss, James McAskill, würde eine Frau von außen als Leiterin der Backwaren-Abteilung in die Firma holen, was die Gerüchteküche brodeln ließ.

Nicht dass Raychel irgendetwas von alledem mit ihren Kolleginnen erörtert hätte. Sie arbeiteten alle seit einer Ewigkeit in derselben Abteilung und waren dennoch über ein »Morgen, schöner Tag heute« oder »Schönes Wochenende« – und hin und wieder vielleicht ein paar Worte über die Arbeit – nicht hinausgekommen. Sie waren alle durchaus nette Frauen, aber der Altersunterschied zwischen ihnen war eben sehr groß. Und jetzt würde bald noch eine Frau zu ihnen stoßen. Raychel fragte sich, wie diese ganze Umstrukturierung die Dynamik in der Abteilung beeinflussen würde, aber so wichtig war es ihr nun auch wieder nicht. Die Arbeit war dazu da, dass man sich auf den Hosenboden setzte und seine Brötchen verdiente, sonst nichts.

Anna drückte Brian einen dicken Kuss auf die Wange. Für einen Chef war er ein netter Mann, der, ehrlich gesagt, die Schnauze einfach gestrichen voll hatte. Er hatte seiner Pensionierung schon seit längerer Zeit entgegengefiebert und die Leitung der Abteilung zum Großteil bereits Malcolm überlassen. Zum Glück würde dieser Widerling jetzt auch das Feld räumen. Aber er war nicht sehr froh über seine Versetzung zum Käse, das war nicht zu übersehen. Er war selbst zu seinen besten Zeiten ein echter Miesepeter. Es war, als ob er jeden Morgen Streit mit seiner Frau hätte und es darauf anlegte, die Büroluft mit seiner schlechten Laune zu verpesten. Zu seinen Untergebenen war er immer so unhöflich. Die Wörter »Bitte« und »Danke« kamen in seinem Wortschatz nicht vor, und er bellte einfach nur »Tee«, wenn er etwas zu trinken haben wollte. Außerdem hasste sie es, wie sein Blick zu ihren Brüsten glitt, wenn er mit ihr redete. Sie fragte sich, was für eine Frau ihn attraktiv genug gefunden hatte, um ihn zu heiraten. Aber offenbar war er doch beziehungsfähig: Er war seit über fünfzehn Jahren verheiratet, und das war mehr, als sie von sich behaupten konnte.

Anna hörte zu, wie Brian immer aufgeregter von seinem Campingurlaub am Meer im kommenden Sommer redete. Sie beneidete ihn um diese Begeisterung für etwas. Es gab absolut nichts, worauf sie sich freute, weder an diesem noch am nächsten Wochenende. Für die Geschichten aus der *Coronation Street* konnte sie sich einfach nicht begeistern, sie hatte auf nichts Bestimmtes Appetit und offenbar die Fähigkeit verloren, sich in ein Buch zu vertiefen und sich das Bild aus dem Kopf zu schlagen, wie ihr Verlobter die neunzehnjährige Aushilfe in seinem Friseursalon vögelte. Das Leben dehnte sich vor Anna aus – länger, grauer und nasser als die ganze englische Küste im Februar.

Grace nahm Brians Pensionierungsgeschenk in die Hand, um es zu begutachten – einen sehr laut tickenden Reisewecker. Sie konnte fast hören, wie er im Takt »stirb langsam, stirb langsam, stirb langsam« sagte.

»Sie werden als Nächste dran sein, mit ein bisschen Glück!«, flüsterte ihr Brian ins Ohr.

»Wa…as?« Grace riss sich rasch zusammen. »O ja, gut möglich.« *Gott behüte.* Bei der Vorstellung, dort zu stehen, wo Brian jetzt stand, und ihre eigene Uhr zu bewundern, während mit billigem lauwarmem Fusel auf sie angestoßen wurde, lief ihr der Schweiß kalt und feucht über den Rücken. Auf einmal wurde sie von einem ganz leichten Schwindel übermannt.

Stirb langsam, stirb langsam, stirb langsam.

»Ich verstehe ja nicht, wieso Sie unbedingt noch eins draufsetzen wollen, wo Sie doch selbst die Gelegenheit haben, hier die Segel zu streichen und sich ein geruhsames Leben zu machen. Hätte leicht auch Ihre Pensionierung sein können«, sagte Brian lächelnd.

»Ach, na ja, Sie kennen mich doch, ich brauche die Herausforderung«, sagte Grace. Sie hatte über drei Jahre für Brian gearbeitet und mochte seine fröhliche Art, auch wenn er ein Mann war, der nie jung gewesen und einfach glücklich vor sich hin gealtert war. Er würde es *so* genießen, nicht mehr jeden Morgen den Wecker stellen zu müssen und seine Tage stattdessen mit eifrigem Nichtstun zu verbringen. Abgesehen von seinem sonnigen Gemüt erinnerte sie so vieles an ihm, beängstigend vieles sogar, an ihren Ehemann Gordon, während er von den Freuden des Ruhestands schwafelte.

Grace' Gedanken schweiften ab. Hätte sich Brian als Siebzehnjähriger in den Tanzsälen je träumen lassen, dass er eines Tages hier stehen und sich darauf freuen würde, mit einer neuen Mikrowelle im Gepäck nach Skegness zu fahren? War das das Ziel seiner Wünsche gewesen? Oder war Grace, die genauso alt war wie er, vielleicht nicht normal, weil sie jedes Mal in Panik ausbrach, wenn im Gespräch das Wort »Wohnwagen« fiel? Gordon und sie hatten immer Campingurlaub gemacht, als ihre drei Kinder klein waren, und sie hatten alle ihren Spaß dabei gehabt, auch wenn diese Art Urlaub für sie, Grace, alles andere als erholsam gewesen war. Die Kinder waren inzwischen alle erwachsen, aber sie stand ihnen noch immer sehr nahe, und sie wollte nicht wochenlang getrennt von ihnen und ihren Enkelkindern sein, nur mit Gordon als Gesellschaft.

Sie hatte sich immer gesagt, sie würde ihn verlassen, wenn die Kinder erwachsen waren. Jetzt fragte sie sich, wie viele andere Frauen sich genau dasselbe vorgenommen hatten und doch Jahre später, wenn die Kinder längst aus dem Haus waren, immer noch dasaßen, da sie einfach nicht den Mut zu diesem Schritt aufbrachten. Ihr Sohn und ihre beiden Töchter hatten eine riesige, klaffende Lücke in ihrem Haus hinterlassen, als sie gingen, als hätten sie dabei sein Herz herausgerissen und mitgenommen.

Ihr Blick fiel auf Malcolm, der sich in diesem Moment Wein nachschenkte. Er war beileibe kein glücklicher Mann. Dass er angeblich in die weitaus weniger angesehene Käse-Abteilung versetzt wurde, weil er für die Leitung der wachsenden Backwaren-Abteilung nicht effizient genug war, konnte sie leicht glauben. Malcolm Spatchcock war weder beliebt noch respektiert, auch wenn sein Ego groß genug war, um diese Tatsache zu ignorieren.

Grace hoffte nur, sie würde sich Malcolm nicht zurückwünschen, wenn sie ihre neue Chefin erst kennen gelernt hatte. Aber *Mrs. Christie Somers* würde schon sehr schlimm sein müssen, um Malcolm, diesem widerlichen kleinen Wicht, auf der Unbeliebtheitsskala den Rang abzulaufen. Grace hatte schon zu lange unter seinem ineffizienten Management gearbeitet.

Der Wein und die Chips waren inzwischen alle, und die Leute begannen zusammenzupacken und sich in Bewegung zu setzen. Grace' Wochenende dehnte sich lang und leer vor ihr aus. Immer dasselbe, immer dasselbe. Heute Abend auf ihre Enkelin aufpassen, während sich Gordon mit seinen Kriegsveteranen traf und ihre Tochter und ihr Schwiegersohn irgendwo schön essen gingen. Morgen standen dann Einkaufen, Wäschewaschen und Putzen auf dem Programm, und am Sonntagvormittag würde sie das Mittagessen kochen, aufräumen, bügeln und es sich dann vor *Heartbeat* gemütlich machen – oder mal richtig über die Stränge schlagen und sich *Frost* ansehen. Danach würde sie ein heißes Bad nehmen, und dann musste sie schon wieder ab ins Bett, bereit für die Woche, die vor ihr lag.

Sie sah, wie die jungen Büroangestellten anderer Abteilungen aus dem Saal strömten, in fröhlicher Freitagabend-Stimmung. Mit Lippenstift und Ausgehabenden mit Freundinnen hatte sie schon seit weit über fünfundzwanzig Jahren nichts mehr am Hut. Grace verabschiedete sich von Brian und ihren drei Kolleginnen. Sie schienen alle recht nett zu sein, auch wenn sie nicht viel miteinander zu tun hatten. Trotzdem, die Atmosphäre auf der Arbeit war einfach so viel entspannter als zuhause. Gordons Haar war grau geworden, als er in den Dreißigern war, aber wann war er eigentlich so grau im Kopf geworden? Es hätte Grace das Leben so erleichtert, wenn sie es auch geworden wäre.

Zweites Kapitel

Calum saß praktisch auf dem Telefon, aber es hätte noch eine Ewigkeit weitergeklingelt, wenn Dawn nicht aus der Küche gekommen wäre, um abzunehmen. Sie hauchte ihm ein »fauler Sack« zu, aber er war sogar zu träge, um auch nur aufzusehen.

»Hallo, Liebes«, sagte die muntere Stimme am anderen Ende der Leitung.

»Hi, Muriel«, sagte Dawn. Calum atmete hörbar aus und fuchtelte mit den Händen durch die Luft wie ein entnervter Fluglotse. Die Botschaft war unmissverständlich. *Falls sie fragt, ich bin nicht da.*

»Und, wann holst du mich morgen ab, Kleines?«, fragte ihre Schwiegermutter in spe fröhlich.

»Ist dir halb elf recht, Mu?«

»Na, dann werde ich zusehen, dass ich bis dahin auf den Beinen bin, wo wir doch was Besonderes vorhaben«, sagte Muriel.

»Ich bin schon so aufgeregt, ich werde bestimmt kein Auge zumachen können.«

»Dann trink dich mit ein paar Gläsern Bier müde. Das mache ich immer, wenn ich nicht schlafen kann, Mädchen!«

Dawn lachte. Muriel konnte manchmal einfach so witzig sein. Mit Mu gab es immer etwas zu lachen, seit jenem Tag vor gut zwei Jahren, als sie sich in diesem erbärmlichen Friseursalon, in dem Dawn damals arbeitete, kennen gelernt hatten. Dawn hatte ihr eine Dauerwelle gemacht, und Muriel hatte sie geschlagene zwei Stunden vollgequasselt. Mit ihrem rauen, derben Humor war sie an jenem Tag ein echter Muntermacher gewesen. Sie war in Dawns Leben geplatzt, als sie dringend einen Grund zum Lachen gebraucht hatte.

»Ist unser Calum schon zurück?«

»Ja, aber er ist eben wieder weg.«

Calum hielt zufrieden einen Daumen hoch.

»Ach, na ja«, sagte Muriel mit einem tiefen Seufzer. »Es ist schließlich Freitag, da hat sich ein Bursche nach einer harten Arbeitswoche doch ein Bier verdient.«

Von einer harten Arbeitswoche war Dawn nichts bekannt. Nach allem, was sie wusste, hing er nur träge auf einem Gabelstapler herum und legte zwischendurch ein paar Zigarettenpausen ein.

»Na ja, wenn du ihn siehst, sag ihm, Killer hat ihm eine Kiste DVDs vorbeigebracht.«

»Mache ich.«

»Dann bis morgen, Liebes.«

»Bis morgen, Mu.«

Dawn drückte auf Beenden, und Calum stand auf und streckte sich wie eine dürre, ausgemergelte Straßenkatze.

»Killer hat dir offenbar ein paar DVDs vorbeigebracht«, richtete Dawn die Nachricht aus.

»Oh, danke.«

»Keine Raubkopien, will ich hoffen?«, fragte sie misstrauisch.

»Red keinen Quatsch, die sind aus Wohnungsauflösungen.«

»Und was hast du damit vor?«

»Immer diese Fragen«, seufzte er. »Ich verkaufe sie im Pub für ihn weiter – gegen einen kleinen Anteil.«

»Okay«, sagte Dawn, vorläufig zufrieden mit dieser Antwort. »Und, was hättest du gern zum Abendessen?«

»Ich dachte, vielleicht lassen wir uns was vom Chinesen kommen?«, sagte er.

»Und ich dachte, wir wollten uns ein bisschen einschränken. Ich muss mir morgen mein Brautkleid kaufen.«

Calum kratzte sich am Kopf, sodass sein Haar sexy zerzaust aussah.

»Wir müssen leben, Dawn! Wir haben beide die ganze Woche schwer geschuftet. Wir müssen uns auch mal was gönnen.«

»Meinetwegen«, willigte sie widerstrebend ein. Er schaffte es jedes Mal, sie umzustimmen. »Ich habe jetzt Hunger, soll ich anrufen und uns was bestellen? Ich nehme Huhn mit Pilzen und gebratenem Reis und dazu gewöhnlich Won Tons. Wollen wir uns was teilen? Wenn ja, dann nimm aber nicht das mit den schwarzen Bohnen.« Sie ging an die Schublade mit der chinesischen Speisekarte. Sie lag zuoberst auf einem Stapel mit Takeaway-Speisekarten, die alle ordentlich zusammengeheftet waren. Ihr ausgeprägtes Organisationstalent war etwas, worüber sich Calum regelmäßig lustig machte.

»Wir können uns was teilen, wenn du willst. Aber ich dachte mir, ich gehe vielleicht ein paar Gläser trinken und bringe es auf dem Rückweg mit.«

»Gott, du musst doch jetzt nicht ausgehen!« Dawn schüttelte missbilligend den Kopf.

Calum gähnte. »Nur ein paar Gläser. Mehr sind sowieso nicht drin, so geschafft, wie ich bin.«

»Die Leier kommt mir irgendwie bekannt vor.«

Calum grinste sein freches Schuljungen-Grinsen, mit dem er sich allen möglichen Ärger eingehandelt und vom Hals geschafft hatte, seit er alt genug war, um es zu seinem Vorteil zu nutzen. Es entwaffnete Dawn, wie üblich.

»Diesmal verspreche ich es«, sagte er. »Spätestens zehn nach neun. Wärm du uns schon mal die Teller auf.«

»Ach, und kann ich sonst noch irgendetwas für dich tun?«, fragte Dawn, die Hände in die Hüften gestemmt.

»Wo du schon fragst – du könntest mir nicht zufällig zwanzig Pfund leihen, oder?«

Dawn öffnete ihr Portmonee und reichte ihm seufzend das Geld. Sie hasste sich selbst dafür, dass sie nicht Nein sagen konnte. Vor allem da sie wusste, dass sie um zehn Uhr aller Wahrscheinlichkeit nach jede Hoffnung begraben haben würde, dass Calum bald nachhause kommen würde. Sie würde sich einen Käsetoast machen. Calum würde irgendwann nach Mitternacht hereinschneien, würde das chinesische Essen vergessen haben. Sie hoffte, dass er das Muster irgendwann durchbrechen und sie überraschen würde, aber bis jetzt hatte er das nicht getan.

»O verdammt, jetzt habe ich das Knoblauchbrot verbrannt!«, sagte Ben, als der Rauchmelder losging.

Raychel folgte ihm, als er wie ein geölter Blitz in die Küche schoss, und lachte.

»Das ist nicht witzig, Ray, ich hatte mich so darauf gefreut«, sagte Ben.

Er sah aus wie ein kleines Kind, dem sein Eis aus der Waffeltüte auf die Erde gefallen ist, wo es auf der Stelle von einem glücklichen Straßenköter aufgeschlabbert wurde.

Raychel schnappte sich den Besenstiel und stocherte damit an dem Rauchmelder herum, aber sie war zu klein dafür.

»Aus dem Weg, Knirps!« Ben schob sie sanft zur Seite. Er streckte einen langen, muskulösen Arm aus und drückte mit einem breiten Daumen auf den Ausschaltknopf. »Gott, schon besser, das war ja nicht zum Aushalten!«

»Sieh mal, so schlimm ist es gar nicht, Ben.« Raychel begutachtete den Schaden. »Es ist nur hier oben ein bisschen verbrannt. Das kann ich abschneiden.«

»Würdest du das wirklich tun? Für mich?« Er sank auf die Knie und tat, als würde er Gott danken.

Raychel gab ihm zum Spaß einen leichten Klaps. »Dir kann man so leicht eine Freude machen.«

Er umschlang ihre Beine und zog sie an sich, und sie kreischte auf. Er war auf den Knien fast genauso groß wie sie.

»Das stimmt doch gar nicht. Ich würde eher sagen, ich bin ganz schön wählerisch.«

Raychel sah hinunter in sein süßes, entzückendes, lächelndes Gesicht. Die Bartstoppeln wuchsen schon wieder nach, obwohl er sich erst heute Morgen gründlich rasiert hatte. Seine dunklen, männlichen Arme hielten sie fest umklammert. Sie spürte seine Muskeln hart an ihrem Körper. Sie liebte ihn über alles.

»Dann werde ich jetzt mal die Pasta servieren, oder?«

»Augenblick noch.« Er wollte sie noch ein bisschen länger halten, wollte sie spüren, während er sich ein paar Strähnen ihres langen schwarzen Haars um den Finger wickelte und ihr Parfüm, das sich noch lange nicht verflüchtigt hatte, tief in sich einatmete. Er hätte sie stundenlang so einatmen können.

»Bin ich denn genug für dich?«, fragte sie schließlich. Es war eine Frage, die er schon so oft gehört hatte, und er beantwortete sie so wie immer.

»Ray, du bist alles, was ich mir je wünschen könnte.«

Drittes Kapitel

Am nächsten Morgen stand Grace um halb sechs auf und sah sich mit der vierjährigen Sable zweieinhalb geisttötende Stunden lang die *Teletubbies, Bob der Baumeister* und *Thomas die Lokomotive* an. Die Energie eines Kleinkinds, so früh am Morgen nach einer schlaflosen Nacht, sorgte dafür, dass sie sich weitaus älter als ihre fünfundfünfzig Jahre fühlte. Gordon lag natürlich noch im Bett. Aufzustehen und sich um die Kinder zu kümmern war Sache der Frauen. So war es für Grace schon immer gewesen – erst zuhause bei Mum und Dad, und dann später, als sie den Witwer mit den vier von ihm finanziell abhängigen Angehörigen heiratete: Laura, sechs, Paul, fünf, Sarah, drei, und Rose, vierundfünfzig. Es kam ihr seltsam vor, dass sie inzwischen selbst älter war als ihre Schwiegermutter, als diese starb. Rose war in ihren Augen immer eine richtig alte Frau gewesen.

Sarah kam um elf mit ihrem üblichen »Entschuldigt die Verspätung. Danke, dass sie über Nacht bleiben durfte. Ich weiß, es war in letzter Minute.«

»Ist schon gut, Liebes.« Gordon war inzwischen auf den Beinen, in seinen Gartenklamotten, das dichte, stahlgraue Haar noch nass von einer ausgiebigen Dusche.

»Ihr könntet wohl nicht noch eine Stunde oder so auf sie aufpassen?«, flötete Sarah mit ihrer besten, schmeichlerischen Kleinmädchenstimme. »Nur damit ich noch schnell zum Supermarkt kann?«

»Natürlich kann sie noch bleiben.« Gordons fröhliche Stimme übertönte alles, was Grace zu dem Thema vielleicht zu sagen gehabt hätte. Er gab Sable einen Stups unters Kinn. »Sie kann mit in den Garten kommen und ihrem Opa zusehen, wie er ein paar Pflanzen sät.«

»Draußen ist es viel zu kalt für sie.« Allein schon bei dem

Gedanken wickelte sich Sarah etwas fester in ihren pelzbesetzten Umstandsmantel.

»Na ja, sie kann ja auch bei ihrer Oma im Haus bleiben«, sagte Gordon. *Oma.* Das Wort zerrte an Grace' Nerven wie ein Fingernagel, der über eine Tafel gekratzt wurde. Nana war ihr lieber, und das wusste Gordon genau. Es war, als würde er das Wort absichtlich benutzen – eine chinesische Wasserfolter, schön langsam, Tropfen für Tropfen: »Du *wirst* alt sein.«

»In spätestens zwei Stunden bin ich zurück, versprochen«, strahlte Sarah, froh über diese Ausweitung ihrer Freiheit. »Allerhöchstens drei.«

Sie versuchte zu ignorieren, wie erschöpft ihre Mutter aussah, und konzentrierte sich stattdessen lieber auf die gut gelaunte Miene ihres Vaters. Gordon verschwand nach draußen in seinen Schrebergarten. Grace überlegte angestrengt, wie sie es unter einen Hut bringen sollte, die Wäsche zu erledigen, die Betten abzuziehen und nebenbei auch noch eine hyperaktive Sable zu unterhalten. Sie hatte selbst Einkäufe zu erledigen, aber sie war jetzt zu erschöpft dafür. Gordon ging so großzügig mit anderer Leute Zeit um.

Sarah kam nach dem Mittagessen wieder, als Sable eben eingeschlummert war. Und in genau dem Augenblick, als der Postbote zwei Kataloge für Campingplätze in Blegthorpe-on-Sea brachte.

Calums lautes, bierseliges Schnarchen weckte Dawn. Sie ging nach unten, um auf dem Sofa weiterzuschlafen, aber was sie an Stille gewann, das verlor sie an Bequemlichkeit. Das Sofa hatte seine besten Zeiten längst hinter sich, und sie hätten wirklich ein neues gebrauchen können, aber im Augenblick wurde jeder Groschen für die Hochzeit auf die Seite gelegt. Na ja, zumindest jeder ihrer Groschen. Wenigstens hatte Calum im Augenblick einen Job, und noch dazu einen, den er nicht gleich wieder hinschmiss – nicht dass er damit die dicke Kohle machte. Aber während sie selbst an allen Ecken und Enden sparte, steuerte Calum nur das bei, was aus seinem »Sozialfonds« übrig blieb. Wenn es noch lange so weiterging, würde sie für ihre Hochzeitsreise einen Kredit aufnehmen müssen, aber sie wollte das Märchen. Selbst wenn sie ihre Hochzeit bis an ihr Lebensende abbezahlen musste, sie wollte eine prunkvolle Hochzeit mit allem Drum und Dran. Sie wusste, dass es der Beginn einer Ehe war, die ihre Mum und ihr Dad sich für sie gewünscht hätten. Und später, wenn die Hochzeitsschulden abbezahlt waren, konnten sie anfangen, sich nach einem etwas besseren Haus als Calums Bruchbude umzusehen. Dawn war vor acht Monaten dort eingezogen, und sie hatte Calum noch immer nicht überreden können, irgendwelche Verbesserungen vorzunehmen. Noch immer hingen Kabel von der Decke, und zwischen kahlen Putzwänden standen Möbel, die aussahen, als seien sie von einem Sperrmüllcontainer gezerrt worden. Calum war fünf Jahre jünger als sie. Dawn sah darin eine gewisse Erklärung für seine etwas studentische Existenz.

Calum lag noch immer im Bett, als sie vor der Doppelhaushälfte ihrer künftigen Schwiegermutter, einem Sozialbau am anderen Ende der Stadt, vorfuhr. Sie drückte auf die Hupe ihres uralten, aber zum Glück verlässlichen Fiesta, und eine Minute später kam Muriel in ausgeleierten Leggings, einem schmuddelig aussehenden Fleecepullover und Flipflops den Weg hinuntergewatschelt. Nicht dass sich Dawn je schämen würde, mit ihr gesehen zu werden. Muriel war Muriel, und Dawn liebte sie über alles, so wie sie war.

»Morgen, Liebes.« Muriel begrüßte sie mit einem aufgeregten, zahnlückigen kleinen Grinsen. Bei den Crookes herrschten etwas raue Sitten, aber sie hatten Dawn in den Schoß der Familie aufgenommen, und das bedeutete Dawn sehr viel, da ihre eigenen Eltern vor sechzehn Jahren bei einem Autounfall ums Leben gekommen waren und eine klaffende Lücke in ihrem Herzen hinterlassen hatten. Sie vermisste die beiden einfach so sehr. Sie wünschte, ihre Mum könnte jetzt neben ihr im Auto sitzen und ihr helfen, ihr Brautkleid auszusuchen. Aber danach kam Muriel Crooke gleich an zweiter Stelle.

Als Erstes fuhren sie zu »Alles bis auf die Braut« am Stadtrand, neben dem neuen Tesco-Supermarkt. Die abgeschmackte Schaufensterauslage war abscheulich und ein klarer Hinweis auf das, was im Ladeninneren auf sie wartete. Eine kopflose Schaufensterpuppe mit einem Sprung und ohne Brüste trug ein weißes Kleid, das eher die Farbe alter, grau werdender Unterwäsche hatte und besser zu einer Klopapier-Puppe aus den Siebzigerjahren gepasst hätte. Die dazugehörige Brautjungfern-Puppe hatte immerhin einen Kopf, wenn auch mit einem Gesicht, das irgendjemand mit einer sehr unsicheren Hand und ohne jedes künstlerische Talent gemalt haben musste: Es hatte den gequälten Ausdruck eines Kindes, dem jemand zum Spaß die Unterhose bis zur Brust hochgezogen hatte. Sie sah alles andere als glücklich aus in ihrem fliederfarbenen Satinkleid, das in der Sonne längst ausgeblichen war. Vergilbendes Konfetti lag verstreut zu ihren Füßen und sah aus wie Vogelkot.

Dawn betrat das Geschäft, aber sie wusste sofort, dass sie ihr Kleid hier nicht finden würde. Für Kunden war es ein enttäuschender Anblick. Die Auswahl war nicht sehr groß, da der Geschäftsinhaber die Brautkleider offenbar aus dem Sortiment nehmen und stattdessen Ballkleider hereinnehmen wollte. Abgesehen von der Farbe sahen alle Kleider gleich aus. Es war, als gäbe es nur einen einzigen Standardschnitt für alle – einen großen, ausladenden Rock und Puffärmel – mit leichten Abwandlungen am Ausschnitt oder an den Schleifen oder Pailletten. Sie blieben unbehelligt von der Verkäuferin, die mit einem Ohr am Telefon hing.

»… es kann gar nicht zu kurz sein, Sie waren doch dabei, als wir bei Ihnen Maß genommen haben. Ich habe Sie gefragt, ob Ihnen diese Länge recht sei, und Sie haben Ja gesagt. Na ja, Sie hätten eben die Schuhe tragen sollen, die Sie zu Ihrer Hochzeit tragen wollen. Wenn Sie in flachen Schuhen hierherkommen, um Maß nehmen zu lassen, und an Ihrem Hochzeitstag hohe Absätze tragen, wie kann das dann unsere Schuld sein?«

Dawn nahm an, dass die Goldsterne für Kundenfreundlichkeit in diesem Laden eher dünn gesät waren.

Muriel schnitt eine Grimasse, über die Dawn kichern musste. Sie schlüpften rasch aus dem Geschäft, und Dawn holte einmal tief Luft.

»Wenn ich die Kundin dort am Telefon gewesen wäre, dann hätte ich den Hörer einfach aufgeknallt, mir ein Taxi hierher genommen und dieser verdammten Frau ihre eingebildete Fratze eingeschlagen«, sagte Muriel.

Dawn musste so schallend lachen, dass sie es erst beim vierten Anlauf schaffte, die Wagentür zu öffnen. Sie wusste, dass Muriel den anderen erzählen würde, wie der Tag gelaufen war, mitsamt ihren witzigen Ausschmückungen. Sie hoffte, sie würde damit warten, bis Dawn dabei war, um es zu hören.

Sie fuhren durch Penistone und weiter zu ihrem zweiten Stopp, »Liebe und Ehe«, einem weitaus exklusiveren Geschäft an der Holmfirth Road. Die Schaufensterauslage war hinreißend: ein elfenbeinfarbenes Kleid über einem Drahtgestell, das eine übertrieben kurvenreiche Figur darstellte, umgeben von Handtaschen und Schuhen mit teuren Designernamen. Es war ein himmelweiter Unterschied zu dem Geschäft davor. Beängstigend weit, wenn man nach diesen Namen hier ging: Choo, Prada, Chloé, Louboutin …

Sie hatten kaum einen Fuß in das Geschäft gesetzt, als schon eine Verkäuferin auf sie zusteuerte und ihre Hilfe anbot.

»Wir sehen uns nur um, danke«, sagte Dawn.

»Suchen Sie etwas Bestimmtes?«, hakte die Verkäuferin nach, während sie Muriel verstohlen von Kopf bis Fuß musterte. Es entging Muriel nicht, und sie kräuselte instinktiv die Lippe über den Zähnen.

»Ich weiß nicht.« Dawn wünschte, sie könnte einfach unbehelligt ein bisschen umherschlendern.

»Das hier ist doch ganz nett, Dawn.« Muriel nahm ein langes, cremefarbenes Kleid in die Hand. »Aber ich kann nirgends ein Preisschild sehen.«

»Neuntausend«, sagte die Verkäuferin patzig.

»Pfund?«, stöhnte Muriel. »Das soll wohl ein Witz sein?«

»Nein, es ist von Vladimir Darq. Es ist so billig, weil es gebraucht ist.«

Muriel klappte der Kiefer herunter. Von billig konnte bei dem Kleid nun wirklich keine Rede sein. Es verschlug ihr die Sprache bei der Vorstellung, dass jemand so viel Geld nur für ein *Kleid* hinblättern könnte.

»Er ist ein berühmter Designer«, sagte die Verkäuferin. »Sie haben doch sicher schon von ihm gehört?«

»So berühmt kann er ja nicht sein, wenn ich noch nie von ihm gehört habe!«, sagte Muriel naserümpfend. Es machte ihr Spaß, diese patzige Zicke auf die Palme zu bringen.

»Ich schon.« Dawn nickte. »Aber mir war nicht klar, dass er ein Brautkleid-Designer ist.«

»Er macht keine Hochzeitsgewänder mehr«, sagte die Verkäuferin. »Dieses Kleid stammt aus seiner allerletzten Kollektion … sehr gefragt.«

»Vor allem von Leuten mit mehr Geld als Verstand.« Muriel schnalzte einmal laut mit der Zunge.

»Ich suche eigentlich gar nichts so … Ausgefallenes«, sagte Dawn. Natürlich wusste die Verkäuferin, dass sie mit »ausgefallen« »teuer« meinte. Sie hatte nur einen Blick auf dieses Gespann werfen müssen, um zu wissen, dass die beiden unverrichteter Dinge wieder abziehen würden. Die Mutter, nahm sie an, dachte vermutlich, Vera Wang sei etwas, das es zu gebratenem Reis und Garnelencrackern gab.

»Unsere Preisklasse beginnt bei fünftausend für dieses Teil hier«, sagte die Verkäuferin und zeigte ihnen ein schlichtes weißes Satinkleid unter einer dicken Polyäthylenschicht.

»Oh.« Dawn tat aus Höflichkeit, als wäre sie entzückt von dem Kleid, aber alle Beteiligten wussten, dass sie hier mit Sicherheit nicht ins Geschäft kommen würden. Dawn nuschelte irgendetwas davon, »vielleicht erst einmal nachhause zu fahren und sich ein paar Zeitschriften anzusehen«, um das Geschäft wenigstens mit etwas Würde zu verlassen. Zwei Minuten später stieß sie einen tiefen Seufzer der Erleichterung aus, als sie auf die Straße trat.

»Sie glaubt wohl, sie ist in Paris, nicht in unserem beschissenen Barnsley!« Muriel lachte noch auf der Türschwelle lauthals auf. »Zweiundzwanzig Pfund für eine Strumpfhose? Eine Strumpfhose, hast du das gesehen?«

Auf dem Weg zurück nach Barnsley über das kleine, malerische Dorf Maltstone bremste Dawn gegenüber der Kirche auf einmal scharf ab, sodass Muriel fast durch die Windschutzscheibe geschleudert wurde.

»Ich wusste gar nicht, dass es hier ein Brautmodengeschäft gibt, und du, Mu?«

»Woher sollte ich das wissen?«, schnaubte Muriel. »Ich habe keinen Grund, nach Maltstone zu fahren. Hier habe ich nichts verloren.« Muriel hatte mit Gartencentern und ländlichen Teestuben nicht viel am Hut.

Vor einem Geschäft mit einem Erkerfenster, in dem ein paar wunderschöne Brautkleider ausgestellt waren, fuhr Dawn rückwärts in eine Parklücke. Über der Tür hing ein Schild, auf dem in romantisch verschnörkelter Schrift schlicht »Weiße Hochzeit« stand.

Die Türklingel bimmelte leise, als Dawn und Muriel eintraten.

»Großer Gott, das ist ja die reinste Tardis!«, sagte Muriel etwas zu laut. Das schmale Geschäft schien sich nach hinten bis ins Unendliche zu erstrecken. Volle Kleiderständer säumten die Wände, und Vitrinen mit Brautkrönchen und Schuhen erstreckten sich vom Boden bis zu der niedrigen Decke. Dawns Mund öffnete sich zu einem entzückten, runden O. *Das war schon besser!*

Eine gertenschlanke, elegante Verkäuferin begrüßte sie mit einem breiten Lächeln. An ihrem schlichten, schwarzen, maßgeschneiderten Kleid trug sie ein Namensschild, auf dem »Freya« stand. Sie musste etwa in Muriels Alter sein, dachte Dawn, auch wenn sie mit ihrem hübsch frisierten Haar und den nicht abgekauten Fingernägeln bestimmt fünfzehn Jahre jünger aussah.

»Kann ich Ihnen behilflich sein?«, fragte Freya Dawn höflich.

»Ich werde heiraten, und ich, äh … brauche ein Kleid dafür«, sagte Dawn verlegen.

»Na, dann sehen Sie sich ruhig um«, sagte Freya. »Lassen Sie mich nur sagen, beurteilen Sie ein Kleid nicht, bevor Sie es anprobiert haben. Sie würden sich wundern, wie viele Bräute nach einem ganz bestimmten Stil suchen, nur um dann festzustellen, dass er ihnen überhaupt nicht steht.«

»Danke.« Dawn fühlte sich sehr wohl in diesem Geschäft. Sie

und Muriel sahen sich kurz um, aber Dawn begriff bald, dass sie vielleicht doch professionelle Hilfe benötigte.

»Ich weiß gar nicht, wo ich anfangen soll, es sind einfach so viele«, sagte sie. Sie wollte nichts falsch machen, denn was, wenn sie hier ein Kleid fand, es kaufte und dann ein anderes entdeckte, das noch hübscher war? Dieser Gedanke hatte sie schon ein paarmal beunruhigt.

»Na ja, dann fangen wir doch am besten mit der Farbe an«, sagte die Verkäuferin. Sie musterte Dawns blasse, sommersprossige Haut und ihr schulterlanges, kupferfarbenes Haar. »Wenn Sie gestatten, würde ich Ihnen eher elfenbeinfarben als weiß empfehlen. Weiß ist nicht immer schmeichelhaft, vor allem nicht für Leute mit blasser Haut, so wie Sie. Größe 38, würde ich schätzen?«

»Stimmt genau«, erwiderte Dawn. Freya ging zu dem Ständer mit Größe 38, während Muriel Kleider in Größe 52 von den Bügeln nahm und sie sich anhielt.

»Werden Sie denn eine Sommer- oder eine Winterbraut sein?«, fragte Freya.

»Juni«, sagte Dawn.

»Ich könnte eigentlich auch eins anprobieren«, sagte Muriel. »Ich sollte Ronnie überreden, sein Ehegelübde zu erneuern. Schließlich bin ich jetzt so viel dünner als damals, als wir das erste Mal vor den Traualtar getreten sind.«

Freya zuckte nicht mit der Wimper, obwohl Muriel jetzt über hundertfünfzig Kilo auf die Waage brachte.

»Wir werden eine Doppelhochzeit feiern«, lachte Dawn.

Freya zog ein langes, wallendes Kleid hervor und schüttelte es glatt.

»Das hier ist aus Seide, elfenbeinfarben, wie Sie sehen, hinten mit einer Schleife, und das Oberteil ist vorn mit Perlen besetzt. Sehr schmeichelhaft für Damen mit eher kleiner Oberweite.«

»Also nichts für mich«, schnaubte Muriel und lachte so schallend auf, dass ihre üppigen, notdürftig eingeschnürten Brüste wogten wie zwei riesige Baiserhauben. Der BH, der Muriels Brüste ohne ein Industriegerüst in Schach halten konnte, musste erst noch erfunden werden.

»Es ist wunderschön«, sagte Dawn, aber sie schüttelte den Kopf. »Aber es springt mir nicht wirklich ins Auge.«

»Okay.« Freya zog die Plastikschutzhülle rasch wieder darüber. »Wie wär's denn mit dem hier?« Sie zeigte ihr etwas Fließendes mit Rüschen.

»Oooh«, kreischte Muriel.

»Zu ausgefallen«, sagte Dawn leise. »Entschuldigung, aber das bin nun wirklich nicht ich!«

»Oh, Sie müssen sich doch nicht entschuldigen«, sagte Freya. »Wenn wir erst einmal wissen, was Sie nicht wollen, finden wir am schnellsten heraus, was Sie wollen. Okay, weniger Rüschen ... Augenblick.«

Sie zog ein sehr schlichtes Satinteil hervor.

»Ach, das ist jetzt etwas zu einfach. Gott, mir kann man es aber auch wirklich nicht recht machen, oder?« Dawn rechnete halb damit, dass Freya so entnervt aufseufzen würde, wie es Calums Schwester Demi ständig tat.

»Keine Sorge«, sagte Freya stattdessen. »Ich hatte hier schon Bräute, die zu vierzig Kleidern Nein gesagt haben!«

»Was kostet das hier denn?« Muriel hielt ein weißes Satinkleid hoch. Es war genug Stoff, um ein Segel für eine Milliardärsjacht daraus zu nähen.

»Das kostet dreitausend Pfund«, sagte Freya.

»Großer Gott, das sind ja wirklich keine Schnäppchen, was?« Muriel hängte es zurück an den Ständer, und das nicht allzu ordentlich. Aber falls Freya es missbilligte, ließ sie es sich nicht anmerken.

»Und was ist mit dem hier?«

»Der Ausschnitt ist zu hoch.« Dawn schüttelte den Kopf. »Aber das hier ist hinreißend.« Sie deutete auf ein modisches weißes Teil mit einem ausladenden Rock. Freya schien nicht überzeugt, dass Dawn und dieses Kleid gut zueinander passten, aber sie hängte es ihr trotzdem in die Umkleidekabine. Ein paar Minuten später kam Dawn in dem Kleid wieder zum Vorschein.

»O verdammt, wo ist dein Schaf, Bo Peep?«, schnaubte Muriel verächtlich.

Dawn ertrank fast in dem Kleid, und es stimmte, neben dem weißen Stoff erinnerte ihre Hautfarbe an ungekochte Nudeln. Freya nickte auf eine »Ich hab's Ihnen ja gleich gesagt«-Art, aber trotzdem freundlich. Sie hielt ein Kleid hoch, bei dessen Anblick Dawns Augen glänzten.

»Das hier ist aus unserer Vintage-Kollektion«, erklärte Freya. »Es ist ein ganz besonderes Kleid.«

Es war lang und fließend, mit einem wunderschönen Rundausschnitt, der mit pfirsichfarbenen Rosenknospen verziert war, einem langen Rock und Dreiviertelärmeln aus unglaublich glatter, elfenbeinfarbener Seide. Dawn streckte die Hände begehrlich nach dem Kleiderbügel aus. Sie zog den Vorhang der Umkleidekabine zu, und als sie ihn wieder aufzog und in dem Kleid zum Vorschein kam, stöhnten Muriel und Freya entzückt auf.

»Umwerfend«, sagte Freya. Das Kleid stand der großen, schlanken Frau einfach fantastisch. Der elfenbeinfarbene Ton verlieh ihrer blassen Haut ein bisschen Farbe, ihr Hals schien ein paar Zentimeter länger zu sein, und das Oberteil, das wie angegossen saß, deutete Kurven an, wo nur wenige waren.

»Oh. Mein. Gott. Das ist es, ich weiß es einfach.« Dawn brach fast in Tränen aus, während sie sich vorstellte, wie sich das Kleid hinter ihr bauschte und auf dem Weg zum Traualtar über den Boden streifte. »Wissen Sie denn irgendetwas über die ursprüngliche Besitzerin? War sie glücklich?« Sie wollte kein Kleid mit negativen Schwingungen zwischen den Fäden.

»Sehr glücklich«, sagte Freya, bevor sie hinzufügte: »Letztendlich.«

»Na ja, war doch klar, dass Sie das sagen«, warf Muriel ein. Aber Dawn wollte Freya dennoch glauben. Sie war geködert.

»Schön ist es ja«, sagte Muriel. »Aber was soll es kosten?«

»Fünfzehnhundert Pfund. Alle Änderungen sind umsonst, und die werden Sie vermutlich auch brauchen, auch wenn es im Moment fast wie angegossen sitzt. Aber die meisten Bräute nehmen vor der Hochzeit noch ab und müssen ihr Kleid enger machen lassen, wenn der Termin näher rückt.«

»Fünfzehnhundert Pfund – für ein gebrauchtes Kleid!« Muriel lachte freudlos auf.

»Es ist eben etwas ganz Besonderes.« Freya lächelte wieder. »Es sieht aus, als ob es nur für Sie gemacht worden wäre.«

Dawn schluckte. Das Kleid überstieg ihr Budget, aber sie wusste, dass verglichen damit alles andere nur zweite Wahl sein würde. Sie konnte sich bei anderen Dingen einschränken, aber nicht bei dem Kleid. Sie würde um das Wunder einer Gehaltserhöhung oder einen Hauptgewinn beten. Sie würde diese Woche anfangen, beim Lotto ein paar Zahlen mehr zu tippen.

»Egal – ich nehme es«, hörte sie sich sagen.

Eine Stunde später hatte Dawn noch einmal zweihundertfünfzig Pfund für Schuhe, einen mittellangen, elfenbeinfarbenen Schleier, ein Brautkrönchen und ein Paar passende Ohrringe ausgegeben. Sie belastete ihre Visacard mit dem Betrag und versuchte, sich ihre Freude nicht von Geldsorgen verderben zu lassen.

»Sieh dir den hier an«, sagte Gordon. »Er hat acht Schlafkojen.«

Grace kam pflichtschuldig von der Küchenspüle herüber und spähte über Gordons Schulter auf den Katalog. Dann machte sie sich wieder an die Arbeit, die Töpfe vom Sonntagabendessen zu schrubben, die eindeutig interessanter waren.

»Jede Menge Platz für unsere Sarah und Hugo und Sable und das Baby, wenn es kommt, und für unsere Laura und Joe.«

Und für Paul, fügte Grace im Stillen hinzu, aber es hätte nicht viel genützt, es laut auszusprechen. Gordon verstand es zu gut, einfach zu ignorieren, was er nicht hören wollte. Paul war für seinen Vater so gut wie tot.

»Er hat eine Zentralheizung und eine eingebaute Waschmaschine und Spülmaschine.« Er sah Grace an, die mit dem Geschirrtuch in der Hand dastand. »Er hat mehr, als wir hier haben. Es wäre einfach ideal für uns, wenn du in Rente gingest. Du hast dir eine lange Ruhepause mehr als verdient.«

»Ich bin erst fünfundfünfzig, Gordon.«

»Erst?«, schnaubte er. »Du wirst mit jedem Tag älter. Bei der nächsten Frühpensionierungsrunde musst du doch dabei sein. Ich verstehe nicht, wieso sie dich nicht schon längst gefragt haben. Sie haben in deinem Laden doch schon jede Menge Leute in Rente geschickt!«

Grace zuckte die Schultern, aber sie sagte nichts weiter. Wenn Gordon einen Zauberstab gehabt hätte, dann hätte er ihn vermutlich benutzt, um sie altern zu lassen, damit er sie, in ein hübsches Schultertuch gewickelt, in einem Badestuhl betrachten konnte.

»Ich weiß nicht, alle anderen in deinem Alter würden sich darauf freuen, endlich einen Gang zurückzuschalten. Kannst du dir das denn gar nicht vorstellen – lange Sommer und Strandspaziergänge? In der Broschüre steht, dass es vor Ort sogar einen Gesellschaftsclub gibt, und nach Skegness, Mablethorpe und Ingoldmells ist es nur ein Katzensprung.«

»Gordon, würdest du nicht lieber ab und zu für vierzehn Tage in die Sonne fliegen? Italien, Spanien, Frankreich?«

»Ach, dieses ganze Reisen ist nichts für mich.«

»Nach Spanien sind es nur zwei Stunden. Mit dem Auto nach Blegthorpe dauert es fast genauso lange.«

Jetzt änderte Gordon seine Strategie. »Ach, diese ganze Hitze ist nichts für mich.«

»Wir müssen ja nicht im August fahren!«

»Außerdem könnten wir die Enkel nicht mit ins Ausland nehmen. Das würde unsere Sarah niemals zulassen.«

Das bezweifelte Grace. Babysitterdienste würde Sarah niemals ausschlagen. Grace hatte nichts dagegen, ihrer Tochter hin und wieder auszuhelfen, schließlich war Sable ihre Enkelin, und sie liebte sie über alles. Aber Sarah ging einfach davon aus, dass ihre Mutter, wenn sie nicht auf der Arbeit war, ihr rund um die Uhr zur Verfügung stehen sollte. Sarah war noch jemand, der Grace unter Druck setzte, sich frühpensionieren zu lassen, damit sie als festes Kindermädchen bei ihr anfangen und Sarah sich wieder in die Arbeit flüchten konnte.

»Wir sollten mal übers Wochenende hinfahren und uns ein paar davon mit eigenen Augen ansehen«, schlug Gordon vor, während er die Seiten von »Clark's Wohnwagen«-Broschüre durchblätterte.

»Gordon, wir haben das alles doch schon mal durchgekaut, und ich will da wirklich nicht hin.« Ausnahmsweise einmal blieb Grace standhaft. Sie wusste gar nicht mehr, wie oft sie diesen Wortwechsel schon geführt hatten, und wie üblich ging Gordon überhaupt nicht auf ihren Standpunkt ein.

»Woher willst du denn wissen, was dir gefällt, wenn du's dir nicht mal angesehen hast?« Das musste ausgerechnet er sagen! Gordon wäre vermutlich spontan verbrannt, wenn er sich je aus seiner winzig kleinen Komfortzone herausgewagt hätte. »Es wird einfach wundervoll sein, unseren eigenen Wohnwagen zu haben, anstatt den anderer Leute mieten zu müssen, du wirst schon sehen«, sagte er, denn Gordon Beamish wusste immer alles am besten.

Viertes Kapitel

Christie Somers überprüfte ihr Aussehen in dem riesigen Dielenspiegel, strich das rote Kostüm über der Hüfte glatt und wandte sich dann mit einer schwungvollen Bewegung um.

»Niki, geht das so? Was meinst du? Oder ist das zu bunt?«

»Wann trägst du denn je keine Grundfarben?«, fragte ihr Bruder und schüttelte gespielt entnervt den Kopf. »Sag bloß nicht, du bist nervös und willst dich in einem schwarzen Kostüm verstecken?«

»Ich habe gar nichts Schwarzes zum Anziehen – ein Glück, dass dieser Kommentar ein Witz ist«, sagte Christie. Sie schniefte gut gelaunt. »Du weißt doch, schwache Nerven kenne ich nicht.«

»Ja, das weiß ich, und ich weiß auch, dass du die einzige Frau auf der Welt sein musst, die nichts Schwarzes zum Anziehen hat.« Niki grinste seine kleine Schwester an.

»Schon möglich. Aber in meiner neuen Abteilung arbeiten lauter Frauen, und ich will nicht, dass sie einen Schreck kriegen und denken, ich bin ein Monster im Powerkostüm.«

»Nur weil du dich immer so wunderschön kleidest, bist du noch lange kein Monster. Auch wenn du tatsächlich eines bist.« Niki beugte sich hinunter, um sie auf den Kopf zu küssen. Sie war völlig anders gebaut als er, klein und kurvenreich, während er groß und schlaksig war, aber ihr breites Lächeln, die ernsten Wangenknochen und die hellblauen Augen verrieten sofort, dass sie Geschwister waren.

»Es wird komisch sein, nach so langer Zeit wieder zu arbeiten.« Christie warf noch einmal einen Blick in den Spiegel. Vielleicht war Scharlachrot doch ein bisschen aggressiv für einen ersten Auftritt.

»James weiß schon, was er tut«, sagte Niki. »Er hätte dir den Job bestimmt nicht angeboten, wenn er glauben würde, dass du nicht das Zeug dazu hast. Er ist in erster Linie Geschäftsmann, und erst in zweiter ein leichtes Opfer. Du bist auf Draht, du wirst das schon schaukeln, und es wird dir guttun. Du warst lange Zeit im Winterschlaf, hast dich vor der Welt verkrochen. Ich habe völliges Vertrauen in dich, und was noch wichtiger ist, James hat völliges Vertrauen in dich.«

»Danke, Niki.« Christie sah ihren Bruder liebevoll an.

»Keine Ursache, Schwesterherz.« Niki hob kurz den Arm zum Gruß, als er zur Haustür hinausging.

»Okay«, sagte Christie zu ihrem Spiegelbild. Sie klatschte in die Hände und schnappte sich ihre biestige rote Handtasche. »Fangen wir so an, wie wir weitermachen wollen.«

Fünftes Kapitel

Nach dem Wochenende war Grace die Erste, die wieder in die Abteilung kam. Sie sah, dass die Feen vom Wartungsdienst am Werk gewesen waren. Ein dicker neuer Teppich war verlegt worden, und ein riesiger Mahagoni-Chefschreibtisch hatte die Standard-Büroausführungen ersetzt, an denen Malcolm und Brian gearbeitet hatten. An der Wand hing jetzt eine weiße Kunststofftafel, und Kartons mit Büroutensilien und, wie es aussah, Mustern für Werbegeschenke türmten sich in einer Ecke. Ein leicht künstlerisch angehauchter schmiedeeiserner Garderoben- und Schirmständer war ebenfalls neu. Mr. McAskill war nicht dafür bekannt, dass er sein Geld für irgendwelchen Firlefanz zum Fenster hinauswarf, das hieß, die Gerüchteküche würde durch diese Anschaffungen kräftig angeheizt werden.

Kaum hatte sich Grace an ihren Platz gesetzt und ihren Computer eingeschaltet, kam Dawn herein.

»Hi«, sagte sie fröhlich. »Der Parkplatz ist heute Morgen ganz schön voll, was?«

»Allerdings«, sagte Grace. Sie waren noch immer in der höflich-freundlichen Phase, in der sie nur so oberflächlich Smalltalk machten, wie sie es beim Friseur tun würden. *Schönes Wochenende gehabt? Tolles Wetter heute!*

»Neuer Teppich? Das ist ja die reinste Hüpfburg, was?« Dawn sprang auf dem Teppich auf und ab, während sie sich neidvoll wünschte, die Teppiche in Calums Haus könnten auch nur halbwegs so dick und neu sein – und ohne Brandlöcher von Zigaretten und Flecken von verschüttetem Bier.

»Ja, der ist neu«, sagte Grace, während sie auch noch eine unbekannte Uhr an der Wand entdeckte. »Und offenbar nicht das Einzige, was seit Freitag hier angeliefert wurde.«

»Morgen allerseits.« Raychel kam schüchtern zur Tür herein, dicht gefolgt von Anna mit ihrem kastanienbraunen Haar, die die anderen noch leiser begrüßte, ebenso gebannt von all den Veränderungen in der Abteilung. Sie schienen alle ein bisschen nervös an diesem Morgen. Sie hatten sich bislang kaum kennen gelernt, und jetzt würde selbst diese schwache Dynamik einem mächtigen Einfluss unterworfen werden. Es war wie am ersten Tag in einer neuen Schulklasse, in der alle darauf warten, dass die Lehrerin kommt und das Kommando übernimmt.

Über eine halbe Stunde später, um Punkt neun Uhr, brach ein Schwall von Aufregung wie eine Zuschauerwelle über sie herein. Die hochgewachsene Gestalt von James McAskill erschien am anderen Ende des Büros, neben einer Frau in einem leuchtend roten Kostüm, mit roten Schuhen und dazu passender Handtasche. Dass er sich persönlich die Ehre gab, war schon ungewöhnlich genug, aber dass er auch noch lächelte, während er mit dieser Frau redete, als sei sie eine alte Freundin, das war absolut außergewöhnlich. Der Status der neuen Backwaren-Chefin schnellte sofort ein paar Stufen höher. Grace bemerkte, dass Malcolm, der in seiner Abteilung weiter unten in dem langen Großraumbüro saß, äußerst interessiert zu ihnen herüberäugte.

»Meine Damen«, sagte Mr. McAskill, »darf ich Ihnen Mrs. Christie Somers vorstellen. Christie, darf ich Ihnen die Damen meiner Backwaren-Abteilung vorstellen. Das hier sind Grace« – er wies mit einer Handbewegung auf eine nach der anderen – »Dawn, Anna und Raychel.«

»Hallo, Mädels«, sagte Christie in einem gedehnten, selbstbewussten Ton, der rauchig von Zigaretten war. Von den Kleidern bis zur Stimme hatte diese Frau nichts Stilles an sich.

»Ich habe Christie eben durch unser Haus geführt, und stellen Sie sich vor, ich habe mich glatt verlaufen.« James McAskill sah sie alle mit einem strahlenden Lächeln an. Mr. McAskill lächelte eigentlich nie, obwohl er Multimillionär, Geschäftsführer und mehrheitlicher Anteilseigner der Minisupermarktkette White Rose Stores war, die sein Großvater einst gegründet und er selbst inzwischen zu ungeahntem Erfolg geführt hatte. Die Kette war nicht nur eine nationale Institution, sondern es gab seit Kurzem auch internationale Niederlassungen, vor allem in Gegenden Europas, in denen viele ausgewanderte Engländer lebten, mit viel versprechenden Ergebnissen. So mancher Wirtschaftskolumnist bezeichnete James gerne als »McMidas«.

»Ich werde mich hier sicher schnell zurechtfinden«, sagte Christie Somers. Sie erinnerte Grace an ihre alte Hockeylehrerin mit ihrer selbstbewussten Sprechweise und dieser Stimme, die heiser vom Rauchen war.

»Na, dann gewöhnen Sie sich hier erst mal ein, meine Liebe«, sagte Mr. McAskill. Hätten sich die anderen Frauen besser gekannt, dann hätten sie an diesem Punkt verstohlene Blicke getauscht. *Meine Liebe?* Sie konnten sehen, wie Leute aus anderen Abteilungen die Hälse reckten. Malcolms Hals schien sich fast von seinem Rückgrat zu lösen.

»Und dieser schicke Schreibtisch hier ist für mich, ja?«, fragte Christie, nachdem James McAskill sie allein gelassen hatte, damit sie sich mit ihrem neuen Team vertraut machen konnte. »Der hier?« Sie zeigte auf den geschwungenen Schreibtisch hinter dem Wandschirm.

»Ja, das ist Ihrer«, sagte Grace mit einem freundlichen Lächeln.

»Dieser Wandschirm muss aber verschwinden«, sagte Christie. »Man kann ja gar nicht sehen, was hinter diesem Teil vor sich geht!«

Malcolm hatte auf dem Wandschirm bestanden, als er hier anfing. Damit er Spiele im Internet spielen und Krimis lesen konnte, ohne dass jemand sah, wie er sich vor der Arbeit drückte.

»Ich rufe Ihnen den Wartungsdienst, ja?«, bot Grace an.

»Nein, nein, zeigen Sie mir nur, wo das Telefonverzeichnis ist, dann werde ich mich selbst darum kümmern«, sagte Christie. »Ich war schon immer der festen Überzeugung, dass man am besten gleich ins kalte Wasser springt!«

Gott, sie war so anders als Malcolm, dachte Grace. Malcolm hätte sich von den Mädchen hier den Arsch abwischen lassen, wenn man ihm das hätte durchgehen lassen.

»Aber eins nach dem anderen. Jetzt gehen wir alle erst mal einen Kaffee trinken, um uns ein bisschen kennen zu lernen«, sagte Christie. »Ich glaube, an den Weg zur Kantine kann ich mich noch so ungefähr erinnern.«

»Wie, jetzt?«, fragte Dawn.

»Aber ja.«

»Wir alle?«

»Aber ja.«

»Wie – und die Telefone allein lassen?«, fragte Grace. Eine Todsünde. Malcolm hätte sie alle für weitaus weniger hinrichten lassen.

»Ich bin sicher, für eine halbe Stunde können wir sie dem Anrufbeantworter überlassen. Kommt schon, ich muss euch alle erst mal richtig kennen lernen, und dafür brauchen wir Kaffee und Kekse.« Christie marschierte los in Richtung Treppe, gefolgt von den anderen, die hinter ihr herwatschelten wie junge Entlein hinter ihrer Mama.

Zwanzig Minuten später saßen die fünf Frauen bei ihrem Kaffee in der Kantine. Fünf Frauen, die zusammenarbeiteten, konnten eine Katastrophe oder ein Glücksfall sein. Christie war fest entschlossen, dass es nicht Ersteres sein sollte, und dafür musste sie die Persönlichkeiten, mit denen sie es hier zu tun hatte, erst einmal kennen lernen.

James McAskill hatte zu Christie gesagt, er sei sicher, inzwischen die ideale Mischung in seiner Abteilung zu haben. Er hatte es nicht darauf angelegt, keine Männer in die Abteilung zu holen, es hatte sich einfach so ergeben. Aber trotzdem, dachte Christie, hätte er keine buntere Auswahl von Frauen finden können, selbst wenn er es versucht hätte. Die älteste, Grace, war fünfundfünfzig, und ihr Name passte sehr gut zu ihr. Sie hatte entzückendes weißblondes Haar, das in einem sanften, silbrigen Bogen ihre Kieferpartie umrahmte. Sie war offenbar sehr interessiert an ihrer neuen Position gewesen, hatte dafür sogar das Angebot einer Frühpensionierung ausgeschlagen. Sie sah zu vornehm aus, um in einem Büro zu arbeiten, mit ihrer stillen, klassischen Art, fand Christie . Christie konnte sich Grace besser als Geschäftsführerin eines altmodischen, exklusiven Bekleidungsgeschäfts vorstellen als hinter einem Schreibtisch. Dann war da Anna, neununddreißig, still und ohne ein Lächeln, die sich hinter ihren beiden Vorhängen aus kastanienbraunem Haar versteckte, in denen hier und da eine silberne Strähne hervorschaute. Sie spielte ständig mit einem kleinen, diamantbesetzten Ring an ihrem Ringfinger, und in ihren Augen lag ein matter Ausdruck, als hätte sie schon seit einer ganzen Weile nicht mehr sehr gut geschlafen. Dann war da Dawn, dreiunddreißig, eine junge Frau mit einem sommersprossigen Gesicht, die nach außen hin lächelte, aber mit zu vielen Sorgen hinter diesen großen, toffeefarbenen Augen. Und zu guter Letzt war da das »Baby« Raychel, achtundzwanzig – ein schönes Mädchen mit sanften grauen Augen und schwarzen Zigeunerlocken, die, so Christies Verdacht, ihr Licht völlig unter den Scheffel stellte. Sie bezweifelte, dass sie sich in den Frauen täuschte, das tat sie selten. Sie schüttelte den Kopf, entnervt von sich selbst. Sie hatte die Psychologen-Gene ihres Vaters geerbt und musste immer alle Leute analysieren. Es konnte eine ärgerliche Angewohnheit sein.

»James hat große Pläne mit der Backwaren-Abteilung, wusstet ihr das schon?« Christie lächelte, vor allem in Grace' Richtung, die ihre Stellvertreterin sein würde. »Er will sein Flaggschiff, das Vorschlagswesen, hier bei uns vom Stapel lassen. Wir werden dafür zuständig sein, sämtliche Ideen zum Thema Backwaren, die von anderen Kollegen kommen, zu verwalten. Und wenn das gut läuft, will er das Programm auf andere Abteilungen ausweiten.«

»Das sind ja gute Neuigkeiten«, sagte Grace. Damit war ihr Job noch ein bisschen länger gesichert. Niemand hatte sich mehr gewundert als sie selbst, als ihr der Posten der stellvertretenden Abteilungsleiterin angeboten worden war. Sie wusste, dass James McAskill gern von Chancengleichheit zwischen männlichen und weiblichen, älteren und jüngeren Mitarbeitern redete, aber aus erster Hand zu erfahren, dass er tatsächlich praktizierte, was er predigte, war dennoch sehr wohltuend gewesen.

»Wie war der letzte Boss denn so?«, erkundigte sich Christie mit einem leichten Augenzwinkern.

»Brian? Sehr netter Mann«, erwiderte Grace.

»Brian, der war schon in Ordnung«, fügte Dawn hinzu. »Aber ich glaube, gegen Ende hatte er allmählich die Schnauze voll. Da hat er die Leitung dann schon hauptsächlich Malcolm überlassen.« Sie schauderte unwillkürlich, als sie seinen Namen aussprach, was Christie nicht entging.

»Malcolm Spatchcock, richtig?«, fragte Christie. James hatte sie vor ihm gewarnt. James war für Klatsch und Tratsch eigentlich nicht zu haben, er hasste es sogar, aber er hatte sich gedacht, er sollte sie fairerweise warnen, dass Malcolm nicht allzu glücklich über seine Zwangsversetzung zum Käse war, auch wenn es eine Beförderung gewesen war. Christie hatte aus diesem Gespräch herausgehört, dass Malcolm Spatchcock nicht unbedingt zu James' Lieblingen zählte, auch wenn er das niemals zugegeben hätte, nicht einmal vor ihr. Aber Christie Somers machte sich gern selbst ein Bild von anderen Leuten. Die Dynamik zwischen bestimmten Personen war so unterschiedlich wie die Beziehungen, die sich daraus ergaben. Vielleicht würde sie ja sogar feststellen, dass sie und Malcolm sich auf Anhieb glänzend verstanden.

»Er wird Production Operator beim Käse«, bemerkte Dawn trocken, bevor sie fast lautlos hinzufügte: »Passenderweise.« Sie fand schon immer, dass Malcolm ein leicht ranziger Geruch von Cheddar anhaftete – vermutlich bildete sie es sich nur ein. Aber vielleicht lag es ja auch an seinen abgeschmackten Flirtversuchen.

Raychel prustete leise, als sie versuchte, ein Kichern zu unterdrücken.

Anna sagte nichts und nickte nur beipflichtend. In den Monaten, in denen sie zusammenarbeiteten, hatte sie noch nie viel gesagt. Sie war ein Arbeitstier, keine Quasselstrippe, hatten die anderen entschieden.

»Ich freue mich so, euch alle kennen zu lernen und bei einem Kaffee das Eis ein bisschen zu brechen.« Christie lächelte alle Frauen der Reihe nach an. »Ich möchte gerne ein nettes, fröhliches

Schiff steuern. Wir verbringen viel Zeit an Bord mit der Arbeit, daher ist schlechte Stimmung hier das Letzte, was ich will.« Sie stand auf, und die anderen taten es ihr gleich. Auf einmal grinste sie schelmisch. »Production Operator – lautet die Abkürzung dafür nicht P. O.? Was für ein Pech, als Käse-P. O. bekannt zu sein.«

Sechstes Kapitel

Niki war dabei, Karotten in Streifen zu schneiden, als Christie an diesem Abend nachhause kam.

»Lachssteaks und gemischtes Gemüse zum Abendessen«, sagte Niki. »Ich dachte mir, wir lassen es ein bisschen krachen, wo du heute doch deinen ersten Tag hattest.«

»Wunderbar!« Christie schlüpfte aus ihren Schuhen und wackelte mit den Zehen.

»Und?«, hakte Niki nach. »Wie war's?«

»Wunderbar!«, sagte Christie noch einmal. »Die Frauen, mit denen ich zusammenarbeite, sind alle unglaublich nett, und ich denke, es wird mir dort sehr gut gefallen.«

»Na super!« Niki schenkte ihnen zwei Gläser spritzigen, kalten Sauvignon Blanc ein und gab dann einen kräftigen Schuss davon in seine Saucenmischung. »Und wie war James?«

»James war James«, nickte Christie. »Süß wie immer, aber es ist schon sehr komisch, ihn auf einmal mit den Augen anderer Leute zu sehen. Ich habe den Eindruck, dass alle ein bisschen Angst vor ihm haben. Respekt haben sie auf jeden Fall vor ihm.«

»Na ja, er ist ja auch ein eindrucksvoller Mann«, sagte Niki. »Schließlich hält er über zweitausend Leute in Lohn und Brot, oder?«

»Oh, noch viel mehr, Niki. Inzwischen arbeiten allein in der Unternehmenszentrale über zweieinhalbtausend Leute!« Christie nahm einen kräftigen Schluck Wein und seufzte zufrieden auf.

»Und ich möchte wetten, demnächst wird er auch noch von der Queen geadelt werden«, sagte Niki.

»Ich glaube, alle fragen sich, welcher Art meine Verbindung zu ihm ist«, grinste Christie.

»Sollen sie doch«, antwortete Niki. »Jedenfalls, gibt's da vielleicht irgendwelche Mädchen, die attraktiv genug für mich sind?«

»Sie sind alle sehr attraktiv.« Christie schenkte sich noch etwas Wein nach. Niki hatte seinen noch nicht einmal angerührt. »Und sie sind alle entweder verheiratet oder verlobt – kein freier Ringfinger in Sicht, tut mir leid.«

»Verdammt!«, tat Niki frustriert.

»Raychel und Dawn sind sowieso viel zu jung für einen alten Sack wie dich. Anna wäre vermutlich nicht dein Typ. Und Grace ist ungefähr fünf Jahre älter als du, aber eine umwerfende Frau. Ihr wärt ein schönes Paar.« Christie lächelte verschmitzt.

»Na toll«, sagte Niki. »Dann werde ich eben warten, bis ihre Scheidung durch ist.« Er warf die Lachssteaks auf den Grill. »Wenn du dich noch umziehen willst, dann hast du jetzt fünf Minuten Zeit dafür. Lachs lasse ich weder für dich noch für irgendjemand sonst anbrennen.«

Christie lachte und steuerte rasch auf die Treppe zu.

»Bin in vier Minuten wieder da!«

Siebtes Kapitel

Keine von ihnen erwähnte es, aber alle vier Frauen spürten den Umschwung in der Atmosphäre, als sie am nächsten Tag in die Abteilung kamen. Es war, als hätte irgendjemand die Luft gefiltert und gegen leichtere und frischere ausgetauscht. Christie saß an ihrem Schreibtisch und begrüßte sie alle mit einem herzlichen »guten Morgen«. Brian hätte vielleicht noch lächelnd Hallo gesagt, aber Malcolm hatte im Allgemeinen schon Erledigungslisten ausgeteilt, bevor sie auch nur ihre Mäntel abgelegt hatten.

Im Laufe der nächsten Tage wurde Christie etlichen Leuten vorgestellt. Ihr war durchaus bewusst, dass viele der Abteilungsleiter gern mehr über ihre persönliche Verbindung zu James McAskill erfahren wollten. Aber sie wussten auch, dass er nicht auf den Kopf gefallen war und niemanden in die Firma geholt hätte, um eine so begehrte Abteilung zu leiten, der nicht hoch qualifiziert war. Und jeder, der mehr als ein paar Worte mit Christie Somers wechselte, begriff sehr rasch, dass ihr in Sachen Einzelhandel so schnell niemand etwas vormachte.

Christie selbst war gleichermaßen beeindruckt von ihrem Team. James hatte bei der Auswahl seiner Mitarbeiterinnen ganze Arbeit geleistet. Sie hatten gute Telefonmanieren und arbeiteten sehr effizient. Dawn verwaltete Christies Terminkalender und war offensichtlich ein geborenes Organisationstalent. Es ließ ihr nur keine Ruhe, dass all diese Frauen offenbar kaum Kontakt zueinander hatten.

Nach ihrem vierten Tag redete sie mit Niki darüber.

»Könnte am Alter liegen«, überlegte er.

»Nein, das ist es nicht.« Christie schüttelte den Kopf. »Es ist, als ob sie alle Inseln wären.«

»Inseln?«, lachte Niki. »Was in aller Welt soll das denn heißen?«

»Ich meine, ich meine …« Christie versuchte angestrengt, es ihm zu erklären. »Sie haben praktisch keinen Kontakt zueinander. Wenn man bedenkt, wie lange sie schon zusammenarbeiten.«

»Aber das ist nichts Ungewöhnliches«, sagte Niki. »Weißt du noch diese Zahnarzthelferin, die ich vor ein paar Jahren hatte – ich komme jetzt nicht auf den verdammten Namen. Das war doch genau dasselbe. Sie hat drei Jahre für mich gearbeitet, und keiner von uns wusste, dass sie nach dem ersten Jahr geheiratet hatte, bis sie uns sagte, ihr Name habe sich geändert. Julie fiel auf, dass sie schwanger war, bevor sie auch nur ein Wort darüber verlor. Im fünften Monat schwanger, und sie hat einfach zu niemandem etwas gesagt.«

»Ja, ich kann mich erinnern«, sagte Christie, »aber sie war eben ein kalter Fisch. Meine Damen sind nicht so, sie sind sehr freundlich. Ich erwarte von ihnen ja nicht, dass sie Arm in Arm zum Kaffeeautomaten gehen, aber man würde doch meinen, dass sie sich … ein bisschen mehr austauschen. Das ist doch unnatürlich – vor allem für Frauen.«

»Christie, Christie, Christie«, seufzte Niki geduldig. »Vielleicht wollen sie es einfach so. Nicht jeder sieht die Arbeit als geselliges Beisammensein an.«

»Stimmt«, räumte Christie ein. Aber sie fragte sich trotzdem, was im Leben dieser Frauen los war, dass sie alle so verschlossen waren.

Malcolm wartete bis zum Ende der Woche, bevor er zu Christies Schreibtisch hinüberstolzierte, eine Hand auf den Wandschirm legte – den der Wartungsdienst in der nächsten Stunde abbauen würde – und sich vorstellte. Er hatte beobachtet, wie McAskill sie hereingeführt hatte, und er war nicht auf den Kopf gefallen. Er wusste, dass Christie Somers eindeutig jemand Wichtiges war. Jemand, den er auf seiner Seite haben sollte.

»Ich freue mich, Sie kennen zu lernen«, lächelte er und ließ den Blick rasch über ihre vollbusige Figur gleiten – unbemerkt von ihr, so glaubte er zumindest. Er streckte selbstbewusst die Hand aus. »Malcolm Spatchcock, wie der Jagdvogel.«

»Christie«, gab sie zurück. »Wie der Serienkiller.«

Er lachte schrill auf, nervös, verblüfft von ihrem seltsamen Humor. Ihm schoss der Gedanke durch den Kopf, dass sie vielleicht sarkastisch war, aber ihr Lächeln war einladend und breit, ihr Händedruck fest und freundlich.

»Entschuldigung, das ist nur mein Versuch, das Eis zu brechen!«, erklärte sie.

»A-ha. Verstehe. Sehr witzig. Na ja, wenn Sie irgendwas über die Backwaren wissen wollen, fragen Sie einfach drauflos. Ich habe diese Abteilung früher geleitet.« Malcolms Stimme senkte sich zu einem Flüstern. »Unter uns gesagt, der offizielle Chef konnte sich nicht mehr besonders dafür begeistern, sobald er sein Pensionierungsdatum erfahren hatte. Und die Abteilung hat darunter gelitten, leider. Ich habe sie über Wasser gehalten.«

»Na ja, vielen Dank. Da haben Sie gute Arbeit geleistet.«

»Schon mal mit Backwaren gearbeitet?«, fragte er.

»Nein, in einer Backwaren-Abteilung noch nie«, antwortete Christie, ohne ins Detail zu gehen.

Na toll, dachte Malcolm. Sie geben den Job nicht nur einer Frau von außen, sondern auch noch einer, die nicht den blassesten Schimmer von Backwaren hat! Sehr seltsam. Sehr verdächtig.

Die anderen Frauen versuchten zu arbeiten, aber die Versuchung, das Gespräch zu belauschen, war einfach zu groß, um ihr zu widerstehen.

»Von wo kommen Sie denn? Morrison's? Handi-Save?«

»Weder noch«, antwortete Christie. Mein Gott, war der neugierig. Wenn sein Kopf durchsichtig wäre, dachte sie, dann würde sie bestimmt eine lange Reihe von Fragezeichen sehen, die in seinem Gehirn Schlange standen. Sie hoffte, dass er nicht der Typ war, der bei der erstbesten Gelegenheit versuchen würde, ihr das Wasser abzugraben. Falls doch, dann konnte er sich aber auf etwas gefasst machen. In einer Auseinandersetzung war sie in ihrem Element. Da blühte sie auf. Anstatt die Mauern ihres Selbstbewusstseins einzureißen, trieb es ihren Adrenalinspiegel in die Höhe.

Malcolm beugte sich noch etwas weiter über den Wandschirm

vor. Christie nahm den Hauch eines sehr großzügig aufgetragenen, ranzigen Aftershaves wahr.

»Wir sollten mal zusammen zu Mittag essen. Ich hatte ein paar gute Ideen für die Abteilung, die ich leider nie umsetzen konnte. Es wäre doch ein Jammer, sie einfach im Sande verlaufen zu lassen.«

»Ja, allerdings. Das wäre sehr schön. Alle hier sind so freundlich und hilfsbereit«, sagte Christie, während sie sich erhob.

»Gut, gut. Wir werden bald etwas vereinbaren«, sagte Malcolm augenzwinkernd, bevor er sich wieder auf den Weg in die Käse-Abteilung machte, beruhigt von seinem, wie er glaubte, sehr erfolgreichen ersten Zusammentreffen mit jemandem, der bei den White Rose Stores bald eine Schlüsselrolle spielen könnte.

Christie dachte einen Moment nach. Malcolm war durchaus freundlich, fand sie. Ein bisschen forsch. Vielleicht wollte er mit diesem draufgängerischen Auftreten ja auch nur schwache Nerven überspielen. Aber dann wurden ihre Überlegungen von einem Blick auf die Uhr durchkreuzt. Es war schon wieder fünf Uhr, und doch tat keine der Frauen auch nur einen Schritt in Richtung Garderobenständer.

»Wisst ihr eigentlich, wie spät es ist, Mädels?«, fragte Christie.

Sie nickten alle.

»Und?« Christie hockte sich auf Annas Schreibtischkante.

»Na ja, wir machen normalerweise nie vor halb sechs Schluss«, sagte Raychel.

»Warum das denn? Seid ihr masochistisch veranlagt?«

»Nein, aber …« Dawn biss sich rasch auf die Zunge.

»Spucken Sie's schon aus«, forderte Christie sie auf.

»Na ja, Malcolm hat immer ausdrücklich klargestellt, dass wir Überstunden machen sollen.«

»So ein Schwachsinn!«, sagte Christie. »Ich weiß sicher, dass James sein Büro vor sechs verlässt, sooft er kann, und ihm gehört der Scheißladen schließlich. Jedenfalls, jetzt leite ich diese Abteilung, und jetzt ist Schluss mit diesem Unsinn. Wenn die Leute ihre Arbeit in fünfunddreißig Wochenstunden nicht erledigen können, dann müssen wir eben sehen, ob wir mehr Leute einstellen oder Arbeitsablaufstudien durchführen sollten.«

»Wir sind mit allem auf dem aktuellen Stand«, erklärte Grace.

»Na bitte. Dann geht jetzt – und zwar alle. Und wir sehen uns am Montagmorgen um neun, und keine Minute früher. Es ist Freitagabend, mein Gott. Habt ihr denn keine Männer und kein Privatleben, das auf euch wartet?«

Sie erhoben sich alle nervös und begannen langsam, ihre Mäntel zu holen, außer Stande, das Gefühl abzuschütteln, dass sie sich unerlaubt davonschlichen und jeden Moment irgendwelche hohen Tiere zur Tür hereinstürmen und sie wieder auf ihre Plätze verweisen würden.

Christie winkte ihnen zum Abschied lächelnd zu. So ein netter Haufen Frauen. Sie hoffte, sie würden alle ein wundervolles Wochenende verbringen. Das Leben war zu kurz, um den Kopf hängen zu lassen – wie sie selbst nur allzu gut wusste.

Malcolm sah zu, wie sein ehemaliges Team abmarschierte. Er hatte seinen Schreibtisch nie vor sechs verlassen und sah daher keinen Grund, wieso es irgendjemand sonst tun sollte. Andererseits war sein Engagement nun wirklich nicht belohnt worden. Und ehrlich gesagt, ging es ihm gar nicht so sehr ums Engagement, sondern eher darum, sich nicht zuhause das Genörgel seiner Frau anhören zu müssen. Diese Christie hatte beim großen Boss eindeutig viel zu melden. Und er würde nicht ruhen, bis er herausgefunden hatte, was genau es war.

Achtes Kapitel

Vor genau einem Jahr hatte Vladimir Darcescu, oder Vladimir Darq, als der er in der Welt der Mode besser bekannt war, ganz London verblüfft, indem er ein Haus in Barnsley zu seinem Stützpunkt in England erklärte. Jahrelang hatte sein Geschäftsmanager immer wieder im großen Stil Bauland im Süden Englands als Investition gekauft, dazu ein sehr großes, teures Grundstück oben im Norden, in einem Dorf namens Higher Hoppleton am Rande von Barnsley, das, wie er aus dem Internet erfahren hatte, eine ehemalige Bergarbeiterstadt mitten im tiefsten Yorkshire war.

Vor zwei Jahren hatte Vladimir beschlossen, einmal selbst dorthin zu fahren, um zu sehen, wie weit der Wahnsinn seines Geschäftsmanagers inzwischen fortgeschritten war. Aber stattdessen war er angenehm überrascht gewesen von der Lage des Grundstücks am Rande eines kleinen, aber wohlhabenden Dorfs mit etlichen alten Steincottages und kleinen Geschäften.

Er quartierte sich für drei Tage in dem dortigen Pub, dem Lord Spencer, ein. Die Einheimischen grüßten ihn mit einem freundlichen »Wie geht's?«, wenn er durch die Geschäfte schlenderte oder einen Tee in dem Café in der wunderschönen Hoppleton Hall trank, einem alten, rechteckigen Juwel inmitten des entzückenden nahe gelegenen Parks. Er mochte dieses Dorf sehr und fühlte sich dort wie zuhause. Die Leute erinnerten ihn an die in Titesti, seinem rumänischen Geburtsort. Er hörte ihnen gern zu, wie sie miteinander scherzten, und aalte sich in ihrer Freundlichkeit.

Vor allem mochte er die Atmosphäre im Lord Spencer. Die Pensionswirtin war eine sehr attraktive ältere Dame mit tief hängenden Brüsten und eingefallenen Schultern. Vladimir Darq wusste, dass sie mit der richtigen Damenwäsche Jahre jünger und wirklich fabelhaft aussehen könnte. Und dort, in genau diesem Pub, in Gesellschaft dieser Pensionswirtin, durchzuckte ihn an seinem dritten Abend sein bislang größter Geistesblitz.

Noch in derselben Woche ließ Vladimir Darq Pläne für den Bau eines Hauses auf seinem Grundstück entwerfen, und noch im selben Jahr war der gotisch anmutende Bau – Darq House – fertig gestellt. Und wieder einmal sollte er die Modewelt verblüffen, indem er verkündete, er werde seine Kollektion um Damenwäsche erweitern, die für jede Frau erschwinglich sei. Er wollte, dass sich jede Frau schön finden und zugleich bequem angezogen sein konnte. Und er wusste, dass er sie dafür nur in die richtige Damenwäsche stecken musste.

Schließlich bekam die Corona Productions Wind von seinem Projektvorhaben und rief ihn an, um ihn zu überreden, in ihrer Flaggschiff-Fernsehshow *Janes Damen* aufzutreten, wo eine ganz gewöhnliche Frau ohne chirurgischen Eingriff in eine Schönheit verwandelt werden sollte.

Vladimir bestand allerdings darauf, diese Frau selbst auszuwählen. Aber jetzt, vier Wochen vor dem geplanten Drehbeginn, hatte er »die Eine« noch immer nicht gefunden, obwohl er alle möglichen Supermärkte und Geschäfte nach ihr abgegrast hatte. Inzwischen fragte er sich, ob er seinen ungeschliffenen Diamanten vielleicht eher am Ende einer anstrengenden Arbeitswoche auf dem Nachhauseweg finden würde. Und das war der Grund, weshalb er an jenem zweiten Freitag im April schließlich auf einem Bahnsteig am Bahnhof von Barnsley stand.

Anna begriff, dass sie, wenn sie schon um kurz nach fünf aus dem Büro kam, einen Zug früher nachhause fahren konnte. Sie war vermutlich die einzige Frau auf der Welt, die das nicht als Glücksfall ansah. Dadurch dehnte sich der Abend nur noch länger vor ihr aus. Der Schwachkopf, von dem der Satz stammte: »Im Leben geht es immer nur bergauf«, hatte nicht ihr Leben gekannt. Jeden Tag entdeckte sie einen neuen rekordverdächtigen Abgrund, in den sie sich stürzen könnte: noch einen Tiefpunkt, auf den ihre Stimmung absacken könnte.

Der Firmensitz der White Rose Stores war zu Fuß nur ein paar

Minuten von der Haltestelle des Zuges entfernt. Fünf Minuten später stand sie am Umsteigebahnhof Barnsley, und von dort waren es nur zwei Stationen bis zu ihrem Heimatdorf Dartley. Sie fuhr die Strecke lieber so, anstatt ständig im Stau zu stecken, vor allem in einem Auto, das dringend ersetzt werden musste und nicht unbedingt das zuverlässigste Fahrzeug war. Aber sie wollte nicht so früh nachhause kommen und einen noch längeren trostlosen Abend vor sich haben, daher ging sie nicht nach links auf den Bahnsteig, sondern nach rechts, um in der Stadt noch eine Stunde mit Schaufensterbummeln die Zeit totzuschlagen.

Sie fing ihr Spiegelbild in einer Schaufensterscheibe auf. Das Gesicht, das zu ihr zurücksah, war das der hässlichsten Frau der Welt. Erschöpfte, ausdruckslose Augen mit gespenstischen Ringen, aufgesprungene, spröde Lippen und ein Teint, der irgendwo zwischen einer Leiche und einem benutzten Geschirrtuch lag. Es war das Gesicht einer Frau, die niemand auf der Welt zu schätzen wusste, nicht einmal sie selbst. Kein Wunder, dass ihr Verlobter Tony zu der jugendlich frischen Lynette Bottom übergelaufen war, mit ihren süßen Pausbäckchen und einem Lächeln, mit dem ihr Gesicht nicht so zerklüftet aussah wie eine Höhenlinienkarte des Mount Everest.

Sie könnte sich eigentlich auch gleich einen unförmigen Mantel und flache Schuhe kaufen und sich unauffällig in dem Junge-Oma-Club verkriechen, dem ein paar Mädchen von ihrer Schule beigetreten waren. Sobald sie die vierzig erreicht hatten, kleideten sie sich wie Rentnerinnen, verzichteten auf Make-up und hüllten ihre Rundungen in wallende, weit geschnittene billige Kleider, während sie die Kinderwagen mit den Babys ihrer jugendlichen Töchter über den Markt schoben. Nicht dass Anna dieses Vergnügen je haben würde. Sie würde keine Enkelkinder durch die Gegend schieben, da sie schon keine Kinder durch die Gegend schieben würde. Wenigstens würde es keine Kinder geben, die sich für eine Mutter mit einem solch kräftigen, hässlichen Gesicht wie diesem schämen mussten. Ihre Lippen brannten. Sinnlos, sie einzucremen – niemand würde diese Lippen je wieder küssen, da war sie sich sicher. Es waren nur noch ein paar Tage bis zu ihrem vierzigsten Geburtstag, und ihr Leben war gelaufen. Es gab nichts, worauf sie sich freuen konnte, nur immer noch mehr Scheiß.

Sie wartete auf dem kalten Bahnsteig, die Hände tief in den Manteltaschen vergraben, während die Brise, die die Bahngleise hinunterwehte, schelmisch mit ihrem Haar spielte und es ihr ins Gesicht blies, als wollte sie sie ärgern.

Auf dem gegenüberliegenden Bahnsteig warteten andere Fahrgäste auf den Zug aus Sheffield Richtung Süden. Ein Mann stand etwas abseits von ihnen. Er war hochgewachsen, in einem langen, weit geschnittenen Mantel, fast einer Art Umhang, und trug einen schwarzen, breitkrempigen Hut, der einen Schatten auf sein Gesicht warf. Als Annas Blick auf ihn fiel, bemerkte sie, dass er in ihre Richtung starrte. Sie wandte den Blick ab, aber als sie das nächste Mal hinübersah, starrte er sie immer noch an. Sie verschränkte schützend die Arme vor der Brust. Aber warum sollte er mich anstarren? Ich bin schließlich nicht Gwyneth Paltrow!, dachte sie sich dann. Ein Alarmsignal warnte vor den Schranken des nahe gelegenen Bahnübergangs, die jetzt heruntergelassen wurden, da ihr Zug gleich einfahren würde. *Nein, er starrt mich eindeutig an.* Er war nicht wie ein gewöhnlicher Pendler aus Barnsley gekleidet. Er hatte keinen Aktenkoffer und keine Laptoptasche bei sich. Er sah fast wie ein Irrer aus, wie er dort auf dem Bahnsteig herumhing. Komm schon, beschwor Anna den Zug. Auf einmal war ihr etwas unbehaglich zu Mute. Sie versuchte, nicht mehr hinüberzusehen, aber die Verlockung, herauszufinden, ob er sie immer noch anstarrte, war zu groß. Und wirklich, er tat es immer noch.

Der Zug fuhr ein und versperrte ihm die Sicht auf sie. Anna stieg ein, suchte sich einen Platz und griff nach einer liegen gebliebenen *Sun*-Zeitung für die kurze Fahrt. Als der Zug wieder anfuhr, wagte Anna von ihrem sicheren Platz aus einen letzten Blick auf den Mann. Er starrte sie immer noch an. Das Letzte, was sie von ihm sah, war, wie er in einer altmodischen, galanten Geste den Hut vor ihr lüftete und die Lippen zu einem breiten Lächeln verzog. Und nicht nur das, sie hätte schwören können, in dem Augenblick Fangzähne aufblitzen zu sehen.

Neuntes Kapitel

Grace drückte die Tür des Gartencenter-Cafés auf. Maltstone war ein hübsches kleines Dorf mit diesem entzückenden Café am Ufer eines ländlichen Flusses. Leute, die nicht aus der näheren Umgebung stammten – *Fremdlinge* – hätten nicht geglaubt, dass es nur einen Katzensprung vom Zentrum von Barnsley entfernt war. Sie war so gern hier, da das der besondere Ort war, an dem sie sich mit ihrem Jungen traf. Als sie sich umsah, entdeckte sie den stämmigen jungen Mann, der dastand und ihr zuwinkte, und sie grinste und ging mit raschen Schritten zu dem Tisch hinüber, an dem er stand.

»Hallo, mein Schatz«, sagte sie und zog ihren Sohn in einer langen, innigen Umarmung an sich.

»Hallo, Mum.« Sie nahm sein Gesicht in ihre Hände. Ein kräftiges Gesicht, eine hübsche Kieferpartie. In seinem dunkelbraunen Haar waren ein paar vorzeitig ergraute Strähnen. Sie sah sie zum ersten Mal. Er ließ Grace los, und sie setzten sich einander gegenüber an den Fenstertisch.

»Es tut mir leid, es ist schon wieder viel zu lange her«, sagte er.

»Du hast viel um die Ohren, ich weiß, mein Schatz«, sagte Grace mit einem Lächeln, das so warm war wie ein Kaminfeuer im Winter.

»Das ist keine Entschuldigung«, sagte er. »Du bist zu nett. Meine große Schwester Laura hat mich deswegen schon ordentlich zusammengestaucht.«

»Ist schon gut, jetzt sind wir ja hier.« Sie tätschelte seinen Arm. »Gut siehst du aus.«

»Du auch. Aber das tust du ja immer. Ich habe uns schon Tee bestellt«, sagte er, während er ihr aus einer bereitgestellten Teekanne einschenkte. »Wie geht's Dad?«

»Ach, du weißt ja, so wie immer«, sagte Grace. Sie richtete keine Grüße von ihm aus – sie hätten beide gewusst, dass das eine Lüge gewesen wäre, aber sie wünschte trotzdem, sie hätte sie ihm glaubhaft machen können. »Jedenfalls, alles Gute zum Geburtstag.« Grace überreichte ihm eine Tragetüte aus festem Papier. »Falls es dir nicht gefällt, ich habe die Quittung dringelassen …«

»Mum, du hast einen tollen Geschmack, ich musste doch noch nie etwas umtauschen, was du mir geschenkt hast.« Er drückte ihre Hand, und Grace hielt seine Finger noch ein paar traurige Sekunden lang fest. Sie sollte sich nicht so heimlich wegschleichen müssen, um ihren Jungen zu sehen. Er hätte seinen achtundzwanzigsten Geburtstag zuhause im Kreise seiner Familie verbringen sollen, alberne Kerzen auf einem Kuchen auspusten, selbst in seinem Alter noch. Sie hatte um alle Familiengeburtstage immer ein Riesengetue gemacht, vermutlich da sie sich als Kind auch immer eine Familie gewünscht hatte, die ein Riesengetue um sie machte.

»Und, was hast du mir zu sagen?«, fragte sie, während sie die Sintflut von Tränen hochschniefte, die sie auf einmal zu überwältigen drohte. Sie wollte dieses glückliche Wiedersehen nicht mit einem albernen Weinkrampf verderben.

»Na ja …« Er griff nach unten und wühlte in einer Aktentasche, zückte dann eine Mappe und schlug sie auf. Er reichte ihr ein paar Fotos. »Ich habe es gekauft, Mum. Das heißt, ich und mein Geschäftspartner Charles.«

»Nein!« Grace klappte vor Aufregung der Kiefer herunter. »Das ist das Haus, von dem du mir erzählt hast?«

»Das ist es. Und das ist vermutlich auch der Grund für die Funkstille, Mum. Ich hatte einfach so viel um die Ohren.«

Grace betrachtete das alte Herrenhaus auf dem riesigen Grundstück, das ihr begabter, fürsorglicher Junge in ein Altersheim verwandeln würde.

»Das wird so toll werden, Mum. Alle Zimmer mit eigenem Bad … vierzehn, schätzt der Architekt; ein Wintergarten, fünfzig Quadratmeter groß und nach Osten gelegen, als Frühstücksraum; eine Bibliothek, Internet, Webcams, ein Schwimmbad, ein Kino …«

»Vergiss nicht, zwischendurch Luft zu holen«, lachte Grace, aber sie liebte seine Begeisterung.

»Es wird die schönste Seniorenresidenz werden, die ich daraus machen kann. Im Augenblick geht es dort natürlich noch drunter und drüber – deshalb habe ich es ja auch so günstig bekommen – und natürlich wegen der Rezession. Aber du solltest mal sehen, wie viele der ursprünglichen Details noch immer erhalten sind. Und der Garten wird wunderschön werden mit ein bisschen … Entschuldigung, *viel* Arbeit. Ich kann es mir nicht leisten, damit zu scheitern, so viel steht fest. Oh, Mum, wir können es kaum noch erwarten, damit anzufangen. Gestern wurde alles unter Dach und Fach gebracht, das heißt, jetzt können wir loslegen. Es gehört mir, Mum. Es gehört alles mir. Gott, wir hätten beide mit dem Taxi kommen und Champagner anstatt Tee bestellen sollen!«

Sein Gesicht strahlte vor Aufregung. Seit sie ihn kannte, war sie immer überzeugt gewesen, dass Paul einmal in der Pflege arbeiten würde, und das im großen Stil. Auf dieses Geschäft hatte er jahrelang hingearbeitet. Sie bezweifelte nicht, dass er damit Erfolg haben würde. Er war eine Kämpfernatur, auch wenn ein Teil seiner Energie für einen Kampf draufging, den er gar nicht hätte führen müssen sollen, und das betrübte sie zutiefst.

»Ich werde es Rose Manor nennen, nach Oma«, strahlte er.

Grace nickte. »Das ist eine entzückende Idee. Sie wäre so stolz auf dich, Paul. Und deine Mutter auch.«

»Wirklich? Meinst du nicht, meine sexuellen Neigungen hätten die beiden genauso abgestoßen wie Dad? Das muss ich mich wirklich oft fragen.«

»Sie hätten dich so geliebt, wie du bist, und sie wären mächtig stolz auf dich«, sagte Grace entschieden. Ihr Körper hatte vielleicht keine Kinder austragen können, aber diese Kinder waren ihr dennoch ans Herz gewachsen, und sie hatte sie großgezogen und liebte sie wie eine Mutter. Auch wenn sie Gordons erste Frau, Rita, nie kennen gelernt hatte, hatte Grace doch stets darauf geachtet, ihr nie ihren Platz als leibliche Mutter streitig zu machen. Rose hatte einmal zu ihr gesagt, Rita sei eine tapfere kleine Frau gewesen, die ihre Kinder über alles liebte, und als sie plötzlich durch tragische Umstände ums Leben kam, hatte sie eine Lücke hinterlassen, die

Grace voller Stolz ausfüllte, aber mit Hochachtung vor der Frau, die die Kinder zur Welt gebracht hatte, die Grace wie ihre eigenen liebte. Gerahmte Bilder von Rita standen noch immer im Haus, und am Muttertag und an Ritas Geburtstag war sie jedes Jahr mit den Kindern zu ihrem Grab auf dem Friedhof von Maltstone gegangen, um dort Blumen abzulegen. Es war nur richtig, tiefen Respekt vor der Frau zu haben, die ihr das größte Geschenk überhaupt gemacht hatte. Sie hatte das Gefühl, dass Rita ihre Freundin gewesen wäre, wenn sich ihre Lebensläufe überschnitten hätten.

»Deine Oma Rose hätte sich kaputtgelacht, wenn ihr jemand erzählt hätte, dass einmal ein Altersheim nach ihr benannt werden würde«, sagte Grace.

»Meinst du wirklich?«

»Ich weiß es.« Grace hatte sich bei ihrer allerersten Begegnung in Rose Beamish verliebt. Sie hatte vor Lebenslust und Liebe und guter Laune gesprüht, trotz des Asthmas, das sie lähmte. Sie hatte sich nie beklagt, hatte ihre Krankheit einfach gelassen hingenommen. »Ich atme doch noch, oder, meine Liebe? Das ist mehr, als diese armen Teufel unter der Erde von sich behaupten können«, hatte sie mit ihrem breiten Tyneside-Akzent lachend gesagt. Grace war untröstlich gewesen, als sie starb. Gordon hatte eher den »Es ist ein Segen«-Standpunkt vertreten. Er war kein Mann, der zu großen Gefühlsausbrüchen neigte. Aber Grace spürte die Lücke, die Rose im Haus hinterlassen hatte, noch lange nach ihrem Tod.

Sie tranken noch eine Kanne Tee, und dann war es für Grace schon wieder an der Zeit, nachhause zu fahren. Sie war eine hochgewachsene Frau, und doch sah sie neben ihrem großen, gut aussehenden Sohn fast winzig aus. Wann war er eigentlich zu einem Mann herangewachsen? Der Junge hatte ihnen in all den Jahren nie auch nur die geringsten Sorgen bereitet, und doch wurde er von seinem Vater nun wie ein Aussätziger behandelt, weil er schwul war. Die Ungerechtigkeit dieser ganzen Situation brach ihr das Herz.

»Wir sehen uns bald wieder«, sagte sie an der Tür.

»Hör mal, nächsten Samstag kann ich nicht, aber kannst du dich am Wochenende danach wegschleichen – am Osterwochenende?

Und wir treffen uns wieder hier, zu gleichen Zeit? Ich würde dir gern Charles vorstellen. Er will dich unbedingt kennen lernen, nach allem, was ich ihm schon von dir erzählt habe.«

»Ach, mein Guter«, sagte Grace, bevor sie hinzufügte: »Das heißt, Charles ist nicht nur ein Partner, sondern auch ein *Partner*?«

Paul grinste. »Er ist ein Partner. Er ist jemands *Partner*, aber davon erzähle ich dir ein andermal.«

»Ich werde hier sein, gleiche Zeit«, sagte Grace. Sie küssten sich noch einmal. Er sah glücklich aus. *Ihr Junge.*

»Gut. Ich verlasse mich auf dich, dass du mitkommst und mir hilfst, Tapeten und Möbel auszusuchen, wenn es so weit ist. Ich will, dass alles eine fröhliche Atmosphäre, aber zugleich Ruhe ausstrahlt.«

»Ich werde dir helfen, so gut ich kann, das weißt du doch.« Grace strich ihm übers Gesicht, über sein kräftiges, gut aussehendes Gesicht. Seine Züge erinnerten sie an Gordon, aber an einen Gordon, der weich war, der es nicht als Schwäche ansah, Gefühle zu haben. Wenn ihr Ehemann für andere Leute doch nur ebenso viel Zuneigung aufbringen könnte wie für Wohnwagen.

Die Wochenenden waren für Anna am schlimmsten. Eine Wüste, in der sie von ihren Gedanken gequält wurde und das Bett ihr größer erschien als je zuvor. Die Zeit heilte eben nicht alle Wunden. Es ging ihr nur immer schlechter anstatt besser. Es war jetzt fast zwei Monate her, dass sie zur Tür hereingekommen war und sich mehr denn je in Tonys Arme werfen wollte, aber stattdessen nur ein seltsam stilles Haus und dann die Nachricht auf dem Tisch vorgefunden hatte. *Tut mir leid, ich brauche ein bisschen Zeit zum Nachdenken, und wir brauchen ein bisschen Abstand. Aber es gibt keine Andere – ehrlich.* Aber da es Tony mit der Wahrheit grundsätzlich nicht so genau nahm, gab es eben doch eine Andere. Lynette Bottom, neunzehn Jahre alt, mit einem Pfirsichpopo und prallen Titten. Er hatte sie vor ungefähr einem halben Jahr als Aushilfe in seinem Herrenfriseursalon eingestellt. Inzwischen war sie der offizielle Betthase. Anna fragte sich, ob er ihr dafür den Stundenlohn erhöht hatte.

Anna hatte nichts mehr von ihm gehört, seit er gegangen war. Das war in gewisser Weise ein gutes Zeichen, versuchte sie sich einzureden, denn immerhin war er nicht zurückgekommen, um seine Sachen abzuholen oder eine Aufteilung des Vermögens zu verlangen. Und sein Anteil an der Hypothek und den Gemeindesteuern ging noch immer auf der Bank ein. Aber sie sehnte sich danach, seine Stimme zu hören und ihn zu sehen. Sie musste sich schwer zusammenreißen, um auf ihrem allmorgendlichen Weg zum Zug nicht einen Umweg an seinem Geschäft vorbei zu machen. Sie wusste wirklich nicht, was sie tun würde, wenn sie ihn sah. Sie war sich nicht sicher, ob sie sich ihm nicht an den Hals werfen würde, ihn zwingen würde, sie zu küssen, ihn anflehen würde, nachhause zu kommen. Oder noch schlimmer – ob sie sich auf Lynette Bottom stürzen und sie an den Haaren zerren und sich zutiefst blamieren würde, indem sie irgendetwas Unbeherrschtes, Wütendes, Schnippisches sagte. Daher ließ sie ihm seinen Willen, ohne ihn zu behelligen, setzte ihn nicht unter Druck und hoffte, dass eines Tages auf dem Anrufbeantworter eine Nachricht blinken würde, er habe seinen Spaß gehabt und wolle nachhause kommen.

An den Wochenenden musste sie sich zwingen, ihren Morgenmantel gegen richtige Kleidung zu tauschen, und erst recht, sich zu schminken. Noch vor ein paar Wochen hätte sie ohne volle Kriegsbemalung nicht einmal den Müll weggebracht – jetzt ging sie zu Morrison's einkaufen, ohne auch nur einen Klecks Grundierungscreme aufzutragen. Ihr matt aussehendes kastanienbraunes Haar wuchs an den Wurzeln grau nach. Ihr Haar war schon immer ein Spiegelbild ihrer Stimmung gewesen. Wenn sie glücklich war, dann war es hell und glänzend, aber jetzt sah es stumpf aus, selbst wenn sie es eben erst gewaschen hatte. Ihre ungeschminkten Augen waren verquollen vom Schlafmangel. Sie sah fix und fertig und zehn Jahre älter aus, als sie war. Es fehlte nicht mehr viel, und sie würde in Pantoffeln und einem pinkfarbenen Frotteepyjama zu den Läden um die Ecke gehen. Und der gefürchtete Geburtstag, an dem das Leben, wie es so schön hieß, angeblich erst begann, stand vor der Tür. Na toll. Sie fragte sich, ob es ein schmerzfreier Tod war, wenn man sich in einer warmen Badewanne die Pulsadern aufschnitt, oder ob dieses Gerücht genauso bescheuert war wie ihr ganzes restliches Leben.

»Auf, auf, zu neuen Taten!«

Raychels Wimpern gingen blinzelnd auf, als Ben sie sanft weckte. Sie streckte sich gemächlich, und er schüttelte missbilligend den Kopf.

»Dass du ja nichts überstürzt.«

Raychel lachte und stemmte sich schwerfällig hoch, damit Ben das Tablett auf ihrem Schoß absetzen konnte. Jeden Sonntagmorgen brachte er ihnen beiden das Frühstück ans Bett. Das tat er, seit sie mit siebzehn zusammengezogen waren – auch wenn er sich ein großes englisches Frühstück damals noch nicht zutraute und es daher nur Toast und Kaffee gegeben hatte, mit einer albernen Blume in einem Eierbecher daneben.

Er setzte sich mit seinem eigenen Tablett neben sie und langte zu.

»Wie soll ich das denn alles schaffen!«, fragte sie. »Du gibst mir immer viel zu viel.«

»Jetzt iss schon. Du hast nichts auf den Rippen. Es gibt keinen Nachtisch für dich, bevor du nicht aufgegessen hast!« Er drohte ihr mit dem Finger, und sie spießte ein Würstchen auf und tunkte es mit einem Ende in Ketchup. Das riesige Frühstück, das er auftischte, schaffte sie nie allein; er musste ihr jedes Mal dabei helfen.

»Denk bloß, nur noch drei Sonntage in diesem Haus, und dann werden wir in unserer eigenen Wohnung sein.«

»Na, dann sollten wir es besser genießen, denn wenn ich erst anfangen muss, eine Hypothek abzubezahlen, werden wir uns zum Frühstück nur noch ein Pop-Tart teilen können«, entgegnete Ben zwischen einem Bissen Frühstücksspeck.

»Das macht mir gar nichts.« Raychel dachte seufzend an die neue Wohnung, in die sie bald ziehen würden.

»So weit kommt's noch!«, sagte Ben. »Ich mache dir doch gern das Frühstück.«

»Du verwöhnst mich«, lächelte Raychel. Sie beugte sich vor und gab ihm einen Kuss auf seine stoppelige Wange.

»Gib mir lieber dieses Würstchen, wenn du es nicht isst«, sagte Ben.

»Nichts da«, sagte Raychel und stopfte sich das ganze Würstchen auf einmal in den Mund, bevor Ben es sich schnappen konnte.

»Ich wusste gar nicht, dass du das kannst!« Ben grinste frech. »Raychel Love, ich glaube, du musst vielleicht noch ein bisschen länger im Bett bleiben und mir diesen Trick noch einmal zeigen.«

Ben stellte sein Frühstück prompt weg und stürzte sich auf eine kreischende Raychel. Es gab eben doch Wichtigeres als ein warmes Frühstück am Sonntagmorgen.

Zehntes Kapitel

Morgen, Mädels!«, sagte eine fröhliche Christie zu ihrer Truppe von vier Frauen. Es war fünf vor neun am Montagmorgen, und sie blickten trotzdem verstohlen, als würden sie sich verspätet hereinschleichen. Sie brachten sie zum Lachen. Dieser Job war genau das, was sie brauchte. Sie war so froh, dass sie James McAskill gegenüber erwähnt hatte, sie sei auf der Suche nach einem Vollzeitjob. Aber die Damen interessierten sie, jede auf ihre eigene Art; sie schienen alle in ihrer eigenen kleinen Welt zu leben. Grace zum Beispiel. Wie viele Frauen in den Fünfzigern lehnten anständige Angebote zu einer Frühpensionierung denn ab – und das nicht nur einmal, sondern gleich zweimal? Wovor lief sie davon? Und die junge Dawn war eindeutig schizophren. Manchmal strahlte sie wie ein verliebtes junges Mädchen, und im nächsten Augenblick zeigten sich auf ihrem Gesicht alle Sorgen dieser Welt – was war denn bloß los mit ihr? Die kleine Ray war ein Schatz, aber so nervös. Hatte ständig die Fingernägel im Mund, und wenn sie keine Fingernägel mehr hatte, bluteten ihre Finger, wo sie die Haut an den Rändern abriss. Am allermeisten jedoch interessierte sie sich für Anna. War sie je in der Blüte ihrer Jahre gewesen?, fragte sich Christie. Sie sah nicht danach aus. Ein Jammer, wenn das stimmen sollte. Jede Frau sollte eine Zeit haben, in der sie in der Blüte ihrer Jahre war. Jede Frau sollte Tage haben, auf die sie zurückblicken und sagen konnte: »Damals war ich am schönsten.«

»Morgen allerseits.« Malcolm stolzierte durch das Büro. Die Damen erwiderten seinen Gruß höflich genug.

»Morgen, Christie.« Malcolm beugte sich über ihren Schreibtisch. Als Christie aufsah, stand ein Mann vor ihr, der eindeutig noch orangefarbener im Gesicht war als am letzten Freitag. Mahagonifarben sogar. Sie verspürte ein spontanes Bedürfnis, ihn mit ein bisschen Möbelpolitur einzusprühen. Der Ärmste, wusste er denn gar nicht, wie albern er aussah?

»Ich dachte, wir könnten vielleicht zusammen zu Mittag essen. Ich würde Ihnen gern ein paar meiner Ideen für die Abteilung erläutern, die ich nie umsetzen konnte.«

»Ja, natürlich.« Christie hielt eigentlich nicht viel von diesen Firmenmittagessen, aber der Mann gab sich Mühe, freundlich zu sein, und sie konnte ihn schlecht abblitzen lassen, ohne unhöflich zu sein. »Sagen wir, um zwölf in der Kantine?«

»Wir könnten auch zu dem Italiener um die Ecke gehen?«, versuchte er sein Glück.

»Die Kantine ist mir recht«, sagte Christie in einem Ton, der jede Diskussion im Keim erstickte.

»Oh ... äh ... na dann, in der Kantine.« Er wies mit einem spitzen Finger auf sie. »Schön. Na, dann sehe ich jetzt mal besser nach den Truppen. Bis später.« Er schnalzte mit der Zunge und schlenderte mit einem selbstgefälligen Grinsen zurück zu seinem Büro.

Christie vertiefte sich wieder in ihre Arbeit, sodass sie die vier grinsenden Gesichter der Damen nicht sah, die sich ausmalten, wie ihr Mittagessen mit Orangen-Malcolm wohl verlaufen würde.

Um Punkt zwölf Uhr entdeckte Christie Malcolm an einem Tisch in der Kantine, wo er bereits vor einer großzügigen Portion Hackfleischauflauf mit Salat saß. Sie nahm sich einen Teller Ravioli, bestreute ihn mit Parmesan und setzte sich zu ihm. Er stand höflich auf, während sie Platz nahm.

»Das Essen hier ist gar nicht so übel«, sagte er, ohne etwas von dem Tomatenklecks auf seinem Kinn zu bemerken.

»Ja, sehr gut«, sagte Christie, während sie eine Teigtasche aufspießte.

»Mr. McAskill isst oft hier unten. Das ist ein gutes Zeichen.«

»Ein sehr gutes Zeichen«, pflichtete sie bei.

»Aber ich nehme an, das wissen Sie bereits.«

Christie lenkte das Gespräch von der Richtung ab, in die es Malcolm, so ihr Verdacht, gern steuern wollte. Ihr war durchaus bewusst, dass die Leute nur zu gern erfahren wollten, welcher Art ihre Beziehung zu James war, aber sie hatte nicht die Absicht, ihr Privatleben vor Fremden offenzulegen. Das hier war ein Arbeitsessen, kein Geplauder unter Bekannten.

»Sie sagten, Sie hätten ein paar Ideen«, wechselte sie rasch das Thema.

»Allerdings. Nun ja, James McAskill hält, *wie Sie sicher wissen*, sehr viel von einem Anreizsystem für die Mitarbeiter. Ich dachte, vielleicht würden Sie ihm das hier gern zeigen. Ich habe ein paar tolle Werbegeschenke aufgetrieben, bevor ich in die Käse-Abteilung gewechselt bin«, sagte er, als sei das seine eigene Entscheidung gewesen. Er wühlte in seiner Manteltasche und förderte ein durchsichtiges, gleichschenkliges Plastik-Dreieck zu Tage. In der Mitte prangte das Firmenlogo, und an der breitesten Stelle standen die Worte: »Ich habe gesprochen, und White Rose Stores hat zugehört.«

»Sehr eindrucksvoll.« Christie drehte es um. Sie war nur freundlich. Das Teil war abscheulich, und sie konnte sich nicht vorstellen, dass es für irgendjemanden ein Anreiz sein könnte, sich in der Freizeit Verbesserungsvorschläge für die Firma einfallen zu lassen, wenn die Belohnung so aussah.

»Es ist ein Briefbeschwerer«, sagte Malcolm stolz. Er stopfte sich ein Stück Kartoffel in den Mund. »Ja, ich habe das Muster selbst anfertigen lassen. Hat die Firma natürlich nichts gekostet.«

»Ein bisschen leicht für einen Briefbeschwerer«, sagte Christie. »Hätte es nicht besser aus Glas sein sollen?«

»Arbeitsschutzbestimmungen«, sagte Malcolm. »Außerdem würde uns Glas viel zu teuer kommen. Diese hier könnten in Fernost zu einem Bruchteil des Preises hergestellt werden. Und sie erfüllen einen doch mit Stolz, oder – egal, ob aus Glas oder Plastik? Und bei einer Großbestellung könnten wir die Kosten noch weiter senken. Es würde sich gut eignen, wenn das Vorschlagswesen auf die anderen Abteilungen ausgeweitet wird, denn die Aussage ist ganz allgemein gehalten – sie hat nichts mit Backwaren an sich zu tun.«

Christie schnitt ein paar Grimassen, die Malcolm so auffasste, dass sie sprachlos vor Bewunderung war. »Na ja, ich werde es auf jeden Fall im Hinterkopf behalten.«

»Ich weiß, Mr. McAskill wäre begeistert von dieser Idee, und Sie können ihm gern sagen, woher sie stammt«, sagte Malcolm augenzwinkernd. Christie wusste, dass James das Teil aus allen Winkeln betrachten und sagen würde: »Was in aller Welt soll das denn sein?«, bevor er es mit voller Wucht in den Abfalleimer feuern würde.

Nachdem sie aufgegessen hatten und Malcolm Christie noch ein paar mittelmäßige Ideen unterbreitet hatte, darunter zwei sehr seltsam geformte Brotlaibe, ging er ihnen zwei Tassen Kaffee holen. Christie beobachtete, wie er die Schlange an der Kasse aufhielt, indem er jede Menge Kleingeld bis auf den letzten Penny abzählte und der Kassiererin überreichte.

»Was halten Sie denn von diesen Frauen?« Malcolm sprach die letzten beiden Worte aus, als würde er an saurer Milch riechen.

»Ich finde sie alle sehr nett.«

»Ein etwas seltsamer Haufen, wenn Sie mich fragen.« Malcolm beugte sich so weit vor, dass Christie schon wieder von den Ausdünstungen seines abscheulichen Aftershaves überwältigt wurde. »Diese Grace ist ein versnobtes Biest, sie glaubt, sie ist über alle anderen erhaben. Sie ist fünfundfünfzig, und ich nehme an, sie dachte, sie würde den Posten des Ideenmanagers bekommen. Warum sollte man denn sonst eine Frühpensionierung ablehnen? Ein bisschen spät, um jetzt noch echten Ehrgeiz zu entwickeln, passen Sie bloß auf! Anna ist eine trübe Tasse. Die habe ich noch nie lächeln sehen. Und Dawn wird, soweit ich weiß, bald heiraten, oder?«

»Ach ja?«, fragte Christie.

»Nur zur Warnung, solche Leute führen immer zu viele private Telefongespräche. Außerdem habe ich nicht den Eindruck, dass sie die Weisheit mit Löffeln gegessen hat. Über die andere, die junge Raychel, weiß ich gar nichts, aber ich hätte gedacht, dass sie ein bisschen zu fad für ein solch ehrgeiziges Projekt ist. Sie versprüht nicht unbedingt Persönlichkeit, wenn Sie wissen, was ich meine. Ehrlich gesagt wundert es mich, dass Mr. McAskill ausgerechnet diese Frauen ausgewählt hat. Ich selbst hätte ja mindestens einen Mann mit ins Team geholt.«

Christie fragte sich, ob sie beim *Guinnessbuch der Rekorde* einen Vorschlag für die meisten Charaktereinschätzungen in einer Minute einreichen sollte. Trotzdem, sie zog es immer vor, im Zweifelsfall zu Gunsten der Leute zu entscheiden. Vielleicht wollte er ihr ja nur helfen, sich einzuarbeiten, wenn auch auf eine sehr unbeholfene Art.

»Na ja, ich muss sagen, ich finde, sie sind alle äußerst liebenswürdig und fleißig«, sagte Christie fröhlich.

»Neue Besen kehren gut.« Malcolm legte eine Hand auf Christies und drückte sie fest. »Ihnen ist doch sicher bewusst, dass sie sich schon jetzt Freiheiten herausnehmen – um neun kommen und um Punkt fünf gehen.«

»Aber das sind die üblichen Arbeitszeiten. Warum in aller Welt sollte irgendjemand mehr tun?«

»Weil das hier in den White Rose Stores so üblich ist, meine Liebe«, sagte er mit einem sehr herablassenden Lächeln.

Das war Christies Stichwort, um zu flüchten.

»Ich bin Ihnen zutiefst dankbar für diese Einsicht«, nickte sie. »Dann sollte ich jetzt mal besser zurückgehen und dafür sorgen, dass sie sich entsprechend benehmen.« Und mit diesen Worten griff sie entschlossen nach ihrem Tablett.

»Ganz recht«, sagte Malcolm mit einem selbstgefälligen Grinsen. Er freute sich zu sehen, dass sie seine Kommentare offenbar beherzigte. »Ich denke, ich werde nur noch rasch ein kleines Stück Apfelkuchen essen, bevor es wieder in die Käse-Tretmühle geht. Hat mich gefreut, mit Ihnen zu reden, Christie.«

»Ganz meinerseits, Malcolm. Sehr nützlich. Sehr … aufschlussreich.«

Sie ist wirklich eine äußerst attraktive Frau, dachte er, während er ihr nachsah, wie sie sich ihren Weg zur Geschirrrückgabe bahnte. Ihr herzförmiges Gesäß wippte so natürlich wie bei Marilyn Monroe. Er hätte wetten mögen, es lag zu einem großen Teil an diesem Gesäß, dass sie diesen Job bekommen hatte.

»Schöne Mittagspause gehabt?«, fragte Grace. Sie war allein in ihrer Abteilung. Die anderen waren alle zum Shoppen in der Stadt. Getrennt, nicht gemeinsam.

»Ganz nett.« Christie war sich nicht sicher, wie überzeugend sie klang. »Ich hole mir noch einen Kaffee. Kann ich Ihnen einen mitbringen?«

»Oh, äh, ja, danke«, sagte Grace. »Mit Milch, ohne Zucker, bitte.«

»Nein, ich hätte auch nicht gedacht, dass Sie Zucker nehmen, bei Ihrer Figur«, sagte Christie.

»Oh, äh, danke«, sagte Grace etwas verblüfft. »Ehrlich gesagt habe ich eine schreckliche Schwäche für Süßes, der ich nur nicht nachgebe. Und zum Glück gibt es Yoga. Damit halte ich mich gut in Form.«

»Ich gebe meiner Schwäche für Süßes ständig nach, wie Sie sich sicher denken können.« Christie strich mit den Händen über die Rundungen unter ihrem hellen, sommerblauen Kostüm. Sie hatte wunderschöne Kleider, davon nicht eines in zurückhaltenden Farben. »Mein Bruder ist Zahnarzt. Meine Zähne hält er gut in Form, aber meine Figur leider nicht. Und ich glaube, wenn ich auch nur versuchen würde, die Lotusposition zu finden, würde ich mir das Rückgrat brechen.«

»Ich habe selbst erst mit Ende zwanzig damit angefangen«, erwiderte Grace. »Glauben Sie mir, es ist ein wirklich sanfter Weckruf für den Körper.«

»Das glaube ich Ihnen aufs Wort«, sagte Christie. »Aber ich selbst bekomme alle Entspannung, die ich brauche, bei Eclairs, einem gelegentlichen Glas Brandy und hin und wieder einem Päckchen Embassy Regals.«

Sie erwartete, dass Grace bei der Erwähnung von Zigaretten zusammenzucken würde. Irgendwie hatte sie das Gefühl, dass sie das missbilligen würde. Aber Grace tat nichts dergleichen. Stattdessen sagte sie: »Jeder muss sich irgendwie entspannen. Ich glaube, nichts schadet der Gesundheit mehr, als wenn man sich nicht entspannen kann.« Sie lächelte. Christie hatte den Verdacht, dass Grace sich schon lange nicht mehr richtig entspannt hatte, nicht einmal mit Yoga.

»Da gebe ich Ihnen vollkommen recht«, sagte Christie. »Mit Milch, ohne Zucker, sagten Sie? Genau wie ich. Ich schaffe es wenigstens bei meinen Getränken, den Zucker wegzulassen.«

»Ja, danke«, sagte Grace. Sie hatte in ihrem ganzen Berufsleben noch nie einen Chef gehabt, der anbot, ihr etwas zu trinken zu holen. Aber sie nahm – wie die halbe Belegschaft – an, dass Christie Somers eben sehr weit von der Norm abwich.

Dawn hatte in ihrer Mittagspause in der Stadt Geschenke gekauft. Goldene Ohrringe für ihre Brautjungfern – Denise und Demi, Calums Schwestern – und eine Krawattennadel für den Trauzeugen des Bräutigams – Rod, auch bekannt als »Der Killer«. Er war Calums bester Freund, aber Dawn konnte sich nicht vorstellen, dass er sie je tragen würde. Vielleicht würde sie ihm bei seinem Erscheinen vor Gericht zugutekommen. Er trug eine elektronische Fußfessel und hatte Freigang, daher würde er die Feierlichkeiten vorzeitig verlassen müssen. Für Muriel würde sie ein paar Blumen kaufen. Calums Dad, Ronnie, würde sie zum Traualtar führen. Sie hatte gesagt, sie werde allein zum Altar schreiten, da ihr Dad nicht da sei, um diese Aufgabe zu übernehmen, und es auf ihrer Seite der Familie keine Onkel oder anderen Leute gebe, die sie hätte fragen können, aber Muriel hatte gesagt, das sei albern, und Ronnie dafür vorgeschlagen. Ronnie hatte keine Einwände erhoben. Die Crooke-Männer taten im Allgemeinen, was die Crooke-Frauen ihnen sagten. Sie fragte sich, ob Calum auf das achten würde, was sie sagte, wenn sie erst eine Crooke-Frau war.

Sie würde für ihn und Ronnie und Killer je einen Frack ausleihen. Bei dem Gedanken, wie viel Geld sie schon jetzt ausgegeben hatte, wachte sie manchmal mitten in der Nacht schweißgebadet auf. Sie hatte keine Ahnung, woher sie den Rest nehmen sollte.

Elftes Kapitel

Trara«, sagte Ben um Punkt halb zehn am Dienstagabend. »Das erste Zimmer ist fertig, Gott sei Dank.«

»Wunderbar«, sagte Ray und zog den Pinsel mit der Farbe ein letztes Mal über die Wand. »Jetzt sind es nur noch zwei Zimmer.«

»O Mann, bis zum Wochenende sind wir fertig. Aber es lohnt sich doch, oder? Einen Monat mietfrei wohnen dafür, dass wir ein paar Abende hiermit beschäftigt sind?«

»Na ja, ich weiß nicht. Diese Decken sind einfach so hoch. So viel Wand zu streichen.«

»Mit dieser Farbe sieht das Haus gleich doppelt so groß aus.«

»Dann erinnere mich bitte, keine magnolienfarbenen Hosen mehr zu tragen«, sagte Raychel.

»Ach geh, du hast doch fast keinen Hintern«, sagte Ben.

»›Ach geh?‹ Du hörst dich schon an wie ein Yorkshire-Mann!«

»Aaarrghh!«, schrie Ben, als sei dieses Schicksal schlimmer als der Tod. Aber tatsächlich vermisste er sein Leben in Newcastle nicht ein bisschen. Manchmal schien es ihm, als hätte er gar kein Leben gehabt, bevor er und Raychel nach Barnsley gezogen waren und dieses kleine Reihenhaus in der Altstadt gemietet hatten. Er hatte sich hier gut eingelebt. Er hatte einen guten Job, und Ray schien zufrieden mit ihrem zu sein. Und wenn sie glücklich war, dann war er es auch.

»Diese vierhundert Pfund, die wir gespart haben, werden wir in die erste Hypothekenrate stecken.«

Sie grinsten sich an.

»Unsere erste Hypothek. Kannst du das glauben?«

»Ich kann nicht glauben, dass wir uns allen Ernstes darauf freuen, jeden Monat einen dicken Batzen Geld hinzublättern. Wie erbärmlich sind wir eigentlich?«

»Sehr.«

»Ist es dir denn recht, dich langfristig auf ein Leben hier in Barnsley einzurichten?«, fragte Raychel. Das Lächeln wich mit einem Mal aus ihren Zügen.

»Wohin du gehst, da will auch ich sein«, sagte Ben und legte ihr seine kräftigen Arme auf die Schultern.

»Mir gefällt es hier. Ist das nicht seltsam?«

»Warum denn seltsam?« Er gab ihr einen kleinen Kuss auf den Kopf.

»Weil wir ausgerechnet hier gelandet sind. Wo meine Eltern herkamen.«

»Na ja, du hast den Ort ja nie kennen gelernt. Das heißt, du verbindest keine schlechten Erinnerungen damit, oder?«

»Nein, vermutlich nicht«, überlegte Raychel.

»Hier oben gibt es jede Menge Arbeit für mich, Raychel. Ich habe mich noch nie irgendwo so gut eingelebt wie hier. Ben drückte seine Frau. »Vielleicht werden wir endlich erwachsen.« Er knuffte sie zum Spaß in die Seite, aber sie lächelte nicht. Er wusste, wo sie mit ihren Gedanken war. Die Vergangenheit war bei ihnen immer so gegenwärtig, dass sie jeden Augenblick wieder darauf ausrutschen konnten, wie an einem schlammigen Abhang, an dem man kaum Halt findet.

Er gab ihr einen leichten Klaps auf den Po, um sie aus ihrer Tagträumerei zurückzuholen. »Nimm du zuerst ein Bad. Und ich mache uns inzwischen was Schönes zu essen.«

»Nein, lassen wir uns lieber ein Currygericht ins Haus kommen.« Raychel zwang sich zu einem Lächeln.

»Von mir aus gern«, sagte Ben. »Und jetzt geh schon, ich nehme das Wasser nach dir, also nicht hineinpinkeln.«

»Wie willst du das denn nachprüfen?«, neckte Ray ihn auf dem Weg ins Bad. Er tat, als würde er ihr nachsetzen, und sie kreischte auf.

Bens Lächeln schwand, als sie die Treppe hochging.

»Lieber Gott, bitte mach, dass wir in unserer neuen Wohnung glücklich sind«, flüsterte er. Er bat nicht um einen Lottogewinn oder das ewige Leben, er hoffte nur, Gott würde sich ihrer erbarmen und ihnen endlich ein bisschen Frieden schenken.

»Was stellst du dir als Hochzeitsessen vor, Cal? Roastbeef oder Huhn?«

»Ich weiß nicht, entscheide du«, sagte Calum. Er sah sich einen Naturfilm an. Ein Rudel Löwen zerfleischte eine Gazelle. Na ja, der Löwe saß eigentlich nur am Rand und überließ die ganze Arbeit den Löwinnen. Die Gazelle hatte lange, dünne Beine, genau wie Dawns.

»Sind bei deinen Leuten irgendwelche Vegetarier?«, fragte Dawn.

»Red doch keinen solchen Quatsch«, sagte Calum leicht belustigt.

»Vielleicht sollten wir wenigstens ein vegetarisches Gericht zur Auswahl anbieten, für alle Fälle.«

»Ach was, wir bieten ihnen zur Auswahl an, das Fleisch zu essen oder sich zu verpissen.«

»Garnelencocktail oder Melone, Roastbeef oder Huhn, Schwarzwälder Kirschtorte oder Sommerpudding?«

»Was ist denn ein Sommerpudding?«, fragte Calum.

»Wie Brot in der Schüssel, mit Beeren drin.«

»Brot? In der Schüssel?«

»Nicht die Schüssel, an die du denkst, Dummkopf«, lachte Dawn.

»Jetzt ist mir der Appetit schon vergangen.«

»Also Schwarzwälder Kirschtorte?«

»Ich weiß nicht«, sagte Calum. »Entscheide du.«

»Wir könnten Blutwurst mit pochierten Eiern als Vorspeise haben, dann Truthahn und als Dessert klebrigen Toffeepudding.«

»Klingt gut.«

»Aber das sind vier Pfund mehr pro Nase.«

»Egal«, sagte Calum. »Frag meine Mam. Sie wird es wissen.«

Als Dawn an jenem Abend zu Bett ging, träumte sie, dass ein riesiger klebriger Toffeepudding ihre ganzen Ersparnisse auffraß und Löcher in ihr Brautkleid riss.

Zwölftes Kapitel

Als Christie Mitte der Woche um Punkt elf Uhr den Blick hob, sah sie, dass ihre Damen alle fleißig vor sich hin arbeiteten. Sie hatte noch nie in einer Abteilung gearbeitet, in der so wenig geschwatzt wurde. Es beunruhigte sie. Sie hatte schon andere Abteilungen geleitet, in denen Mitarbeiter, die mehr quatschten als arbeiteten, zur Ordnung gerufen werden mussten, aber das hier war nun das andere Extrem. Es war unnatürlich und sorgte ihrer Ansicht nach nicht unbedingt für die beste Arbeitsatmosphäre. Sie hätten ebenso gut jede für sich hinter einem Stacheldrahtzaun dort sitzen können. Sie schüttelte den Kopf. Frauen, die beruflich so viel mit Kuchen und Keksen zu tun hatten – sie hätten in ihrem Element sein sollen! Diese Abteilung hatte so etwas Zerrissenes an sich – und sie war entschlossen, das in Angriff zu nehmen.

»Teambesprechung in der Kantine, meine Damen, in zwei Minuten, bitte, also schalten Sie Ihre Anrufbeantworter ein«, rief sie. Sie würde sie erst einmal mit Kaffee und Gebäck in Stimmung bringen. Das war immer ein guter Anfang, um das Eis zu brechen.

Unten in der Kantine war eben ein frischer Schwung Butterscones hingestellt worden. Christie häufte fünf Stück davon auf ihr Tablett. Ein anständiges zweites Frühstück!

»An diesem Tisch herrscht Diätverbot«, sagte sie und setzte sich. »Greift zu, Mädels.«

Anna hatte eigentlich gar keinen Hunger. Sie hatte seit dem Wochenende kaum etwas gegessen. Ihr Appetit hatte sich zusammen mit Tony aus dem Staub gemacht, aber alle anderen hatten sich bereits ein Scone genommen, und sie wollte keine Spielverderberin sein, indem sie ihres nicht einmal anrührte. Sie konnte einfach ein bisschen daran knabbern, dachte sie. Eigentlich sollte sie wirklich etwas essen.

»Okay, ich will über jede von euch drei interessante Dinge erfahren – es kann alles sein – aber es muss etwas sein, das euch wichtig ist«, verkündete Christie, nachdem sie einmal kräftig von ihrem Scone abgebissen hatte. »Ich werde den Anfang machen. Ich bin verwitwet, kinderlos und lebe mit meinem Bruder zusammen, der Zahnarzt ist, und auch wenn wir uns als Kinder oft gestritten haben, verstehen wir uns als Erwachsene doch erstaunlich gut. Zweitens: Ich liebe Kleider – vor allem Vintage-Mode und erst recht Schuhe – und besitze weitaus mehr, als ich je tragen werde. Drittens: Ich liebe Erdbeeren, und ich kann die verdammten Dinger nicht essen, da ich davon einen Ausschlag bekomme.«

Die Damen lachten leise.

»Das ist wirklich grausam, oder?«, sagte Grace. »Es ist, wie wenn man Tiere liebt, aber allergisch gegen ihr Fell ist.«

»Sie sind dran, Grace.«

Grace zermarterte sich das Gehirn. Drei *interessante* Dinge. Ihr fiel nicht mal eines ein.

»Es muss nichts Außergewöhnliches sein«, sagte Christie aufmunternd. »Nur drei Dinge über Sie, die wir noch nicht wissen. Sie haben mir doch zum Beispiel erzählt, Sie hätten sich mit Ende zwanzig ein Hobby zugelegt, oder?«

»Ach ja«, sagte Grace, dankbar für das Stichwort. »Na ja, erstens mache ich seit fast dreißig Jahren Yoga. Ich beginne jeden Morgen mit einer Viertelstunde und beende jeden Abend auf dieselbe Weise. Ich glaube, ich würde ganz zappelig werden, wenn ich das nicht könnte; es gehört für mich inzwischen fast zur Routine.«

»Ich wünschte, ich hätte so viel Disziplin«, sagte Dawn. »Ich habe seit einer Ewigkeit keinen Sport mehr getrieben.«

»Aber Sie haben trotzdem eine tolle Figur«, sagte Grace.

»Ich habe eigentlich nur Beine, was wirklich nervt, wenn ich mir Hosen kaufe, weil sie nie lang genug sind!«

»Sie Glückliche. Ich muss meine immer kürzen lassen. Egal, weiter geht's, Punkt zwei, Grace«, drängte Christie.

»Okay, ähm … na ja, ich habe drei Kinder – Laura ist neunundzwanzig, Paul achtundzwanzig und Sarah fünfundzwanzig – und zwei Enkel – Lauras kleiner Sohn Joe, er ist fünf, und Sarahs kleine Tochter Sable, die vier ist, und ein Geschwisterchen für sie ist unterwegs.«

»Sind Sie verheiratet, Grace?«, fragte Raychel, die bei der Aufzählung der Familie keine Erwähnung eines Ehemanns gehört hatte.

»O ja, ich bin seit dreiundzwanzig Jahren mit Gordon verheiratet. Er war Ingenieur für Plastik-Spritzgussverfahren, aber er hat sich frühpensionieren lassen.«

Interessant, dachte Christie. Ihr Mann lässt sich frühpensionieren, aber sie selbst stemmt sich dagegen. Und nach dem Alter der Kinder zu urteilen, wurden sie alle vor der Ehe geboren. Und sie hatte Grace schon als traditionell abgestempelt!

»Und das Dritte?«

Grace überlegte angestrengt, dann grinste sie.

»Ich habe schon mal mit Phillip Schofield Kaffee getrunken!«

»Nein!«, stöhnte Raychel auf. »Ich liebe Phillip Schofield!«

»Wo war das denn?«, fragte Dawn.

»Im Starbucks im Bahnhof von Leeds, vor ungefähr vier Jahren«, sagte Grace mächtig stolz. »Alle Tische waren besetzt, und er hat mich gefragt, ob er sich zu mir setzen könne, da ich allein war. Ich fand schon, er sah aus wie Phillip Schofield, aber ich wäre nie auf die Idee gekommen, dass er der echte Schofield sein könnte. Dann hat ihn jemand um ein Autogramm gebeten, und ich wäre fast in Ohnmacht gefallen. Er ist echt sexy.«

»Haben Sie sich auch ein Autogramm geben lassen?«, fragte Christie, während sie an der zweiten Hälfte ihres Scones kaute.

»Er hat mir meine Serviette signiert«, erwiderte Grace. »Er war absolut charmant.«

»Und er wird mit dem Alter immer besser«, sagte Dawn. »Hat er hier oben gedreht?«

»Ja«, sagte Grace, »aber ich weiß nicht mehr, welchen Film. Ich war so gefesselt von meinem Star.«

»Mit einem Star im Starbucks sitzen. Sagt das mal, wenn ihr ein paar Gläser getrunken habt!«, lachte Dawn.

»Wo wir schon bei Ihnen sind – wollen Sie vielleicht gleich weitermachen, Dawn?«, sagte Christie.

»Okay, gut, ich werde in zwei Monaten heiraten. Am letzten Samstag im Juni. Er heißt Calum.«

Ein paar leise Glückwünsche wurden auf diese Neuigkeit hin gemurmelt.

»Große Hochzeit in Weiß?«, fragte Christie.

»Klein bis mittelgroß. Ich habe keine Familie. Wir werden die schicken Kleider haben und die Kirche und den Kuchen, aber nicht hunderte von Gästen. Wir können es uns eigentlich gar nicht leisten.«

»Wie werden Sie denn heißen, wenn Sie verheiratet sind?«, fragte Raychel, während sie sich den Mund mit einer Serviette abwischte.

»Crooke. Nicht unbedingt ein romantischer Name. Nicht wie Ihrer – *Love*!«, sagte Dawn lächelnd. Nicht dass es ihr etwas ausgemacht hätte. Mrs. Crooke zu sein war ihr gut genug, und allein schon bei dem Gedanken wurde ihr warm ums Herz. »Zweitens: Ich spiele seit meiner Kindheit Gitarre, und mein kostbarstes Besitzstück ist die Gitarre, die meine Eltern mir zu meinem siebzehnten Geburtstag geschenkt haben. Sie kamen beide ein paar Wochen später bei einem Verkehrsunfall ums Leben.«

»O mein Gott, das ist ja furchtbar«, sagte Grace mit aufrichtigem Mitleid.

»Ich weiß.« Dawn nickte. »Ich vermisse die beiden so, vor allem jetzt, wo die Hochzeit ins Haus steht.«

»Das ist ja klar«, nickte Christie. »Und spielen Sie noch auf der Gitarre?«

»Heutzutage nicht mehr so oft«, sagte Dawn.

»Aber Sie müssen gut sein, wenn Sie die ganze Zeit gespielt haben. Haben Sie sich nie überlegt, in einer Band oder so zu spielen?«, fragte Grace.

»Nein, für eine Band bin ich nicht annähernd gut genug«, lächelte Dawn. Ein eher trauriges kleines Lächeln, fand Christie.

»Und drittens – o Gott, jetzt fällt mir nichts mehr ein. Ach ja, doch: Bis vor zwei Jahren war ich Friseurin.«

Das schien sie alle zu verblüffen, den scharf hochgezogenen Augenbrauen nach zu urteilen.

»Wieso haben Sie denn den Beruf gewechselt?«, fragte Christie.

»Ich wollte schon immer gern in einem Büro arbeiten, aber ich habe es mir nie wirklich zugetraut. Der Friseurberuf wurde mir irgendwann zu langweilig, daher habe ich einen Computerkurs belegt, und das hat mir wirklich sehr viel Spaß gemacht. Und als ich dann das Stellenangebot für diesen Job hier in der Zeitung sah, habe ich mich einfach beworben – und ihn bekommen. Ich konnte es kaum glauben. Ich hätte nie gedacht, dass ich eine Chance habe.«

Das Mädchen hat ja nicht viel Selbstvertrauen, dachte Christie. Schon komisch, dass es immer die Hübschen, Klugen waren, die keines hatten.

Alle Augen richteten sich nun auf Raychel, deren Wangen aus genau diesem Grund bereits hochrot angelaufen waren. Ihre Kolleginnen lächelten ihr aufmunternd zu.

»Drei Dinge, schnell, Raychel, dann können Sie wieder aus dem Rampenlicht flüchten«, sagte Christie und tätschelte ihr die Hand.

»Ich muss der langweiligste Mensch der Welt sein.« Raychel holte einmal tief Luft. »Okay, los geht's. Ich bin mit Ben verheiratet, einem Bauarbeiter.«

»Ist er aus Barnsley?«, fragte Dawn.

»Nein, er ist ein Geordie.«

»Oh, ich habe mich nur gefragt, ob Sie vielleicht hierhergezogen sind, um bei ihm zu sein? Sie sind doch sicher auch aus Newcastle, nach Ihrem Akzent zu urteilen, oder?« Dawn steckte sich den letzten Bissen Scone in den Mund und kaute.

»Er ist wegen der Arbeit hierhergezogen. Wir haben früher in London gelebt, und dort hat er einen Typen kennen gelernt, der für hier oben Arbeitskräfte gesucht hat«, erklärte Raychel.

»Komisch, die meisten Leute gehen in den Süden wegen der Arbeit, und Sie machen es genau umgekehrt!«, bemerkte Dawn. »Schon lange verheiratet?«

»Zehn Jahre.«

»O mein Gott!«, sagte Anna, ihr erster Beitrag an diesem Morgen.

»Wie viele Kinder habt ihr denn?«, fragte Dawn, die davon ausging, dass man so jung nur heiratete, wenn man schwanger war. Aber Raychel verblüffte sie.

»Keine Kinder, und auch keine geplant. Okay, zweiter Punkt.« Sie trommelte mit den Fingerspitzen auf den Tisch, während sie nachdachte. »Ich male gern. Ich habe mich schon immer für Kunst interessiert. Ich wäre gern Künstlerin geworden.«

»Sind Sie denn gut?«, fragte Dawn.

»Ich weiß nicht«, sagte Raychel. »Es macht mir einfach Spaß. Es entspannt mich. Vielleicht ein bisschen so, wie Ihr Yoga Sie entspannt, Grace. Und drittens: Ich ziehe nächsten Monat in eine neue Wohnung, und ich kann es kaum noch erwarten. Bis jetzt haben wir zur Miete gewohnt, aber jetzt haben wir eine der neuen Wohnungen in der Milk Street, wo früher die alte Molkerei war. Ganz oben.«

»Ein Penthouse«, sagte Christie augenzwinkernd.

»Sie ist wunderschön.« Raychel seufzte zufrieden. »Am Wochenende muss ich die ganzen Vorhänge abmessen, und ich kann es kaum noch erwarten, ist das nicht erbärmlich?«

»Das ist doch wundervoll«, sagte Dawn. Sie wünschte, sie und Calum hätten in eine neue Wohnung ziehen können. Ihr graute bei dem Gedanken an den Zustand seiner Vorhänge. Nicht einmal ein Team von Laurence Llewelyn-Bowens hätte diese zerschlissenen Scheusale verschönern können.

»Anna?« Christie legte den Kopf schräg und sah die stille Frau mit den traurigen Augen an.

»Glücklich verlobt mit Tony, mit dem ich zusammenlebe. Er ist Friseur, besitzt die launischste Katze der Welt und schwärmt für Hammer-Horrorfilme. Das bin ich, kurz gesagt!« Anna nickte, als wollte sie einen Punkt hinter ihre Worte setzen.

Aber Christie würde sie mit dieser allzu knappen Zusammenfassung nicht davonkommen lassen.

»Was denn für eine Katze?«

»Eine Siam, Chocolate Point. Ein Kater, natürlich. Man könnte meinen, er sei Prinz Edward, wie er alle immer von oben herab ansieht.«

»Und kostenlose Frisuren für Sie, nehme ich an?«

Anna dachte an Tonys Finger in ihrem Haar und schluckte. »Na klar«, sagte sie übertrieben fröhlich.

»Ich habe früher auch für diese alten Hammer-Horrors geschwärmt«, sagte Grace. »Ich hatte eine kleine Schwäche für Christopher Lee.«

»Einmal haben mich die Nonnen in der Schule gefragt, was ich denn werden wolle, wenn ich groß sei«, fiel Anna jetzt ein. »Sie sagten, ich solle meiner Fantasie freien Lauf lassen, daher sagte ich ihnen, ich wolle ein Vampir werden. Dafür habe ich eine ordentliche Tracht Prügel eingesteckt!« Sie dachte an Schwester Martin und ihre lächelnde Miene, die sie beim ersten Anflug von Aufmüpfigkeit wie eine abnehmbare Maske herunterreißen konnte. Das alte Scheusal hatte auf Anna eingeprügelt, bis sie sich in die Hose machte. Knallharte, frustrierte alte Nonnen wie sie waren einer der Hauptgründe, weshalb Anna ihre Kinder niemals auf eine katholische Schule geschickt hätte, nicht dass sie je welche haben würde. Es sei denn, ihr würde irgendwie ein Wunder zuteil. Aber sie würde trotzdem weiterhin nach einem Stern über ihrem Haus Ausschau halten, und nach einer Gruppe Schäfer, die an die Haustür klopften und um Einlass baten, für alle Fälle.

»Sie sehen wirklich ein bisschen *gothic* aus.« Christie musterte Anna. Sie hatte volle Brüste, eine schmale Taille und einen Schmollmund, und mit dem richtigen Dekolletee und ein bisschen rotem Lippenstift hätte diese Frau wirklich etwas aus sich machen können. Sie sah aus wie eine sträflich vernachlässigte Frau. Mehr von sich selbst vernachlässigt als von irgendjemand sonst.

»Aber Werwolf oder Vampir? Was fänden Sie besser?«, fragte Raychel, die eben *Twilight* zu Ende gelesen hatte und Ersteres entschieden vorzog. Der Werwolf-Protagonist erinnerte sie an Ben, so massig und warm wie er war.

»Keine Frage«, schniefte Anna. »Immer der Vampir. Der Werwolf mit seinem ständigen Fellwechsel, das wäre nichts für mich. Damit würde ich mir nur meinen Staubsauger verstopfen.«

Alle lachten. Anna hatte einen trockenen Humor, so viel stand fest. Christie leerte ihre Tasse, und dann fiel ihr auf, dass alle, die noch einen Rest in ihrer Tasse hatten, ihrem Beispiel folgten.

»Okay, machen wir uns wieder an die Arbeit. Vielen Dank, meine Damen. Jetzt habe ich das Gefühl, euch alle schon ein bisschen besser zu kennen.«

Christie ging voran. Hinter sich hörte sie, wie Grace mit Dawn schwatzte und Raychel Anna irgendetwas fragte. Sie lächelte leise. Das Tauwetter hatte begonnen.

Dreizehntes Kapitel

An jenem Nachmittag rief Paul Grace auf der Arbeit auf ihrem Handy an.

»Mum, ist dir klar, dass am Samstag das Grand-National-Rennen ist?«, fragte er.

»Du liebe Güte, schon wieder ein Jahr um seit dem letzten Mal!«

»Die Zeit vergeht eben wie im Flug, wenn man sich gut amüsiert«, sagte ihr lieber Junge. Grace hätte um ihn weinen können. Er hatte nicht mehr viel zu lachen gehabt, seit sein Vater ihn aus seinem Elternhaus verbannt hatte. Sie wusste, dass er den Schmerz noch nicht verwunden hatte, so sehr er sich auch den Anschein gab.

»Ich hole in der Mittagspause eine Zeitung. Da werden alle Pferdenamen drinstehen«, bot Grace an.

»Ich habe schon nachgesehen. Es läuft eines, das The Sun Rose heißt. Darauf werde ich setzen müssen, schon meiner Oma zuliebe.«

»Ach, na ja, dann nehmen wir das eben. Das ist auch kein schlechteres Omen als andere.«

»Gleiche Abmachung wie immer?«

»Gleiche Abmachung wie immer. Ganz genau.«

»Du kannst dir deinen Gewinn geben lassen, wenn wir uns nächste Woche sehen. Dann werden wir uns reichlich Kuchen gönnen, Scones mit Schlagsahne und Marmelade, das ganze Drum und Dran. Ich lade dich ein.«

Grace lachte. Er war der großzügigste Mensch, den sie kannte.

»Ach Paul, ich wünschte, du würdest endlich jemanden treffen, der erkennt, was für ein wundervoller Mensch du bist, und dich dafür liebt!«

Und ich wünschte, du auch, Mum, dachte Paul insgeheim.

Gordon hasste Glücksspiele, daher schlossen Grace und Paul, seit sie sich erinnern konnte, jedes Jahr eine heimliche Wette ab. Sie befassten sich nicht mit Favoriten und Gewinnchancen oder ähnlich komplizierten Dingen, sie wählten einfach ein Pferd mit einem Namen, der ihnen beiden etwas bedeutete, egal, wie seine Chancen standen. In den letzten beiden Jahren hatten sie jedes Mal gewonnen, erst mit Amazing Grace und dann letztes Jahr mit dem absoluten Außenseiter, Laura's Boy. Grace zahlte ihre Gewinne auf ein Bankkonto ein, das sie vor zwei Jahren heimlich eröffnet hatte und von dem Gordon nichts wusste. Grace hatte angefangen, einen Teil ihres Geldes auf die Seite zu schaffen, um es Paul zu vermachen, falls ihr etwas zustoßen sollte. Gordon hatte seinen Sohn enterbt. Und es ärgerte ihn über die Maßen, dass sie nicht dasselbe getan hatte.

»The Sun Rose?« Christie spähte über Grace' Schulter auf den Namen, den sie eben auf ihren Block gekritzelt hatte. »Sie wetten beim Pferderennen, Mrs. Beamish?«

»Nur einmal im Jahr«, sagte Grace. »Mein Junge und ich wetten immer beim Grand National.«

»Ach ja, natürlich! Am Samstag ist ja das Grand National, stimmt's?«, sagte Christie. »Wollen wir alle unser Glück versuchen?«

»Wie, zusammen oder getrennt?«, fragte Dawn.

»Zusammen«, sagte Christie. »Mitgefangen, mitgehangen.«

»Hat jemand eine Zeitung da?«, fragte Anna. »Sehen wir uns doch mal ein paar Namen an.« Vielleicht war ja etwas Passendes für sie dabei: Vollidiot von einem Verlobten oder Fettes Riesentitten-Flittchen vielleicht.

»Ich habe eine.« Dawn zückte ihre Ausgabe der *Sun*. Sie blätterte zu den letzten Seiten vor und sah sich den Vorbericht über das Rennen an.

»Irgendwelche guten Namen dabei?«, fragte Raychel.

»Augustus, Elvis Smith, Chocolate Soldier, Mayfly, Hell for Leather, Royal Jelly, Leapfrog, Silver Lady, Milky Bar, The Sun Rose. Wow, und ich lese die *Sun*!« Dawn stöhnte leise auf. »Das muss ein Zeichen sein.«

»Haben Sie etwa Superkleber geschnüffelt?«, fragte Anna.

»Na ja, ein großes Zeichen ist es nicht, da gebe ich Ihnen recht«, sagte Dawn. »Aber es hört sich doch nach einem Sieger an.«

Anna lächelte halb, und halb schüttelte sie den Kopf. »Nein, das habe ich nicht gemeint. Ich dachte nur, wo Sie doch Dawn heißen, da ist das einfach so passend. Dawn … heißt das nicht ›Sonnenaufgang‹?«

Dawn klappte der Kiefer herunter. »Gott, auf die Idee bin ich noch gar nicht gekommen!«

Nein, Dawn hatte die Weisheit wirklich nicht mit Löffeln gegessen, schoss es ein, zwei Leuten in diesem Augenblick durch den Kopf. Aber sie hatte eben irgendetwas Weltfremdes, Verträumtes an sich – als sei sie ein eher schlichtes, unkompliziertes Gemüt, und jemand, der eben ein bisschen Luft zwischen den Ohren haben sollte. Ihre Arbeit war allerdings tadellos.

»Wie stehen die Chancen für einen Sieg?«, fragte Christie.

»Fünfzig zu eins«, sagte Grace. »Das ist das Pferd, das mein Sohn und ich ausgewählt haben.«

»Es ist ein Schimmel. Kann mich nicht erinnern, wann das letzte Mal ein Schimmel das Grand National gewonnen hat. Hmmm …« Christie las weiter. Das Pferd war kein großer Favorit, das hieß, es würde entweder ein absoluter Loser oder für eine Überraschung gut sein.

»Ich liebe Schimmel.« Dawn verfiel unversehens in ihre Erinnerungen. Ihre Mum und ihr Dad hatten sich immer eine Ranch mit Pferden gewünscht. Sie waren zur falschen Zeit im falschen Land geboren worden, witzelten sie immer. Sie hätten in den Wilden Westen mit seinen ganzen Helden und Viehherden und Prärien gehört. Ihr Dad hatte ihr das Reiten beigebracht, als sie klein war. Von dem Reitstall am Ende der Straße liehen sie manchmal ein Pferd für sie aus, einen sanften Schimmel namens Smoke.

»Mir ist jedes recht«, sagte Anna, die nichts von Pferden verstand und der es, ehrlich gesagt, egal war, wer gewann. Sie könnte ihren Gewinn immer noch einer Hilfsorganisation vermachen, wenn sie vor Samstag sterben sollte.

»Mir auch«, sagte Raychel. »Jede einen Fünfer?«

»Ich bin dabei«, sagte Dawn. »Schlagen wir über die Stränge und sagen wir, einen Zehner.« Sie warf in letzter Zeit so viel Geld zum Fenster hinaus, da kam es auf ein paar Pfund mehr auch nicht mehr an, oder?

Malcolm beobachtete die Frauen von seiner Abteilung aus. Es war offensichtlich, dass sie Pferde fürs Grand National auswählten. Dann sah er McAskill um die Ecke biegen. Das dürfte interessant werden, dachte er und wartete ab. McAskills gesamte Lieblingsabteilung las entweder den Pferdesportteil der Zeitung oder kramte in Portmonees. Das würde ihm nicht gefallen, egal, wie hoch sein aktueller Liebling, Miss Wippender Po, bei ihm angeschrieben war. Während Malcolm zusah, wie James McAskill die Zeitung in die Hand nahm, um selbst einen Blick hineinzuwerfen – ausgerechnet die *Sun*! – schwand sein Lächeln schlagartig. Der große Boss und Christie stritten sich über irgendetwas, aber dabei lachten sie auch. Malcolm sah mit offenem Mund zu, wie Mr. McAskill seine Brieftasche zückte und Christie ein paar Geldscheine in die Hand drückte. Diese verdammte Frau war wirklich knallhart.

Als Grace an jenem Abend nachhause kam, saß Gordon in der Küche und blätterte in einem Saatgutkatalog. Neben ihm lag ein aufgeschlagenes Notizbuch, und er zeigte ihr die Liste mit Obstbäumen, die er bestellen wollte. Er war der einzige Mann, den sie kannte, der über junge Apfelbäume in Begeisterung ausbrechen konnte. Das Blättern in der Broschüre hatte ihn in Hochstimmung versetzt; er bot ihr sogar an, ihr eine Tasse Tee zu machen. Er summte vor sich hin, während er darauf wartete, dass das Wasser kochte, aber es war ein selbstgefälliges Summen, das Grace verriet, dass er mehr im Schilde führte, als nur ein paar Pflanzen auszuwählen. Es gefiel ihr nicht. Es gefiel ihr überhaupt nicht.

Vierzehntes Kapitel

In jener Freitagnacht hatte Anna einen absolut realistischen Traum, in dem Tony zu ihr zurückgekommen und eben ins Bad gegangen war. Als sie am nächsten Morgen aufwachte, wartete sie darauf, dass er wieder zu ihr ins Bett steigen würde. Dann entwirrte ihr Gehirn das Chaos und trennte die Fakten brutal von der Fiktion. Die Realität ihrer Situation traf sie härter als je zuvor, und der Schmerz in ihrem Herzen war echt und lähmend. Sie machte sich ein Mittagessen, das sie nicht aß, und dann erlag sie der Versuchung, bei dem Friseursalon vorbeizuschauen. Und dort, vom Fenster umrahmt, sah sie Tony, *ihren* Tony, der seelenruhig Haare schnitt, als sei alles in bester Ordnung. Sie wusste nicht, was sie erwartet hatte. Etwa, dass er über seiner Schere weinte? Dass er blass und hager aussah, wie ein Mann, der den größten Fehler seines Lebens begangen hatte? Und sie sah nicht nur Tony – und sein Haar sah zugegebenermaßen dunkler und nicht mehr so grau aus, und er trug ein sehr farbenfrohes Hemd –, sondern sie sah auch Lynette Bottom, in einem nabelfreien Top und Jeans, die nicht nur irgendein Tattoo über ihrer Pospalte entblößten, sondern auch die feinen Spitzen eines schwarzen Stringtangas.

Anna schaltete den Fernseher ein, um sich mit dem Grand National auf andere Gedanken zu bringen, aber sie konnte den Bildschirm kaum sehen vor all den Tränen, die in ihren Augen brannten und einfach immer weiter flossen.

Dawn ließ den Fernseher mit dem großen Rennen im Hintergrund laufen, während sie die Broschüre mit den Hochzeitspralinen studierte, die aufgeschlagen auf ihren Knien lag. Zuckermandeln sahen immer sehr hübsch aus, aber sie schmeckten abscheulich. Allein schon bei dem Gedanken an den Geschmack klapperte sie mit den

Zähnen. Sie überlegte, ob sie einfach für jeden Gast eine einzelne Praline einwickeln sollte. Das war doch viel hübscher und weitaus appetitlicher als diese grässlichen in Zucker gewälzten Nüsse – und verdammt viel billiger. Sie musste bei dieser Hochzeit unbedingt irgendwo Kosten einsparen. Sie hatte schon jetzt fast ihre ganzen Ersparnisse ausgegeben, und dabei hatte sie über Blumen oder die Torte oder die Hochzeitsreise noch nicht einmal nachgedacht!

Die Pferde nahmen ihre Positionen ein. Sie klappte die Broschüre zu, um das Rennen genau zu verfolgen. Sie schnappte den Namen eines Pferdes auf: June Wedding. Sie wünschte, sie hätte gewusst, dass dieses Pferd lief; dann hätte sie auf jeden Fall darauf gesetzt. Aber jetzt war es natürlich zu spät. Auf einmal schossen sie los. Dawn sah sich normalerweise keine Pferderennen an; ihr graute davor, mit ansehen zu müssen, wie eines von ihnen stürzte und sich verletzte und erschossen werden musste. Gott, diese Hindernisse waren aber auch hoch. Ein Pferd stürzte gleich beim allerersten. Es waren insgesamt dreißig Hindernisse. Als die Pferde The Chair, das fünfzehnte Hindernis erreichten, hatte sich Dawn vorgebeugt und feuerte sie lauthals an. Die Broschüre war ihr längst von den Knien gerutscht, und alle Gedanken an Mandeln oder Thorntons in den Hintergrund gerückt. Elvis Smith hatte sich gleich zu Beginn an die Spitze gesetzt. Er lag noch immer in Führung, als sie – zum zweiten Mal – am offenen Graben und am Bechers vorbeikamen, aber dann, am Canal Turn, musste er die Führung an Chocolate Soldier abgeben. Er fiel hinter Mayfly auf den dritten Platz zurück, aber dann verweigerte Chocolate Soldier am Valentine's. Royal Jelly legte sich auf der Innenbahn mächtig ins Zeug, und die Begeisterung des Kommentators jagte jetzt auch Dawns Adrenalinspiegel nach oben. Sie hatte keine Ahnung, wo June Wedding war. Es war wirklich ein Jammer, dass sie nicht auf dieses Pferd gesetzt hatte; der Jockey war auch noch pfirsichfarben gekleidet gewesen, die Themenfarbe für ihre eigene Hochzeit. Die Pferde näherten sich jetzt der Biegung. Elvis Smith lag wieder in Führung, nach einem atemberaubenden Sprint. Auf einmal schoss The Sun Rose auf der Innenbahn los und überholte alle bis auf das vorderste Pferd. Der Kommentator schrie sich am neunundzwanzigsten Hindernis fast die Seele aus dem Leib, als der Abstand zwischen Elvis Smith und The Sun Rose gleich null zu sein schien.

»Komm schon, Junge«, schrie Dawn den Bildschirm an. »Komm schon, du grauer Dummkopf! Ich könnte einen kleinen Gewinn gut gebrauchen!«

»Elvis Smith wird das Rennen machen«, rief der Kommentator. Aber dann schoss The Sun Rose in der letzten Nanosekunde an ihm vorbei und überquerte die Ziellinie mit einem kleinen, aber klaren Vorsprung.

»O mein Gott!«, sagte Dawn. Sie konnte sich nicht erinnern, wann sie zuletzt so aufgeregt gewesen war. Ihr Herz galoppierte, als sei sie das Rennen eben selbst gelaufen. Aber sie war nicht mehr geritten, seit sie siebzehn war. Allein schon der Gedanke, wieder auf ein Pferd zu steigen und ohne ihre Eltern durch die Landschaft von Yorkshire zu galoppieren, war zu schmerzlich für sie. Ihr Dad war immer so witzig gewesen, hatte so getan, als seien sie alle in Oklahoma, und gejauchzt wie ein verrückter Cowboy. Vielleicht würde sie, wenn sie die Hochzeit hinter sich hatten, einmal zu der Reitschule in Maltstone fahren und morgens einen kleinen sonnigen Ausritt unternehmen. Vielleicht war es an der Zeit, wieder auf ein Pferd zu steigen und sich ein paar glücklichen Erinnerungen hinzugeben.

Der kleine irische Jockey auf dem edlen Schimmel reckte triumphierend eine Faust in die Luft. Er sprach mit einem schnellen, schrillen irischen Akzent in die Kamera, bei dem niemand auch nur ein Wort verstand, nicht dass es wichtig gewesen wäre. Er hatte einen absoluten Außenseiter gleich bei seinem ersten Grand National zum Sieg geführt. Das letzte Mal habe ein Schimmel 1961 gewonnen, sagte der Kommentator. Niemand interessierte sich für die anderen Pferde, obwohl jetzt auch deren Namen über den Bildschirm flackerten. Dawn hatte keine Ahnung, wie viel Geld ihre Wettgemeinschaft auf der Arbeit damit gewonnen hatte, aber sie unterdrückte ihren ersten Impuls, Calum davon zu erzählen. Wenn er erfuhr, welche Summen sie hier einsteckte, würde er nur noch weniger zur Hochzeitskasse beisteuern. Daher hielt sie den Mund und bemittleidete ihn nur, als er vom Pub nachhause kam, wo er sein Geld auf Mayfly gesetzt hatte. Sie griff nach ihrer Broschüre und befasste sich schweigend wieder mit dem Problem Zuckermandeln oder Schokoladentrüffel.

Am nächsten Morgen erfuhr sie aus der Zeitung, dass June Wedding das Pferd war, das beim ersten Hindernis gestürzt war.

Fünfzehntes Kapitel

Grace starrte aus dem Fenster, nachdem sie alle Töpfe und Pfannen vom Sonntagmittagessen weggeräumt hatte. Sarah und Hugo waren für eine Stunde oder auch ein bisschen länger weggefahren, um sich nach neuen Möbeln für ihren Wintergarten umzusehen, und hatten Sable dagelassen, die mit ihrem Opa und Joe im Garten Ball spielte. Er war ein entzückender Junge, der Paul so ähnlich war, freundlich und still und am glücklichsten, wenn er die Nase in ein Buch stecken oder auf einem Block vor sich hin kritzeln konnte.

Gordon war an diesem Wochenende sehr gut gelaunt gewesen. Beängstigend gut sogar. Er hatte das ganze Wochenende nonstop gelächelt. Er hatte gelächelt, als er sich am Freitagabend mit seinen Kriegsveteranen traf, und er hatte bis zum Sonntagmittagessen gelächelt und sich von seiner besten Seite gezeigt. Aber es war kein freundliches Lächeln. Irgendetwas an der Art, wie es ihm auf den Lippen lag, beunruhigte Grace.

Sie versuchte noch immer zu ergründen, was Gordon im Schilde führen könnte – denn *irgendetwas* führte er mit Sicherheit im Schilde –, als Laura Grace eine Tasse Tee brachte und sie in ihren Gedanken unterbrach.

»Mum? Hallo! Tee!«

»Oh, entschuldige, Schatz, ich war auf einem völlig anderen Stern.«

»So viel dazu, dass Sarah nur eine Stunde weg sein wollte. Jetzt sind es schon über zwei.« Laura folgte den Blicken ihrer Mutter durchs Fenster. Sable stapfte schmollend davon, weil Joe ihr den Ball nicht zugeworfen hatte. »Wenigstens wirst du in den nächsten Wochen eine kleine Pause haben, wenn sie über die Osterferien im Ausland sind.«

»Sie ist schwanger«, sagte Grace. »Sie braucht alle Hilfe, die ich ihr geben kann.«

»Es wundert mich, dass sie dich nicht gebeten hat, auf Sable aufzupassen, damit die beiden allein ins Ausland fliegen können«, sagte Laura kopfschüttelnd.

Grace verriet nicht, dass Sarah sie tatsächlich darum gebeten hatte und dass Grace erklärt hatte, in ihrer neuen Position könne sie sich nicht so bald frei nehmen. Daraufhin wollte Sarah ihren Vater gar nicht erst fragen, denn sie konnte sich schon denken, wie seine Antwort lauten würde. Er hatte nichts dagegen, eine halbe Stunde intensiv mit seiner Enkelin zu spielen, wie er es mit seinen eigenen Kindern nie getan hatte, aber er würde sich niemals bereiterklären, den ganzen Tag allein auf ein Kind aufzupassen, während Grace auf der Arbeit war.

»Sie hätte eben nicht wieder schwanger werden sollen, wenn sie damit nicht zurechtkommt«, fuhr Laura fort. »Wir wissen doch alle, dass sie mit diesem Baby nur versuchen will, die Risse in ihrer Ehe zu kitten.«

Grace sagte nichts dazu, aber sie wusste, dass Laura recht hatte, und das bedrückte sie zutiefst.

»Du weißt schon, dass sie gleich nach der Geburt wieder mit dem Arbeiten anfangen will und von dir erwartet, dass du auf das Baby aufpasst, oder? Sie und Hugo verlassen sich darauf, dass du dich so bald wie möglich frühpensionieren lässt.«

»Na ja, dann müssen sie sich eben auf eine Enttäuschung gefasst machen.« Grace seufzte tief auf. Ja, sie wusste, wenn sie ihren Job je aufgeben sollte, dann würde sie zuhause dreimal so viel Arbeit und Mühe haben. Gott steh ihr bei, wenn sie irgendwann in Rente gehen *musste*.

»Wenn Sarah und Hugo sich diese ganzen exklusiven Urlaubsreisen leisten können, dann verstehe ich nicht, wieso sie kein Kindermädchen engagieren.« Wieder schüttelte Laura den Kopf. Dann dachte sie eine Sekunde lang nach und beantwortete ihre Frage dann selbst. »Obwohl, ich glaube, ich verstehe es doch. Sarah will keine andere Frau ins Haus lassen, solange sie noch so dick von der Schwangerschaft ist, um nicht zu riskieren, dass Hugos Blicke wieder abschweifen. Wohin fliegen sie denn über Ostern? Lass mich raten – Benidorm?«

Grace lachte. Sie wusste, dass Laura einen Witz machte. Hugo hatte mindestens fünfzigmal im Gespräch fallen lassen, dass sie ein Fünfsternehotel auf Lanzarote als Stützpunkt gebucht hatten, um sich auf der Insel nach einer Kaufimmobilie umzusehen. Hugo war ein Snob, wie er im Buche stand, und Sarah konnte ihm in letzter Zeit in dem Punkt fast das Wasser reichen. Beide legten großen Wert darauf, größere, bessere und teurere Dinge zu haben als alle anderen. Grace hatte keine Ahnung, woher Sarah diesen Wesenszug hatte – Paul und Laura waren beide alles andere als materialistisch veranlagt.

»Ihr Flug geht tagsüber, das heißt, Sable wird hoffentlich nicht allzu zappelig werden.«

»Sable ist eine Göre«, sagte Laura. »Natürlich wird sie um sich treten und allen anderen im Flugzeug auf die Nerven fallen, und Sarah wird es so sehen, dass sie ›auf natürliche Weise ihre Gefühle ausdrückt‹, und sie dafür auch noch loben.«

Grace nickte. Sie hatte schon bei dem Gedanken ein schlechtes Gewissen, aber Sable war tatsächlich ein Kind, das man nur schwer lieben konnte. Sie war verwöhnt, genau wie Sarah. Aber das hatte Grace schließlich nur sich selbst zuzuschreiben.

Als ihre leibliche Mutter starb, war Sarah nicht alt genug gewesen, um sich an sie zu erinnern, und Grace hatte das auszugleichen versucht, indem sie sie über die Maßen verwöhnte. Dazu kam diese ganze Anspruchshaltung, die Sarah an den Tag legte, seit sie diesen spießigen, arroganten Workaholic Hugo, einen Firmendirektor, geheiratet und sich zu einem kleinen Scheusal entwickelt hatte. Grace liebte all ihre Kinder, aber sie spürte immer mehr, dass Sarah sie verachtete, und ja, das tat weh.

Laura nahm einen kräftigen Schluck Tee. »Hast du Paul mal wiedergesehen?«

»Ja«, sagte Grace. »Und nächsten Samstag treffe ich ihn wieder.«

»Hat er irgendwas zu dir gesagt?«, fragte Laura geheimnistuerisch.

»Irgendwas worüber, Liebes?«

»Ach nichts«, sagte Laura. »Ich frage nur.«

»Er hat mir von Rose Manor erzählt«, sagte Grace.

»Hast du die Bilder gesehen? Hinreißend, findest du nicht?«

»Ja, das ist es, oder das wird es zumindest sein, wenn die ganze Arbeit erledigt ist.« Grace zweifelte nicht an der Fähigkeit ihres Sohns, diese Bruchbude auf Vordermann zu bringen. Er war ein Perfektionist, ein fleißiger Bursche mit einer Vision. Sie hätte sich keinen besseren Sohn wünschen können, selbst wenn sie selbst einen zur Welt gebracht hätte. Sie war erst einundzwanzig gewesen, als ihr wegen einer Unterleibsinfektion die Gebärmutter vollständig entfernt werden musste. Und dann, durch eine grausame Ironie des Schicksals, hatte sie Laura kurz nach Joes Geburt über genau dasselbe hinweghelfen müssen. Wenigstens konnte sich ihre Tochter mit ihren Erinnerungen an ein Kind, das in ihr herangewachsen war, ein bisschen trösten.

Sie standen da und schlürften an ihrem Tee, während sie in den Garten hinausstarrten, wo Gordon mit den Kindern war. Beide dachten dasselbe.

»Es ist wirklich albern, diese Sache zwischen Paul und Dad, findest du nicht?«, sagte Laura wehmütig.

»Ich kann nichts dagegen machen«, sagte Grace. »Ich wünschte, das könnte ich. Aber ich kann das Thema nicht einmal anschneiden – dann geht er einfach aus dem Zimmer.«

Auf einmal fiel Joe hin und umklammerte seinen Kopf und heulte laut, was gar nicht seine Art war. Er war hart im Nehmen und neigte nicht zu Tränen. Laura stürzte hinaus.

»Was ist denn los, mein Schatz?«, rief Grace ein paar Schritte hinter ihrer Tochter, während Joe sich an die Schulter seiner Mum kuschelte.

»Es ist alles gut«, sagte Gordon und packte den Jungen am Arm. »Komm spielen, Joe.«

»Gordon, was ist passiert?«, fragte Grace.

Joe wand sich unter dem Griff seines Großvaters.

»Nichts ist passiert«, sagte Gordon in seinem »Mach kein Getue«-Tonfall.

»Er blutet, Dad. Was ist passiert, Schatz?«

»Sable hat einen Stein auf mich geworfen«, sagte Joe.

»Gar nicht.« Sable streckte die Zunge heraus. Sie war genau wie Sarah, als sie klein war. Blonde Korkenzieherlocken und wasserblaue Augen – ein Bild der Unschuld.

»Komm Fußball spielen und sei kein Weichei«, sagte Gordon und zerrte Joe aus der Umarmung seiner Mutter.

»Lass ihn, Dad, er hat sich wehgetan«, sagte Laura.

»So schlimm ist es doch nicht«, knurrte Gordon. »Er wird jetzt weiter Fußball spielen. Hör auf zu weinen, Joe. Los, kick den Ball.«

Aber stattdessen warf sich Joe wieder in die Arme seiner Mutter.

»Herrgott, hör schon auf, ihn zu verhätscheln«, fauchte Gordon gereizt. »Es ist alles gut. Joe, komm hierher und kick diesen Ball.«

»Ich will nicht mehr spielen«, sagte Joe.

»KICK DEN VERDAMMTEN BALL!«, brüllte Gordon jetzt und zeigte mit einem Finger entschlossen auf den Boden vor sich. Laura spürte, wie ihr Junge zusammenzuckte, und schlang die Arme fester um ihn.

»Lass ihn in Frieden, Gordon«, sagte Grace. »Der Junge hat sich wehgetan. Sieh dir seinen Kopf an. Sable, ich werde deiner Mummy sagen, was du Joe angetan hast, wenn sie wiederkommt.«

Sable begann zu weinen. Gordon schien nicht der Ansicht zu sein, dass das ebenso unpassend war wie bei Joe. Kleine Mädchen durften weinen, kleine Jungen nicht.

»Ihr verhätschelt ihn!«, spie Gordon, der jetzt hochrot angelaufen war. »Er ist doch kein Mädchen. Davon wird er nur wie dieser andere werden! Wollt ihr das etwa? Eine Schwuchtel? Noch eine Tunte in der Familie, als ob eine nicht genug wäre? Darauf wärt ihr beide stolz, was?«

Gordon drängte sich unsanft an Grace vorbei ins Haus, während Joe an der Brust seiner Mum schluchzte. Laura sah ihrem Vater nach, wie er ins Haus verschwand, und Grace sah, wie sie voller purer Abscheu den Kopf schüttelte. Und Grace begriff, dass sie in diesem Moment ihren Ehemann zum ersten Mal mit den Augen ihrer Tochter sah.

Sechzehntes Kapitel

»Da haben wir am Samstag keinen schlechten Schnitt gemacht, was?«, sagte Dawn am nächsten Montagmorgen, während sie ihren Mantel aufknöpfte.

»Und ob«, sagte Christie. »The Sun Rose lag zum Schluss bei fünfundfünfzig zu eins. Schimmel sind immer absolute Außenseiter, das war unser Glück.«

»Oh verdammt«, sagte Anna. »Da haben wir einen wirklich dicken Batzen gewonnen, oder?«

»Nicht zu vergessen die vierzig Pfund, die James noch draufgelegt hat. Ich möchte wetten, jetzt wünschte er, er hätte das Geld selbst gesetzt. Alles in allem nicht schlecht für einen Nachmittag Arbeit«, fügte Christie augenzwinkernd hinzu.

»Ich kann's noch immer kaum glauben!« Das war seit einer Ewigkeit die erste gute Neuigkeit für Anna. Jetzt konnte sie sich einen Schaukelstuhl und einen Horlicks-Vorrat zulegen, der bis an ihr Lebensende reichen würde. Dafür gaben alte Schachteln über neununddreißig doch vermutlich ihr Geld aus.

»Haben wir gewonnen?«, fragte Raychel, die um Punkt neun Uhr eben noch zur Tür hereinstürmte.

»Haben Sie die Ergebnisse nicht gehört? Wo in aller Welt haben Sie denn das ganze Wochenende gesteckt?« Anna schüttelte gutmütig den Kopf.

»Wir haben uns um unser Haus gekümmert«, sagte Raychel. »Ich glaube, am Samstag haben wir vier Stunden allein bei Ikea zugebracht. Entschuldigen Sie die Verspätung, Christie. Ich habe im Stau gesteckt.«

»Ist mir gar nicht aufgefallen«, sagte Christie. Gott bewahre, dass sie je die Art Chefin wurde, die wegen ein paar Minuten einen Aufstand machte!

»Das hört sich ja nett an«, sagte Anna, während sie von Erinnerungen durchflutet wurde, wie sie mit Tony in ihr jetziges Haus gezogen war. Sie hatten selbst wie von Sinnen bei Ikea eingekauft und dreimal hin- und herfahren müssen, um alles nachhause zu schaffen. Zuallererst hatten sie das Bett aufgebaut, und Tony hatte darauf bestanden, es sofort einzuweihen.

»Gott sei Dank ist Ben ein solches Tier. Er sollte in *Englands stärkster Mann* auftreten. Die Leute haben fast ehrfürchtig zugesehen, wie er den ganzen Krempel zu unserem Kleinlaster geschleppt hat. Er hat alles in null Komma nichts zusammengebaut, und ich musste nur jede Menge Tee kochen.«

Er ist sicher nett, dieser Ben, dachte Anna. Wieso konnte sie nie so jemanden abbekommen? Wieso musste sie immer bei den treulosen Idioten landen? In Sachen Liebe meinte es das Schicksal einfach nicht gut mit ihr.

»Ich werde das Geld für euch alle in den nächsten Tagen haben«, versprach Christie.

»Wir sollten einen Teil davon zurückbehalten und davon schön essen gehen, um zu feiern«, schlug Dawn vor. Sie wusste, wenn sie das Geld erst in der Tasche hatte, dann würde Calum es sich von ihr »borgen« – ohne die Absicht, es je zurückzuzahlen. Und sie schaffte es einfach nie, ihm etwas abzuschlagen.

»Gute Idee«, sagte Christie. »Gibt es hier in der Nähe irgendwelche netten Restaurants oder Pubs?«

»Wie wär's denn mit diesem neuen Thailokal neben der Rising Sun am Ende der Straße?«, fragte Dawn. »Das ist nur fünf Minuten von hier. Oh, schon wieder Rising Sun. Muss ein Omen sein.«

»Von mir aus gern, wenn es allen anderen auch recht ist? Dann machen wir nach den Osterfeiertagen etwas aus?«

Alle nickten oder murmelten zustimmend, und Christie freute sich, sie fasste das als eindeutiges Ja auf.

Im Büro brach fröhlicher Trubel aus, als Christie am Mittwoch ein paar prall gefüllte braune Umschläge mit den Gewinnen vom Pferderennen an ihre Mitarbeiterinnen verteilte. Ihr Bruder hatte sie begleitet, um die Summe abzuholen, da sie so viel Geld nicht gern allein mit sich herumtragen wollte. Jede der Frauen steckte dreißig Pfund in einen Umschlag für ihr baldiges gemeinsames Essen zur Feier des Ereignisses. Christie fragte sich, was die anderen alle mit ihrem Gewinn anfangen würden. Sie selbst würde sich noch ein Paar Schuhe kaufen, und ihr schwebte auch schon ein bestimmtes Paar vor. Sie hätte wetten können, Dawn würde ihr Geld für ihre Hochzeit ausgeben, und Raychel ihres für ihr Haus, aber was war mit Grace und Anna? Die beiden waren nicht so leicht zu durchschauen. Sie fragte sich, wofür sie einen unerwarteten Geldsegen ausgeben würden.

Christie würde außerdem eine Flasche Champagner kaufen und ein Glas auf ihren verstorbenen Ehemann trinken, wie sie es um diese Jahreszeit immer tat. Sie liebte Ostern über alles. Sie war nicht besonders gläubig, aber sie wurde immer sehr nachdenklich, wenn sich der Tag jährte, an dem sie zur Witwe geworden war. Sie wünschte, Peter wäre im Herbst oder im Winter gestorben, nicht wenn die Glockenblumen, die er so geliebt hatte, überall in den Wäldern zu blühen begannen, wenn die ganze Natur zum Leben erwachte; das erschien ihr so ungerecht. Sie sorgte immer dafür, dass sie diese Jahreszeit genoss, ihm zuliebe, ihnen beiden zuliebe.

Grace hatte es übernommen, einen Kaffee-Dienstplan zu erstellen, und Christie hatte darauf bestanden, ebenfalls auf dieser Liste zu stehen. Sie sagte, sie tränke das Zeug schließlich auch, und sie sei sich nicht zu bequem, selbst welchen zu kochen, wenn sie an der Reihe sei. Nach Malcolm als selbst ernanntem Chef war Christie Somers wie ein kaltes Glas Wasser in einer durstigen Kehle.

Christie gefiel, dass die Frauen allmählich immer öfter ein Lächeln austauschten. Sie arbeiteten nicht weniger effizient, nur wenn sie hin und wieder kurz erwähnten, dass »der Farbton dieser Bluse wirklich gut zu Grace' Teint passt«, oder fragten: »Was ist denn gestern Abend in den letzten fünf Minuten von *Corry* passiert? Da hat das Telefon geklingelt, und ich hab's verpasst.« Christie war sich sicher, wenn es im Büro ein Thermometer gäbe, dann würde sie feststellen, dass es mit jedem Tag ein Grad wärmer wurde.

An jenem Abend stand der spätere Zug nach Dartley schon bereit, als Anna den Bahnsteig erreichte. Sie hatte ihren üblichen Zug verpasst, nachdem sie bei Iceland rasch noch ein paar Dinge eingekauft hatte. Als sie auf den Zug zurannte, sah sie wieder den schwarz gekleideten Mann auf dem Bahnsteig gegenüber. Als er sie entdeckte, sah er aus, als könne er sein Glück, sie wiederzusehen, kaum fassen. Vor allem fiel ihr auf, dass er nicht nur zu ihr herüberstarrte, sondern sie so zu mustern schien, wie Albert Pierrepoint vielleicht einen verurteilten Mann mustern würde, um abzuschätzen, wie viel Seil er für die Hinrichtung benötigte. Und dann zeigte er, zu Annas abgrundtiefem Entsetzen, genau auf sie. Er winkte sie zu sich herüber. *Ja, na klar, als ob sie zu ihm hingehen würde!* Annas Herz raste. Sie sprang in den Zug, versuchte zu ignorieren, dass der Mann noch immer alles daransetzte, ihre Aufmerksamkeit zu erregen, ihr jetzt heftiger zuwinkte. Sie wagte einen Blick zu ihm hinüber, als der Zug anfuhr. Der Mann war verschwunden. Dann sah sie, wie er auf ihrer Seite des Bahnsteigs die letzte Stufe hinuntersprang. Wie zum Teufel war er so schnell dorthin gekommen? Er musste durch die Passage über den Gleisen geflogen sein.

Na ja, überlegte sie düster, wenn er wirklich ein Serienkiller war, was spielte es schon für eine Rolle? Ihr Leben war sowieso gelaufen. Das Einzige, was auf sie wartete, war eine Existenz in Pflegeheimen, wo sie sabberte und nach Pisse roch. Jenseits der vierzig ging es doch nur noch bergab. Sie hoffte, wenn er sie endlich eingeholt hätte, würde seine Methode schnell und schmerzlos sein.

Siebzehntes Kapitel

Vladimir Darq sah, wie der Zug aus dem Bahnhof fuhr, Sekunden bevor er die Chance hatte, aufzuspringen. *Verdammt*. Er hatte genau die Frau gefunden, die er suchte, und er kam nicht an sie heran. Als er die Frau mit dem langen, kastanienbraunen Haar zum ersten Mal gesehen hatte, hatte ihm sein innerer Radar gesagt, dass sie auf jeden Fall in die engere Wahl kam. Sie war ihm den ganzen Abend nicht mehr aus dem Kopf gegangen, und spätestens am nächsten Morgen hatte er gewusst, dass keine andere Frau je gut genug sein würde. Jeden Abend hatte er am Bahnhof darauf gewartet, sie wiederzusehen, und jetzt war sie gekommen, und er hatte sie verpasst. Er dachte an die ganzen Einkäufe, die sie bei sich gehabt hatte, und überlegte, dass sie normalerweise vielleicht einen früheren Zug nahm. Beim dritten Anlauf musste es klappen. Er würde sie nicht noch einmal verpassen.

In der Firma herrschte am Donnerstag jene fröhliche »Letzter Tag vor den Feiertagen«-Stimmung. Dawn würde noch ein paar Dinge für die Hochzeit erledigen, weshalb sie schon ganz kribbelig war; Raychel plapperte fröhlich von ihren Umzugsvorbereitungen, und auch wenn Anna nicht so übersprudelte wie die anderen Frauen, hoffte Christie doch, dass sie sich auf ein ruhiges verlängertes Wochenende mit ihrem Verlobten und ihrer Katze freute. Nur aus Grace' Ecke glaubte sie einen kalten Luftzug zu spüren. Christie bemerkte ein paarmal, wie sie einfach in die Luft starrte.

»Alles okay mit Ihnen?«, fragte sie.

Grace kehrte mit einem Ruck in die Wirklichkeit zurück.

»Alles bestens«, sagte sie, womit sie keine von beiden überzeugte, aber Christie hakte nicht weiter nach, und Grace verriet nicht, dass sie eine absolut ungute Vorahnung hatte. Es hatte irgendetwas mit

Gordon zu tun, auch wenn ihr nichts wirklich Ungewöhnliches an ihm aufgefallen war. Trotzdem, es war ein unangenehmes Gefühl, das sich einfach nicht legen wollte.

Grace graute vor den Osterfeiertagen. Zum Glück konnte sie sich wenigstens auf einen schönen Samstagnachmittag mit Paul freuen – und auf Joes Gesicht, wenn er sah, wie viele Eier der Osterhase im Haus seiner Großeltern für ihn versteckt hatte. Das hieß, falls Gordons dämliches Grinsen den Osterhasen nicht von einem Besuch abschreckte.

Paul war das letzte ihrer Kinder gewesen, als er vor über drei Jahren sein Elternhaus verlassen hatte. Erst nachdem er zuhause ausgezogen war, war ihr bewusst geworden, wie sehr die Gegenwart der Kinder sie immer aufgemuntert hatte. Jetzt, wo sie alle fort waren, hatte sie immer öfter das Gefühl, als müsste sie innerhalb ihrer vier Wände nach Luft schnappen.

Um fünf Uhr wünschte Christie ihren Damen schöne Feiertage. Die Abteilung würde bis zum Dienstag nach Ostern geschlossen bleiben. Für Christie sah es aus, als hätte vor allem Grace eine erholsame Pause dringend nötig.

Gordon hatte angeboten, Grace an diesem Tag zur Arbeit zu fahren und wieder abzuholen. Um genau zu sein, hatte er fest darauf bestanden. Er wolle ihren Wagen zur Werkstatt bringen, hatte er gesagt, da er ein Scheppern gehört habe. Grace hatte kein Scheppern gehört, aber es gab keinen Grund, ihm nicht zu glauben. Sie hatten nicht viel miteinander geredet seit dem Zwischenfall mit Joe am Sonntag. Grace hatte das Thema nicht einmal angeschnitten, nachdem Laura nachhause gefahren war. Wozu auch? Wenn Gordon über etwas nicht reden wollte, dann redete er nicht darüber.

Er wartete bereits auf dem Parkplatz auf sie, als sie aus dem Gebäude kam. Der Wagen war gewaschen und poliert und innen gereinigt worden, fiel ihr auf, als sie einstieg. Sie murmelten beide ein Hallo, während sie sich anschnallte.

»Hast du das Scheppern reparieren lassen?«, fragte sie.

»Was denn für ein Scheppern?«, fragte er geistesabwesend, und dann: »Ach nein, da war gar nichts. Muss ich mir eingebildet haben.«

Da wusste Grace, dass er ihren Wagen gar nicht zur Werkstatt gebracht hatte. Er hatte gar kein Scheppern gehört. Er führte irgendetwas im Schilde, und ihr Instinkt erwies sich als richtig, als er wenig später nach rechts abbog anstatt nach links, wo es nachhause ging.

»Wohin fahren wir?«

»Nur ein kleiner Umweg«, sagte er.

Grace war diese Woche erschöpft. Erschöpft davon, noch mehr Konflikte in ihrer Familie zu erleben, erschöpft davon, ihre Zunge im Zaum halten zu müssen, um ja nichts zu sagen, was Gordon auf die Palme bringen könnte. Sie wollte dieses Wochenende, an dem sie ausnahmsweise einmal nicht auf Sable aufpassen musste, nutzen, um ein langes Bad zu nehmen, ein schönes Glas Wein oder zwei zu trinken und in aller Ruhe ein paar Stunden zu lesen. Sie spürte, dass ihre Batterien dringend aufgeladen werden mussten. »Gordon, wohin fahren wir?«, fragte sie noch einmal erschöpft.

»Lass das nur meine Sorge sein«, sagte Gordon mit diesem unglaublich aufreibenden Lächeln.

»Gordon?«

Gordon gab keine Antwort und schaltete den rechten Blinker ein, als sie sich dem Kreisverkehr näherten, was Grace verriet, dass sie die Autobahn in Richtung Süden nehmen würden.

Mit hämmerndem Herzen stand Anna auf dem Bahnsteig. Der komische Kauz in Schwarz war zum Glück nicht da. Vielleicht hätte sie sich einfach von ihm überfallen lassen sollen, falls er das vorgehabt hatte, um es hinter sich zu bringen. Sie stellte sich eine rührende Krankenhausszene vor, in der Tony an ihr Bett stürzte und ihr sanft über den Schädel strich, wo der Fremde mit einer Axt auf ihn eingeschlagen hatte. Er würde ihr ewige Liebe schwören und zu ihr zurückkehren, um sich um sie zu kümmern, und ihr Gesicht mit kalten Flanelllappen abtupfen und mit Küssen bedecken.

Die Schranken senkten sich, der Zug fuhr ein, und Annas Hand um den neuen Vergewaltigungsalarm in ihrer Manteltasche lockerte sich. Ein kalter Atem blies ihr in den Nacken. Als sie sich umwandte, stand der Mann in Schwarz hinter ihr und starrte sie unverwandt an. Sie sah Fangzähne, eindeutig. Sie würde im *Chronicle* stehen, als die erste Frau in Barnsley, die zu einer Untoten geworden war, dachte sie, und dann wurde alles verschwommen und schließlich schwarz. Seine behandschuhten Hände streckten sich nach ihr aus und fingen sie auf, als sie das Bewusstsein verlor.

Achtzehntes Kapitel

Sekunden später, auch wenn es ihr weitaus länger erschien, kam Anna wieder zu sich. Eine Menschenmenge umringte sie, der Fremde hielt sie auf dem Boden in seinen Armen, und irgendeine dämliche Kuh rannte hin und her und rief: »Hilfe, kann jemand bitte einen Krankenwagen rufen! Hier hat eine Frau einen Herzinfarkt!«

Sie konnte sich erinnern, wie ihr hochgeholfen wurde, und dann, während sie allmählich wieder zu Bewusstsein kam, gewann die Verlegenheit die Oberhand. Sie versuchte, geistig klar auszusehen, ungefähr so, wie ein Betrunkener versucht, sich einen Anschein von Nüchternheit zu geben, mit ungefähr demselben Erfolg. Immer wieder sagte sie: »Es geht mir gut, es geht mir gut.« Aber sie hörte diese dämliche Frau kreischen: »Sie hätten sie liegen lassen sollen. Sie muss ins Krankenhaus. Ich habe einen Erste-Hilfe-Kurs gemacht. Ich kenne mich aus mit so was.«

Aber dann lief Annas Gehirn offenbar ein bisschen im Schnellvorlauf, und im nächsten Augenblick wurde sie von einer netten Dame mit einer Schürze ins Bahnhofscafé geführt, auf eine Tasse Tee mit viel Zucker. Dann wieder ein paar Sekunden Schnellvorlauf, und dann befand sich Anna auf einmal in einer stillen Ecke des Cafés und wurde von sanften Händen auf einen Stuhl gedrückt. Und der Mann mit den Fangzähnen saß ihr gegenüber. Sie sah noch einmal genauer hin und schüttelte den Kopf. Tranken Vampire Yorkshire-Tee – denn dieser hier tat es – und rissen sie Packungen mit Cadbury-Keksen auf und boten ihr welche an? Daran konnte sie sich aus ihrer Bram-Stoker-Ausgabe nicht erinnern.

»Sind Sie Diabetikerin?«, fragte er mit einer tiefen Stimme mit einem schweren Akzent, der an dunkle Wälder und düstere Burgen in Osteuropa erinnerte, während er ihr die Schokoladenkekse hinhielt.

»Nein«, sagte Anna. »Na ja, heute Morgen war ich es jedenfalls noch nicht.«

»Dann sind Sie also nur aus Angst vor mir in Ohnmacht gefallen«, sagte der Mann. »Das tut mir so leid.« Er hatte blasse Haut und pechschwarzes Haar, das ihm bis über die Schultern fiel und hinten zusammengebunden war. Nicht eine Spur von Grau war darin zu sehen, aber trotzdem sah es überhaupt nicht gefärbt aus. Sein Bart hatte dieselbe Farbe, eine dünne, fachmännisch geformte Linie, die schwungvoll über einem kräftigen Kinn und einem kantigen Kiefer verlief.

»Ich bin sicher, es ist nicht allein Ihre Schuld, dass ich in Ohnmacht gefallen bin«, sagte Anna. Sie erwähnte nichts davon, dass sie sich nicht mehr erinnern konnte, wann sie das letzte Mal eine anständige Mahlzeit zu sich genommen hatte, und dass sie deshalb immer wieder unter Schwindelanfällen gelitten hatte.

»Ich habe auf Sie gewartet«, fuhr der Mann fort. Er hatte tiefblaue Augen, so tief wie Lagunen, und golden gesprenkelt, was auf eine attraktive Art sehr ungewöhnlich war. Umrahmt wurden sie von dichten, schwarzen Wimpern, für die eine Frau alles gegeben hätte. Auch seine Augenbrauen waren dicht und schwarz, gebogen und männlich, mit einer kleinen Lücke dazwischen über seiner Nase.

»Warum? Was wollen Sie von mir?«, sagte Anna abwehrend. »Warum hängen Sie an Umsteigebahnhöfen herum?«

»Ich hänge nicht herum, ich suche«, antwortete er. »Und nicht nur an Bahnhöfen, sondern auch in Bibliotheken, Supermärkten, Läden. Ich suche eine Frau.«

Anna machte den Mund auf, um etwas zu entgegnen, aber sie hatte keine Ahnung, was sie darauf erwidern sollte. Außer »*Perverser*«.

Der Mann griff in seinen weit geschnittenen Mantel, zückte eine sehr elegante Visitenkarte und überreichte sie ihr.

Vladimir Darq.

Das war alles, was darauf stand, mit einer Handynummer. Wie arrogant war das? Oder zumindest übertrieben selbstbewusst. Die Karte gab sich den Anschein, als sollte ihr Besitzer jedem ein Begriff sein. Das Komische dabei war, der Name kam Anna tatsächlich bekannt vor, auch wenn sie sich beim besten Willen nicht erinnern konnte, wo sie ihn schon einmal gehört hatte. *Crimewatch*?

»Was wollen Sie denn von mir, Mr. Darq?« Sie sprach seinen Namen wie »Dark« aus. Er verbesserte sie nicht, daher nahm sie an, dass es so richtig war.

Vladimir Darq streifte seine Handschuhe ab, um seinen Becher besser halten zu können. Er hatte große, aber feine Hände. Seine Fingernägel waren schwarz lackiert, aber seltsamerweise unterstrich das nur seine Männlichkeit. Am Mittelfinger der linken Hand trug er einen riesigen goldenen Ring mit der Aufschrift »DARQ«. Es war sein einziger Ring, fiel ihr auf.

»Sie«, begann er, während er Anna mit seinen hellen Augen so gebannt anstarrte, dass sie unwillkürlich errötete, »sind die Frau, die ich gesucht habe.«

Spinner-Alarm.

»Okay, ich muss jetzt wirklich nachhause.« Anna versuchte aufzustehen, aber es gelang ihr nicht.

»Bitte hören Sie mich an.« Er hob die Hände. »Setzen Sie sich, hören Sie mir zu. Fünf Minuten. Das ist alles, worum ich Sie bitte.«

Anna setzte sich wieder, denn sie hatte keine andere Wahl. Ihre Beine widersetzten sich jedem Befehl aus ihrem Gehirn, und sobald sie aufstand, schoss ihr das Blut aus dem Kopf, und ihr wurde wieder entsetzlich schwindelig. Und das wollte sie sich lieber nicht anmerken lassen, nur für den Fall, dass er es ausnutzen sollte.

»Mein Name ist Vladimir Darq, und ich bin Designer«, begann er.

Ach ja, natürlich, schoss es Anna durch den Kopf, daher kenne ich den Namen. Sie hatte ihn in Modeschauen gesehen. Gok Wan hatte ein paar seiner Frauen in Darq-Kleider gesteckt. Das hieß, falls er der echte Vladimir Darq war und nicht nur ein erbärmlicher Aufschneider. Schließlich war der Bahnhof von Barnsley nicht unbedingt der Ort, an dem man Laura Ashley, Coco Chanel und dergleichen über den Weg lief.

»Sie kennen mich vielleicht als Kleiderdesigner. Nur Kleider. Aber damit ist jetzt Schluss!« Er tat seine gesamte Kleiderkollektion mit einer schwungvollen Bewegung seiner wunderschönen Hand ab. »Ich habe mir einen neuen Bereich erschlossen – Damenwäsche. Ich will nicht mehr für Promi-Diven entwerfen. Ich will für Frauen entwerfen, die sich so fühlen wollen, als seien sie hier drinnen« – und dabei schlug er sich ungefähr dort, wo sein Herz war, auf die Brust – »eine Promi-Diva. Eine Frage, sehen Sie sich manchmal Gok Wan im Fernsehen an?«

»Ja«, sagte Anna zögernd. O Gott, gleich würde er sie fragen, ob sie für ihn nackt über den Bahnsteig laufen würde!

»Und sehen Sie sich *Janes Damen* an?«

»Ich liebe *Janes Damen*«, stöhnte Anna. Das war eine neue Sendung, die als Konkurrenz zu Goks Shows lief, im Grunde nach demselben Schema, präsentiert von einem jungen, umwerfenden, nüchternen Stil-Guru im Kommen namens Jane Cleve-Jones.

»*Janes Damen* plant eine neue Serie. Sie haben sich an verschiedene Designer gewandt, dabei natürlich auch an mich. Jeder von uns hat ein Model, das wir in eine Schönheit verwandeln wollen. Mein Spezialgebiet wird die Damenwäsche sein. Ich brauche eine Frau, die sich schön fühlen will, erdverbunden – *Darq*, wie ich es nenne. Ich glaube, jede Frau hat eine Darq-Seite, aber leider ahnen die meisten Frauen das nicht einmal. Und dann habe ich Sie gesehen und wusste ohne jeden Zweifel, dass Sie die Eine sind. Ich will, dass Sie mein Model werden. Ich will, dass Sie andere Frauen dazu inspirieren, meine Kleider zu tragen. Ich will für Frauen wie Sie entwerfen.«

»Alte Schachteln jenseits des Verfallsdatums, meinen Sie wohl.« Anna lachte freudlos auf.

»*Nu*, ganz und gar nicht.« Vladimir Darq beugte sich über den Tisch und glitt mit einem Finger über Annas Kieferpartie, sodass sie schauderte. »Frauen Ende dreißig, Anfang vierzig, die glauben, dass sie nicht mehr sexy sind, oder sich vielleicht nie sexy gefühlt haben. Ich sehe an der Art, wie Ihre Schultern herunterhängen, dass Sie sich nicht begehrt fühlen. Sie haben nie gelernt, dass sexuelle Ausstrahlung von innen kommt. Ich würde vermuten, andere Leute haben Ihnen kein sehr gutes Selbstwertgefühl vermittelt. Ich habe natürlich recht. Sie glauben, das Leben hat Sie vergessen.« Er nahm eine Strähne ihres stumpfen braunen Haars und ließ es durch seine Finger gleiten.

Anna spürte, wie ihr die Tränen in die Augen traten, und schluckte sie hinunter. Diese kleine Bewegung an ihrem Hals war alles, was Vladimir Darq brauchte, um zu wissen, dass er sich nicht getäuscht hatte. Nicht dass er es je bezweifelt hätte. Dafür hatte er zu viel Vertrauen in seine Intuition.

Anna blies die Wangen auf. War es so offensichtlich, dass sie eine ungeliebte, zurückgewiesene Frau war, mit ungefähr so viel Leuchtkraft wie ein verbrauchtes Streichholz in einem Kanal, selbst für einen völlig Fremden zwei Bahngleise entfernt? Gott, sie musste wirklich erbärmlich aussehen.

»Keine Sorge, ich kann Sie in eine Schönheit verwandeln«, flüsterte Vladimir Darq. Seine Stimme war wie eine samtige Liebkosung. »Ich kann Ihnen das Gefühl geben, schön zu sein. Ich kann Ihr Leben in weniger als acht Wochen verändern. Und Sie werden andere Frauen wie Sie dazu inspirieren, schön zu sein. Sie werden die Erste meiner schönen Darq-Frauen sein.«

»Schön?« Anna schnaubte verächtlich. Mit diesem Wort hatte sie noch nie jemand bezeichnet. Niemand hatte je gesagt: »Anna Brightside, Sie sind schön!« Oder auch nur niedlich oder hübsch. Sie wusste schon gar nicht mehr, wie oft sie als Jugendliche mit irgendwelchen gut aussehenden Typen ins Gespräch gekommen war, nur um wenig später festzustellen, dass sie tatsächlich hinter ihrer weitaus hübscheren Freundin Caroline her waren, mit ihren umwerfenden Grübchen und Augen wie Sirupklecksen. In ihren Zwanzigern hatte sie noch weniger männliche Aufmerksamkeit auf sich gezogen, falls das überhaupt möglich war, trotz ihrer makellosen Haut und ihres herbstfarbenen Haars. Dann, in ihren Dreißigern, traf sie Tony mit seinen aalglatten Schmeicheleien und seinem zügellosen sexuellen Appetit. Das Objekt seiner Lust zu sein hatte ihr das Gefühl gegeben, eine begehrenswerte Frau zu sein. Natürlich nur, bis er ihr für Miss Tolle Titten den Laufpass gegeben hatte. Und jetzt saß hier ein Typ, der als Vampir verkleidet war, und erzählte ihr, er habe magische Unterwäsche, die sie schön machen würde. Mit neununddreißig? Nachdem sie ihr Leben lang ungefähr so sexuell anziehend gewesen war wie die Farbe von Magnolien? Hatte er seinen Blindenhund verloren? Oder war er von der Sozialfürsorge?

»Es fällt mir schwer, das alles zu glauben«, begann Anna, die Stirn gerunzelt. »Ich meine, wir sind hier in Barnsley, und ich bin an einem Bahnhof. Und Sie sagen mir, Sie sind Vladimir Darq und wollen mich ins Fernsehen bringen? Allmählich fange ich an zu glauben, ich liege immer noch bewusstlos auf dem Boden, und das alles ist ein Traum.« Vor allem da sie jedes Mal, wenn sich seine Lippen öffneten, Fangzähne in seinem Gebiss zu sehen glaubte.

»Wie heißen Sie denn, bitte?«

»Anna. Anna Brightside.«

»Dann bitte ich Sie, Anna Brightside, denken Sie darüber nach. Suchen Sie mich im Internet, dann werden Sie sehen, dass Sie mir vertrauen können.« Er beugte sich noch näher zu ihr vor und sagte in einem Ton, der keinen Widerspruch duldete: »Wir fangen am Samstag, den neunten Mai, mit den Dreharbeiten an. Und Sie werden mit mir dabei sein.«

»Ach ja, werde ich das?«, fragte Anna. *Eingebildeter Schnösel.*

»Ja, das werden Sie, und ich erwarte Ihren baldigen Anruf, um es zu bestätigen«, sagte Vladimir Darq. »Es ist *soarta* – Schicksal –, dass wir uns begegnet sind. *Soarta*!« Und bevor Anna noch ein weiteres Wort sagen konnte, war er aufgestanden, nahm ihre Hand, küsste sie und schlug die Hacken zusammen wie Kaiser Wilhelm. Und dann war er verschwunden, ein rauschender schwarzer Mantel.

»O verdammt«, sagte Anna. Ihr fiel nichts ein, was in diesem Augenblick besser gepasst hätte.

Neunzehntes Kapitel

Calum hatte sich selbst übertroffen: Er hatte einen Hattrick gemacht. Als Dawn von der Arbeit nachhause kam, musste sie feststellen, dass ihr Topf mit Zweipfundmünzen geplündert worden war und dass das Osterei von Thorntons, auf das sie mit Zuckerguss die Worte *Für meinen flotten Verlobten* geschrieben hatte, halb aufgegessen auf dem Küchentresen lag. Calum hatte offenbar beides in dem Versteck auf dem Boden des Kleiderschranks gefunden. Das entweihte Osterei rührte sie mehr zu Tränen als das fehlende Geld. Zum Glück hatte sie ihren Grand-National-Gewinn ein bisschen besser versteckt, dachte sie. Dann entdeckte sie auf ihrem Brautschleier in der Einkaufstüte überall Schokoladen-Fingerabdrücke. Sie setzte sich aufs Sofa, kochend vor Wut, bis er um halb elf besoffen nachhause kam. Er lachte nur auf seine übliche lässige Art und zuckte die Schultern, als sei es ihm völlig schleierhaft, wieso sie wegen ein paar Pfund, die er sich von ihr geborgt hatte, einen solchen Aufstand machte – als ob er es gestohlen hätte! –, und wegen eines verdammten Ostereis, das sie doch sowieso für ihn gekauft hatte. Sie weinte, er habe ihr ihre Überraschung für ihn verdorben. Daraufhin brüllte er sie an, sie sei eine Nörglerin, und wenn es so mit ihr liefe, dann wäre er ja bei seiner Ex, Mandy Clamp, besser dran. Sie schrie zurück, er sei ein egoistisches Schwein, und er schlug sie ins Gesicht, da sie hysterisch sei, wie er sagte. Dann ging er zu Bett und ließ sie schluchzend im Wohnzimmer zurück.

Als Grace am nächsten Morgen aufwachte, trommelte der Regen schwer gegen die Wände des blechernen Wohnwagens, in dem sie eine beengte und unbequeme Nacht verbracht hatte. Sie drehte sich auf die andere Seite und warf einen Blick auf die Uhr – zehn nach sechs. Auf dem schmalsten Bett, auf dem sie je hatte schlafen müssen, vergrub sie den Kopf unter der Decke und versuchte, in ihren Traum zurückzukehren. Sie war im Meer geschwommen, während ein warmes Tropengewitter sie sanft von oben benetzte. Aber die brodelnde Wut in ihr vereitelte diesen Plan. Sie versuchte erfolglos noch eine halbe Stunde, sich in einen Zustand der Bewusstlosigkeit zu versetzen, bis sie schließlich aufstand, um sich in der winzigen Küche eine Tasse Tee zu machen.

Gordons selbstgefälliges Gesicht, als er am Abend zuvor von der Autobahn abgefahren war, erschien vor ihrem geistigen Auge und erfüllte ihr ganzes Wesen mit negativen Gefühlen, so dass sie am liebsten laut fluchen wollte. In dem Augenblick hatte sie gewusst, dass sie entführt und gegen ihren Willen irgendwohin verschleppt wurde, wo sie nicht sein wollte. Sie hätte wetten können, dass es Blegthorpe sein würde (ein Ortsname, den Gordon in den letzten Monaten immer wieder im Gespräch hatte fallen lassen), wo sie systematisch mit Besichtigungstouren über Campingplätze gequält werden würde. Und Junge, sie hatte sich nicht getäuscht! Gordon war stocksauer darüber gewesen, dass sie nicht in der Stimmung für einen fröhlichen Schwatz bei einem Sandwich und einer Tasse Tee gewesen war, als sie an der Raststätte eine Pinkelpause machten. Er hatte einen Koffer für sie gepackt, mit einer alten schwarzen Hose, die sie nur noch zum Putzen trug, einem blauen Rock und einem gelbbraunen Top, drei BHs und einem Schlüpfer. Er hatte ihre Haarbürste und ein paar Handtücher eingepackt, kein Make-up, aber drei Paar Schuhe. Kein Nachthemd, keine Seidenstrümpfe.

Sie schaltete den alten, tragbaren Fernseher ein und fummelte an der Antenne herum, bis auf dem Bildschirm überhaupt etwas zu sehen war. Wenigstens übertönten die Stimmen der Nachrichtensprecher Gordons aufreibend selbstzufriedenes Schnarchen im Schlafzimmer nebenan. Sie war halb in Versuchung, sich die Autoschlüssel zu schnappen und einfach nachhause zu fahren. Sie wollte den Ostersamstag mit Paul verbringen und sehen, wie sich Joes Miene beim Anblick des riesigen WWE-Ostereis aufhellte, das sie letzte Woche für ihn gekauft hatte. Sie hasste Gordon dafür. Was Gordon wollte, das musste Gordon haben, und erst recht in letzter Zeit, seit sich die Worte »Wohnwagen« und »Frühpensionierung« immer öfter in seine Sätze schlichen. Na ja, es war mit Sicherheit an der Zeit, ihn in die Schranken zu weisen. Mehr noch, es war längst überfällig. Sie hätte es schon damals tun sollen, als er Paul aus dem Haus warf, und sie hätte die Proteste ihres Sohns, sie solle sich nicht einmischen, einfach ignorieren sollen.

Sie schrieb Paul eine SMS, um ihm zu sagen, sie könne morgen Nachmittag nicht kommen. Kaum hatte sie auf »Senden« gedrückt, war ihr Akku auf einmal leer, und sie wusste nicht, ob die Nachricht übertragen worden war oder nicht. Mit dem schwarzen Display auf ihrem Handy fühlte sich Grace abgeschnittener von der Welt, als sie glaubte, es je gewesen zu sein.

Dawn wachte um zehn Uhr auf dem Sofa auf, wo sie sich am Abend zuvor in den Schlaf geschluchzt hatte, und fuhr hinüber zu Muriel, während Calum noch immer eingerollt in seine Decke im Bett lag und aussah, als würde er Winterschlaf halten und nicht nur schlafen.

»Hallo, Liebes, das ist ja eine nette Überraschung«, sagte Muriel. Bei ihrer sanften Stimme brach Dawn in Tränen aus, und Muriel nahm sie in ihre pummeligen Arme, tätschelte ihr den Rücken und führte sie zum Sofa. Sie verscheuchte den Windhund, der darauf döste, mit einem Tritt und drückte Dawn auf das von Hundehaaren verfilzte Kissen.

»Du und unser Cal, ihr habt euch gestritten, stimmt's?«, sagte Muriel.

Dawn nickte. All die Tränen in ihrer Kehle erstickten ihr die Stimme.

»Weil er gestern seine letzte Verwarnung gekriegt hat, nachdem er diesen Typen verprügelt hat?«

Dawn sah auf.

»Oh, hat er dir das gar nicht erzählt?«

Dawn sackte in sich zusammen. Konnte es überhaupt noch schlimmer kommen?

»War nicht seine Schuld. Unser Calum sagte, der Kerl habe schon seit Monaten ein blaues Auge zu erwarten gehabt.«

Das hieß, Calum hatte seiner Mum von der Verwarnung erzählt und war dann zum Pub gegangen und hatte sich volllaufen lassen, bevor er nachhause gekommen war, dachte Dawn. Es war nicht schwer zu sehen, wo sie auf seiner Prioritätenliste stand.

»Das renkt sich schon wieder ein, weißt du«, sagte Muriel. »Sein Dad war genauso, als er jünger war. Ein echter Scheißkerl war Ron, erst recht, wenn er etwas getrunken hatte. Hat Jahre gebraucht, um sich am Riemen zu reißen, aber irgendwann hat er es doch geschafft. Sieh ihn dir jetzt an, er würde keiner Fliege was zu Leide tun. Du musst einfach durchhalten, Mädchen.«

»Er hat mich ins Gesicht geschlagen, Muriel«, sagte Dawn.

»Dann hättest du ihn eben zurückschlagen sollen«, sagte Muriel, verblüfft von Dawns offensichtlicher Dummheit. »Dann würde er es so bald nicht wieder tun, das kann ich dir sagen.« Sie lachte, dann musterte sie Dawns tränenverschmiertes Gesicht etwas genauer, und ihre Stimme verhärtete sich.

»So schlimm kann es ja nicht gewesen sein, es ist ja gar nichts zu sehen. Und wieso hat er dich überhaupt geschlagen? Du musst ihm doch einen Grund gegeben haben.«

»Er hat gesagt, er wäre bei Mandy Clamp besser dran.«

»Na ja, natürlich sagt er das, wenn er dich in einem Streit provozieren will. Du hättest ihm sagen sollen, dann soll er sich eben verpissen und zu ihr gehen, das hätte ich jedenfalls gesagt.«

Aber Dawn nicht. Mandy Clamp war ein großer, hässlicher Dorn in Dawns Auge. Sie und Calum hatten über Jahre hinweg eine Beziehung gehabt, die immer wieder aufflackerte. Und dann, als Mandy ihm das letzte Mal den Laufpass gab, hatte er etwas mit Dawn angefangen, in jenem verhängnisvollen Gelegenheitsfenster. Dann hatte Mandy entschieden, dass sie ihn wiederhaben wollte, und ihm mehrmals unverfroren aufgelauert. Dawn freute sich natürlich jedes Mal, wenn Muriel sagte, keiner von ihnen könne Mandy besonders gut leiden. Die Crookes waren alle herrlich zickig zu ihrem Dorn im Auge.

Aber Dorn im Auge oder nicht, Calum war vielleicht wirklich zu Mandy gegangen, nur um Dawn eine harte Lektion zu erteilen. Und Mandy Clamp würde Dawn sicher nur zu gern eins auswischen und Calum die Tür öffnen. Und ihre Beine.

»Er hätte mich nicht schlagen sollen«, wimmerte Dawn.

»Werd endlich erwachsen, Dawn«, sagte Muriel auf einmal mit einem scharfen Unterton. »Er hat uns gesagt, dass du ständig an ihm herumnörgelst. Früher oder später muss ein Mann ja in die Luft gehen, wenn eine Frau so an ihm herumnörgelt wie du, das haben wir alle gesagt.«

Dawn holte entsetzt einmal tief Luft. Sie war nie auf den Gedanken gekommen, dass Calum zu seiner Familie gelaufen sein könnte, um sich über sie zu beklagen, und dass seine Familie hinter ihrem Rücken über sie getratscht hatte. Was hatten sie sonst noch über sie gesagt? Es war offensichtlich, dass sie seiner Version der Ereignisse Glauben schenkten, aber trotzdem, sie dachten doch sicher nicht, dass er völlig frei von Schuld war? Sie wollte Muriel sagen, dass sie nicht nörgelte und dass es kein Nörgeln war, wenn sie ihn bat, auch etwas Geld zu ihrer Hochzeitskasse beizusteuern, anstatt alles in der Bar über den Tresen zu reichen, oder? Und war es denn Nörgeln, wenn sie ihn dafür zur Rede stellte, dass er ihre Ersparnisse plünderte? Aber zum ersten Mal hatte sie das Gefühl, dass Muriel nicht auf ihre Gegendarstellungen hören würde. Das Wort eines Crooke zu einem anderen Crooke war offenbar das Evangelium. Selbst wenn einer so weit gegangen war, seine Freundin ins Gesicht zu schlagen.

Dawns Eltern waren so unkompliziert gewesen, so freundlich zueinander, fürsorglich, respektvoll. Im Gegensatz zu Kindern, deren Wiegenlied meist ein Streit ihrer Eltern war, hatte Dawn nie gehört, wie die beiden zueinander laut wurden. Sie war sich sicher, dass auch ihre Eltern nicht immer einer Meinung gewesen waren, aber sie hatte selbst nie einen Streit miterlebt. Sie hatte eine sanfte, freundliche Erziehung in einer Familie genossen, in der man sich liebte und zusammen lachte, und über den Schmerz, plötzlich allein zu sein, war sie erst Jahre später hinweggekommen, falls überhaupt. Dann waren die Crookes in ihr Leben gestürmt, und sie hatte sie aufgesogen wie ein trockener Schwamm eine Lache von klarem Wasser. Aber die Welt der Crookes war so völlig anders als die, die sie gewohnt war. Schreien, um ihren Standpunkt klarzumachen, war noch nie ihre Art gewesen, und mitten in einem Streit hatte sie manchmal das Gefühl, gar nicht mehr sie selbst zu sein. Sie fragte sich, ob sie sich je genug würde anpassen können. Oft hasste sie sich dafür, dass sie sich schon so sehr angepasst hatte.

Aber im Gegensatz zu Muriel akzeptierte sie, dass jede Geschichte ihre zwei Seiten hatte. Vielleicht kam sie ja tatsächlich als Nörglerin herüber, ohne es zu wollen. Vielleicht musste sie bei Calum wirklich ein Auge zudrücken. Wenn sie noch mehr nörgelte, würde sie ihn sicher erst recht vertreiben, womöglich noch in die Arme seiner lauernden Ex, dieser Schlampe. Sie wollte sich mit Muriel deswegen nicht überwerfen, daher pflichtete sie ihr bei, um die Harmonie zwischen ihnen nicht zu gefährden, und sagte nur: »Vermutlich hast du recht, Mu, ich nörgele wirklich ein bisschen.«

»Fahr wieder nachhause«, sagte Muriel. »Fahr nachhause und versöhn dich mit ihm. Ihr werdet doch in ein paar Wochen heiraten. Er ist ein guter Junge, unser Calum. Er braucht nur ein bisschen Liebe und Unterstützung, nicht jemanden, der ihm ständig im Nacken sitzt und sich darüber beschwert, wenn er abends mal ausgeht. Wenn du ein Käfigtier willst, Liebes, dann kauf dir einen Hamster.«

Calum sei Muriels kleiner Goldjunge. Er könne nichts Unrechtes tun. Und das solle sich Dawn besser hinter die Ohren schreiben.

Zwanzigstes Kapitel

Am nächsten Tag liefen ein paar entschlossene Urlauber in Regenjacken über den Strand, kämpften verbissen mit umgestülpten Regenschirmen, als seien sie in einer Aerobicstunde, und hielten sie in den Wind, um sie wieder in ihre ursprüngliche Form zu bringen. Grace entschied, ihre aufkeimende Wut zu zügeln und Gordons Spiel mitzuspielen. Zum einen, da sie zu erschöpft war, um ihm Widerstand zu leisten, zum anderen aber auch, damit sie sagen konnte, sie habe zumindest versucht, dieses erbärmliche, einschläfernde Blegthorpe zu mögen, womit sie zu ihrem eigenen Erstaunen leider kläglich gescheitert sei.

Und so saß sie nun nicht bei Tee und Scones in dem entzückenden Café des Gartencenters von Maltstone mit ihrem Sohn und der Person, die er ihr unbedingt vorstellen wollte, sondern suchte stattdessen Schutz vor einem Sturm der Windstärke 12 in einem schlichten, einfachen Imbisslokal und aß ein Sandwich aus fadem Käse und billigem Weißbrot, bestrichen mit noch billigerer Margarine, und trank dazu Tee aus einem Becher, der am Rand deutlich angeschlagen war. Gordon schlug sich den Bauch mit einem fettigen Fisch voll, der so groß wie ein kleiner Wal war.

»Es geht doch nichts über einen guten alten Fischteller«, sagte er, während er eine Gräte zwischen seinen Zähnen hervorzog. Das Caféschild draußen schlug scheppernd gegen die Scheibe. »Mein Gott, da draußen geht ja eine hübsch steife Brise«, kicherte er.

»Um wie viel Uhr musst du bei diesem Campingplatz sein?«, fragte Grace. Sie nahm einen Schluck Tee, während sie hoffte, dass Paul ihre Nachricht erhalten hatte und nicht dachte, dass ihr irgendetwas zugestoßen war, weil sie zu ihrem Treffen nicht erschienen war.

»Halbe Stunde«, sagte Gordon mit einem Blick auf seine Armbanduhr. »Ich habe noch Zeit für einen Nachtisch. Willst du irgendwas?«

Ich will schreien, dachte Grace, aber stattdessen sagte sie nur knapp: »Nein, danke. Für mich nicht.«

Nachdem Gordon noch eine Riesenportion Biskuitkuchen mit Vanillesauce vertilgt hatte, wagten sie sich hinaus. Der Wind hatte sich gelegt, und die Sonne spielte hinter ein paar sehr grimmig aussehenden Wolken Verstecken.

»Hier wird's im Sommer herrlich sein«, sagte Gordon, während er den Wagen aufschloss. Er pfiff auf seine aufreibende Art immer wieder *O I Do Like To Be Beside The Seaside* vor sich hin, bis zum Campingplatz *Bayview*, drei Meilen die Küstenstraße hinunter.

Sie traten an die Rezeption des Campingplatzes, und eine Dame in einem allzu knappen Kostüm, das sich über einer sehr üppigen, apfelförmigen Figur spannte, begrüßte sie herzlich und führte sie nach einem fröhlichen kleinen Verkaufsgeplänkel zu Wohnwagen Nummer eins. Vor dem Wohnwagen waren zur Dekoration ein paar Blumentöpfe mit Plastikpflanzen und ein Grill neben den Stufen aufgestellt. Drinnen, musste Grace zugeben, war er eindrucksvoll. Doppelt so groß wie der, in dem sie zwei unbequeme Nächte verbracht hatte. Vier Zimmer, drei davon mit Doppelbetten und Einbau-Kleiderschränken, dazu ein Bad von wirklich überdimensionalen Ausmaßen. Es war alles sehr schön, nur überhaupt nicht ihr Ding. Sie hatte diese Zelt- und Wohnwagenurlaube einfach so satt, die einzigen »Urlaube«, die Gordon recht waren. Sie wollte Abwechslung, sie wollte Urlaube, wo jemand anders das Essen für sie kochte und wo garantiert die Sonne schien. Sie wollte ein, zwei Wochen irgendwo verbringen, wo sie wirklich ausspannen konnte, anstatt die Hausarbeit nur von einem Ort an einen anderen zu verlagern. Gordon konnte in einem solchen Urlaub vielleicht ausspannen, da er ohnehin nie einen Finger rührte, während Grace kochte, sauber machte, abwusch und die Betten machte. *Frauenarbeit*.

»Das ist unser neues Modell, der ›Monte Carlo‹«, sagte das knappe

Kostüm. »Zwanzigtausend Pfund, aber wenn Sie es noch dieses Wochenende kaufen, können wir es Ihnen zu einem Sonderpreis von achtzehn anbieten.«

Ich hole sofort mein Scheckbuch, dachte Grace sarkastisch. Wie viele Wochen könnte man mit achtzehntausend Pfund in Sorrent durch paradiesische Straßen schlendern? Sie sah, wie Gordons Schultern bei dem Preis zuckten. Er wusste, was diese Wohnwagen kosteten, denn er hatte seine Hausaufgaben gemacht. Aber laut ausgesprochen klang der Preis doch beängstigend in den Ohren eines Mannes, der sein Geld noch nie sorglos zum Fenster hinausgeworfen hatte.

»Ich glaube, ganz so viel Platz brauchen wir gar nicht«, sagte Gordon. »Können Sie uns vielleicht noch etwas anderes zeigen?«

»Sehr gern«, sagte das knappe Kostüm. Sie hatte inzwischen schon erkannt, dass dieses Paar vermutlich kein Vermögen hinblättern würde, und zeigte ihnen den »Cannes«. In den letzten fünf Jahren hatte er nur eine Besitzerin gehabt. Und eine farbenblinde noch dazu, dachte Grace, nach dieser grauenhaften orangefarbenen Polstergarnitur zu urteilen. Es war, als würde man in einer riesigen verrottenden Mango stecken.

»Zwölftausenddreihundert Pfund für den, der schnell zugreift«, sagte das knappe Kostüm. »Sechs Schlafplätze, davon ein Doppelbett. Aber dafür mit einem separaten Essbereich.«

Die Dusche war großzügig angelegt, und Gordon hoffte ganz offensichtlich, dass Grace von der kleinen Küche – ihrem künftigen Bereich – beeindruckt sein würde. Sie konnte sehen, wie sein Gehirn hinter seinen funkelnden Augen arbeitete, während er sich sie beide im tropischen Sonnenschein englischer Sommer dort vorstellte. Grace würde glücklich Apfelkuchen backen und die Kinder unterhalten, sich um das neue Baby kümmern, die Waschmaschine beladen und den Boden mit einem Besen zwischen den Beinen fegen, während er noch mehr Saatgutkataloge lesen und den Nachbarn freundlich zuwinken würde.

»Ich denke, den nehmen wir«, sagte Gordon. »Da können wir's uns schön gemütlich machen.«

»Gordon!«, sagte Grace aufgebracht. »Entschuldige, kann ich dich auf ein Wort sprechen?«

Sie zupfte Gordon am Ärmel und führte ihn in eine Ecke, und das knappe Kostüm zog sich in den Hintergrund zurück, damit sich die beiden in aller Ruhe besprechen konnten.

»Das ist eine Menge Geld, Gordon«, sagte Grace.

»Du bekommst doch sicher bald eine Abfindung«, entgegnete Gordon.

»Aber darauf können wir uns nicht verlassen.«

»Na ja, wenn nicht, dann können wir es uns immer noch von unseren Ersparnissen leisten. Das letzte Hemd hat keine Taschen, Grace. Es ist ein guter Preis, und wir werden ihn nehmen.«

Seltsam, dass das Geld bei ihm auf einmal so locker sitzt, dachte Grace. Sie wollte ihn anschreien, dass sie nie im Leben ganze Sommer in Blegthorpe verbringen würde. Dass sie sich nie im Leben von all den Töpfen und Pfannen, die in Barnsley geschrubbt werden mussten, an die Küste zerren lassen würde, um dort genau dieselbe Arbeit zu verrichten. Aber sie wusste, dass es ein aussichtsloser Kampf war. Gordon verlor grundsätzlich keine Auseinandersetzung; er zermürbte seinen Gegner mit seiner Hartnäckigkeit, und nachdem Grace die letzten beiden Nächte kaum ein Auge zugetan hatte, war sie zu erschöpft für einen Kampf. Sie fühlte sich gefangen und mehr denn je Gordons Willen ausgeliefert, seit Paul und sein Vater sich entzweit hatten.

Als Gordon Paul aus dem Haus warf, da hatte sie ihr Leben auf einmal mit ganz neuen Augen gesehen, als würde es zum ersten Mal von einem hellen Scheinwerfer angestrahlt. Sie hatte erkannt, dass in ihrer Ehe keine Gleichberechtigung herrschte. Gordon mähte den Rasen, reparierte Dinge und kümmerte sich ums Geld; sie kochte und putzte und passte auf die Kinder auf, aber während er uneingeschränkten Respekt vor seiner männlichen Rolle erwartete, galt ihre wie selbstverständlich als das, »was Frauen eben taten«. Ihre Meinung zählte nichts. *Sie* zählte nichts. Gordon war ein Diktator, kein Demokrat.

Grace sah hilflos zu, wie er sein Scheckbuch aufschlug und die

Anzahlung von zehn Prozent leistete. Er lächelte, während sein Stift über das Papier glitt. »Fröhlich« war kein Wort, das Grace je zur Beschreibung ihres Ehemanns anwenden würde. Es war seltsam, ihn so beschwingt zu sehen, als würde irgendjemand anders in seinem Körper wohnen, dem er aber nicht ganz passte.

Den Abend verbrachten sie im Robin Hood Club, wo sie einem mittelmäßigen Gesangsduo, dem »Paradise«, zuhörten, begleitet von dem hauseigenen Organisten, Trevor Starr, dessen Anzug so sehr glitzerte, als stamme er aus einem von Liberaces Kofferraumverkäufen. Dann betrat Blegthorpes eigene Celine Dion, »Lynn Laverne«, die Bühne und trällerte ein paar schwungvolle Balladen. Dann folgte eine Pause zum Bingo spielen. Danach kam Lynn Laverne wieder, in einem anderen Kostüm, und Gordon bestellte Scampi mit Pommes frites und einem Beilagensalat für zwei, während LL noch ein paar Gläser zertrümmerte. Gordon gabelte an der Bar ein paar hartgesottene Campingurlauber auf, die sich zu ihnen gesellten. Sie schwärmten von der Seeluft und dem Campingleben und luden Gordon und Grace auf einen Kaffee am nächsten Morgen ein – und um ihren brandneuen Luxus-Rolls-Royce unter den Wohnwagen, den »Monaco«, zu bewundern. Grace zwang sich zu einem Lächeln, aber innerlich schrie sie. Gordon Beamish hingegen war endlich zuhause angekommen.

Einundzwanzigstes Kapitel

Ben hatte am späten Samstagabend ein riesiges Schokoladenei für Ray im Kamin versteckt, damit sie es am Ostersonntagmorgen finden würde. Er hatte es bei Thorntons mit ihrem Namen und drei Küssen glasieren lassen. Am Abend zuvor, als Ray schon schlief, hatte er mit einem Kartoffelstempel ein paar rosa Hasenspuren auf die Fliesen gedrückt.

»Hey, Ben, sieh mal, der Osterhase hat für mich ein Ei versteckt!« Ray weckte ihn, indem sie sich auf ihn stürzte.

»Na, dann will ich hoffen, dass du es mit deinem Mann teilst«, lächelte er.

»Vielleicht hast du ja selbst auch eines bekommen«, sagte Ray. »Vielleicht hat er deines ja in der Küche versteckt.«

»Oh, meinst du wirklich?« Ben sprang aus dem Bett und rannte wie ein Kind in die Küche, wo er ein großes Nest aus brauner Pappe fand. Es war voller Minieier und Sahneeier, mit einer großen Schokoladenhenne, die auf den ganzen Eiern saß.

»Du Dummerchen«, sagte er zärtlich und drückte Ray einen dicken Kuss auf den Kopf. Er liebte sie für diese süßen kleinen Aufmerksamkeiten, mit denen sie ihn so oft bedachte, und gab sich immer Mühe, sie zu erwidern. Schließlich hatten sie ihr Leben jetzt selbst in der Hand. Sie waren jetzt groß und erwachsen und konnten einander mit all den netten Dingen erfreuen, die sie als Kinder nie bekommen hatten.

Dawn und Calum hatten sich versöhnt, nachdem sie sich für ihr Nörgeln entschuldigt und zugesehen hatte, wie er mit seinen Kumpels am Freitag- und Samstagabend ausging, ohne ihn auszufragen. Sie biss sich auch auf die Zunge, als sie ihn am Ostersonntagmorgen nach zwei nachhause kommen hörte. Er belohnte sie dafür mit einer frühmorgendlichen Routinenummer und einem verspäteten »Tut mir leid, dass ich das Überraschungsei gegessen habe«.

Später fuhren sie zu Muriel und Ronnie zum Mittagessen. Die ganze Familie war versammelt, dicht gedrängt um den großen Tisch, wie die Waltons. Wie die Art Familie, nach der sie sich immer gesehnt hatte – und zu der sie jetzt, zumindest auf dem Papier, bald gehören würde. Sie saß eingezwängt zwischen seiner jüngeren Schwester Demi und seiner älteren Schwester Denise. Denise, Demi und Dawn – allein schon bei der Alliteration ihrer Namen fühlte sie sich wie eine von ihnen.

»Ich habe gute Neuigkeiten für euch zwei«, verkündete Muriel. »Bette von gegenüber wird die Kleider für die Brautjungfern machen. Da werdet ihr ein Vermögen sparen.«

»Oh!« Dawn überlegte, wie sie das Angebot möglichst diplomatisch ausschlagen könnte. »Äh, ehrlich gesagt, habe ich bei Laura Ashley ein paar entzückende Kleider gesehen ...«

»Laura Ashley!«, schnaubte Demi verächtlich. »Die sind bestimmt total kitschig.«

»Nein, ganz und gar nicht, sie sind entzückend und ...«

»Bette wird dir alles zu einem Bruchteil des Ladenpreises machen. Sag ihr einfach, was du willst, und sie wird sich darum kümmern. Sie ist eine tolle Schneiderin.«

»Oh, na dann, vielen Dank.« Dawn schluckte. Mu hatte bereits entschieden, dass Bette die Kleider machen würde, und sie wollte nicht undankbar sein, indem sie das Angebot ausschlug. Und wenn Bette wirklich so toll war, dann konnte sie schließlich dieselben Kleider machen, die Dawn bei Laura Ashley gesehen hatte.

»Ach ja, und noch eine gute Neuigkeit. Deine Tante Charlotte im Pflegeheim wird euch einen Scheck über eintausend Pfund ausstellen. Aber ihr werdet sie dafür besuchen müssen.«

Eine Runde lästerlicher Pfiffe wurde laut – von allen bis auf Calum, der nur »Ach du Scheiße« sagte.

Muriel gab ihm einen Klaps mit dem Spatel, den sie benutzte, um ihren Fleisch-Kartoffel-Auflauf aufzuteilen.

»Wer ist denn Tante Charlotte?«, erkundigte sich Dawn.

»Na ja, eigentlich ist sie meine Tante«, sagte Muriel. »Unser Calum heißt mit zweitem Vornamen William; ich habe ihn nach ihrem Mann benannt. Er hatte Geld wie Heu, Onkel William.« Sie rieb Zeigefinger und Daumen aneinander, um anzudeuten, dass Onkel William und Tante Charlotte mit Sicherheit nicht am Hungertuch genagt hatten. »Jedenfalls, er ist tot, und sie hat keine Kinder. Ich sage euch, es war ein sehr geschickter Schachzug, Calum mit zweitem Namen William zu nennen. Ich dachte, eines Tages würde uns das noch zugutekommen, und da hatte ich offenbar recht. Er war ja so ein netter Mann, mein Onkel William.«

»Und du bist genau wie er, stimmt's, Cal? So ein netter Mann?«, wandte sich Demi über den Tisch an ihren Bruder. »Ich habe gehört, du hast Dawn eine geknallt.«

»Mein Gott, du weißt ja besser über mein Leben Bescheid als ich!«

»Du hast ihr doch nicht wirklich eine geknallt, oder? Wieso denn, du Mistkerl?« Denise verzog angewidert das Gesicht.

»Weil sie ständig an mir herumnörgelt, deswegen.« Calum nahm einen kräftigen Schluck aus seiner Bierdose. »Außerdem habe ich ihr gar keine geknallt. Sie war hysterisch. Ich habe sie aus medizinischen Gründen geschlagen!« Er grinste über seinen eigenen Witz.

»Mein Gott, Dawn, mach dem armen Mann doch nicht das Leben schwer!«, sagte Denise, auf einmal voller Mitgefühl für ihren Bruder.

»Man könnte ja glauben, ich hätte mich in Peter Sutcliffe verwandelt!«, sagte Calum. »Es ist nur ihre Schuld. Sie nörgelt und nörgelt und nörgelt.«

»Ach, mein Junge«, schaltete sich Ronnie, was er nur selten tat, in die Unterhaltung ein. »Und jetzt hast du ihr noch einen Grund mehr zum Nörgeln gegeben.«

Sie lachten alle. Dawn spürte, wie sie in die fröhliche Stimmung hineingezogen wurde und sich selbst auf einmal mit den Augen der anderen sah. Was machte es schon, wenn bei diesen Leuten etwas raue Sitten herrschten? Was machte es schon, wenn bei ihnen ständig eine Flasche braune Sauce auf dem Tisch stand und sie kistenweise Bier tranken, egal welches, Hauptsache, aus dem Sonderangebot? Es war eine altmodische Familie, die sich liebte und zusammen lachte und fest zusammenhielt. Wie die Familien in Catherine Cooksons Büchern. Deren Heldinnen waren auch immer entschlossen und kämpferisch und versöhnten sich wieder, oder? Sie musste sich wirklich ein bisschen aufmuntern.

Zweiundzwanzigstes Kapitel

Der Friedhof von Maltstone war ein schöner Ort, um die Toten ruhen zu lassen, war Raychels erster Gedanke, als sie sich durch das raue Gras und zwischen steinernen Kreuzen und Engeln hindurch den Weg zu einer hübschen Ecke bahnten, einem Meer aus leuchtenden und verblassten Farben, mit Blumen, Teddybären und Karten: dem Kinderfriedhof.

»Was meinst du?«, fragte Raychel.

»Ich denke, hier ist es ideal«, sagte Ben. »Es ist ein wunderschöner Ort. Ja, hier, mein Schatz.«

Am Rand der Grasrabatte, wo der Wald begann, stand ein Baum. Raychel öffnete ihre Handtasche und entnahm ihr ein kleines Kreuz und ein winziges, flauschiges Stoffkaninchen. Sie teilte das Gras unter dem Baum. Glockenblumen blühten, und die Luft war erfüllt von ihrem kräftigen Geruch.

»Hier?«

»Ja«, sagte Ben.

Raychel küsste das Kreuz und hielt es dann Ben vors Gesicht, damit er dasselbe tun konnte.

»Frohe Ostern, mein geliebter Engel«, sagte sie und kniete sich hin, um es zwischen den süßen blauen Blumen in die Erde zu stecken. »Lieber Gott, bitte pass für uns auf sie auf. Amen.«

»Amen«, sagte Ben und half Raychel hoch. Er schlang die Arme um sie, während ihm die Tränen in die Augen traten, und schniefte sie entschlossen hoch.

»Es geht mir gut, wirklich.« Sie lächelte. »Ich weiß, dass sie nicht hier liegt. Ich weiß, dass sie oben im Himmel ist, aber ich brauche einen schönen Ort wie diesen in unserer Nähe, den ich von Zeit zu Zeit aufsuchen kann.«

»Du musst es mir nicht erklären, Schatz«, sagte Ben. »Komm

schon, lass uns nachhause gehen. Wir werden bald wieder herkommen. Sie weiß, dass wir es tun werden.«

Als sie sich zum Gehen wandten, warf Ben eine Kusshand zum Himmel. Er hoffte, der Kuss würde sie erreichen. Das Kind war gestorben, bevor es einen Namen bekommen hatte, daher hatten sie es einfach »Engel« genannt. Ben und Raychel, ihr großer Bruder und ihre große Schwester, waren die Einzigen, die sich je an diesen kleinen Engel erinnern und um ihn trauern würden.

Dreiundzwanzigstes Kapitel

Im Internet las Anna, dass Vladimir Darq zweiundvierzig Jahre alt und ursprünglich aus Rumänien war. Er hatte große Erfolge als Designer exklusiver Gothic-Kleider und Hochzeitsgewänder für prominente Kundinnen gefeiert, war dann für ein Jahr spurlos verschwunden und kürzlich in Mailand mit einer atemberaubenden Kollektion luxuriöser Damenwäsche wiederaufgetaucht. Nach einem Bericht im *Observer*, den sie ebenfalls im Internet fand, wollte er nicht länger ausschließlich für die Schwerreichen und ohnehin Schönen entwerfen. Seine neue Zielgruppe sollte »die vergessene Frau« sein, die Frau, die sich für gewöhnlich hielt und sich in ihre Nische im Hintergrund des Lebens zurückgezogen hatte. Und auch das Preissegment würde auf ihr Portmonee zugeschnitten sein! Vladimir Darq erklärte, mit der richtigen Damenwäsche – *seiner* Damenwäsche – unter ihrer Kleidung könne sich jede Frau sexuell anziehend fühlen. Er hatte einen Bodyshaper entworfen, auf den zu verzichten sich keine Frau leisten könne, behauptete er selbstbewusst.

Er war auf etlichen Webseiten vertreten, und es gab sogar einen Online-Fanclub und Foren, die versuchten, etwas über ihn in Erfahrung zu bringen, auch wenn niemand mehr über ihn zu wissen schien als das, was in den Zeitungen stand. Er war offenbar ein echter internationaler Mystery-Mann. Oder war er überhaupt ein Mann? Auf ein paar Gothic-Internetseiten wurden wilde Spekulationen darüber angestellt, ob er sich nicht nur als Vampir vermarktete, sondern tatsächlich einer war. Unterstützt wurde diese These von mehreren offensichtlich mit Photoshop bearbeiteten Bildern von ihm mit blassgoldenen Augen, gebleichter weißer Haut und übertrieben dargestellten Fangzähnen. Offenbar wickelte er seine Geschäfte vorzugsweise in den Abendstunden ab, da er die

Sonne hasste, was noch mehr Öl ins Feuer goss. Lauter Boulevard-Blödsinn, nichts weiter.

Unverheiratet und kinderlos, war er neben ein paar wunderschönen Models zu sehen, den Arm um seinen »Freund« gelegt, den Fotografen Leonid Szabo. Anna hätte sich denken müssen, dass Vladimir Darq schwul war. Natürlich, ein Mann, der an ihr interessiert war, konnte unmöglich heterosexuell sein.

Anna verbrachte den restlichen Ostersonntag damit, sich einen Jesusfilm anzusehen und sich mit zu viel Wein einen Schwips anzutrinken. Sie weinte sehr, als Jesus ans Kreuz geschlagen wurde, und als die Schleusen erst einmal geöffnet waren, weinte sie wegen Tony und der klaffenden, schmerzlichen Lücke, die er in ihrem Herzen hinterlassen hatte. Sie weinte um ihren Kater, der sie wegen einer anderen Frau verlassen hatte, verführt von Edna, der Witwe, die ihm Räucherlachs zu fressen gab. Sie weinte bitter und ungeniert darüber, dass niemand auf der ganzen Welt sie liebte und eines Tages, wenn es so weit war, niemand zu ihrer Beerdigung kommen würde. Es würde keinen Grabstein geben, Gras und dickes, hässliches Unkraut würden wild über ihrer Grabstelle wuchern, und Hunde würden darauf ihre Haufen machen. Im Tod würde sie noch vergessener sein, als sie es zu ihren Lebzeiten je gewesen war.

Ihr Blick fiel auf ihr Gesicht im Spiegel, als sie zum Waschbecken taumelte, nachdem sie sich in die Toilette übergeben hatte. In einem kurzen Moment der Klarsicht in ihrem von Alkohol benebelten Gehirn begriff sie, dass sie so nicht weitermachen durfte. Sie sah aus, als sei sie gestorben und beerdigt, wieder ausgegraben und von der Schaufel des Totengräbers getroffen worden. Das konnte doch nicht alles gewesen sein? Sie war wirklich die vergessene Frau, von der Vladimir Darq redete. Sie schlief ein, seine Visitenkarte mit einer Hand umklammernd.

Vierundzwanzigstes Kapitel

Hallo allerseits.« Christie stürmte fröhlich zur Tür herein. »Hattet ihr ein schönes langes Osterwochenende?«

»Wunderbar, danke«, kam die einhellige Antwort.

Anna hoffte, sie würde sich dazu nicht näher äußern müssen. Was könnte sie schon sagen? *Hab viel geweint, mich zu Jesus sinnlos besoffen – ach ja, und ich bin auf dem Bahnhof in Ohnmacht gefallen und wurde von einem schwulen Vampir gebeten, mich in Unterwäsche zu verkleiden.* Mehr hatte Ostern einfach nicht zu bieten gehabt. Und zu allem Unglück hatte sie heute Morgen auch noch diese Schlampe Lynette Bottom mit ihrem Tony im Auto an sich vorbeifahren sehen. Und sie hatte dröhnende Kopfschmerzen, nachdem sie sich gestern Abend in den Schlaf geweint hatte. Na ja, »Schlaf« war ein bisschen übertrieben. Sie konnte sich nicht mehr erinnern, wann sie das letzte Mal eine ganze Nacht durchgeschlafen hatte. Gestern Abend hatte sie mindestens eine Stunde gebraucht, bis sie in einen Traum von Tony und einer hochschwangeren Lynette versank, die vor dem Süßwarenstand Sailor Sid auf dem Markt von Barnsley heirateten. Sie fuhr erschrocken aus dem Schlaf hoch. Schmerzen dröhnten in ihrem ganzen Körper, und sie schluchzte schwer in ihr Kissen, in der Hoffnung, dass der Schlaf kommen und gut zu ihr sein würde, aber das tat er nicht. Letztendlich gab sie sich geschlagen und stand auf, um sich eine warme Milch zu machen, aber davon wurde ihr nur schlecht. Sie ließ sich aufs Sofa fallen und hielt sich mühsam bis zum Morgen wach, indem sie sich ein paar idiotische Komödien im Kabelfernsehen ansah, die sie nicht einmal zum Lächeln reizten. Zwei große Tassen Kaffee mit Ibuprofen zum Frühstück hatten dem Schmerz in ihren Schläfen nichts anhaben können, sodass ihre Augen kaum noch funktionieren wollten. Es war, als würde jemand mit einem Schraubenzieher auf ihr Gehirn einstechen.

Malcolm konnte ihre Abteilung einfach nicht in Ruhe lassen. Als Anna auf die Toilette ging, bemerkte sie, dass er zu erkennen versuchte, was es mit diesen Kisten auf sich hatte, die der Wartungsdienst Christie eben gebracht hatte. Wenn er seiner eigenen Abteilung nur ebenso viel Aufmerksamkeit schenken würde wie ihrer, dann hätte er der Käse-Abteilung vielleicht zu einer echten Chance auf ein unabhängiges Überleben verhelfen können. Es sah immer mehr danach aus, als würde sie noch in diesem Jahr mit der Feinkost zusammengelegt werden.

Anna ging auf die verlassene Toilette, setzte sich auf den geschlossenen Deckel und lehnte den Kopf gegen die kühle Trennwand. Der Schmerz reichte noch viel tiefer als bis zu ihren Schläfen. Er dehnte sich in ihre Eingeweide aus, drückte fest zu und ließ nicht locker, bis sie das Gefühl hatte, es nicht mehr auszuhalten. Um sich nicht noch länger von ihren Träumen verfolgen zu lassen, hatte sie im Zug einen liegen gebliebenen *Barnsley Chronicle* aufgeschlagen – und gelesen, dass Tony einen Preis für seine Frisierkunst gewonnen hatte. Auf der Titelseite war ein Foto von ihm »mit seiner Partnerin Lynette Bottom«. Tony hatte den Arm um ihren Rücken gelegt, mit den Fingern an ihrer Taille.

Partnerin! Sie wollte am liebsten den *Chron* anrufen und sagen: »Das ist nicht seine Partnerin, das ist seine dreckige Schlampe! *Ich* bin seine Partnerin!« *Partnerin.* Dieses eine Wort, auf Lynette Bottom gemünzt, tat weh – richtig weh. Und als wäre das alles noch nicht schlimm genug, lächelten sie auch noch wie ein glücklich verliebtes Traumpaar. Ihr eigenes Leben lag in Trümmern, und aus Tonys war sie offenbar restlos getilgt worden. Wohin sie auch sah, immer war er da – in ihrem Augenwinkel, in ihren Albträumen, sogar in ihrer verdammten Zeitung.

Eine neue Welle des Schmerzes erfasste sie, als sie sich Tony mit *ihr* im Bett vorstellte, und sie stöhnte laut auf. Tony hatte gern viel Sex. Er würde mit Lynette all die Dinge tun, die er und Anna immer getan hatten. Vermutlich noch mehr, beflügelt von ihren wilden Teenagerhormonen. Anna brach in Tränen aus; sie kullerten schwer und warm über ihre Wangen, und es war ihr egal, dass sie durch ihre Grundierungscreme schnitten und dabei ihre Mascara mitschwemmten. Sie konnte nicht länger mit diesem entsetzlichen Schmerz in ihrem Herzen leben; er brachte sie noch um. Sie wünschte, er würde sie wirklich umbringen, dann hätte sie es wenigstens hinter sich, denn sie wusste, dass sie sich davon niemals erholen würde. Es gab nichts, wofür es sich noch zu leben lohnte: Sie konnte nicht schlafen, nichts essen, sich nicht konzentrieren. Sie konnte an nichts Freude oder Hoffnung finden. Und als wäre das alles noch nicht schlimm genug, würde sie in zwei Tagen auch noch vierzig werden – Mayday, in jedem Sinne des Wortes. Fett, verstaubt, vergessen und vierzig. *Der Tag, an dem das Leben endet, nicht beginnt.*

Die Kisten enthielten jede Menge neue und innovative Geschenke, um Kollegen zu belohnen, die gute Verbesserungsvorschläge für das Unternehmen einreichten. Dawn bot an, alles im Vorratsschrank zu verstauen, und Christie ermunterte sie, am besten gleich damit loszulegen. Das Mädchen war in seinem Element, wenn sie etwas organisierte. Erst als sie damit fertig war und Christie eine Kaffeepause ausrief, fiel den Frauen auf, dass Anna schon seit einer ganzen Weile fehlte.

»Wohin ist sie denn gegangen?«, fragte Christie.

»Ich dachte, auf die Toilette«, sagte Raychel.

»Aber doch nicht die ganze Zeit?«

»Ich sehe mal nach, ja?«, bot Dawn an.

Auf der Toilette war es totenstill, aber dann sah Dawn, dass die hinterste Kabine abgeschlossen war.

»Anna, sind Sie da drin?« Sie klopfte leise an die Tür. Es kam keine Antwort.

Zwischen der Tür und dem Boden war nur ein schmaler Spalt, durch den man kaum etwas sehen konnte, daher ging Dawn in die Kabine daneben und stellte sich auf den Toilettensitz, um über die Wand in die andere Kabine zu spähen. Dort sah sie Anna, auf dem Toilettendeckel kauernd, den Kopf gegen die Trennwand gestützt, während ihr die Tränen übers Gesicht strömten. Die Stille, mit der sie das taten, war das Beunruhigendste an der ganzen Szene.

Dawn fiel fast von ihrem Toilettensitz, als die Tür zum Toilettenraum aufging, aber zum Glück war es nur Christie.

»Wir dachten schon, hier drinnen wäre ein Bermuda-Dreieck, als Sie auch noch verschwunden sind. Was ist denn los?«

Dawn machte den Mund auf, um ihr zu antworten, aber dann schoss ihr der Gedanke durch den Kopf, dass Christie, so nett sie auch war, immer noch ihre Chefin war und dass Anna stockbesoffen aussah. Oder noch schlimmer, wie von Drogen benebelt.

»Geht es ihr gut?«, fragte Christie. »Was ist denn los?«

»Nicht besonders«, sagte Dawn zögernd. Wenn Anna betrunken war, dann wollte sie sie nicht noch mehr in die Bredouille bringen.

Christie hämmerte gegen die Tür.

»Anna, Liebes, machen Sie auf. Ist Ihnen nicht gut?«

Anna beugte sich vor, ließ den Kopf in die Hände sinken.

»Wir müssen da reingehen«, sagte Christie. Sie flüsterte durch die Tür: »Anna? Anna, können Sie die Tür aufmachen?«

»Nein, bitte lassen Sie mich«, sagte Anna.

»Ich gehe rein.« Dawn stopfte sich den Rock in ihren Schlüpfer, sprang von dem Toilettensitz hoch und schwang ein langes Bein über die Kabinenwand. »Hoppla – na, das war's dann wohl mit meiner Strumpfhose!«

Christie hörte, wie Dawn landete, und eine Sekunde später ging die Tür auf. Christie ging hinein und beugte sich über Anna, die wie ein Zombie aussah.

»Anna, liebe Anna, was ist denn los mit Ihnen? Haben Sie irgendetwas geschluckt?«

»Nein, nein. Es tut mir so leid, Christie«, schluchzte Anna.

»Was denn, Liebes, was ist denn passiert?« Christie strich Anna das Haar aus dem Gesicht, und diese freundliche, sanfte Geste zertrümmerte die letzten paar Ziegelsteine, die Annas Schmerz unter Verschluss hielten. Sie kippte nach vorn in Christies Arme, und ein Geständnis sprudelte aus ihr hervor.

»Ich habe euch alle belogen. Ich lebe nicht glücklich mit Tony zusammen. Er hat mich im Februar verlassen. Er hatte mir eine Nachricht dagelassen, es sei nicht wegen einer anderen, aber es gab doch eine. Ich war eben erst nach einer Fehlgeburt aus dem Krankenhaus nachhause gekommen. Ich habe ihn so dringend gebraucht, und er war nicht da.«

»Oh, Liebes.« Christie drückte Anna fest an sich.

»Es war meine vierte. Offenbar kann ich kein Baby länger als sechs Wochen behalten.«

»Gott.« Dawn wusste nichts Hilfreiches beizutragen, aber sie hatte das Gefühl, wenigstens irgendetwas Mitfühlendes sagen zu müssen.

»Mir wird gleich schlecht, entschuldigen Sie mich.« Anna stieß Christie rasch beiseite, in sichere Entfernung, und riss den Toilettendeckel hoch. Gelbliche Flüssigkeit quoll aus ihrem Mund. Sie sah aus wie etwas aus *Der Exorzist*.

»Süße«, sagte Christie mit einem mitleidvollen Seufzer.

»Ich bin ein Wrack.« Anna war jetzt völlig verausgabt. Sie streckte matt eine Hand nach der Klopapierrolle aus und fand keine. Dawn riss jede Menge aus der Kabine nebenan ab und reichte es ihr.

»Männer können so gedankenlose Dreckskerle sein«, sagte Dawn freundlich. Ihr Rock steckte noch immer in ihrem Schlüpfer.

»O Gott, sehen Sie sich bloß Ihre Strumpfhose an«, sagte Anna. »Es tut mir so leid.«

»Anna, das ist doch nur eine Strumpfhose. Reißen Sie sich zusammen!«, erwiderte Dawn mit gespielter Strenge. »Ich hole Ihnen ein Glas Wasser. Setzen Sie sich, bevor Sie umkippen.«

Sie ließ Anna vertrauensvoll in Christies Obhut zurück. Anna sah zu Boden, um jeden Blickkontakt zu vermeiden – und wünschte, sie hätte es nicht getan.

»O nein, Christie, Sie haben ja Erbrochenes auf Ihrem Rock.«

»Keine Sorge. Das ist sowieso nur ein Spritzer. Ich fahre Sie nachhause, junge Dame. Es geht Ihnen nicht gut. Wann haben Sie denn das letzte Mal etwas gegessen? Sie haben ja nichts als Galle erbrochen. Sie haben schon seit einer ganzen Weile nichts mehr im Magen, stimmt's?«

»Es geht schon wieder.« Anna ließ sich wieder auf den Toilettensitz fallen. Ihre Beine zitterten wie die eines neugeborenen Fohlens. Sie begriff, dass sie absolut grauenhaft aussehen musste.

Dawn kam mit einem Becher mit Wasser und einer Packung feuchter Tücher wieder und reichte sie Christie.

»Grace hat mir das hier für Sie mitgegeben«, sagte sie. »Hier, trinken Sie das, es ist aus dem Wasserspender, schön frisch und kalt.«

Anna schlürfte das Wasser, während Christie ein paar feuchte Tücher aus der Packung zog und begann, Annas Gesicht sanft abzuwischen, wie bei einem kleinen Kind.

»Es tut mir so leid«, sagte Anna wieder.

»Schscht«, flüsterte Christie. »Können Sie aufstehen? Wir holen jetzt Ihren Mantel und Ihre Tasche, und dann bringe ich Sie nachhause.«

Anna machte den Mund auf, um zu protestieren, sie würde sich ein Taxi nehmen, um ihnen allen nicht noch mehr zur Last zu fallen, aber sie war zu schwach. »Danke«, lenkte sie schließlich ein.

»Braves Mädchen«, sagte Christie und half Anna hoch.

Anna fühlte sich hundeelend, während sie ins Büro zurückging, wo Grace schon wartete und ihr den Mantel aufhielt, sodass sie nur noch hineinschlüpfen musste. Neben ihr hielt Dawn Annas Handtasche für sie bereit. Anna sah die beiden an, und sie sah so viel Freundlichkeit in ihren Augen glänzen, dass sie am liebsten zu Boden sinken und vor Scham und Dankbarkeit zugleich losflennen wollte.

»Bis später, meine Damen.« Christie führte Anna aus dem Büro. »Kommen Sie, Kleines, jetzt bringen wir Sie erst mal nachhause und stecken Sie ins Bett.«

Anna wohnte am Ende einer hübschen, stillen Straße, nicht weit von der Haltestelle Dartley entfernt. Der Name Courtyard Lane passte sehr gut zu ihr: Es war ein Rechteck aus schmalen Reihenhäusern mit einer gepflegten Grünfläche in der Mitte.

Das Haus sandte so viele unterschiedliche Signale aus. Es war eine entzückende Mischung aus schweren alten Möbeln und dazu passenden Reproduktionen. Ganz dunkel gehalten: ein kräftiges

Rot an den Wänden, ein gewagtes Blau, das von der Diele in die Zimmer schimmerte. Aber die Oberflächen waren staubig, und der Teppich hätte einmal gründlich gesaugt werden müssen. Das Haus sah *erschöpft* aus. Ein Ort, auf den jemand einmal sehr stolz gewesen war und den er mit viel Geschmack eingerichtet hatte, inzwischen aber völlig vernachlässigte. Im Moment sah es wie ein genaues Spiegelbild von Anna aus.

Die kleine Küche war sauber, wenn auch ein bisschen unaufgeräumt. Zwei Fressnäpfe, handbemalt mit den Worten »Butterflys Futter« und »Butterflys Wasser«, standen gefüllt auf dem Boden. Christie stöberte in den Schränken nach ein paar Tassen, nachdem sie erklärt hatte, sie würde Wasser aufsetzen. Auf einem Regal standen etliche feine Porzellanbecher mit Bildern von Siamkatzen darauf. Sie machte zwei Tassen Kaffee und ging zurück ins Wohnzimmer, wo Anna auf dem Sofa saß, jetzt etwas schläfrig blickend.

»Ich habe den koffeinfreien genommen«, sagte Christie. »Sie sehen aus, als ob Sie dringend ein bisschen Schlaf bräuchten.« Sie öffnete ihre Handtasche und entnahm ihr ein paar Tabletten. »Hier, das wird die Kopfschmerzen vertreiben, mit ein bisschen Glück.«

»Es geht mir schon besser, jetzt, nachdem ich mich übergeben habe«, sagte Anna, aber sie nahm die Tabletten trotzdem. Sie fühlte sich wie einmal durch den Fleischwolf gedreht.

Christie bemerkte die vielen Fotos, die überall im Zimmer aufgestellt waren: Anna, die sich an einen gut aussehenden Typen kuschelte, Tony vermutlich, und viele Bilder einer kessen Siamkatze in unterschiedlichen Wachstumsstadien.

»Ist das Ihr Kater?«, fragte Christie. »Er sieht sehr schön aus.«

»Er ist zu der Witwe gegenüber gezogen, Edna. Ich kann nicht mal den verdammten Kater davon abhalten, fremdzugehen. Vielen Dank, Christie, dass Sie mich nachhause gebracht haben. Es tut mir so leid, dass ich Ihnen diese ganzen Umstände mache.«

»Wenn Sie das noch einmal sagen, knalle ich Ihnen eine«, sagte Christie. »Es geht Ihnen nicht gut, und Sie hätten gar nicht erst zur Arbeit kommen sollen. Haben Sie sich denn nicht krankgemeldet, als Sie Ihre Fehlgeburten hatten?«

»Das musste ich nicht«, antwortete Anna. »Ich habe sie immer so früh verloren. Bis auf die letzte. Aber selbst da war ich am Freitagabend im Krankenhaus und am Samstagmorgen wieder draußen. Ich wollte keinen Aufstand machen.«

»Und *er* hat Sie an diesem Freitagabend verlassen?« Christie blieb äußerlich ruhig, um sich die Abscheu nicht anmerken zu lassen, die sie empfand.

»Für ihn war es auch nicht leicht, nachdem wir schon so viele verloren hatten«, sagte Anna. Sie wusste, dass sie ihn in Schutz nahm, aber sie wollte gern glauben, dass er selbst litt und schwach war, nicht ein absolutes Arschloch mit so viel Rückgrat wie ein Pfeifenreiniger.

»Ja, natürlich, der Ärmste«, sagte Christie angespannt.

»Es tut mir so leid.« Auf einmal brach Anna in ein lautes, herzzerreißendes Schluchzen aus. Ihre Würde war ihr längst abhandengekommen. Sie war nur noch ein Bündel verworrener Gefühle. »Und am Freitag werde ich vierzig. Das ist mir auch keine große Hilfe!«

»Du liebe Güte!«, sagte Christie. »Sie sollten die Tür zu diesem vierzigsten Lebensjahr weit aufreißen und es über die Schwelle zerren!«

»Ich werde alt«, sagte Anna.

»Ja, na klar!«, fauchte Christie. »Frauen mit vierzig sind wundervolle Geschöpfe. Wieso in aller Welt glauben Frauen bloß, dass sie mit vierzig alt sind? Die Hälfte von ihnen wird in dem Alter wiedergeboren, da sie noch gar nicht richtig gelebt haben, bis die Vierzig kommt und sie in den Hintern tritt.«

Anna lächelte unwillkürlich über die Vehemenz von Christies Worten.

»Und noch etwas: Ich will Sie nicht auf der Arbeit sehen, bevor Sie wieder gesund sind«, warnte Christie sie.

»Ich kann nicht länger als unbedingt nötig in diesem Haus herumhängen, Christie. Das deprimiert mich zu sehr. Und jetzt hole ich Ihnen besser einen Lappen für Ihren Rock.« Anna wollte aufstehen, aber sie wurde sanft wieder aufs Sofa gedrückt.

»Schon gut, das kann ich später abbürsten. Wollen Sie irgendetwas essen?«

»Nein, ich könnte jetzt nichts vertragen.« Anna graute schon bei dem Gedanken an Essen. »Ich will nur noch schlafen.«

»Dann schlafen Sie jetzt, Liebes.« Christie nahm ein paar kleine Decken vom anderen Ende des Sofas und steckte sie um Anna fest. Anna fielen bereits die Augen zu. Sie hörte, wie die Haustür zuging und der Schlüssel durch den Briefschlitz gesteckt wurde. Und dann schlief sie ein.

Fünfundzwanzigstes Kapitel

Als Anna am nächsten Tag zur Arbeit kam, war sie ein bisschen schwach auf den Beinen, obwohl sie so vernünftig gewesen war, etwas Toast zu essen. Aber wie sie Christie bereits gesagt hatte, wollte sie nicht mehr Zeit als unbedingt nötig in einem Haus verbringen, das voller unguter Erinnerungen war. Außerdem wollte sie Dawn eine neue Strumpfhose bringen.

»Sie Dummerchen«, sagte Dawn, als Anna sie ihr überreichte.

Christie schenkte Anna ein breites, freundliches, einladendes Lächeln.

»Heute Morgen haben Sie immerhin schon ein bisschen Farbe auf den Wangen. Ich hoffe, Sie haben gut geschlafen.«

»Ich kann mich nicht erinnern, aufgestanden und ins Bett gegangen zu sein, aber ich muss es getan haben, denn dort bin ich aufgewacht«, antwortete Anna. »Heute geht es mir schon viel besser. Danke, dass Sie mich nachhause gebracht haben, Christie. Und danke fürs Zuhören.«

»Keine Ursache.« Christie tat es mit einer Handbewegung ab. »Ich bin froh, dass ich helfen konnte.«

»Hört mal, es ist nichts Großes … nur eine Geste, um mich bei euch allen zu bedanken, wo ihr gestern so nett zu mir wart …« Anna holte vier Schachteln Pralinen aus ihrer Handtasche, die sie an dem Zeitungskiosk am Bahnhof gekauft hatte.

»Sie bekommen hier wohl zu viel bezahlt«, grinste Dawn, Annas Mitbringsel in den Händen.

»Das war doch wirklich nicht nötig«, sagte Grace. »Ich habe Ihnen nur Ihren Mantel gebracht.«

»Und ich nur Ihre Tasche«, sagte Raychel.

»Sie haben mehr als das getan«, sagte Anna. Sie konnte es nicht in Worte fassen, ohne theatralisch zu klingen. Sie dachte an die Wärme in den Augen der Frauen – kein Mitleid, sondern Unterstützung. Das war ein Unterschied.

Dawn hatte bereits drei Pralinen gegessen. »Ihnen sollte öfter im Büro schlecht werden«, sagte sie zwischen zwei Kaffee-Sahne-Pralinen. Dann verbesserte sie sich rasch. »Ich meine, nicht richtig schlecht, nur schlecht genug, um Pralinen …«

»Ja, ja, wir wissen schon, was Sie meinen, Dawn«, schnitt ihr Christie das Wort ab. Das Mädchen besaß nicht einen Funken Boshaftigkeit, nur eine sehr unbeholfene Art, sich auszudrücken. »Anna, ich werde Ihre Pralinen mitnehmen und sie zu meinem Kaffee essen, wo Sie schon so nett waren, sie zu kaufen«, fuhr sie fort. »Und wir anderen haben inzwischen geredet. Da Sie am Freitag Geburtstag haben, wie wär's, wenn wir unsere Gemeinschaftskasse mit dem Gewinn vom Pferderennen plündern und mit Ihnen zusammen feiern?«

»In diesem Thailokal am Ende der Straße. Das wäre wundervoll!«, sagte Dawn.

»Oh!«, war alles, was Anna zu Stande brachte, denn die Einladung überrumpelte sie. Aber das Lächeln, mit dem sie es sagte, gab Christie die Antwort, die sie hören wollte.

»Na wunderbar«, sagte sie.

Sechsundzwanzigstes Kapitel

Ich kann gar nicht glauben, dass Dad dir das angetan hat!«, sagte Paul wütend durchs Telefon, während er von seinem Büro aus mit Grace sprach. »Was bildet er sich eigentlich ein, dich irgendwohin zu schleppen, wo du gar nicht sein willst! Ich sage dir, Mum, mit dem Alter wird er immer schlimmer. Er ist ein Kontrollfreak!«

»Ich bin nur froh, dass du meine Nachricht noch rechtzeitig bekommen hast«, sagte Grace, das Handy ans Ohr geklemmt. Sie saß in ihrer Mittagspause auf einer Parkbank und aß ein Sandwich. »Mein Akku war auf einmal leer, als ich dir diese SMS geschrieben habe. Und ich hatte mich schon so darauf gefreut, dich und Charles zu sehen.«

Grace war eine grauenhafte Lügnerin, und sie wusste, dass Paul nicht wirklich überzeugt von ihrer SMS gewesen sein konnte, sie und Gordon hätten sich zu einem spontanen Kurztrip ans Meer entschlossen. Schon gar nicht zu einem Ort, den sie beide oft im Scherz als das letzte Dreckloch bezeichnet hatten. Trotz aller Verstellungen hatte Paul die Wahrheit aus ihr herausgekitzelt, kaum dass er eine Minute mit ihr gesprochen hatte, und er war stocksauer.

»Du wirst Charles bald kennen lernen, das verspreche ich dir«, knurrte Paul. »Mum, ich sage es nur ungern, aber Dad dreht allmählich wirklich durch.«

»Sei nicht albern, Schatz …«

»Im Ernst. Laura hat mir erzählt, was neulich mit dem kleinen Joe beim Fußballspielen passiert ist.«

»Nicht doch, Paul, so schlimm ist er nun auch wieder nicht.« Grace kam sich immer treuloser vor, da sie nicht sagte, was sie wirklich empfand.

»Das Problem mit Dad ist, dass er immer der nette Dr. Jekyll war, solange alles nach seiner Pfeife tanzte, und sobald das nicht mehr der Fall ist, tritt Mr. Hyde mit voller Wucht in Erscheinung. Und Mr. Hyde tritt in letzter Zeit immer öfter in Erscheinung, Mum, da wir jetzt alle erwachsen sind und er uns nicht mehr vorschreiben kann, was wir zu tun haben. Warum hat sich denn diese ganze Wut in ihm aufgestaut? Es ist, als ob er immer nur auf eine Ausrede gewartet hätte, um um sich zu schlagen. Ich habe das nie begriffen.«

Grace seufzte. Sie wusste natürlich, warum. Die Wut war aus Frustration entstanden. Jahrelanger sexueller Frustration, da er impotent war und zu dumm und zu stolz, um professionelle Hilfe in Anspruch zu nehmen. Aber das war natürlich nichts, was sie ihrem Sohn sagen konnte.

»Paul, Schatz …«

»Ich sage dir, Mum, ich verstehe nicht, wie du es all die Jahre mit ihm ausgehalten hast. Du kannst doch nicht glücklich gewesen sein.«

»Aber natürlich war ich das«, sagte Grace. »Du hast mich zur glücklichsten Frau der Welt gemacht.«

»Dann sag mir eines: Wenn er nicht drei kleine Kinder gehabt hätte, als du ihn kennen gelernt hast, hättest du ihn dann je geheiratet?«

Grace machte den Mund auf, um zu antworten, aber ja, natürlich hätte sie es getan, aber sie wusste, dass das nicht stimmte, und Paul würde es ebenfalls wissen. Ihre Ehe war staubtrocken, und sie war immer nur von der Liebe ihrer Kinder zusammengehalten worden. Der Liebe seiner Kinder.

»Es geht mir gut, wir kommen schon miteinander aus.« Grace wechselte rasch das Thema, schlug einen fröhlichen Ton an. »Und, wann sehe ich dich wieder? Ich habe noch immer dieses Osterei, das ich dir schenken wollte.«

»Mum, ich bin ein erwachsener Mann!«, sagte er in demselben Ton wie letztes Jahr, als er lachend das große Schokoladenei entgegengenommen hatte. Sie hatte gewusst, wie sehr er sich darüber freuen würde.

»Für ein Osterei ist man nie zu alt«, sagte sie. Auch wenn Gordon schon immer zu alt für solche Albernheiten gewesen war.

»Nach dem hier habe ich nur noch einen leeren Karton«, sagte Raychel, während sie die Ölbilder einpackte, die sie gemalt hatte. Ben hatte ihr oft gesagt, sie solle sie verkaufen, aber Raychel tat grundsätzlich nichts, um Aufmerksamkeit auf sich zu lenken. Sie war zufrieden damit, sie nur zu ihrem eigenen Vergnügen zu malen. Auf Kunst und Handarbeit hatte sie sich schon immer so gut verstanden. Sie hatte ihr ganzes Bettzeug selbst genäht und auch die hübschen Vorhänge gemacht, die sie dem nächsten Mieter daließen, da in ihrer Wohnung alles frisch und neu und sauber sein sollte.

»Auf der Arbeit haben wir noch jede Menge«, sagte Ben. »Ich werde meinen Chef fragen, ob ich ein paar davon haben kann, da hat er bestimmt nichts dagegen.« Ben mochte seinen Chef. Er war ein Bär von einem Mann, der bei seiner Arbeit nicht an den Kosten sparte und seine Angestellten gut und pünktlich bezahlte. Sie konnten von Glück reden, so viele Aufträge zu haben, während viele andere Baufirmen Pleite machten. Aber John Silkstone besaß in der Gegend einen guten Ruf als ein Handwerker, der faire Preise berechnete und seine Kunden nicht auflaufen ließ, indem er ein Versprechen nicht einhielt.

»Wunderbar.« Raychel bückte sich, um als Nächstes die Anrichte auszuräumen. Sie zog die oberste Schublade auf und entnahm ihr das Schatzkästchen, das sie darin aufbewahrte. Sie schob den Deckel auf, und dort, ganz oben auf dem Stapel mit den Briefen und Karten von Ben, lag der kleine gelbe Pullover mit den Entenknöpfen in einer zerknautschten Plastiktüte. Er war ungetragen. Sie hatte ihn selbst gestrickt, zur Geburt ihrer kleinen Schwester, als Raychel selbst noch ein Mädchen war. Sie konnte es kaum ertragen, ihn anzusehen, aber sie hätte ihn auch niemals wegwerfen können.

Ben sah, wie sie ihre zitternden Finger ausstreckte, um durch das Plastik zärtlich darüberzustreichen, und ging rasch dazwischen.

»Komm schon, Schatz, hören wir für heute mit dem Packen auf. Genug für einen Tag.«

Als Anna nach der Arbeit zum Bahnhof ging, stand ihr kein Mann in Schwarz gegenüber. Und auch nicht hinter ihr, im Begriff, ihr in den Nacken zu hauchen. Sie war unerklärlicherweise verärgert darüber, dass er sie an diesem Abend nicht verfolgte. Wie bizarr war das?

Ein Signalton ertönte, und dann verkündete ein Lautsprecher, dass ihr Zug eine Viertelstunde Verspätung haben würde. Sie setzte sich auf eine Bank auf dem Bahnsteig und zückte ihr Handy, um einen Blick auf die Uhr zu werfen. Die schwarz umrandete Karte mit Vladimir Darqs Namen steckte gleich daneben in ihrer Handtasche. *Na los, ruf schon an*, flüsterte eine innere Stimme verführerisch in ihrem Kopf. Sie dachte an sein Versprechen, ihre Darq-Seite hervorzuholen. Sie dachte an Tony und wie sie ihn mithilfe ihrer neu erweckten inneren Göttin zurückgewinnen könnte. Es war einen Versuch wert; alles war einen Versuch wert. Sie tippte die ersten beiden Ziffern auf ihrem Handy ein – und löschte sie wieder. Dann stellte sie sich vor, wie sie in einer samtenen Schößchenjacke vor Tony stand, seine Hände wieder auf sich spürte …

Sie nahm sich zusammen und wählte noch einmal, diesmal die ganze Nummer. Sie hielt sich das Handy ans Ohr und hörte es dreimal surren, und dann antwortete die Stimme eines Mannes – *seine* Stimme – mit einem knappen »Hallo«.

»Ähm, ich bin's, vom Bahnhof.«

»Ah.«

»Anna Bri…«

»Ja, ich weiß, wer Sie sind.«

»Ich rufe nur an, um zu sagen …«

»Meine Adresse ist Darq House in Higher Hoppleton«, schnitt er ihr das Wort ab. »Wo wohnen Sie?«

»Ähm, 2, Courtyard Lane – das ist in Dartley.«

»Halten Sie sich am Samstagabend um sieben Uhr bereit, bitte«, unterbrach er sie mit einem osteuropäischen Akzent, der keinen Widerspruch duldete. »Ein Wagen wird Sie abholen. Sie werden hierherkommen, und ich werde Sie für die Aufnahmen vorbereiten. Tragen Sie Ihre bequemste, nicht Ihre beste Unterwäsche. Ich wiederhole, Ihre *bequemste*.«

Und damit war die Leitung tot.

Siebenundzwanzigstes Kapitel

Dawn bügelte Calums bestes Hemd. Er hatte sich auf einen Kompromiss mit ihr geeinigt und gesagt, er würde es anziehen, aber nur mit einer Jeans. Er hatte sie angesehen, als sei sie von allen guten Geistern verlassen, als sie ihm eine Krawatte hingehalten hatte.

»Scheiße, sie ist doch sowieso völlig neben der Spur; ob ich mit einer Krawatte oder im Clownskostüm dastehe, ändert nichts an dem Geld, das sie mir gibt«, stöhnte er.

»Wann hast du sie denn das letzte Mal gesehen?«, fragte Dawn.

»Scheiße, das ist noch nicht lange genug her.«

»Musst du so viel fluchen?«

»Ja, Scheiße, das muss ich«, sagte Calum. »Und du nörgelst schon wieder.«

Dawn hielt den Mund. Jetzt, wo er das N-Wort für sich entdeckt hatte, benutzte er es als Ausrede für alles. Es war die verbale Entsprechung eines Einheitsgrößen-T-Shirts. Er hatte ihr vorgeworfen, zu nörgeln, als sie ihn vorhin gebeten hatte, den Fernseher leiser zu stellen. Aber er warf den Nachbarn nicht vor, zu nörgeln, als sie fünf Minuten später anfingen, gegen die Wand zu klopfen.

Dawn steckte ihr Haar mit einer Krokodilspange zusammen und zog dann an den Seiten ein paar Locken heraus, um den Effekt abzumildern. »Ich will doch nur, dass wir hübsch aussehen, wenn wir sie besuchen. Das ist das Mindeste, was wir tun können, wenn sie uns so viel Geld für die Hochzeit gibt.«

Calum knurrte, band die Krawatte zu einem tief hängenden, schlampigen Knoten und zog sie rebellisch auf eine Seite. In Hemd und Krawatte sah er so gut aus. In seinem Frack würde er auf der Hochzeit fabelhaft aussehen. Er hatte ein jungenhaftes Gesicht mit großen, graublauen Augen und diesem sexy Lächeln, das ihr von Anfang an den Kopf verdreht hatte.

Dawn fuhr sie zu dem Altersheim: Greenfields in Penistone. Es war ein altes viktorianisches Gebäude mit einer Doppelfront, auf einer riesigen Grundfläche errichtet und mit einem großen gläsernen Wintergarten, der links angebaut war. Hübsche Rüschenvorhänge hingen an den Fenstern, und ein kurz geschnittener Rasen vor dem Haus zeigte den Besuchern, dass es sich hier um eine gepflegte Einrichtung handelte. Calum war gelangweilt und stöhnte schon bevor sie an den Empfangstresen traten. Dawn kam sich vor, wie seine Mutter, während sie ihn weiterzerrte und das Reden mit der Empfangsangestellten übernahm. Es war nicht das erste Mal, dass sie sich so vorkam. Ihr Verlobter strotzte nicht unbedingt vor Energie.

Die Empfangsangestellte führte sie zu einem entzückenden, sonnigen Aufenthaltsraum im hinteren Teil des Hauses, der auf einen langen, blumenumgrenzten Rasen hinausging. Ein paar alte Männer mit Sonnenhüten spielten in der Mitte des Rasens Krocket. Es machte alles einen sehr altmodischen, englischen Eindruck auf Dawn, als hätte jemand die Zeit in die Dreißigerjahre zurück gedreht.

Tante Charlotte war nicht das winzige, verwelkte Ding, das Dawn sich vorgestellt hatte. Sie war sehr hübsch angezogen, auf eine gesunde Weise schlank und saß aufrecht in ihrem Sessel. Als sie sie begrüßte, wurde offensichtlich, dass sie zu ihrer Zeit so manchen Unterricht in Sprecherziehung genossen hatte. Und sie sprach nicht nur wie eine Dame, sie sah auch aus wie eine. Ihr schlohweißes Haar war zu einer tadellosen Frisur hochgesteckt, und ihre graublauen Augen funkelten hell. Sie lächelte sie beide an und hielt erst Calum und dann Dawn die Wange hin. Die alte Dame duftete nach einem lieblichen, zarten Parfüm, das Dawn noch nie gerochen hatte.

»Ich dachte, wir könnten vielleicht ein paar Scones essen.« Charlotte beugte sich vor, als würde sie ein großes Geheimnis offenbaren. »Mögt ihr beide Scones? Das Essen hier ist sehr gut.«

»Ich liebe Scones«, sagte Dawn.

»Ich auch«, sagte Calum wie ein gelangweilter Teenager. Dawn wollte ihn am liebsten treten.

Wie aufs Stichwort rollte eine Dame einen scheppernden Teewagen mit einer großen Kanne Tee, Tassen, poliertem Silberbesteck und einem Porzellanteller mit kleinen, runden, gebutterten Scones und Töpfchen mit Marmelade und Schlagsahne herein. Das Altersheim war alles andere als das, was Dawn erwartet hatte, gar nicht düster und schäbig und nach Pisse riechend. Aber es gehörte eben einer etwas gehobeneren Kategorie an. Muriel hatte irgendetwas davon gesagt, dass er Charlottes Ersparnisse auffresse wie ein Schwarm Heuschrecken ein Picknick.

»Würden Sie uns bitte einschenken, Liebes?«, fragte Tante Charlotte. »Diese Teekannen sind viel zu schwer für mich.«

»Natürlich, gern«, sagte Dawn. Calum bediente sich bereits bei den Scones, ohne sie zuerst den anderen anzubieten.

»Sie heißen Dawn, richtig?«, fragte Charlotte. »Was für ein entzückender Name. Ein sonniger Name.«

»Ja, Dawn Sole.«

»S-O-L-E?« Charlotte nahm sich vorsichtig ein kleines Scone von dem Teller. Sie hatte lange, gerade Finger mit schönen Fingernägeln.

»Ja, richtig.«

»Das heißt auf Italienisch ›Sonne‹«, nickte Charlotte. »Anders ausgesprochen, aber die Schreibweise ist dieselbe.«

»Ach, wirklich?« In diesem Augenblick entschied Dawn, dass Calum völlig falsch damit lag, dass Tante Charlotte etwas neben der Spur war. Der scharfsinnige, kluge Ausdruck in ihren Augen verriet, dass sie durchaus auf Draht war.

»Sie werden eine Junibraut sein. Genau wie ich«, sagte Charlotte.

»Wir werden Ihnen etwas von der Hochzeitstorte bringen«, lächelte Dawn.

»Danke.« Charlotte beugte sich näher zu ihr vor und flüsterte: »Aber die mag ich eigentlich gar nicht. Die Glasur ist mir zu süß. Marzipan habe ich noch nie gemocht, und aus diesem dunklen Früchtekuchen mache ich mir auch nichts.«

»Ich mir auch nicht, ehrlich gesagt«, seufzte Dawn.

»Dann sollten Sie stattdessen lieber Schokoladenkuchen haben. Oder diese Muffinberge, die die jungen Leute heutzutage manchmal haben. Das ist so eine entzückende, hübsche Idee.«

Calum nahm sich noch ein Scone. Als er sah, dass Dawn nicht zur Sache kam, tat er es selbst.

»Tante Charlotte, Mum hat etwas von einem Scheck erwähnt.«

»Ich habe es nicht vergessen«, sagte Charlotte kühl, während sie einen Schluck Tee nahm. Dawn wand sich vor Verlegenheit. »Es liegt alles für euch bereit, keine Sorge.«

»Ich gehe nur schnell pinkeln«, sagte Calum, während er sich das letzte Stück seines Scones in den Mund stopfte. Wohl eher eine rauchen, dachte Dawn.

»Es ist neben dem Eingang«, rief Charlotte ihm nach. »Auf dem Gelände ist das Rauchen verboten, das musst du im Salon tun.« Sie zwinkerte Dawn zu. »Er kann's nicht lassen. William, mein Mann, war genauso. Eine grässliche Angewohnheit.«

Dawn erwiderte ihr Lächeln. Was für eine entzückende alte Dame. Sie mochte wetten, ihre Mum wäre eines Tages genauso geworden wie sie, wenn sie die Chance gehabt hätte.

»Wie kommen eure Planungen voran? Ich hoffe, Muriel mischt sich nicht zu sehr ein. Sie hat einen sehr starken Charakter«, sagte Tante Charlotte mit natürlichem diplomatischem Geschick.

»Sie war uns eine große Hilfe«, nickte Dawn.

»Na ja, passen Sie nur auf. Sie war schon immer so, schon als kleines Mädchen. Sie musste immer ihren Willen bekommen, und hier geht es schließlich um Ihren Hochzeitstag, da sind Sie der Star. Nehmen Sie noch ein Scone. Sie sind selbst gemacht, mit Schlagsahne.«

»Ich sollte eigentlich nicht, aber ich werde trotzdem noch eines nehmen. Sie haben einen schlechten Einfluss. Der Tee schmeckt übrigens wunderbar. Soll ich Ihnen nachschenken?«

»Ja, danke. Meine Hände sind nicht mehr so kräftig, wie sie einmal waren.«

»Sie haben wunderschöne Hände.«

»Ich habe viel Klavier gespielt. Dadurch sind sie geschmeidig geblieben. Und meine Mutter hat mir von früher Kindheit an beigebracht, sie einzucremen. Ich musste mit Baumwollhandschuhen schlafen. Meine Mutter hatte auch wunderschöne Hände.«

Eine seltsame Vorstellung, dass diese alte Dame selbst einmal eine Mutter gehabt hatte, dachte Dawn. Hatte sie sich je vorgestellt, dass ihre Tochter eines Tages neunzig sein würde? Aber immer noch besser, die eigenen Kinder alt werden zu sehen, als sie vor sich sterben zu sehen. Ihre eigene Großmutter war untröstlich gewesen, als sie ihren einzigen Sohn verlor. Von dem Schock hatte sie sich nie erholt.

Als hätte Charlotte ihre Gedanken gelesen, fragte sie:

»Glauben Sie, dass Sie und Calum je Kinder haben werden?«

»Ich weiß nicht«, sagte Dawn. »Wir haben nie darüber geredet. In absehbarer Zeit sicher nicht.«

»Ich denke, er muss vielleicht erst noch ein bisschen erwachsen werden. Überstürzen Sie nichts, wenn ich Ihnen einen Rat geben darf.« Charlotte sah kurz zur Tür, um sich zu vergewissern, dass er nicht wiederkam. »Ich hoffe, Sie sind sehr glücklich, aber Sie sind nicht so, wie ich Sie mir vorgestellt hatte.«

»Ach nein?« Dawn schluckte; sie war sich nicht sicher, wie sie das verstehen sollte. Alte Leute konnten brutal offen sein, das wusste sie aus ihren Tagen als Friseurin.

»Sie scheinen mir eine sehr sanftmütige und nette Person zu sein. Sie müssen sich durchsetzen, wissen Sie. Vor allem in dieser Familie. Das ist ein *Pack*.«

»Oh, ich weiß, keine Sorge«, lachte Dawn, erleichtert, dass ein Kompliment und keine Beleidigung gekommen war.

Calum stolzierte zurück ins Zimmer. Der rauchige Geruch, der ihn umgab, verriet, wo er eben gewesen war.

»Ich gebe euch euren Scheck.« Charlotte bückte sich, um ihre Handtasche vom Boden aufzuheben. Es war eine entzückende altmodische Tasche mit einer großen Schnalle in der Mitte. Charlotte zückte ihr Scheckbuch und kramte nach einem Stift.

»Das ist sehr freundlich von Ihnen«, sagte Dawn.

»Heiraten ist heutzutage eine furchtbar kostspielige Angelegenheit, ich weiß. Und soweit ich weiß, sind Sie ganz allein auf der Welt. Ich fand das sehr traurig, als Muriel mir von der Hochzeit erzählte. Ich muss nur noch den Namen des Empfängers darauf schreiben.«

Sie klickte ihren Stift an und trug die fehlenden Details mit einer schwungvollen Bewegung ein.

»Denise und Demi werden auch einen Scheck bekommen, wenn sie an der Reihe sind, aber nicht so viel.« Charlotte riss den Scheck aus dem Heft. »Behaltet die Summe daher für euch. Ich habe Muriel gesagt, ich würde euch allen eintausend geben. Ich gebe euch zwei.«

Jetzt erwachte Calum zum Leben. »Das ist wirklich nett von dir, danke, Tante Charlotte.«

»Hier, bitte sehr. Ich habe ihn auf Dawn Sole ausgestellt. Die Braut wird am besten wissen, wofür man das Geld ausgeben soll.«

Calum war für einen Moment verärgert, aber er beruhigte sich rasch. Er würde sich das Geld von Dawn geben lassen, wenn es in ein paar Tagen eingegangen war.

Dawn war entzückt. So konnte sie sicherstellen, dass das Geld auch wirklich für die Hochzeit ausgegeben wurde und nicht sofort in den Kassen des Dog and Duck verschwand. Zusammen mit ihren Gewinnen vom Pferderennen schien es nun wieder greifbar nah, dass sie an ihrem großen Tag nur das Beste bekommen würde.

»Haben Sie sich denn schon ein Kleid ausgesucht, Dawn?« Charlotte unterdrückte ein leises Gähnen. Sie wurde allmählich müde, das konnte Dawn sehen.

»Ja, und es ist hinreißend. Soll ich Ihnen mal ein Bild davon mitbringen?«, fragte Dawn.

»Sehr gern«, sagte Charlotte. »Ich werde natürlich nicht zu der Hochzeit kommen können, leider. Aber Ihr Kleid würde ich sehr gern sehen.«

Calum hielt nichts davon, noch einmal hierherzukommen, daher sagte Dawn ihm zuliebe: »Ich werde Calum nicht mitbringen, wenn ich Ihnen die Fotos zeige. Ich werde am frühen Nachmittag kommen, dann werde ich Sie nicht so ermüden.«

»Ich werde wirklich sehr früh müde«, sagte Charlotte. »Das Problem ist, ich wache immer so verdammt früh auf. Es macht keinen Spaß, alt zu werden. Genießen Sie Ihre Jugend, solange Sie noch diese ganze Energie haben.«

»Wir wollen dich nicht länger ermüden. Komm schon, Dawn. Tante Charlotte ist schläfrig.« Calum packte Dawn am Ärmel und tat auf einmal ganz rücksichtsvoll.

»Ich komme bald wieder.« Dawn küsste Charlotte auf die Wange. Ihre Haut fühlte sich so dünn und empfindlich und zart unter ihren Lippen an. Dieses entzückende Parfüm stieg Dawn wieder in die Nase und erinnerte sie an einen Herbstspaziergang im Wald nach einem Regen.

»Setz mich beim Pub ab, ich will noch ein bisschen feiern«, sagte Calum, als sie Penistone verließen.

Dawn verbiss sich, was sie eigentlich sagen wollte. Er würde ihr nur zum x-ten Mal vorwerfen, dass sie nörgelte. Sie würde sich damit abfinden und den Mund halten, wie sie es, begriff sie, in Zukunft vielleicht noch sehr oft würde tun müssen.

M*ai*

Achtundzwanzigstes Kapitel

Ausnahmslos alle fünf Frauen freuten sich wirklich auf ihren gemeinsamen Ausgehabend, wenn auch aus unterschiedlichen Gründen. Dawn wusste, dass sie jeden Freitag erwartete, den Abend mit Calum zuhause zu verbringen, und dass er ihr ebenso jeden Freitag versprach, er würde nach ein paar Gläsern nachhause kommen, nur um dann doch erst aufzukreuzen, wenn sie schon längst im Bett lag. Daher würde es eine erfrischende Abwechslung sein, selbst einmal auszugehen und sich zu amüsieren. Anna graute so davor, an ihrem Geburtstag allein zu sein, dass ihr selbst ein Abend mit vier relativ Fremden wie ein Geschenk erschien. Grace wollte sich gern einen Abend lang von Gordons ständigem Geschwafel von ihrem künftigen Leben in Blegthorpe erholen. Und die junge Raychel wusste, dass sie sich viel zu sehr auf Bens Gesellschaft verließ. Auch wenn er es nie sagte, hatte sie manchmal doch das Gefühl, ihn mit ihrer ganzen Bedürftigkeit zu erdrücken.

Sie standen alle auf der Damentoilette auf der Arbeit und drängelten sich vor den Spiegeln, während sie ihre Lippenstifte nachzogen und ihre Haare hochbürsteten. Mehr als ein nur leicht freudiges Kribbeln durchströmte sie alle.

Die Rising Sun lag in derselben Straße wie der Firmensitz der White Rose Stores, am Rande des Industriegebiets. Sie wollten dort kurz etwas trinken, um sich Appetit zu machen für das anschließende Essen in dem neuen Thailokal nebenan, das passenderweise Setting Sun hieß.

Die Rising Sun war kürzlich zu einer Art Cowboysaloon umgestaltet worden, aber mit bequemeren Sitzplätzen als den alten, wackeligen Holzstühlen. Viele Sättel und anderes Cowboy-Zubehör hingen an den Wänden, und Poster zu beiden Seiten einer kleinen Bühne kündigten an, dass in der nächsten Woche die »Rhinestones« spielen würden. Dawn war enttäuscht, dass sie an diesem Abend nicht spielten; sie schwärmte für Country- und Westernmusik jeder Art. Sie musste nur die ersten paar Takte eines Jim-Reeves-Songs hören, um wieder in ihre Kindheit versetzt zu werden, mit ihrem verrückten singenden Dad und seiner Giii-tarre. Früher sang sie selbst oft im Haus, bis Calum ihr sagte, sie solle den Mund halten, da er den Fernseher nicht hören könne.

Sie fanden einen freien Tisch neben einem kalten Kamin. Kaum hatten sie sich gesetzt, kam schon eine Kellnerin mit einem silbernen Eimer mit Eis und einer Flasche Champagner, gefolgt von einer Kollegin mit einem Tablett mit fünf langen, gläsernen Champagnerflöten.

»Eine kleine Aufmerksamkeit von James McAskill«, erklärte Christie ihren fünf Mitarbeiterinnen, denen vor Staunen die Münder offen standen. Welche Bedeutung hatte diese Frau für James McAskill, dass sie einen solchen Einfluss auf ihn hatte?, fragten sich alle. Aber sie nutzten seine Großzügigkeit aus und erhoben die Gläser auf Anna und sagten einstimmig: »Alles Gute zu Ihrem vierzigsten Geburtstag, Anna!«

»Und wie kommt es, dass Sie keine Freunde oder Verwandten haben, mit denen Sie heute Abend feiern?«, fragte Dawn. Anna errötete.

»Mein liebes Mädchen, Sie drücken sich aber auch immer so taktvoll aus«, sagte Christie kopfschüttelnd.

Anna wusste, dass Christie den anderen von ihrer und Tonys Trennung erzählt hatte. Sie war damit eigenmächtig vorgeprescht und hatte es ihr anschließend gesagt. Sie neigte nicht zu Tratsch und Klatsch, aber sie wollte gern, dass alle diesen Teil von Annas Geschichte kannten, damit niemand ins Fettnäpfchen trat. Obwohl Dawn offenbar noch immer genau das tat.

»Na ja, das mit meinem treulosen Partner wisst ihr ja schon«, begann Anna zu erklären. »Meine Mum und mein Dad sind geschieden. Mum hat wieder geheiratet und lebt mit ihrem neuen Typen in Irland. Dad hat auch wieder geheiratet und lebt jetzt in Cornwall, aber wir standen uns sowieso nie besonders nahe. Ich habe noch eine viel jüngere Schwester, Sally, sie hat sich die Haare grün gefärbt, ihren Namen in Rainbow Storm geändert und angefangen, seltsame Dinge mit Kristallen zu machen, und sie lebt jetzt in einer französischen Kommune. Jedenfalls hat sie noch nie an Monogamie geglaubt, daher wäre sie mir sicher keine große Stütze gewesen. Ich habe ein paar Karten von anderen Pärchen bekommen, mit denen Tony und ich ab und zu ausgegangen sind, aber das sind eher seine Leute als meine, daher wollen sie ihm gegenüber loyal sein und Abstand zu mir halten, nehme ich an. Und offenbar habe ich alle Freunde, die ich einmal hatte, verloren, als sie selbst Familien gegründet haben. Ich glaube, es war ihnen unangenehm, dass meine Schwangerschaften immer so kompliziert verliefen, während sie selbst am laufenden Band Kinder in die Welt setzten. Wenn die einen Kinder haben und die anderen nicht, lebt man sich eben leicht auseinander«, sagte Anna. »Daher habe ich nach und nach alle bis auf Tony aus den Augen verloren, und jetzt ist er auch noch weg, und deswegen bin ich heute so ein einsamer Trauerkloß.«

Grace nickte mitfühlend. Sie wusste, wie leicht man auf einmal allein dastehen konnte. Sie hatte selbst ihr Leben ihrer Familie gewidmet und eine Existenz ohne Freundinnen geführt, nachdem ihre beste Freundin Ellen sechs Wochen vor ihrer Hochzeit mit Gordon gestorben war. »Bitte heirate ihn nicht, Gracie«, waren die letzten klaren Worte gewesen, die ihrer Freundin über die Lippen gekommen waren.

Und Ben war immer Raychels einziger Gefährte gewesen. Eine Freundschaft außerhalb ihrer engen Zweierbeziehung war für sie nur schwer vorstellbar. Wie könnte sie Freundinnen haben, wenn sie nie irgendjemandem außer Ben vertrauen könnte? Nie. Sie waren durch Dinge verbunden, die sie von allen anderen in der Welt trennten.

»Freundschaften sind so wichtig«, sagte Christie. »Es tut mir so leid, dass Sie so allein sind. Und deswegen werden Sie heute Abend mit uns allen dieses wundervolle Essen genießen und darauf anstoßen, dass heute der erste Tag Ihres restlichen Lebens ist.« Christie hatte viel über ihre Damen nachgedacht, und sie war so froh, dass sie jetzt hier um diesen Tisch saßen – gemeinsam. Der Mensch war nicht zu einem Inseldasein geschaffen. Vor langer Zeit einmal hatte sie selbst den Fehler begangen, sich von allen abzuschotten, und war in einem Meer der Einsamkeit getrieben. Aber sie hatte wenigstens das Glück gehabt, von wundervollen Leuten, die sich um sie sorgten, zurück ans Ufer gezerrt worden zu sein.

»Es ist nett hier«, sagte Christie, womit sie aussprach, was alle dachten. Buntglasfenster mit Bildern von Sonnen warfen goldene Strahlen in den Raum.

»Malcolm hat gesehen, wie wir alle gegangen sind«, sagte Raychel. »Er wird noch mindestens eine Stunde bleiben. Er hasst es, wenn wir pünktlich gehen. Man kann es ihm ansehen, dass er denkt, wir machen blau.«

»Na ja, das tun wir nicht, also vergessen Sie ihn«, sagte Christie. »Nicht er leitet die Abteilung, sondern ich. Und es ist Freitagabend! Was in aller Welt ist bei ihm zuhause denn bloß so schlimm, dass er nicht vor sechs gehen und unbedingt im Wochenendverkehr feststecken will?«

»Er muss eine echte Schreckschraube als Frau haben.«

»Möchte wetten, sie ist froh, dass er so lange wegbleibt.«

»Wisst ihr, was ich gehört habe?«, begann Grace. Ihr war bewusst, dass ihr der Champagner zu Kopf gestiegen und sie im Begriff zu tratschen war, aber sie hatte trotzdem ihren Spaß dabei. »Ich habe gehört, dass sie eine echte Karrierefrau ist und er ihr nicht das Wasser reichen kann. Ich glaube, beide Seiten sind sauer, dass sie ihn überholt hat.«

»Interessant«, bemerkte Christie. Das klang durchaus plausibel. »Wo haben Sie das denn gehört?«

»Von einem ehemaligen Kollegen, der letztes Jahr in den Ruhestand gegangen ist. Er hat in der Nähe der Familie gewohnt.«

»Hat er Kinder?«, fragte Anna.

»Eines, einen Mini-Malcolm«, sagte Grace. »Offenbar gibt es in der Schule Probleme mit ihm. Ein kleiner Schikanierer, nach allem, was ich gehört habe.«

»Wenn er so ist wie sein Vater, dann wird er die Mädchen bei den

Schulversammlungen vermutlich in den Po kneifen«, sagte Dawn. Sie schauderte bei dem Gedanken, wie Malcolms Hand über ihr Gesäß geglitten war. »Was meinen Sie, wie alt er ist?«

»Ach, das weiß ich sicher«, sagte Christie. »Er ist genauso alt wie ich, siebenundvierzig. Genau das richtige Alter für eine Midlife-Crisis. Ich sollte morgen meine Lederhosen anziehen, nachdem ich mich dreimal mit Bräunungsspray eingesprüht habe.«

Sie lachten alle. Seine Oompa-Loompa-Sonnenbräune war zurzeit *das* Gesprächsthema in der Firma.

»Findet ihr nicht auch, dass ›Spatchcock‹ wie eine sexuell übertragbare Krankheit klingt?« Anna schlug jetzt einen Tonfall an, als sei sie ein hochangesehener Arzt. »›Es tut mir leid, Sir, aber Sie haben offenbar mit ein paar dreckigen Frauen geschlafen, denn Sie haben sich einen ernsten Fall von Spatchcock zugezogen.‹«

»Und dabei ist er so stolz auf seinen Namen«, sagte Dawn. »Wahrscheinlich denkt er, dass er damit wie ein Macho-Superheld klingt.« Sie streckte einen Arm aus, als sei sie Superman im Flug. »Ich bin Spatchcock, Retter des Universums, und ich komme vom Planeten Penis.«

Christie verschluckte sich vor Lachen fast an ihrem Champagner. »Das muss ich James erzählen!«

»Aber das würde er bestimmt nicht witzig finden!«, stöhnte Dawn. Sie konnte sich nicht vorstellen, dass Mr. McAskill über einen Peniswitz lachen würde; dafür war er viel zu würdevoll.

»Glauben Sie mir, das würde er.« Christie lachte und setzte ihre Brille auf, um das Etikett auf der Champagnerflasche lesen zu können. Die Brille war typisch Christie, ein auffälliges, altmodisches Bakelit-Modell, glänzend und mit Diamantsplittern an den Bügeln.

»Jedenfalls – alles Gute zum Geburtstag, Anna. Hier ist eine Kleinigkeit von uns allen!«

Grace holte eine Tüte unter dem Tisch hervor und stellte sie vor Anna hin, die aufrichtig verblüfft war. Sie hatte nicht mit einem Geschenk gerechnet.

»Ich weiß gar nicht, was ich sagen soll!«, sagte sie atemlos.

»Ach, machen Sie's einfach auf, Mädchen«, sagte Christie.

Anna griff so zögernd in die Tüte, dass Dawn lachend sagte, es würde sie schon nicht beißen. Darin waren ein paar Karten, ein Buch, ein Schaumbad, Pralinen, eine Flasche Champagner und alle möglichen Schleifen und Süßigkeiten und ein Stift mit einer schwankenden Vierzig an der Spitze.

»Wir dachten, da könnte zumindest etwas dabei sein, das Ihnen gefällt«, sagte Raychel. »Wir haben einfach auf gut Glück geraten, was Ihren Geschmack treffen könnte.«

»Wo wir uns schließlich kaum kennen«, ergänzte Dawn. »Übrigens, in dem Buch geht es um eine Frau, die sich an einem treulosen Dreckskerl rächt – wir dachten, das könnte Ihnen gefallen! Ich habe es heute Nachmittag selbst ausgesucht!«

»Vielen, vielen Dank euch allen«, sagte Anna. Sie war aufrichtig gerührt. Sie alle hatten sich weitaus mehr Gedanken über diese Geschenke gemacht als ihre Eltern über die Schecks, die sie ihr geschickt hatten.

»Sie haben uns einen Gefallen getan«, sagte Dawn. »Sie haben uns den nötigen Tritt in den Hintern gegeben, um dieses Essen zu organisieren.«

»Na ja, dann ist mein lausiges Liebesleben ja wenigstens für etwas gut«, sagte Anna mit einem gutmütigen Kopfschütteln.

»Ich möchte wetten, es ist nicht halb so schlimm, wie es mit ein paar von meinen Ex-Freunden war«, schnaubte Dawn.

»Die Wette würde ich gewinnen«, sagte Anna. »Ich habe schon jede Niete gezogen, die man sich vorstellen kann. Und selbst die, die man sich nicht vorstellen kann, so abartig waren sie.«

»Oh, was denn zum Beispiel?« Dawn beugte sich interessiert vor.

»Na ja«, begann Anna, während sie sich fragte, mit welchem Desaster sie anfangen sollte. »Bevor ich Tony traf, hat mich dieser eine Typ, Wade, um ein Date gebeten, und ich dachte: *Das ist es. Ausnahmsweise mal ein anständiger Kerl.* Er hatte einen tollen Job, Geld wie Heu, war immer klasse angezogen, mit wundervollen Manieren, hat mich im Restaurant immer eingeladen und mir die Tür aufgehalten.« Anna nahm einen kräftigen Schluck

Champagner, bevor sie fortfuhr. »Und dann, als ich eben schon dachte, ich hätte meinen Märchenprinzen gefunden, fängt er an, mir richtig dreckige SMS-Nachrichten zu schicken. Die Art, die ein Teenager schicken würde, der seine ersten schmutzigen Wörter im Lexikon gefunden hat. In einer stand einfach nur ABSPRITZEN.«

»Igitt.« Raychel rümpfte die Nase.

»Ich dachte, er hätte das Tourette-Syndrom. Er war fünfundvierzig, mein Gott; ich dachte, es müsste irgendetwas Krankhaftes sein. Und dann stellt sich heraus, dass es ihn anmacht, solche dreckigen Sachen auf seinem Handy zu schreiben. Die Nachrichten wurden immer schlimmer, er wurde immer erregter – und mir immer schlechter.«

»Ich hoffe, irgendwann haben Sie ihm gesagt, er soll sich verpissen«, sagte Dawn.

»Das habe ich mich nicht getraut«, sagte Anna. »Es hätte ihn antörnen können.«

Sie lachten alle. Es hörte sich schön an. Und mehr als eine von ihnen versuchte, sich zu erinnern, wann sie das letzte Mal in einer Gruppe von Frauen so gelacht hatte.

Als sie den Champagner ausgetrunken hatten, nahmen sie sich ihre Mäntel und Handtaschen und gingen in das Lokal nebenan, die Setting Sun. Eine wunderschöne thailändische Kellnerin in einem blauen Kimono hieß sie an der Tür willkommen, die Handflächen zur Begrüßung aneinandergelegt.

»Ein Tisch für fünf Personen, auf den Namen Somers«, sagte Christie. Sie wurden unverzüglich an einen schön gedeckten Tisch in einer Ecke geführt und bekamen die größten Speisekarten überreicht, die Anna je gesehen hatte. Vermutlich würde sie schneller *Krieg und Frieden* lesen können.

»Pad Prik Sod?«, sagte Anna trocken. »Ich will nicht noch mehr Schwachköpfe, vielen Dank, ich hatte schon genug.«

»Dann nehmen Sie doch einen Poppia Poo!«, prustete Raychel.

»Pla Kraproa!«, setzte Dawn noch eins drauf. Sie bekam kaum noch Luft vor lauter Kichern.

»Wix Cum Kack«, sagte Anna.

»Sie machen Witze! Wo steht das denn?«, fragte Dawn, die so heftig lachen musste, dass ihr die Tränen übers Gesicht liefen.

»Das habe ich mir ausgedacht, Sie Dummerchen«, sagte Anna. »Zu Wades Ehren.«

»Oh, hört schon auf, ich sterbe gleich«, sagte Dawn. Sie hatte schon Seitenstechen vor lauter Lachen.

»Kinder, Kinder!« Christie tat, als sei sie eine Schulleiterin. Selbst Grace kam aus dem Kichern kaum noch heraus. Sie hatte einen wundervollen Abend. Aber er führte ihr auch vor Augen, wie viel sie in den ganzen letzten Jahren verpasst hatte.

»Okay, okay, wir werden vernünftig sein.« Dawn tupfte sich die Augen mit einer Serviette ab. »Spaß beiseite, was wollen wir bestellen? Grace, machen Sie den Anfang.«

»Pad Pong Galee«, sagte Grace, während die beiden Jüngsten wieder loskicherten.

»Wollt ihr euch endlich benehmen!«, rief Christie. »Im Ernst – das ist ja, als würde ich mit einer Kindergartengruppe einen Ausflug machen!«

»Ich dachte, sie hätte ›Bad Pong Galee‹ gesagt«, sagte Dawn. Annas Gesichtsmuskeln taten ihr weh. Es war so befreiend, endlich einmal sie selbst zu sein.

Wie durch ein Wunder schafften sie es, ihr Essen und ihre Getränke zu bestellen, ohne wieder loszuprusten, und entspannten sich schließlich in der fröhlichen Wärme um den Tisch. Dawn dachte, wie schön es war, sich einen Abend lang nicht mit Hochzeitsvorbereitungen zu befassen. Bis zu diesem Augenblick war ihr gar nicht bewusst gewesen, wie sehr sie ihr Leben allmählich beherrschten. Sie nahm einen großen Schluck Mineralwasser und spürte, wie sich die Kühle in ihr ausbreitete.

Auch Grace genoss ihr Glas mit kaltem Sprudelwasser. Es schwappte durch ihren Körper und entspannte genau die Stellen, die seit diesem entsetzlichen Ausflug an die Küste völlig verkrampft waren. An diesem Morgen hatten sie ein Schreiben erhalten, in dem ihnen noch einmal fünf Prozent Preisnachlass auf das Monte-Carlo-Modell eingeräumt wurde, falls sie es sich anders überlegen und sich doch für ein höherklassiges Modell entscheiden sollten.

»Darauf, dass unser Gewinn vom Pferderennen Ihrem Glück ein bisschen auf die Sprünge hilft«, sagte Christie freundlich zu Anna.

»Na ja«, sagte Anna. »Ehrlich gesagt … ach, ist ja auch egal.«

»Na los, Sie können nicht erst anfangen und dann nicht weiterreden«, sagte Dawn. »Das ist nicht fair, meine Neugier so auf die Folter zu spannen.«

»Na ja …«, begann Anna noch einmal. Sie sollte wirklich jemandem von ihrem Besuch bei Vladimir Darq morgen erzählen, allein schon als Vorsichtsmaßnahme. »Mir ist neulich etwas Seltsames passiert. Auf dem Bahnhof hat mich dieser eine Typ verfolgt …« Und dann erzählte sie die ganze Geschichte.

»Du liebe Güte!«, sagte Grace. »Aber er lebt wirklich in Higher Hoppleton. Ich habe in der Zeitung schon mal was über ihn gelesen.«

»Ist das nicht der, der wie Graf Dracula aussieht?«, fragte Dawn.

»Wow, ein transsilvanischer Vampir in Higher Hoppleton«, grübelte Christie.

»So, wie Sie es sagen, klingt es wie die Fortsetzung von *American Werewolf in London*!«, prustete Dawn.

»Was meint ihr, sollte ich hingehen?«, fragte Anna.

»Aber natürlich gehen Sie hin«, sagte Grace entschieden. »Das ist genau das, was Sie brauchen: ein Abenteuer. Perfektes Timing von seiner Seite.«

»Aber in meiner Unterwäsche im Fernsehen zu sehen sein? Ich bin mir nicht sicher, ob ich das könnte. Und in diesen Shows wird man doch immer so begrapscht, oder?«

»Bei Gok Wan hat sich doch noch nie eine beschwert, dass er ihr an die Titten greift«, sagte Christie. »Und ich warne Sie, wenn dieser Mann bei Ihnen auch nur halbwegs anständig Maß nehmen soll, dann machen Sie sich besser auf eine Art minimalinvasive OP gefasst.«

»O Gott, nein. Wirklich?« Anna wurde blass.

»Aber ja, Sie werden sich ausziehen und gründlich von ihm begutachten lassen müssen.«

»Ach was! Sie nehmen mich auf den Arm!«

»Ganz und gar nicht, Liebes«, sagte Christie, die sich köstlich über Annas entsetzte Miene amüsierte.

»Nur zu, Anna. Ich meine, hätten Sie an dem Abend denn was Besseres vor?«, fragte Dawn. Sie fragte sich, ob schwule Männer gute Vorspieltechniken kannten. Calum kam meistens sofort zur Sache – wenn das Bier ihn nicht außer Gefecht gesetzt hatte. Sex spielte in ihrer Beziehung keine allzu große Rolle.

»Da haben Sie allerdings Recht«, räumte Anna scherzhaft ein, aber insgeheim dachte sie: *O verdammt! Mich nackt ausziehen! Vor Millionen von Leuten.* Es war alles ein bisschen surreal. Verglichen mit ihrem Leben erschien ihr die Welt des Spongebob Schwammkopf auf einmal fast normal.

»Aber passen Sie bloß auf.« Dawn hob warnend einen Finger. »Diese Promis sind alle Junkies. Lassen Sie sich von denen nichts in die Nase stecken außer einem Vicks-Sinex-Nasenspray.«

»Ich habe noch nie Drogen genommen, und ich werde auch jetzt nicht damit anfangen«, entgegnete Anna entschieden.

Das Thai-Essen war gut und reichlich. Und danach rundeten sie es noch mit Sahneeis und einem Kaffee ab.

»Was für ein wundervoller Abschluss der Arbeitswoche«, sagte Christie, während sie sich die letzte Hälfte ihres Schokoladen-Minz-Kekses in den Mund steckte. »Das sollten wir öfter tun.«

»Von mir aus gern«, sagte Anna. »Ich hatte einen wundervollen Abend. Ich danke euch allen vielmals.« Und sie meinte es aufrichtig. Die Gesellschaft der anderen Frauen hatte ihr so viel Auftrieb gegeben. Ihr graute bei dem Gedanken, wie ihr Geburtstag verlaufen wäre, wenn sie allein zuhause geblieben wäre.

»Von mir aus auch. Ich hatte viel Spaß mit euch«, sagte Dawn. Es war eine nette Abwechslung von der Gesellschaft der Crookes. Der Humor in dieser Familie war immer so ätzend, und offenbar mussten sie immer über irgendjemanden herziehen, was sehr anstrengend sein konnte, auch wenn es witzig gemeint war.

Ja, dachte Christie. Dieser Abend hatte ihnen allen gutgetan.

»Na ja, nochmal alles Gute zum Geburtstag, Anniepoos.« Dawn erhob ihre Tasse mit dem letzten Rest Kaffee. Vier andere Tassen stießen mit ihr an. »Möge dieser Tag der Beginn besserer Zeiten für Sie sein.«

Anna wünschte nur, sie hätte das glauben können.

Neunundzwanzigstes Kapitel

Am nächsten Morgen war Calum verkatert und nicht aus dem Bett zu kriegen, um zur Anprobe seines Fracks zu fahren. Daher fuhr Dawn stattdessen zur Meadowhall, um sich ein paar Dekorationen für die Tische bei ihrem Hochzeitsempfang anzusehen. Sie ließ auf der ganzen Hin- und Rückfahrt Country- und Westernmusik laufen und sang aus voller Kehle zu Tammy Wynette und ihrem *'57er Chevrolet*.

Paul hatte eine wunderschöne Wohnung in einer etwas besseren Gegend am Rande von Sheffield. Sie war ein Schnäppchen gewesen, für das er eines Tages dreimal so viel bekommen würde, wie er bezahlt hatte. Er würde das ganze Geld ins Rose Manor stecken, wenn es an der Zeit war, sie zu verkaufen. Grace drückte auf die Gegensprechanlage, und er ließ sie über den Türsummer herein. Er begrüßte sie stürmisch an der Wohnungstür und nahm ihr die ganzen großen Tüten voller verspäteter Ostereier mit gutmütigem Humor und seiner üblichen liebevollen Umarmung ab. Sie war angenehm überrascht, als sie sah, dass Joe bei seinem Onkel war.

»Hallo, Schatz.« Grace gab ihrem Enkel einen Kuss auf den Kopf. Er sah etwas kläglich aus.

»Er hat ein bisschen Zahnschmerzen«, flüsterte Paul. »Laura ist kurz weggegangen, um Nelkenöl für ihn und noch etwas Milch für mich zu kaufen. Sein großer Onkel Paul lenkt ihn mit Kartenspielen ab, stimmt's, Joe?« Er drückte dem Jungen liebevoll die Schulter.

»Paul, wo sind denn … oh, hallo!« Ein hochgewachsener, eleganter, unglaublich gut aussehender dunkelhäutiger Mann kam aus dem Ess- ins Wohnzimmer.

»Mum, das ist Charles, mein Geschäftspartner. Charles, meine Mum.«

»Oh, hallo.« Grace lächelte breit. »Ich freue mich so, Sie endlich kennen zu lernen.«

»Mrs. Beamish, es ist mir ein Vergnügen«, sagte Charles mit einem herrlich affektierten englischen Akzent. »Ich habe schon so viel von Ihnen gehört.«

»Nur Gutes, hoffe ich.« Grace errötete leicht.

»Jedes einzelne Wort«, sagte Charles.

»Charles ist ein echtes Goldstück«, sagte Paul. »Und ein verdammt guter Architekt.«

Dann ertönte der Türsummer, und auf der Kamera von Pauls Gegensprechanlage war Laura zu sehen, die eine Zweiliterpackung Milch hochhielt.

»Sie hat von sich aus angeboten, sie zu holen«, sagte Paul. »Wir wollten Gentlemen sein und selbst gehen, aber ich glaube, sie wollte sich ein bisschen abreagieren. Sie hat überall herumtelefoniert, um einen Zahnarzt für Joe zu finden, und konnte nirgends einen erreichen.«

Als Laura hereinkam, umarmte sie Grace fest.

»Geht's dir jetzt besser, Schatz?«, fragte Charles, zog sie an sich und drückte sie fest.

»Oh, verstehe!«, sagte Grace.

»Wir gehen noch nicht lange miteinander, Mum. Ich wollte es dir so gern sagen, aber ich wusste nicht, ob er mich nach dem ersten Date noch wiedersehen wollen würde«, sagte Laura.

»Ich wusste nicht, ob du *mich* nach dem ersten Date noch wiedersehen wollen würdest«, sagte Charles. »Ich war so nervös, dass ich ihr meinen Wein über den Rock geschüttet habe.«

Charles und Laura sahen sich zärtlich an, und ihr Lächeln spiegelte sich auf Grace' Miene wider. Was für ein entzückender Mann, dachte sie. Sie hoffte nur, dass es halten würde. Laura war in Sachen Liebe ein bisschen wie die arme Anna. Sie war immer an die falschen Männer geraten, und Joes Vater war der Gipfel gewesen. Er hatte Laura verlassen, als sie im fünften Monat schwanger war, hatte gesagt, er habe es sich anders überlegt, er sei doch noch nicht so weit, Vater zu werden (mit vierundvierzig!), und hatte sich aus dem Leben des Jungen verabschiedet, bevor er überhaupt geboren war. Laura war mehr als überfällig für ein bisschen Liebe und Aufmerksamkeit.

Lauras Handy klingelte, und sie verzog das Gesicht, als sie die Nummer auf dem Display erkannte. Sie drückte auf Verbinden.

»Hi, Sarah … Nein, ich kann im Moment nicht. Ich versuche, einen Zahnarzt für Joe zu finden … Nein, ich weiß nicht, wo sie steckt … Oh, sie hat aufgelegt. Ich nehme an, du wolltest nicht, dass ich ihr sage, dass du hier bist, Mum? Ausnahmsweise bestehe ich darauf, dass du nicht sofort losstürzt, um ihr zu Hilfe zu eilen; wir werden jetzt unser verspätetes Osteressen mit dir haben.«

»Sag bloß nicht, sie hat jemanden gesucht, der ihr diese Göre abnimmt«, sagte Paul.

»Paul, du sprichst von deiner Nichte!«, sagte Grace.

»Ich weiß, aber …« Er musste nicht mehr sagen. Sable war ein Albtraum. Selbst Joe war nicht gern mit ihr zusammen, und der kleine Joe war nun wirklich lammfromm.

»Wenn Sarah schon mit einem Kind nicht klarkommt, warum in aller Welt ist sie denn dann wieder schwanger geworden?«, fragte Paul. »Rhetorische Frage, ich weiß, aber das ist doch idiotisch. Das wird nicht verhindern, dass Hugos Blicke wieder abschweifen, oder? Ehrlich gesagt, vermutlich genau das Gegenteil, mit zwei schreienden, verzogenen Gören im Haus.«

»Drei, meinst du wohl. *Miau*«, sagte Laura bissig, was sonst gar nicht ihre Art war.

»Sie hat es bestimmt nicht leicht.« Grace verspürte das Bedürfnis, die Wogen ein bisschen zu glätten. Sie hasste die Tatsache, dass die Familie, um die sie sich all die Jahre so fürsorglich gekümmert hatte, immer mehr zu zersplittern schien. Und dabei war sie immer so nachsichtig gegenüber Sarah gewesen, die zu jung gewesen war, um sich an ihre echte Mutter erinnern zu können, im Gegensatz zu den beiden anderen, die wenigstens ein paar schöne Erinnerungen an sie hatten.

»Ich hoffe, du spielst nicht mit dem Gedanken, deine Arbeit aufzugeben, um dich rund um die Uhr als babysittende Oma aufzuopfern«, sagte Paul zu Grace. »Du musst hart bleiben, Mum. Du hast mehr als genug für uns alle getan.«

»Sei nicht albern, ihr seid meine Familie, und ich helfe gern, wo immer ich kann«, sagte Grace. Sie liebte Sarah, aber die Vorstellung, mit zwei kleinen Kindern und Gordon zuhause eingesperrt zu sein, war für sie, als würde sie ertrinken, mit Schlingpflanzen an den Füßen, die sie noch weiter hinunterzogen und im Wasser festhielten, bis ihre Lungen platzten. Und je mehr sie dagegen ankämpfte, desto mehr schienen sie die Oberhand zu gewinnen.

Laura setzte Wasser auf. Paul hatte Kuchen gekauft und Sandwiches gemacht und einen Picknickkorb vorbereitet, da er beschlossen hatte, dass sie auf seiner Dachterrasse zu Abend essen würden. Dort oben hatte er eine Sommeroase, ein organisiertes Chaos von Pflanzen und Spalieren und Wasserspielen.

»Dann werden wir demnächst wohl alle in Blegthorpe Campingurlaub machen.« Paul steckte sich vorsichtig ein kleines Gebäckstück in den Mund, während er Grace zuzwinkerte.

»Oh, bitte keine Witze darüber«, sagte Grace erschöpft.

»Du und Dad allein rund um die Uhr in einer riesigen Blechdose. Na großartig.«

»Gehen Sie am besten niemals in Rente, Mrs. Beamish«, sagte Charles. »Das ist die Lösung.« Laura hatte ihn offenbar über ein paar Details aufgeklärt.

»Apropos, wie ist die neue Chefin denn so?«, fragte Paul.

»Eine sehr nette Frau«, sagte Grace. Der gestrige Abend hatte ihr noch besser gefallen, als sie sich hätte träumen lassen. Es war gewesen, als hätte jemand eine staubige Hülle von ihrem Leben gezogen, um ein bisschen Frischluft hindurchwehen zu lassen. »Wir sind gestern Abend alle zusammen essen gegangen. Ich hatte vorher noch nie thailändisch gegessen. Es war wunderbar.«

»Das freut mich für dich, Mum«, sagte Paul. »Ich nehme an, Dad hatte nichts dagegen?«

»Mein Gott, Paul. Er würde mir doch nicht verbieten, irgendwohin zu gehen.«

»Außer hierher. Es würde ihm nicht gefallen, wenn er wüsste, dass du mich besuchst«, sagte Paul.

»Er muss doch wissen, dass ich mich mit dir treffe.«

»Vielleicht nicht. Vielleicht denkt er, du würdest es nicht wagen«, sagte Paul. In Grace keimte allmählich der Verdacht auf, dass ihr Sohn vielleicht recht hatte, auch wenn sie das nicht offen zugeben wollte.

»Sei nicht albern.«

»Na ja, wenn du erst in Blegthorpe festsitzt, wirst du jedenfalls nicht mehr mit deinen neuen Freundinnen ausgehen können!« Paul drohte seiner Mum mit einem Finger.

»Du musst endlich lernen, Nein zu sagen«, sagte Laura. »Niemand hat je Nein zu Dad gesagt, das ist das Problem.«

»Ich schon«, sagte Paul mit einem stolzen Grinsen. »Das ist ja auch der Grund, weshalb ich aus meinem Elternhaus verbannt wurde. Er denkt, ich werde ›geheilt‹ werden, wenn ich nur die richtige Frau treffe.«

Grace wunderte sich, dass Paul so nüchtern über diesen Tag lachen konnte. Sie wusste, wie verletzt er gewesen war, als er seinem Vater sagte, dass er schwul sei. Er hatte nicht auf Unterstützung gehofft, nur auf Akzeptanz, aber Gordon hatte sich geweigert, ihn auch nur anzuhören, war aus dem Haus gestürmt und hatte gesagt, Paul solle besser nicht mehr da sein, wenn er zurückkäme. In all den Jahren, die sie verheiratet waren, hatte Grace Gordon noch nie fluchen hören, aber an dem Tag holte er das alles nach. Ein Schwall abscheulichster Schimpfwörter kam Gordon mühelos über die Lippen, als wäre er von einem bösen Geist besessen. Paul hatte Grace gar nicht erst einschreiten lassen. Und ehrlich gesagt, war sie froh darüber, denn Gordon hatte ihr mit seinem Ausbruch richtig Angst gemacht.

Sie wünschte oft, sie hätte damals den Mut gehabt, mit Paul zusammen von zuhause wegzugehen.

Nach dieser wundervollen Auszeit über Mittag mit einer Hälfte ihrer Familie landete Grace mit einem harten Aufprall wieder auf dem Boden der Tatsachen. Als sie nachhause kam, sah sie Gordon, der in der Diele auf und ab lief. Er hielt eine weinende Sable im Arm, die er Grace in die Hände drückte, kaum dass sie zur Tür hereinkam.

»Wo hast du denn gesteckt?«, fuhr er sie an.

»Ich hab's dir doch gesagt, ich habe einen kleinen Einkaufsbummel gemacht«, log sie. Sie wollte nicht riskieren, dass er ausrastete, wenn sie ihm die Wahrheit sagte.

»Sarah hat versucht, dich anzurufen. Sie hat gesagt, sie wurde ständig auf die Mailbox umgeleitet.«

»Ach ja?« Grace kramte in ihrer Tasche. Das Handy war ausgeschaltet. Sie grinste, als sie die vierundzwanzig entgangenen Anrufe sah: zehn von ihrer Tochter und vierzehn von Gordon. »Ich dachte, ich hätte es angelassen.«

»Na ja, das hast du offenbar nicht, oder? Wofür hast du denn ein Handy, wenn du es ausschaltest, wenn du ausgehst? Sie hatte solche Schmerzen. Sie hat schon überlegt, ob sie ins Krankenhaus fahren soll!«

»O mein Gott.« Panik stieg in Grace auf. »Ich wusste ja nicht … sollen wir zu ihr fahren? Hast du sie angerufen?«

»Ich musste selbst hinfahren und Sable abholen! Sarah musste sich unbedingt hinlegen, sie hat gesagt, sie würde anrufen, wenn es schlimmer wird.«

Grace rief auf der Stelle Laura auf dem Handy an. Laura war verblüffend mitleidlos, und sie erklärte ihr auch, warum.

»Mum, ich bin eben mit dem Auto an ihr vorbeigefahren. Für mich sah sie gesund und munter aus, während sie in das Parkhaus in der Stadt eingebogen ist. Sie hat ungefähr so viele Geburtsschmerzen wie ich!«

»Bist du sicher, dass sie es war?«

»Als ob man dieses protzige Nummernschild verwechseln könnte!«

Grace würde wirklich lernen müssen, Nein zu sagen, bevor diese Schlingpflanzen sie noch weiter hinunterzogen und ihr den Atem raubten.

Dreißigstes Kapitel

Es war schon erstaunlich, was einem so alles durch den Kopf ging, wenn man in einem pseudo-transsilvanischen Schloss stand und von zwei Männern aus nächster Nähe die eigenen Brüste begutachten ließ, dachte Anna. Sie fragte sich, was Tony wohl denken würde, wenn er wüsste, was sie hier tat. Würde er glauben, er hätte sie in flagranti beim Ehebruch ertappt, selbst wenn die betreffenden Männer schwul waren?

Leonid Szabo war ein kleiner, schmaler Mann mit einer sehr tuntenhaften Art, und mit seinem Rüschenhemd und der langen Weste sah er aus wie Adam Ant in seinen Highwayman-Zeiten. Im krassen Gegensatz dazu sah Vladimir Darq aus wie ein Alphamännchen in seiner schmal geschnittenen schwarzen Hose und dem weißesten Hemd, das Anna je gesehen hatte. Ihr war gar nicht bewusst gewesen, wie kräftig der Mann war. Nicht übermäßig groß und nicht ein bisschen dick, aber mit breiten Schultern, einer athletischen Brust und einer stämmigen Figur. Nicht einmal ein Hurrikan würde ihn zum Schwanken bringen, so viel stand fest. Von Nahem betrachtet war er mit seiner blassen Haut, dem kantigen Kiefer und dem dünnen, genau gezogenen Bart nicht gut aussehend im klassischen Sinn, aber er hatte doch etwas sehr »Männliches« an sich. Ironischerweise, in Anbetracht seiner sexuellen Neigung.

Das Zweitauffälligste an ihm waren seine Augen: eisblau mit goldgelben Tigerflecken in der Iris. Vermutlich Kontaktlinsen, entschied sie, denn sie sahen viel zu seltsam aus, um natürlich zu sein. Der erste Preis ging eindeutig an die Andeutung von Fangzähnen, auf die sie jedes Mal einen verlockenden Blick erhaschte, wenn sich seine Lippen öffneten. Nur kleine, nicht wie die, die es in Scherzartikelläden zu kaufen gab, aber seine Eckzähne waren eindeutig verlängert. Und obwohl sie Pferdeschwänze nicht auf ihre

Liste begehrenswerter, unverzichtbarer Attribute bei einem Mann gesetzt hätte, da sie im Allgemeinen wie Rattenschwänze aussahen, die den Blick nur von einer sich rasch lichtenden Stirn ablenken sollten, sah er mit seinem dichten, gewellten schwarzen Haar, das er nach hinten gebunden hatte, doch wie ein echter Märchenprinz aus. Zweifellos alles ein Teil der theatralischen Scharade, um sich vor der Presse als romantischer Vampir in Szene zu setzen.

Sie fuhr in dem schwarzen Mercedes bei ihm vor, der sie zuhause abgeholt hatte, als die alte Standuhr in ihrem Wohnzimmer eben sieben schlug. Der rumänische Fahrer war mürrisch und wortkarg gewesen, aber dafür hatte er, wie sich später herausstellte, die Entschuldigung, dass er kaum Englisch sprach. Ein schwarzes elektronisches Tor gewährte ihnen Zugang zu einer langen Auffahrt am Rande des malerischen Dorfs Higher Hoppleton. Dann standen sie vor der größten Tür, die Anna je gesehen hatte und die sich sogar mit einem Knarren im Addams-Family-Stil öffnete. Sie rechnete halb damit, dahinter auf Lurch zu stoßen, aber stattdessen stand da nur ein weitaus kleinerer Mann mit Glatze und Eyeliner, den sie auf Anhieb als Leonid Szabo erkannte: Vladimir Darqs »Freund«. Die Tür führte in einen riesigen Raum mit einer Galerie. Das Darq House war neu gebaut worden, aber so, dass es wie ein Relikt aus dem Mittelalter aussah. Mit seiner Mischung aus raffinierter Architektur und mit Trompe-l'œils bemalten Wänden sah es auf unheimliche Weise wie eine Burg aus dem fünfzehnten Jahrhundert aus.

»Sie müssen Anna sein, treten Sie ein«, sagte Leonid mit einem starken Akzent. Er half Anna aus ihrem Mantel, während er sie musterte, wie sie selbst das Rindfleisch an Baxter's Metzgerstand auf dem Markt von Barnsley musterte. Dann trat der Mann selbst in Erscheinung, gab ihr höflich die Hand und kam sofort zur Sache.

»Bitte, Anna, wir müssen Sie ansehen. Stellen Sie sich aufrecht hin und halten Sie still.«

Beide Männer umkreisten sie und betrachteten ihren unscheinbaren Körper aus allen Winkeln. Anna fühlte sich erstaunlich unbeteiligt. Es lief alles sehr medizinisch ab, und unter dieser genauen

Begutachtung hätte sie sich auch nicht hässlicher fühlen können, als sie es ohnehin schon tat. Das Einzige, was sie denken konnte, war, dass zwei homosexuelle Männer, die ihr hauptsächlich auf die Brüste starrten, seltsamerweise gesünder für sie waren als ein Abend allein zuhause, an dem sie sich *Casualty* ansah und in ein Päckchen Taschentücher schluchzte.

Die beiden Männer unterhielten sich schnell in ihrer Muttersprache. Anna konnte nur vermuten, was sie zueinander sagten. Es klang nicht unbedingt so, als würden sie sie mit Cindy Crawford vergleichen.

»Äh, bevor wir anfangen ...« Leonid zückte eine kleine, kunstvoll bemalte Dose aus seiner Hosentasche, öffnete sie und hielt sie Anna hin. Sie war voller kleiner weißer Pillen.

»Ich nehme keine Drogen, danke«, sagte Anna steif.

»Das ist Pfefferminz«, sagte Leonid und fuchtelte ihr damit vor der Nase herum. »Gegen diesen ganzen Knoblauch.«

»Oh«, hüstelte Anna. »Entschuldigung.«

Okay, es war vielleicht ein bisschen albern, aber sie hatte wirklich etwas viel Knoblauch in dieses kleine Chili getan, das sie sich heute zum Abendessen gekocht hatte. Ehrlich gesagt hätte es ausgereicht, um ihren alten Mathematiklehrer damit zu betäuben, und der hatte eine sehr schlechte Nase gehabt. Sie konnte nicht sagen, ob es klug oder albern gewesen war, ein paar Vorsichtsmaßnahmen zu ergreifen. Albern, entschied sie jetzt.

Vladimir hatte sich rasch abgewandt, aber sie war sich sicher, ein kurzes Grinsen gesehen zu haben, das er sich sofort verbiss. Anna spürte, wie sie errötete. Für beide Männer musste offensichtlich sein, warum sie so viel Knoblauch gegessen hatte. Sie nahm ein paar Pfefferminzbonbons und bedankte sich brav.

Leonid steckte die Dose wieder ein.

»Sie ist perfekt«, kommentierte Vladimir, als sei Anna gar nicht anwesend. »Ihre Unterwäsche ist natürlich abscheulich, so viel steht fest, und schmeichelt ihr überhaupt nicht.«

»Können wir sie bitte sehen?«, fragte Leonid.

»Wie, ich soll mich ausziehen?«, fragte Anna.

»Nur bis auf die Unterwäsche«, fragte Vladimir.

Anna holte einmal tief Luft und begann, ihre Kleider aufzuknöpfen. Sie war nicht so verlegen, wie sie erwartet hatte. Aber andererseits würde sie nächste Woche mit diesen beiden Männern und einer Filmcrew hier stehen, darunter diese absolut umwerfende, schlanke, cellulitisfreie Jane Cleve-Jones, die sie gründlich mustern würde. Dieser Gedanke war weitaus beängstigender.

»Dieser BH war nicht ganz billig, das kann ich sehen. Aber er ist Schrott. Warum kaufen sich Frauen bequemen Schrott?«, fragte Vladimir verzweifelt.

»Ich werde mich doch nicht ganz ausziehen müssen, oder?«, fragte Anna. »Ich glaube nicht, dass ich das könnte.«

»Nicht für die Kameras«, erwiderte Leonid. Anna war sich nicht sicher, was *das* nun wieder heißen sollte.

»Welche BH-Größe haben Sie?«, fragte Vladimir, während er einen Schritt von Anna zurücktrat und ihre Brüste musterte.

»80C.«

»*Nu!*«, rief er ungläubig. »Niemals.«

»Doch«, sagte Anna. »Ich werd's Ihnen beweisen. Haben Sie ein Maßband da?«

»Ich vertraue grundsätzlich keinem Maßband«, sagte Vladimir mit der Miene eines Mannes, der eben irgendetwas Faules gerochen hat. »Und stehen Sie bitte aufrecht.« Er trat rasch hinter sie, umfasste ihre Schultern und drückte sie zurück. Ihre Brüste schienen sich um drei Meter zu heben, als er das tat.

»Ah, schon besser. Haltung ist alles«, sagte Leonid.

»Haltung und Selbstbewusstsein gehen Hand in Hand«, sagte Vladimir, »und sie hat offensichtlich kein Selbstbewusstsein, daher hat sie auch keine gute Haltung.«

Vladimir strich vom Nacken bis zu den Schultern über ihre Haut, als sei Anna aus Ton gemacht, den er jetzt glättete. Die sanfte Ehrfurcht, mit der er ihren Körper behandelte, verriet ihr zweifellos, dass er hundertprozentig homosexuell war. Sie konnte sich nicht erinnern, wann Tony das letzte Mal so sanft und aufmerksam gewesen war. Er konnte um die Wette vögeln, aber Zärtlichkeit und Streicheln waren offenbar Fremdwörter für ihn. Sie tat den Gedanken an Tony mit einem Hüsteln ab und amüsierte sich, indem sie sich in dem Zimmer umsah, während sie in fließendem Rumänisch analysiert wurde.

Das Haus war wirklich raffiniert gebaut. Die Wände sahen aus, als seien sie aus uraltem Stein errichtet. Riesige eiserne Fackelhalter waren an die Wände geschraubt. Ein höhlenartiger erloschener Kamin wartete auf kältere Monate, und ein riesiger schwarzer Hund, halb Deutsche Dogge, halb Zoltan, Draculas Bluthund, lag daneben in einem Körbchen. Er hatte einen flüchtigen Blick auf Anna geworfen, als sie hereinkam, aber offenbar hielt er sie nicht für wichtig genug, um sich von seinem Platz zu erheben und sie zu beschnuppern. Alles wie gehabt. Sie war nicht der Liebling des Tierreichs – wie die treulose Seele Butterfly sicher bezeugen würde.

Eine große, breite Treppe verlief in der Mitte dieses höhlenartigen Raums nach oben, teilte sich auf halber Höhe in zwei Hälften und führte zweifellos zu Vladimir Darqs Himmelbett-Sarg. Alles hier drinnen war so riesig: der Tisch, die Sofas, die Kerzenhalter. Und offenbar auch ihre Brüste, denn Vladimir schien sich mit Leonid darüber zu streiten, dass sie mindestens Größe 90D hatte, wie die wenigen eingestreuten englischen Worte in dem Gespräch verrieten.

Während die Debatte immer hitziger wurde, stolzierte Vladimir Darq davon, um wenige Minuten später mit einem Arm voll Korsetts und Bodyshapern wiederzukommen, an denen noch etliche lange, nicht abgeschnittene Fäden hingen. Er schnippte vor Anna ungeduldig mit den Fingern, damit sie die Arme ausstreckte und in den Bodyshaper schlüpfte, den er ihr hinhielt. Dann, nachdem er ihn über ihren Schlüpfer gezogen hatte, riss er ihr zu ihrer Verblüffung den BH herunter, so leicht, wie ein geübter Zauberer ein Tischtuch unter einem Stapel Geschirr wegzieht. Sie stöhnte auf, aber er ignorierte ihr Entsetzen, da er vollauf damit beschäftigt war, an ihrem Rücken alle Haken zu schließen. Als das erledigt war, glitt er mit den Händen vorn tief in den Bodyshaper und legte Annas Brüste genau in die Körbchen, als sei er ein Künstler, der Obst in einer Schale arrangiert. Anna stand da und ließ ihn gewähren, denn sie war zu verdattert, um sich zu rühren. Wie er es schaffte, keine spontane Akupunkturbehandlung bei ihr durchzuführen, während er wie von Sinnen an dem Stoff zupfte und Nadeln feststeckte, war ihr einfach schleierhaft.

»Siehst du?«, wandte er sich jetzt an Leonid. »Ich habe sofort gesehen, dass bei ihr alles falsch saß. So ist es gleich viel besser. Sieh mal! Natürlich kann man den Unterschied sofort sehen, wenn sie gut sitzende Unterwäsche trägt«, sagte Vladimir in einem lebhaften Ton.

»Kann ich mal sehen?«, fragte Anna zögernd.

»*Nu.*« Leonid sprach offenbar auch für Vladimir.

»Anna, die Dreharbeiten werden an den nächsten fünf Samstagen stattfinden und Ihren Fortschritt dokumentieren. Jetzt, wo ich Ihre Figur im Kopf habe, kann ich mehr für die Show machen. Das wird alles sehr gut werden. Sie sind die ideale Frau, um anderen Damen zu zeigen, dass sie nicht zwanzig sein und Größe S haben müssen, um eine Sirene zu sein. Ich werde Ihnen zeigen, wie. Die ganze Wäsche, die ich für Sie mache, können Sie behalten. Die Produktionsfirmen zahlen Ihnen kein Honorar, nur die Auslagen, falls Sie welche haben. Sind Sie mit diesen Konditionen einverstanden?«

Anna nickte. Auch nur ein Stück, das Vladimir Darq für sie gemacht hatte, behalten zu dürfen, reichte ihr als Bezahlung. Er begann, die Nadeln aus dem Bodyshaper zu entfernen, damit Anna herausschlüpfen konnte. Wieder in ihrem BH, kam sie sich darin jetzt erst recht schlaff und schwabbelig vor.

»Versuchen Sie bitte, Ihr jetziges Gewicht in etwa zu halten, Anna«, sagte Vladimir. »Ziehen Sie sich nächste Woche genauso an wie heute Abend, und bringen Sie eine Tasche mit Ihrer anderen Unterwäsche mit – die Leute werden sie vielleicht sehen wollen.«

»Wann wird die Sendung denn im Fernsehen kommen?«

»Ich weiß nicht, aber sie hoffen die Produktion sehr schnell abzuwickeln. Ich werde Sie nächsten Samstagabend um Viertel vor sieben mit einem Wagen abholen lassen.«

»So spät?«

»Ich arbeite nicht bei Tageslicht«, sagte er, als sei das offensichtlich.

»Nein, natürlich nicht«, sagte Anna. Gott, dachte sie. Er konnte doch nicht wirklich ein Vampir sein, oder? Die gab es doch gar nicht. Andererseits glaubte sie auch halb an das Ungeheuer von Loch Ness und an Gespenster. Und an ein Leben nach dem Tod, denn in dem Punkt war Derek Acorah zu überzeugend.

»Hätten Sie gern eine Erfrischung, bevor Sie gehen?«, fragte Leonid, während er etwas sehr Rotes aus einer Karaffe in einen langen Zinnkelch schenkte.

»Äh, nein, danke«, sagte Anna. »Für mich nicht.«

Leonid half ihr in ihre altmodische Jacke. Und schon war sie wieder die gewöhnliche Frau mittleren Alters, die graue Maus aus Barnsley, die selbst mit grün gefärbten Haaren, orange geschminktem Gesicht und zwei Meter hohen Absätzen in einer Menge nicht hervorstechen würde.

Der Mercedes setzte sie vor ihrer Haustür ab und verschwand in die Nacht, und sie blieb mit einem leichten Kribbeln am ganzen Körper zurück. Zu ihrem Erstaunen erstreckte sich der Samstagabend ausnahmsweise einmal nicht so quälend leer vor ihr wie sonst.

Einunddreißigstes Kapitel

Anna erhaschte einen Blick auf ihr Gesicht im Spiegel des Kleiderschranks, als sie am nächsten Morgen aus dem Bett stieg. Sie sah aus wie dieses unheimliche Mädchen aus *The Ring*. Sie musste sich dringend die Haare nachfärben lassen, und sie brauchte unbedingt ein paar neue Nachthemden. Ihr Nachthemd, so bequem es auch war, war von Bleichmitteln verfärbt und vom vielen Waschen so ausgeleiert, dass leicht noch drei Leute und Vladimir Darqs Hund hineingepasst hätten.

Vladimir Darq wollte ihr ihren verlorenen Stolz wiedergeben und sie in Sophia Loren verwandeln? Und das alles innerhalb weniger Wochen? Ja, na klar. Aber trotzdem, sie könnte zumindest etwas an ihrer Frisur und ihrer Schlafbekleidung ändern.

Am nächsten Morgen ging Dawn um elf Uhr hoch, um Calum zu wecken. Gestern Abend hatte er sich wieder betrunken, obwohl an dem Abend eigentlich sie mit dem Trinken und er mit dem Fahren dran gewesen wäre. Er schien nicht im Stande zu sein, nur ein oder zwei Gläser zu trinken, sondern musste sich immer sinnlos vollllaufen lassen, mit der Ausrede, es sei schließlich Wochenende, da dürfe er ja wohl noch ein bisschen über die Stränge schlagen. Er hatte ihr gesagt, sie solle den Wagen stehen lassen, sie würden sich später ein Taxi nehmen. Aber es ging ihr nicht um die zwanzig Pfund extra, die sie das kosten würde, es ging ums Prinzip. Letztendlich musste immer sie fahren. Dann waren sie seinen Kumpels und Schwestern über den Weg gelaufen, und Calum wollte mit ihnen noch in einen Club gehen. Dawn war zu dem Zeitpunkt bereits zu müde und sauer auf ihn, daher war sie nachhause gefahren, und er hatte sich im Morgengrauen doch ein Taxi genommen.

»Ist dieser Scheck schon eingegangen?«, waren seine ersten Worte an sie.

»Wann denn, ich habe ihn noch gar nicht eingereicht«, sagte sie.

»Wie wär's mit 'nem Vorschuss darauf?«

»Ich kann nicht, Calum, ich bin im Moment nicht flüssig. Diese Hochzeit kostet mich ein Vermögen!«

»Geht das schon wieder los.« Calum vergrub den Kopf unter dem Kissen. »Jetzt fängt sie schon wieder an zu nörgeln.«

»Nein, ich nörgele nicht.« Dawn unterdrückte die Tränen. »Ich wünschte nur, du würdest auch einen kleinen Beitrag dazu leisten.«

»Das werde ich schon noch«, sagte er. »Und jetzt sei so lieb und hol mir zwei Paracetamol und eine Tasse Tee.«

Dawns Blick fiel auf ihre Gitarre in der Ecke des Schlafzimmers: das einzig Wertvolle, das sie besaß. Ihre Mum und ihr Dad hatten sie ihr zu ihrem siebzehnten Geburtstag geschenkt. *Dee Dee, wir haben eine Überraschung für dich. Mach die Augen zu und die Hände auf.* Sie fragte sich, ob es den beiden etwas ausmachen würde, wenn sie sie verkaufte, um den wichtigsten Tag ihres Lebens zu finanzieren. Schließlich spielte sie doch gar nicht mehr darauf. Aber die Frage beschäftigte sie nicht länger als einen Sekundenbruchteil. Egal, wie pleite sie war, egal, wie sehr sie sich nach ihrem großen Tag als Prinzessinnenbraut sehnte, das könnte sie niemals tun. All ihre Träume steckten zwischen den Saiten dieser Gitarre. Sie würde eher eine Niere verkaufen, als ihre Gitarre zu verhökern.

Eine halbe Stunde später saßen sie bei Muriel, mit einer Flasche des süßen Weißweins, den sie so gern trank, und einem Parfüm für Denise, da es ihr Geburtstag war. Sie war mit ihrem langjährigen Freund Dave gekommen, der wie eine jüngere Version von Ronnie war: still und praktisch unsichtbar, wenn er neben den lautstarken Crooke-Frauen saß. Demi begrüßte sie an der Tür mit schmollender Miene, da sie sich am Abend zuvor in dem Club mit ihrem Typen verkracht hatte. Aber Demi schmollte sowieso immer wegen irgendetwas. Nichts schien ihr je recht zu sein. Selbst wenn sie glücklich war, hingen ihre Mundwinkel stets kläglich herunter.

Muriel hantierte in der Küche mit einem Dutzend Pfannen und einem Dampfkochtopf herum, während sie sich immer wieder die Finger an die Schläfen presste. Sie war ebenfalls verkatert, und das Mittagessen, als es schließlich aufgetischt wurde, zeugte davon.

Das Gemüse war schlaff und verkocht, das Rindfleisch außen hart und innen viel zu rosa für Dawns Geschmack; außerdem mochten die Crookes gern fettes Fleisch, und dieses Stück war nicht langsam genug gekocht worden, um zart zu werden. Die Kartoffeln waren klumpig, die Sauce noch klumpiger; nur die Yorkshirepuddings konnten sich sehen lassen und quollen stolz aus ihren Blechförmchen.

»Das schmeckt vielleicht beschissen, Mam«, sagte Demi, deren säuerliche Miene verriet, dass sie im Begriff war, ihre Verletztheit an anderen Leuten auszulassen.

»Also wirklich! Nur weil er dir den Laufpass gegeben hat, musst du nicht gleich allen anderen die gute Laune verderben«, sagte Calum und schlug ihr mit einem Servierlöffel auf den Arm.

»Halt du doch einfach den Mund«, schnitt ihm Demi das Wort ab, als Calum sie noch härter mit dem Löffel schlug und sie warnend anfunkelte.

»Herrgott nochmal, esst einfach oder lasst es bleiben!«, sagte Muriel. »Seht euch nur diese Yorkshires an. Verdammt lecker sehen die aus. Prost allerseits!« Sie hob ihr Glas mit dem Fusel. »Ich sollte bei eurer Hochzeit für die Bewirtung sorgen, Dawn.«

»Na ja, wenn du das tust, dann werde ich mit Sicherheit nicht kommen«, sagte Demi. »Hast du in dieses heiße Wasser überhaupt ein Saucengranulat getan, Mam?«

»Dabei fällt mir ein«, wandte sich Dawn an Calum, »wir müssen noch zum Dog and Duck gehen und die Menüs festlegen.«

»Ach, das habe ich am Freitag schon für euch erledigt. Mehr oder weniger jedenfalls. Ich muss nur noch wissen, ob ihr Erbsen in Ketchupsauce oder Karotten zum Fleisch wollt. Hast du ihr das nicht gesagt, Cal?«, verkündete Muriel.

»Hab's vergessen«, sagte Calum.

»Er ist einfach zu nichts zu gebrauchen«, sagte Denise. »Bist du sicher, dass du ihn wirklich willst, Dawn? Hättest du nicht lieber einen mit ein bisschen Rückgrat und Hirn?«

»Sandra – die Wirtin – wollte es endlich wissen, daher haben ich und unser Calum etwas ausgesucht, als wir sowieso dort waren«, sagte Muriel. Sie wies mit einem Daumen auf ihren Sohn und schüttelte entnervt den Kopf.

Dawn schluckte ihren Ärger hinunter. »Was … was für ein Menü habt ihr denn ausgesucht?« Sie richtete die Frage an Calum, aber stattdessen antwortete Muriel.

»Als Vorspeise Gemüsesuppe, dann Rindfleisch und dann Biskuit- oder Fudgekuchen. Sandra macht euch bei allem einen richtig guten Preis. Und am Abend gibt es Karaoke und ein Büfett.« Sie schlug Calum wieder mit dem Spatel, mit dem sie die Yorkshires aus den Blechförmchen gestemmt hatte, als sie sah, wie Dawns Miene in sich zusammensackte. »Sag mir nicht, der Schwachkopf hat dir davon auch nichts erzählt? Er hat mir gesagt, es sei dir recht.«

Dawn schluckte wieder. Wenn es in dem Tempo weiterging, dann würde ihr Schluckmuskel bald den bestehenden Weltrekord brechen. »Karaoke?«

»Oh, ich liebe Karaoke.« Denise war hinter einem Mikrofon eine Art Lokalgröße. In ihren eigenen Augen zumindest.

»Das Büfett klang okay«, sagte Calum, während er sich noch einen Yorkshirepudding aufspießte. »Billig und überhaupt.«

»Warum hast du mich denn nicht angerufen, damit ich ein Wort mitreden könnte?«, sagte Dawn mit zusammengebissenen Zähnen.

»Meine Mam hat gesagt, das ist das beste Menü.« Calum zuckte die Schultern, als sei die Frage damit hinreichend beantwortet.

»Wir legen alle ein bisschen was drauf, weil wir auch ein paar von unseren Freunden einladen«, sagte Muriel mit einem stolzen Blick auf Ronnie.

»Äh, danke, Mam, Dad.« Calum nahm sich noch etwas Fleisch.

Dawn verfiel in Schweigen. Sie wollte keinen Haufen Fremder dort haben, oder Karaoke. Ihr schlimmster Albtraum war Karaoke im Anschluss an ihre Hochzeit. Sie wollte eine Liveband und Tanz. Und sie wollte ihr Menü gern selbst auswählen.

»Ich glaube, ich will lieber kein Karaoke«, wagte sie sich leise vor.

Es war, als sei mitten in der Sauce eine Atombombe explodiert. Alle hörten auf zu kauen und wandten den Kopf zu ihr um.

»Warum denn nicht?«, fragte Denise. Sie lächelte die meiste Zeit, aber wenn dieses Lächeln schwand, sah ihr Gesicht fast wie ein Abziehbild von Demis aus.

»Was hast du denn gegen Karaoke? Ist das nicht gut genug für dich?«, sagte Demi in einem unangenehm spöttischen Ton.

»Nein, das ist es nicht ...« Gott, jetzt wünschte Dawn, sie hätte nie etwas gesagt. Die Männer schlugen sich inzwischen wieder die Bäuche voll, aber Dawn war nicht entgangen, wie sich die Crooke-Frauen mit hochgezogenen Augenbrauen ansahen. Sogar Denise, die eigentlich ein ganzes Stück sanfter war als ihre Schwester, sah sie mit etwas wie bissiger Belustigung an.

Dawn spürte, wie sie augenblicklich einknickte, um nicht aus dem Kreis der Familie ausgestoßen zu werden. »Es ist nur, na ja, würde ein Karaoke denn allen gefallen? Ich dachte eher an eine Liveband, aber wenn mehr Leute Karaoke wollen ...«

»Liveband?«, schnaubte Calum. »An wen hattest du denn gedacht? Take That?«

Eine Runde Gelächter mit unfreundlichen Schwingungen brach am Tisch aus, das Dawn durch Mark und Bein ging.

»Oh, na schön, dann eben Karaoke. Das wird bestimmt lustig werden.« Dawn zwang sich zu einem Lächeln. Sie fühlte sich, als hätte sie es knapp geschafft, nicht zerfleischt zu werden. Aber das Lächeln half. Muriel strahlte, und die Temperatur im Zimmer schnellte um ein paar Grad nach oben.

»Oh, und du musst diese Woche wegen dieser Kleider noch bei Bette vorbeischauen. Sie will endlich damit loslegen.«

»Nach diesem Essen heute sollten wir Karaoke haben, um dein miesepetriges Gesicht ein bisschen schöner zu machen«, sagte Denise zu ihrer Schwester.

»Ich muss nicht aufgemuntert werden, er war sowieso ein Schwachkopf. Ich kann von Glück reden.«

»Er war der größte Schwachkopf aller Zeiten«, sagte Calum. »Er ist ja nicht zum ersten Mal fremdgegangen, und dabei wart ihr doch nur zwei Minuten zusammen.«

»Ach, das musst ausgerechnet du sagen!«, sagte Demi. »Autsch, du Scheißkerl. Wieso trittst du mich denn?«

»Verdammt, hört ihr zwei bitte auf zu fluchen, während wir essen!«, fauchte Ronnie.

»Was war das eben?«, fragte Dawn, die auf einmal eine unangenehme Schwingung spürte. Zwischen Calum und seiner Schwester lag irgendetwas in der Luft, das ihr nicht gefiel.

»Ach nichts, sie muss einfach immer sticheln«, sagte Calum. Er warf seiner Schwester einen Blick zu, der sie leicht hätte töten können, wenn seine Augäpfel mit Kugeln geladen gewesen wären.

»Gar nichts, wirklich«, sagte Denise, was Dawns Eindruck verstärkte, dass alle anderen am Tisch irgendetwas wussten, was sie nicht wusste, und dass dieses Nichts tatsächlich etwas sehr Großes war. Und etwas, das passiert war, nachdem sie gestern Abend nachhause gefahren und Calum noch auf Clubtour gegangen war.

»Ich kann auch nichts dafür, dass ich so verdammt attraktiv bin«, räumte Calum mit unverhohlenem Grinsen ein.

»Du kannst nie was dafür, oder?«

»Hör nicht auf sie«, sagte Denise freundlich. »Es geht um diese Schlampe Mandy Clamp. Du weißt doch, wie sie ist, wenn sie unseren Calum sieht. Wie eine Fliege um ein Stück Scheiße.«

Das trug nicht dazu bei, Dawns Stimmung aufzuhellen.

»W...was soll das denn heißen?«

»Sie ist hinter meinem Körper her«, sagte Calum, als sei es ein Riesenwitz. Wie er es bei fast allem tat.

»Na ja, du hast sie nicht gerade abblitzen lassen«, fauchte Demi.

»Sie hat nur bei ihm zu landen versucht, weil du nicht da warst, Dawn«, sagte Denise.

»Mein Gott, er ist einfach wie eine läufige Hündin«, sagte Muriel.

Tränen traten Dawn in die Augen, und alle sahen es, bevor sie sie unterdrücken konnte.

»Reg dich nicht auf«, sagte Demi. »Er wird sich nicht ändern.

Das tun sie nie. Wenn sie sich's einmal erlauben konnten, werden sie's immer wieder tun. Alles, was Eier hat, kannst du vergessen.«

Jetzt selbst mit Tränen in den Augen stolzierte sie davon, wobei sie ihren Teller quer über den Tisch schubste, sodass er gegen den ihres Bruders knallte.

»Hat sie ihre Tage?«, fragte Calum noch immer grinsend. »Es war gar nichts, Dawn, ich schwör's dir. Stimmt's, Den?«

»Ich habe nichts gesehen«, sagte Denise, den Blick fest auf ihren Teller geheftet. Eine sehr diplomatische Antwort, dachte Dawn.

»O-oh, ich kenne diesen Blick, Nörgel-Alarm!« Calum zeigte auf Dawn, die protestieren wollte, sie hätte nichts dergleichen vor.

»Du musst dich zusammenreißen, junge Dame!«, kam Muriels Stimme jetzt leise, aber hart über den Esstisch. Das tat weh, vor allem da Dawn sich solche Mühe gegeben hatte, *nichts* zu sagen. Calum hatte sie nur benutzt, um die Aufmerksamkeit von sich selbst abzulenken.

»O verdammt, alles Gute zum Geburtstag, Den!«, sagte Dens Typ, Dave, und erhob seine Dose mit Lagerbier, um auf seine Freundin anzustoßen.

»Oh, ist ja toll, dass es wenigstens einer nicht vergessen hat!« Denise seufzte verärgert auf.

»Alles Gute zum Geburtstag, Schwesterherz!«

»Ja, alles Gute, Liebes.«

»Alles Gute zum Geburtstag«, fiel jetzt auch Dawn in den Chor der Familie mit ein, aber sie hatte nicht ein bisschen das Gefühl, dazuzugehören.

Zweiunddreißigstes Kapitel

Grace räumte eben das Sonntagmittagessen ab. Sie hasste die Tatsache, dass ihre Familie nicht vollzählig an ihrem Tisch versammelt saß. Laura war mit Joe gekommen, und Sarah und ihr Mann Hugo mit Sable. Gordon am Kopfende des Tischs nahm das Aufschneiden des Fleischs so ernst wie immer. Paul hätte dabei sein sollen; in letzter Zeit wollte sie Gordon das immer wieder ins Gesicht schreien. Aber Grace war nicht dafür geschaffen, gegen die gesellschaftliche Ordnung aufzubegehren. Und sie war eindeutig nicht dafür geschaffen, gegen Gordon aufzubegehren.

»Wie läuft's auf der Arbeit, Mutter?«, sagte Sarah. »Ich hoffe, die neue Chefin ist kein allzu schlimmes Biest?«

»Es läuft alles sehr gut, und die neue Chefin ist ganz reizend, danke, Liebes«, sagte Grace. Sie hatte den Verdacht, dass Sarahs Erkundigung nach ihrer Zufriedenheit am Arbeitsplatz mit einem Hintergedanken verbunden war.

»Du hast Mum gestern einen Mordsschrecken eingejagt, Sarah, als du gesagt hast, du hättest Schmerzen«, sagte Laura mit einer Unschuldsmiene.

»Ich hatte wirklich Schmerzen«, sagte Sarah. »Ich war sehr besorgt, deshalb habe ich ja auch Dad angerufen, damit er Sable abholt. Gott sei Dank haben sie dann nachgelassen, als ich eben schon ins Krankenhaus fahren wollte.«

»Na, so ein Glück aber auch«, sagte Laura mit einem deutlich sarkastischen Unterton, bevor sie im Stillen hinzufügte: »Und früh genug, um vor Geschäftsschluss noch shoppen zu gehen.«

»Jedenfalls, was wolltest du von deiner Arbeit erzählen?«, fragte Sarah, ohne auf ihre Schwester zu achten.

»Sind die Leute da nett, Oma?«, fragte Joe.

»Sie sind alle sehr nett, danke, Joe«, sagte Grace.

»Sind sie alle in deinem Alter?«, fragte Sarah, während sie nach der Sauciere griff.

»Nein, Raychel ist in den Zwanzigern, Dawn in den Dreißigern, Anna ist letzte Woche vierzig geworden, und meine Chefin ist Ende vierzig.«

»Das heißt, keine Konkurrenz für dich, wenn die nächsten Frühpensionierungen anstehen?«, fragte Sarah.

»Kann doch nicht mehr lange dauern«, sagte Gordon. »Ich hätte große Lust, selbst mal nachzufragen, was denn da los ist.«

Grace sah ihn entsetzt an. »Das ist nicht dein Ernst!«

»Was können sie denn schon sagen?«

»Das könnte Folgen für meine Abfindung haben!«, sagte Grace. Ihre Gedanken überschlugen sich. »Wenn sie glauben, dass ich unbedingt gehen will, werden sie mir nicht so viel zahlen.« *Puh.* Welche Muse ihr das auch eingegeben haben mochte, Grace war ihr auf jeden Fall einen anständigen Drink schuldig.

»Ganz recht«, bemerkte Hugo, während er sich eine riesige Bratkartoffel in den Mund schob und sie schmatzend kaute.

Gott sei Dank schien Gordon zufrieden mit Hugos Zustimmung. Damit war dieses Gesprächsthema zum Glück beendet. Zumindest für diesen Nachmittag.

»Keinen Nachtisch für mich, Mum«, sagte Laura. »Joe und ich wollen ein bisschen spazieren gehen. Damit hätten wir nur noch mehr Kalorien zu verbrennen.«

»Wir nehmen einen Hund mit!«, sagte Joe aufgeregt.

»Du hast deinen Teller ja noch gar nicht leergegessen, da hättest du ja sowieso keinen Nachtisch bekommen«, sagte Gordon. Selbst zu Joe war er in letzter Zeit immer gereizter, dachte Grace, aber sie sagte nichts dazu.

»Er hat in letzter Zeit immer wieder leichte Zahnschmerzen. Vermutlich hätte er sowieso keinen Nachtisch gewollt«, sagte Laura angespannt, als sie die Enttäuschung auf der Miene ihres Jungen sah.

»Dann geh doch zum Zahnarzt mit ihm«, sagte Gordon gereizt.

»Meiner ist im Urlaub, und ich kann niemanden erreichen, der vor nächstem Freitag einen Termin für ihn hat. Ich hätte lügen und sagen sollen, es sei ein Notfall.«

»Ich werde mich mal umhören«, sagte Grace. »Ich glaube, meine Chefin hat erwähnt, ihr Bruder sei Zahnarzt. Vielleicht kann er ja helfen.«

»Und was war das eben mit einem Hund? Ihr habt euch doch nicht etwa einen Hund gekauft, oder?«, fragte Hugo.

»Nein, er gehört meinem Freund Charles«, sagte Laura.

»Oh, du gehst mit jemandem?«, fragte Sarah. »Kennen wir ihn?«

»Du wirst ihn nicht kennen«, sagte Laura.

»Und was macht er?«, bohrte Sarah nach.

»Er ist Architekt«, plapperte Joe stolz dazwischen.

»Ach, wirklich.« Sarah schien beeindruckt.

»Um genau zu sein, wird er jeden Augenblick hier sein, um uns abzuholen. Joe, Schatz, zieh dir schon mal die Schuhe an.«

»Bring ihn doch herein«, sagte Grace.

»Niemals!«, lachte Laura. »Da würde er einen gehörigen Schreck bekommen. Vielleicht in ein paar Wochen.«

Joe hatte kaum den ersten Schuh angezogen, als draußen ein Auto hupte.

»Das wird er sein, Liebes«, sagte Grace und gab ihrer Tochter einen Abschiedskuss, bevor sie sich bückte, um Joe zu helfen, seinen zweiten Schuh zuzubinden.

»Sehen wir ihn uns doch mal an.« Sarah stürzte ans Fenster. »Verdammt, man sieht ja kaum was von ihm! Er hat verkehrt herum geparkt.«

»Mein Gott«, fauchte Laura. »Du wirst es eben abwarten müssen.«

»Na dann, viel Spaß, ihr zwei«, sagte Grace. Sie küsste Joe auf die Wange. Sie wusste, dass die beiden einen wundervollen Nachmittag verbringen würden, denn Laura war glücklich verliebt, und Joe war verrückt nach Hunden.

Alle winkten und riefen zum Abschied, während sie den Fußweg hinunter zu dem wartenden Wagen gingen. Gordon trat ans Fenster, als Sarah sich setzte, und sagte: »Na ja, sie ist eben unberechenbar, stimmt's?«

Grace fragte sich, was Gordon durchs Fenster gesehen hatte, dass er den Rücken auf einmal versteifte und die Augen zusammenkniff wie ein Rottweiler, bevor er zubeißt.

Dreiunddreißigstes Kapitel

Christie, kann ich Sie mal was fragen?«, fragte Grace, sobald sie ihre Chefin sah. »Haben Sie neulich nicht gesagt, Ihr Bruder sei Zahnarzt? Und wenn ja, ist er hier in der Gegend?«

»Ja, das ist er, und ja, das ist er. Er hat eine Privatpraxis ganz in der Nähe«, sagte Christie. »Was gibt's für ein Problem?«

Grace erzählte ihr von der Sache mit Joe. Laura hatte sie angerufen, um sie daran zu erinnern, dass sie sich erkundigte, da Joe eine schrecklich unruhige Nacht hinter sich habe.

Christie hängte sich rasch ans Telefon, und ein paar Minuten später sagte sie zu Grace: »Ihr Enkel kann um zwölf zu ihm kommen, ist das okay für Sie?«

»Oh, haben Sie vielen Dank«, sagte Grace. »Ich werde versuchen, Laura zu erreichen. Ich hatte nicht damit gerechnet, dass Sie so schnell einen Termin für ihn bekommen würden. Wo ist die Praxis denn?«

»In der Prince Street. Wo früher die alte St. George's Church war, genau gegenüber.«

»Kenne ich.«

»Sie können ihn gern hinbringen, wenn Ihre Tochter nicht kann«, sagte Christie. »Nehmen Sie sich eine verlängerte Mittagspause.«

»Danke«, sagte Grace. »Ich werde die Zeit nacharbeiten.«

»Seien Sie nicht albern, Grace«, entgegnete Christie, amüsiert und empört zugleich über Grace' Angebot.

Was sind Sie nur für eine gutherzige Frau, Christie Somers, dachte Grace, nachdem sie Laura angerufen hatte, um zu fragen, ob es okay sei, Joe aus der Schule zu holen. Sie fragte sich, was für eine Geschichte sich hinter ihrer Chefin verbarg. Sie war ein leuchtendes Beispiel dafür, wie man eine Abteilung leiten sollte.

Mit Rücksichtnahme und Flexibilität bekam man so viel mehr aus seinen Mitarbeitern heraus, als wenn man sich wie ein kleiner Stalin benahm wie Malcolm.

Auf dem Schild an der Tür stand »Nikita Koslov und Robin Green« neben einer Reihe von Qualifikationen, die alle unglaublich eindrucksvoll klangen. Grace und Joe drückten auf die Klingel und traten dann in einen geräumigen, ordentlichen Empfangsraum. In der Mitte stand ein Tisch voller Zeitschriften und Comics. Joe nahm sich einen *Dr.-Who*-Comic, während Grace mit der Sprechstundenhilfe redete und ein Formular ausfüllte. Dann setzte sie sich neben Joe, gegenüber von einem Mann mittleren Alters, der fast manisch mit dem Fuß klopfte.

»Und, hast du Angst?«, fragte der Mann, als Joe aufsah, um zu sehen, wieso der Boden bebte.

»Ein bisschen«, sagte Joe schüchtern.

»Ah, da wird er bei Mr. Koslov gut aufgehoben sein, stimmt's?«, sagte er zu der Sprechstundenhilfe, die nickte. Er sagte nichts weiter, denn in diesem Augenblick summte das Telefon, und die Sprechstundenhilfe schickte ihn hoch. Seine Schritte hallten schwer auf den Stufen, dann war alles still, und dann erschallte auf einmal ein markerschütternder Schrei.

Joe sah seine Oma entsetzt an.

»Schon gut«, sagte die Sprechstundenhilfe. »Mr. Koslov kriegt die ganzen Nervenbündel. Er kann so gut mit ihnen umgehen.« Sie dämpfte ihre Stimme ein wenig. »Dieser Typ, der eben hochgegangen ist, ist nur zur Kontrolle gekommen, aber er muss bis zu den Knien betäubt werden.«

»Es ist schrecklich, Angst vor dem Zahnarzt zu haben«, sagte Grace. Sie musste an das brutale alte Scheusal denken, zu dem sie als Kind immer gegangen war. Sie musste an diese grässliche Gasmaske denken, die man ihr aufs Gesicht gedrückt hatte, und an den dicken alten Zahnarzt, der ihr sagte, sie würde von Feen träumen, wenn sie eingeschlafen sei. Aber das tat sie nicht. Das Gas rief Bilder von wilden, wirbelnden Leuten in ihr wach, von denen ihr schlecht wurde, wenn sie wieder zu sich kam. Seitdem hatte sie sich beim Zahnarzt nie wirklich entspannen können. Und daher hatte sie sich auch solche Mühe gegeben, einen sympathischen Zahnarzt für die Kinder zu finden.

Bald waren sie an der Reihe, die breite, alte Eichentreppe hochzusteigen, die zu einem Wartebereich auf einer Seite und zwei Behandlungsräumen auf der anderen führte. Es roch nach Möbelpolitur und blumigem Raumspray anstatt nach dem Furcht einflößenden Gas, das Grace aus ihrer Kindheit in Erinnerung hatte.

»Hallo, ihr beiden«, sagte eine tiefe, donnernde Stimme. Der Mann, zu dem sie gehörte, kam mit ausgestreckter Hand auf sie zu. »Du musst Joe sein. Komm und setz dich, Joe, und deine große Schwester kann sich auf diesen Stuhl setzen und dort auf dich warten.«

»O mein Gott«, sagte die junge hübsche Zahnarzthelferin und riss die Augen zum Himmel.

»Und Sie müssen Grace sein, nehme ich an, bei Ihrer Grazie«, sagte Niki und schüttelte Grace kräftig die Hand.

Grace lächelte ihn und die Zahnarzthelferin an, die hinter ihm wieder die Augen verdrehte. An seinen funkelnden blauen Augen war dieser Mann auf Anhieb als Christies Bruder zu erkennen. Sein Haar war durchgehend silberweiß, als hätte es schon vor langer Zeit seine Pigmentierung verloren, kurz und nach oben hochgekämmt, und ohne schüttere Stellen. Er hatte eine völlig andere Statur als seine kleinere, rundlichere Schwester – lange Gliedmaßen und einen schlanken, aufrechten Körper.

»So, junger Mann, dann mach's dir mal bequem für eine nette Fahrt auf diesem Stuhl, alles kostenlos. Kannst du den Mund für mich aufmachen? Fan-tas-tisch! Ah ja – da sehe ich den kleinen Teufel ja schon! Der wird rausmüssen, fürchte ich. Aber keine Sorge, Joe, ich bin der beste Zahnarzt der Welt, und du wirst gar nichts spüren.«

Er gab Joe eine so sanfte Spritze, dass der Junge keinen Laut von sich gab. Und während die Betäubung allmählich einsetzte, ermunterte Nikita Koslov Joe, sich auf die Suchbilder zu konzentrieren, die an der Decke des Raums klebten. Der Zahn war mit einem Ruck heraus, und wenige Minuten später spülte sich Joe schon den Mund aus und nahm sich einen Lutscher aus einem Behälter, den ihm die Zahnarzthelferin hinhielt, und einen Aufkleber mit einem Löwen, auf dem stand: »Ich war supertapfer.«

»Haben Sie vielen Dank«, sagte Grace. »Ich kann Ihnen gar nicht sagen, wie dankbar wir Ihnen sind.«

»Null problemo«, sagte Niki. »Joe war absolut fantastisch. Ein Starpatient. Und alle Freunde von Christianya sind natürlich auch meine Freunde.«

»Ich wusste gar nicht, wofür Christie steht«, sagte Grace, während sie dachte: *Was für ein wunderschöner Name*.

»Russische Vorfahren«, sagte Niki. »Adlige, die vor der Revolution in ihrer Heimat geflohen sind. Wer weiß, wenn wir geblieben wären, dann wäre ich jetzt vielleicht Zar. Das ist der König von Russland, Joe.«

»Wirklich?«, fragte Joe, die Augen gebannt aufgerissen.

»Aber ja«, sagte Niki augenzwinkernd. Er hatte ein entzückendes Lächeln, genau wie Christie. Aufrichtig und freundlich, und es reichte bis zu seinen Augen.

Er gab Joe die Hand und schüttelte sie sehr männlich.

»Na ja, Joe, ich hoffe, wenn ich dich das nächste Mal sehe, dann unter weniger schmerzhaften und glücklicheren Umständen.«

Joe erwiderte den Händedruck mit einem von der Betäubung schiefen Grinsen.

»Komm, Joe, dann wollen wir mal gehen und unsere Rechnung bezahlen.« Grace nahm den kleinen Jungen bei der Hand.

»Aber nein, nichts da!«, sagte Niki.

»Ich bitte Sie. Sie können das doch nicht umsonst machen.«

»Ich bestehe darauf, und das hier ist meine Praxis, hier bin ich der Boss, und ich gewinne diese Auseinandersetzung!« Niki gebot ihr mit einem erhobenen Finger Schweigen. »Ein kleiner Gefallen für eine Freundin meiner Schwester.«

»Das ist wirklich so liebenswürdig von Ihnen«, sagte Grace.

Offenbar hatte er ein ebenso großes Herz wie seine Schwester. Aber sie hatte sich sowieso schon vorgenommen, Christie zu fragen, was sein Lieblingstropfen war. Es war nicht ihre Art, sich durchzuschnorren.

»Gern geschehen. Auf Wiedersehen, Grace«, sagte Niki lächelnd. Seine Finger legten sich um Grace' Hand. Sie waren kräftig und warm. Es war sehr seltsam, aber es war, als würde eine Art sanfter und warmer elektrischer Strom zwischen ihnen fließen.

Grace spürte, wie ihr Herz unwillkürlich schneller schlug, während Christies Bruder sie höflich hinausführte.

Vierunddreißigstes Kapitel

Die Art, wie Ben die Tür aufmachte, verriet Raychel, dass es jemand war, den er kannte. Sie hörte einen kurzen, freundlichen Wortwechsel, und dann führte Ben einen Mann ins Wohnzimmer. Der Besucher war unsichtbar hinter einem Stapel dicker, leerer Kartons.

»Hier, stell sie hier ab«, sagte Ben.

»Okay«, sagte der Mann, der ein großer und kräftiger Kerl sein musste, wenn er diesen ganzen Stapel hereingetragen hatte.

»Ray, das ist John, mein Chef.«

»Hallo, Mrs. Ben«, sagte John und richtete sich auf, aber als sein Blick auf Raychels Gesicht fiel, stand ihm auf einmal der Mund offen wie bei einem toten Fisch.

Raychel kam ins Schwitzen, wie immer, wenn jemand zu lange den Blickkontakt zu ihr hielt.

»Entschuldigen Sie, dass ich Sie so anstarre«, sagte John. »Sie sehen einfach aus wie ... darf ich Sie fragen? Sind Sie hier aus der Gegend? Ursprünglich?«

»Newcastle«, sagte Raychel, wie erstarrt in seinem Scheinwerferblick.

»Und Sie haben keine Verwandten hier in der Gegend?«, fragte John.

»Nein, wir sind alle von dort oben«, sagte Raychel.

»Wow, das ist einfach so ...« John schüttelte den Kopf. Er schien wirklich verwirrt zu sein von Raychels Anblick.

»Willst du eine Tasse Tee, John?«, sagte Ben.

»Nein, nein, schon gut. Ich lasse euch weiterarbeiten. Hat mich gefreut, Sie kennen zu lernen ... Raychel«, sagte John mit einem letzten, langen Blick auf die junge Frau. Er gab sich alle Mühe, sie nicht noch mehr in Verlegenheit zu bringen, als sie es offensichtlich ohnehin schon war, aber *mein Gott*, es fiel ihm wirklich schwer, den Blick von ihr abzuwenden.

Draußen auf der Straße drückte John Silkstone instinktiv auf die Zuhause-Taste seines Handys, doch dann brach er ab, bevor er verbunden wurde. Das Mädchen hatte gesagt, sie hätte keine familiären Verbindungen zu Barnsley, lohnte es sich daher, seine Frau deswegen aufzuregen oder zu beunruhigen? Aber die Ähnlichkeit war einfach so unheimlich – es *musste* eine Verbindung geben. Er musste sehr gründlich nachdenken, bevor er es wagen konnte, dieses Problem in Angriff zu nehmen.

Fünfunddreißigstes Kapitel

Und, gehen wir morgen Abend wieder zusammen aus?«, fragte Anna. »Es ist nur so, mein Terminkalender ist so brechend voll, dass ich es mir vormerken müsste.«

Dawn lachte. Vor langer Zeit einmal hatte sie gedacht, Anna hätte keinen Humor, aber den hatte sie ganz offensichtlich doch. Aber es war ein tiefgründiger Humor, trocken und nüchtern. Ganz anders als ihr eigener unverblümter, offener.

»Von mir aus gern«, sagte Christie. »Wir könnten feiern, dass du vierzig und eine Woche alt bist.«

»Nein, danke«, sagte Anna. »Das würde ja heißen, dass es nur noch einundfünfzig Wochen bis zu meinem einundvierzigsten sind.«

»Oder fünfhundertneunzehn bis zu deinem fünfzigsten«, fügte Raychel hinzu.

»Hört auf, mir wird schon jetzt schlecht!« Anna tat, als hätte sie Kopfschmerzen.

»Aber ich werde nicht lange bleiben können«, sagte Raychel. »Wir wollen dieses Wochenende in unsere neue Wohnung ziehen, da habe ich alle Hände voll zu tun. Aber auf einen Drink in den Pub würde ich sehr gern mitkommen.«

»Ich bin dabei«, sagte jetzt auch Dawn. »Dann kannst du uns endlich in allen Einzelheiten von deinem Abend mit diesem Darq erzählen, Anna.« Unter der Woche hatten sie auf der Arbeit alle viel um die Ohren gehabt. Zum Plaudern war keine Zeit gewesen.

»Da gibt's nicht viel zu erzählen«, sagte Anna. »Ich ...«

»Nein, heb's dir für später auf!«, sagte Dawn. »Wir wollen nicht die Kurzfassung. Wir wollen Details.«

Und so gingen sie alle am nächsten Abend wieder plaudernd um die Ecke zur Rising Sun. Die kleine Bühne vor der Bar war diesmal nicht leer. Überall standen Teile einer Musikanlage und Männer in Cowboyhemden und -hüten, die an Mikrofonen und Instrumenten herumhantierten. Vermutlich waren das die »Rhinestones.«

»Sind wir alle mit dem Auto da?«, fragte Christie.

»Ich nicht«, sagte Anna, »aber ein alkoholisches Getränk ist sowieso genug für mich. Ich vertrage fast nichts.«

»Na, dann bestellen wir uns doch eine Flasche Wein und fünf Gläser«, sagte Christie. »Damit überschreiten wir bestimmt nicht unser Limit.«

»Wollen wir alle zusammenlegen?«, schlug Dawn vor. Sie öffnete ihr Portmonee und hielt einen Fünfer hoch. »Kleiner habe ich es nicht, aber den Rest können wir ja einfach nächste Woche ausgeben, wenn wir jetzt regelmäßig hierherkommen. Was haltet ihr davon?«

Alle schienen sich einig zu sein, und jede legte einen Fünfer drauf, und dann suchten sie sich einen Tisch – zu Dawns Enttäuschung etwas abseits der Band, die sich eben einstimmte, während Christie an der Bar den Wein bestellte.

»Na los, jetzt erzähl schon«, sagte Raychel, sobald sie alle ihre Mäntel abgelegt hatten und der Wein eingeschenkt war. »Was war denn nun mit diesem Designer?«

»Ach, wo soll ich da anfangen?«, sagte Anna. »Ein Mercedes hat mich abgeholt und zu ihm nachhause gefahren. Das Haus ist absolut umwerfend, wie eine Burg aus einem Hammer-Horror-Film. Und dann hat er sich meinen BH gründlich angesehen und mir erklärt, dass er grauenhaft aussehe.« Die peinliche Knoblauch-Episode ließ Anna lieber aus.

»Du machst wohl nicht gern viele Worte, oder?«, fragte Christie mit einem schelmischen Grinsen.

»Aber morgen fangen die Dreharbeiten an. Dann werde ich bestimmt ›Geschichten‹ zu erzählen haben.«

»Hast du denn gar keine Angst?«, fragte Raychel.

»Anfang der Woche war es noch nicht so schlimm, aber inzwischen graut mir schon sehr davor.«

»Das muss so aufregend sein«, sagte Dawn grinsend. »Ich habe Vladimir Darq im Internet recherchiert. Es ist echt sexy, oder?«

»Sind Schwule doch immer«, schniefte Anna. »Seht euch Gok an, er sieht umwerfend aus. Man will ihn am liebsten als besten Freund haben, stimmt's?«

»Aber Vladimir Darq hat's dir doch bestimmt angetan, oder?«, fragte Christie.

»Wozu denn?«, antwortete Anna.

»Ich kann den nächsten Bericht kaum noch erwarten«, lächelte Raychel. »Um wie viel Uhr fährst du hin?«

»Er schickt mir um Viertel vor sieben einen Wagen. Er sagt, er arbeitet tagsüber nicht.« Anna rutschte auf ihrem Platz vor und flüsterte, als könnte er sie hören: »Und er hat Fangzähne.«

»Fangzähne?«

»Wie ein Vampir. Nicht so riesige einen halben Meter lange, aber es sind eindeutig Fangzähne. Im Gebiss.«

»Ach, nicht an den Ohren?«, zog Christie sie auf.

»Nein, wirklich«, beharrte Anna.

»Dann spielt er offenbar mit seinem Image als Rumäne«, sagte Christie. »Das war zu erwarten.«

»Was soll das denn heißen?«, fragte Dawn, während die anderen aufstöhnten.

»Rumänien – Vampire – Dracula«, erklärte Grace.

»Ich konnte mich für diese ganzen Gothic-Geschichten noch nie besonders begeistern. Das dort drüben ist eher mein Fall.« Dawn deutete auf die Band, die jetzt zu spielen begonnen hatte und von Anfang an wirklich sehr gut war. Vor allem dieser hochgewachsene Rhythmusgitarrist im Hintergrund. Ihr schoss der geniale Gedanke durch den Kopf, ihn zu fragen, ob sie bei ihrer Hochzeit spielen würden, sobald sie seine Finger auf den Saiten hörte. Damit würde wenigstens das Karaoke am Abend leichter zu ertragen sein.

»Und ist mit den Zähnen deines Enkels alles wieder gut?«, fragte Christie Grace.

»Dank deinem Bruder, ja«, erwiderte Grace.

»Stimmt, du sagtest ja, dein Bruder sei Zahnarzt«, erinnerte sich Dawn jetzt.

»Ja, und ein sehr guter noch dazu«, sagte Grace.

»Er ist ein wundervoller Mann, mein großer Bruder«, lächelte Christie. »Es ist mir schleierhaft, wieso er nie die richtige Frau gefunden hat. Er ist freundlich, großzügig, geduldig und treu.« Sie schüttelte den Kopf. Sie hatte nie begriffen, warum er nicht längst eine Familie mit einer Schar Kinder hatte. Sie hätte ihn so gern in einer zärtlichen, liebevollen Beziehung gewusst.

»Na ja, da hast du deine Antwort«, seufzte Anna. »Wenn er ein absolutes Arschloch wäre, dann hätte er eine flotte Biene an Land gezogen, ihr Leben ruiniert und sich im nächsten Augenblick vor anderen Frauen kaum noch retten können.« War es nicht unfair, nach welchem Schema Beziehungen immer abliefen? Manche liebenswerten Leute fanden niemanden, und die ganzen Idioten hatten die freie Auswahl.

»Und, bist du bereit für euren großen Umzug morgen?«, wandte sich Christie jetzt an Raychel.

»Mehr oder weniger. Ich muss nur noch ein bisschen putzen für den nächsten Mieter.«

»Igitt. Ich werde nicht fragen, ob wir unsere Wochenenden tauschen wollen«, sagte Anna.

»Ich auch nicht. Ich würde mich lieber von einem schwulen Vampir begrapschen lassen, als Öfen auszuschrubben«, sagte Dawn.

Sie tranken aus und zogen ihre Mäntel an, und dann verabschiedeten sie sich und wünschten einander ein schönes Wochenende. Dawn bot an, die Gläser zurück zur Bar zu bringen, da sie noch fünf Minuten bleiben und der Band zuhören wollte. Als sie sich der Bühne näherte, war es Liebe auf den ersten Blick. Sie sah, dass der hochgewachsene Rhythmusgitarrist eine uralte Fender Stratocaster spielte: dieselbe Gitarre, die ihr Dad gehabt hatte. Sie schloss die Augen und hörte der Musik zu, während sie sich ihren Dad, mit den Fingern auf den Saiten auf der Bühne vorstellte.

Applaus brauste auf, als der Song zu Ende war, aber Dawn, die in einem bittersüßen Tagtraum gefangen war, taumelte, und als sie umzukippen drohte, wurde sie von den Händen des Rhythmusgitarristen aufgefangen.

»Alles okay mit Ihnen, Ma'am?«, fragte er in einem gedehnten Tonfall, wie aus einem John-Wayne-Western. Offenbar hatte die Band eben eine kurze Pause eingelegt.

»O ja, Entschuldigung«, sagte Dawn. Sie kam sich ein bisschen idiotisch vor. Sie hoffte, dass er sie nicht für betrunken hielt, nur weil sie taumelte, daher holte sie zu einer Erklärung aus. »Ich habe Ihrem Gitarrenspiel zugehört. Mein Dad hatte auch eine alte Stratocaster. Sie hat so einen tollen Sound. Es ist schön, mal wieder eine zu sehen.«

»*Hatte*? Er hatte eine von denen und hat sich davon getrennt?«, fragte der Gitarrist.

»Nein, nein. Er wurde damit begraben. Das bringt ein Gespräch immer leicht zum Stillstand, Entschuldigung«, seufzte Dawn.

»O Gott, es tut mir leid, das zu hören. Sie muss ihm ja wirklich viel bedeutet haben.«

»O ja, das hat sie.«

»Und spielen Sie auch, wie Ihr Daddy, Ma'am?«

Er hatte eine hinreißende Stimme. Sie war wie Sonnenschein, der ihr Ohr erwärmte, fast so hinreißend wie sein Gitarrenspiel.

»Oh, ich werde nie so gut sein wie er«, sagte Dawn verlegen.

»Was für eine Gitarre haben Sie denn?«

»Eine Gibson Les Paul, 1957.«

Er pfiff anerkennend. »Wow. Und Sie spielen selbst in einer Band, Ma'am?«

»Nein, aber mein Vater hat in einer gespielt«, sagte Dawn.

»Die Beatles?«, zog er sie auf.

Dawn lachte. »Ja, na klar. Er war George.«

»Dann darf ich Sie vielleicht zu einem Drink einladen, Miss Harrison?«

Dawn machte den Mund auf, um zu sagen: *Nein, danke, ich wollte eben gehen.* Aber stattdessen hörte sie sich sagen: »Ja, sehr gern. Aber nur eine Cola light, ich bin mit dem Auto da.«

Ein Softdrink konnte doch nichts schaden. Es war schließlich nicht so, dass sie eine leidenschaftliche Nacht zuhause bei Calum verpasste. Er würde irgendwann im Morgengrauen neben ihr ins Bett kriechen und versuchen, sie zum Sex zu bewegen, falls er nicht gleich einschlief. Sie spürte, wie sie schon bei dem Gedanken daran schauderte.

»Und wie heißen Sie im normalen Leben, Miss Harrison?«, fragte der hochgewachsene, dunkelhaarige Gitarrist, während die Bardame ihnen zwei Gläser Cola light hinstellte.

»Dawny. Dawny Sole.« Sie hängte das Y an, um wie eine andere Frau als die Dawn Sole zu klingen, die einen Verlobten hatte und mitten in ihren Hochzeitsvorbereitungen war.

»Ich bin Al Holly. Miss Dawny Sole, es freut mich riesig, Sie kennen zu lernen.«

Der Cowboy streckte ihr eine große Hand mit schlanken Fingern entgegen und schüttelte Dawns. Aber sie hätte sie eigentlich nur ausstrecken müssen, geschüttelt hätte sie sich schon von selbst. Seine Stimme stellte dasselbe mit ihr an wie die Leadgitarre bei Chris Isaaks *Wicked Game*. Sie wirbelte in ihr umher, zupfte an ihren eigenen Saiten und wühlte alle möglichen Dinge in ihr auf, die sie nicht hätte aufwühlen sollen.

»Ich habe mich gefragt ... wie lange werden Sie denn hier in der Gegend sein?«, stammelte Dawn. Sie verbiss sich die Frage, ob sie Zeit haben würden, um auf ihrer Hochzeit zu spielen.

»Na ja, Kirk – der Bassgitarrist – wollte gern ein paar Wochen bei seinen Eltern verbringen, die vor ein paar Jahren wieder hierhergezogen sind, daher werden wir ein paar Gigs hier in der Gegend spielen, und wir hoffen, Ende Juni wieder nachhause aufzubrechen. Warum? Wollen Sie sich uns anschließen?«

»Schön wär's!«, sagte Dawn. Die Vorstellung, vor diesen ganzen Hochzeitsrechnungen einfach davonzulaufen, nur mit ihrer Gitarre und ein bisschen Unterwäsche in einer Tasche, schoss ihr durch den Kopf und erschien ihr auf einmal sehr verlockend.

»Sie könnten Ihre Gitarre mitnehmen und uns allen zeigen, wie man sie spielt«, sagte Al Holly. »Vielleicht glaube ich ja gar nicht, dass Sie überhaupt spielen können, und denke, dass Sie nur hier sind, um mich anzubaggern.«

Seine sanften, haselnussbraunen Augen glänzten wie die eines frechen kleinen Jungen am ersten April.

»Nein, nein, das wollte ich wirklich nicht«, sagte Dawn, von plötzlicher Panik ergriffen. Flirtete sie etwa zu viel?

»Dann werden Sie mit Ihrer Gibson vorbeikommen und es beweisen müssen, bevor wir abfahren«, sagte Al Holly.

»Vielleicht werde ich das ja wirklich tun«, grinste Dawn zurück.

Sie blieb auf diesen einen Drink und redete mit Al Holly über Gitarren. Das hatte sie seit ihrem Dad mit niemandem mehr getan. Wie albern musste sie für Außenstehende aussehen, aber für sie war es einfach so interessant. Eine Viertelstunde später betrat Al Holly wieder die Bühne, und sie ging zurück zum Parkplatz, während sie sich fragte, was zum Teufel in dieser kurzen Zeit passiert war, dass sie von einem Ohr zum anderen grinste.

Sechsunddreißigstes Kapitel

Raychel wirbelte durch ihre entzückende neue Wohnung, von der sie über die ganze Stadt blicken konnten. Es war vielleicht kein New Yorker Wolkenkratzer, aber es war so herrlich leicht und luftig hier oben, und so still. Alles war so sauber: Die Wände waren schneeweiß von frischer Farbe, und niemand hatte je in dieser Küche gekocht oder seine schmutzige Wäsche in der Waschmaschine gewaschen.

Ihr neues Schlafzimmer war so gemütlich. Das zweite Schlafzimmer würde eine Art Allzweckraum sein, mit ihrem gemeinsamen Computer und Raychels Malutensilien. Es hatte keinen Sinn, es als Schlafzimmer einzurichten; es war unwahrscheinlich, dass dort je Gäste übernachten würden. Und ein Kinderzimmer würde es ohnehin niemals sein.

Dawn kam fröhlich und, wie vereinbart, früh zu Muriel, um die Brautjungfernkleider mit Bette von gegenüber zu besprechen. Aber sie musste erst noch zwei Tassen Kaffee mit ihr trinken, denn Demi war noch nicht wach, und als sie sich schließlich nach unten wagte, war sie kein schöner Anblick.

»Wie hast du denn geschlafen?«, lachte Denise. »Deine Haare sehen ja aus wie eine Maori-Hütte!«

»Leck mich doch«, sagte Demi und schnappte sich ein Stück von dem Toast ihres Dads.

»Dawn wartet schon seit vierzig Minuten auf dich, du Schlafmütze.«

»Aber jetzt bin ich doch da, oder?«, fauchte Demi ihre Schwester an. Dawn hörte sie leise murmeln: »Man könnte glauben, das verdammte Königspaar heiratet!«, während sie hochging, um sich ein bisschen zu schminken.

Fünf Minuten später marschierten sie über die Straße. Muriel kannte Bette offenbar gut genug, um einfach die Tür aufzumachen, einzutreten und »Wir sind's nur, Bette« zu rufen.

Die dickste Frau, die Dawn je gesehen hatte, kam durch ein winziges, völlig verräuchertes Wohnzimmer auf sie zugewatschelt. Mehrere Doppelkinne hingen an ihr herunter, zwischen so vielen Goldkettchen, dass sie wie eine Kreuzung aus einer Bürgermeisterin und Mr. T aussah. Aber seltsamerweise hatte sie zarte, winzige, rundliche Hände und wunderschöne, rot lackierte Fingernägel; die beiden kleinen waren gepierct, und klimpernde Glücksbringer baumelten an ihnen.

Bette begrüßte Dawn herzlich, nachdem sie ihre Zigarette in dem Aschenbecher auf dem Couchtisch ausgedrückt hatte, auf dem sich billige Frauenzeitschriften stapelten. Muriel hockte sich auf die Sofalehne, während sich die anderen auf Bettes Sofa zusammenquetschten und die dicke Dame selbst den Platz auf dem Sessel einnahm. Als sie sich darauf fallen ließ, knarrte er, als würde er vor Schmerz aufstöhnen.

»Ich habe Ihnen ein paar Muster besorgt, die Sie sich ansehen können«, sagte Bette. Ihre Stimme klang, als würde sie durch eine Käsereibe in ihrem Kehlkopf kommen. Sie leerte eine Einkaufstüte voller Stoffmuster auf dem Couchtisch aus. Die meisten sahen aus wie aus einem Siebzigerjahre-Albtraum. Die Tatsache, dass weder Demi noch Denise entzückt aufkreischten, verriet Dawn, dass sie dasselbe dachten wie sie.

»Das da ist doch ganz nett.« Muriel tippte mit einem abgekauten Fingernagel auf ein langes, schnörkeliges Teil.

»Das ziehe ich nicht an!«, sagte Demi. »Darin sehe ich ja aus wie eine Vogelscheuche!«

»Wenn man diese Rüschenborte unten wegnimmt und den Ausschnitt ein bisschen tiefer macht, sieht es entzückend aus«, sagte Bette, während sie sich die nächste Zigarette ansteckte. »Ich habe dieses Kleid schon mal gemacht, und es sah wunderschön aus. Ich habe es letztes Jahr in Muschelrosa für eine Frau oben in Catherwood gemacht.«

»Vertrau Bette, sie weiß, was sie tut.« Muriel stieß Dawn von hinten an.

»Ich denke, wenn man den Ausschnitt ein bisschen tiefer macht, könnte es ganz okay werden. Aber ich will nicht wie eine Puppe aussehen.« Demi rieb sich den Kopf. Noch fünf Minuten, und sie würde sich einverstanden erklären, einen schwarzen Müllsack anzuziehen, nur um von hier verschwinden und sich wieder ins Bett verkriechen zu können.

»Na ja, mir soll's recht sein«, sagte Denise. »Wenn du diese Rüschen für mich wegnimmst und das alles.«

»Na, das ging ja schnell«, sagte Bette und griff in eine andere Plastiktüte neben sich. »Hier sind Ihre Stoffmuster. Sie wollten pfirsichfarben, sagten Sie? Na, dann mal los, meine Liebe.«

Dawn reichte die kleinen Quadrate aus pfirsichfarbenem Stoff herum. Sie war angenehm überrascht, dass sie genau den richtigen Farbton fand, der zu den winzigen Rosen auf ihrem eigenen Kleid passte. Sie würde dafür sorgen, dass auch die Hochzeitseinladungen und die Gästepralinen in genau demselben Ton gehalten waren. Dann, wieder mit einer neuen Kippe im Mundwinkel, nahm Bette bei Denise und Demi Maß. Zum Schluss keuchte sie, als hätte sie soeben ein Ganzkörper-Fitnesstraining hinter sich gebracht.

»Überlassen Sie das nur alles mir, Kindchen«, sagte Bette und zwinkerte Dawn auf dem Weg nach draußen zu.

Siebenunddreißigstes Kapitel

Der Mercedes mit Anna traf auf die Minute pünktlich ein. Wieder öffnete Leonid ihr die Tür und zog sie aufgeregt in den Gewölberaum, in dem sich jetzt eine kleine Filmcrew drängte, die zu ihr herüberkam und sich der Reihe nach vorstellte: Mark, der Regisseur, im Grunge-Look gekleidet, der mit seinem langen, schmalen Gesicht und dem Bart auf der Bühne einen tollen Jesus abgegeben hätte, ein junges, langbeiniges »Mädchen für alles« namens Flip (die Abkürzung für Philippa, wie sie in einem sehr selbstbewussten, aber freundlichen Ton erklärte), ein punkiger Kameramann mit einem weißen Irokesenschnitt, der sich als Bruce vorstellte, und eine pummelige, hübsche Visagistin namens Chas. Vladimir stand weiter hinten im Raum, neben einer winzigen, weißhaarigen, mürrisch blickenden Frau von etwa sechzig Jahren und der hochgewachsenen, burschikosen Jane Cleve-Jones, die im echten Leben noch umwerfender aussah als auf dem Bildschirm. Als sie sahen, dass Anna eingetroffen war, kam das Trio herüber, und Vladimir begrüßte sie mit einem Nicken. Jane stellte sich mit zwei Luftküssen auf Annas Wangen vor. Alle machten einen sehr freundlichen Eindruck. Selbst der Hund erhob sich aus seinem Körbchen und kam langsam herüber, wedelte mit dem Schwanz, drückte den Kopf in Annas Hand und beschnupperte sie.

»Wie heißt er denn?«, fragte Anna.

»Luno.«

»Ich habe einen Kater. Das kann er vermutlich riechen«, sagte Anna.

»Vielleicht wird er diese Woche nicht von Knoblauch abgeschreckt«, sagte Vladimir leicht naserümpfend. Anna blies verlegen die Wangen auf, aber er ignorierte sie und stellte ihr die streng blickende Frau mit den weißen Haaren vor. »Anna, das hier ist Ihre Visagistin: Darf ich vorstellen, Maria Shaposhnikova.«

Die kleine Frau streckte eine Hand aus und schüttelte Annas mit der Kraft eines WWE-Ringers. Von Nahem betrachtet sah Maria aus wie ein weißer Sonnenhut mit einem uralten Gesicht, der dringend ein Anti-Aggressions-Training benötigte.

»Maria ist eine Meisterin. Ich arbeite mit niemandem sonst«, sagte Vladimir und übersetzte dann, was er soeben gesagt hatte, für Maria. Sie nickte, ohne zu lächeln, zu dem Kompliment.

»Kann ich Ihnen eine Erfrischung anbieten?«, fragte Leonid mit einem Blick auf Annas zitternde Hände. »Ein Glas Wein vielleicht?«

Er hielt eine lange Kristallkaraffe mit dunkelroter Flüssigkeit hoch.

»Ein kleines vielleicht.« Anna nahm den Zinnkelch entgegen, den er ihr reichte. Es war seltsam, aus etwas zu trinken, das einen Eigengeschmack hatte. Aber es war ein schöner, kräftiger Wein.

»Der ist sehr gut«, sagte Anna. »Was ist das für einer?«

»Ein Wein aus der Gegend Rumäniens, aus der ich komme. *Sânge de virgina*«, sagte Vladimir.

»Was heißt das denn?«, fragte Anna.

»Am ehesten könnte man es wohl mit ›Jungfrauenblut‹ übersetzen«, sagte Vladimir augenzwinkernd. Anna verschluckte sich fast an ihrem Wein, bevor sie rasch zu erklären versuchte, sie hätte ihn in die falsche Kehle bekommen.

»Wir haben schon mal ein paar Aufnahmen im Haus gemacht.« Jane warf ihr langes Haar mit den karamellfarbenen Strähnen über die Schulter zurück. »Es ist absolut fantastisch. Ich bin ja *so* verliebt in dieses Haus. Damit wird diese Sendung so toll werden. Vladimir sagt, er hätte Sie an einem Bahnhof entdeckt.«

Sie sagte »entdeckt«, als sei Anna ein Topmodel, so wie Twiggy, die in einem Friseursalon »entdeckt« wurde. Anna musste sich zusammenreißen, um nicht laut loszukichern.

Es war schon spät, und die Filmcrew hatte noch viel vor, daher wurde Anna jetzt auf einen Stuhl gedrückt, und Maria begann, ihr Make-up mit reichlich Wattebällchen abzutupfen.

»Aarrgh, ich habe kein Make-up mehr im Gesicht – holt die Kruzifixe, Leute!«, lachte Anna. Dann fuhr sie sich rasch mit einer Hand an den Mund. Nicht unbedingt der passendste Witz in diesem Haus.

Die Kamera konnte einem ganz schön Angst machen, fand Anna, als das riesige Objektiv für die erste Aufnahme auf sie gerichtet wurde. Alles wurde still, und Anna tat, was man ihr sagte. Das war nicht schwer, da sie nur still dastehen musste, während Jane und Vladimir über sie redeten.

»Warum haben Sie Anna als Gesicht für Ihr ›Jede Frau hat eine Darq-Seite‹-Projekt ausgewählt, Vladimir?«

»Ich konnte sofort sehen, dass Anna sich weitaus älter fühlt, als sie ist, und daher jedes Selbstvertrauen verloren hat. Ich werde den Frauen zeigen, dass in jeder von ihnen, unabhängig von ihrer Kleidergröße oder ihrem Alter, eine Göttin steckt, die darauf wartet, sich zu zeigen.«

»Schnitt!«, sagte Mark.

Es gab viele kurze »Action«-Sequenzen, fiel Anna auf. Es war absolut faszinierend, bei einer Fernsehshow dabei zu sein. Aber längst nicht so glamourös, wie sie es sich vorgestellt hatte.

Anna war halbwegs entspannt bis zu dem Augenblick, als der Regisseur sie fragte, ob sie sich jetzt ausziehen könnte. Auf einmal wurde ihr ganz mulmig, während sie sich vorstellte, wie Malcolm womöglich ihre Titten in der Glotze sah.

»Nur bis auf die Unterwäsche, Anna. Wir müssen Vlad fragen, warum er sie so grässlich findet.«

Anna holte einmal tief Luft und schlüpfte aus ihrer Bluse und ihrem Rock. Sie stellte sich vor, dass alle laut auflachen würden – oder sich übergeben. Nicht gerechnet hatte sie – zu Unrecht, wie sie bald begriff – damit, dass sie es hier mit echten Profis zu tun hatte, die nur ihren Job machten und die im Laufe ihres Lebens vermutlich schon mehr Brüste und BHs und Pos gesehen hatten als der Pornokönig Ron Jeremy.

Leonid machte ein paar Aufnahmen von Anna mit einer sehr großen und schwer aussehenden Kamera. Sie brauchten ein paar Standaufnahmen, erklärte er. Sie hoffte nur, dass diese Bilder später nicht auf irgendwelchen Amateur-Pornoseiten auftauchen würden.

Die Filmaufnahmen begannen wieder.

»Also, Vladimir«, begann Jane, »was ist falsch an Annas Unterwäsche?«

»Was ist richtig daran?«, lachte er humorlos auf. »Der BH ist zu klein, sie trägt die völlig falsche Größe, und ihre Oberweite hat überhaupt keinen Halt.«

»Aber die Wäsche ist hübsch«, warf Jane ein.

»Hübsch hässlich, meinen Sie wohl. Sehen Sie nur, wie sich die Träger in ihre Schultern schneiden«, fuhr er fort, hob besagten Träger hoch und zeigte der Kamera die Einkerbung, die er auf Annas Haut hinterlassen hatte. »Und was diesen Schlüpfer angeht …« Er stieß einen verzweifelten Laut aus.

»Schnitt!«, rief Mark. »Ausgezeichnet. Anna, dort in der Ecke steht ein Wandschirm, da können Sie rasch in andere Unterwäsche schlüpfen, und dann drehen wir dasselbe nochmal.«

Offenbar konnte Vladimir in der englischen Sprache keine Worte dafür finden, wie abscheulich er Annas zweite und dritte Garnitur Unterwäsche fand. Auf Rumänisch hingegen schien es jede Menge Wörter dafür zu geben. Dann hielt Jane Anna ein paar farbige Tücher ans Gesicht und ging die Farbtöne durch, die zu ihrem Teint passen würden. Das war interessant. Offenbar stand ihr Schwarz sehr gut, was ein Glück war, denn das war mehr oder weniger die einzige Farbe, die Anna in ihrem Kleiderschrank hängen hatte. Vladimir tat die »Farbtheorien« mit einer wegwerfenden Handbewegung ab. Er sagte, wenn eine Frau inneres Selbstbewusstsein habe, dann könne sie sogar mit den unmöglichsten Farbtönen fantastisch aussehen. Anna versuchte sich vorzustellen, wie sie mit leuchtend bunten Farben aussehen würde, Farben, wie Christie sie trug. Sie kam zu dem Schluss, dass sie ein hoffnungsloser Fall war.

Dann musste sich Anna vor den Spiegel stellen und Jane sagen, was sie in ihrem Spiegelbild sah. Wo sollte sie da anfangen?

»Meine Oberweite ist zu groß, meine Taille nicht schmal genug, meine Hüften zu breit …« Die Liste wurde immer länger. Bis sie zu den Knien kam, die wie Krepppapier aussahen, standen Anna die Tränen in den Augen. Sie versuchte sie hochzuschniefen, aber es gelang ihr nicht. Sie kullerten ihr über die Wangen, während sie eingestand, dass sie sich absolut wertlos, hässlich und alt fühlte. Sie steigerte sich so tief in ihre Selbstgeißelung hinein, dass sie ganz vergaß, dass die Kamera da war.

»Schnitt!«, rief Mark. »Leute, ich denke, das reicht für heute. Packen wir unser Zeug ein und verschwinden wir.«

»Entschuldigung«, sagte Anna, als Jane ein Taschentuch zückte und es ihr hinhielt.

»Sie waren fabelhaft und so natürlich«, sagte Jane und rieb Anna aufmunternd die Schulter. »Alle Frauen werden sich mit Ihnen identifizieren können.«

»Anna, bevor Sie gehen, könnten Sie noch rasch hier hineinschlüpfen?«, fragte Vladimir. Er hielt ein steifes, dunkelrotes Korsett hoch. Selbst wenn sie den Blick nach vorn wandte, konnte Anna sehen, dass ihre Brust mit diesem Teil fast einen Meter höher war als ohne. Vladimir beugte sich von hinten zu ihr vor, und sie konnte sein Eau de Cologne riechen. Irgendetwas, das sie noch nie gerochen hatte: exotisch und würzig, aber zugleich so frisch wie eine frisch gefällte Tanne.

Er schnürte ihr Korsett hinten fachmännisch zu und trat dann einen Schritt zurück, um sie zu mustern. Dann kam er wieder nach vorn und drückte ihre Schultern durch.

»*La naiba*! Sobald ich Sie ansehe, versuchen Sie, sich zu einer Kugel zusammenzurollen! Sie tragen ein exklusives Teil von Vladimir Darq, wie können Sie da vor sich hin welken wie eine tote Blume?«, fragte er ärgerlich. Er trat wieder einen Schritt zurück und kam knurrend wieder vor. »Lassen Sie das, Sie treiben mich in den Wahnsinn!«

So gescholten zog Anna den Bauch ein und drückte die Brust

durch. Er nickte billigend. Zumindest nahm sie an, dass es billigend war. Wenn er nicht missbilligte, dann billigte er offenbar.

»Sind Sie verheiratet?«, fragte er.

»Nein«, sagte Anna. »Verlobt.«

»Ich konnte nicht sagen, ob Sie unglücklich sind, weil Sie mit einem Mann zusammen sind, oder unglücklich, weil Sie keinen Mann haben.«

»Beides«, sagte Anna, die Hände an ihre Taille gelegt, die ihr auf einmal viel schmaler vorkam. Wo war denn der ganze Speck geblieben? Zweifellos irgendwo in dem Stoff eingezwängt, aber wenn das der Fall war, dann konnte sie ihn jedenfalls nicht spüren.

»Was soll das denn heißen?«

»Mein Partner hat mich im Februar verlassen.«

»Wegen einer anderen Frau?«

»Ja. Bitte keine dummen Witze darüber, okay?«

Er ignorierte die spitze Bemerkung.

»Das erklärt natürlich, wieso Ihre Schultern so herunterhängen.« Er zog die Schleife am Rücken fester, sodass Anna aufschrie.

»Autsch! Aber seine hängen nicht herunter.«

»Nein, er stolziert wie ein Pfau, stimmt's?«

Ja, das war Tony im Wesentlichen. Ein Pfau. Und zwar einer mit zwei Schwänzen.

»Männer können solche Monster sein«, sagte Vladimir in einem erstaunlich sanften Ton. Was, fand Anna, schon ein bisschen dreist war für einen Typen, der sich seine Nährstoffe vermutlich holte, indem er anderen Leuten das Blut aussaugte. »Okay, ich habe jetzt auch genug für heute«, sagte er schließlich und begann, ihr Korsett aufzuschnüren. Ihr war gar nicht aufgefallen, dass die Kamera noch immer lief und Bruce dahinter lächelte. Er würde ein paar dicke Pluspunkte dafür bekommen, wenn Mark das Filmmaterial sah.

Am nächsten Tag war Grace eben dabei, das Geschirr vom Sonntagmittagessen abzuspülen, als es an der Hintertür klopfte. Als sie öffnete, stand ein lächelnder Charles in einem schicken hellblauen Hemd und Jeans vor ihr. Er war ein wirklich gut aussehender Mann.

»Kommen Sie herein, Charles, Laura muss jeden Augenblick hier sein. Möchten Sie vielleicht eine Tasse Tee?«

»Danke, nein«, sagte er. »Oh, hallo, Mr. Beamish …« Gordon war in die Küche gekommen. Er starrte auf die Hand, die Charles zum Gruß ausgestreckt hatte, dann wanderten seine Augen hoch zu Charles' Gesicht.

»Wer sind Sie denn?«, fragte Gordon kalt.

»Ich bin Charles, Charles Onajole. Ich bin ein Freund von Laura, und von dem kleinen Joe natürlich«, kam die höfliche Antwort. Er hatte die Hand noch immer ausgestreckt, aber jetzt etwas zaghafter, da Gordon keine Anstalten machte, sie zu ergreifen. Ein verlegenes Schweigen trat ein, sodass Charles schließlich gezwungen war, die Hand wieder sinken zu lassen. Gordons Kiefer spannte sich an, und er sagte in einem leisen, aber dennoch bedrohlichen Ton: »Ich denke, Sie sollten besser mein Haus verlassen, junger Mann.«

Charles' Augen flackerten, während sein Gehirn zu ergründen versuchte, was in aller Welt er getan haben könnte, um eine solche Reaktion auf seinen fröhlichen Gruß hervorzurufen. Aber es war schmerzlich offensichtlich, denn an Gordons Miene gab es nichts zu deuten. Schweigend wandte sich Charles um und ging zur Tür hinaus. Grace, die den Wortwechsel beobachtet hatte, konnte kaum fassen, wie unhöflich Gordon seinen Gast behandelt hatte.

»Gordon, was in aller Welt …«

Dann kam Laura mit Joes Tasche herunter. Joe trottete hinter ihr her, und Grace schluckte hinunter, was sie um ein Haar gesagt hätte.

»War das Charles?«, fragte Laura. Dann spürte sie die Schwingungen im Raum. »Was ist los?«

»Ein Nigger war in meinem Haus, das war los!«, fauchte Gordon, ohne darauf zu achten, dass Joe anwesend war.

»Mein Gott, Gordon!« Grace war entsetzt von den Worten, die ihm über die Lippen kamen, und von den Schimpfwörtern, die gleich darauf folgten.

»Joe, setz dich schon mal zu Charles ins Auto.« Laura schob ihren Sohn rasch zur Tür hinaus. Sie zitterte, als sie zurückkam, und Gordon fuhr sie augenblicklich an.

»Und dich will ich in diesem Haus auch nicht mehr sehen, wenn du mit *dem* da schläfst!« Er wies mit einem Finger in die Richtung, in der er Charles vermutete.

Laura sah von Grace zu ihrem Vater. Ihr war völlig unverständlich, wieso er sich so benahm und woher dieser Hass auf einmal gekommen war. Vor zwei Minuten war doch noch alles in bester Ordnung gewesen.

»Dad, was ist denn los mit dir?«

Gordon lachte, als seien alle in diesem Haus schwer von Begriff. »Na ja«, wandte er sich an seine Tochter, »ich kann nur sagen – ein Glück, dass du nicht noch mehr Gören hast!«

»Gordon!«, schrie Grace entsetzt auf.

Laura brach in Tränen aus. Es war mehr als grausam, und Grace ergriff sofort Partei für ihre Tochter.

»Gott möge dir das verzeihen, Gord ...«

Aber Gordon war nicht in der Stimmung, zuzuhören. Er packte seine Tochter unsanft am Arm.

»Raus mit dir!«, tobte er. Grace trat einen Schritt vor, um sich zwischen Vater und Tochter zu stellen, und wurde gegen den Tisch geschubst, wo eine Tasse umkippte und ihren Rock mit kaltem Tee bekleckerte.

»Mum, alles okay mit dir?« Laura kam jetzt vor, um ihrer Mutter zu helfen.

»Laura, Schatz, geh schon.« Grace schob Laura aus dem Haus in Sicherheit. »Es geht mir gut.« Obwohl es ihr alles andere als gut ging – die schlimmsten Emotionen spielten in ihr verrückt, aber am wichtigsten war es ihr jetzt, ihre Tochter aus dieser entsetzlichen Atmosphäre und vor noch mehr hässlichen, verletzenden Worten in Sicherheit zu bringen.

Grace schloss die Tür und wandte sich zu ihrem Mann um, der jetzt beängstigend still und schwer keuchend dastand. Er sah aus wie eine Bombe, die jeden Augenblick explodieren könnte, eine gefährliche, gemeine Bombe voller Nägel und brennendem Zucker, um möglichst schweren Schaden anzurichten.

»Hast du das gewusst? Hast du gewusst, dass er ein Neger ist?«

»Hör schon auf, Gordon. Hör auf, so zu reden!«

Gordon schüttelte fassungslos den Kopf und starrte Grace an, als sei sie von allen guten Geistern verlassen. »O verdammt, die Welt ist wirklich verrückt geworden.«

Er stürmte aus dem Haus, zweifellos zu der tröstlichen Ruhe seines Schrebergartens, und ließ Grace noch immer unter Schock im Haus zurück. Ihr Herz hämmerte wie wild, und sie zitterte am ganzen Körper. Sie hatte nicht gewusst, dass dieser Mann so fluchen und hassen konnte wie jemand aus den Südstaaten in den Zwanzigerjahren. Ja, sie hatte im Laufe der Jahre schon so manches Mal erlebt, wie sein Temperament mit ihm durchging, aber noch nie in einem solchen Ausmaß, wie sie es in letzter Zeit immer öfter sah. Und jetzt waren offenbar schon zwei ihrer Kinder nicht mehr willkommen in ihrem Elternhaus. Was kommt als Nächstes?, fragte sie sich, noch immer zitternd, während sie die Reste der Tasse zusammenkehrte, ein Geschenk von Sarah mit der Aufschrift »Der beste Dad der Welt.«

Achtunddreißigstes Kapitel

»Ach, komm schon her, du bist ja zu nichts zu gebrauchen«, sagte Elizabeth Silkstone und streckte die Hand aus, um den Knoten an der Krawatte ihres Mannes zurechtzurücken, als sie eben die Kirche betreten wollten. John Silkstone war ein großer Mann, der im Anzug sehr gut aussah. Sie bekam noch immer weiche Knie, wenn sie ihn im Anzug sah. Ihr war bewusst, dass er sie gebannt anstarrte, während sie seinen unbeholfenen Versuch löste und noch einmal von vorn anfing.

»Was starrst du mich denn so an?«, fuhr sie ihn an.

»Tue ich doch gar nicht«, log er. Hätte sie in dem Augenblick nicht den Mund aufgemacht, dann hätte er ihr von seinem dringenden Verdacht erzählt, dass Raychel Love, die Frau seines neuesten Mitarbeiters, des jungen Ben, nah mit ihr verwandt war – dass sie möglicherweise das Kind ihrer Schwester war, die seit fast dreißig Jahren vermisst wurde. Er brannte darauf, etwas zu sagen. Aber das wäre nicht fair, nicht heute. In weniger als einer halben Stunde würden sie an der Hochzeit ihrer Freundin Helen teilnehmen. Helen heiratete einen feinen Rechtsanwalt, Teddy Sanderson – obwohl, vielleicht doch nicht so fein, hatten sie gewitzelt, als sie erfuhren, dass Helen ihm das Jawort mit einem fünf Monate alten Sohn im Bauch geben würde.

Was John zu sagen hatte, würde erst einmal warten müssen. Alles zur rechten Zeit und am rechten Ort – und jetzt war keines von beidem.

Neununddreißigstes Kapitel

Gott, habt ihr gestern Abend diese Sendung im Fernsehen gesehen?«, fragte Dawn, als sie nach dem Wochenende ins Büro gestürmt kam. Ihre nächsten Worte richtete sie an Anna: »Wenn du gedacht hast, du hättest ein lausiges Liebesleben, dann warte mal ab, bis du es mit Gebäuden treiben willst!«

»Vielen Dank, Dawn«, sagte Anna lächelnd. Dawn hatte wirklich das unbeholfenste Mundwerk, das Anna je gehört hatte oder vermutlich je hören würde. Aber Dawn hatte einfach eine sehr schlichte und durchaus nicht gehässige Art an sich, die erfrischend und witzig war. Sie wusste nicht viel über diese Frau, aber sie war sich ziemlich sicher, dass Dawn am Boden zerstört wäre, wenn sie das Gefühl hätte, mit ihrer linkischen Ausdrucksweise jemanden verletzt zu haben.

»Was soll das denn heißen, ›es mit Gebäuden treiben‹?«, fragte Grace.

»Es gibt da diese Erkrankung, bei der sich Leute von Gebäuden sexuell angezogen fühlen.«

»Ach was«, sagte Anna.

»Im Ernst! Diese eine Frau war mit dem Eiffelturm verheiratet. Die Leute hatten Beziehungen mit Zäunen und Treppengeländern und allem!«

»Das ist doch alles frei erfunden!« Anna schüttelte den Kopf. »Das muss eine Quatschsendung gewesen sein.«

»Nein, Dawn hat recht«, warf Christie ein. »Es heißt ›Objektsexualität‹ oder ›Animismus‹. Es ist der Glaube, dass auch leblose Objekte Gefühle haben.«

»Ach ja, und wie kommt es, dass du so viel darüber weißt?«, witzelte Dawn. »Du hast es doch nicht etwa mit der Kaffeemaschine getrieben, oder?«

»Mein Vater hat Psychologie gelehrt«, sagte Christie. »Ihr würdet euch wundern, wie viele seltsame und erstaunliche Krankheitsbilder es dort draußen gibt.«

»Schade, dass er jetzt nicht hier ist«, sagte Anna. »Ich habe immer wieder diesen Traum, dass David Attenborough ein Zombie ist, und dabei stehe ich total auf ihn. Ich habe mich immer gefragt, was das zu bedeuten hat.«

»Das heißt, dass du nach neun Uhr abends keinen kräftigen Cheddar mehr essen sollst, hat meine Oma immer gesagt«, lachte Grace.

»Ich kann mir nicht vorstellen, wie irgendjemand auf ein Gebäude abfahren könnte«, sagte Raychel, schob ihre Arbeit beiseite und schaltete sich in die Unterhaltung ein.

»Ich habe es auch nicht verstanden, und dabei habe ich es selbst gesehen!«, sagte Dawn. »Ich dachte zuerst auch, es sei eine Satire. Da waren sogar Frauen, die in die Berliner Mauer verknallt waren, und als er, ich meine, sie, gefallen ist, haben sie den Verstand verloren.«

»Das heißt, die Berliner Mauer hatte mehr als nur einen Liebhaber?«, fragte Anna mit einem schelmischen Grinsen. »Sie war untreu? Gott, dann gibt es wirklich keine Hoffnung mehr für uns, wenn nicht mal ein Haufen Steine treu sein kann.«

»Na ja, Anna«, sagte Dawn mit einem frechen Grinsen, »ich dachte nur, wenn du nicht bald was an Land ziehst, könntest du immer noch versuchen, das Rathaus anzubaggern.«

»Das ist mir dann doch ein bisschen zu groß«, sagte Anna naserümpfend. »Das Bushäuschen am Ende meiner Straße hat hübsch schmale Fenster. Das ist eher mein Typ.«

»Ihr beide solltet als Komikerduo auf einer Bühne auftreten«, kicherte Grace.

»Okay, hier ist eine Frage für euch: Mit wem würdet ihr lieber knutschen – einem Gartenzaun oder Malcolm?«, fragte Dawn schelmisch.

»Dem Gartenzaun!«, riefen sie einstimmig und lachten, kurz bevor sie sahen, wie der abgelehnte Kandidat auf ihr Büro zusteuerte, offenbar genau auf Christies Schreibtisch zu.

Sie mussten sich mühsam das Kichern verkneifen, als seine ersten Worte lauteten: »Ich liebe diese neuen Möbel hier. Mein Gott, da hatte Mr. McAskill ja wirklich die Spendierhosen an, was?«

Christie verschaffte ihm nicht die Befriedigung einer Antwort. Sie sah ihn nur mit einem starren, höflichen Lächeln an. Sie hatte – zu Recht – den Verdacht, dass er allmählich begriff, dass er mit seinen Schmeicheleien, um eine Freundschaft mit ihr anzubahnen, bei ihr auf Granit biss, sodass sich nun etwas Düsteres und Gehässiges in seiner Psyche zusammenbraute.

»Ich wollte Ihnen nur sagen, dass für zwei Uhr eine Besprechung der Abteilungsleiter anberaumt ist, wussten Sie das?«

»Ich habe die E-Mail bekommen, ja«, sagte Christie.

»Entzückender Schreibtisch«, sagte Malcolm und glitt mit einer Hand über die Oberfläche, bevor er sich umwandte, um zurück zu seiner eigenen Abteilung zu schleichen.

»Möchte wetten, der Schreibtisch würde sagen: ›So verzweifelt bin ich noch nicht‹«, kicherte Dawn, und alle prusteten wieder los.

Das Gelächter drang bis zu Malcolm durch, der zwar nicht wusste, was gesagt worden war, aber doch den Verdacht hatte, dass er der Gegenstand der allgemeinen Belustigung war. Sein wachsender Groll gegen McAskills Liebling schnellte noch ein bisschen höher. Die Verbindung zwischen ihr und dem großen Boss könnte selbst einem Blinden nicht verborgen bleiben, und er würde diese blonde Schlampe als McAskills Schnittchen vorführen, sobald sich die Gelegenheit dazu bot.

Vierzigstes Kapitel

John Silkstone suchte nach den richtigen Worten, während er neben Ben arbeitete. Sie verputzten benachbarte Wände mit Gips. Raychel ging ihm nicht mehr aus dem Kopf, aber er musste erst noch ein bisschen mehr herausfinden, bevor er seiner Frau von ihr erzählte.

»Und, findest du es hier anders als in London?«, begann er.

»O ja. Viel ruhiger.«

»Und wie ist die neue Wohnung so?«

»Toll. Aber es wird noch eine Weile dauern, bis wir ihr unseren Stempel aufgedrückt haben. Im Moment ist alles noch zu *sauber*.«

»Na ja, genießt die Sauberkeit, bevor die Bälger kommen.« Er lachte. Für einen kleinen Jungen konnte sein eigener Sohn ein heilloses Chaos anrichten.

Er sah Ben ganz leicht zusammenzucken, als hätten seine Worte um ein Haar einen wunden Nerv getroffen.

Er gipste ein paar Minuten weiter, bevor er wieder anfing.

»Und deine Frau ist auch aus Newcastle, oder?«

»Ja«, sagte Ben nach einer verräterischen Pause.

»Und deine Leute sind noch immer dort oben?«

»Wir haben keine Verwandten. Es gibt nur Ray und mich.«

»Wie alt ist deine Frau denn?«

Ben schnellte zu John herum; er hielt seine Kelle so fest umklammert, dass seine Knöchel weiß wurden.

»Was sollen denn diese ganzen Fragen nach meiner Frau, John?«

»Ich mache nur Smalltalk.« John hielt die Hände wie zu einer Art Friedenszeichen hoch. Beschwichtigt gipste Ben wieder weiter.

»Okay, ich habe gelogen«, gestand John jetzt. »Es geht um Raychel. Sie ist meiner Frau wie aus dem Gesicht geschnitten, und sie ist auf der Suche nach ihrer Schwester, Bev Collier. Sie ist in den Siebzigerjahren von zuhause weggelaufen, als sie schwanger war. Das Kind müsste jetzt ungefähr achtundzwanzig sein. Siehst du jetzt, worauf ich hinauswill?«

Ben wandte John den Rücken zu und arbeitete weiter. Seine Stimme, als er antwortete, war ruhig. Zu ruhig, zu gemessen.

»Ja, ich weiß, was du sagen willst. Aber das ist nicht Raychel.«

John blieb keine andere Wahl, als das Thema fürs Erste fallen zu lassen. Er wollte nicht zu viel und zu früh drängen. Aber er hatte Bens Anspannung durchs ganze Zimmer gespürt, und jetzt war er sich hundertprozentig sicher, dass der Bursche mehr wusste, als er sich anmerken ließ.

Einundvierzigstes Kapitel

Bei Grace zuhause war die Lage alles andere als normal. Sie litt noch immer unter den dramatischen Veränderungen, die Gordons Ausbruch in der Woche zuvor verursacht hatte. Dann, mitten in ihrer Bügelarbeit am Donnerstagabend, hatte Paul angerufen, um über Laura zu reden, und sie war noch mehr ins Grübeln gekommen.

»Er schnappt allmählich über, Mum, und ich denke, du musst vielleicht dafür sorgen, dass er zum Arzt geht«, sagte Paul. »Ich weiß, er war schon immer aufbrausend, aber jetzt wird es allmählich lächerlich. Laura sagte, du seist im Kreuzfeuer verletzt worden?«

»Es war ein Unfall«, beeilte sich Grace zu sagen.

»Weißt du, ich war ja noch klein, aber ich kann mich noch gut erinnern, wie er und Mum sich oft fürchterlich gestritten haben. Sie hat ihm immer Kontra gegeben, und er hat sie einfach niedergemacht. Ich weiß noch, wie sie geweint hat – oft.«

Grace stöhnte auf. »Das hast du mir nie erzählt.«

»Na ja, es ist etwas seltsam, aber bei all dem, was in letzter Zeit passiert ist, kommt es mir vor, als ob Teile meines Gehirns wachgerüttelt würden, als ob bestimmte Dinge auf einmal wieder an die Oberfläche kämen. Ich weiß, du wirst sagen, die Zeit habe meine Erinnerungen verzerrt, und vermutlich hast du ja auch recht, aber es ist mehr als das. Du bist so anders als sie – sie hat sich gegen ihn zur Wehr gesetzt. Du hast immer eingelenkt und ihm seinen Willen gelassen. Er hatte nie einen Grund, dich anzuschreien und zu schikanieren.«

»Ich bin seit fast vierundzwanzig Jahren mit deinem Vater verheiratet, Schatz. Ich glaube, ich kenne ihn selbst gut genug.« Grace versuchte verzweifelt, die Sache herunterzuspielen und zwischen Vater und Kindern nicht noch mehr Öl ins Feuer zu gießen.

Paul seufzte am anderen Ende der Leitung. »Du hast ihn unseretwegen geheiratet, Mum. Das wissen Laura und ich. Wir sind nicht auf den Kopf gefallen.«

Grace machte den Mund auf, um etwas zu antworten, aber es kam nichts heraus. Ihr Sohn war ein kluger und scharfsinniger Mann, und er hatte ihre wahre Situation erkannt, wenn nicht sogar die ganze Geschichte. Schon als Grace zum ersten Mal in ihr Leben getreten war, hatte sie die Kluft zwischen Paul und seinem Vater gespürt, und sie hatte gehofft, sie überbrücken zu können. Aber das war ihr nie gelungen, und inzwischen waren die beiden völlig zerstritten, mit wenig Hoffnung, sich je wieder zu versöhnen.

»Wir wissen, dass er es noch nie leiden konnte, wenn Leute aus der Reihe tanzen, aber das hier ist jetzt ein etwas anderes Kaliber. Das musst du doch auch sehen?«

»Paul, Schatz …«

»Ich sage nur, Mum, bitte hör auf mich und pass auf dich auf, ja?«

Die Art, wie er es sagte, jagte Grace einen Schauer über den Rücken.

Am nächsten Morgen, als Grace nach ihrem Mantel griff, spürte sie Gordons musternden Blick.

»Das Kleid kenne ich ja noch gar nicht, ist das neu?«

»Ja, das habe ich mir gestern in der Mittagspause gekauft.«

»Wo denn? In eurem Industriegebiet gibt's doch keine Kleidergeschäfte, oder?«

»Nein, aber in Maltstone. Das sind mit dem Auto nur zehn Minuten.«

»Ein bisschen schick für die Arbeit, oder?«

»Es hat im Schlussverkauf nur fünfzehn Pfund gekostet. Das ist nun wirklich nicht Stella McCartney, Gordon.«

»Wer?« fragte Gordon.

»Das ist eine Modedesignerin.«

»Ich bringe zum Abendessen Fish and Chips mit«, sagte Gordon und schüttelte seine Zeitung glatt, ohne auf ihre Antwort einzugehen.

»Na ja, dann bringe ich es besser auf dem Nachhauseweg mit«, sagte Grace. »Ich gehe nach der Arbeit mit den Mädchen noch etwas trinken.«

»Schon wieder?«, fragte Gordon. »Wieso geht ihr denn auf einmal ständig aus?«

»Nur auf einen kurzen Drink, Gordon. Wir fünf Frauen nach der Arbeit. Das ist nett.«

»Lass dir von diesen Frauen auf der Arbeit bloß keine Flausen in den Kopf setzen, ja?«, sagte er mit mehr als nur einer Spur Sarkasmus. »Dieses ganze Gerede von Designerinnen und Sichaufbrezeln. Bist du nicht ein bisschen alt für das alles?«

Grace biss sich fast auf die Lippe. *Alt, alt, alt.* Gordon war nicht alt geworden, er war alt geboren worden. Sie war fünfundfünfzig, *erst* fünfundfünfzig. Sie mochte schöne Kleider und Yoga – und Lachen.

Sie schnappte sich ihre Tasche und sagte, sie würden sich später sehen. Irgendetwas an diesem letzten Gespräch, das sie mit Paul geführt hatte, hielt sie davon ab, seine spitze Bemerkung noch einer Antwort zu würdigen. Gordon war ein Mann, mit dem man sich im Augenblick besser nicht anlegte.

»Hi, ist da Anna?«, trällerte die Stimme durch das Handy in Annas Ohr.

»Ja«, sagte Anna. Sie erkannte die eingehende Rufnummer nicht und hoffte, dass es keine »Wir machen eine Kundenumfrage«-Nummer war, denn die gingen ihr in letzter Zeit gründlich auf den Geist.

»Hier spricht Jane Cleve-Jones. Hören Sie, Anna, kleine Planänderung. Vlad ist zu einem Blitzbesuch nach Mailand geflogen, das heißt, wir werden morgen bei Ihnen zuhause drehen. Wir werden einen gründlichen Blick in Ihren Kleiderschrank werfen. Wir kommen gleich morgen Früh – ist Ihnen das recht? Sagen wir um acht?«

»Im Ernst?« Anna brach in Panik aus. In ihrem Haus herrschte das reinste Chaos. Und ihren echten Kleiderschrank konnte sie ihnen unmöglich zeigen, denn der war voller Schrott!

»Im Ernst. Dann bis morgen«, sagte Jane. »*Ciao.*«

»Hey, redest du eigentlich noch mit uns, oder was?« Anna knuffte Dawn in die Seite, die wie gebannt auf den Cowboy-Gitarristen mit der sexy schwarzen Haartolle starrte. Er sah aus, als sei er soeben aus einem Fünfzigerjahre-Film getreten. Er hatte ihr zugewinkt, als sie hereingekommen waren, und jetzt sah sie ihm völlig fasziniert bei seinem Spiel zu.

»Entschuldigung«, sagte Dawn. »Ich liebe diese Gitarren.«

»Aber hoffentlich nicht in dem Sinn, dass du gern Sex mit einer hättest, oder?«, fragte Christie.

»Oh, fangt nicht schon wieder damit an«, lachte Dawn. »Ich bin noch immer traumatisiert davon, wie diese eine Frau mit einem Stück Zaun geknutscht hat. Ich bin mir nicht sicher, ob ich für die Episode in dieser Woche bereit bin – da geht es um Frauen, die fünfhundert Orgasmen am Tag haben.«

»Die Glücklichen«, sagte Anna. »Ich würde mich schon mit fünfhundert im ganzen Leben zufriedengeben.«

»Und man kann es auch nicht heilen«, sagte Dawn.

»Wer zum Teufel würde das denn heilen wollen?«, gab Christie prustend zurück.

»Ich hoffe nur, sie raucht nicht jedes Mal eine Zigarette danach«, kicherte Dawn.

»Hey, Dawn, wie kommen denn die Hochzeitsvorbereitungen voran?«, fragte Raychel.

»So lala«, sagte Dawn. Ihr Gelächter erstarb rasch und wurde zu einem Seufzer. »Calums Tante hat uns zweitausend Pfund dazu beigesteuert, das war natürlich sehr nett.«

»Damit werdet ihr aber nicht sehr weit kommen, bei dem, was dieses ganze Hochzeitsbrimborium heutzutage kostet«, sagte Grace. Sarahs und Hugos Hochzeit hatte über dreißigtausend gekostet. Aber sie hatte ja auch Designer-dies und Designer-das haben müssen. Sie hatte jeden Luxus haben müssen, den man sich vorstellen konnte. Aber eine große Hochzeit bedeutete nicht unbedingt ein festes Fundament. Ihr Schwiegersohn hatte eine Affäre gehabt, noch bevor sie ihren zweiten Jahrestag begangen hatten.

»Du siehst aber nicht sehr begeistert aus«, sagte Raychel. »Ich war so aufgeregt, als ich geheiratet habe, obwohl wir nur standesamtlich geheiratet haben, ohne irgendwelches Drum und Dran.«

Dawn druckste ein bisschen herum. »Es ist nicht so, dass ich nicht aufgeregt bin …« *Wie soll ich das nur einfühlsam sagen?* »Ich habe nur das Gefühl … dass … als ob …«

»Spuck's schon aus, Mädchen«, sagte Christie.

Dawn holte einmal tief Luft und platzte damit heraus. Sie hatte das Gefühl, treulos gegenüber ihren künftigen Verwandten zu sein, sobald ihr die Worte über die Lippen kamen.

»Ich habe nur das Gefühl, dass es gar nicht mehr meine Hochzeit ist. Ich habe das Gefühl, dass sie mir einfach abgenommen wurde und meine Entscheidungen nur noch an zweiter Stelle kommen.«

»Wer gibt dir dieses Gefühl?«

»Na ja …« Dawn kam es fast vor, als würde Muriel ihr missbilligend über die Schulter sehen. Aber mit wem konnte sie sonst darüber reden? Und sie musste unbedingt jemandem ihr Herz ausschütten, um die Dinge einmal aus einer anderen Perspektive zu betrachten. »Meine neue Schwiegermutter ist eine Kraft, die nicht zu unterschätzen ist. Sie bezahlt ein paar der Sachen, und sie glaubt, das gibt ihr das Recht, mitzureden. Sie haben Karaoke und ein Rindfleischessen in einem schmuddeligen Pub organisiert, und ich wollte eine Band und Hühnchen in Weißwein in einem Bistro …« Dawn machte rasch den Mund zu, bevor noch mehr Worte aus ihr hervorsprudelten. Sie spürte schon jetzt ein quälendes Kribbeln hinter den Augen.

»Und was hat dein Verlobter dazu gesagt?«, fragte Christie sanft.

»Oh, er steht ein bisschen unter der Fuchtel. Der seiner Mutter, nicht meiner. Er ist einfach mit allem einverstanden, was sie sagt. Gott, entschuldigt mich.« Eine dicke, fette Träne zeigte sich und kullerte über Dawns Wange, und sie spürte Grace' Hand auf ihrer eigenen.

»Eine Hochzeit bedeutet immer Stress«, sagte sie mit ihrer entzückenden sanften Stimme. »Aber versuch trotzdem, alles so zu haben, wie du es willst. Deine Schwiegermutter hatte ihren großen Tag schon. Jetzt bist du an der Reihe.«

»Ich wünschte fast, wir könnten einfach so weiter zusammenleben, ohne dieses ganze Theater.« Dawn putzte sich die Nase mit einem Taschentuch, das sie aus ihrer Jackentasche zog. *Aber du hast dir diesen Antrag, den ein betrunkener Calum dir gemacht hat, doch geschnappt und bist damit davongerannt, bevor er wieder nüchtern werden und es sich anders überlegen konnte, oder?* Sie schüttelte den Kopf, um den Gedanken zu verscheuchen. Ein Gehirn konnte manchmal sehr grausam sein.

»Es ist dein Tag, da musst du dich durchsetzen«, sagte Grace. Sie hätte es niemals gewagt, sich in Sarahs Pläne einzumischen. Nicht dass sie es gekonnt hätte. Sarah hatte Grace sogar vorgeschrieben, welche Farbe ihr Kleid haben musste.

»Wie ist dein Calum denn so?«, fragte Anna.

»Still«, sagte Dawn, während sie überlegte, wie sie ihn am besten beschreiben sollte. Still klang akzeptabler als komatös. »Locker, fast schon zu locker. Er ist Gabelstaplerfahrer. Fünf Jahre jünger als ich, mittelgroß, schlanker Körperbau, blonde Haare, trinkt gern ein Bier.« *Jeden Abend im Pub, jeden Sonntagmittag im Pub. Sonntagnachmittag ein Nickerchen, und jeden Montag zum Resteessen vom Sonntag bei seiner Mutter …*

»Er klingt sehr … solide.« Christie nickte freundlich. Aber Dawn wusste, was allen anderen durch den Kopf ging. So sehr sie sich auch bemühte, sie konnte ihn einfach nicht schönreden. Nicht dass sie das im Moment überhaupt gewollt hätte. Sie dachte daran, wie die junge Raychel von Ben und seiner galanten Art sprach, und wie wundervoll Christies Bruder sich anhörte, wenn sie von ihm sprach und wie lange Grace schon verheiratet war und wie glücklich sie daher sein musste. Selbst Annas Kerl, der sich von ihr getrennt hatte, schien sexy und interessant zu sein. Aber es ließ sich nicht leugnen – Calum bestand nur aus Grautönen. Es war seine Familie, die bunt und lebendig war. Calum besaß keine *Leidenschaft*, das war das Problem. Er trank sein Bier, und er aß sein Essen, er sah fern, und er schlief, und das war ihm genug. Aber ihr war es nicht genug. Ihr war bewusst, dass sie im Begriff war, ihnen allen die fröhliche Freitagabendstimmung zu verderben, aber sie konnte nicht anders.

»Und wie kam es, dass du dich in ihn verliebt hast?«, fragte Raychel.

»Ich habe seiner Mum die Haare gemacht, als ich noch Friseurin war. Sie ist so nett, wirklich«, erinnerte sich Dawn. »Eines Tages hat sie mich gefragt, ob ich mit ihr und einem Haufen Frauen ausgehen wolle. Ihre Töchter waren auch mit dabei, und wir hatten alle so viel Spaß. Irgendwann hat sie mich dann zum Essen bei ihnen zuhause eingeladen, und da war Calum, mit seinem Killerlächeln, wallendem Haar und im Arbeitsoverall. Er hatte sich eben von seiner Freundin getrennt, und seine Mum schlug uns vor, zusammen auszugehen. Also haben wir es getan, und auf einmal gehörte ich zur Familie.« Sie hörten alle gebannt zu, vor allem Grace.

»Und wie hat er dir einen Antrag gemacht? Ist er vor dir auf die Knie gefallen und das alles?«, fragte Anna.

»Nein. Eines Abends sind wir alle zusammen ausgegangen, und er …« – *hat sich völlig volllaufen lassen* – »… war ein bisschen beschwipst, und da ist es ihm einfach herausgerutscht, und auf einmal haben wir alle schon gefeiert.« Dawn lächelte. »Es war fantastisch. Ich war so glücklich. Ich und seine Schwestern haben auf den Tischen getanzt, und Cals Kumpel waren auch alle da, so laut und witzig, und Denise – das ist meine zukünftige Schwägerin – hat ihre Eltern angerufen, und sie sind auch noch dazugekommen …« Nur schade, dass ihr Verlobter fünf Minuten nach seinem Heiratsantrag stockbesoffen unter dem Tisch gelegen hatte. Sie hielt es für das Beste, diesen Teil auszulassen, während sie ein romantisches und fröhliches Bild vor ihren Kolleginnen zeichnete. Aber keiner von ihnen entging die Tatsache, dass die »bessere Hälfte« in dieser Beziehung die Familie, nicht der Mann, zu sein schien.

»Die große Frage ist doch – liebst du ihn?«, fragte Anna.

»Aber klar doch«, beeilte sich Dawn zu sagen.

»Und nur darauf kommt es doch an«, sagte Christie. »Ihr würdet euch wundern, wie viele Leute jemanden heiraten, den sie nicht lieben, weil sie andere Gründe dafür haben. Und ich befürchte, wenn das der Fall ist, werden sie fast immer eine Enttäuschung erleben.«

Grace spürte, wie ihre Lippe bebte. Sie erhob sich, um die nächste Getränkerunde von der Bar zu holen, bevor die Tränen, die in ihren Augen brannten, für alle sichtbar wurden.

Dawn blieb noch, als die anderen gingen, und sah Al mit seiner Gitarre zu. Er hatte denselben hingerissenen Gesichtsausdruck wie ihr Dad, wenn er sich in seiner Musik verloren hatte. Als der Song zu Ende war, eine sanfte Rockballade mit einem leichten Western-Einschlag, kehrte er in die Wirklichkeit zurück, lächelte sie an und hob einen Finger. *Noch einen Song, dann machen wir eine Pause*. Sie verstand, was er sagen wollte.

Sie hätte der Musik der Band den ganzen Abend zuhören können, obwohl sie für die meisten Leute in der Bar nur angenehmes Hintergrundgedudel war. Der Leadsänger war offensichtlich ein Verwandter des Bassgitarristen; beide waren ähnlich schlank, blond und blauäugig. Dann gab es noch einen gut aussehenden älteren Burschen mit Bart, der eine andere Gitarre spielte. Und dann war da Al mit seinen schwarzen Haaren und diesen Lippen, die so voll und rot waren, dass sie bei einem Mann verboten sein sollten. Sie nahm sich vor, ihn an diesem Abend zu bitten, bei ihrer Hochzeit zu spielen. Das würde jedem Flirt ein Ende setzen.

»Hallo, Miss Dawny Sole«, hörte sie seine sanfte Karamellstimme über ihrer Schulter, als sie an der Bar zwei Cola light bestellte.

»Oh, hallo, Mr. Holly. Wie geht's Ihnen?«

»Gut, Ma'am, richtig gut. Haben Sie das da für mich bestellt? Danke, das ist sehr nett von Ihnen.«

»Ich wollte nicht, dass Sie denken, ich lasse mich aushalten«, sagte Dawn. »Sonst habe ich bald in ganz Amerika einen schlechten Ruf weg.«

»Wie können Sie so etwas sagen!«, sagte Al. »Ich bin Kanadier. In British Columbia geboren und aufgewachsen.«

»Ihr klingt für mich alle gleich.« Dawn lächelte verschmitzt; ihr war bewusst, dass sie, so edel ihre Absichten auch gewesen waren, die internationalen Schranken zum Flirten weit geöffnet hatte; ein Pass war nicht erforderlich.

Al lachte und nahm einen kräftigen Schluck Cola. Dawn beobachtete, wie sich sein Adamsapfel in seiner Kehle hob und senkte. Dunkles Brusthaar quoll aus seinem Hemd, und sie hätte am liebsten die Hand ausgestreckt, um es zu berühren.

»Und, was führt Sie heute hierher? Haben Sie einen Plattenvertrag für mich, den ich unterschreiben soll?«

»Schön wär's«, sagte Dawn. »Wir kommen jeden Freitag nach der Arbeit hierher, nur für eine Stunde oder so, um die Woche fröhlich ausklingen zu lassen.«

»Was machen Sie denn beruflich?«

»Ich arbeite in einem Büro«, sagte Dawn bewusst knappp. »Und Sie sind Vollzeit-Musiker?«

»Inzwischen schon. Ich war früher Schreiner, aber dann sind meine Eltern gestorben, daher habe ich beschlossen, für ein paar Jahre meinen Traum zu leben. Mit fünfunddreißig werde ich in Rente gehen, mir eine kleine Farm kaufen und abends auf der Veranda meine Gitarre zupfen und den Tieren Angst machen.«

Dawn lachte. Er hatte denselben Humor wie Anna: umso witziger, weil er so trocken war.

»Dann sind Sie ja eine Waise, genau wie ich«, sagte sie. Noch etwas, das sie gemeinsam hatten.

»Ich nehm's an.« Er beugte sich vor und flüsterte ihr verschwörerisch ins Ohr: »Aber ich lebe meinen Traum, und ich habe den Verdacht, das tun Sie nicht.«

»Oh, und was glauben Sie, was mein Traum ist?«, fragte Dawn. Er hatte einen Nerv getroffen, und das Zittern in ihrer Stimme verriet es.

»Ich glaube, Sie würden gern neben mir dort oben auf dieser Bühne in die Saiten greifen.«

»Ja, na klar«, sagte Dawn. »Dafür bin ich nicht annähernd gut genug.«

»Das lassen Sie mal mich beurteilen. Kommen Sie am Sonntagmorgen zu unserer Übungssession – und bringen Sie Ihre Gitarre mit.«

Und so verabredete sich Dawn, allen guten Absichten zum Trotz, für Sonntag mit Al Holly – ihre Gitarre im Schlepptau – in der Rising Sun.

Zweiundvierzigstes Kapitel

Am Freitagabend hatte Anna keine Zeit, sich einsam zu fühlen. Sie musste das Haus putzen. Okay, so schlimm sah es gar nicht aus, es brauchte nur ein bisschen fürsorgliche Pflege, vor allem mit einem Staubtuch.

Die Crew war um halb acht eingetroffen, allerdings ohne Maria, die offenbar mit Vladimir in Mailand war. Jane war offensichtlich kein Morgenmensch: Sie hatte verquollene Augen und sprühte nicht unbedingt vor guter Laune. Die Visagistin, Chas, brauchte eine ganze Weile und viel Abdeckstift, um sie zurechtzumachen.

Wie sie erwartet hatte, wurde Annas Kleiderschrank gründlich ausgemistet. Jane hatte ein paar Kleider mitgebracht, von denen sie glaubte, dass sie Anna stehen würden, darunter welche mit V-Ausschnitt, die Anna grundsätzlich nicht trug.

»Warum denn nicht? Die betonen Ihre Oberweite perfekt und verlängern Ihren Hals!«, schwärmte Jane. »Dort draußen gibt es Frauen, die für Brüste wie Ihre alles geben würden!«

Sie steckte Anna in verschiedene rote, dunkelblaue und violette Kleider und Schuhe mit passenden Killerabsätzen. Aber Anna fand nicht, dass das Bild im Spiegel ihres Kleiderschranks eine Augenweide war. Ihr Selbstbewusstsein war zu angeknackst, um Lob annehmen zu können.

Mark installierte einen Laptop in der Ecke, als sie eine Kaffeepause einlegten.

»Entschuldigen Sie die Frage, aber geht es Ihnen gut?«, wandte sich Anna an eine sehr bedrückt blickende Jane, die auf einem völlig anderen Stern zu sein schien, während sie an ihrem Kaffee schlürfte.

Jane wandte sich zu Anna um und sagte, ja, es sei alles in bester Ordnung – und brach im nächsten Augenblick in Tränen aus.

Anna war sofort bei ihr, umarmte sie tröstend und reichte ihr ein Taschentuch. Sie hatte reichlich Taschentücher im Haus. Sie hatte sich eine Großpackung gekauft, auf einer ihrer ersten Expeditionen zum Supermarkt, nachdem Tony sie verlassen hatte.

»Entschuldigung.« Jane putzte sich die Nase. »Es geht schon wieder. O Gott, jetzt verschmiere ich mir auch noch das Make-up!«

»Vergessen Sie doch das Make-up, was ist denn los?« Anna zog noch ein paar Taschentücher aus der Packung; es sah aus, als würde Jane sie brauchen.

»Das hier wird meine letzte Serie sein. Sie überlegen, ob sie mich durch Elaine Massey ersetzen sollen.«

Anna zog die Augenbrauen zusammen. »Wie, Elaine Massey, die Tussi aus dieser Ex-Mädchenband, die so beschissen war, dass ich mich nicht mal an den Namen erinnern kann? Das kann nicht sein; sie ist doch erst zwölf.«

Jane lachte unter ihren Tränen verächtlich auf. »Nein, sie ist zweiundzwanzig, und ich bin achtundzwanzig. Sechs ist eine große Zahl in Fernsehjahren«, schniefte sie geknickt. »Sie ist so umwerfend und jung ...«

Anna traute ihren Ohren nicht. »Wow, Augenblick mal«, warf sie ein. »Sie sind achtundzwanzig? Was ist denn jung, wenn nicht das? Und Sie sind viel umwerfender als dieses Mädchen!«

Jane lächelte. »Das ist sehr lieb von Ihnen, aber jung und knackig, das ist heutzutage angesagt, und ich bin fast dreißig. Am Dienstag findet eine Besprechung statt, bei der darüber entschieden wird, wer die nächste Serie leiten wird.« Mehr Tränen kullerten ihr über die Wangen.

Anna beugte sich nah zu ihr vor.

»Dann werden Sie sie eben überzeugen müssen, dass man nichts austauschen soll, was nicht kaputt ist, oder?«

»Ich wünschte, das könnte ich«, krächzte Jane. Jede Schadensbegrenzung bei ihrem Make-up war inzwischen sinnlos; es würde völlig neu gemacht werden müssen.

Anna holte einmal tief Luft. »Wissen Sie, ich bin unter anderem deshalb nie wirklich aufgeblüht, weil ich meine Jugend nie zu schätzen wusste. Ich habe diese ganze Frische und Energie immer für selbstverständlich gehalten. Als ich zwanzig war, habe ich auf meine Teenagerjahre zurückgeblickt und mir gewünscht, ich könnte noch immer in der Schule sein. Als ich dreißig war, habe ich mir gewünscht, ich könnte meine strahlend frische Haut einer Zwanzigjährigen wiederhaben, und den Bauch, der sofort wieder flach war, sobald ich nur ein bisschen abnahm. Und jetzt bin ich vierzig und blicke auf meine Dreißiger zurück und wünschte, ich hätte einfach zu schätzen gewusst, was ich damals hatte. Ich habe immer nur zurückgeblickt und bereut. Als Jugendliche war ich durchaus hübsch, aber damals habe ich das nicht begriffen, und ich wünschte nur, das hätte ich getan.« Sie legte Jane die Hände auf die Arme und zog sie genau vor sich.

»Sie sind jetzt in den Zwanzigern, und ich sage Ihnen, Sie müssen jetzt zu schätzen wissen, wie umwerfend, schlau, fabelhaft und beliebt in der Öffentlichkeit Sie sind. Und Sie müssen es tun, solange Sie dieses Alter haben, nicht erst in zehn Jahren. Kämpfen Sie!«

Anna ließ ihre Worte in Janes Gehirn eindringen. Sie sah ein aufgeregtes Flattern hinter ihren entzückenden blauen Augen. Jane nickte langsam.

»Mein Gott, Sie haben recht«, sagte sie mit einer jetzt erfreulich starken Stimme. »Das sollte ich wirklich tun. Ich habe mir nie überlegt, dass ich *erst* achtundzwanzig bin.«

»Genau – Sie sind *erst* achtundzwanzig!«

Ein strahlendes Lächeln zeigte sich auf Janes Gesicht. »Anna, ich werde für meine Sache kämpfen, wie Sie es mir gesagt haben.«

»Gut so«, sagte Anna augenzwinkernd.

»Mädels, wir sind bereit für Teil zwei«, unterbrach sie Mark. »Anna, setzen Sie sich vor diesen Laptop. Wir müssen Ihnen etwas Tolles zeigen.«

Es war alles andere als toll. Es war grauenhaft, und Bruce hielt jede Miene des Entsetzens fest, zu der sich Annas Gesicht verzerrte, während sie zusah, wie ein riesiges Bild von ihr in ihrer abscheulichen Unterwäsche auf die Seitenwand eines großen Gebäudes in

Leeds projiziert wurde. Dann begann Jane, Passanten auf der Straße anzusprechen und sie zu fragen, was sie von Annas halb nackter Figur hielten.

Anna hielt sich die Hände vors Gesicht und schielte nur zwischen den Fingern hindurch, während sie darauf wartete, dass der kleine Mann auf der Straße seinen Kommentar abgab.

Was für einen schwabbeligen Arsch diese Frau hat!

Ein Glück, dass ich nicht so aussehe wie diese hässliche Kuh!

Großer Gott – wer ist das denn? Ist Hattie Jacques wieder zum Leben erwacht?

Fantasie war eine gefährliche Selbstmordwaffe. Denn tatsächlich sagten die Leute in Leeds nichts von alledem.

Hübsche volle Brüste. Die hätte ich auch gern.

Diese Unterwäsche wird ihr nicht gerecht.

Tolle weibliche Figur, so sollte eine flotte Biene aussehen.

Eine gut aussehende Frau. Ich würde sagen, ungefähr fünfundvierzig.

»Okay«, begann Anna. »Und jetzt zeigt mir die ganzen hässlichen Kommentare über meinen schwabbeligen Bauch, die ihr rausgeschnitten habt.«

»Niemand hat etwas von Ihrem Bauch gesagt, was kein Wunder ist, wo Sie ja kaum einen haben«, sagte Jane. »Der negativste Kommentar war, dass Sie für älter gehalten wurden, als Sie sind, und dass Ihre Unterwäsche nicht gut ist, und ich glaube, das war nicht kritisch gemeint.«

»Oh!« Anna war schockiert. Gab es in Leeds viele Blinde?

»Okay, machen wir Schluss für heute«, sagte Mark. »Nächste Woche wieder bei Vlad, Anna, um sieben geht's los.« Er schüttelte den Kopf bei der Vorstellung, wieder abends zu filmen. »Diese verdammten Vampire!«

»Danke für die aufmunternden Worte!«, lächelte Jane. »Jetzt geht's mir schon viel besser, und ich werde bei dieser Besprechung am Dienstag mein Bestes geben.« Sie umarmte Anna fest, und dann verschwand sie in den Crew-Wagen.

Anna winkte ihnen zum Abschied. Sie wünschte, jemand hätte sie selbst vor all den Jahren in das große Geheimnis eingeweiht, dass sie ihre Jugend besser zu schätzen wissen sollte. Sie fragte sich, welchen Lauf ihr Leben dann genommen hätte.

Anna erlag der Versuchung und fuhr am Samstagnachmittag auf dem Weg zur Drogerie, wo sie sich ein Haarfärbemittel kaufen wollte, an dem Friseursalon vorbei.

Tony und Lynette schnitten ihren Kunden die Haare und sahen sehr fröhlich aus. Warum war in seiner Welt alles in bester Ordnung, obwohl er doch der Dreckskerl war? Selbst der Kater beäugte sie, wenn sie ihn in dem kleinen Gemeinschaftsgarten sah, den sich die acht Häuser teilten, als sei sie eine Hinterlassenschaft in seinem Katzenklo. Diese verdammten Verführerinnen – Frauen mit wippenden Brüsten, so wie Lynette, oder die Lachs kauften, so wie Edna, die Witwe. Frauen sollten füreinander da sein und nicht hinter Männern her sein, die einer anderen gehörten.

Wütend und verletzt, wie sie war, stürmte sie zurück ins Haus, als sie auf einmal begriff, dass sie es zum ersten Mal geschafft hatte, ihren Verflossenen zu sehen, ohne in Tränen auszubrechen. Es war ein winziger Schritt nach vorn, aber immerhin ein Schritt in die richtige Richtung.

Sie riss sich zusammen und rührte das Haarfärbemittel an. Als sie es wieder auswusch, hatte sie sich fünf Jahre jünger gemacht.

Grace passte auf Sable auf, während Sarah zur Meadowhall fuhr, um ein paar Sachen für das neue Baby zu kaufen. Sobald Sable bei ihnen abgeliefert war, verschwand Gordon natürlich in seinen Schrebergarten, und Grace kümmerte sich wieder um ihre Wäsche, während Sable mit einem alten Filzpuzzle von Paul spielte.

Als Grace den Wäschekorb ausleerte, sah sie auf einmal, dass ihr neues Kleid vorn eingerissen war. Das ärgerte sie, denn sie hatte es wirklich gemocht. Sie konnte sich nicht erinnern, damit irgendwo hängengeblieben zu sein, und wieso war es ihr gestern Abend nicht aufgefallen, als sie es ausgezogen und in den Wäschekorb geworfen hatte? Sie schüttelte den Kopf, als sie sah, dass es ein Riss war, der sich nicht mehr nähen ließ. Sie würde es wegwerfen müssen.

Jammerschade, dachte sie. Sie konnte sich beim besten Willen nicht erklären, wie es dazu gekommen war.

Dawn hatte Calum zu Muriel gefahren, da »noch ein paar DVDs gekommen waren, die er sichten musste«.

»Noch mehr? Machst du einen Laden auf?«, hatte Dawn gefragt.

»Halt du dich da raus, Missy«, hatte er geantwortet und ihr einen leichten Nasenstüber gegeben.

Sie setzte sich zu dem trägen Windhund aufs Sofa, während ihr Verlobter oben herumkramte.

»Bette hat mir die Kleider gezeigt. Sie werden wundervoll aussehen«, sagte Muriel. »Jetzt dauert es nicht mehr lange, und du wirst eine Mrs. Crooke sein, genau wie ich.«

»Nicht mehr lange«, sagte Dawn lächelnd, aber es war ein Lächeln, das sie mühsam an den Mundwinkeln hochziehen musste. Was zum Teufel war denn bloß los mit ihr? Vor langer Zeit einmal hätte sie bei dem Gedanken, seinen Namen anzunehmen, noch wehmütig geseufzt. Aber in der letzten Woche hatte sie nicht ein einziges Mal ihren neuen Namenszug geübt. Ihr Kopf war voll von Musik anstatt von der Hochzeit.

Es klingelte an der Tür.

»Kannst du aufmachen, Liebes?«, fragte Muriel, die nach ihren Zigaretten suchte. Dann sah sie, dass der Windhund auf ihnen saß, und fluchte laut.

»Ich würde gern mit Calum Crooke wegen ein paar DVDs sprechen«, sagte der offiziell aussehende Mann auf der Türschwelle. »Ist Mr. Crooke da?«

O Gott, die Polizei! Dawn erstarrte. Sie hatte von Anfang an den Verdacht gehabt, dass die DVDs, die Calum von Killer bekam, nicht ganz koscher waren, trotz der Geschichte mit der »Wohnungsauflösung«. Es standen erschreckend viele Kartons voller DVDs in seinem alten Zimmer in Muriels Haus, die alle verdächtig neu aussahen.

Dawn wurde blass. O Gott, was sollte sie jetzt tun? Sie machte den Mund auf, um etwas Idiotisches wie »Wen bitte?« zu sagen.

Und dann brach sie fast in Tränen der Erleichterung aus, als Calum neben ihrer Schulter auftauchte.

»Calum Crooke?«

»Ja, der bin ich.«

»Soweit ich weiß, haben Sie eine Lieferung von DVDs bekommen.«

»Und?«, sagte Calum, der die Ruhe selbst war. Dawn sah schon vor sich, wie er jeden Augenblick aufs Polizeirevier abgeführt wurde. Ihr Herz hämmerte ängstlich in ihrer Brust.

»Verstehe«, sagte der Mann streng. »Calum Crooke ... haben Sie noch einen *Kung Fu Panda* da? Die Kinder sind verrückt danach.«

Eine halbe Stunde später lachten sie noch immer über Dawn, die ein solches Nervenbündel gewesen war.

»Gav ist schon okay. Er bekommt immer was von mir«, sagte Calum. »Jetzt reg dich schon ab, er hat nur so streng getan, um dich aufzuziehen.«

»Ich dachte, er sei von der Polizei!«

»Polizei? Gav? Scheiße, der schmuggelt doch selbst Zigaretten!«

»Ich wusste gar nicht, dass du Raub-DVDs verkaufst.«

»Und CDs, vergiss nicht die CDs!«, sagte Calum mit einem frechen Grinsen.

»Ich wusste nicht, dass du die auch verkaufst!« Dawn atmete scharf ein. Konnte es überhaupt noch schlimmer kommen?

»Na ja, dann hättest du nur noch einen Grund mehr zum Nörgeln gehabt«, sagte Calum. »Als ob es nicht langsam reichen würde. Am besten hältst du dich aus meinen Geschäften einfach raus.«

»Du wirst schon von deinem Podest heruntersteigen müssen, wenn du zu dieser Familie gehören willst«, sagte Muriel noch immer lachend, aber mit einem scharfen Unterton, den Dawn in letzter Zeit immer öfter hörte.

Dawn nahm ihr das mit dem Podest übel, auch wenn sie es nicht laut sagte. Sie stand überhaupt nicht auf einem Podest. Sie hatte nur solche betrügerischen Geschäftemacher schon immer gehasst. Ihre Mutter und ihr Vater waren fleißige, anständige, solide Leute gewesen. Sie hatten in ihrem ganzen Leben nicht eine Woche Arbeitslosengeld kassiert und immer selbst für sich gesorgt. Und nie im Leben hätten sie eine Raub-CD gekauft und damit einen Musikerkollegen übers Ohr gehauen. Sie war nicht dafür geschaffen, eine Gaunerin zu sein, niemals. Hieß das vielleicht, dass sie einfach nicht zu dieser Familie passte?

Dreiundvierzigstes Kapitel

Calum lag noch im Bett und schlief, als Dawn um neun Uhr ohne ihre Gibson zur Rising Sun aufbrach. Sie konnte sie nirgends finden. Calum musste sie weggeräumt haben, denn sie wusste, dass sie selbst es nicht getan hatte. Sie hatte jetzt nicht die Zeit, danach zu suchen, und wenn sie ihn weckte, würde sie sich damit nur noch mehr Nörgel-Vorwürfe einhandeln; außerdem wollte sie nicht, dass er sie fragte, wohin sie fuhr. Daher nahm sie stattdessen ihre alte Akustikgitarre.

»Was tue ich hier eigentlich?«, fragte sie sich, als sie vor dem Pub vorfuhr. Auf einmal erschien es ihr nicht mehr so unschuldig, als würde sie einfach mit ein paar gleichgesinnten Musikern in die Saiten greifen. Sie musste das, was zwischen ihr und diesem Cowboy war, wirklich abstellen. Es war nicht aufrichtig. Sie würde Al heute klipp und klar sagen, dass sie im Begriff war zu heiraten, entschied sie. Andererseits konnte sie sich nicht mehr erinnern, wann sie das letzte Mal so aufgeregt wegen irgendetwas gewesen war. Mit ihm heute Vormittag Gitarre zu spielen kam ihr gleichermaßen richtig und falsch vor.

Die Jungs hatten bereits zu üben begonnen, als sie eintraf. Die Akustik des Raums war so viel besser als in der Bar, und die gezupften Gitarrenklänge weckten eine seltsame Sehnsucht in ihr nach etwas, das weit außerhalb der Welt lag, in der sie im Augenblick lebte.

Al winkte sie herüber, und die Musik brach ab.

»Jungs, ich möchte euch allen gern Miss Dawny Sole vorstellen. Dawny – das hier sind Kirk, Samuel und Mac.«

Sie begrüßten sie alle sehr freundlich, und Dawn sah, dass sie schon einen Hocker für sie bereitgestellt hatten. Sie nahm ihre Gitarre aus dem verbeulten alten Kasten.

»Ich musste die hier mitbringen«, sagte sie. »Offenbar habe ich meine Gibson im Moment irgendwo verlegt.« Ihr war bewusst, dass sie die Gelegenheit verstreichen ließ, zu sagen: »Mein Freund muss sie verlegt haben«. Absichtlich verstreichen ließ.

Aber auch diese Gitarre war ein sehr schönes Instrument, und Dawn nahm Platz und stimmte die Saiten, während die Bandmitglieder ihr alle möglichen Fragen zu ihrem Dad und seiner Band stellten und Samuel ihr einen Kaffee holte. Offensichtlich hatte Al den anderen schon eine ganze Menge über sie erzählt. Sie klimperten ein bisschen vor sich hin, und dann führte Samuel die Musik in eine Melodie über, die sie erkannte, da ihr Dad sie immer gespielt und ihre Mum dazu gesungen hatte. *I Took My Chance With You*. Und genau wie damals, als diese ganzen Pferde beim Grand National auf einmal alle zusammen losliefen, spielten die Band und Dawn nun alle gemeinsam, und Samuel begann zu singen, und Dawn machte den Mund auf und fiel mit ihrer Stimme mit ein, und ihr Herz, das ihr vorhin in die Hose gerutscht war, hüpfte wieder zurück an seinen angestammten Platz. Ein Glücksgefühl, wie sie es seit Jahren nicht mehr verspürt hatte, durchflutete sie, als würde sie im Sonnenschein stehen, während ihr ganzes restliches Leben in dunkle Schatten getaucht wurde.

»Du hast eine wundervolle Stimme, Dawny Sole«, sagte Samuel. »Was kennst du sonst noch?«

»Ach Gott, jede Menge. Alles von Tammy Wynette bis Chris Isaak.«

»Wir haben mal für Chris im Vorprogramm gespielt«, sagte Al.

»NEIN!« Dawn schwärmte für Chris Isaak. Und aus demselben Grund schwärmte sie auch ein bisschen für Al Holly: weil die beiden aus ähnlichem Holz geschnitzt waren, körperlich ebenso wie musikalisch. »Ich wünschte, ich könnte es mir leisten, dass er auf meiner Hochzeit spielt.« Es war heraus, bevor sie sich bremsen konnte, und sie hätte sich dafür ohrfeigen können. Sie hatte wirklich das unbeholfenste Mundwerk der Welt. Al Hollys Kopf zuckte fast unmerklich zur Seite, aber sie sah es trotzdem. Ihr blieb keine andere Wahl, als zu sagen, was sie bis jetzt vor sich hergeschoben hatte.

»Ich werde Ende Juni heiraten, weißt du, und ich habe mich gefragt, ob ihr noch da sein werdet, um auf meiner Hochzeit zu spielen. Ich würde euch natürlich dafür bezahlen. Ich hätte sowieso lieber euch als Chris Isaak. Sie ist am Samstag, den siebenundzwanzigsten.«

»Ahhhh – an dem Tag fahren wir zurück nach London. Das ist wirklich schade. Tut mir leid, Süße, da kann man nichts machen«, sagte Samuel.

»Ach, egal, es war nur so ein Gedanke.« Dawn versuchte, nicht so enttäuscht zu klingen, wie sie war. Jetzt würde ihr das Karaoke nicht leichter fallen. Andererseits, hätte sie wirklich gewollt, dass Al Holly die Hintergrundmusik spielte, während sie mit Calum über die Tanzfläche wirbelte?

»Wie wär's denn mit dem hier?«, schlug Al vor. Die Saiten seiner Gitarre schlugen ein klangvolles, wehmütiges Chris-Isaak-Intro an, und Dawn fiel leise im Hintergrund mit ein, während sie spürte, wie die Wellenlänge, die sie mit Al verbunden hatte, allmählich aus dem Rhythmus kam. Manchmal hatte sie das Gefühl, als würde das Leben sein eigenes *Wicked Game* mit ihr treiben.

Das Sonntagmittagessen bei Grace zuhause war, milde ausgedrückt, eine angespannte Angelegenheit. Diese Woche waren sie nur zu zweit. Grace hatte keines der aufwändigen Gemüsegerichte gekocht, die sie normalerweise auftischte, wenn die ganze Familie um den Tisch versammelt war. Sie hatte sich nicht zu ihrem wunderbaren Käse-Senf-Blumenkohl oder ihrem Lauch in Sahnesauce aufraffen können. Gordon würde sich mit schlichtem Kartoffelbrei, schlichten Karotten und schlichtem Blumenkohl mit Brokkoli zufriedengeben müssen. Sie konnte sich nicht einmal aufraffen, Zwiebeln für die Sauce kleinzuhacken.

Sie aßen schweigend. Wie üblich aß er zuerst seine Yorkshirepuddings als Vorspeise. Wie üblich schnitt er den Braten auf, während Grace alles andere auf den Tellern verteilte. Sarah und Hugo waren bei Freunden zum Essen eingeladen, und Paul aß bei Laura und Charles und dem kleinen Joe. Grace sah auf das Essen, das sie

Gordon eben aufgetan hatte, und sie hätte ihm am liebsten auf den Teller gespuckt. Was er ihrer Familie angetan hatte, war einfach unverzeihlich. Aber Gordon würde sich niemals entschuldigen, selbst wenn er glauben würde, dass er mit seinem Verhalten im Unrecht wäre. Und das glaubte er ohnehin nie. Er hatte jetzt bei allen bis auf Sarah einen emotionalen Rubikon überschritten. Ihre Familie befand sich an zwei verschiedenen Ufern, und die Brücke, so schien es, war nicht mehr zu reparieren.

Dawns Lächeln hätte nicht breiter sein können, als sie der Band am Ende ihrer Übungssession zum Abschied zuwinkte. Sie konnte sich nicht erinnern, wann sie das letzte Mal einen solch netten, entzückenden, unterhaltsamen, wundervollen Vormittag verbracht hatte. Vielleicht noch nie. Jedenfalls nicht als Erwachsene. Es war einer dieser Vormittage, an die sie noch den ganzen Tag denken würde. Auch wenn er noch schöner gewesen wäre, wenn sie sich mit ihrer Hochzeit nicht so verplappert hätte, dachte sie.

Sie ging mit Al zur Tür, der galant ihre Gitarre für sie trug. Als sie vor die Tür traten, prasselte ihnen ein sintflutartiger Regen entgegen, und Al zog sie rasch zurück, als sie einen Schritt ins Freie tun wollte.

»Du wirst patschnass werden«, sagte er.

»Ich lebe in England«, lachte Dawn. »Das sind wir hier gewohnt.«

Aber trotzdem, die Gelegenheit, neben Al Holly zu stehen und mit ihm zu reden, war jetzt da. Und obwohl sie wusste, dass sie wirklich anfangen sollte, ihn sich vom Leib zu halten, hätte sie doch niemals einen zweiten Versuch unternommen, zu ihrem Wagen zu laufen – so wenig, wie sie Muriel gebeten hätte, ihr ihre Flipflops zu leihen, um in ihnen zum Traualtar zu schreiten.

»Habt … habt ihr in Kanada auch solche Regengüsse?«, fragte Dawn, um das tiefe Schweigen, das sie umhüllte, zu brechen. Aber gleich darauf fügte sie hinzu: »Entschuldigung, das war wirklich die idiotischste Frage der Welt, oder?«

»Ich weiß nicht«, sagte Al auf seine langsame, ruhige, ironische

Art. »Ich finde es sehr interessant, den Regen auf verschiedenen Kontinenten zu vergleichen.«

»Du nimmst mich auf den Arm, oder?« Dawn war sich nicht sicher, ob er es ernst oder sarkastisch meinte. Er zog ganz leicht die Augenbrauen hoch, was ihr verriet, dass er einen Vergleich des Regens auf verschiedenen Kontinenten nicht im Geringsten interessant fand, und sie lachte schallend auf.

»Und du wirst also heiraten, Dawny Sole«, sagte Al, womit er ihr Lachen schlagartig erstickte.

»Ja«, sagte Dawn. Natürlich war es richtig gewesen, es ihm zu sagen, aber trotzdem war sie enttäuscht, dass jetzt alles Flirten ein Ende hatte.

Al nickte langsam, als würde ihm alles Mögliche durch den Kopf gehen. Sie wünschte, sie hätte gewusst, was genau.

»Spielt dein Verlobter auch in einer Band?«, fragte Al schließlich auf eine Art, die Dawn verriet, dass ihre Antwort von entscheidender Bedeutung sein würde.

»Nein, nein«, antwortete Dawn. Sie wollte am liebsten laut auflachen. Die Vorstellung, wie Calum im Cowboykostüm auf einer Bühne ein Instrument spielte, war einfach zu komisch. Die Worte Fisch und Fahrrad schossen ihr durch den Kopf.

Der Regen hörte so plötzlich auf, als sei im Himmel ein Hahn zugedreht worden. Auf dem Weg über den Parkplatz fielen sie in Gleichschritt.

Als sie Dawns Wagen erreichten und sie in ihrer Handtasche nach den Schlüsseln kramte, fragte Al: »Steht er auf deine Musik?«

»Gott, nein, er steht gar nicht auf Musik.«

Al reichte Dawn ihre Gitarre und sagte: »Dann ist er nichts für dich. Jeder Dummkopf könnte das sehen. Ich wünsche dir eine schöne Woche, Dawny Sole. Ich hoffe, wir sehen uns am Freitag wieder.« Und mit diesen Worten wandte sich Al Holly ab, stapfte zurück ins Haus und ließ Dawn sprachlos und benommen zurück – und mit dem Gefühl, als hätte sie soeben eine gezielte Aufwach-Ohrfeige verpasst bekommen.

Vierundvierzigstes Kapitel

In Raychels Briefkasten lag ein persönlich zugestellter Brief, als sie die Sonntagszeitungen holen ging. Auf der Vorderseite stand nur ihr Name in einer hübschen, schnörkeligen Schrift. Sie wartete, bis sie wieder bei Ben in der Wohnung war, bevor sie ihn behutsam mit einem Messer aufschlitzte. Es war ein kurzer Brief, auf hübschem, blassrosa Papier verfasst.

»Liebe Raychel«, begann er.

»Bitte lesen Sie sich diesen Brief durch. Ich bin Elizabeth, die Frau von John Silkstone, für den Ben arbeitet. Ich glaube, ich könnte außerdem Ihre Tante sein. Mein Mann, der nicht dazu neigt, so etwas unbedacht zu sagen, ist überzeugt davon, dass Sie die Tochter meiner vermissten Schwester Beverley sind. Er sagt, Ihre Ähnlichkeit mit mir sei zu groß, um ein Zufall zu sein. Wenn ich Sie sehen könnte, würde ich sofort wissen, ob er recht oder unrecht hat. Ich möchte Sie keinesfalls beunruhigen oder Ihnen wehtun, aber ich suche schon so viele Jahre erfolglos nach meiner Schwester. Bitte treffen Sie sich nur ein einziges Mal mit mir, und dann werde ich Sie nicht weiter belästigen. *Bitte.*

Mit freundlichen Grüßen
Elizabeth Silkstone.«

Ben las über Raychels Schulter mit. Er sah, wie sie den Brief umklammerte, während sie ihn noch einmal überflog.

»Ich glaube, es war ein Fehler, nach Barnsley zu ziehen«, sagte Raychel mit einem schneidenden Unterton.

»Oh, sag das nicht, Schatz«, sagte Ben. Er mochte diese entzückende neue Wohnung, die freundliche, lebendige kleine Stadt und seinen Job bei John Silkstone.

»Würdest du deinem Chef bitte sagen, dass ich seiner Frau nicht helfen kann«, sagte Raychel. »Meine Mutter hatte keine Schwester.«

»Aber du weißt doch, dass sie eine hatte.«

»Mal hat sie gesagt, sie hätte eine, und dann wieder, sie hätte keine. Wer weiß schon, wann sie die Wahrheit gesagt und wann sie gelogen hat? Ich kann der Frau deines Chefs jedenfalls nichts Tröstliches sagen, oder?«

Ben drehte sie sanft zu sich herum, seine großen Hände lagen warm auf ihren Schultern. Er beugte sich vor, sodass er in ihre großen grauen Augen blicken konnte. Seine Stimme war sanft, als er zu sprechen begann.

»Ray, du weißt, dass ich niemals zulassen würde, dass dir irgendetwas oder irgendjemand je wieder ein Leid antut. John Silkstone ist ein wirklich guter Mann. Wenn seine Frau all die Jahre nach ihrer Schwester gesucht hat, dann lass dich wenigstens kurz von ihr ansehen, und dann kann sie, wie sie selbst sagt, die Sache als erledigt betrachten.«

»Und was, wenn es stimmt?«, fragte Raychel. »Was, wenn ich die bin, nach der sie sucht? Die Antwort ist Nein, Ben. *Nein.*«

Die Vehemenz ihrer Worte wurde durch das Beben in ihrer Stimme Lügen gestraft.

Als sie nachhause kam, war Dawn entschlossen, ihre vermisste Gitarre zu finden. Calum war inzwischen im Pub. Er hasste es, wenn sie ihn dort anrief, aber diesmal war es ihr egal. Er nahm nicht ab. Sie schrieb ihm eine SMS, in der sie ihn bat, sie zuhause anzurufen, da es dringend sei.

Ihr Handy klingelte keine Minute später.

»Was gibt's?«, kam Calums ungeduldige Stimme durch die Leitung.

»Hast du zufällig meine elektrische Gitarre irgendwohin getan?«, fragte Dawn.

»Mein Gott, und ich dachte, es wäre was Wichtiges!«

»Das ist es auch, für mich!«

»Warum sollte ich sie irgendwohin tun?«

»Na ja, ich weiß nicht, aber ich dachte, ich frage mal nach, weil sie nicht mehr da ist.«

»Nein, ich habe sie nicht gesehen. Ich bin bald zurück. Ich trinke hier nur das eine Bier, wie immer, dann komme ich zum Essen nachhause.« Und bevor Dawn noch etwas fragen konnte, war die Leitung tot.

»Ja, schon gut«, sagte sie in die Luft. Das mit dem »nur das eine Bier« war ein so schlechter Witz, dass sie gar nicht darüber lachen konnte. Ehrlich gesagt, hatte sie in letzter Zeit immer öfter das Gefühl, dass es besser war, wenn er in den Pub ging. Zuhause war er offenbar immer nur in einem von zwei Zuständen: halb betrunken oder komatös. Sie fragte sich, wie lange er als Teenager immer geschlafen hatte, wenn er als Mann so schlimm war. Er schlief tiefer als ein Stein.

Und natürlich vergingen doch über eineinhalb Stunden, bevor Calum sich blicken ließ. Inzwischen hatte Dawn alle Schränke im Haus gründlich abgesucht, hatte sogar an Orten nachgesehen, an denen die Gitarre unmöglich Platz haben konnte, aber sie blieb spurlos verschwunden.

»Melde es doch der Versicherung«, war Calums einziger Vorschlag, während sie dastand und sich am Kopf kratzte.

»Wie, und sagen meine Gitarre sei von Außerirdischen gestohlen worden, nur weil sie sich nicht einfach in Luft aufgelöst haben kann?«

»Na ja, aber so ist es doch, oder? Wofür brauchst du sie denn überhaupt? Du spielst doch eh nie darauf.«

»Ich werde anfangen, ab jetzt öfter zu spielen.«

»Na ja, dann warte damit aber, bis ich aus dem Haus bin, mein Gott!«, sagte er und murmelte irgendetwas davon, wenn sie spielen würde, dann käme das ja einem handfesten Krach gleich.

Gleich nach seinem Sonntagmittagessen legte er sich aufs Ohr. Er hatte allein gegessen, da Dawn noch einmal alles absuchte, nur für den Fall, dass sie irgendein offensichtliches Versteck übersehen hatte. Er ging ihr rasch aus dem Weg, da er den Verdacht hatte, dass sie in dem Punkt nicht so schnell lockerlassen würde.

Dawn wollte keine neue Gitarre. Sie wollte ihre Gibson. Sie hätte sich nie im Leben davon getrennt. Wie könnte sie auch? Sie hatte noch immer das Gesicht ihres Dads vor Augen, als er sie hinter seinem Rücken hervorholte und sie ihr zu ihrem siebzehnten Geburtstag überreichte. Ihre Eltern hatten sie gar nicht erst verpackt, da sie wussten, dass sie das Papier sofort heruntergerissen hätte, um darauf zu spielen. *Dee Dee, pass gut darauf auf, dann wirst du sie dein ganzes Leben haben.*

Eine irrsinnige Idee schoss ihr durch den Kopf. Wenn sie so tat, als würde sie sie ersetzen, dann würde sie vielleicht auf einmal wieder auftauchen. Das war ihr schon einmal mit einem Armband so gegangen, das sie verloren hatte. Sie hatte sich ein neues gekauft und dann das alte unter dem Sofa wiedergefunden. Alle Hoffnung aufzugeben, etwas Verlorenes wiederzufinden, lud den Kosmos vielleicht dazu ein, es wieder zum Vorschein zu bringen. Es war einen Versuch wert, denn ihre Gitarre konnte sich schließlich nicht in Luft aufgelöst haben. Sie musste an irgendeinem idiotischen Ort sein, an den sie noch nicht gedacht hatte.

Sie ging in die Küche und holte ihren Laptop aus der Schublade, um den Verkaufswert zu schätzen. Sie tippte die Marke und das Modell ein und landete gleich mit dem ersten Eintrag bei E-Bay. Sie fragte sich, was andere Leute dort verkauften. Sie konnte gar nicht glauben, wie viele Gitarren dort aufgeführt waren. Eine tolle Kirk Palomino Archtop und sogar Gitarren, die von AC/DC, Paul McCartney und Jeff Beck signiert waren. Da war eine Gibson, genau wie ihre, zu einem lächerlichen Schnäppchen-Einstiegspreis von 304 Pfund – obwohl zwölf Angebote ihn bereits auf 1.400 hochgetrieben hatten. Es waren noch fünf Tage bis zum Ende der Auktion. Wow, dachte sie, um dieses Stück würde in der letzten halben Stunde eine heiße Schlacht ausbrechen. Die Versandkosten betrugen 60 Pfund. Du liebe Güte, von wo würde sie denn versandt werden? Vom Pluto? Sie sah den Standort der Ware an: Barnsley. *Barnsley?* Ihr Blick huschte über den Bildschirm, um den Verkäufer zu finden. *Cal412*. Calums Geburtstag war am 4. Dezember. Dawn schwirrte vor Aufregung der Kopf. Das konnte er doch nicht getan haben, oder? Wusste er denn nicht, was ihr diese Gitarre bedeutete? Ihre Verwirrung verwandelte sich in Wut, als sie begriff, dass er es offenbar doch getan hatte, denn das war kein Zufall, und es war auch kein genaues Ebenbild ihrer Gitarre, es *war* ihre Gitarre. Diesmal würde er sich nicht damit herausreden können, dass sie nörgelte.

Dawn versuchte, die Fassung zu bewahren und ruhig zu bleiben, aber ihr ganzer Körper war wie in einem wilden Rausch, und sie konnte sich nicht beherrschen, die Treppe hochzustürmen und Calum wachzurütteln. Sie musste es ein paarmal versuchen.

»Was zum Teu…«

»Meine Gitarre wird bei E-Bay angeboten, und du hast sie dort eingestellt, stimmt's?«

Er gähnte und streckte sich. Dass ihr vor Wut die Tränen in die Augen traten, rührte ihn nicht im Geringsten.

»Ich wusste, dass du mir damit kommen würdest, deswegen habe ich es dir nicht gesagt.«

»Wa … was?«

Dawn war so verblüfft von seinem schnellen Geständnis, dass sie lachen musste, aber es war ein sehr hohles Lachen. Dann rieb sie sich die Stirn, als würde die Situation, in der sie sich befand, dadurch irgendwie Sinn ergeben. Aber das tat sie nicht.

»Du verkaufst meine Gitarre! Das letzte Geburtstagsgeschenk, das ich von meinen Eltern bekommen habe! Was dachtest du denn, was ich dazu sagen würde?«

»Reg dich ab, du dummes Huhn!«

»Ich werde mich nicht abregen, Calum, wie konntest du …«

»Halt den Mund, du hysterische Kuh, und hör mir zu. Ich verkaufe sie ja gar nicht, also halt mal eine Minute die Klappe, ja. Ich wollte nur sehen, wie viel sie wert ist. Ich wollte den Verkauf im letzten Moment platzen lassen und sagen, dass sie kaputtgegangen ist. Aber ich dachte, wenn sie viel wert ist, dann könntest du – *könntest* du dir vielleicht überlegen, sie zu verkaufen, für eine schöne Hochzeitsreise oder so. Du spielst sie doch sowieso nicht mehr, da dachte ich, es könnte doch nichts schaden, mal den Marktwert zu testen. Sie ist sicher aufbewahrt, bei Empty Head zuhause – er hat das Foto gemacht und es für mich eingestellt. ABER ICH HATTE NICHT VOR, SIE ZU VERKAUFEN – OKAY!«

Dawns Atem ging jetzt etwas langsamer. Sagte er die Wahrheit? Sie konnte nie sagen, wann Calum log, denn das beherrschte er einfach zu gut. Sie wollte ihm so gern glauben. Sie wollte nicht glauben, dass der Mann, den sie heiraten würde, so grausam sein konnte, ihre kostbare Gitarre zu verkaufen. Er klang sogar durchaus selbstlos und ehrenhaft, bis ihr wieder einfiel, wie oft er in den Pub ging. Er hätte mit ihr für drei Monate auf die Bahamas fliegen können, wenn er sein ganzes Geld nicht über den Tresen des Dog and Duck reichen würde.

»Ich will diese Gitarre wiederhaben.« Dawns Stimme bebte vor Wut. »Ich werde sie nicht verkaufen, niemals.«

»Ist ja gut.« Calum zuckte die Schultern und ließ den Kopf wieder auf das Kissen fallen. »Ich verstehe nicht, wieso du so einen Aufstand deswegen machst; es war doch nur eine Idee! Mein Gott, Dawn, reiß dich zusammen.«

Er war wieder eingenickt, noch bevor sie die unterste Treppenstufe erreicht hatte. Im Schlaf sah er so unschuldig aus wie ein Kind.

An jenem Abend hatten sie Versöhnungssex, nachdem Calum eine Art Entschuldigung vorgebracht hatte, eingebettet in Ausreden, er habe »doch nur überlegt, wie sie ein bisschen Geld auftreiben könnten«. Dawn wies seine Avancen nicht zurück, aber sie spürte, dass ihr Herz nicht bei der Sache war. Nicht dass er es bemerkt hätte. Sie wollte ihm so gern glauben, aber in diesem Fall fiel ihr das einfach so schwer. Es gab zu viele Ungereimtheiten in seiner Geschichte. Warum hatte er nicht einfach zugegeben, was er getan hatte, anstatt zu lügen und zu sagen, er wüsste nicht, wo die Gitarre sei? Und was, wenn sie den Verlust tatsächlich ihrer Versicherung gemeldet hätte? Sie hätte wegen Betrugs verhaftet werden können! Und er hätte es auch noch witzig gefunden. Sie konnte sich schon vorstellen, wie er lachen würde, wenn die Polizei kam und sie mitnahm.

Und den Crookes hätte es mit Sicherheit gefallen, sie so dramatisch »von ihrem Podest« fallen zu sehen. Sie errötete vor Verletztheit und Scham bei dem Gedanken, wie leicht es so hätte kommen können.

Dawn lag im Bett, während die Zweifel in ihrem Kopf kreisten wie Geier auf Speed. Und sie fragte sich auch, was eigentlich mit ihrem Goldkettchen war, das spurlos verschwunden war, seit sie bei Calum Crooke eingezogen war.

Fünfundvierzigstes Kapitel

Am nächsten Abend führte Raychel Ben zuhause das schicke rote T-Shirt vor, das sie sich gekauft hatte, als Anna sie eingeladen hatte, in der Mittagspause mit ihr einen kleinen Einkaufsbummel zu unternehmen. Es war nichts, was sie sich normalerweise kaufen würde. Sie bevorzugte im Allgemeinen dunkle, unauffällige Farben. Aber Anna hatte sie überzeugt, dass es ihr gut stand, und das tat es wirklich. Und der entzückende Ben gab ihr natürlich recht. Es war toll, seine Frau in einer Farbe zu sehen, die nicht so düster war. Diese Frauen, mit denen sie zusammenarbeitete, holten sie offenbar aus ihrem Schneckenhaus heraus, und darüber war er sehr froh. Dann klingelte es an der Haustür, und Ben ging an die Sprechanlage. Raychel hörte, wie er auf den Türöffner drückte.

»Es ist nur John, er bringt meinen Werkzeugkasten vorbei. Ich habe ihn auf der Baustelle vergessen.«

»Hast du ihm gesagt, dass ich seine Frau nicht sehen will?«

»Ja, das habe ich.«

»Und was hat er gesagt?«

»Nichts«, sagte Ben. »Überhaupt nichts.« Er sagte die Wahrheit, denn John hatte nur still genickt, auf eine Art, die heißen sollte, dass er verstanden hatte.

Aber Raychel ging trotzdem vorsichtshalber in die Küche, um dort zu warten, solange Bens Chef in der Wohnung war. Sie wollte nicht, dass er sie wieder so anstarrte wie beim letzten Mal.

Es klopfte an der Tür, und als Ben öffnete, stand John mit dem Werkzeugkasten da, aber er war nicht allein. Vor ihm stand eine kleine Frau mit dunklen Locken und sehr grauen Augen. Ben sah auf Anhieb die Ähnlichkeit dieser Frau mit Raychel. Jetzt verstand er, wieso John so gebannt gewesen war.

»Kann ich sie bitte sehen?«, fragte die Frau. Raychel spähte verstohlen um den Türrahmen, und als sie den Überraschungsbesuch sah, fiel ihr der Teller, den sie eben abtrocknete, aus der Hand und zerschellte auf dem Boden.

»Mein Gott, du bist es, stimmt's? Es tut mir leid, ich weiß, du wolltest mich nicht sehen, aber mich hätten keine zehn Pferde abhalten können. Du bist Bevs Tochter, du musst es sein!« Die Frau drängte an Ben vorbei ins Zimmer, atemlos eine Hand auf der Brust. »Ich bin Elizabeth, Bevs Schwester.«

»Sie müssen sich irren«, sagte Raychel, aber sie war sichtlich nervös.

»Der Name deiner Mutter muss Beverley gewesen sein. Die Ähnlichkeit ist nicht zu übersehen.«

»Nein … nein … so hieß sie nicht. Es tut mir leid.«

Raychel sah Hilfe suchend zu Ben hinüber, aber er schüttelte nur resigniert den Kopf.

»Sag es ihnen, Raychel. Sag ihnen, dass sie recht haben.«

Elizabeth brach in Tränen aus und versuchte dann verzweifelt, sie zurückzuhalten. »O mein Gott. Du bist so schön, Raychel. Ich habe mich immer gefragt, ob du geboren wurdest und wo du bist. Ich habe alles versucht, um dich und deine Mutter zu finden. Wo ist Bev? Geht es ihr gut?«

Raychel hielt sich die Ohren zu. »Bitte, bitte, Ben. Ich kann nicht …«

Ben stellte sich neben Raychel und legte beschützend einen Arm um sie.

»Ich denke, ihr solltet jetzt besser gehen«, sagte er. »Es tut mir leid, John, dich darum zu bitten, aber es ist zu viel für Raychel. Sie muss über so vieles nachdenken.«

»Es tut mir so leid.« Tränen liefen Elizabeth über die Wangen. »Ich musste einfach kommen.«

John zupfte Elizabeth sanft am Ärmel, obwohl er sehen konnte, wie viel ihr Raychels Anblick nach all den verlorenen Jahren bedeutete. »Komm schon, Schatz, das reicht jetzt.«

»Ich wollte dich nicht belästigen, ich wollte dich nur sehen. Bitte komm mich mal besuchen«, sagte Elizabeth. »Ben weiß, wo wir wohnen. Wenn du so weit bist.«

Ben sagte nichts, er drückte Raychel nur fest an sich. Daher war er überrascht, als er spürte, wie sie nickte, ja, das werde sie tun.

»Bald«, sagte Elizabeth. »Ich will dir nichts Böses tun. Ich würde dir um nichts in der Welt wehtun.« Dann ließ sie sich von ihrem Mann zur Tür hinausführen und schloss sie sanft hinter ihnen.

Ben und Raychel standen eng umschlungen da, still, schweigend. Dann sah sie in sein freundliches Gesicht hoch und sagte in einem ruhigen, versöhnlichen Ton: »Ich werde sie besuchen, Ben. Ich werde ihr sagen, was sie wissen will. Vielleicht können wir Frieden nur finden, indem wir dafür kämpfen.«

Sechsundvierzigstes Kapitel

Du bist ja so still heute, Raychel«, sagte Christie am nächsten Morgen. »Alles in Ordnung mit dir?«

Raychel riss sich mit einem Ruck aus ihrer Tagträumerei zurück. »Entschuldigung, ja, alles bestens.«

»Du musst dich doch nicht entschuldigen, es war nur eine Frage.«

»Sie hat vermutlich die erste Zahlungsaufforderung für ihre Hypothek gekriegt«, rief Anna herüber. »Das reicht bestimmt, um jeden in Verzweiflung zu stürzen.«

»Ich habe nur meine Tage«, sagte Raychel, um eine einleuchtende Ausrede bemüht. »Ich muss dringend ein bisschen Zucker ins Blut bekommen. Soll ich irgendjemandem was vom Schokoladenautomaten mitbringen?«

»Bring am besten gleich den ganzen Automaten mit«, grinste Christie. »Wir teilen uns alles.«

»Bin gleich wieder da.« Raychel schlich aus dem Büro. Sie wollte eigentlich gar nichts aus dem Automaten, aber sie würde so tun, als würde sie irgendetwas naschen. Sie wünschte, dieser Tag könnte schon vorbei sein. Heute Abend würde sie Elizabeth Silkstone zuhause besuchen, und ihr graute entsetzlich davor.

John Silkstone war nach dem Abendessen mit seinem Sohn losgefahren, um ihm eine Baustelle zu zeigen, damit sich Elizabeth und Raychel allein unterhalten konnten. Elizabeth hatte den ganzen Tag wie auf glühenden Kohlen gesessen, aber in der letzten halben Stunde des Wartens gingen ihre Nerven fast mit ihr durch. Als es klingelte und sie die Tür öffnete, stand eine kreidebleiche Raychel mit grauen, nervösen Augen vor ihr. Denselben Augen, die sie so oft im Spiegel gesehen hatte, bevor John Silkstone ihnen Frieden geschenkt hatte.

»Komm herein, Liebes, komm herein.«

Raychel trat zögernd über die Schwelle. Es war ein schönes Haus, die Art Haus, von dem sie und Ben immer geträumt hatten, als sie klein waren. Viele Zimmer und viel Licht und nach Möbelpolitur riechendes Holz und eine große Küche, in die Elizabeth sie jetzt führte, während sie ihr sagte, sie solle an dem schweren, massiven Kieferntisch Platz nehmen, während sie Wasser aufsetzte.

Auf dem Tisch lagen Bleistiftskizzen eines kleinen Jungen, die von einem Foto abgemalt waren.

»Ist das dein kleiner Sohn?«, fragte Raychel.

»Ja, das ist mein kleiner Zweijähriger, Ellis«, sagte Elizabeth. »Er ist mit seinem Dad unterwegs«, fügte sie hinzu. »Kann ich dir einen Kaffee anbieten? Tee?«

»Kaffee, bitte. Schwarz.«

»Und … und habt ihr Kinder geplant?«

Raychels Blick huschte zu ihr hinüber.

»Wenn du wirklich meine Tante bist, dann müsstest du wissen, dass ich keine Kinder haben kann«, sagte sie mit einem freudlosen leisen Lachen. »Na ja, ich kann, aber ich kann auch nicht.«

»Hast du gesagt, mit Zucker?«, fragte Elizabeth mit bebender Stimme.

»Meine Mutter hat mir erzählt, wer mein Vater war«, sagte Raychel. »Stimmt das?«

»Ich weiß nicht, was sie dir erzählt …«

»Sie hat mir erzählt, mein Vater sei mein Großvater. Sie, du und ich, wir haben alle denselben Dad.«

»Das hat sie dir erzählt?« Elizabeth war entsetzt davon, aber sie stritt es nicht ab.

»Und deswegen kann ich keine Kinder haben«, sagte Raychel. Ihre Stimme war hart, wie eine schützende Muschelschale. »Weil ich schmutzig bin. Ich habe ›schmutziges Blut‹, so hat sie es ausgedrückt.«

Elizabeth verbarg das Gesicht in den Händen, während sie darauf wartete, dass das Wasser kochte. Sie war noch ein kleines Mädchen gewesen, als ihre Schwester Beverley, mit fünfzehn Jahren schwanger, von zuhause weggelaufen war. Elizabeth war zu jung gewesen, um zu begreifen, dass ihr Vater ihre Schwester missbraucht hatte. Erst als er seine Aufmerksamkeit Elizabeth zuwandte, hatte ihr jugendliches Gehirn ihr gesagt, dass sie sich zu ihrer Tante Elsie flüchten musste, die sie großzog, liebte und behütete. Es war nicht die Schuld dieses schönen Mädchens, dass sie aus einer so kranken Beziehung stammte.

»Du bist nicht schmutzig«, sagte Elizabeth. »Nichts von alledem hätte je deine Schuld sein können.« Sie hatte ein schlechtes Gewissen, ohne genau sagen zu können, warum. Sie hatte versucht, Bev ausfindig zu machen, aber ihre Sozialversicherungsnummer war nie benutzt worden. Und nachdem sie so lange immer nur Nieten gezogen hatte, war sie irgendwann davon ausgegangen, dass Beverley tot war. Sie hatte keine Türen mehr gehabt, an die sie noch hätte anklopfen können.

»Ich habe jahrelang nach deiner Mutter gesucht.«

»Du hättest sie nicht finden können.« Raychel kämpfte gegen das Zittern in ihrer Stimme an. »Sie wollte nicht gefunden werden. Sie hat ihren Namen erst zu Marilyn Hunt und später zu Marilyn Lunn geändert. Dann, als wir dreizehn waren, ist sie ins Gefängnis gekommen. Sie ist natürlich seit ein paar Jahren wieder draußen.«

»Ins Gefängnis? Wieso das denn?« Elizabeth wischte die dicken Tränen weg, die ihr über die Wangen kullerten. »Was ist denn passiert?«

»Gott, wo soll ich da anfangen?« Raychel schüttelte den Kopf. An diesem Tag hatte sie Grace mit ihrer ältesten Tochter am Empfang gesehen, und die Art, wie die beiden sich umarmten, hatte irgendetwas in ihr ausgelöst. Sie hatte niemanden, der sie so umarmte. Keine Verwandte, mit der sie Arm in Arm durch die Stadt laufen konnte, plaudernd, lachend, einander mit Wärme erfüllend. Natürlich, sie hatte Ben, aber mit den Frauen in diesem Büro zusammenzuarbeiten hatte irgendetwas in ihr zum Leben erweckt. Die aufkeimende Freundschaft zwischen ihnen hatte ihr ein neues Gefühl von Akzeptanz gegeben, anders als durch ihn. Allmählich tat es ihr gut und erschien es ihr richtig, andere Leute nah an sich heranzulassen. Sie wusste, dass sie sie nicht verurteilten oder auf ihre Seite ziehen wollten, um sie verletzen zu können.

Elizabeth vergaß das Wasser, das sie aufgesetzt hatte, und ließ sich auf einen Stuhl fallen, und Raychel holte einmal tief Luft und begann.

»Meine Mutter hat oft gesagt, sie hätte mich abtreiben sollen, und sie hatte recht. Sie hätte niemals Kinder bekommen dürfen. Wenn sie mich nicht verprügelt hat, weil sie betrunken war und nicht wusste, was sie tat, oder mich die ganze Nacht allein gelassen hat, dann hat sie sich selbst missbraucht – mit Drogen, Alkohol, Männern. Damals hieß ich noch Lorraine, und wir sind ständig umgezogen, von einem schäbigen Loch zum nächsten. Ich kann mich an kaum etwas erinnern, bevor es uns nach Newcastle verschlagen hat, nur dass ich oft allein war und viel ferngesehen habe. Ist das nicht seltsam? Es ist, als ob meine frühe Kindheit nie existiert hätte.«

Elizabeth nickte. Sie kannte eine solche lieblose Kindheit. Bevor ihre Tante sie zu sich genommen hatte.

Raychel fuhr fort, in einem gefassten, emotionslosen Ton.

»Dann ist sie zu einem echten Seelenverwandten gezogen – eine Beziehung, bei der der Teufel Pate stand –, zu einem Mann namens Nathan Lunn, und der hatte einen kleinen Jungen, der genauso alt war wie ich – David. Ich weiß noch, dass ich ihn auch nicht besonders leiden konnte, er war nervös und still, aber wie hätte das auch anders sein sollen, wo Nathan Lunn ihn immer grün und blau geprügelt hat. Er war ein Dreckskerl.« Raychels Stimme versagte. Elizabeth holte ihr ein Glas Wasser.

»Hat er dich auch geschlagen?« Sie musste sie fragen, aber sie wollte die Antwort nicht hören.

»O ja. Ich habe genauso viel abgekriegt wie David, wenn er einen seiner Tobsuchtsanfälle hatte. Obwohl David versucht hat, die Prügel an meiner Stelle einzustecken. Er hat sich immer dazwischengeworfen und Lunns Aufmerksamkeit auf sich selbst gelenkt – alles nur für mich.«

»Hat Bev ihn denn nicht … davon abgehalten?«

»Nur einmal. Sie war meistens zu benebelt, oder sie hat sich nicht mit ihm angelegt, weil sie Angst hatte, sie würde selbst Prügel beziehen. Aber ich weiß noch, wie er einmal mit einem Rohrstock auf meine Beine eingeschlagen hat, und da hat meine Mutter gesagt: ›Du machst ihr noch Striemen!‹, und dann hat er aufgehört. Wir hatten zu viel Angst, es jemandem zu sagen, und solange es keine sichtbaren Spuren dafür gab, dass wir mit einem Sadisten zusammenlebten, hat auch niemand etwas geahnt.

Ich glaube, zeitlich kann ich das alles gar nicht mehr richtig einordnen, aber David und ich wurden unzertrennlich. Wir haben uns ein Zimmer geteilt, und abends haben wir darüber geredet, was wir tun würden, wenn wir groß genug wären, um wegzulaufen. Und dann, eines Tages, hat die Schule angerufen, da man sich Sorgen wegen ein paar blauen Flecken an Davids Beinen machte, und Nathan Lunn, der ach so sensible, ist ausgerastet und hat ihn deswegen fast zu Tode geprügelt. Er hat David eine Rippe gebrochen, und eine Lunge wurde perforiert, als er auf ihn eingeprügelt hat. Ich bin losgerannt, wollte zu dem Laden in unserer Straße laufen, um die Polizei zu rufen, und Lunn ist mir nachgerannt, und ich dachte, ich wäre in einem Albtraum.«

Elizabeth hielt ihre Kehle umklammert. Sie fühlte sich, als würde sie selbst von Erinnerungen heimgesucht, als wäre sie selbst dieses verängstigte, hilflose Kind, das vor einem Mann davonlief, der ihm etwas Böses antun wollte.

»Ich habe es nicht bis zu dem Laden geschafft, Lunn hat mich schreiend zurück nachhause gezerrt, aber die Ladeninhaberin hatte ihn gesehen, und sie hat zum Glück die Polizei gerufen, sonst hätte er uns beide umgebracht«, fuhr Raychel fort. »Die Polizei hat mich ins Krankenhaus gebracht, für David kam ein Krankenwagen; er lag wochenlang auf der Intensivstation. Nathan Lunn ist abgehauen, aber sie haben ihn bald geschnappt. Mum hat gar nichts davon mitgekriegt, sie lag völlig benebelt oben. Hochschwanger und vollgepumpt mit Heroin. Ich verstehe nicht, wie dieses kleine Mädchen überhaupt so lange in ihr überleben konnte. Sie wurde im siebten Monat tot geboren, als Mum in Untersuchungshaft war. Sie hat versucht, ihre bedauernswerten Umstände auszunutzen, um eine leichtere Strafe zu bekommen, obwohl sie sich nie um irgendjemanden als sich selbst geschert hat. Und bei dem Richter kam sie damit sowieso nicht durch.«

Elizabeth weinte, aber jetzt waren es Tränen der Wut. Sie dachte an ihren eigenen Sohn und daran, wozu sie im Stande wäre, wenn sie herausfinden sollte, dass ihm jemand etwas antat.

»David und ich wurden in Pflege gegeben. Irgendein Idiot entschied, dass es das Beste für uns wäre, getrennt zu werden. Aber wir hatten diesen Pakt geschlossen, dass wir uns, sollten wir je getrennt werden, an meinem sechzehnten Geburtstag um zwölf Uhr mittags unter Big Ben treffen würden, genau zum Glockenschlag. Und als ich hinkam, wartete er dort auf mich. Er war ein Baum von einem Mann. Er hatte angefangen, seine Muskeln gezielt aufzubauen, damit er uns beide immer beschützen könnte. Er ist, selbst heute noch, besessen davon, immer groß und stark zu bleiben.

David hat den Namen dieser großen, verlässlichen Uhr angenommen, und ich nannte mich Raychel, denn das war der Name der Ladeninhaberin, die die Polizei gerufen hat. Wir haben unseren Nachnamen zu Love geändert, einfach weil es uns gefiel. Wir sind immer wieder umgezogen, ohne je irgendwo wirklich sesshaft zu werden, bis Ben den Job hier bekommen hat.«

Elizabeth wusste nicht, was sie sagen sollte. Ihre Welt war von diesen Enthüllungen völlig auf den Kopf gestellt worden, alte Loyalitäten und Liebesschwüre zählten von einem Augenblick zum anderen gar nichts mehr. Damit hatte sie nicht gerechnet, nicht einmal in ihren schlimmsten Albträumen. Und Elizabeth Silkstone hatte noch immer schreckliche Albträume.

»Das heißt«, sagte Raychel jetzt mit einem seltsamen Lächeln, nachdem ihre Tränen versiegt waren, »ich weiß nicht, ob du meine Tante oder meine Schwester bist, denn eigentlich bist du ja beides, oder? Und Ben ist mein Mann, und doch haben wir eine gemeinsame Schwester.« Sie lachte, und dann ging dieses Lachen ohne jede Vorwarnung in harte, schluchzende Tränen über.

»Meine Mutter hat mich letztes Jahr ausfindig gemacht und mir geschrieben«, begann Raychel wieder. Sie wischte sich mit dem Handballen die Tränen weg. »Sie wollte sich mit mir treffen, erklärte, sie habe mir etwas zu sagen. Ich habe ihr nicht zurückgeschrieben. Ich wollte nie wieder etwas mit ihr oder irgendjemandem aus ihrem Umfeld zu tun haben. Ich würde niemals Kinder haben wollen, selbst wenn ich könnte. Ich hätte zu viel Angst davor, ihnen wehzutun.«

So viele Gefühle durchströmten Elizabeth, dass sie keine Hoffnung hatte, sie ordnen und definieren zu können. Aber sie wusste, was diese schöne junge Frau, die hier vor ihr stand, am meisten quälte, denn sie hatte genau dasselbe durchgemacht. Sie hatte schreckliche Angst gehabt, das Muster würde sich in ihr wiederholen, ihre verdorbenen Gene würden sich durchsetzen. Lange Zeit hatte sie gedacht, Frauen aus »Inzuchtfamilien« wie sie hätten nicht das Recht, sich fortzupflanzen. Dann war sie schwanger geworden, und in ihr hatte eine Tigerin gebrüllt, dass sie ihr Kind um jeden Preis beschützen würde.

»Mein liebes Mädchen«, sagte sie. »Ich würde jeden umbringen, der versucht, meinen Sohn so zu verletzen, wie du verletzt wurdest. Denk nie, dass du denselben Weg einschlagen würdest wie deine Mutter. Großer Gott.« Sie spürte, wie ihr schwindelig und flau im Magen wurde. Das Monster, das Raychels Mutter war, war dieselbe Schwester, um die sie all die Jahre geweint und sich gesorgt hatte. Sie suchte an der Stuhllehne Halt.

»Wo hat Bev denn gelebt, als du diesen Brief von ihr bekommen hast?«

»Sie ist zurück nach Newcastle gegangen, als sie freikam, und hat sich wieder Bev Hunt genannt. Ich habe den Brief weggeworfen und die Adresse nicht behalten.«

»Gott sei Dank hast du Ben, und er dich.« Elizabeth wollte am liebsten auch um Bens willen weinen. Sie stellte sich vor, wie er sich im Fitnessstudio verausgabte, um immer einen möglichst kräftigen und durchtrainierten Körper zu haben. Die Ängste eines kleinen Jungen, die in dem großen, erwachsenen Mann noch immer da waren.

»Wir sind jetzt glücklich«, sagte Raychel leise. »Wir machen viele nette, alberne Dinge zusammen. All die Dinge, die wir verpasst haben. Aber er hat noch immer Albträume, und das bricht mir das Herz. Ich hatte schon immer das Gefühl, dass wir beide anders als der Rest der Welt sind, als ob wir nicht dazugehören würden und es auch gar nicht erst versuchen sollten.«

All die Jahre hatte sie es als ihre Pflicht angesehen, andere Leute von sich fernzuhalten. Sie hatte sich fast so beschmutzt gefühlt, als hätte sie ein Lepraglöckchen getragen.

»Es kann schwer sein, andere Leute an sich heranzulassen«, sagte Elizabeth sanft. Sie hatte früher selbst geglaubt, es nicht verdient zu haben, freundlich behandelt zu werden. »Aber du darfst nie denken, dass du wegen der Fehltritte anderer Leute keine Freundschaft und Liebe verdient hast. Ich verstehe, was du durchmachst.« Elizabeth nahm das Gesicht der jungen Frau in ihre Hände. »O Raychel, ich kann dir gar nicht sagen, wie froh ich bin, dass du zu mir gekommen bist. Aber das alles hätte ich einfach niemals gedacht.«

»Kann ich dich mal wieder besuchen?«, fragte Raychel mit leiser, hoffnungsvoller Stimme. Sie war selbst verblüfft von ihrer Frage. Sie hatte es nicht vorgehabt.

Elizabeth drückte die jüngere Frau fest an sich. Sie sagte nichts, denn das musste sie nicht.

Sie hielten einander lange Zeit. Sie hatten beide in der anderen etwas gefunden, was sie nicht erwartet hatten. Es gab kein Wort dafür, nur ein Gefühl von Frieden.

Siebenundvierzigstes Kapitel

Am Donnerstagabend warf Gordon über seine Zeitung einen Blick auf Grace und sagte mit einem ungewohnt sanften Unterton: »Du siehst müde aus. Hattest du eine anstrengende Woche?«

»Es geht mir gut«, gab Grace knapp zurück. Aber es ging ihr nicht gut. Sie hatte nicht allzu gut geschlafen, denn die Ereignisse der letzten Wochen gingen ihr ständig durch den Kopf und gönnten ihrem Gehirn keine Ruhe. Paul und Laura riefen nicht mehr zuhause an, um nicht Gordon am Telefon zu haben, und ihr Handy hatte sie auf stumm geschaltet, damit Gordon es nicht mitbekam, wenn sie ihr eine SMS schickten. Sarah war die Einzige, die noch anrief, aber auch das nur, wenn sie einen Babysitter brauchte. Grace hingegen erreichte jedes Mal nur den Anrufbeantworter, wenn sie bei ihrer jüngsten Tochter anrief, um zu hören, ob mit ihrer Schwangerschaft so weit alles gut verlief. Sarah hatte sich bei Grace nicht nach ihrem Bruder oder ihrer Schwester erkundigt und sie mit keinem Wort erwähnt. Nicht dass Laura oder Paul erwarteten, dass Sarah sie anrief, um ihre Unterstützung anzubieten. Es war Grace unbegreiflich, wieso Sarah so viel kaltherziger war als ihre Geschwister. Sie war doch noch viel mehr verwöhnt und verhätschelt worden.

»Du solltest besser früh zu Bett gehen«, sagte Gordon. »Na los, leg dich schon schlafen.«

Grace verbiss sich die Antwort, die ihr auf der Zunge lag. Es war halb neun, du liebe Güte. Warum in aller Welt sollte sie denn um halb neun zu Bett gehen?

»Ich sehe vielleicht müde aus, aber es geht mir gut«, sagte Grace noch einmal mit einem angespannten Lächeln.

»Was hältst du eigentlich davon, in Teilzeit zu gehen?«, fragte

Gordon, während er den Sportteil der Zeitung in eine lesbare Form schüttelte. »Du solltest dich mal danach erkundigen.«

»Später vielleicht«, sagte Grace. »Diese Arbeit macht mir Spaß, und ich will nicht so früh anfangen, Forderungen zu stellen.« Die Arbeit war das Einzige, was ihre Lachmuskeln in Bewegung hielt und ihrem Gehirn eine kleine Erholung von ihrer familiären Situation bot. Seit Laura, Paul und Joe aus dem Haus verbannt waren, gab es keine befreienden Momente mehr von Gordons erdrückender Gegenwart. Sie hatte allmählich Albträume davon, in einem winzigen, stickigen Wohnwagen mit ihm eingezwängt zu sein. Es gab dort weder Türen noch Fenster, und sie konnte sich darin nicht bewegen, ohne ihn zu berühren.

»Ich mache uns eine heiße Schokolade«, sagte Gordon.

Grace widersprach ihm nicht. Es war leichter, ihm einfach seinen Willen zu lassen. Nicht dass das etwas Neues war. Außerdem faselte er dann nicht noch länger davon, wie müde sie aussähe, und kam ihr wenigstens für fünf Minuten nicht unter die Augen.

»So, das ist jetzt genau das Richtige für dich, damit du dich entspannst«, sagte er und drückte Grace einen Becher in die Hand. Sie hatte ihn kaum zur Hälfte getrunken, als sie zu gähnen begann und eindeutig schläfrig wurde. Vielleicht hatte Gordon ausnahmsweise einmal Recht, dachte sie, nachdem sie ihm eine gute Nacht gewünscht hatte. Vielleicht war sie wirklich erschöpfter, als sie dachte.

Achtundvierzigstes Kapitel

Als Christie am nächsten Morgen früh ins Büro kam, saß Grace bereits an ihrem Schreibtisch, den Kopf in die Hände gestützt. Sie hatte dröhnende Kopfschmerzen, schlimmer als jeder Kater.

»Mein Gott, Grace, geht's dir gut? Du bist ja kreidebleich!«, sagte Christie als Erstes.

Komm du mir nicht auch noch damit, war Grace' erster Gedanke. Erst sagte Gordon ihr, sie sähe müde aus, und jetzt auch noch ihre Arbeitskolleginnen. Gestern Abend war sie um Viertel nach neun eingeschlafen, kaum dass ihr Kopf aufs Kissen gefallen war. Sie hatte tief und traumlos geschlafen und war um halb sechs mit dröhnenden Kopfschmerzen aufgewacht. Sie fühlte sich, als hätte sie nur halb so viel Schlaf bekommen, wie sie brauchte. Eine extra starke Paracetamol hatte die größten Schmerzen gelindert, aber inzwischen hatte die Wirkung nachgelassen, und ihre Kopfschmerzen waren schlimmer als je zuvor. Sie hatte eben noch zwei Tabletten geschluckt und hoffte, dass sie bald helfen würden.

»Hier, nimm meinen Kaffee«, sagte Christie und schob ihn Grace hin. »Ich habe ihn noch nicht angerührt, und du nimmst ihn doch genauso wie ich, oder – mit Milch, ohne Zucker?«

»Nein, nein, es geht schon«, sagte Grace, aber Christie ließ nicht mit sich reden. »Okay, danke, Christie. Ich habe geschlafen wie ein Stein. Vielleicht fühle ich mich deshalb ausgelaugter, als wenn ich gar nicht geschlafen hätte.«

»Warum in aller Welt kommst du denn überhaupt zur Arbeit, wenn es dir nicht gut geht?« Christie drohte ihr mit einem Finger. »Fahr nachhause und lass dich von deinem Mann verwöhnen!«

»Gott behüte!«, entfuhr es Grace. Sie würde lieber versuchen, trotz Kopfschmerzen zu arbeiten, als bei ihm zuhause zu sein.

»Läuft's zuhause im Moment nicht so gut?«, fragte Christie zögernd.

Grace presste die Hände gegen die Schläfen, um den pochenden Schmerz fürs Erste zu vertreiben.

»Das kannst du laut sagen«, sagte Grace. »Ich glaube, mein Mann hat eine verspätete Midlife-Crisis.«

»Geht er etwa in Lederhosen auf Clubtour?«, fragte Christie sanft.

»Nein, ganz im Gegenteil. Er will, dass ich mich frühpensionieren lasse und bis ans Ende meiner Tage glücklich in einem Wohnwagen lebe, Socken stricke und Werther's Originals lutsche.«

»O je«, sagte Christie. »Ist es für das alles nicht noch ein bisschen früh?« In ihren Augen war Grace eine lebenslustige Frau, die selbst in ihren Neunzigern noch schön sein und hohe Absätze tragen könnte. Sie konnte sich nicht vorstellen, dass sie je Devon-Violets-Parfüm auflegen oder altmodische Hüte tragen würde. Komisch, sie hatte sich Grace auch nie mit einem Ehemann vorgestellt, der so »alt im Kopf« war.

»Es ist eine solche Qual«, sagte Grace. »In letzter Zeit wird es immer schlimmer mit ihm. Ich verstehe gar nicht, was mit ihm los ist.«

»Was sagtest du, wie lange ihr schon verheiratet seid?«, fragte Christie.

»Dreiundzwanzig Jahre. Man würde glauben, dass man jemanden nach so langer Zeit gründlich kennt, aber … in letzter Zeit … ist es, als ob er ein völlig anderer Mensch geworden ist. Irgendetwas … Seltsames geht in ihm vor …«

Sie klopfte sich an die Schläfe, dann begriff sie, dass sie zu viel sagte. Sie war so beschäftigt mit ihren Kopfschmerzen, dass ihre Zunge ein Eigenleben entwickelte.

Malcolms fröhliches Erscheinen setzte ihrer Unterhaltung ein jähes Ende.

»Morgen, die Damen.« Er musterte Grace' Gesicht etwas genauer. Sie sah aus, als hätte sie eins auf die Nase bekommen, und ihre Augen waren verquollen, dunkle Ringe darunter. *Oh, schaute die elegante Grace etwa gern ein bisschen zu tief ins Glas?* »Hat bei Ihnen die halbe Abteilung heute einen freien Tag?«

»Nein!« Christie versuchte gar nicht erst, sein Lächeln zu erwidern. »Aber es ist ja auch noch früh.«

Es waren noch zehn Minuten bis zum offiziellen Arbeitsbeginn. Es war nicht ihre Schuld, dass Malcolm so lächerlich früh antanzte. Und dass er 87 Stunden am Tag *auf* der Arbeit war, hieß noch lange nicht, dass er *bei* der Arbeit war, es sei denn, Mr. McAskill trieb sich in der Nähe herum. Dann hätte er allerdings einen Oscar dafür bekommen können, wie übertrieben er die Rolle des viel beschäftigten Käse-P.O. ausfüllte.

Malcolm machte eben schon den Mund auf, um darauf etwas Schlaues zu entgegnen, aber der Versuch wurde von Christie vereitelt, die abrupt aufstand und an ihm vorbeirauschte.

»Sie müssen mich entschuldigen, Malcolm, aber ich habe eine Besprechung mit James. Grace, wir sehen uns später. Und vergiss nicht, was ich gesagt habe. Fahr nachhause, wenn diese Kopfschmerzen schlimmer werden.«

»Wenn ich Sie später kurz sprechen könnte …«, rief Malcolm Christie nach, aber sie schien ihn gar nicht zu hören. Er hatte den Verdacht, dass das Absicht war.

Grace hielt den Kopf jetzt gesenkt und schien ihn ebenfalls zu ignorieren.

Malcolm kochte vor Wut. Er hasste die Tatsache, dass Christie Somers' Abteilung ihn so offensichtlich verachtete. Diese Zicken.

»Und wie geht's dir so?«, fragte Grace Anna später, als sie allen einen Kaffee brachte. Zum Glück hatten die Tabletten gegen die Kopfschmerzen geholfen, und jetzt ging es ihr schon viel besser.

»Gar nicht schlecht«, nickte Anna. Sie wunderte sich, dass das wirklich die Wahrheit war und nicht nur etwas, was man eben so sagte. So schlecht ging es ihr gar nicht. Jedenfalls im Augenblick.

»Was von Tony gehört?«

»Nichts«, sagte Anna. »Nicht einen Mucks.«

»Aber damit scheint es dir viel besser zu gehen.«

»Na ja, Grace, das Problem ist, ich weiß nie, wann mir plötzlich wieder ein Riesengedanke an ihn durch den Kopf schießt. Manchmal sitze ich einfach zuhause und denke an irgendetwas Albernes, das Dawn gesagt hat, und dann – wusch! – trifft mich auf einmal diese riesige Flutwelle von Tony und wirft mich völlig aus der Bahn. Er zahlt noch immer die Hälfte unserer Raten an die Bank, daher nehme ich an, es ist noch nicht alles verloren.«

»Und wie läuft's mit deinem Vampir-Designer?« Grace schlürfte dankbar an ihrem Kaffee. Ihre Kehle war schon den ganzen Tag schrecklich ausgedörrt.

»Das ist eigentlich ganz witzig, auch wenn ich mir nicht sicher bin, wie ich mich fühlen werde, wenn ich den Fernseher einschalte und meine Cellulitis in aller Breite auf dem Bildschirm sehe. Ich kann den Abend kaum noch erwarten.« Anna schauderte bei dem Gedanken.

»Du redest von dir ja, als ob du ein absolut grauenhafter Anblick wärst, und das ist nun wirklich alles andere als wahr«, schalt Grace sie sanft. »Und übrigens, diese Haarfarbe steht dir fantastisch.«

»Danke, das habe ich gestern gemacht. Das war längst überfällig.«

»Du siehst wirklich entzückend aus, Anna. Und Vladimir Darq muss auch glauben, dass du etwas ganz Besonderes bist, sonst hätte er dich bestimmt nicht ausgesucht.«

»Nein, er hat mich ausgesucht, weil er findet, dass ich eine ›weiße Leinwand‹ bin. Viel weißer als das geht's kaum.« Anna wies mit einer Handbewegung auf ihren Körper. »Trotzdem, ich bin gespannt, ob er mich mit dieser Sex-Göttin bekannt machen kann, die angeblich irgendwo in mir schlummert. Nadel und Heuhaufen sind die Wörter, die mir dazu einfallen.«

»Weißt du, du solltest einen leuchtend roten Lippenstift tragen, so wie Christie.« Grace versuchte sich die Wirkung vorzustellen. »Das würde sehr gut zu deinem Teint passen.«

»Hmm … vielleicht sollte ich mir am Wochenende einfach einen kaufen«, überlegte Anna. Jane Cleve-Jones trug einen sehr gewagten feuerroten Lippenstift, und er sah hinreißend aus.

»Meine Tochter trägt einen von Mac. Damit sehen ihre Lippen wundervoll weich aus. Aber dafür müsstest du zur Meadowhall fahren.«

»Als ob ich was Besseres zu tun hätte«, grinste Anna. »Dieses Wochenende wird schon lang genug werden, mit dem Feiertag am Montag. Ich glaube, ein kleiner Einkaufstrip zur Meadowhall wird mir guttun. Grace, geht's dir denn selbst gut? Du siehst sehr blass aus heute.«

»Alles bestens, danke«, sagte Grace. »Heute Morgen hatte ich ein bisschen Kopfschmerzen, aber die sind jetzt schon fast wie weggeblasen.«

»Hier«, sagte Anna und nahm ein kleines Fläschchen aus ihrer Handtasche. »Lavendelöl. Tupf dir das auf die Schläfen. Du kannst es behalten, es sind nur noch ein paar Tropfen drin. Ich habe noch mehr davon zuhause.«

»Danke«, sagte Grace, gerührt von Annas Freundlichkeit. Sie arbeitete so gern hier, mit diesen Frauen, und sie hoffte, sie würde noch lange Zeit nicht damit aufhören müssen. Seit sie in diese Abteilung gekommen war, hatte sie immer mehr das Gefühl, dass ihr Leben genau entgegengesetzt zu dem anderer Leute verlief – sie stürzte sich in die Arbeit und flüchtete vor ihrem Zuhause. Nein, sie würde nicht um Teilzeit bitten, wie Gordon vorgeschlagen hatte. Nie im Leben.

An diesem Nachmittag, auf dem Weg zu einer Besprechung, kam Malcolm zufällig am Empfang vorbei, als er sah, wie eine der Damen am Tresen eine immer hitzigere Debatte mit einem Mann in einem braunen Mantel und einem Trilby-Hut führte. Er sah aus wie ein Statist aus der Schwarz-Weiß-Fassung von *Begegnung*, sehr britisch und sehr aufrecht. Kathleen, die Empfangsangestellte, schüttelte den Kopf, aber worum es auch ging, der Typ mit dem Hut blieb offenbar hartnäckig. Malcolm hatte eine Schwäche für Kathleen. Sie war eine hübsche, flotte Biene, und er ergriff die Gelegenheit, um bei ihr ein paar Pluspunkte zu sammeln.

»Kann ich Ihnen behilflich sein?«, erkundigte sich Malcolm.

»Dieser ›Herr‹ hier möchte gerne mit der Leiterin der Personalabteilung sprechen, aber ich habe ihm bereits erklärt, dass sie im Urlaub ist«, sagte Kathleen in einem höflichen, aber entschiedenen Ton.

»Na ja, ich gehe hier nicht weg, bis ich mit jemandem gesprochen habe, der in dieser Abteilung etwas zu melden hat«, sagte der Mann. Kathleen sah gequält und entnervt aus, und ihre Augen flehten Malcolm an, ihr zu helfen.

»Darf ich fragen, in welcher Angelegenheit?«, fragte Malcolm aalglatt, mit einem beschwichtigenden, aufgesetzten Lächeln.

»Und Sie sind?«, fragte der Mann schroff.

»Mein Name ist Malcolm Spatchcock. Ich bin Production Operator.«

»Sie sind aber nicht von der Human-Resources-Abteilung, oder wie man das heutzutage nennt.«

»Wir sind alle vernetzt«, bluffte Malcolm.

Der Mann dachte ein paar Augenblicke nach, dann entschied er offenbar, dem lächelnden Manager vor ihm zu vertrauen. »Ich bin wegen meiner Frau hier. Sie arbeitet in der Backwaren-Abteilung. Ihr Name ist Grace Beamish.«

Allmählich wurde alles immer verwirrender. Als Gordon dem Empfangstresen den Rücken zuwandte, hauchte Kathleen Malcolm zu: »Soll ich den Wachschutz rufen?«

Aber Malcolm war fest entschlossen, der Held der Stunde zu sein.

»Ah ja, ich kenne Grace. Bis vor Kurzem war ich noch ihr Chef in der Backwaren-Abteilung. Warum setzen Sie sich nicht und erzählen mir, worum es geht, und dann können wir sehen, ob ich Ihnen und Ihrer Frau helfen kann?«

»Ich will mich nicht setzen, ich will etwas klären«, sagte Gordon, wobei er mit einem spitzen Finger auf Malcolm zeigte. »Ich will, dass mir jemand erklärt, warum meine Frau bei den Frühpensionierungen immer wieder übergangen wird. Wenn Sie wirklich Ihr Chef waren, dann können Sie mir das doch sicher erklären, oder?«

Malcolm zog Gordon fort von dem Empfangstresen, wo Gordons laute Stimme allmählich Aufmerksamkeit erregte.

»Ich bin ein bisschen verwirrt«, sagte Malcolm aalglatt. Er genoss das Gefühl, vielleicht gleich jemanden in die Pfanne hauen zu können. »Reden wir von derselben Grace Beamish? Der Dame, die jetzt die stellvertretende Leiterin der Backwaren-Abteilung ist?«

»Allerdings«, sagte Gordon steif.

»Aber …« Malcolm wusste, dass er das nicht sagen durfte. Es war vertraulich. Andererseits konnte er sich jederzeit damit herausreden, er sei durch einen Trick dazu gebracht worden, die Information preiszugeben, wenn es hart auf hart kommen sollte. »… Mrs. Beamish wurde meines Wissens bereits zweimal eine Frühpensionierung angeboten, und sie hat beide Male abgelehnt.«

Malcolm beobachtete, wie sich Gordons Kiefer anspannte. Er hätte bei der eleganten Grace keinen so alten, verbiesterten Mann an der Seite vermutet. Er hätte ihr einen besseren Geschmack in Sachen Ehemann zugetraut. Er hatte sich an ihrer Seite immer einen Ex-Armeeoffizier oder so vorgestellt, jemanden mit Geld, nicht Mr. Mottenkugel aus den Dreißigerjahren. Er sah eher wie ihr Vater aus als wie ihr Ehemann.

»Sie hat abgelehnt?«, sagte Gordon so atemlos, als hätte ihm jemand die Luft abgedrückt. »Sie hat abgelehnt?«

»Hmmm … ja. Aber vielleicht bereut sie es. Sie sah heute Morgen sehr erschöpft aus, als ich ihr begegnet bin. Ich hoffe, es geht ihr gut.«

»Sie hat abgelehnt«, sagte Gordon noch einmal. Es schien ihm schwerzufallen, diese Worte zu verdauen.

»Na ja … ich darf Ihnen wirklich nicht mehr sagen. Ich sollte eigentlich gar nicht über die Angelegenheiten einer Kollegin reden. Nicht einmal mit dem Ehepartner.«

Aber es gab ohnehin nichts mehr zu sagen. Gordon hatte alles erfahren, was er wissen musste. Er wandte Malcolm still den Rücken zu, ohne noch ein Wort zu verlieren, und marschierte aus dem Gebäude.

Malcolm sah mit einem Augenzwinkern zu Kathleen hinüber, die ihm dankbar eine Kusshand zuwarf. Sollte er jetzt etwas zu Grace sagen oder lieber abwarten, wie sich das Drama in den nächsten

Tagen entfalten würde? Malcolm entschied sich für Letzteres. Das würde einer dieser hochnäsigen Zicken eine Lektion erteilen, die längst überfällig war.

Malcolm entschuldigte sich für seine Verspätung bei der Besprechung und nahm Christie gegenüber am Tisch Platz. Ihr fiel auf, dass während der ganzen Besprechung ein Lächeln seine Lippen umspielte, so sehr er es auch zu unterdrücken versuchte. Sie hätte zu gern gewusst, was in seinem Gehirn vor sich ging. Er sah aus wie ein Kind, das in ein Wespennest gestochen hatte und nun auf die Reaktion wartete.

Neunundvierzigstes Kapitel

Die »Rhinestones« spielten im Hintergrund des Pubs und trugen so zu der entspannten Atmosphäre bei, die zwischen den Frauen an diesem Abend nach der Arbeit herrschte. Es war erst das vierte Mal, dass sie zusammen ausgingen, und doch kam es ihnen bereits wie ein fester Bestandteil des Wochenendes vor. Sie hatten das seltene Gefühl, dass alle am Tisch die Gesellschaft der anderen genossen und einander akzeptierten und mochten.

Für Dawn war es seit dem letzten Sonntag das erste Mal, dass sie sich entspannte. Es war ihr schwergefallen, auf der Arbeit eine fröhliche Miene aufzusetzen, und sie hatte sich alle Mühe gegeben, einen ganzen Cocktail von hässlichen Emotionen herunterzuschlucken, der für sie war, als würde er sie vergiften.

Calum hatte es nicht eilig gehabt, ihre Gitarre nachhause zu bringen. Als er sie ihr am Dienstagabend endlich wiedergab, hätte sie sie am liebsten umarmt und geküsst. Und das tat sie wirklich. Die Erleichterung trieb ihr die Tränen in die Augen. Die Euphorie war so überwältigend, dass sie Calum um ein Haar alles verziehen hätte. Was für ein seltsamer psychischer Zustand war das bloß? Es musste einen dieser Dokumentarfilme darüber geben: wie manche Leute anderen erst alles wegnahmen und ihnen dann das Gefühl gaben, einfach wundervoll zu sein, wenn sie sich dazu herabließen, einen Krümel davon wieder herzugeben. Seit wann gab sie sich eigentlich so leicht zufrieden?

Und jetzt saß Dawn wieder hier und sah Al Holly zu, wie er in die Saiten griff, und dachte an seine Abschiedsbemerkung am letzten Wochenende, dass Calum nicht der Richtige für sie sei. Sie wunderte sich, dass ihr Kopf diese Woche im Büro nicht in alle Himmelsrichtungen explodiert war, bei dem Chaos, das darin herrschte.

»Dawn ist offenbar dabei, sich mit der Band anzufreunden«, sagte Grace neckend. Dawn hatte den anderen erzählt, dass sie am letzten Freitag noch auf einen Drink mit Al Holly geblieben war. Nicht erwähnt hatte sie allerdings, dass sie ihn auch am Sonntag getroffen hatte.

»Ach ja?«, sagte Anna. »Dieser Typ da hinten, der wie eine Kreuzung aus Elvis und Chris Isaak aussieht, ist doch gar nicht übel.«

Sie sprach natürlich von Al. Er blickte völlig verträumt, während er einen komplizierten Riff spielte. Dawns hämmerndes Herz verriet ihr, wie hingerissen sie war, während sie ihn ansah und im Stillen beschwor, ihren Blick aufzufangen. Aber bis jetzt hatte er sie nicht ein einziges Mal angesehen. Er war völlig verloren in seine Musik, und das war ein wundervoller Anblick.

»Erzähl uns mehr davon«, sagte Christie.

»Ach, da gibt's nicht viel zu erzählen. Ich bin nur mit einem von ihnen ins Gespräch gekommen, und wir haben ein bisschen über Musik geredet und etwas getrunken«, tat Dawn die Sache mit einem Schulterzucken ab.

»Und wirst du heute Abend wieder auf einen Drink bleiben?«, fragte Grace.

»Mit dem Chris-Isaak-Typen?«, fragte Anna.

»Ja und ja«, sagte Dawn so beiläufig wie möglich.

»Hast du's mal mit seinem Verstärker versucht?«, lachte Anna dreckig.

»Entschuldige mal, ich bin eine verlobte Frau«, sagte Dawn.

»Hat eine von euch am Wochenende irgendwas Aufregendes vor?« Christie erhob ihr Glas und prostete allen fröhlich zu. Sie brauchte ein tröstliches Glas Rotwein, nachdem sie so lange Malcolms Grinsen gegenübergesessen hatte.

»Ich werde zweifellos mein Bestes tun, um mich vor der ganzen Nation noch lächerlicher zu machen«, seufzte Anna.

»Und ich werde mir ein paar Prospekte für Hochzeitsreisen ansehen«, sagte Dawn.

»Ist es dafür nicht schon ein bisschen spät?«, fragte Christie.

»Wir werden nur billig last minute irgendwohin fliegen, denke ich«, erwiderte Dawn.

»Wohin würdest du denn gern fliegen?«, fragte Raychel.

»Keine Ahnung. Wo wart ihr denn?«

»Wir konnten uns keine große Hochzeitsreise leisten«, sagte Raychel. »Wir waren noch Teenager. Wir sind vom Standesamt nachhause gefahren und haben bei Kerzenlicht Fish and Chips gegessen. Wir waren nur zwei mittellose Jugendliche.«

»Ach, wie schön«, seufzte Dawn. »Und du, Grace?«

»Ich hatte gar keine Hochzeitsreise«, sagte Grace. »Wir hatten die Kinder, um die wir uns kümmern mussten, und Gordons Mutter ging es damals nicht so gut.«

»Habt ihr sie denn nicht später nachgeholt?«, fragte Raychel.

Grace schüttelte den Kopf. Eine Hochzeitsreise wäre für Gordon zu romantisch gewesen. Ihre Ehe war eher eine Art Geschäftsbeziehung gewesen. Gordon bekam eine Haushälterin und Gefährtin, und sie leihweise ein paar Kinder. Etwas so Romantisches wie eine Hochzeitsreise hätte in einer so kalten Beziehung wie ihrer keinen Platz gehabt.

»Wohin wärst du denn gern gefahren, wenn du die Gelegenheit gehabt hättest, Grace?«, fragte Dawn. Sie hatte selbst noch keine Ahnung, wie das Traumziel einer Hochzeitsreise aussehen könnte.

»Ich wollte schon immer mal eine Kreuzfahrt machen«, sagte Grace, ohne zu zögern. »Dann könnte ich mal ein paar andere Länder sehen. Heiße, sonnige Länder – Spanien, Italien, die Strände von Sardinien, so etwas.«

Es klang wundervoll, wenn auch eher wie ein Traum. Dawn wandte sich an Christie für einen alternativen Vorschlag. Eine Kreuzfahrt überstieg bei Weitem ihr Budget. Es sei denn, es war eine Kreuzfahrt durch den Manchester-Schifffahrtskanal in einem aufblasbaren Dingi. »Was rätst du mir, Chefin?«

»Wir sind nach Gretna Green geflüchtet, und dann nach Loch Ness gefahren.« Christie lächelte. »Es war wundervoll. Wir sind eine ganze Woche nicht aus dem Bett gekommen.«

Das klang schon besser, dachte Dawn. Calum würde kein

Problem damit haben, eine ganze Woche im Bett zu bleiben. Nur dass ihm gar nicht auffallen würde, dass sie neben ihm war. Wie aufregend.

»Und was habt ihr dieses Wochenende vor, Raychel?«, fragte Christie.

»Wir wollen uns einen Wäschetrockner kaufen. Klingt das nicht romantisch?«

»Ja, aber ich möchte wetten, ihr beide geht dann noch irgendwo einen schönen Tee trinken, dann ist es gleich nicht mehr so langweilig«, sagte Dawn. Sie hatten alle schon mitbekommen, dass Ben und Raychel immer so nette Dinge zusammen unternahmen, einen Ausflug mit dem Auto, ins Kino oder zu der Eisdiele in der Nähe von Penistone, schöne Dinge eben, die man als Pärchen unternahm. Und wenn Ben sie manchmal bei der Arbeit absetzte oder abholte, sahen sie immer so verliebt aus. Er kniff sie leicht in die Nase oder hielt ihre Hand und vergaß nie, ihr einen Kuss zu geben. Dawn fragte sich, ob sie hinter verschlossenen Türen leidenschaftlich waren oder so jung geheiratet hatten, dass diese ganze Seite der Beziehung verpufft war. Es musste schön sein, überhaupt etwas zu haben, das verpuffen konnte, dachte sie sich ironisch im Stillen.

»Grace?«

Grace hatte noch kaum über das verlängerte Wochenende nachgedacht, das vor ihnen lag. Sie wollte es nur möglichst rasch hinter sich bringen. Es würde kein Familientreffen geben, das ihre Stimmung aufhellte. Nur noch einen Tag mehr, an dem sie Gordons quälende Gesellschaft ertragen musste und zweifellos noch mehr Kataloge über Stannah-Treppenlifte und Hörgeräte mit der Post eintreffen würden. Sie war sich nicht sicher, ob sie das Leben mit ihm noch länger ertragen konnte. Sie hatte das Gefühl, an eine Grenze gestoßen zu sein, und musste viel nachdenken.

»Ein verspäteter Frühjahrsputz ruft«, sagte sie. Die Betten machen und in den oberen Zimmern die Böden wischen – damit könnte sie viel Zeit totschlagen und dabei ihren Gedanken freien

Lauf lassen. Sie seufzte, und Christie hörte eindeutig einen Anflug von Langeweile heraus.

»Das heißt, du hast nichts Aufregendes mit deinem Mann vor?«, fragte Raychel, die gern gehört hätte, dass Grace mit einer älteren Version von Ben verheiratet war, denn so jemanden hatte sie verdient.

Darüber musste Grace lachen. »Nein, dieses Wochenende nicht«, sagte sie nur, obwohl sie in dieser gemütlichen Ecke vor diesen Frauen, die alle ein offenes Ohr für sie hatten, am liebsten ihr Herz ausgeschüttet hätte.

»Na ja, ich werde überhaupt nichts machen«, sagte Christie fröhlich. »Das Wetter soll schön und sonnig werden, daher werde ich einfach nur im Garten sitzen, Zeitschriften lesen, Pimm's trinken und mich von meinem großen Bruder am Sonntag schön bekochen lassen.«

»Ist das der Zahnarzt?«, fragte Anna. »Ein guter Koch?«

»Fantastisch«, sagte Christie.

»Es klingt, als ob er sehr nett wäre«, sagte Anna wehmütig. »Er muss schwul sein.«

»Nein«, lachte Christie. »Hetero und wundervoll und frustrierenderweise Single.«

»Schade, dass er nicht mein Typ ist«, sagte Anna. »Ich stehe nur auf Schwachköpfe.«

»Ich sage dir, was du brauchst«, sagte Christie. »Einen gelangweilten, verheirateten Liebhaber auf der Suche nach einer Geliebten, die er verwöhnen kann.«

Bei diesen Worten schnellte Anna herum.

»Wie – und einer armen alten Kuh das antun, was Tony mir angetan hat! Warum sollte ich einen Mann wollen, der seiner Frau so etwas antut! Einen solchen Idioten würde ich nicht mal mit einer drei Meter langen Kneifzange anfassen!«

»Hey.« Grace hob beschwichtigend die Hände. »Ich glaube nicht, dass Christie das ernst gemeint hat, Anna.«

»Es war ein Witz«, warf Dawn ein, auf einmal bemüht, die kostbare Harmonie zu retten. Sie wollte nicht, dass sie ihnen verdorben wurde. Dafür genoss sie diese Freitagabende mit ihrem gemeinsamen Geplauder inzwischen viel zu sehr.

»Natürlich war es ein Witz«, beeilte sich jetzt auch Christie zu sagen. »Entschuldige, Anna, das war wirklich plump von mir. Ich wollte nicht …«

»Nein, nein, ich bin diejenige, die sich entschuldigen sollte«, sagte Anna. »Christie, es tut mir leid, wirklich. Im Moment bin ich einfach empfindlicher, als gut für mich ist. Heute ist unser Jahrestag, weißt du – na ja, der Jahrestag unserer ersten Verabredung. Wir haben ihn immer wie einen richtigen Hochzeitstag gefeiert, wisst ihr, mit Karten und Geschenken, obwohl wir gar nicht verheiratet sind – natürlich.« Gott, ich bin ja völlig durch den Wind, dachte sie.

»Oh, Anna …« Christie drückte Annas Hand, um sie zu trösten.

»Das konntest du ja nicht wissen«, sagte Anna. »Es ist nicht deine Schuld. Ich muss mich einfach mehr zusammenreißen.«

»Vielleicht, wenn dieser verheiratete Typ mit einer richtigen alten Hexe zusammenleben würde, von der er keinen Sex bekommt«, versuchte Dawn alles wieder einzurenken, »und die sich nie den Po abwischt und lauter braune Zähne hat«.

Anna lachte dankbar. Sie wusste, was Dawn versuchte, und sie schämte sich dafür, dass sie so überreagiert hatte. Dieser verdammte Tony, er war einfach an so vielem schuld. Er trieb sie in den Wahnsinn. »Na ja, gut, in dem Fall könnte es vielleicht ganz nett sein, den armen Mann aus seiner Not zu erretten.«

Dawn blieb noch, als die anderen alle aufbrachen. Sie war mehr als erleichtert, als Al endlich doch den Blick hob, sie sah und lächelte. Sie erwiderte sein Lächeln und setzte sich an die Bar, um dort zu warten, bis die Band eine Pause einlegte. Nach seiner Abschiedsbemerkung am letzten Wochenende fragte sie sich, ob er überhaupt zu ihr herüberkommen würde. Aber diese Sorge war unbegründet.

»Hallo«, sagte er in seinem gedehnten tiefen Tonfall. »Hast du deine Gitarre gefunden?«

»Ja, Gott sei Dank.« Dawn legte sich rasch eine Lüge zurecht. »Ich war so dumm, ich hatte sie sicher verstaut, und dann hatte ich ganz vergessen, wo.«

»Und wie war deine Woche?«

»Gut«, sagte Dawn. Auf einmal hatte sie ein schlechtes Gewissen. Eben hatte sie noch Mitleid mit Anna wegen ihres treulosen Verlobten gehabt, und jetzt hatte sie selbst Schmetterlinge im Bauch wegen dieses großen Gitarristen vor ihr. »Und deine?«

»Auch gut. Wir haben an allen möglichen Orten gespielt und sind viel herumgekommen«, antwortete er. »Aber am nächsten Sonntag werden wir nicht üben, sonst hätte ich gesagt, komm doch einfach wieder vorbei. Wir haben uns alle sehr über deine Gesellschaft gefreut.«

»Ach, wie schade«, sagte Dawn. Sie hatte insgeheim gehofft, sie würden sie einladen, wieder mit ihnen zu spielen.

»Die Jungs wollen lieber eine Sightseeingtour machen. Sie wollen ein bisschen was von Yorkshire sehen.«

»Und du fährst nicht mit?«, fragte Dawn.

»Nicht mit ihnen«, sagte er. »Ich habe mich gefragt, ob du mir vielleicht gern deine Lieblingsorte zeigen würdest, Dawny. Was hältst du davon, einen echten Cowboy durch deine Gegend zu kutschieren? Als Freunde natürlich.«

In ihrer Magengegend brach der reinste Tumult aus. *Nein, das kannst du nicht machen. Das ist zu intim. Ja, ja, na los, du verdammte Idiotin. Wie kannst du diese Einladung ausschlagen? Gefahr, Gefahr! Ihr fahrt doch nur als Freunde – seine eigenen Worte.* Die Neins waren zahlenmäßig so stark unterlegen, dass sie praktisch im Tal des Todes waren.

»Ja, das wäre sehr schön«, hörte sie sich schließlich sagen, obwohl eine Stimme in ihr noch immer leise protestierte, sie sollte seine Aufmerksamkeit nicht noch mehr auf sich lenken. Sie sollte sich eine Hochzeitsreise aussuchen, sie sollte Einladungen verschicken. Aber stattdessen verabredete sie mit Al Holly, ihn am Sonntagmorgen um neun Uhr vor der Rising Sun abzuholen, um den ganzen Tag mit ihm zu verbringen.

Fünfzigstes Kapitel

Als Grace vom Pub nachhause kam, nahm sie Schwingungen wahr, die ihr verrieten, dass irgendetwas nicht so war, wie es sein sollte. Ihre Sinne gingen in Alarmbereitschaft, denn es war alles genau wie beim letzten Mal, als Gordon sie gegen ihren Willen nach Blegthorpe verschleppt hatte. Sie kochte das Abendessen, und danach las Gordon den *Chronicle*, während sie den Abwasch machte. Nach außen hin schien es ein ganz gewöhnlicher Freitagabend zu sein, aber sie nahm dennoch eine seltsame Unterströmung wahr.

Die Erkennungsmusik der *Coronation Street* endete, was im Allgemeinen Gordons Stichwort war, um aufzustehen und sich für sein Kriegsveteranentreffen umzuziehen, aber diesmal tat er es nicht. Er war ein solches Gewohnheitstier, dass Grace ihn schließlich fragte:

»Gehst du heute Abend nicht aus?«

»Nein, heute Abend nicht«, sagte er leise.

»Geht's dir nicht gut?«

»Nur weil ich nicht ausgehe, muss ich doch noch lange nicht krank sein!« Er stach auf die Fernbedienung ein und schaltete auf *Sky News* um. Grace ärgerte sich jedes Mal, wenn er einfach umschaltete, ohne so höflich zu sein, sie zuerst zu fragen. Ihr wurde bewusst, dass sie sich schon seit über zwanzig Jahren darüber ärgerte, ohne je dagegen aufbegehrt zu haben. Und dieser kleine Akt des Umschaltens setzte jetzt eine massive Kettenreaktion in ihrem Gehirn in Gang.

Sie sah Gordon an, der seltsam gebannt von den Nachrichten war, und auf einmal wusste sie, dass sie ihn dieses Wochenende verlassen würde. Komisch, sie hatte immer darauf gewartet, dass irgendein einschneidendes Ereignis ihr die Kraft verleihen würde, einfach zu gehen, und jetzt war es lediglich das Drücken einer

Taste auf der Fernbedienung gewesen. Es spielte keine Rolle, dass sie nicht wusste, wohin sie gehen sollte, und kaum Zeit hatte, einen Plan zu entwickeln – sie ertrug seine Gegenwart einfach nicht mehr, die allen Sauerstoff aus ihrem Leben sog und sie irgendwohin schubste, wo sie gar nicht sein wollte, und dass er Entscheidungen für sie traf und ihre Familie mit seinen Vorurteilen und seiner Wut zerrüttete. Sie war schon einmal an diesem Punkt angelangt gewesen und hatte um die Kraft gebetet, ihn zu verlassen, aber irgendwie war es diesmal anders. Sie wusste, dass sie ihre Meinung diesmal nicht mehr ändern würde; diesmal war eine Grenze überschritten worden – es war vorbei. Der plötzliche Gedanke an ihre künftige Freiheit versetzte sie in Euphorie. Wie sollte sie es ihm sagen? Es war nicht ihre Art, sich einfach davonzustehlen, so wie Annas Tony, und nur eine Nachricht auf dem Tisch zu hinterlassen. Sie würde es ihm ins Gesicht sagen müssen. Eine Aussicht, auf die sie sich überhaupt nicht freute.

Am Dienstag, entschied sie. Am Dienstag würde sie ihn verlassen, so anständig und aufrichtig wie möglich. Am Wochenende würde sie das Haus putzen und die Essensvorräte für ihn auffüllen. Sie würde einen Koffer packen und ihm gleich am Dienstagmorgen sagen, dass ihre Ehe zu Ende war. Dann würde sie das Haus verlassen und zur Arbeit fahren und sich danach den nächsten Schritt zurechtlegen; weiter als bis dahin konnte sie nicht vorausdenken, ohne in Panik auszubrechen. Sie sah sich die *Sky News* an, aber in Gedanken war sie auf einem völlig anderen Stern und erstellte eine Liste mit Erledigungen.

Als Anna nachhause kam, lehnte ein rechteckiges Paket aus braunem Papier an ihrer Tür. Es war offensichtlich persönlich zugestellt worden, denn es war nicht frankiert. Sie öffnete die Tür und holte die Schere aus der Schublade, noch bevor sie ihre Jacke auszog. Es war mit so viel braunem Klebeband umwickelt, dass es vermutlich einen Atomangriff überstanden hätte. Selbst das Stanley-Messer, das sie schließlich zu Hilfe nahm, kam nur schwer durch die Verpackung. Dann hatte sie noch mit ungefähr zwölf Schichten

Noppenfolie zu kämpfen, bis schließlich ein quadratisches Styroporkästchen zum Vorschein kam. Verwirrt stemmte Anna den Deckel auf. Dann sah sie die weiße Rückseite eines Tellers, an dem ein Aufhänger befestigt war. Als sie den Teller umdrehte, sah sie auf der Vorderseite ein Foto von ihr und Tony, Arm in Arm, er mit diesem großspurigen, überheblichen Grinsen. Es war das Foto, das er als Hintergrundbild auf seinem Handy gehabt hatte. Unter dem Foto auf dem Teller stand ein einziges Wort: *Zusammen.* Was zum Teufel hatte das zu bedeuten? War das ein Jahrestagsgeschenk? Sie verspürte einen Schwall von Aufregung bei dem Gedanken, dass er vielleicht tatsächlich an den Tag gedacht hatte. Aber wenn nicht, warum schickte Tony ihr dann einen Teller mit einem Foto, wenn sie gar nicht mehr zusammen waren? Sie waren ungefähr so weit auseinander wie Lynette Bottoms Beine. Oder würde er doch nachhause kommen? Lieber Gott – war das vielleicht seine Art, ihr zu sagen, dass er auf dem Weg zurück zu ihr war?

Gordon ging am Samstag nicht in seinen Schrebergarten. Er fuhr Grace an, als sie ihn fragte, warum nicht.

»Man könnte glauben, du versuchst, mich loszuwerden!« Daher schürte sie seinen Verdacht nicht weiter, indem sie noch einmal nachfragte. Sie wechselte die Bettwäsche und gab sich den Anschein einer Frau, die an ihrem Haus interessiert ist, nicht im Begriff, es zu verlassen.

Sie holte leise ihren kleinen Koffer vom Kleiderschrank, packte etwas Unterwäsche, ein paar Blusen, Röcke und Schuhe ein und schob ihn rasch unter das Bett. Dann begann sie, eine Weile auf dem Treppenabsatz Staub zu saugen, bevor sie entschied, dass sie etwas frische Luft brauchte.

»Ich gehe rasch ein paar Sachen einkaufen«, sagte Grace und steckte den Kopf durch die Wohnzimmertür. »Bin gleich wieder da.«

»Ich komme mit«, sagte Gordon.

Einundfünfzigstes Kapitel

Anna tanzte jetzt schon seit vierundzwanzig Stunden durchs Haus. Sie hatte über diesen Teller nachgedacht, und die einzige mögliche Erklärung, die sie dafür hatte, war, dass Tonys Herz auf dem Weg zurück zu ihr war. Die Vorfreude, dass er jeden Moment zur Tür hereinkommen könnte, machte für sie jeden Augenblick zu einem Genuss. Sie wusste schon gar nicht mehr, wie oft sie an diesem Tag ihren Lippenstift nachgezogen und sich dann vorgestellt hatte, wie Tony alles wieder wegküssen würde.

Sie wünschte, sie hätte heute Abend nicht zu Vladimir fahren müssen; Murphy's Law würde noch dafür sorgen, dass Tony ausgerechnet dann kam, wenn sie bei den Dreharbeiten war. Aber sie konnte die Crew nicht hängen lassen. Sie würde einen Zettel vor die Tür legen, um Tony, wenn er denn kam, wissen zu lassen, dass sie um zehn Uhr zurück sein würde – in der Hoffnung, dass nicht zuerst ein Einbrecher die Nachricht sah.

Jane wartete an Vladimirs Haustür auf sie. Sie strahlte übers ganze Gesicht. Anna war kaum aus dem Wagen, als Jane sie schon in der engsten Umarmung an sich drückte, zu der jemand, der kaum fünfzig Kilo auf die Waage brachte, im Stande war.

»Liebe Anna, stellen Sie sich vor – gestern habe ich erfahren, dass eine neue Serie mit *Janes Damen* in Auftrag gegeben worden ist, und ich werde sie immer noch präsentieren. Und sie überlegen, danach noch ein paar Abwandlungen zu dem Thema zu bringen.«

Jane sah größer aus. Anna blickte zu Boden, um zu sehen, ob sie vielleicht in der Luft schwebte.

»Sie hätten mich sehen sollen, Anna, ich war umwerfend. Ich war jung und auf Draht und unwiderstehlich. Elaine Massey hatte keine Chance gegen mich.«

»Ich freue mich ja so für Sie«, sagte Anna, die selbst bis über beide Ohren lächelte, halb wegen Janes guter Neuigkeiten und halb wegen des Tellers, den sie zu ihrem Jahrestag geschenkt bekommen hatte.

Vladimir Darq hingegen schien eher verärgert von diesem Lächeln. Wenn auch nicht ganz so biestig wie Maria, die immer wieder »*la dracu*« – offenbar ein Schimpfwort – sagte, während sie versuchte, Annas Gesicht zu schminken.

»Maria sagt, Sie lächeln zu viel«, sagte Vladimir leicht gereizt.

»Na schön, dann werde ich eben eine saure Miene aufsetzen.« Anna zog einen übertriebenen Schmollmund.

»Nein, nicht sauer. Wie eine Statue. Neutral. Es ist ja schön, dass Sie heute offenbar nicht so nervös sind, Anna, aber was geht Ihnen denn durch den Kopf? Ich nehme an«, und an dieser Stelle schnaubte er herablassend, »es hat etwas mit Ihrem treulosen Typen zu tun – *Tony*.« Er sprach den Namen aus, als hätte er Stuhlgang. »Und ich dachte schon, Sie hätten sich die Haare nachgefärbt, weil Sie für sich selbst schön aussehen wollten!«

»Na ja, ehrlich gesagt, habe ich mir die Haare wirklich für mich selbst gefärbt«, gab Anna jetzt selbst leicht herablassend zurück. »Und ich habe es gemacht, *bevor* Tony mir ein Geschenk geschickt hat, um mir zu zeigen, dass er von seiner ach so tollen Frau allmählich genug hat.«

»Was denn für ein Geschenk?«

»Einen Teller.«

»Einen Teller! *O farfurie?*« Er deutete mit den Händen eine rundliche Form in Tellergröße an, um sich zu vergewissern, dass er sie richtig verstanden hatte. Er schien nicht so beeindruckt wie Anna von einem Teller als romantischem Symbol.

»Kein x-beliebiger Teller. Ein ganz besonderer Teller. Mit unserem Foto darauf.«

Vladimir zog die rechte Augenbraue so weit hoch, dass Roger Moore vor Neid erblasst wäre. Es war eine Geste, die Anna nicht entging.

»Sie verstehen das nicht.« Vielleicht waren Schwule einfach nicht so romantisch wie Heteros, überlegte sie.

»Warum? Warum sollte ich das nicht verstehen? Vielleicht weil ich nicht so menschlich bin wie Sie?«

Seine Augen mit dieser seltsamen Farbe funkelten sie an, als wollten sie ihr einen Beweis dafür liefern.

»Das habe ich nicht gemeint.« Sie wusste, dass er sich darüber amüsierte, dass sie – und die halbe Modewelt – sich fragten, ob an der Geschichte, dass er ein Vampir war, vielleicht etwas Wahres dran war. Aber diesmal war sie aufrichtig. Das hatte sie überhaupt nicht gemeint. »Hören Sie, ich weiß ja nicht, was in der Welt der Schwulen als romantisch gilt …«

»Und ich schon?«, schnitt er ihr das Wort ab, auf einmal alles andere als amüsiert.

»Na ja … ja«, sagte Anna. »Das hätte ich jedenfalls gedacht.«

»Und warum hätten Sie das gedacht?«

»Na ja, weil Sie … ich dachte, Sie sind … oder nicht? Na ja, Sie sind doch, ähm … Sie sind doch sicher schwul, oder?«, sagte Anna, auf einmal nicht mehr so selbstbewusst.

»Sie glauben, ich bin schwul? Weil ich Designer bin … halten Sie mich für schwul?« Sie konnte nicht sagen, ob das Funkeln in seinen Augen Wut oder Belustigung verriet.

»Ich dachte …«

Es war Belustigung. Er warf den Kopf zurück und lachte.

»*Nebunatico!* Sie dummes Mädchen – o nein, nein, nein, Anna. Ich bin nicht schwul.«

Anna sah hoch zu diesem großen, rumänischen Kerl, der auf einmal als nichtschwul völlig neu eingeordnet war, und zog ihren Morgenmantel etwas fester um sich. Gott, er hatte ihre Brüste angefasst. Wie peinlich!

Vladimir Darq zog einen Mundwinkel hoch, während er sie musterte.

»Glauben Sie mir, Anna, wenn ich Sie gewollt hätte, dann wären Sie nicht in Sicherheit. Ich bin ein sehr gefährlicher *Hetero*. Und jetzt hören Sie bitte auf zu lächeln und lassen Sie Maria Ihr Make-up machen.« Und dann stieß er selbst ein »*la dracu*« aus, während er sich entfernte, um Leonid von ihrem Gespräch zu berichten, der in diesem Augenblick ein paar große, schirmförmige Reflektoren aufbaute. Anna hörte die beiden zusammen lachen, und sie kochte innerlich vor Wut, während Maria ihr Gesicht in Angriff nahm. Jane kam mit einem Kaffee für sie, aber Maria wollte sie ihn nicht trinken lassen.

»Ich muss mich entschuldigen, aber ich habe das eben mit angehört«, gestand Jane. »Wer ist denn Tony?«

»Mein Verlobter«, antwortete Anna mit einem schweren Seufzer. »Na ja, zumindest denke ich, dass er noch immer mein Verlobter ist. Er ist am Tag nach dem Valentinstag mit seiner jungen Aushilfe durchgebrannt, die in seinem Friseursalon arbeitet.«

»Ein tolles Timing suchen sich die Männer dafür immer aus, stimmt's? Ich habe letztes Jahr an Weihnachten den Laufpass bekommen.«

»Den Laufpass bekommen – Sie?«, fragte Anna ungläubig. Sie konnte sich nicht vorstellen, dass jemand einer so umwerfenden Frau wie der, die hier vor ihr stand, den Laufpass gab.

»Aber es ist schon okay so«, sagte Jane mit einem schiefen Grinsen. »Ich konnte mich an Bruce' Schulter ausweinen, und, na ja, seitdem sind wir zusammen.«

»Wirklich?« Anna stöhnte entzückt auf. »Dann sind Sie bei der Arbeit aber sehr professionell, denn darauf wäre ich nie gekommen.«

»Genau das wollten wir ja auch«, sagte Jane augenzwinkernd. »Aber lassen Sie sich nicht täuschen. Zuhause ist er ein echter Tiger. Zufälligerweise ist mein Laufpass-Bursche an Silvester wie der sprichwörtliche falsche Fuffziger vor meiner Haustür aufgetaucht, und es hat mir richtig gutgetan, ihn in die Gosse zu treten.«

»Eins a!«, lachte Anna. Sie fragte sich, ob ihr eigener »Laufpass-Bursche« vielleicht vor ihrer Haustür aufgetaucht war, während sie hier war.

»Waren Sie sehr verletzt?«, fragte Jane leise.

»Am Boden zerstört«, sagte Anna. »Lange Zeit wusste ich einfach nicht, wie ich mit diesem ganzen Schmerz fertigwerden sollte. Es hat höllisch wehgetan.«

»Und wie geht es Ihnen jetzt? Heilt die Zeit wirklich alle Wunden, wie es so schön heißt?«

»In den ersten Wochen nicht, nein«, antwortete Anna. Sie dachte zurück an dieses entsetzliche Meer des Schmerzes, in dem sie einfach kein Land sehen, geschweige denn darauf zuschwimmen konnte. »Aber jetzt habe ich wieder halbwegs festen Boden unter den Füßen, auch wenn ich ab und zu noch immer eine schlechte Phase durchmache. Mit diesen Dreharbeiten hier ziehen sich die Wochenenden nicht mehr so endlos und einsam hin, und die Frauen, mit denen ich tagsüber zusammenarbeite, sind fantastisch und wirklich eine große Hilfe. Es ist sehr seltsam, da wir alle unterschiedlich alt sind, aber wir verstehen uns trotzdem prächtig. Das Alter spielt gar keine Rolle.«

»Ach, das ist ja interessant.« Jane schien auf einmal ganz Ohr. »Wo arbeiten Sie denn?«

»In der Unternehmenszentrale der White Rose Stores im Industriegebiet Eastings. Ich bin dort in der Backwaren-Abteilung angestellt.«

Maria nahm jetzt Annas Frisur in Angriff, bauschte sie zu einem riesigen, der Schwerkraft trotzenden Turm auf.

»Meinen Sie, Sie würden ihn wieder nehmen?«, fragte Jane, halb gebannt von Marias Künsten.

»Ja, ich glaube, das würde ich«, sagte Anna. Das Gehirn, das eigentlich all die Gemeinheiten ausspeien sollte, die er sich geleistet hatte – sich zum Beispiel einfach zu verpissen, als sie ihre Fehlgeburt hatte –, dachte ärgerlicherweise vielmehr an all seine positiven Seiten: seine physisch sanfte Art, seine Lust auf ihren Körper, seinen beruflichen Ehrgeiz, seine Großzügigkeit in Bezug auf Geld. Er hatte viele gute Seiten, ebenso wie schlechte. Sie hoffte, sie würden wieder ins gewohnte Gleis finden, wenn er zurückkam.

Zwanzig Minuten später war Jane ins Gespräch mit Anna vertieft, diesmal für die Kamera.

»Anna, Sie tragen hier ein 99-Pence-T-Shirt über einem Bodyshaper von Vladimir Darq – wie sexy fühlen Sie sich?«

Anna warf einen Blick in den Spiegel. Maria hatte ihr Haar zu einer Hochfrisur toupiert, die Amy Winehouse Konkurrenz gemacht hätte. Und sie hatte ihr Smoky Eyes und glänzend rosa Lippen geschminkt, aber es war nicht das Make-up, das auf einmal ein Kribbeln durch ihren Körper jagte. Vladimir Darqs Bodyshaper hatte ihr die Brüste einer Neunzehnjährigen verliehen, und eine Taille, die kurvenreich über einer umwerfenden Hüfte lag. Anstatt den Rücken zu krümmen, um ihre Brüste möglichst klein zu machen, drückte sie ihn ausnahmsweise einmal durch. Selbst mit dem billigsten T-Shirt der Welt sah Anna heißer aus, als sie es für möglich gehalten hätte.

»Ich kann es gar nicht glauben, Jane«, sagte Anna. »Ich hätte nie gedacht, dass ich meine Brüste wieder so weit hochkriegen könnte. Ich dachte, ich müsste mich damit abfinden, dass sie demnächst für immer um meine Taille schlenkern.«

Bruce unterdrückte ein verächtliches Kichern.

Jane wandte sich jetzt an den Designer. »Vladimir, erzählen Sie uns, was Sie für Anna gemacht haben.«

»Es ist im Grunde ganz einfach. Ich habe einen Bodyshaper entworfen, den ich den ›Darqone‹ nenne, der bequem und sexy zugleich ist«, sagte er selbstbewusst. »Es ist nicht unmöglich, beides zu haben.«

»Wie können Sie das jeder Frau anbieten, und das zu einem so niedrigen Preis?«

Vladimir lachte leise auf, als sei die Antwort offensichtlich. »Das Problem mit diesen Firmen, die immer sagen, ja, wir haben Größe G und Größe H, ist doch, dass sie 70G und 75H haben, aber keine 100G und 105H«, fuhr er fort. »Ich werde JEDE Größe verfügbar haben. Der ›Darqone‹, den Anna im Augenblick trägt, wird ein Grundbestandteil jeder Garderobe sein, warten Sie's nur ab. Ich werde so viele davon verkaufen, dass ich den Preis niedrig halten kann.«

»Sie scheinen ja sehr überzeugt von sich zu sein, Vladimir«, gab Anna scherzhaft zurück. »Was, wenn Sie doch nicht so viele verkaufen, wie Sie sich vorgenommen haben?«

»Das werde ich schon«, sagte Vladimir Darq. Er strotzte vor Selbstbewusstsein.

»Schnitt«, rief Mark. »Wir müssen jetzt dieses Body-Teil sehen, Anna. Wir machen nur ein paar Aufnahmen davon, und dann machen wir für heute Schluss.«

»Das ist das Einzige, was ich von euch allen je zu hören kriege, ›runter mit den Klamotten‹«, sagte Anna lächelnd.

»Ja, aber das tun Sie doch so gern.« Mark warf ihr eine Kusshand zu.

Anna zog sich grinsend das T-Shirt über den Kopf.

»Ihre Brüste sehen in diesem Top wirklich klasse aus, Anna«, rief Bruce hinter der Kamera.

»Hände in die Hüften, Anna«, befahl Mark. »Und ich gebe ihm völlig recht.«

Anna lachte. Wenn jemand noch vor einem Monat so etwas zu ihr gesagt hätte, dann hätte sie ihn für einen geistesgestörten Perversen, der am grauen Star litt, gehalten. Jetzt ließ sie es fast als aufrichtiges Kompliment gelten, auch wenn sie dabei leicht errötete.

Vladimir Darq sagte nichts. Er stand mit verschränkten Armen und düster funkelndem Blick neben Maria. Aber ihm fiel auf, dass Anna die Schultern wieder durchgedrückt hatte und wie lang ihr Hals aussah, wenn sie nicht versuchte, sich zu verstecken.

»Und, wie war's in Mailand? Waren Sie für eine Modewoche dort?«, fragte Anna, als sie nach den Aufnahmen in ihren Morgenmantel schlüpfte.

»Ich bin nicht wegen der Mode hingefahren«, sagte Vlad. »Sondern wegen der Italiener.«

»Italiener?« Anna schluckte.

»Ja, ich hatte Hunger, und Italiener schmecken so gut.«

»Sie machen Witze, oder?«, fragte Anna.

»*Vampiri* – machen keine Witze über ihr Essen«, sagte Vladimir, während er Anna so gebannt anstarrte, dass sie sich innerlich fast vergewaltigt fühlte. Dann wandte er sich an Mark, um ein paar Worte mit ihm zu wechseln, sodass sich Anna etwas kühle Luft auf ihre erhitzten Wangen fächeln konnte.

Vladimir schickte Anna mit ihren Smoky Eyes, ihrer tollen Frisur und dem ›Darqone‹, den sie noch immer anhatte, nachhause. Er sagte ihr, sie solle ihn weiter tragen, damit durchs Haus laufen und sich wie die Frau fühlen, die sie im Spiegel gesehen hatte. Er gab ihr ein Paket mit noch mehr Darqones in diversen fantastischen Farben mit und sagte ihr, sie solle die ganze Woche nichts anderes unter ihrer Kleidung tragen.

Die Nachricht, die sie für Tony hinterlassen hatte, lag noch immer vor ihrer Tür, als sie nachhause kam. Er war nicht vorbeigekommen. »Ach, na ja«, seufzte sie, bevor sie rasch ins Schlafzimmer ging, um vor dem langen Spiegel dort zu sehen, wie sie mit ihrem neuen Make-up aussah. Sie posierte verführerisch vor ihrem Spiegelbild und versuchte sich vorzustellen, was Tony denken würde, wenn er sie so sehen könnte, mit ihrem Schmollmund und in ihrer Pose. Lynette Bottom würde im nächstbesten Mülleimer landen, und er würde über sie herfallen. Sie strich mit den Händen über ihre Kurven. Sie fühlte sich fantastisch. Tony würde ihr unmöglich widerstehen können, wenn er sie so sah.

Zweiundfünfzigstes Kapitel

Calum war die ganze Samstagnacht unterwegs gewesen, um den dreißigsten Geburtstag seines Kumpels zu feiern, und schlich am frühen Sonntagmorgen eben die Treppe hoch in Richtung Bett, als Dawn hinunterging.

»Wohin willst du denn?«, lallte er.

»Zur Meadowhall. Hochzeitssachen«, log sie. Es war noch nicht einmal acht Uhr, aber Calums Augen hätten sowieso keine Uhr lesen können.

»Schönen Tag«, rief er ihr nach. »Wir sehen uns bei Mum zum Hühnchenessen.«

O Gott! Sie hatte ganz vergessen, dass sie bei Muriel eingeladen waren. Nicht dass das – beschämenderweise – etwas an ihrer Entscheidung, wie sie den Tag verbringen wollte, geändert hätte. Sie war völlig aus dem Häuschen, und alle Schuldgefühle, die sie vielleicht hätte haben sollen, wurden mit aller Macht im Keim erstickt. Sie würde anrufen, angeblich von der Meadowhall aus, und Calum sagen, er solle sie entschuldigen, aber sie habe zu viele Einkäufe zu erledigen und nicht auf die Zeit geachtet. Noch mehr Schuldgefühle. Aber warum solltest du Schuldgefühle haben?, fragte ihr Gehirn. Schließlich zeigte sie doch nur einem Cowboy ein bisschen was von Yorkshire. Einem Freund. Ja, aber einem »Freund«, bei dem dein Herz Luftsprünge macht, kam das Gegenargument. Einem »Freund«, der in ein paar Wochen aus ihrem Leben verschwunden sein würde und den sie vermutlich nie wiedersehen würde, feuerte ihr Gehirn zurück. Es war ein Argument zu viel.

Al saß im Sonnenschein auf der Mauer und wartete auf sie. Er trug eine verwaschene Jeans und ein schwarzes T-Shirt, mit dem seine Brust breit und seine Taille schmal aussah. Sie lächelte unwillkürlich bei seinem Anblick.

»Guten Morgen, Dawny Sole«, sagte er. In seiner Gegenwart schien die Sonne noch heller zu scheinen. Er hatte ein lässiges Grinsen, das ihr das Gefühl gab, als hätte sie etwas von diesem Sonnenschein verschluckt, der ihren Magen nun zum Glühen brachte.

»Hi, du«, sagte sie gedehnt, und er lachte.

»Und, wohin wirst du mich entführen?«

»Wart's ab«, sagte sie lässig, ohne zu verraten, dass sie deswegen am Abend zuvor eine Ewigkeit das Internet durchforstet hatte. Es gab so vieles, was sie ihm hätte zeigen können, aber sie hatte sich für hübsche, friedliche Orte entschieden anstatt für wilde, aufregende. Orte, die sie mochte; Orte, die sie aufsuchen würde, um sich an ihn zu erinnern, wenn er zurück nach Kanada gefahren war.

»Wie wär's erst mal mit einem Spaziergang durch einen hübschen Park?«

»Klingt gut, Süße«, sagte Al und schwang seinen Körper auf den Beifahrersitz. Dawns Fuß bebte auf der Kupplung.

Die Enten und Gänse in Higher Hoppleton waren so gut genährt, dass sie die Brotkrumen, die ihnen kleine Kinder hinwarfen, mit völliger Verachtung straften. Dawn hatte ihre angewiderten Blicke schon oft zu spüren bekommen, sodass sie diesmal liebevoll zwei Beutel mit Madeirakuchen vorbereitet hatte.

Die Enten kamen angewatschelt und quakten ein »Das ist schon besser«.

»Füttert ihr in Kanada auch Enten?«, fragte Dawn.

»Wir *ver*füttern sie – an unsere Gäste«, grinste Al wieder.

»Oh, das ist ja schrecklich«, lachte Dawn.

»Das ist aber ein hübsches Haus.« Al blickte über seine Schulter auf die Hoppleton Hall. »Können wir das von innen besichtigen?«

»Ja, das steht schon auf meiner Liste«, sagte Dawn.

»Steht ein englischer Tee mit Scones und Marmelade auch auf deiner Liste?«

»Aber ja. Da habe ich später etwas für dich, das dich umhauen wird«, sagte sie.

»Du bist eine Reiseführerin ganz nach meinem Geschmack, Dawny Sole«, sagte er und verneigte sich leicht vor ihr.

Sie fütterten die hungrigen Enten und besichtigten dann die entzückende alte Hoppleton Hall mit ihrer umfangreichen Militaria-Sammlung, und Dawn ließ ihrer Fantasie freien Lauf und stellte sich vor, sie wären ein Paar auf einem seiner vielen Ausflüge. Wie Ben und Raychel. Calum ließ sich nie zu einem Ausflug überreden, es sei denn in den Pub oder manchmal, wenn seine Kumpel ihn mitnahmen, ins Fußballstadion. Selbst als sie letztes Jahr ans Meer gefahren waren, hatte er jeden Nachmittag im Biergarten gesessen und gesagt, es sei viel zu heiß, um durch die Gegend zu laufen. Und der Sand langweile ihn. Er hatte sie angesehen, als sei sie von allen guten Geistern verlassen, als sie vorgeschlagen hatte, die Schuhe auszuziehen und durch das seichte Wasser zu waten.

Bis zur Küste war es nur eine gute Stunde. Cleethorpes war kein allzu belebter Ort am Meer, aber dort gab es Sonne und Meer und Sand – ein paar der Dinge, die Dawn gern mit Al teilen wollte. Sie hatte schon immer am Meer oder wenigstens in der Nähe von Wasser leben wollen. Al lebte an einem so großen See, dass es dort wie am Meer sei, sagte er, und Dawn seufzte auf. Wieder einmal. Sie seufzte oft in seiner Gegenwart. Sie plauderten und spielten auf der ganzen Fahrt alberne Spiele wie »Lieblingsdinge vergleichen« und »Wer entdeckt als Erster …«, während sie über Straßen fuhren, die für einen solch herrlichen Tag – und erst recht für ein langes Wochenende – erstaunlich frei waren. In Cleethorpes selbst herrschte viel Trubel, aber sie fanden einen guten Parkplatz, als eine Familie mit einem schreienden Kleinkind eben abfuhr.

Dawn steuerte sofort auf den nächstbesten Souvenirladen zu und kaufte zwei Küss-mich-schnell-Hüte.

»Es ist verboten, ohne einen solchen Hut am Strand zu sein«, sagte sie und zerrte Al dann zu seiner ersten Kostprobe englischer Fish and Chips, kräftig mit Salz und Essig gewürzt, und sie aßen sie gleich aus dem Papier, während sie auf einer Bank saßen und aufs Meer hinaussahen, auf Kinder mit Eimern und Spaten, Esel mit bimmelnden Glöckchen und Jugendliche, die mit knappen Bikinis, lässigen Shorts und Volleybällen voreinander angaben.

»Ich liebe das Wasser«, sagte Al, während er die Hälfte von Dawns Fisch aufaß, die sie nicht mehr schaffte. »Der See, an dem ich lebe, ist voller Fische. Warst du schon mal fischen, Dawny?«

»Mein Dad ist oft mit mir fischen gegangen.« Dawn gab sich einer Erinnerung hin, die so wohltuend wie ein Paar alte Pantoffeln war.

»Hat deine Mom je wieder geheiratet?«, fragte Al, während er sich die Finger ableckte.

»Mum und Dad sind zusammen ums Leben gekommen. Ein Autounfall. Irgendein jugendlicher Raser.« Sie schüttelte den Kopf, während sie an die »Strafe« gemeinnütziger Arbeit dachte, zu der dieser gefährliche kleine Teenager »verurteilt« worden war, nachdem er das Leben dreier Menschen zerstört hatte. Er war mit einer ach so reumütigen Miene und einer theatralischen Halskrause vor Gericht erschienen. Die Miene hatte er abgelegt, sobald er das Gericht mit seinen jubelnden Kumpels verließ.

»Es tut mir so leid«, sagte Al. »Das habe ich nicht gewusst.«

»Sie sind nebeneinander begraben. Dad mit seiner Gitarre, und Mum mit ihrem Klavier.« Dawn lächelte liebevoll und traurig zugleich. »Das war natürlich ein Witz. Obwohl, das war das Einzige, was nicht in ihrem Sarg war. Er sah aus wie ein Kofferraumverkauf, mit den ganzen Blumen und Musiksachen und Gedichten und dem Zeug, das ihre ganzen Musikerfreunde dazugelegt hatten.«

»Wie alt warst du damals?«

»Siebzehn.«

»Das ist jung.«

»Jedes Alter ist zu jung, um Leute wie sie zu verlieren.« Dawn spürte, wie ihr die Tränen in die Augen traten, und sie schüttelte leicht den Kopf, um sie zurückzudrängen.

»Komm, lass uns an den Strand gehen.« Al knüllte die leeren Fish and Chips-Papiere zusammen und schleuderte sie zielsicher in den nächstbesten Abfalleimer. Er nahm Dawns Hand und zog sie über die Stufen auf den Sand. Er hielt ihre Hand nur, solange sie auf diesen sechs Stufen waren, aber die Wirkung auf Dawn war dennoch verheerend. Es wirbelte alles durcheinander, was sie jetzt tat und was sie Ende Juni tun würde. Es weckte in jedem Körperteil von ihr Gefühle, die sie nicht haben sollte, Gefühle, die sie für den Mann, den sie heiraten würde, nicht aufbringen konnte. Es stellte alles, was sie war, infrage.

Al zog seine Stiefel und Socken aus, und Dawn schlüpfte aus ihren Sandalen. Sie gingen über den nassen Sand, während die Wellen des Meeres ihre Zehen umspülten, sodass sie vor Kälte kribbelten.

»Fährst du oft ans Meer, Dawny?«

»Nicht sehr oft«, sagte sie. »Es ist ein bisschen weit von Barnsley.«

»Weit? Ach was! Hier in England ist doch alles so nah«, sagte er. »Da solltest du mal in Kanada leben.«

»Wir hatten vor, in die Staaten auszuwandern«, sagte Dawn. »Mum und Dad waren schon dabei, alles dafür vorzubereiten. Sie wollten ein einfaches Leben führen und in Bars Musik machen. Sie wollten nur noch abwarten, bis ich mit der Schule fertig bin.«

»Und das hätte dir gefallen?«

»O ja«, sagte Dawn, ohne überlegen zu müssen. »Meine Eltern wären dort sicher sehr glücklich gewesen, und ich auch. Ich wünschte, sie hätten nicht gewartet. Ich hätte mich schon angepasst. Wir hätten einfach fahren sollen. Das hätte mir wirklich gefallen.«

»Warum tust du es dann nicht jetzt?«

»Weil meine Träume mit den beiden gestorben sind.«

»Warum?«

»Weil …«

Die Worte erstarben ihr auf den Lippen; sie konnte es nicht genau erklären. Seltsamerweise hatte sie sich die Frage selbst noch nie gestellt. Als ihre Mum und ihr Dad gestorben waren, hatte sie sich nie überlegt, dass sie auch ohne sie dorthin ziehen könnte. Und den Traum für die beiden leben könnte, wenn schon nicht mit ihnen.

»Ich weiß, ich habe leicht reden«, räumte Al ein. Sie waren jetzt an einem Strandabschnitt, an dem das Gedränge nicht mehr so groß war. Auf einmal blieb er stehen und wandte sich zu ihr um. Eine Meeresbrise blies ihr eine Haarsträhne ins Gesicht. Er streckte eine Hand aus, nahm die Strähne zwischen seine Finger und steckte sie ihr hinters Ohr. Sie wollte am liebsten ihr Gesicht gegen diese Hand pressen und seine langen Finger an ihrer Wange spüren. Es war so falsch, sich solchen Gedanken hinzugeben, das wusste sie. Aber Canute konnte das Meer nicht aufhalten, und sie diese Gefühle ebenso wenig. Als sie den Blick hob, sah sie, dass er sie anstarrte. Wieder streckte er die Hand aus und berührte sanft ihre Schläfe.

»… aber deine ganzen Träume schlafen noch immer hier drinnen, Dawny. Sie schlafen nur.«

Dawns Herz hämmerte wild. Sie wagte sich nicht zu rühren. Bildete sie es sich nur ein, oder beugten sie sich mit jeder Sekunde, die verstrich, näher zueinander vor?

»Entschuldigung!« Auf einmal schlüpfte ein Junge zwischen ihnen hindurch, der einem großen aufblasbaren Strandball nachlief, sodass sie mit Sand bespritzt wurden. Das verhinderte, was immer als Nächstes passiert wäre, als hätte jemand einen Eimer mit kaltem Wasser über ihnen ausgeschüttet. Sie zuckten voreinander zurück und begannen, schweigend über den Strand zurück zum Parkplatz zu schlendern.

Dawn klappte das Verdeck vollständig zurück, sobald sie im Wagen saßen.

»Ich werde dir jetzt eine der schönsten Gegenden hier zeigen«, sagte sie, bemüht, wieder in den »Dawn die Reiseführerin«-Ton zu fallen.

»Klingt gut, Mädchen«, sagte Al und legte eine CD ein, und dann sangen sie beide zu Nicolette Larson und ihrer rauchigen Softrock-Stimme mit, und Al spielte dazu Luftgitarre. Sie wusste, dass seine Finger, wenn er eine echte Gitarre in Händen hätte, jeden Ton genau treffen würden.

»Du hast eine wunderschöne Stimme, Dawny.«

»Nein, das habe ich nicht«, sagte sie. Sie hatte immer geglaubt, eine ganz passable Stimme zu haben, aber inzwischen hatte sie jedes

Vertrauen in ihr Können verloren. »Sie heult immer so verdammt erbärmlich. Sie klingt, als ob sie gleich erwürgt würde«, hatte Calum oft an Muriels Tisch gesagt, und alle hatten gelacht. Dawn sang jetzt nicht mehr laut, wenn irgendjemand in der Nähe war.

»Machst du alles zu Musik?«, fragte sie.

Er zog schelmisch die Augenbrauen hoch, und sie schüttelte den Kopf.

»Ich meine, bist du so wie ich? Hörst du gern Musik im Hintergrund, wenn du isst, kochst du zu Musik, singst du im Bad?«

»O ja, das alles. Und manchmal sitze ich auch einfach nur da, tue gar nichts und höre nur zu.«

Es klang wundervoll, sich einfach zurückzulehnen, mit geschlossenen Augen, und nichts zu tun, als der Musik zuzuhören. Sie konnte sich schon vorstellen, was Calum gesagt hätte, wenn sie ihm vorgeschlagen hätte, das einmal zu versuchen. Dann verscheuchte sie Calum aus ihren Gedanken; das fiel ihr heute nicht besonders schwer.

Sie fuhren durch Moore, holperten über Landstraßen und nahmen schließlich eine lange, gewundene Straße zurück nach Barnsley.

»Und jetzt das i-Tüpfelchen deines Aufenthalts in England«, sagte sie, als sie vor einer Reihe alter Gebäude auf einen Parkplatz einbogen. »Der Yorkshire-Tee mit Scones und Marmelade.«

»Aber das ist ja ein Italiener!«, lachte Al, als er die riesigen gestreiften Flaggen vor dem Haus sah.

»Nein, das ist Barnsley durch und durch«, sagte Dawn. »Solche Portionen bekommst du nirgends in Italien.«

Sie drückte die Tür auf, und das Erste, was sie sahen, war, wie beabsichtigt, die größte Kuchenvitrine der Welt. Die Kuchen darin sahen aus, als seien sie für eine weitaus größere Welt gebacken worden als die, in der sie standen.

»Oh, wow«, sagte Al. »Das sind ja wirklich viele. Wie soll ich mich da bloß entscheiden?«

»Versuch's doch mit der »Ene mene muh«-Methode, wenn sonst nichts hilft«, sagte Dawn. Sie lachte mit der Kellnerin, die sie zu einer Sitznische führte und ihnen zwei lange, grün-weiß-rote Speisekarten reichte.

Zehn Minuten später hatten sie sich noch immer nicht entschieden, was sie nehmen wollten.

»Warum nehmen Sie nicht den ›Mama und Papa‹?«, schlug die Kellnerin vor. »Das ist für zwei Personen und besteht aus einer Kostprobe von acht Kuchen Ihrer Wahl.«

»Wie – wir sollen uns auf acht beschränken?« Al schüttelte den Kopf. »Ich bin mir nicht sicher, ob ich das kann!«

Er liebt Essen, genau wie ich, dachte Dawn. Sie kam aus einer Familie, wo man gern um einen sich biegenden Esstisch beisammensaß; das war etwas gewesen, das ihr an der Crooke-Familie so gut gefallen hatte. Als der Kuchenteller gebracht wurde, sagte Dawn, ohne zu überlegen: »Gott, das ist ja genug für meinen Hochzeitsempfang!«

Sie wünschte, sie hätte die Worte zurücknehmen können. Den ganzen Tag hatte sie ihr anderes Leben mit keinem Wort erwähnt, und jetzt hatte sie es genau ins Rampenlicht zerren müssen.

Al schenkte schweigend zwei Tassen Kaffee aus der riesigen Kanne ein.

»Wann ist denn der große Tag?«

»Am 27. Juni«, antwortete sie verlegen.

Er saß einen Augenblick schweigend da. Dann warf er noch eine Frage in den stillen See zwischen ihnen.

»Wie heißt er denn?«

»Calum.« Sie wollte nicht über ihn reden. Das hier war eine andere Welt, ein anderes Universum, und eines, in dem Calum Crooke nicht existierte.

»Was für ein Mann ist er?«

Er schläft verdammt viel, er ist faul, er trinkt zu viel, er macht krumme Geschäfte, er findet, dass ich nörgele, und er hasst es, wenn ich singe. Aber nach den Worten meiner künftigen Schwiegermutter muss ich nur ein paar Jahre warten, dann wird er schon okay sein.

»Er sieht, ähm, nett aus, er hat eine tolle Familie; sie sind wirklich nett zu mir. Er ist still. Er ist ein Familienmensch. Er steht seinen Eltern und Schwestern sehr nahe. Sie sind alle sehr witzig.« Sie nahm einen kräftigen Schluck Kaffee.

Al führte einen Löffel Schokoladenkuchen zum Mund.

»Klingt, als ob du mehr in seine Familie verliebt wärst als in ihn.«

»Nein, so ist es nicht.« Dawn sprach mit einem leicht defensiven Unterton, von dem sie selbst schockiert war. »Aber sie kommen eben als Gesamtpaket, sie sind eine sehr eng verbundene Familie. Das gefällt mir.« Das war jetzt schon das zweite Mal, dass er Wahrheiten aussprach, die allzu nah an der Schmerzgrenze waren.

»Verstehe«, sagte Al, aber sie konnte sehen, dass er über ihre Worte nachgrübelte, während er sich ein halbes Kaffeebaiser in den Mund steckte.

»Hätten deine Mom und dein Dad ihn gemocht?«

Hätten sie das? Sie hatte es bis jetzt vermieden, sich diese Frage zu stellen, und sie wollte auch jetzt nicht darüber nachdenken. Vermutlich wusste sie, wie die Antwort gelautet hätte.

»Mum und Dad hätten gewollt, dass ich glücklich bin. Und das bin ich. Wirklich.« Sie reckte das Kinn vor, als könnte sie ihren Worten dadurch mehr Gewicht verleihen.

Sie konnte Al Hollys Gedanken nicht lesen, während er bei den Kuchen zulangte, aber sie spürte, dass ihm eindeutig irgendetwas durch den Kopf ging, auch wenn er nichts weiter zu dem Thema sagte.

Er übernahm die Rechnung. Sie protestierte, denn er hatte auch schon das Fish and Chips bezahlt, aber er sagte, er wolle sich nicht von einer Dame aushalten lassen, vor allem wenn sie ihr Benzin verbraucht hatte, um mit ihm einen Ausflug zu unternehmen. Calum hatte nie ein Problem damit, dass sie bezahlte, dachte sie. Dann fragte sie sich, wie oft sie an diesem Tag Calum schon mit dem großen, schlanken Al Holly verglichen hatte. Und wie viele Punkte Vorsprung hatte Al Holly? Vielleicht war es ein Glück, dass es jetzt Zeit war, nachhause zu fahren. Es war Zeit, dass das alles aufhörte.

Sie fuhren aus der Stadt in Richtung Rising Sun. Dawn nahm den Umweg über Landstraßen; ihr war bewusst, dass sie seine

Gesellschaft bis zum letzten Tropfen auskostete. Auf einer dieser Landstraßen bat Al Dawn auf einmal, den Wagen anzuhalten.

»Hier?«, sagte sie. »Wozu denn? Hier gibt es doch gar nichts.« Aber sie hielt trotzdem an, neben einem Gatter, das in einen Wald führte. Sie gingen zu einer Stelle, wo die letzten Glockenblumen den Boden wie ein Teppich bedeckten. Späte Blüten, die in wenigen Tagen verwelkt sein würden.

»Sieh dir das an, das ist so schön«, sagte Al.

»Das stimmt«, sagte Dawn. »Gibt es die in Kanada nicht?«

»Keine englischen. Wir haben Hybride, aber die sind nicht so wie diese hier.«

Er schloss die Augen und atmete den zarten Duft tief ein, den eine sanfte Brise zu ihnen herüberwehte.

»Das war ein wundervoller Tag«, sagte er schließlich, ohne sie anzusehen. »Ich weiß, dass wir nur Freunde sein können, aber ich wünschte, irgendwo dort draußen gäbe es ein paralleles Universum, in dem du … frei bist …« Er schlug sich hart mit einer Faust auf den Schenkel, als könnte er sich so von dem Ort zurückholen, an den ihn seine Fantasie getragen hatte. »Entschuldige. Ich hätte das nicht sagen sollen. Dawny …« Dawn schluckte, als sie ihn ihren Namen in diesem Ton sagen hörte. Er wandte sich langsam zu ihr um. Die sexuelle Anspannung zwischen ihnen hätte sie nicht einmal mit Darth Vaders Lichtschwert durchschneiden können, als Al Holly ihre Hand in seine nahm, ihren Handrücken sanft küsste und sagte: »Du wirst das vielleicht für eine abgedroschene Anmache halten, aber das ist es nicht. Heute ist einer der schönsten Tage meines Lebens, an den ich mich immer erinnern werde. Vielen Dank dafür.«

Dawn konnte nichts erwidern. Ihr stockte der Atem. Daher war sie froh, als er endlich so etwas wie »Komm, fahren wir weiter« murmelte und sich wieder zu ihrem Wagen umwandte, denn dabei konnte sie unbemerkt eine vereinzelte Träne wegwischen. Sie fragte sich, was sie nächstes Jahr empfinden würde, wenn sie Glockenblumen sah. Sie fragte sich, ob sie sie zum Lächeln oder zum Weinen bringen würden.

Als sie ihn am Pub absetzte, schenkte er ihr ein breites, schiefes Grinsen und sagte, er habe am Freitag eine Überraschung für sie auf Lager, daher solle sie wie gewohnt zur Rising Sun kommen und ihn treffen.

In dieser Nacht träumte Dawn davon, wie sie auf ihrer eigenen Hochzeit tanzte. Aber sie war nicht in Calums Armen. Sie wurde in einem atemberaubenden Walzer von Al Holly in seiner Cowboykluft über die Tanzfläche gewirbelt. Der Geruch von Glockenblumen lag schwer in der Luft. Sie wachte in dem Augenblick auf, als Al Hollys Lippen im Begriff waren, sich auf ihre zu senken.

Dreiundfünfzigstes Kapitel

Grace ließ den Hals auf ihren Schultern kreisen und versuchte, sich auf die Uhr zu konzentrieren. Sie hätte alles gegeben, um die Arme nach hinten ausstrecken zu können, aber das war unmöglich, da ihre beiden Hände mit einem Gürtel ans Tischbein gefesselt waren. Sie versuchte zu überlegen, was eigentlich los war und was das Letzte war, woran sie sich erinnern konnte. Sie hatte gebügelt. Ein *James Bond* war im Fernsehen gelaufen, was hieß, dass es Montagnachmittag gewesen sein musste, ein Feiertag. Gordon hatte ihr eine heiße Schokolade gemacht, und sie hatte sie geschlürft, während sie seine Hemden bügelte. Er hatte zu viel Pulver hineingetan, sodass sie viel zu süß war – zu süß, um sie auszutrinken. Sie wollte ihm ein geputztes Haus und frisch gewaschene Wäsche dalassen, wenn sie ging. Sie konnte sich erinnern, dass sie Mitleid mit ihm gehabt hatte, während sie die Hemden auf die Kleiderbügel hängte. Würde er ohne sie zurechtkommen? Sie hoffte, sie würden sich wie zivilisierte Menschen trennen können. Danach konnte sie sich an nichts mehr erinnern.

Er hatte sie mit Medikamenten betäubt, da war sie sich sicher. Dann begriff sie, dass er sie auch an dem Abend neulich mit Medikamenten betäubt haben musste und dass er das, was auch immer er dafür verwendet hatte, heimlich in die heiße Schokolade getan hatte. Deswegen hatte sie neulich so schlecht geschlafen und war auf der Arbeit so müde gewesen. Testete er aus, bei welcher Menge sie bewusstlos werden würde? Das war doch lachhaft, unglaublich, nichts, was einem Vorstadtpaar in den Fünfzigern im wirklichen Leben widerfuhr. Aber sie lachte nicht, und es widerfuhr ihr tatsächlich, denn sie kauerte an ein Tischbein gebunden auf dem Boden, und Gordon schlief auf einem Stuhl, den Kopf auf die Tischplatte über ihr gelegt. Sie sah, dass das Telefon in der Ecke ausgestöpselt war und das

Verbindungsteil gekappt neben dem Kabel lag. Sie versuchte, das Tischbein hochzustemmen, um den Gürtel, mit dem sie gefesselt war, darunter hervorzuziehen, aber es war zu schwer. Außerdem fiel ihr mittendrin auf, dass er den Gürtel an das Holz genagelt hatte. *Wie lange liege ich hier schon so? Wie viel Uhr ist es? Welchen Tag haben wir?*

Grace versuchte nachzudenken, aber alle Details blieben verschwommen. Sie wusste nur, dass sie ruhig bleiben musste. Gordon benahm sich nicht mehr wie ein verwöhntes Kind, das seinen Willen nicht bekam; dieses Verhalten jetzt war ein völlig anderes Kaliber. Er war völlig durchgedreht. Sie wusste nicht, wozu er in diesem Zustand fähig war. Sie hatte die Schokolade nur zur Hälfte getrunken – was, wenn sie alles getrunken hätte? Er hätte sie umbringen können.

Sie wusste nicht, ob es die richtige Taktik war, aber sie musste zu einem gewissen Teil die Kontrolle übernehmen. Sie musste zu dieser Haustür hinauskommen und sich in Sicherheit bringen.

»Gordon«, rief sie leise, obwohl ihre Kehle noch ausgedörrter war als an dem Tag neulich auf der Arbeit. »Gordon, Schatz.« Das Wort »Schatz« blieb ihr in der Kehle stecken. Sie empfand alles andere als Zuneigung für diesen Mann, der hier in ihrer Nähe schlief. Sie hatte ihn nie zuvor im Schlaf betrachtet. Sein Gesicht sah alt und er völlig anders aus als der lebhafte Mann, der er war. Er sah friedlich und sorglos aus, obwohl er kein Recht dazu hatte.

»Gordon«, rief sie immer wieder, bis er schließlich schnaubend die Augen aufschlug. Er richtete sich auf, als wüsste er nicht, wo er war oder was er getan hatte. Dann setzte sein Verstand wieder ein, und Grace konnte an seiner Miene ablesen, dass er genau wusste, was Sache war.

»Gordon, ich muss auf die Toilette«, sagte Grace.

»Dann wirst du es eben dort erledigen müssen«, sagte er und dehnte seinen Rücken.

»Gordon, das kann ich nicht. Bitte lass mich aufstehen.«

Gordon rieb sich die Schläfen und seufzte erschöpft auf. »Ich weiß nicht, was ich mit dir anfangen soll, Grace, ich weiß es wirklich nicht.«

»Was soll das denn heißen«; ihre Stimme wurde schriller, und sie musste sich zwingen, etwas leiser zu sprechen, »du weißt nicht, was du mit mir anfangen sollst?«

Er sah sie an, als müsste sie wissen, wovon er redete. Dann sprang er plötzlich auf und brüllte sie an.

»Du hast mich belogen, Grace. Du hast *mich* belogen!«

»Gordon, ich weiß nicht, wovon du redest!« Grace duckte sich, als er die Fäuste ballte und in die Luft reckte, aber sie trafen nicht Grace, als sie niedergingen, sondern nur die Tischplatte, auch wenn sie das Beben bis in ihre Arme spürte.

»Na ja, jetzt hast du keine Ausrede mehr. Du wirst deinen Job hinschmeißen, Pensionierung oder nicht, jetzt ist endgültig Schluss.«

»Ich kann mir doch kein Pensionierungsangebot entgehen lassen, Schatz«, sagte Grace mit bebender Stimme. »Es wird nicht lange dauern – es soll bald wieder ein Angebot geben, habe ich gehört.«

»Du hast schon zwei abgelehnt, du verlogenes Miststück!« Diesmal traf Gordons Handrücken Grace seitlich am Gesicht. Und sie machte sich in die Hose, als der Schlag sie traf.

»O Gott«, war alles, was sie zu Stande brachte. Jetzt bekam sie es mit der Angst zu tun. Er wusste Bescheid. Wie hatte er das herausgefunden? Die Antwort darauf sollte sie im nächsten Atemzug erfahren.

»Ich bin zu deiner Arbeit gefahren und habe dort mit jemandem ein interessantes Gespräch über dich geführt«, sagte er in einem entsetzlich wissenden Ton.

»Mit wem denn?«

»Das braucht dich gar nicht zu kümmern«, sagte Gordon. »Aber er hat mir gesagt, dass man dir eine Frühpensionierung angeboten hat, und das nicht nur einmal, sondern *zweimal*, und dass du sie ausgeschlagen hast. Du hast sie *zweimal* ausgeschlagen und einen anderen Job angenommen.«

Grace wusste, dass er nicht bluffte. Er hätte unmöglich von selbst darauf kommen können, dass sie bereits zweimal eine Frühpensionierung abgelehnt hatte. Aber die Personalabteilung würde solche Details nicht preisgeben. »Er hat mir gesagt …«, hatte Gordon gesagt. *Er*. Er meinte doch sicher nicht Malcolm?

Grace stöhnte auf. Sie hatte Angst, und sie hatte Schmerzen, und ihre Würde war ihr völlig abhandengekommen.

»Gordon, ich habe Schmerzen. Bitte!«

»Und warum gehst du in letzter Zeit freitagabends auf einmal immer in den Pub? Sag mir bloß nicht, du gehst mit diesen Frauen aus, mit denen du zusammenarbeitest. Du hältst mich wohl für bescheuert.«

»Aber ich gehe wirklich mit den Frauen aus, mit denen ich zusammenarbeite!«

»Du kaufst dir doch keine neuen Kleider, um mit Frauen in den Pub zu gehen!«

Wieder schoss Gordons Hand auf ihre Wange zu, und Grace duckte sich und wartete auf den brennenden Schmerz, aber dann, zwei Zentimeter vor ihrem Gesicht, hielt seine Hand auf einmal inne, bebend vor Wut.

»Sieh nur, wie weit du mich treibst!«, schrie er sie an, und dann brach er auf einmal in Tränen aus. Sie kullerten zwischen seinen Fingern hindurch, die er sich vor die Augen hielt. Und dann versiegten sie, ebenso plötzlich, wie sie gekommen waren, und er schrie sie wieder an. »Du machst alles kaputt! Du kannst mich nicht verlassen, Grace. Das werde ich nicht zulassen.«

Trotz ihrer Notlage sah Grace mit einem Mal erfüllt von Verbitterung und Hass zu ihm hoch. Jahrelang aufgestaute Wut und Frustration brachen auf einmal in ihr hervor. Er hatte alles völlig verzerrt. Er dachte, *sie* hätte eine Affäre – mit jemandem auf der Arbeit? *Er* war hier der Betrüger. Er hatte sie um diese Ehe betrogen. Er hatte nie versucht, sie glücklich zu machen, obwohl er es ihr in der kurzen Zeit, die sie vor ihrer Heirat zusammen gingen, versprochen hatte. Kaum dass dieser Ring an ihrem Finger steckte, hatte er jedes Versprechen gebrochen, an einer richtigen Familie mit ihr zu arbeiten. Ihr eigener Wunsch nach Kindern hatte sie in einer lieblosen, sexlosen Beziehung gefangen gehalten.

Grace musste sich zusammenreißen, um ihm keine Widerworte

zu geben. In ihrer Position durfte sie die Situation nicht noch weiter verschärfen, aber sie wusste, wenn sie von ihren Fesseln befreit gewesen wäre, dann hätte sie sich mit aller Kraft auf ihn gestürzt. Stattdessen zwang sie sich, möglichst still zu verharren. Sie ließ ihn glauben, sie hätte vielleicht wieder das Bewusstsein verloren.

Er wischte sich unsanft mit dem Handrücken über die Augen und nahm sich zusammen.

»Ja, natürlich, ich hole dir einen Lappen und ein Handtuch«, sagte er, als hätte sie ihn eben darum gebeten. »Bin gleich wieder da, Schatz.«

Vierundfünfzigstes Kapitel

Hast du abgenommen?«, fragte Raychel Anna, kaum dass sie ihren Mantel ausgezogen hatte.

»Nein.« Anna lächelte, denn das hatte sie wirklich nicht. Sie sah nur deutlich schlanker aus dank Vladimirs ›Darqone‹-Kreationen. Sie wirkten wirklich Wunder. Darin hatte sie eine tolle Figur, selbst mit diesen abscheulichen Kleidern darüber, und sie bewirkten sogar, dass sich Anna – durfte sie es wirklich zugeben? – *sexier* fühlte. Und sie gaben ihr ihren stolzen, selbstbewussten Gang zurück.

Im Verlauf der nächsten Stunde stellten Christie und Dawn ihr genau dieselbe Frage nach ihrem Gewicht. Grace nicht, denn sie war nicht zur Arbeit erschienen, was seltsam war.

»Hat Grace schon angerufen?«, fragte Christie, als sie um zehn Uhr von ihrer Besprechung mit der Einkaufsabteilung zurückkam. Es sah Grace nicht ähnlich, zu spät zur Arbeit zu kommen.

»Nein, hat sie nicht«, antwortete Raychel.

»Das ist aber ein bisschen seltsam, oder?«, sagte Dawn. »Ich kenne Grace ja noch nicht sehr lange, aber ich denke, es sieht ihr nicht ähnlich, einfach wegzubleiben, ohne Bescheid zu geben. Dafür ist sie viel zu professionell.«

»Da gebe ich dir sofort recht«, sagte Christie. Das sah Grace *überhaupt* nicht ähnlich. Und nein, sie kannten sich noch nicht sehr lange, aber eine angenehme Wärme verband diese Frauen und schweißte sie jeden Tag ein bisschen enger zusammen.

Christie besorgte sich Grace' Privatnummer von der Personalabteilung, die ihnen, so hoffte sie, Aufschluss über ihren Verbleib geben würde, auch wenn sie keine Handynummer von ihr hatten. Ihr war bewusst, dass die Personalabteilung, wenn sie erfahren sollte, was Christie hier tat, ihren Anruf bei Grace als eine Form von Belästigung bewerten würde, die streng untersagt war. Aber

Christie würde sich bei allen Beteiligten dafür entschuldigen, sobald sie sich vergewissert hatte, dass mit ihrer Kollegin alles in Ordnung war. Sie rief an, und wie es ein dummer Zufall wollte, war die Leitung tot. Dann hatte sie einen Geistesblitz. Sie rief Niki in der Praxis an. Er musste die Kontaktdaten für ihren Enkel in seinen Unterlagen haben. Auf diesem Weg könnte sie Grace' Tochter erreichen – das war immerhin ein Anfang.

»Wofür willst du denn ihre Nummer?«, fragte er.

»Grace ist nicht zur Arbeit gekommen. Ich mache mir ein bisschen Sorgen um sie. Ich überlege, ob ich nicht bei ihr zuhause vorbeischauen sollte, wenn ich sie nicht erreichen kann.«

»Christie, um Gottes willen …«

»Niki, ausgerechnet du weißt doch, wie ich bin.«

»Ja, leider.« Niki seufzte entnervt auf. »Wo wohnt sie denn?«

»32, Powderham Crescent, in Penistone.«

»Du solltest da wirklich nicht hinfahren, weißt du. Das ist nicht deine Aufgabe als Chefin.«

»Ich würde nicht als ihre Chefin hinfahren, Niki. Ich würde als ihre Freundin hinfahren.«

»Hör mal«, seufzte Niki, als er diesen unnachgiebigen, sturen Ton in der Stimme seiner Schwester erkannte. »Wenn du allen Ernstes dorthin fahren willst, dann treffen wir uns dort. Ich will nicht, dass du dir da irgendwelchen Ärger einhandelst oder zu Schaden kommst.«

»Ich werde auf jeden Fall hinfahren, aber du musst nicht auch kommen«, protestierte Christie, aber sie wusste, dass er ebenso stur war wie sie. Einer ihrer Vorfahren musste ein Maulesel gewesen sein.

Christie rief Laura auf dem Handy an. Es surrte so oft, dass sie jeden Augenblick damit rechnete, die Mailbox würde sich einschalten, aber im letzten Moment meldete sich eine weibliche Stimme.

»Hallo«, sagte Christie. »Entschuldigen Sie, Sie kennen mich nicht – ich arbeite mit Ihrer Mutter zusammen, und wir sind ein bisschen besorgt, weil sie noch nicht zur Arbeit gekommen ist.

Haben Sie vielleicht eine Kontaktnummer von ihr, damit ich mich vergewissern kann, dass wir hier in unseren Unterlagen die richtige haben? Und ihre Handynummer, bitte?«

»Ja, ja, natürlich«, beeilte sich Laura zu sagen. »Wir sind eben auf dem Rückweg von …« Dann brach die Verbindung ärgerlicherweise ab. Sekunden später klingelte es in Christies Hand wieder. Laura nannte ihr die Privatnummer, die leider dieselbe war wie die in Grace' Personalakte, dann gab Laura ihr Grace' Handynummer durch, und als sie eben fertig war, brach die Verbindung wieder ab, und sooft Christie sie auch zurückrief, sie erreichte nur noch die Mailbox.

Sie wählte Grace' Handynummer und wurde auch dort sofort auf die Mailbox umgeleitet. Ihre entzückende Stimme bat den Anrufer, eine Nachricht zu hinterlassen, was Christie tat. »Grace, hier ist Christie. Ich bin auf der Arbeit. Kannst du uns kurz Bescheid geben, dass es dir gut geht? Kannst du mich unter meiner Durchwahl im Büro anrufen?« Dann hinterließ sie die Nummer. Sie rief noch einmal bei Grace zuhause an. Wieder hörte sie nur dieses Surren der toten Leitung. Christies Intuition sagte ihr klar und deutlich, dass da irgendetwas nicht stimmte. Vor allem angesichts des Gesprächs, das sie und Grace kürzlich im Büro geführt hatten, als Grace gesagt hatte, bei ihnen zuhause liefe es im Moment nicht so gut. Sie würde das Risiko eingehen, sich später sagen zu lassen, sie hätte überreagiert.

»Ich komme nicht zu ihr durch. Weiß eine von euch zufällig, wo …«, sie warf noch einmal einen Blick auf die Adresse, die die Personalabteilung ihr eben genannt hatte, »… der Powderham Crescent ist? Ohne verdammte Postleitzahl! Diese Idioten in der Personalabteilung!« Christie fauchte über die Unfähigkeit der Abteilung genau unter ihren Füßen.

»Das ist in dieser riesigen Siedlung in der Nähe von Penistone«, sagte Raychel. »Kurz bevor man in die Stadt kommt, nach dem großen Kreisverkehr auf der linken Seite. Sie hat mir gesagt, dass sie dort wohnt.«

»Ich glaube, ich fahre dort mal kurz vorbei«, sagte Christie.

»Ist das nicht ein bisschen ... übertrieben?«, fragte Anna zögernd.

»Ich weiß nicht«, sagte Christie. »Aber irgendetwas stimmt da nicht, da bin ich mir sicher. Ja, wahrscheinlich ist es wirklich ein bisschen übertrieben, aber solange ich mir diese Sorgen mache, könnte ich heute sowieso keine Arbeit erledigen, dann kann ich genauso gut dorthin fahren.«

»Solange du nicht wie ein Sondereinsatzkommando in ihr Haus stürmst, nur um zu sehen, wie sie sich im Fernsehen *Morning Coffee* ansieht«, sagte Raychel. Aber sie wusste ebenso gut wie die anderen, dass Grace sich niemals einen Tag frei genommen hätte, ohne irgendjemandem in der Abteilung Bescheid zu geben.

»Hier ist die Nummer ihrer Tochter Laura, für alle Fälle«, sagte Christie, kritzelte die Nummer auf einen Block und riss das Blatt ab. »Ich werde zurück sein, sobald ich kann.«

»Machst du dir wirklich solche Sorgen?«, fragte Raychel. Ihr lief ein Schauer über den Rücken, der ihr durch Mark und Bein ging.

»Ja, allerdings.« Aus Christies Stimme war leider kein Zweifel herauszuhören. »Wenn James fragt, wo ich bin, dann sagt es ihm. Wenn sonst irgendjemand fragt, sagt, das geht ihn nichts an.« Dann schnappte sie sich ihren Mantel und ging in Richtung Treppe.

Die Siedlung selbst war leicht zu finden, aber sie war das reinste Labyrinth. Straßenschilder schien es hier nicht zu geben. Christie zog entnervt die Handbremse an und eilte hinüber zu einem der Häuser.

»Entschuldigen Sie, bitte«, wandte sie sich an eine Hausfrau, die in Pantoffeln Staub saugte, »wo finde ich denn den Powderham Crescent? Ich suche die Nr. 32.«

»Sie stehen mittendrin«, sagte die Frau. »Er verläuft in einem großen Bogen. Wenn Sie zur Nr. 32 wollen, müssen Sie hier weiter bis zum anderen Ende fahren. Dann kommt eine Häuserreihe mit Geschäften, und da muss es irgendwo sein.«

»Vielen Dank.« Christie stieg wieder in ihren Wagen und wendete gekonnt in drei Zügen, um der Wegbeschreibung zu folgen, die sie soeben erhalten hatte. Die Hausnummern verliefen abwärts bis zur Nr. 74 und wurden dann von den Geschäften unterbrochen. Sie zählte die Häuser ab bis zu einem kleinen, stillen Haus an einer Ecke, das unschuldig dastand, auf drei Seiten umgeben von einem perfekt gestutzten Rasen und eineinhalb Meter hohen Nadelbäumen. Christie parkte davor und ging zögernd den Fußweg hoch.

Sie streckte eben schon die Hand nach dem Türklopfer aus, doch dann zog sie sie im letzten Augenblick zurück. Sie schlich ans Fenster und spähte durch die Scheibe. Nichts deutete darauf hin, dass irgendetwas nicht stimmte. Sie hätte gern einen Blick hinters Haus geworfen, aber das hohe Tor an der Seite war abgesperrt. Sie ging zurück zur Haustür und drückte den Briefschlitz auf. Sie hörte leise Radiogeräusche und Stimmen, so schwach, dass Christie sich nicht sicher war, ob sie es sich nur einbildete.

Dann hörte sie einen Wagen vorfahren, und als sie sich umwandte, sah sie, dass es Niki war, noch in seinem weißen Zahnarztkittel.

»Du bist fürsorglicher, als für dich selbst gut ist«, schalt sie ihn sanft.

»Ich weiß doch, was du dir für Schrammen eingehandelt hast, seit du laufen kannst«, sagte Niki. »Vorsicht war schon immer ein Fremdwort für dich.« Er warf einen prüfenden Blick auf das Haus. »Scheint alles in Ordnung zu sein. Bist du sicher, dass sie nicht nur eine Autopanne hatte und ihr Handy keinen Empfang hat, um dir Bescheid zu geben?«

»Ich hoffe es«, sagte Christie. »Aber du kennst ja mich und meine Intuition.«

Niki nickte wie ein Mann, der die intuitiven Gefühle seiner Schwester tatsächlich kannte.

Christie betätigte den Türklopfer und drückte zur Sicherheit auch noch lange auf die Klingel an der Seite. Durch die Glasscheibe in der Tür sah sie ein Licht aufblitzen, als sei eine Tür am Ende eines Flurs kurz auf- und wieder zugegangen.

»Da drinnen ist irgendjemand, da bin ich mir sicher.« Sie

beugte sich zu dem Briefschlitz hinunter, drückte ihn auf und rief ins Haus: »Grace, bist du da drin? Grace, ist alles in Ordnung mit dir?«

In diesem Augenblick schoss ein brandneuer Volvo die Straße hoch und hielt genau hinter Nikis Stoßstange. Ein besorgt blickender junger Mann sprang rasch heraus.

»Hi. Sind Sie Christie? Ich bin Paul, Grace' Sohn. Meine Schwester hat mich eben angerufen und gebeten, herzufahren, um nach meiner Mum zu sehen, und dann war die Leitung auf einmal tot, und ich kann sie nicht mehr erreichen. Was ist denn los?«

»Hallo, Paul, ich habe keine Ahnung, was los ist, falls überhaupt etwas los ist. Ja, ich bin Christie, ich arbeite mit Ihrer Mutter zusammen, aber sie ist heute nicht zur Arbeit erschienen, deswegen habe ich mir Sorgen gemacht. Da ist jemand im Haus, da bin ich mir ganz sicher.«

Paul spähte durch die Fenster und versuchte es auch an dem seitlichen Tor. Und dann, als er keine andere Möglichkeit sah, klopfte er ebenfalls an die Tür.

»Mum, Dad, lasst mich rein. Ich bin's, Paul.«

Die verschwommene Silhouette eines Mannes tauchte hinter einer schmalen, rechteckigen, gemaserten Glasscheibe in der Tür auf, und eine gereizte Stimme sagte: »Verschwinde, was willst *du* denn hier?«

Trotz allem war Paul erleichtert. Ihm war bereits der Gedanke durch den Kopf geschossen, dass seine Eltern vielleicht gefesselt hinten lagen, Opfer bewaffneter Einbrecher.

»Dad, ist Mum da? Lass mich rein.«

»Mach, dass du verschwindest.«

Die Erleichterung ließ allmählich nach. »Dad, was ist los? Geht es euch gut?«

»Natürlich geht es uns gut«, sagte Gordon. »Warum denn nicht?«

»Mum hätte heute zur Arbeit gehen sollen«, sagte Paul.

»Sie geht nicht mehr zur Arbeit.«

Christie und Paul sahen sich an.

»Dad, was ist los? Wo ist Mum?«

»Ich habe gesagt, verschwinde und lass uns in Ruhe«, sagte Gordon, und die Silhouette verschwand.

Paul fuhr sich mit den Fingern durchs Haar. »Das ist doch alles surreal«, sagte er. Hätte er diese Szene im Fernsehen gesehen, dann hätte er die Figuren angeschrien: *Warum ruft ihr nicht die Polizei? Warum schlagt ihr nicht ein Fenster ein? Warum tut … tut ihr nicht … IRGENDETWAS?*

»Was jetzt?«, fragte Niki, inzwischen nicht mehr der Ansicht, dass seine Schwester überreagiert hatte.

»Ich werde die Polizei verständigen«, sagte Paul, auch wenn es ihm etwas übertrieben erschien, wegen der eigenen Eltern die Polizei zu rufen. Er schüttelte den Kopf über das Szenario, in dem er sich befand, während er die erste Ziffer des Notrufs eintippte. Er wartete noch eine Sekunde ab, ob es für das alles vielleicht doch eine logische Erklärung gab – aber die gab es nicht –, dann wählte er die restlichen beiden Ziffern und hielt sich das Handy ans Ohr.

»Gott, das ist alles so seltsam«, sagte er, während er auf die Verbindung wartete.

»Ich denke, Sie tun das Richtige«, ermutigte ihn Niki.

Auf der anderen Straßenseite zuckten Vorhänge. Paul wünschte, die Polizei würde sich beeilen. Seine Mutter würde sich in Grund und Boden schämen, wenn sie herauskam und dieses Spektakel vor ihrer Haustür sah. Aber sie kam nicht heraus, und er hatte höllische Angst davor, was er vorfinden würde, wenn er das Haus betrat. Es waren schließlich seine Eltern, und auch wenn er wusste, was sein Dad von ihm hielt, hätte er doch wie ein Löwe gekämpft, um zu verhindern, dass ihm irgendetwas angetan wurde. Er stellte sich vor, wie ein Mann seiner Mum eine Pistole an den Kopf hielt und seinem Dad sagte, er solle die Leute an der Tür verscheuchen. Was, wenn dieser Satz – »Mum geht nicht mehr zur Arbeit« – ein versteckter Hinweis darauf sein sollte, dass bei ihnen doch nicht alles in Ordnung war? Alle möglichen entsetzlichen, absurden Erklärungen schossen ihm durch den Kopf. Er versuchte noch einmal, durch den Briefschlitz mit seinem Vater zu reden.

»Dad, lass mich rein. Ist mit Mum alles okay?«

Keine Antwort.

Paul versuchte, über das schwere hölzerne Tor zu klettern, aber es war zu hoch, selbst dann noch, als er die Komposttonne herüberzerrte und sich darauf stellte, während Niki sie für ihn festhielt. Und das Tor war von innen zu fest verschlossen, um es mit der Schulter aufzudrücken. Er konnte knapp in den Garten spähen, aber auch da gab es keinen Hinweis darauf, was im Haus los sein könnte; nichts war in Unordnung, keine Scheiben eingeschlagen. Die drei standen da und horchten, nicht sicher, was sie tun sollten, bis zehn Minuten später ein Streifenwagen um die Ecke bog.

Ein stämmiger Polizeisergeant und ein jüngerer Constable sprangen aus dem Wagen. Paul erläuterte ihnen das Wenige, das er wusste. Der Sergeant vergewisserte sich, dass die Haustür abgesperrt und das Tor nicht passierbar war. Er rief durch den Briefschlitz und drückte auf die Klingel, aber es kam keine Antwort. Dann traf er rasch eine Entscheidung.

»Machen wir uns auf das Schlimmste gefasst«, sagte er wie ein Mann, der so etwas schon oft erlebt hatte. Der Constable ging augenblicklich zum Kofferraum, wo die große Türramme aufbewahrt wurde. Er setzte seinen Schutzhelm und die Schutzbrille auf und streifte die Handschuhe über, die daneben lagen, während der Sergeant fest gegen die Tür hämmerte und noch einmal durch den Briefschlitz rief.

»Mr. Beamish, hier spricht die Polizei. Würden Sie bitte diese Tür öffnen, Sir?«

Es kam keine Antwort. Der Sergeant zückte einen stählernen ASP-Schlagstock und fuhr ihn mit einem Ruck nach unten aus. Dann nickte er dem Constable zu und trat zur Seite. Der Constable schlug die Türramme gegen das Schlüsselloch, sodass das ganze Haus von dem Krach zu erbeben schien. Die Tür schwang sofort auf. Das Haus war so still, als sei es völlig verlassen. Der Sergeant sah sich rasch im Wohnzimmer um, dann näherte er sich vorsichtig der Küchentür am Ende des Flurs. Er drückte sie auf, während er noch einmal Gordons und Grace' Namen rief, und ging dann vor, den Schlagstock für Angriff oder Verteidigung bereit, dicht gefolgt von dem jungen Constable. Dahinter folgten Paul und Niki, trotz der Aufforderung, zurückzubleiben.

Der Anblick, der sich ihnen bot, war das Surrealste an der ganzen Situation. Gordon saß am Tisch, trank einen Becher Tee und las in einer Zeitschrift, während Grace, kaum noch bei Bewusstsein, unter demselben Tisch lag, die Arme vor sich an eines der dicken hölzernen Tischbeine gefesselt. Niki machte auf dem Absatz kehrt und rannte den Flur zurück und aus dem Haus. Er wusste, dass es in der Straße eine Arztpraxis gab. Grace brauchte einen Arzt, wenn nicht sogar einen Krankenwagen, und zwar schnell, so viel stand fest.

Gordon sah zu den ganzen Leuten hoch, die auf einmal in seine Küche gestürzt waren. Er sah sie alle der Reihe nach an und ließ den Blick schließlich auf dem jungen Constable ruhen. Er stemmte sich in seinen Pantoffeln hoch.

»Was wollen Sie?«

»Kommen Sie, Sir«, sagte der Sergeant, als er sah, wie Gordon langsam die Faust ballte. Er hatte mit vielem gerechnet, dachte der Polizist, aber nicht damit. Er schätzte die Situation rasch ab und packte den Mann am Arm, dem er, wie er ursprünglich geglaubt hatte, hätte zu Hilfe kommen sollen, und riss ihn zu sich herum, während er ihn über seine Rechte belehrte. Erst als die Handschellen um seine Handgelenke einrasteten, setzte sich Gordon allmählich zur Wehr, als sei er auf einmal in die Wirklichkeit zurückgekehrt und hätte begriffen, was mit ihm geschah. Aber mit dem stämmigen Sergeant, der ihn jetzt mühelos aus dem Zimmer schleifte, konnte er es nicht aufnehmen, und so murmelte er nur vor sich hin: »Was ist denn los? Was bilden Sie sich eigentlich ein? Lassen Sie mich los! Grace! Grace!«

Paul und Christie ließen sich neben Grace auf die Knie sinken und banden sie los, während der Constable über Funk Verstärkung anforderte, um Gordon aufs Revier zu bringen. Grace schrie auf bei dem erlösenden Schmerz, als sie die Arme endlich wieder bewegen konnte. Dann stürmte Niki mit einem Arzt aus der nahe gelegenen Praxis herein, der sich dem Constable als Dr. Mackay vorstellte.

Er sagte, er kenne Mrs. Beamish, da sie eine seiner Patientinnen sei, und Paul und Christie traten zur Seite und machten ihm Platz, damit er sich um Grace kümmern konnte. Ihr Zustand war fürchterlich. Sie war völlig entkräftet, mit blauen Flecken übersät, ihre Kleider verdächtig feucht und verheddert und ihre Muskeln wie gelähmt, nachdem sie so lange in ein und derselben Position gewesen waren. Niki verließ das Zimmer. Er spürte instinktiv, dass Grace in diesem Zustand nicht von jemandem gesehen werden wollte, den sie kaum kannte, schon gar nicht von einem Mann.

»Sie brauchen einen Krankenwagen«, sagte Dr. Mackay und zückte sein Handy.

»Ich brauche keinen Krankenwagen«, sagte Grace. »Ich will nur einen Schluck Wasser.«

Paul und Christie halfen Grace sanft hoch, und sie sackte augenblicklich auf einem Stuhl zusammen.

»Sie kommen jetzt ins Krankenhaus«, sagte der Arzt in einem sanften, aber entschiedenen Ton und steckte sein Handy wieder ein. Er rieb ihre kalten, steifen, schmerzenden Hände. Grace bezweifelte, dass ihr Blut je wieder normal durch diese Hände fließen würde.

»Du lieber Gott, gute Frau, wie lange haben Sie denn so dagelegen?«

»Welchen Tag haben wir heute?«, fragte Grace. Sie zitterte am ganzen Körper. Sie konnte kaum denken.

»Es ist Dienstagvormittag, Liebes«, sagte Christie, während sie ihr ein Glas Wasser an die Lippen hielt.

»Seit gestern also«, sagte Grace, während sie gierig trank. Eine ganze Nacht, an die sie sich nicht erinnern konnte. »Gestern Nachmittag.« Sobald das Wasser ihren Magen erreichte, würgte sie, und Christie schnappte sich ein Handtuch und hielt es ihr an den Mund.

»Mum, ich packe dir ein paar Sachen fürs Krankenhaus«, sagte Paul leise. Er wischte sich die Augen. Die panische Angst, seinem Vater könnte irgendetwas zugestoßen sein, war verflogen und zu etwas geworden, was er selbst nicht einordnen konnte. *Sein eigener Vater*. Er konnte das alles noch gar nicht fassen. Im Augenblick wollte er sich nur um seine Mum kümmern. Er wollte nicht über seinen Vater nachdenken.

»Nein, Paul, ich will nicht ins …«

»Doch, Mum, du fährst. Keine Diskussion.«

»Ich komme mit und helfe dir«, sagte Christie.

Grace zog ihre Kleidung fester um sich, als sie sah, dass sie völlig verrutscht war.

Paul schüttelte den Kopf. Es war, als sei er aus dieser Welt gehoben und in eine völlig andere versetzt worden, in der nichts mehr Sinn ergab.

»Der Krankenwagen ist da«, rief Niki aus der Diele. Er konnte die lächelnde, elegante Dame, die ihren fröhlichen kleinen Enkel an der Hand hielt, in diesem armen, bemitleidenswerten, nur halb bekleideten Geschöpf, das er dort eben gesehen hatte, kaum wiedererkennen. Er wollte am liebsten mit der Faust gegen die tadellos verputzte weiße Wand hinter sich schlagen. Wie konnte ein Mann einer solch entzückenden Frau so etwas nur antun? Seiner eigenen Frau?

Der Sanitäter und der Arzt begannen, Grace sanft aus dem Haus zu führen, aber ihre Beine waren so steif, dass sie sie schließlich doch in den Rollstuhl setzen mussten, den sie für sie mitgebracht hatten.

Paul war dabei, die Fragen des jungen Constable zu beantworten, aber jetzt wollte er gern damit aufhören, um seine Mutter zu begleiten.

»Bleib, Paul, hilf der Polizei«, sagte Grace.

»Du kannst doch nicht allein ins Krankenhaus fahren, Mum.«

»Christie, kommst du mit?« Es war reiner Instinkt. Sie wollte eine Frau dabeihaben. Eine Freundin. Sie wollte Christie Somers.

»Soll ich mitkommen, Liebes?« Christie stürzte zu ihr hin.

»Bitte«, sagte Grace.

»Ich komme in meinem Wagen nach«, sagte Christie. »Niki, kannst du den Mädchen im Büro Bescheid geben, dass ich heute nicht mehr zurückkommen werde?«

»Natürlich«, sagte Niki.

»Ich werde nachkommen, sobald ich kann, sagen Sie das meiner Mum«, rief Paul Christie zu. Die Polizei würde noch eine Weile im Haus beschäftigt sein, und er würde die zertrümmerte Haustür richten müssen. Wenigstens konnte er diese praktischen Dinge für sie erledigen, damit sie eine Sorge weniger hatte. Er musste sich mit irgendetwas beschäftigen, bevor er völlig den Verstand verlor.

Inzwischen war die Verstärkungseinheit eingetroffen, um Gordon aufs Revier zu bringen. Ein Kleintransporter mit einem vergitterten Laderaum, vor dem ihm graute, als er einsteigen musste. »Ich bin doch kein Tier«, empörte er sich.

Aber zuerst fuhr der Krankenwagen langsam ab, gefolgt von Christie in ihrem Wagen. Selbst Niki zitterte, als er bei den Mädchen im Büro anrief.

Im Krankenhaus ließ Grace zu, dass man ihr verletztes Gesicht fotografierte, obwohl sie immer wieder erklärte, sie wolle keine Anzeige erstatten. Aber diese Entscheidung würde vielleicht gar nicht bei ihr liegen, sagte der Polizist, der kam, um ihre Aussage aufzunehmen. Er erklärte ihr auf eine sehr freundliche und professionelle Weise, dass es sich hier nicht nur um einen häuslichen Zwischenfall gehandelt habe. Diktiert und ihr noch einmal vorgelesen, klang ihre Aussage auf einmal wie die Geschichte irgendeiner armen Seele aus einer billigen Zeitschrift, nicht wie ihre eigene. Sie schämte sich, dass Freunde, Nachbarn und Fremde sie in diesem Zustand gesehen hatten. Trotz allem hatte Grace nichts davon gesagt, dass sie auch mit Medikamenten betäubt worden war. Sie wollte Gordons Namen vor seinen Kindern nicht noch mehr beschmutzen, als er es selbst schon getan hatte, aber dann machte eine Schwester ein paar Blutuntersuchungen, und Grace begriff, dass das volle Ausmaß seines Tuns vermutlich ohnehin ans Licht kommen würde.

Als Laura eintraf, brach sie beim Anblick der Verletzungen ihrer Mutter in Tränen aus. Wie bei Paul schwankten auch ihre Emotionen zwischen Wut und Erleichterung, Verwirrung und Hass.

»Du kannst nicht mehr zurück in dieses Haus. Du musst jetzt erst einmal bei Joe und mir wohnen.«

»Ich werde nicht mehr dorthin zurückkehren, keine Sorge«, sagte Grace. »Aber ich werde nicht zu euch ziehen. Ich werde für eine Weile bei Christie wohnen.«

Ihr Sohn und ihre Tochter protestierten sanft, aber so sehr Grace sie auch liebte, wollte sie doch lieber die großzügige, unkomplizierte Gesellschaft von Christie Somers. Sie wusste nicht, warum sie sich an eine Frau um Hilfe wandte, die sie eigentlich kaum kannte, aber sie war im Augenblick nicht im Stande, ihre eigene Logik zu hinterfragen. Sie folgte einfach ihrem Verstand, der ihr sagte, was sie im Augenblick brauchte. Sie wollte nicht, dass ihre Kinder durch ihre Gegenwart ständig daran erinnert wurden, was ihr Vater getan hatte. Sie litten ohnehin schon genug. Paul hatte ein furchtbar schlechtes Gewissen, dass er nicht mehr getan hatte, um seine Mutter vor dem Ausbruch seines Vaters zu schützen. Grace konnte sehen, wie sehr er sich deswegen quälte.

»Wie hättest du das denn vorhersehen sollen, mein Junge?« Sie hatte ihn fest an sich gedrückt, wie damals, als er noch ein kleiner Junge war, und sie wusste, dass ihre Kinder bei ihrem Anblick jedes Mal von einer neuen Welle des Schmerzes erfasst werden würden, während ihre eigenen Wunden allmählich verheilten. Und daher hatte sie, als Christie sie im Krankenhaus gefragt hatte, ob sie erst einmal zu ihr und Niki ziehen wolle, dieses Angebot dankbar angenommen.

»Sagt Sarah noch nichts davon«, sagte Grace zu ihren Kindern.

»Sie wird es erfahren müssen!«, sagte Paul.

»Nein, Paul. Sie hat mit ihrer Schwangerschaft schon genug am Hals. Schützt sie, so gut ihr könnt.«

»Du solltest einfach nur an dich denken, Mum«, sagte Laura. Sie liebte diese Frau so sehr, dass sie es kaum ertragen konnte, sie auf dieser Rollbahre zu sehen, mit Verletzungen, die Lauras eigener Vater ihr zugefügt hatte. Sie hatte viel geweint, nachdem er sie aus seinem Haus geworfen hatte, aber sie war dennoch bereit gewesen, ihm zu verzeihen, schließlich war er immer noch ihr Vater. Aber jetzt, nach dieser Geschichte, wollte sie ihn nie mehr wiedersehen.

Fünfundfünfzigstes Kapitel

Geht es dir gut?« Christie wandte sich im Auto zu Grace um, als sie das obere Ende ihrer Auffahrt erreichte, dann schalt sie sich augenblicklich für ihre Worte. »Nein, natürlich geht es dir nicht gut. Was für eine idiotische Frage.«

»Du bist so lieb zu mir.« Grace zwang sich zu einem Lächeln. »Ich wollte nicht im Krankenhaus schlafen, Christie.« Ihr Gesicht schmerzte, wenn sie sprach, ihre Schultern schmerzten, ihr ganzer Körper schmerzte. Sie wollte bis zur Nasenspitze in ein Bad eintauchen und die Erinnerung an Gordons Hände abwaschen, die unbeholfen versucht hatten, sie zu trocknen. Sie fühlte sich so tief verletzt. Sie bezweifelte, dass es auf der ganzen Welt genug Seife gab, um dieses Gefühl von Gordons Händen auf ihrem Körper abzuwaschen.

Christie half Grace aus dem Wagen, hakte sie unter und führte sie behutsam in ihr schönes altes Haus. Es war als »Herrensitz« angepriesen worden, als Christies Vater es vor vielen Jahren gekauft hatte, und eine treffendere Bezeichnung konnte es kaum geben. Inmitten seines weitläufigen Grundstücks gelegen und mit einer herrlichen Aussicht über die umliegende Landschaft, strahlte das West House eine beruhigende, entspannende Atmosphäre aus. Sobald Grace eintrat, konnte sie den Schutz seiner dicken, sicheren Wände spüren.

Christie drückte Grace sanft in einen großen, weichen Sessel neben einer Verandatür.

»Jetzt setz dich einfach hierher, und ich mache uns einen Tee.«

Grace ließ sich von der Stille umfangen. Vor drei Tagen war ihre Welt noch eine völlig andere gewesen. Jetzt saß sie hier in einem fremden Haus und ihr Mann in einer Gefängniszelle. Der Gedanke an Gordons Unglück rief kein Mitleid in ihr hervor. Er war kein kranker Mann, der sich selbst nicht im Griff hatte. Es war sein Egoismus, der ihre Familie zu Grunde gerichtet hatte. Er hatte sie alle als Verlängerungen seiner selbst betrachtet, ohne Recht auf einen eigenen Willen. Sie hätte ihn schon längst verlassen sollen, damals, nachdem die Kinder ausgezogen waren, dann wäre ihnen allen diese Verletzung und Verwirrung erspart geblieben. Sie hätte ihn verlassen sollen, als sie dachten, er sei nur ein abscheulicher alter Bock, dann hätten sie das hier niemals sehen müssen … dieses Monster, zu dem er geworden war.

Christie kam mit einem altmodischen Tablett mit Tee in einer hübschen Teekanne, Porzellantassen und einem Teller mit Schokoladenkeksen wieder. Ein Tee, der gekocht worden war, um Trost zu spenden.

»Wir haben vier Gästezimmer zur Auswahl, aber ich denke, das Rosenzimmer wäre am hübschesten. Es hat ein eigenes Badezimmer, da hast du deine Privatsphäre, und es geht nach hinten hinaus, sodass es schön still ist. Jetzt willst du bestimmt erst mal ein schönes langes Schaumbad nehmen. Auf dem Bett habe ich einen Stapel mit meinen flauschigsten Handtüchern bereitgelegt.«

Das war der Augenblick, als ein Laut wie von einem gequälten Tier aus Grace' Kehle entwich, und als Christie zu ihr stürzte, um sie zu trösten, klammerte sich Grace an sie und weinte und weinte und weinte.

Sechsundfünfzigstes Kapitel

Verständlicherweise kam Grace am nächsten Morgen nicht zur Arbeit. Dawn, Anna und Raychel stürzten alle gleichzeitig vor, als Christie zur Tür hereinkam, um sich nach ihr zu erkundigen. Wieder war es ihre Intuition, die ihr gesagt hatte, sie sollte diese Frauen wissen lassen, was mit Grace passiert war. Ihr Geheimnis würde bei ihnen gut aufgehoben sein. Sie waren jetzt Freundinnen, und wenn sie alle eingeweiht waren, würden sie besser gewappnet sein, um Gerüchten oder hartnäckigen Fragen entgegenzutreten.

»Sie ist sehr geschwächt«, sagte Christie. »Ich glaube, sie hat letzte Nacht nicht viel Schlaf bekommen, aber wenigstens hat sie heute Morgen friedlich geschlafen, als ich losgefahren bin.«

»Ich fasse es nicht«, sagte Dawn. »Das ist ja wie im Film. Was für ein Psychopath!«

»Ihre Kinder müssen fix und fertig sein«, sagte Anna. »Ich meine, stell dir mal vor, dein eigener Vater tut deiner Mutter so etwas an? Andererseits, wen wundert das noch bei dem, was man heutzutage ständig in den Nachrichten hört?«

»Da muss ich dir leider recht geben«, sagte Christie. »Wer weiß schon, was hinter verschlossenen Türen vor sich geht?«

»Dieser Dreckskerl«, sagte Raychel, sodass alle anderen sie erstaunt ansahen. Sie hatten sie noch nie fluchen hören, hatten sich nicht einmal vorstellen können, dass ihre sanfte Stimme so scharf klingen könnte.

»Na ja, wir sollten es auf jeden Fall für uns behalten«, sagte Christie. »Ich weiß, das muss ich euch gar nicht erst sagen. Grace würde bestimmt nicht wollen, dass andere über sie Bescheid wissen. Weiß Gott, wie sie sich fühlen wird, wenn das in die Zeitungen kommt. Offiziell ist Grace wegen einer Erkältung krankgeschrieben.«

Malcolms Gesicht mit seiner Perma-Sonnenbräune tauchte still und leise am Rande ihres Blickfelds auf. Christie wandte sich um und starrte ihn an.

»Was denn?«, fragte Anna. »Was starrst du diesen Karamellriegel auf zwei Beinen denn so an? Wenn Blicke töten könnten!«

»Ich bin sicher, er hat irgendetwas mit dieser ganzen Geschichte zu tun«, knurrte Christie. »Jemand – ein Mann – hat Grace' Ehemann offenbar erzählt, dass sie schon zweimal eine Frühpensionierung abgelehnt hat. Ich bin mir ziemlich sicher, das war bei ihm der Auslöser.«

»Und du glaubst, dieser Jemand war Malcolm?«, fragte Raychel.

»O ja, jede Wette, Raychel«, sagte Christie.

»Wenn er es war, dann ist das einfach so gemein.« Dawn starrte ihn jetzt ebenfalls mit Augen an, die zu Schlitzen verengt waren.

»Was hat er denn bloß für ein Problem mit uns?«, sagte Anna. Sie wollte im Augenblick alles tun, um Grace zu beschützen. Sie glaubte, wenn sie jemanden dabei ertappen würde, wie er über sie tratschte, dann wäre sie im Stande, demjenigen das Gesicht einzuschlagen.

»Du glaubst doch nicht etwa, dass Grace zu ihrem Mann zurückkehren wird, oder?«, fragte Raychel.

»Wie könnte sie das denn?« Anna verzog angewidert das Gesicht. »Wie könnte man zu jemandem zurückkehren, der einen so behandelt hat?« Aber ihre Stimme verlor sich, als sie an ihre eigene Situation dachte. Was für eine Ironie: hier einen auf starke Frau zu machen, während sie insgeheim kläglich darauf wartete, dass ihr treuloser Verlobter zu ihr zurückkehrte.

Um Mittag rief Christie bei sich zuhause an, um zu hören, wie es Grace ginge. Paul und Laura waren bei ihr. Christie hatte ihnen gesagt, sie seien jederzeit willkommen. Grace war offenbar erstaunlich ruhig in Anbetracht ihres Leids. Aber Christie hatte den Verdacht, dass sie noch immer unter Schock stand.

Als Niki nachhause kam, fand er Grace schlafend im Sessel vor. Sie fuhr erschrocken hoch, als er versuchte, an ihr vorbei in die Küche zu schleichen, und ein kalter Luftzug zur offenen Tür hereinwehte.

»Oh, Grace, es tut mir leid. Ich wollte Sie nicht wecken.«

»Entschuldigung«, sagte sie, während sie ihre schmerzenden Glieder anders ausstreckte.

»Entschuldigung? Wofür wollen *Sie* sich denn entschuldigen?«, fragte Niki. »Sie sind ein Gast in unserem Haus, und Sie sollen sich hier wie zuhause fühlen. Wenn Sie im Sessel, Garten oder Kühlschrank einnicken wollen, nur zu.« Er lächelte sie an. Er hatte eine so beruhigende Ausstrahlung, was seltsam war, denn seine Stimme klang tief und gedämpft, wie ein Donnergrollen. Er war wie geschaffen dafür, nervöse Patienten zu beschwichtigen.

»Wie nehmen Sie Ihren Kaffee? Lassen Sie mich raten – Sie sind ein »Mit Milch ohne Zucker«-Mädchen.«

»Ich mache das schon.« Grace war es nicht gewohnt, dass jemand ein großes Getue um sie machte.

»Nichts da!«, sagte Niki. »Und jetzt sagen Sie mir, wie Sie ihn wollen, und zwingen Sie mich nicht, Sie mit Gewalt wieder in diesen Sessel zu setzen.«

»Na schön, mit Milch, ohne Zucker«, gab sich Grace geschlagen. Sie fühlte sich so erschöpft und wie betäubt. Jetzt noch mehr als heute Morgen, als ihr Handy geklingelt und sie geweckt hatte. Es waren Paul und Laura gewesen, die unbedingt wissen wollten, wie es ihr ginge, und sie sehen wollten. Keine Stunde später waren sie bei ihr gewesen und den ganzen Tag geblieben. Sie konnte sich kaum noch erinnern, worüber sie bei all den Kannen Tee geredet hatten. Sie hatten nicht viel darüber geredet, was wirklich passiert war, so viel wusste sie noch. Wie könnte sie ihren Kindern diese Details auch erzählen? Grace wollte gar nicht darüber nachdenken, und sie wollte sich auch nicht überlegen, wie es jetzt weitergehen sollte. Sie war einfach froh gewesen, mit ihren Kindern beisammenzusitzen und über Charles, Rose Manor und den kleinen Joe zu reden.

Niki brachte ihr einen schaumigen Kaffee in einem Porzellanbecher.

»Grace, ich wollte eben Nudeln kochen. Sie sind doch keine Vegetarierin, oder? Bitte sagen Sie mir, dass Sie eine hartgesottene Fleischfresserin sind, wie meine Schwester und ich.«

Grace wollte eben schon den Mund aufmachen, um zu sagen: »Ach, machen Sie sich meinetwegen keine Umstände«, aber sie wusste, dass sie es den beiden erst recht schwer machen würde, wenn sie ihre Gastfreundschaft nicht annahm.

»Ich bin eine hartgesottene Fleischfresserin«, bestätigte sie.

»Na wunderbar«, sagte er. »Dann lassen Sie jetzt alles einfach meine Sorge sein. Ich entspanne mich beim Kochen. Bitte entschuldigen Sie das Singen.«

Grace schlürfte ihren Kaffee und hörte zu, wie Niki in der Küche herumhantierte und dazu Opernarien sang. Sie hatte den Eindruck, dass das seine übliche Routine war und nichts, was er ihr zuliebe inszenierte.

Dawn kochte ebenfalls Nudeln. Sie hatte den Tisch mit Kerzen gedeckt, als Vorspeise einen Krabbencocktail gemacht und einen Kuchen aus dem Gefrierfach aufgetaut. Sie machte eine Flasche Wein auf und war eben dabei, zwei Gläser einzuschenken, als Calum von der Arbeit nachhause kam.

»Was soll das denn alles?«, fragte er.

»Ich dachte mir, ich verwöhne dich ein bisschen«, sagte sie.

»Riecht wunderbar«, sagte er. »Aber mach den Wein nicht meinetwegen auf. Ich nehme ein Bier.«

Sie warf sich in seine Arme und küsste ihn, und er sagte lachend: »Ist ja gut, du gefühlsduselige Kuh.« Das war der Mann, den sie heiraten würde. Sie konnte sich Al Holly und den Kuss, zu dem es nie gekommen war, nicht aus dem Kopf schlagen, aber das musste sie tun. Sie musste sich ganz darauf konzentrieren, die künftige Mrs. Crooke zu sein.

»Die Mädels lassen alle schön grüßen«, sagte Christie beim Abendessen. »Und keine Sorge, außerhalb unserer Abteilung weiß offenbar niemand etwas davon. Ich habe jedenfalls keinen Klatsch und Tratsch gehört. Ich habe der Personalabteilung gesagt, du hättest angerufen und dich wegen einer Erkältung krankgemeldet.«

»Aber es wird Klatsch und Tratsch geben.« Grace schüttelte den

Kopf. »Die Lokalzeitung wird bald Wind davon bekommen.« Sie dachte an diese ganzen Vorhänge, die gezuckt hatten, als die Polizei und der Krankenwagen kamen und das stille Ende ihrer Straße auf einmal voller Autos und Leute war.

»Und wenn schon«, sagte Christie. »Nichts ist so alt wie die Nachricht von gestern. James McAskill hat gesagt, du sollst dir so lange frei nehmen, wie du brauchst.«

»Weiß er Bescheid?«, stöhnte Grace.

»Nicht die ganze Geschichte. Er vertraut meinem Urteilsvermögen.«

»Ich werde morgen wieder zur Arbeit kommen«, sagte Grace.

»Das werden Sie nicht!«, sagte Niki. Nicht in demselben herrischen Ton wie Gordon. Ihre Interessen, nicht seine, standen bei ihm an erster Stelle.

»Je früher ich wieder ins gewohnte Gleis komme, desto besser. Mit ein bisschen Grundierungscreme kann ich die blauen Flecken schon abdecken, wenn ich sie dick genug auftrage.«

»Was immer du für das Beste hältst«, sagte Christie. Sie gebot ihrem Bruder Schweigen, als er wieder den Mund aufmachen wollte. »Ich fahre dich hin, wenn du unbedingt willst. Und ich sage dir jetzt, wenn du das Gefühl hast, dass es zu viel für dich ist – dann kommst du gleich wieder hierher.«

Grace nickte, aber sie sagte nichts. Die Wärme an diesem Tisch trieb ihr die Tränen in die Augen. Sie fühlte sich sicher und beschützt im West House, und sie klammerte sich mit aller Macht an dieses Gefühl von Geborgenheit. Sie wusste aber auch, wenn sie nicht bald durch diese große Haustür hinausging, dann würde sie es vielleicht niemals tun.

Siebenundfünfzigstes Kapitel

Als Grace zur Arbeit erschien, wurde sie sofort von ihren Kolleginnen umringt, die sie fragten, was zum Teufel sie denn hier verloren hätte. Aber die Frage war rein rhetorisch. Sie brauchten keine Antwort. Stattdessen stellten sie ihr einen Kaffee, einen großen Teller mit Keksen und die Büropackung mit Taschentüchern hin, denn ihre fürsorglichen Fragen trieben Grace schon wieder die Tränen in die Augen.

»Wie geht es dir denn, oder ist diese Frage völlig idiotisch?«, fragte Dawn, als sie mit dem zweiten Frühstück kam. »Nicht dass ich sehr oft etwas Idiotisches sagen würde«, kicherte sie selbstironisch.

»Ganz okay«, sagte Grace ruhig. Und seltsamerweise ging es ihr wirklich ganz okay. Sie verspürte eine erstaunliche Distanz zu den Ereignissen der letzten Tage. Sie reagierte nicht einmal panisch auf einen knappen Bericht im *Evening Star* über eine Frau in Penistone, die von ihrem Mann gegen ihren Willen in ihrem Haus festgehalten und dann von der Polizei befreit worden war. »Ein namentlich nicht genannter Mann wurde im Zusammenhang mit dem Vorfall festgenommen«, hieß es in dem Artikel. Nicht erwähnt wurde, dass der namentlich nicht genannte Mann in eine psychiatrische Klinik zwangseingewiesen worden war, wie die Polizei der Familie mitgeteilt hatte.

Grace wusste, dass das alles zu viel zu verdauen war und dass ihr Gehirn sie schützte, indem es das Grauen auf Abstand hielt, bis sie stark genug war, um sich damit zu befassen. Das half ihr vorübergehend. Aber nachts sah die Sache völlig anders aus. Sie brauchte die Schlaftabletten, die das Krankenhaus ihr mitgegeben hatte, um in die Art Tiefschlaf zu fallen, in die keine Träume eindringen konnten.

»Kommst du morgen mit zum Pub?«, fragte Anna und knuffte

Grace kumpelhaft in die Seite. Von Nahem betrachtet, waren die blauen Flecken unter Grace' Make-up deutlich zu sehen, dachte Anna, aber sie sagte nichts dazu. »Ich verstehe es natürlich, wenn du nicht willst, aber ohne dich wäre es einfach nicht dasselbe.«

»Sehr gern«, erwiderte Grace.

»Wunderbar«, sagte Dawn. Sie schämte sich insgeheim, aber die Freitagabende konnte sie inzwischen kaum noch erwarten.

Zu Dawns Entsetzen war die Bühne leer, als die fünf Frauen am nächsten Abend die Rising Sun betraten.

»Spielt die Band heute Abend gar nicht?«, fragte sie eine vorbeikommende Bedienung, während sie an der Bar stand.

»Ich glaube, sie sind fertig«, sagte sie und rauschte mit einem Gewürzständer für ein paar Essensgäste an ihr vorbei.

Dawn wurde heiß und schwindelig. Sie war wie vor den Kopf geschlagen, während sie für sie alle Wein bestellte. War das der Grund, weshalb Al Holly letztes Wochenende den Tag mit ihr hatte verbringen wollen? War das seine Art, sich von ihr zu verabschieden, ohne es laut auszusprechen? War das die »Überraschung«, die er ihr für heute Abend angekündigt hatte?

»Ich habe mich geirrt«, sagte die Bedienung, als sie neben Dawns Schulter wiederauftauchte. »Offenbar stecken sie auf der Autobahn im Stau. Sie werden bald hier sein.«

Dawns Stimmung hellte sich augenblicklich auf. Um genau zu sein, hellte sie sich nicht nur auf, sie schoss raketenartig in die Höhe. Weiß Gott, wie ihr geschehen würde, wenn sie ihn wiedersah. Seit letztem Sonntag hatten sich die Tage bis zu diesem Wochenende so quälend langsam hingezogen wie eine Schildkröte mit arthritischen Knien.

»Was ist denn jetzt eigentlich mit deinem Mann?«, fragte Anna Grace zögernd. »Du musst natürlich nicht darüber reden, wenn du nicht willst.«

»Er ist im Krankenhaus«, sagte Grace in einem völlig emotionslosen Ton. »Er steht unter psychiatrischer Beobachtung.« Sie konnte sich schon vorstellen, wie wütend Gordon darüber sein musste. Es würde ihm nicht gefallen, als psychisch krank und nicht im Vollbesitz seiner geistigen Kräfte eingestuft zu werden.

»Aber du wirst doch nicht … ich meine, wirst du zu ihm zurückkehren?«, sagte Raychel leise.

»Nein«, sagte Grace, ohne zu zögern. Dieses besessene, gefährlich egoistische Verhalten würde sie ihm niemals verzeihen. Schon diese wenigen Tage ohne ihn hatten ihr die Augen geöffnet. Jetzt konnte sie deutlich sehen, dass all das, womit sie all die Jahre wie selbstverständlich gelebt hatte, überhaupt nicht normal war. Mit jedem Atemzug, den sie tat, seit sie den Powderham Crescent verlassen hatte, ging es ihr besser.

Dawn kam mit einem Tablett mit Gläsern und einer Flasche Merlot und schaltete sich in die Unterhaltung ein.

»War er früher schon mal gewalttätig zu dir?«, fragte sie.

»Nein.« Grace atmete tief aus. »Er war schon immer leicht aufbrausend, aber ich hätte nie gedacht, dass er zu so etwas im Stande ist.«

»Das kann einem ganz schön Angst machen, stimmt's?« Dawn schauderte. »Wisst ihr noch, wie dieser eine Typ in Schottland ausgeflippt ist und diese ganzen Kinder erschossen hat? Was bringt jemanden bloß dazu, so auszurasten?«

»Ich nehme an, in vielen Fällen ist es einfach eine sehr lange, langsam abbrennende Zündschnur zum Dynamit«, seufzte Christie. Sie fragte sich, was für eine Ehe Grace eigentlich führte, dass ihr Mann zu ihrer Arbeit fuhr und sich nach ihren Pensionierungsaussichten erkundigte. Allein schon nach diesem kleinen Detail zu urteilen, schien er ein echter Kontrollfreak zu sein. Ein Typ, der unter Druck eher ausflippte als einknickte.

Grace nahm einen Schluck Wein; er rann ihr warm durch die Kehle. Fast so warm wie der Gedanke, dass sie an diesem Abend wieder zum West House zurückfahren würde, nicht zu ihrem wirklichen Zuhause. Auch wenn sie noch früh genug dorthin zurückkehren müssen würde.

»So, wie ich Gordon kenne, sagt er sich jetzt vermutlich: ›Was für ein Theater wegen eines kleinen häuslichen Streits.‹ Ich würde mich nicht wundern, wenn er von mir erwartet, dass ich ihm sein Essen auf den Tisch stelle, wenn er nachhause kommt, und kein Wort mehr darüber verliere.«

»Das soll wohl ein Witz sein!«, sagte Raychel, aber im selben Augenblick fiel ihr wieder ein, wie schnell sich Nathan Lunn immer von seinen Tobsuchtsanfällen erholt hatte und genau an dem Punkt wieder weitergemacht hatte, an dem er gewesen war, bevor er ausflippte. Es war, als würden diese Schläge in einer Zeitschleife existieren, die einfach verdrängt wurde, nachdem alles vorbei war.

Grace wusste, dass sie mit ihrer Vermutung nicht weit danebenlag. Sie war vielleicht keine erfahrene Psychologin wie Christie, aber sie kannte ihren Mann, der so bald wie irgend möglich ihr *Ex*mann sein würde. Gordon würde sich bis zum Äußersten mit ihr anlegen, das wusste sie. Er würde der Ansicht sein, dass sie überreagierte und eine ›dumme Kuh‹ war und dass sie ›diesen ganzen Unsinn endlich lassen sollte‹. In seinem Gehirn gab es keine Kammer, die sich seine Schuld eingestand, das hatte es noch nie gegeben. Er würde nicht einsehen, dass er irgendetwas getan hatte, wofür er sich entschuldigen sollte, er hatte nur ›für Ordnung gesorgt‹, was schließlich seine Aufgabe als Oberhaupt eines angesehenen Hauses war. Sie dachte an Gordon, der alle Brücken zu Paul abgebrochen hatte, der den kleinen Joe angeschrien hatte, der Laura aus dem Haus geworfen hatte, und dann an all das, was er ihr angetan hatte. Sie konnte von Glück reden, noch einmal davongekommen zu sein. Und doch wusste sie, dass Gordon sein Verhalten als völlig vernünftig ansehen würde. Grace holte einmal tief Luft, um mit den anderen ein Geheimnis zu teilen, von dem sie noch niemandem etwas gesagt hatte.

»Ich wollte ihn verlassen.«

»Hat er das gewusst?«, fragte Anna.

»Nein, aber ich nehme an, er hat es geahnt, und er hatte keine Ahnung, was er dagegen unternehmen sollte. Er hat mich mehr oder weniger beschuldigt, auf der Arbeit eine Affäre zu haben.«

»Was? Mit wem denn?«, schnaubte Dawn.

»Niemand Bestimmtes. Er hat sich nur einen Grund zurechtgelegt, um sein Verhalten zu entschuldigen.«

Christie nickte. »Eine Zurückweisung kann leicht Gewalt auslösen.« Sie sah, wie Grace' Gehirn arbeitete, und knuffte sie in die Seite. »Jetzt bist du ja in Sicherheit«, flüsterte sie. »Und unter Freundinnen.«

»Ja«, sagte Grace. »Und ich möchte euch gern sagen, dass ich euch *alle* als meine Freundinnen ansehe. Ich … ich kann euch gar nicht sagen, wie viel ihr alle mir inzwischen bedeutet, nach so kurzer Zeit.« Sie holte einmal tief Luft, um die Emotionen zu zügeln, die mit ihr durchzugehen drohten.

»Das klingt ja fast, als ob er dir einen Gefallen getan hat«, grinste Dawn. Dann, als sie sah, wie alle anderen sie mit offenem Mund anstarrten, stöhnte sie auf. »O mein Gott, das ist mir nur so herausgerutscht. Ich wollte nur sagen, dass … dass …«

Grace rettete sie mit einem hellen Lachen.

»Dawn, du bist wirklich einmalig.«

»Wie weit voraus hast du denn schon gedacht?«, erkundigte sich Anna leise. »Es muss so schrecklich sein, ich wüsste gar nicht, wo ich da anfangen sollte.«

»Immer schön langsam«, unterbrach Christie sie. »Ich denke, in einer solchen Situation ist es wichtig, immer nur einen Schritt auf einmal zu planen.«

»Ich werde bald anfangen müssen, mir etwas zu überlegen«, sagte Grace. »Ich kann nicht ewig bei euch wohnen.«

»Du liebe Güte, Grace, das Haus ist doch riesig. Da leben vermutlich Leute, die ich noch nie zu Gesicht bekommen habe«, grinste Christie. »Außerdem glaube ich, dass Niki sehr froh ist, jemanden zu haben, vor dem er mit seinen Kochkünsten prahlen kann. Ich bin dafür inzwischen fast schon zu blasiert, leider. Heute Abend steht Huhn mit Champignon-Spargelspitzen-Risotto auf der Speisekarte. Das ist eines seiner dreißig Standardgerichte.«

Anna dachte an Tonys kulinarische Künste, und sie verspürte wieder einen schmerzlichen Stich. In der Küche war er ein echter Meister: eine Mischung aus Laurence Llewelyn-Bowen und Jean-

Christophe Novelli. Sie mochte es, wenn ein Mann gern kochte, und er kochte so gut, dass es fast wie ein Vorspiel war. Und das war ein Glück, denn die Küche war der einzige Ort, an dem sie überhaupt eines bekam. Was für eine Verschwendung, dachte sie, denn sie bezweifelte, dass Lynette Bottoms Gaumen etwas Raffinierteres als Chicken Nuggets zu schätzen wissen würde. Vermutlich dachte sie, Spargelspitzen wären eine besondere Art von Reizwäsche.

»Das muss schön sein!« Dawn lachte leise auf. »Calum hat mir mal ein Pommes-frites-Sandwich gemacht. Mit Pommes frites aus der Mikrowelle. Mehr ist bei ihm nicht drin.« Dann wurde ihr bewusst, dass sie über den Mann herzog, den sie in einem Monat heiraten würde, und sie versuchte, rasch zurückzurudern. »Obwohl, das hat er gar nicht schlecht hinbekommen. Er hat das Brot bis zum Rand bestrichen.« Irgendwo in ihrem Kopf hörte sie zwei Hände, die ihr leise Beifall klatschten. *Wow!*

»Calums Talente liegen eben irgendwo anders«, lächelte Christie freundlich. Sie war nicht die Einzige am Tisch, die sich fragte, warum Dawn jemanden heiratete, dem sie vermutlich für den Rest ihres Lebens einen Tritt in den Hintern geben müssen würde.

»O ja.« Dawn lachte ein bisschen zu rau auf und ging nicht auf die Anspielung ein, Calum sei dafür vielleicht ein wildes Tier im Bett. Sie hoffte nur, dass die anderen sie nicht nach Details fragen würden, denn die würde sie ihnen nicht liefern können. Dann wurde sie auf einmal abgelenkt, als sie aus dem Augenwinkel sah, wie Samuel die Bühne betrat und rasch aufzubauen begann, gefolgt von Al und den anderen.

»Was denn?«, fragte Anna. »Du siehst ja aus, als ob in dir auf einmal ein Licht angegangen wäre.«

»Ich?« Dawn beschwor ihr Herz, langsamer zu schlagen.

»Das ist wegen diesem einen Gitarristen, stimmt's?«, neckte Raychel sie lächelnd. »Du stehst auf ihn.«

»Tue ich nicht!«, protestierte sie.

»Warum wirst du denn dann so rot?«

»Werde ich doch gar nicht«, sagte Dawn nervös. »Ich finde nur, das sind nette Jungs, das ist alles. Und ich mag ihre Musik.«

»Entschuldigt die Verspätung, Leute«, dröhnte Samuels Stimme jetzt durchs Mikrofon, »Wir sind in eurem wundervollen englischen Verkehr stecken geblieben, aber jetzt sind wir hier, und wir werden mit dem hier anfangen«, sagte er und leitete mühelos zu ihrer ersten Nummer über.

»Hast du sie denn nun für deine Hochzeit gebucht?«, fragte Anna.

»Nein, an genau dem Tag fahren sie ab.«

»Ach, das ist ja schade.«

»Ja«, sagte Dawn. Sie wollte gar nicht daran denken. »Ich hole uns ein paar Chips, okay? Ich brauche jetzt was zu knabbern.« Sie wollte vor den anderen flüchten, denn sie glaubte, wenn sie ihr nur noch drei Fragen stellten, würde ihre Stimme brechen.

An der Bar war viel mehr los als sonst. Dawn schaffte es knapp, ein paar Tüten Cheese-and-Onion-Chips zu bestellen, bevor der erste Song zu Ende war.

»Und jetzt kommt ein ganz besonderer Song«, sagte Samuel gedehnt. »Er heißt *I Took My Chance With You*, und wir haben eine Gastsängerin, die ihn vortragen wird. Begrüßen Sie mit mir hier in der Rising Sun herzlich Miss – Dawny – Sole.«

Geistesabwesend begann Dawn, mit allen anderen zu klatschen. Es dauerte drei Sekunden, bis ihr Gehirn sich einschaltete, und dann schnellte ihr Kopf zur Bühne, wo sie sah, wie die Bandmitglieder ihr zuwinkten.

Nein, nein, nein, nein, nein!, dachte sie. Das konnte nicht wahr sein. *Was zum Teufel …?* Ihr Kopf legte sich einen Fluchtweg zurecht, aber sie war umgeben von Leuten, die jetzt zur Seite traten, um sie durchzulassen. Ihre Beine, ohne jede Verbindung mit ihrem panischen Gehirn, ließen sie im Stich und bewegten sich einfach vorwärts. Sie hauchte der Band zu: »Ich kann nicht, ich kann nicht«, aber sie ignorierten sie einfach und zogen sie auf die Bühne. Es war wie in einem Albtraum. Schlimmer hätte es nur sein können, wenn sie auch noch nackt gewesen wäre.

Al hängte ihr seine Gitarre um den Hals und nahm sich eine andere von hinten.

»Na los, Mädchen«, flüsterte er ihr ins Ohr. Sie spürte seinen Atem in ihrem Nacken, und er schürte die Flammen in ihrem Herzen.

Das Intro begann. Dawn sah auf das Meer von Gesichtern, die diese Frau aus ihrer Gegend anstarrten, und ihr blieb keine andere Wahl, als den Mund aufzumachen und zu singen, um es rasch hinter sich zu bringen, und dann von der Bühne zu verschwinden und sich in eine Ecke zu verkriechen und zu sterben. Weiter hinten konnte sie Christie, Raychel, Anna und Grace sehen, die aufgestanden waren, um ihr zuzusehen.

Dawn machte den Mund auf und hörte die ersten unsicheren Takte über ihre Lippen kommen. Dann wurde ihr auf einmal bewusst, dass sie hier in einer Band sang, *einer echten Band*, und dass sie, wenn sie sich jetzt nicht zusammenriss und so loslegte, wie sie konnte, vor all den Leuten wie eine Idiotin dastehen würde. Sie stellte sich vor, ihrer Mum und ihrem Dad zuzusehen, wie sie diesen Song vortrugen, und dann stellte sie sich vor, wie ihre Mum und ihr Dad ihr jetzt, in diesem Augenblick, zusahen, und auf einmal fand ihre Stimme die Kraft, die sie brauchte. Sie sah Leute im Publikum lächeln, verträumt nickend. Ihre Stimme schwebte über sie hinweg zu den Wänden, und dann sah sie Anna, die aufmunternd einen Daumen hob. Und sie spürte, dass ihre Finger jetzt in völliger Harmonie mit dem Rest der Band in die Saiten griffen, und es fühlte sich alles so *richtig* an. Und als Al den letzten Riff spielte und Jubel und Beifall aufbrandeten, wandte sich Dawn zu ihm um und musste unwillkürlich grinsen. Sie wollte ihm am liebsten die Arme um den Hals werfen, aber sie kämpfte gegen diese aufwallende Euphorie in ihr an, indem sie ihm sagte, sie könne ihn umbringen. Und er zwinkerte ihr zu und sagte: »Du verschwendest dich, Süße. Warte auf mich.« Und im ersten Augenblick wusste sie nicht, ob er mit »warte auf mich« meinte, wenn ihre Freundinnen gegangen waren – oder für immer.

»Hast du an dieser Stimme gearbeitet, oder was? Du bist ja wirklich ein unentdecktes Talent«, sagte Anna mit aufrichtiger Bewunderung, als Dawn an ihren Tisch zurückkam. »Wir haben noch eine

Flasche hingestellt bekommen. Aufs Haus – doppelt gute Arbeit, Dawn! Und du hast uns erzählt, du seist nicht so gut!«

»Das war wundervoll!«, sagte Grace. »Du hast ausgesehen, als ob du auf dieser Bühne zuhause wärst. Wie konntest du dein Talent nur so unter den Scheffel stellen?«

»Ach was«, sagte Dawn, während sie gleichzeitig errötete und strahlte.

»Du bist wirklich begabt.« Christie tätschelte ihren Arm. »Ein echtes Naturtalent. Das war fabelhaft, Dawn. Deine Stimme passt perfekt zu dieser Art Musik.«

»Im Ernst, du sahst aus, als ob du dafür geboren worden wärst«, sagte jetzt auch Raychel. »Man konnte sehen, wie viel Freude es dir macht.«

»Das soll wohl ein Witz sein! Ich habe mir fast in die Hosen gemacht!«, sagte Dawn.

»Oh, bitte, nein, verdirb dir nicht dein neu gewonnenes Image!«, lachte Anna.

Dawn entschied, nur noch auf einen Drink mit Al Holly zu bleiben. Sie lief ernsthaft Gefahr, sich mit ihm einzulassen, und wenn er versuchen sollte, den Faden dort wiederaufzunehmen, wo sie am letzten Sonntag aufgehört hatten, dann würde sie nicht wissen, ob sie ihm noch länger widerstehen könnte. Diesmal würde es keinen kleinen Jungen mit einem Strandball geben, um den Kuss zu verhindern, zu dem es fast gekommen wäre.

Aber Al überraschte sie. Er redete über belanglose Dinge wie den Stau auf der Autobahn und die Fernfahrercafés. Er lud sie nicht ein, am Sonntag mit ihnen zu üben, und Dawn fragte nicht danach. Sie verabschiedeten sich an diesem Abend als Freunde, deren Wege sich bald trennen würden und die nur zwei Colas zusammen getrunken hatten. Und so sollte es auch sein, sagte sich Dawn, es war richtig, dass es so war. Aber als Al wieder auf die Bühne ging und sie hinaus zu ihrem Wagen, lastete die Enttäuschung schwer auf ihren Schritten, und ihr Herz sagte ihr überhaupt nicht, dass es so richtig war.

Anna lächelte auf dem ganzen Weg nachhause. Was für ein wundervoller Abend war das wieder gewesen; umso mehr, da Grace auch mitgekommen war. Und Anna hatte schon gedacht, *ihre* Beziehung sei beschissen! Wenigstens hatte Tony keinen Hang zu Gewalt. Aber vielleicht hatte er auch einfach kein Rückgrat. Er war wie ein Wackelpudding auf zwei Beinen. Sie stellte sich einen wackelpuddingförmigen Tony vor, der die Straße hinunterschwabbelte, und kicherte. Sie gab sich zärtlichen Erinnerungen hin, wie er ihr einmal, als sie miteinander geschlafen hatten, versehentlich den Kopf angestoßen hatte, und wie besorgt er gewesen war, er könnte ihr wehgetan haben. Sie sonnte sich für einen Moment in seiner Unfähigkeit, absichtlich jemandem ein Leid anzutun – zumindest körperlich. Aber dann wurde ihr Herz auf einmal von einem stechenden Schmerz durchzuckt, und ein tiefer Seufzer entwich aus derselben Stelle.

Am Bahnhof angekommen, überquerte sie die Straße. Ihr einsames kleines Haus war in Sichtweite. Aber heute Abend gab es einen Film im Fernsehen, der ihr gefallen würde, und scheiß drauf, dann würde sie sich ein Tandoori-Butterhuhn ins Haus kommen lassen und sich dazu ein, zwei Gläser von dem Riesling genehmigen, der schon im Kühlschrank kalt stand. Sie nahm ihren Schlüssel aus der Handtasche und stolperte fast über Tonys nächstes Überraschungsgeschenk – eine einzelne silberne Rose auf ihrer Türschwelle.

Achtundfünfzigstes Kapitel

Sarah rief Grace am Samstagnachmittag an, um sie zu fragen, wie es ihr ging, aber ihr Tonfall war schon bei ihren ersten Worten nur lauwarm. Sie redete Grace immer mit »Mutter« an. Das schuf eine Distanz zwischen ihnen, die Grace all die Jahre erfolglos zu überbrücken versucht hatte, und ausgerechnet jetzt erschien ihr dieses Wort besonders kalt. Von all ihren Kindern hatte Sarah immer am meisten bekommen – mehr Aufmerksamkeit, mehr Spielzeug, mehr Freiraum als die anderen. Und doch war sie die kälteste von ihnen allen, mit dem Talent ihres Vaters, alle Emotionen fest unter Verschluss zu halten.

Paul und Laura hatten ihrer Schwester fast alles erzählt, was sie wussten. Sie hatten sich nicht über ihre kühle Reaktion gewundert, ihr Dad sei »offensichtlich krank, und Mum müsse ihn gegen sich aufgebracht haben«. Gordons Gene hatten sich in ihr eindeutig durchgesetzt.

»Ich habe im Krankenhaus angerufen, aber da wusste niemand, wann Dad nachhause kommt«, sagte Sarah. »Hast du ihn denn schon besucht?«

»Nein, Sarah, das habe ich nicht«, sagte Grace. »Und ich habe es auch nicht vor. Ich weiß nicht mal, ob ich ihn überhaupt besuchen darf.«

»Hast du denn nicht angerufen?«

»Nein.«

Sarah lachte ungläubig auf. »Du kannst ihn doch nicht einfach dort drinnen lassen!«, sagte sie. »Er ist krank – er braucht Hilfe.«

Krank, ja, das war eine treffende Bezeichnung, dachte Grace, aber sie wollte keinen Streit mit ihrer Tochter vom Zaun brechen.

»Ich kann mich da nicht einmischen, Sarah. Das ist Sache der

Polizei«, sagte Grace in einem gleichmütigen Ton, der über die Verletzung hinwegtäuschte, die Sarahs Worte ihr zufügten.

»Was in aller Welt war denn überhaupt los? Was hast du denn gesagt, um ihn so auf die Palme zu bringen?«, tobte Sarah auf einmal.

»Ich verstehe auch nicht, warum er das getan hat«, sagte Grace. Sie hatte versucht, die ganze Geschichte nicht allzu detailliert zu analysieren. Sie wollte sich nicht in Gedanken wieder in diese grauenhafte Lage versetzen.

»Laura sagt, er wollte dich nicht aus dem Haus lassen!«, sagte Sarah leicht verächtlich, als hätte Gordon nichts weiter getan, als ihr zu sagen, sie könne jetzt nicht einkaufen gehen, und deswegen einen erniedrigenden Polizeieinsatz über sich ergehen lassen müssen.

»Es war schon ein bisschen mehr als das«, ereiferte sich Grace jetzt. Sie wusste, dass Laura diese Geschichte niemals heruntergespielt hätte. Im Gegenteil, Laura hatte mit Sicherheit dafür gesorgt, dass Sarah genau erfuhr, was ihr Vater getan hatte. Aber welchen Teil der Geschichte Sarah glauben wollte, das stand auf einem anderen Blatt.

»Wer wird sich denn um ihn kümmern, wenn er rauskommt?«, fragte Sarah. Ein Anflug von Panik schlich sich in ihre Stimme, als könnte diese Aufgabe womöglich auf sie zukommen, das einzige Kind, das von seinem Vater noch akzeptiert wurde.

»Er ist ja nun wirklich kein Pflegefall, Kind.«

»Ja, aber er weiß nicht, wie man Wäsche wäscht oder bügelt oder sonst irgendwas, oder?«, fauchte Sarah, ohne zu merken, als wie erbärmlich sie ihren Vater hinstellte.

»Ich weiß nicht«, sagte Grace auf einmal erschöpft. »Ich weiß nicht, ob die Polizei ihn noch länger festhalten oder freilassen wird. Ich weiß nicht, ob der Fall vor Gericht kommen wird oder …«

»Gericht?«, schrie Sarah jetzt. »Du kannst ihn doch nicht vor *Gericht* zerren! Er ist mein *Vater*!«

»Die Entscheidung liegt nicht bei mir, Sarah. Ich habe keinen Einfluss darauf, was jetzt geschieht.«

Bei dem Gedanken an ein Gerichtsverfahren bekam Grace

Kopfschmerzen. Sie konnte an dem *Vater dieser Kinder* keinen Verrat begehen, egal, was sie von ihm als *Ehemann* hielt. Sie selbst könnte das grelle Rampenlicht schon aushalten, wenn Gordon vor Gericht gestellt und von den Zeitungen diffamiert werden sollte, aber sie wollte nicht, dass ihre Kinder und Enkelkinder noch mehr Leid erfuhren, als sie ohnehin schon erlitten hatten. Rechtsanwälte, das wusste sie, würden ihre Ehe bis ins kleinste Detail zerpflücken, nur um Spitzfindigkeiten zu beweisen, ohne Rücksicht darauf, was sie damit Grace' Liebsten antaten. Und die Wahrheit konnte aus so vielen hässlichen Winkeln betrachtet werden.

»Ihr beide müsst euch einfach zusammenreißen«, sagte Sarah mit einem langen, ungeduldigen Seufzer. »In eurem Alter könnt ihr euch nicht mehr trennen. Ich werde sehen, ob ich irgendwo einen guten Therapeuten auftreiben kann.«

»Wir haben uns bereits getrennt!« Ein Schwall von Wut verlieh Grace' Stimme zusätzliche Kraft. »Kein Therapeut der Welt könnte dieses Schlamassel wieder einrenken. Und, Sarah, selbst wenn es einen gäbe, würde ich ihn nicht engagieren wollen.«

»Sei nicht albern«, sagte Sarah. »Ihr seid seit über dreiundzwanzig Jahren zusammen. Dreiundzwanzig Jahre! Du kannst ihn jetzt nicht einfach seinem Schicksal überlassen!«

Grace holte einmal tief Luft, um Kraft zu schöpfen.

»Sarah, ich *habe* ihn bereits verlassen«, sagte sie entschieden. »Und ich werde nicht zu ihm zurückkehren. Ich habe einen Termin bei einem Anwalt, und ich werde mich scheiden lassen. Ich fürchte, du wirst damit leben müssen, Schatz. Deine Mum und dein Dad haben sich getrennt.«

»Nur dass du gar nicht meine Mum bist, oder?«, spie Sarah, bevor sie den Hörer aufknallte und Grace so tief verletzt zurückließ, dass sie sich fragte, ob sie die Familie Beamish letztendlich zu Grunde gerichtet und nicht, wie sie es sich vor all den Jahren erhofft hatte, gerettet hatte.

Neunundfünfzigstes Kapitel

Na, sieh mal einer an!«, pfiff Bruce, als Anna mit etwas Verspätung um zehn nach sieben Vladimir Darqs Haus betrat.

»Wieso? Was ist denn los?«, entgegnete Anna rasch.

»Sie, das ist los!«, sagte Bruce. »Sie sehen anders aus.«

»Sie tragen einen V-Ausschnitt und kein Schwarz, gut gemacht!«, sagte Jane und gab ihr die üblichen Küsse auf beide Wangen. »Ich finde, dieser Blauton ist genau Ihre Farbe. Was meinen Sie, Vladimir?«

Anna spürte, wie ihre Wangen rot aufglühten, als sie auf einmal von dem ganzen Raum so viel Aufmerksamkeit bekam. Vor allem als Vladimir zu ihr herüberkam und sie gebannt zu mustern begann.

»Ja, das steht Ihnen gut, Anna.« Dann stöhnte er auf: »Die Schultern, Anna, sie hängen schon wieder herunter. *La dracu!* Sie treiben mich in den Wahnsinn!« Und mit diesen Worten stolzierte er wieder davon, als hätte er auf einmal sehr schlechte Laune.

Bruce verzog das Gesicht und flüsterte Jane zu: »Was hat er denn?« Aber Jane zuckte nur die Schultern.

»Er läuft jetzt schon seit zehn Minuten so auf und ab«, flüsterte sie Anna zu.

»Es ist nicht unsere Schuld, dass wir zu spät gekommen sind. Wir mussten einer Umleitung folgen, da ein Lastwagen eine Panne hatte und die Straße gesperrt war«, erklärte Anna.

»Vielleicht hat er seine Tage. Vollmond«, kicherte Bruce, bis Jane ihm zum Spaß einen Klaps gab.

»Aber Sie sehen wirklich anders aus.« Jane lächelte. »So aufrecht und kess. Und schlanker. Haben Sie abgenommen?«

»Kann nicht sein, oder?«, sagte Anna. »Er lässt mich ja nicht. Ich habe mich heute Morgen auf die Waage gestellt, und ich wiege genauso viel wie in jeder anderen Woche auch.«

»Dann sind diese Dinger ja wirklich fantastisch«, lächelte Jane. »Ich glaube, Sie wurden vom Darq-Zauber getroffen.«

»Wir wollen heute Abend noch ein paar Aufnahmen von Ihnen in diesem Bodyshaper und dann in ein paar Korsetts im gehobeneren Preissegment machen, liebe Anna«, sagte Mark. »Leonid muss hier irgendwo herumhängen, das heißt, wir könnten jetzt ein paar Standfotos machen.«

Anna schlüpfte aus ihren Kleidern und in ihren Morgenmantel. Inzwischen kam ihr das alles so natürlich vor. Die Crew hatte alles von ihr gesehen und war dennoch geistig gesund geblieben. Es war eigentlich nicht anders, als sich am Strand bis auf den Bikini auszuziehen, dachte sie. Nur dass hier ein Vampir in regelmäßigen Abständen ihren Schlüpfer zurechtrückte.

Maria entfaltete auf ihre mürrische, stille, aber wundervoll effiziente Art ihren Zauber auf Annas Gesicht. Dann kam Vladimir herein, um das »Endprodukt« in Augenschein zu nehmen.

»Sie haben Ihr Lächeln diese Woche gut im Griff«, bemerkte er. »Ich nehme an, Sie haben seit dem *Teller* nichts mehr von *Tony* gehört.«

Er war so herrlich hochnäsig, dass Anna am liebsten loskichern wollte, aber sie beherrschte sich.

»Ehrlich gesagt, hat er mir eine Rose dagelassen. Eine silberne. Auf meiner Türschwelle.«

Vladimir baute sich steif vor ihr auf, mit gespreizten Beinen und verschränkten Armen, das Haar eindrucksvoll nach hinten gebunden. Sein Tonfall war sehr säuerlich, als er sprach. »Das werde ich mir merken. Wenn ich das nächste Mal das Herz einer Frau wie ein Stück Dreck behandle, werde ich ihr einfach einen Teller und eine Rose schicken, und schon wird sie mir alles verzeihen.«

»Ich habe nicht gesagt, dass ich ihm verzeihen wür…«

»Vermutlich lebt er noch immer bei diesem anderen Mädchen. Geht noch immer jeden Abend zu ihr nachhause und betrügt *sie* dann einmal die Woche, indem er Geschenke für Sie vor Ihrer Tür ablegt.«

Autsch! Er versetzte Annas beschwingter Stimmung einen fachmännischen Stich. Mitten ins Herz ihres Egos. Anna spürte, wie ihr Körper in sich zusammensackte, als hätte ihr jemand das Rückgrat gebrochen.

Vladimir stellte Anna unsanft vor sich hin, und als sie den Blick hob, sah sie ihm genau in die Augen.

»Warum tun Leute so etwas?«, zischelte Vladimir auf einmal lautstark vor Leidenschaft. »Warum verkaufen sie sich so billig und fragen sich dann, warum sie sich so unterschätzt fühlen? Das verstehe ich nicht!« Dann fuhr er etwas sanfter fort: »Anna, dieser *Tony* strahlt Sie mit einem Licht an, und Sie blühen auf, und sobald er es ausschaltet, welken Sie dahin – Sie sind eine emotionale Marionette! Ich will, dass Sie *hier* fühlen, was Sie wert sind!« Er legte ihr eine Hand flach an die Brust, über ihrem Herzen, und doch war die Geste alles andere als sexuell.

Er hatte natürlich recht. Wenn Tony zurückkam, dann würde sie triumphieren – für kurze Zeit, solange er zwischen ihren Beinen war. Und am Morgen danach? Würde sie sich immer noch groß und stark fühlen, wenn er sich, nachdem er seinen Appetit gestillt hatte, anzog und zu Lynette Bottom und ihren der Schwerkraft trotzenden Brüsten zurückkehrte?

Vladimir nahm Annas Kinn in die Hand und hob es an. Er sah, dass seine Worte angekommen waren, und er war zufrieden – fürs Erste zumindest. Anna gab sich alle Mühe, aufrecht vor ihm zu stehen und das Beben ihrer Lippen zu unterdrücken, so gut sie konnte.

Vladimir rief Mark zu: »Wir können.«

Leonid machte ein paar Aufnahmen von Anna in unterschiedlichen Posen. Und dann schlüpfte Anna in ein paar absolut hinreißende Korsetts aus herrlichen Samt- und schweren Satinstoffen. Vladimir ging nicht sehr sanft mit ihr um, als er sie an diesem Abend zuschnürte, aber sie verschaffte ihm nicht die Befriedigung, sich zu beschweren. Künstlerlaune, vermutete sie, war seine Entschuldigung.

»Und, wie war es für Sie, diese Woche Ihre alten Schlüpfer liegen zu lassen und nur noch den ›Darqone‹ zu tragen?«, fragte Jane für die Kamera.

»Den Leuten ist es auf jeden Fall aufgefallen, und sie haben mich gefragt, ob ich abgenommen hätte«, antwortete Anna wahrheitsgemäß. »Er war sehr bequem, und ich hatte viel mehr Selbstbewusstsein, da offenbar alles wieder dort war, wo es hingehörte, wie damals, als ich noch viel jünger war.«

»Und auf die Toilette zu gehen? Wie einfach war das, Anna?«

»Erstaunlich einfach«, kam die Antwort. »Die Druckknöpfe im Schritt sind sehr gut. Ich hatte schon Bodys, wo sie unbequem waren und nur schwer zugingen. Und diese Teile hier habe ich erst in die Waschmaschine und dann auch noch in den Trockner gesteckt, und danach waren sie immer noch so gut wie neu.«

Jane schien sehr beeindruckt von dieser zusätzlichen Information. Anna antwortete auf ihre hochgezogenen Augenbrauen: »Na ja, ich wurde für diese Sendung schließlich ausgewählt, weil ich eine ganz normale Frau bin, und wie sich diese Sachen waschen lassen, ist für uns sehr wichtig. Natürlich würde ich etwas hochwertigere Teile nicht in den Trockner stecken, aber der ›Darqone‹, so günstig er auch ist, wäre kein guter Kauf, wenn er nach dem zweiten oder dritten Waschen in seine Bestandteile zerfallen würde.«

Mark hob aufmunternd einen Daumen und rief dann: »Schnitt«.

»Danke, Anna«, sagte Vladimir, jetzt etwas weniger bissig. »Gut, dass Sie das erwähnt haben.«

»Gern geschehen«, sagte Anna. Sie versuchte, nicht so auszusehen, als würde sie an Tony denken und sich fragen, ob er diese Woche, während sie bei ihren Dreharbeiten war, vielleicht auch bei ihr zuhause vorbeigefahren war.

»Das war's dann, danke, Leute.« Mark klatschte in die Hände. »Gleiche Zeit nächste Woche für das große Finale.«

Das letzte Mal. Nächste Woche würde sie das letzte Mal in Vladimir Darqs Haus sein. Sie wunderte sich, wie bedrückend dieser Gedanke für sie war. Die Wochenenden würden nicht mehr dieselben sein. Sie war sich nicht sicher, wie das nächste Kapitel ihrer Geschichte aussehen würde. Vielleicht würde sie schon am übernächsten Samstag mit Tony auf ihrem Sofa sitzen und sich ein Takeaway mit ihm teilen? Sie wusste wirklich nicht, wie tief ihre Schultern bis dahin herunterhängen würden – oder auch nicht.

Sechzigstes Kapitel

Am frühen Sonntagmorgen sperrte Grace die neue Haustür zur Nr. 32, Powderham Crescent, auf. Paul hatte sie ersetzen lassen, da die alte Tür nicht mehr zu reparieren gewesen war, die der Polizist gewaltsam mit dem Türrammer geöffnet hatte. Der Schlüssel glitt sanft ins Schloss, und sie musste nicht an ihm rütteln, während sie ihn drehte, um die Tür zu öffnen, was seltsam war. Noch etwas, das eine Veränderung ankündigte, das Ende eines vergangenen Lebens mit all seiner erdrückenden Routine. Es war offensichtlich, dass Paul und Laura im Haus kürzlich aufgeräumt hatten, so gut sie konnten, um ihrer Mutter bei ihrer kurzen Rückkehr ein Trauma zu ersparen. Ein starker Geruch von Reinigungsmittel lag in der Luft. Die Guten, sie hatten versucht, alle Spuren jenes Wochenendes zu beseitigen, aber an dem großen Loch, das der Nagel im Tischbein hinterlassen hatte, hatten selbst sie nichts ändern können.

»Mum, nimm dir einfach alles, was du brauchst, und dann verschwinden wir wieder von hier«, sagte Paul und legte ihr tröstend einen Arm um die Schultern.

Grace sah, dass der Koffer, den sie zu packen begonnen und dann unter das Bett geschoben hatte, völlig zerdrückt war, als sei jemand darauf herumgetrampelt. Gordon hatte ihn offenbar gefunden, was vieles erklärte. Es war ihr egal, sie hatte noch andere Koffer, und Paul und Laura hatten vorsichtshalber auch noch ein paar mitgebracht.

Grace trat an die Schublade und entnahm ihr ihren Pass und das Bausparkassen-Buch. Oben packte sie einen Koffer mit Kleidern und ein Make-up-Täschchen. Sie nahm ihr Schatzkästchen mit Fotos und selbst gebastelten Karten der Kinder, die sie im Laufe der Jahre gesammelt hatte. Ihr Tagebuch, ihr Adressbuch, eine Ersatzbrille und einen Fön, ihr Handy-Ladegerät – viel mehr wollte sie gar nicht.

Es war erstaunlich, mit wie wenig man auskam, wenn man sein Leben gern gegen ein anderes tauschte. Laura suchte eifrig alle Schubladen und Schränke nach Dingen ab, die ihre Mutter vielleicht übersehen hatte.

Grace öffnete die Küchenschränke. Sie sah die Teller, von denen sie nie wieder essen würde, Besteck, das sie nie wieder benutzen würde, Töpfe, mit denen sie nie wieder kochen würde. Es würde sie ein Vermögen kosten, noch einmal ganz von vorn anzufangen, aber sie wollte nur das Allernötigste mitnehmen. Wenn sie in ein neues Zuhause zog, dann sollte alles unbenutzt sein. Dinge, die Gordon nicht berührt hatte. Dinge, die Gordon nicht ausgesucht hatte.

Als sie das Haus jetzt so nüchtern betrachtete, fiel ihr auf, wie sehr seine Entscheidungen immer alles bestimmt hatten, von dem Sofa, auf dem sie saßen, bis zu dem Tisch, von dem sie aßen, von der Tapete, die sie ansahen, bis zu der Farbe der Teppiche, über die sie liefen.

Gordon. Sie fragte sich, wie er allein zurechtkommen würde, nachdem er sein Leben lang immer nur die Rolle des Alphamännchens gespielt hatte. Sie sah einen großen Wäschekorb mit seiner frischen Unterwäsche. Instinktiv schoss ihr der Gedanke durch den Kopf, dass sie sie ordentlich in seine Schubladen räumen sollte, aber er wurde rasch von vernünftigeren Gedanken verdrängt. Die Geister von dreiundzwanzig Jahren Pflichtbewusstsein waren offenbar weitaus schwerer zu besiegen als ihre Gefühle.

Gordon würde einen Monat zur Beobachtung in der Klinik bleiben müssen. Sie wusste nicht, ob die Staatsanwaltschaft Anklage gegen ihn erheben würde. Soweit sie wusste, würde das unter anderem von den Befunden aus der Klinik abhängen. Aber im Grunde ihres Herzens wusste sie, dass Gordon nicht verrückt war. Er war ein Schikanierer von der schlimmsten Sorte. Sie hatte ihm viel zu viel durchgehen lassen – hatte nie gegen ihn aufbegehrt, nur um den Frieden zu wahren. Sie hatte ein rotes Sofa vorgeschlagen, er hatte das braune haben wollen – also hatten sie das braune gekauft. Und so war es bei allem gewesen. Er hatte nicht bedacht, dass seine Kinder eines Tages erwachsen sein und außerhalb ihres Nests Dinge tun würden, die er nicht mehr unter Kontrolle hatte. Wie hatte sie vor all dem nur die Augen verschließen können? Es war ja nicht so, dass sie blind vor Liebe zu ihm gewesen war. Anfangs hatte sie gehofft, sie würden mit der Zeit zusammenwachsen und eine richtige Ehe führen. Aber er hatte diese Vorstellung schon bald zertrümmert, hatte nicht einmal über seine Probleme im Schlafzimmer reden wollen. Und sie hatte auch das einfach akzeptieren müssen. Er hätte professionelle Hilfe in Anspruch nehmen können, anstatt sich sein Leben davon ruinieren zu lassen. Er hätte ein völlig anderer Mensch sein können. Vielleicht hätte sie schon viel früher gegen ihn aufbegehren sollen. Wenn sie das getan hätte, dann wäre vielleicht alles anders gekommen.

Pauls fürsorgliche Stimme drang an ihr Ohr.

»Ich weiß, was du denkst, Mum, aber du hättest nichts tun können, um ihn zu ändern. Nichts von alledem ist deine Schuld.«

»Ach Paul.« Grace lehnte den Kopf an die kräftige Schulter ihres Sohns. »Ich will einfach nur weg von hier.«

Grace hoffte, sie würde eines Tages die schlechten Erinnerungen an dieses Haus herausfiltern und wieder die Kinder am Küchentisch malen oder vom Garten hereinstürmen sehen; ihre kleinen Kleidchen sehen, die auf der Wäscheleine hingen. Das Einzige, was sie im Augenblick wahrnehmen konnte, war der Geruch von Reinigungsmittel und dieses Loch des Nagels im Tischbein. Dieses Haus war fast vierundzwanzig Jahre ihr Zuhause gewesen, und sie war rund um die Uhr eine Gefangene darin gewesen – und doch wogen die Erinnerungen an jenen Montag weitaus schwerer als all die fröhlicheren, sonnigen Tage, an denen sie hier ihre geliebten Kinder großgezogen hatte.

Juni

Einundsechzigstes Kapitel

Dawn war nicht so gut aufgelegt wie sonst, schon die ganze Woche nicht. Sie war nicht ein einziges Mal fröhlich zur Tür hereingestürmt, um von irgendeiner abartigen Sendung zu berichten, die sie im Fernsehen gesehen hatte. Nicht einmal am Donnerstagmorgen, als sie mit vier Hochzeitseinladungen in der Hand hereinkam, sah sie wie eine aufgeregte künftige Braut aus.

»Ich würde mich riesig freuen, wenn ihr alle kommen könntet«, sagte sie. »Von meiner Seite der Familie wird die Kirche ja kaum aus den Nähten platzen. Ich habe nur ein paar Großtanten und -onkel, die ich seit Jahren nicht mehr gesehen habe. Falls sie sich überhaupt blicken lassen. Vielleicht sind sie ja auch schon tot.«

»Natürlich kommen wir«, sagte Christie, während sie dachte: *Armes Ding*. Sie wollte Dawn am liebsten zur Seite nehmen und sie fragen, ob sie jemanden zum Reden bräuchte. Sie nahm an, dass das Mädchen an mehr litt als nur einem Hochzeitsbammel. Aber würde sie sich damit nicht ein bisschen zu sehr einmischen? »Grace und ich haben über dein Hochzeitsgeschenk nachgedacht. Gibt es irgendetwas, was du gern hättest? Es ist immer schwer, Paaren etwas zu schenken, die ihren Hausstand schon eingerichtet haben.«

»Ach, kümmert euch nicht um ein Geschenk«, sagte Dawn. »Deswegen habe ich euch nicht eingeladen.«

»Habt ihr denn eine Hochzeitsliste?«

»Äh, nein«, sagte Dawn. Anfang der Woche hatte sie Muriel gebeten, ihr ihren Argos-Katalog zu leihen, damit sie anfangen konnte, eine Liste zu erstellen. Muriel hatte dazu nur die Augenbrauen hochgezogen und mit der Zunge geschnalzt.

»Die Leute werden euch kaufen, was sie euch kaufen wollen«, hatte Muriel mit einem humorlosen Lachen gesagt. »Es ist schon verdammt frech, den Leuten zu sagen, wie viel Geld sie ausgeben sollen!«

Dawn hatte zurückrudern wollen und gesagt, es sei ja nur für den Fall, dass irgendwelche Leute gern ein paar Anregungen hätten. Das sei doch so üblich.

»So üblich?«, hatte Muriel gespottet und die Lippen auf einer Seite hochgezogen wie ein beleidigter Elvis und dazu so ein affektiertes »Oh la la« ausgestoßen. »Nicht bei unseren Leuten, da ist das nicht *so üblich*! Ich will dir mal was sagen, Dawn Sole, ich sehe allmählich eine ganz neue Seite von dir, mit dieser ganzen Hochzeitsgeschichte. Ich hoffe, du wirst von deinem hohen Ross heruntersteigen, wenn du erst zu uns gehörst.«

Dawn wusste, dass Muriel ihren Töchtern später mit Sicherheit erzählen würde, wie »hochnäsig« ihre künftige Schwiegertochter allmählich wurde. An ihrem Esstisch hatte sie in letzter Zeit so oft das Gefühl, von ihnen in der Luft zerrissen zu werden, dass sie fast glaubte, nur noch aus Fetzen zu bestehen.

»Ich wäre doch nie auf die Idee gekommen, dass du uns nur einlädst, um ein Geschenk zu bekommen.« Christie schüttelte gutmütig den Kopf. »Aber du musst eines bekommen. Weißt du was, überlass es einfach uns.« Sie würde Grace vorschlagen, dem jungen Brautpaar einfach einen Umschlag mit Geld zu überreichen, anstatt auf gut Glück irgendetwas zu kaufen, was sie gar nicht haben wollten und dann umständlich umtauschen mussten.

Christie versuchte sich die Frage zu verkneifen, aber sie verlor den Kampf nach fünf Minuten.

»Dawn, kann ich dich mal was fragen – geht es dir gut? Du siehst so bedrückt aus, Liebes.«

»Oh, alles bestens.« Dawn setzte ein Lächeln auf. »Ich habe nur so viel zu organisieren, das schlaucht mich ehrlich gesagt ein bisschen.«

»Hilft dir denn niemand dabei?«

»O doch«, sagte Dawn so fröhlich wie möglich. Genau das war ein Teil des Problems. Kaum einer von Dawns Hochzeitsplänen war nicht von Muriel bearbeitet worden. Und überhaupt war es gar nicht die Hochzeit, die Dawn am meisten bedrückte. Sie hatte versucht, die Sache mit der eBay-Gitarre als erledigt anzusehen, aber das fiel ihr einfach so schwer. Was, wenn sie sie nicht entdeckt hätte? Hätte Calum ihre Gitarre verkauft? War das die Art Mann, die sie heiraten wollte? Jeden Tag schien es einen neuen Grund zu geben, weshalb sie und Calum nicht zusammen zum Traualtar schreiten sollten, und sie sah sich immer weniger im Stande, so zu tun, als würde alles in bester Ordnung sein, wenn erst sein Ring an ihrem Finger steckte. Und wie würde sie sich dabei fühlen, diesen Ring in genau dem Augenblick an den Finger gesteckt zu bekommen, in dem Al Holly seinen Tourneebus packte und für immer aus ihrem Leben verschwand? Warum tauchte dieser kanadische Cowboy überhaupt in der Gleichung auf? Vielleicht sollte sie an diesem Freitag lieber nicht mit in den Pub gehen. Aber sie wusste, dass sie es trotzdem tun würde.

»Dumme Frage, nehme ich an, aber können wir dir irgendwie helfen?«, fragte Anna.

»Danke.« Dawn schüttelte den Kopf. »Ich schaffe das schon. In einem Monat werde ich Mrs. Crooke sein, und dann ist dieser ganze Druck weg.«

»Wohin geht denn die Hochzeitsreise?«

»Wir haben uns noch immer nichts überlegt«, sagte Dawn. »Vielleicht fahren wir auch gar nicht weg.« Aus ihrem Traum von einem romantischen zweiwöchigen Urlaub in der Sonne nur mit ihrem frischgebackenen Ehemann würde jedenfalls nichts werden, so viel wusste sie schon jetzt. Er hatte bereits eintausend Pfund von Tante Charlottes Geld an sich genommen, um noch ein paar zweifelhafte DVDs zu kaufen, mit denen er »einen Riesenreibach machen würde, und dann könnten sie ihre Hochzeitsreise machen«. Sie hatte in dem Augenblick, als sie ihm das Geld aushändigte, gewusst, dass es nicht zurück in ihre Hochzeitskasse fließen und sie es niemals wiedersehen würde. Sie kämpfte verzweifelt gegen ihre Bedenken hinsichtlich dieser Hochzeit an – vor allem nachdem schon so viel organisiert und bezahlt worden war. Sie stand auf einem Fließband in Richtung Traualtar, egal, wie viele ihrer

Körperteile dagegen protestierten. Dieser verdammte Al Holly mit seiner verdammten Strat!

»Jedenfalls, genug von mir, wie geht es dir denn, Grace?«, lenkte Dawn die Aufmerksamkeit von sich ab. »Dass ich dich diese Woche gar nicht danach gefragt habe, heißt nicht, dass ich nicht an dich gedacht habe. Aber du musst es allmählich leid sein, immer wieder dieselbe Frage zu beantworten, und du weißt ja, wie ich bin, ich trete immer genau ins Fettnäpfchen.«

»Es geht mir gut, Süße«, sagte Grace mit einem liebenswürdigen Lächeln. »Ich muss nur über vieles nachdenken. Das Haus werden wir wohl verkaufen müssen, und ich kann mir nicht vorstellen, dass Gordon in dem Punkt sehr flexibel sein wird. Ich tue einfach immer nur einen Schritt auf einmal.«

»Ich denke, das ist sehr weise«, sagte Raychel. Sie schaltete sich in letzter Zeit immer öfter in die Unterhaltung ein, anstatt sich im Hintergrund zu halten. Ein Teil von ihr war wirklich dabei, sich zu befreien. Und das tat ihr so gut. »Morgen nach der Arbeit in den Pub, wie immer?«

»Ich denke, so weit kann ich getrost vorausplanen, ja«, sagte Grace.

»Du auch, Dawn?«, fragte Raychel.

Dawn lächelte zum ersten Mal seit letztem Freitag.

Zweiundsechzigstes Kapitel

Dieser Gitarrist kann den Blick ja kaum von dir abwenden!« Anna knuffte Dawn in die Seite.

»Ach was!«, protestierte Dawn.

»Er sieht sehr gut aus«, sagte Grace.

»Sexy sieht er aus mit dieser Elvis-Tolle«, sagte Christie.

»Und erst recht mit dieser Gitarre«, ergänzte Anna. »Stell dir mal vor, er spielt so auf dir.«

»Oh, wow!« Dawn vergass für einen Moment, sich cool zu geben.

»Wir haben's ja gleich gesagt, du hast ein Auge auf ihn geworfen!«, kam jetzt ein fröhlicher Chor. Finger zeigten auf Dawn und stupsten sie an.

»Ich habe kein Auge auf ihn geworfen«, lachte sie, »aber ich finde ihn sehr nett. Wieso denn auch nicht? Wir mögen dieselbe Musik.«

»Das heißt, ihr macht schöne Musik zusammen?«, zog Christie sie auf.

»Das habe ich nicht gesagt!«, sagte Dawn. »Aber er ist ein echt netter Kerl. Wenn ich nicht heiraten würde, dann würde ich mir vielleicht erlauben, ein Auge auf ihn zu werfen.« Und dann fügte sie, Anna zuliebe, rasch hinzu: »Aber ich werde heiraten, und daher darf ich das nicht.« Sie wollte vor ihr nicht laut sagen, dass sie eine kleine Schwäche für Al Holly hatte, während Annas Mann eine andere Frau vögelte. Sie wusste noch, wie Anna Christie angefahren hatte, als diese etwas davon gesagt hatte, sich einen verheirateten Liebhaber zu nehmen. Sie wollte nicht, dass eine von ihnen schlecht von ihr dachte.

»Ach, keine Panik. Wir ziehen dich nur auf«, sagte Anna. Sie hoffte, dass sie Dawn nicht davon abgeschreckt hatte, ihre Schwäche für den Gitarristen zuzugeben oder sich einzugestehen, nur weil sie, Anna, im Pub diesen Anfall bei dem Thema Geliebte gehabt hatte.

»Und, was habt ihr alle dieses Wochenende vor?«, fragte Christie. »Anna, wie laufen die Dreharbeiten?«

»Ich finde mich allmählich hinein«, sagte Anna augenzwinkernd, »obwohl ein Teil von mir noch immer denkt, ich müsse verrückt sein. Ich habe keinen Einfluss darauf, welches Filmmaterial sie verwenden werden. Und es ist eben doch ein Unterschied, ob eine erfahrene Filmcrew meine hässliche Unterwäsche sieht oder ganz England – einschließlich seiner ganzen Perversen. Wie zum Beispiel Malcolm.«

»Ich möchte wetten, er zeichnet es auf, damit er es sich später in einer Endlosschleife ansehen kann«, grinste Dawn.

»Hör auf, mir wird gleich schlecht!«

Sie hätte ihnen fast von Tony und seinen Geschenken erzählt, aber sie presste den Mund fest zusammen, bevor ihr das erste Wort über die Lippen kommen konnte. Im Augenblick gab es schließlich noch kaum etwas zu erzählen, und sie wollte nichts vermasseln, indem sie schon jetzt alles ausplauderte.

»Ich habe morgen die Anprobe für die Brautjungfernkleider«, sagte Dawn.

»Was für eine Farbe wolltest du gleich wieder?«, fragte Raychel.

»Pfirsichfarben«, kam die Antwort. »Dieselbe Farbe wie die Schleifen auf den Hochzeitseinladungen. Ich werde die ganzen Gästepralinen in Seidenpapier in derselben Farbe einwickeln, und dann muss ich auch noch wegen der Torte und der Blumen herumtelefonieren, das heißt, es wird ein Wochenende voller Hochzeitsstress werden.«

»Heute klingst du jedenfalls schon ein bisschen fröhlicher als die ganze Woche!«, sagte Anna.

»Na ja, der Stress lässt allmählich nach, und ich werde aufgeregter«, log sie.

»Vielleicht ist es ja auch dieser Gitarrist, der dich so aufgemuntert hat«, sagte Raychel.

»Ach, fangt nicht schon wieder damit an!«, sagte Dawn. Aber sie stritt es nicht ab, denn wenn Al Holly in ihrer Nähe war, dann konnte sie sich dieses Lächeln einfach nicht verkneifen, das irgendwo aus ihrem Inneren kam und sich über ihr ganzes Gesicht zog. Sie aalte sich förmlich in seiner Gegenwart.

Sie blieben alle noch auf einen Drink mehr, sodass Dawn Als Pause verpasste. Sie konnte es kaum erwarten, bei ihm zu sein, aber sie konnte sich schlecht von ihrem Tisch verabschieden, daher blieb sie, nachdem die anderen gegangen waren, noch bis zum Ende des Gigs dieses Abends. Das fiel ihr nicht besonders schwer. Sie setzte sich an die Bar und sah ihm einfach nur zu. Wie Anna im Spaß gesagt hatte, stellte sie sich vor, dass er auf ihr wie auf einer Gitarre spielte, und dann musste sie diese Gedanken mit einem geistigen Vorschlaghammer zertrümmern.

»Ah, Dawny Sole.« Al kam sofort zu ihr herüber, nachdem er seine Gitarre auf dem Ständer abgestellt hatte. »Wie geht's dir heute Abend?«

»Gut, danke, und dir?«

»Auch gut. Was zu trinken?«

»Äh … gern. Was nimmst du?«

»Ich habe jetzt Feierabend, da nehme ich gern ein Bier.«

»Ich nehme nur eine Cola light, danke. Eine kleine.«

Al bezahlte die Getränke.

»Die Zeit vergeht wie im Flug. Jetzt haben wir nur noch drei Freitagabende, an denen wir hier spielen.«

»Nur noch drei?«, sagte Dawn. Natürlich waren es nur noch drei. Aber die Zahl klang so klein. Sie versetzte ihrer Stimmung einen schweren Dämpfer.

»Komm, setzen wir uns nach draußen.« Al nahm die Getränke und führte Dawn in den Biergarten hinter dem Pub. In einer Ecke neben der Hecke war eine freie Bank mit einem Tisch, und genau darauf steuerte Al Holly zu. Sie setzten sich einander gegenüber, ihre Getränke und eine Nachtlichtkerze zwischen sich, ihre Hände gefährlich nah beieinander auf dem Tisch.

»Was für ein wundervoller Abend«, sagte Dawn. Sie versuchte Al Hollys Blick auszuweichen, der sie unverwandt ansah. Das Kerzenlicht tänzelte in seinen Augen. »Wie ist das Wetter im Sommer dort, wo du lebst?«

»Ach, schon wieder die Wetterfrage!«, sagte er verschmitzt.

»Oh, sei still und beantworte einfach die Frage!«

»Okay, verglichen damit ist es hier wie in der Arktis.«

»Wirklich?«

Er nickte. »Na ja, das ist ein bisschen übertrieben, aber die Sommer sind schön heiß, und die Winter milde. Genau wie ich es mag.«

»Ich auch«, sagte Dawn. »Das ist seit einer Ewigkeit der erste anständige Sommer, den wir hier haben. In den letzten Jahren war er immer völlig verregnet.«

»Aber wir haben auch Skihänge. Wir haben praktisch alles. Bis auf die Küss-mich-schnell-Hüte.« Er grinste, und Fältchen zeigten sich um seine Augenwinkel, und irgendetwas in Dawn machte einen Hüpfer, sodass ihr für einen Moment der Atem stockte. Sie sollte diesen Mann nicht so ansehen und dabei diese Gefühle haben. Er ging ihr einfach nicht mehr aus dem Kopf, und jeder Freitag in seiner Nähe war, als würde eine Batterie in ihrem Herzen aufgeladen werden. Er verdrängte jeden Gedanken an Calum, und dazu hatte er nicht das Recht. Morgen würde sie die Brautjungfernkleider sehen, und am Sonntag würde sie für ihre Hochzeit Pralinen in pfirsichfarbenes Seidenpapier wickeln und mit Schleifen zubinden. Sie nahm einen kräftigen Schluck von ihrem Getränk, der ihre Kehle kühlte, aber ihr Herzflattern nicht ein bisschen beruhigte.

»Fährst du von hier gleich nachhause? Nach Kanada?«

»Na ja, wir haben noch ein paar Tage in London, und dann geht es nachhause«, sagte Al Holly. »Dann haben wir einen Monat an einem See, um uns in der Sonne zu erholen und ein bisschen zu fischen, und dann gehen wir auf Tournee durch Amerika. Warst du je dort?«

»Ich? Nein«, sagte Dawn. »Meine Auslandserfahrung beschränkt sich auf eine griechische Insel und Frankreich als Schulmädchen. Ich weiß gar nicht, warum ich überhaupt einen Pass habe.« Sie hatte ihn für ihre Hochzeitsreise erneuern lassen. Warum eigentlich?

Al nahm einen großen Schluck Bier, und Dawn beobachtete seine

Kehle. Er hatte einen kräftigen Nacken, der in breite Schultern überging. Sie fragte sich, wie er ohne Hemd aussehen würde. Er berührte mit seinem Bein unter dem Tisch versehentlich ihres, als er seine Haltung änderte. *O mein Gott, im nächsten Augenblick würde sie sich auf ihn stürzen und ihm die Kleider vom Leib reißen.*

»Bist du das erste Mal in England?«, fragte sie stattdessen.

Er schüttelte den Kopf. »Nein, ich war schon mal hier. Allerdings nicht in Yorkshire. Ich hatte viel Spaß hier. Jetzt habe ich ein paar schöne, glückliche Erinnerungen, die ich mit nachhause nehmen kann.«

Er sagte nicht, was das für Erinnerungen waren. Als sei er sich der knisternden Atmosphäre zwischen ihnen ebenfalls bewusst, wandte er den Blick von ihr ab und sah zum Himmel, wo sich in diesem Augenblick ein Flugzeug über den Himmel pflügte, einen wolkigen Kondensstreifen hinter sich herziehend.

Dawn musterte Als Profil jetzt unbeobachtet, und auf einmal wollte sie ihm am liebsten mit den Fingern durchs Haar fahren. Er war hinreißend, er war wunderschön. Zu schön, um das hier zu ertragen.

»Al, ich muss gehen«, sagte Dawn, auf einmal voller Panik angesichts ihrer aufwallenden Gefühle.

Er protestierte nicht. Er wies sie nicht darauf hin, dass sie ihr Getränk noch kaum angerührt hatte.

»Verstehe«, sagte er, während er nachdenklich auf sein Bier starrte.

Wie kannst du das?, dachte Dawn. Wie kannst du verstehen, dass mein ganzes Leben, wenn ich dich ansehe, im Hintergrund in sich zusammenzustürzen scheint?

Sie stand auf und schwang sich ihre Tasche über die Schulter. Al Holly kratzte sich am Kopf und seufzte.

»Hör zu, Dawny, es ist eigentlich nicht meine Art, die Mädchen anderer Männer anzumachen, aber ich habe einfach das Gefühl, das sagen zu müssen. Ich mag dich sehr. Ich denke, wir sind zwei verwandte Seelen, und ich freue mich immer so darauf, dich am Freitag für diese kurze Zeit zu sehen. Aber ich werde nicht versuchen, dein Leben kompliziert zu machen, und wenn ich das getan habe, dann tut es mir wirklich leid. Ich hoffe, du wirst nächsten Freitag hier sein und nicht wegbleiben.«

»Nächsten Freitag, ähm …« Bis dahin würde sie genügend Zeit gehabt haben, ihre Fassung wiederzugewinnen. Sie sollte »Nein« sagen. Sie sollte den anderen Frauen sagen, dass sie in den nächsten Wochen nach der Arbeit nicht mit in den Pub kommen könnte, dann würde sie sich von diesem Mann nicht so angezogen fühlen wie eine Motte vom Licht. Es konnte nur mit Verbrennungen dritten Grades an ihren Flügeln enden. Nein, sag Nein zu ihm, zieh jetzt einen Schlussstrich.

»Ja, ich werde da sein«, sagte sie.

Als Anna um die Ecke zu ihrem Haus bog, konnte sie sehen, dass wieder ein Päckchen hinter der Mülltonne hervorschaute. Sie konnte nicht warten, bis sie im Haus war, um es zu öffnen. Als sie das Papier herunterriss, fand sie eine herzförmige Schachtel Ferrero Rocher. Sie sah sich um, ob sich Tony vielleicht irgendwo versteckt hielt, um ihre Reaktion zu beobachten. Er würde doch sicher bald einen Schritt tun? Erst ein Fototeller, dann eine Rose und jetzt das hier: die dritte Woche mit einem Geschenk, aber sonst nichts. Anna erhaschte einen flüchtigen Blick auf Butterfly, der durch den Zaun der Witwe huschte, als wollte er sie ebenfalls mit einem Hinweis auf seine Gegenwart necken, ohne sich vollständig zu zeigen.

Aber trotzdem.

Tony Parker, was zum Teufel führst du im Schilde?

Dreiundsechzigstes Kapitel

Als Dawn nachhause kam, saß Calum bereits mit einem chinesischen Essen da, das er im Ofen warmgestellt hatte.

»Das ist ja mal was Neues, ich weiß, das wolltest du doch sagen!«, lachte er. »Ich wollte dir eine kleine Überraschung machen!«

»Das ist ja nett.« Sie setzte ein Lächeln auf, aber tatsächlich empfand sie gar nichts. Und als er andeutete, sie könnten ja mal früh ins Bett gehen, und anzüglich die Augenbrauen hochzog, log sie und sagte, sie hätte eben ihre Tage bekommen, um ihn sich vom Leib zu halten.

Am nächsten Morgen wachte sie früh, aber nicht allzu fröhlich auf, nachdem sie sehr unruhig geschlafen hatte. Ihr Kopf war wie eine Waschmaschine voller bunt gemischter Wäscheteile. Sie war ein Bündel von Widersprüchen, und die Pflicht war ein Kampf. *Warum bin ich gestern Abend eigentlich so früh gegangen?* Warum hatte sie ihre kostbare Zeit mit Al Holly im Biergarten so verkürzt? Schließlich würde sie nicht mehr allzu viel davon mit ihm haben. Und die ganze Nacht war ihre Fantasie mit ihr durchgegangen, und sie hatte sich ausgemalt, wie dieser Abend geendet hätte, wenn sie geblieben wäre. Was, wenn sie sich wirklich auf ihn gestürzt und ihn geküsst hätte? Calum hätte mit einem chinesischen Essen auf sie gewartet, während sie mit einem anderen Mann geknutscht hätte. Sie hatte ein so schlechtes Gewissen, als hätte sie es tatsächlich getan. Sie nahm ein paar Nurofen zu ihrem Morgentoast, denn Stresskopfschmerzen begannen in ihren Schläfen zu pochen.

Um zehn Uhr war sie bei Muriel, und ausnahmsweise war Demi bereits auf den Beinen und angezogen. Offenbar hatte sie einen brandneuen Freund – Liam –, der ihr ein bisschen Leben eingeflößt hatte. Und ein paar andere Körperflüssigkeiten.

Denise schien nicht allzu beeindruckt von ihm zu sein.

»Schon wieder so ein Schwachkopf«, vertraute sie Dawn an. »Diesmal wird sie nächste Woche den Laufpass kriegen, du wirst schon sehen. Außerdem bin ich mir sicher, dass er schon eine Freundin hat, da kriegt sie mit Sicherheit bald eins auf den Deckel. Jedenfalls, was machen wir eigentlich an deinem Junggesellinnenabschied? Worauf hättest du Lust? Blackpool? Zu weit vielleicht ... hmm, lass mich mal nachdenken.«

»Ach, ich will eigentlich gar nichts machen«, sagte Dawn. Sie hatte nun mal keine Scharen von Freundinnen, die sie dazu hätte einladen können. Und sie konnte sich beim besten Willen nicht vorstellen, wie Christie und Grace in einer Schwulenbar in Blackie auf den Tischen tanzten.

Sie bemerkte, wie sich Denise' Miene auf einmal unangenehm verdüsterte.

»Gott, du kannst ein solcher Trauerkloß sein, Dawn! Na ja, du wirst auf jeden Fall einen Junggesellinnenabschied haben, ob du willst oder nicht. *Wir* wollen nämlich einen haben, wenn wir schon diesen ganzen Brautjungfernscheiß für dich mitmachen müssen.« Sie schnaubte ungeduldig, wandte sich ab und faselte irgendetwas davon, noch aufs Klo zu müssen, bevor sie über die Straße zu Bette gingen. Ihre Reaktion schockierte Dawn. Sie hatte gedacht, Denise sei mehr auf ihrer Seite. Ihre Hochzeit, mit der sie geglaubt hatte, endgültig in den Schoß der Familie aufgenommen zu werden, bewirkte offenbar genau das Gegenteil – sie verwandelte alles in einen Die-Braut-gegen-*Uns*-Wettbewerb.

Gegenüber schlürfte Bette anmutig aus einer Porzellantasse und strahlte, während die Brautjungfern ihre Kreationen vorführten.

Die Kleider waren leuchtend orange, und Demis Ausschnitt so tief, dass sie damit leicht auf den mittleren Seiten des *Playboy* hätte posieren können. Sie arrangierte ihre Brüste so, dass sie in zwei dicken, prallen Halbkreisen aus ihrem Oberteil hervorschauten.

»Ich habe Bette gesagt, sie soll meinen Ausschnitt auch noch ein bisschen tiefer machen«, sagte Denise, während sie ihre weitaus kleineren Brüste in ihrem Dekolletee zurechtrückte. »Ich könnte dem Pfarrer ruhig ein bisschen Einblick gewähren und ihm den Tag versüßen. Ich hoffe, du hast nichts dagegen.«

»Nein, natürlich nicht«, sagte Dawn. Sie hasste sich selbst dafür, denn eigentlich wollte sie sagen: »Und ob ich etwas dagegen habe! Und wenn das da pfirsichfarben ist, dann bin ich Cheryl Cole!« Außerdem roch der Stoff nach Zigarettenrauch. Wie sollte es auch anders sein, wenn er in dieser verqualmten Bude aufbewahrt wurde?

»O mein Gott, ich komme mir vor wie ein Hüpfball«, sprach Demi jetzt laut aus, was Dawn durch den Kopf ging. »Ich dachte, es sollte pfirsichfarben sein!«

»Na ja, im Großhandel hatten sie nicht genau diesen Pfirsichton, da habe ich eben das Zweitbeste genommen. Außerdem war das hier viel billiger. Du willst doch für einen einzigen Tag kein Vermögen hinblättern, oder?«, erklärte Bette, während sie einen Vollkornkeks in ihre Tasse tunkte. »Ich hab's mit Mu besprochen.«

»Es ist kaum ein Unterschied«, bestätigte Mu mit einem Nicken Bettes Worte.

»Ihr zwei wart in letzter Zeit aber nicht beim Optiker, oder?«, grinste Demi.

Warum haben Sie's denn nicht mit MIR besprochen – ich bin doch hier die Braut!, schrie Dawn innerlich. Aber sie hätte es nicht gewagt, den Zorn der Crooke-Frauen auf sich zu ziehen, indem sie es laut aussprach.

»Scheiße, es juckt höllisch«, sagte Demi.

So sah es auch aus. Der Stoff war billig und gewöhnlich, und er fiel nicht in sanften Falten, sondern stand steif ab, sodass selbst die schlanke Denise darin eine dicke Taille hatte.

»Oh, ihr seid vielleicht zwei Jammerlappen! Ihr könnt euch ja gleich nach der Hochzeit umziehen, ihr müsst es ja nicht den ganzen Tag tragen. Und die Farbe ist doch witzig, oder, Dawn? Schön hell für den Sommer«, schwärmte Muriel.

Dawn holte einmal tief Luft und verkniff sich den Kommentar, dass dieses Kürbisorange wohl besser zu Halloween als zu ihrer Hochzeit passte. Und sie wollte auch nicht, dass sich die Brautjungfern gleich nach der Hochzeit umzogen. Sie wollte, dass sie die Kleider den ganzen Tag trugen, vor allem für die Fotos am Abend. Wut stieg in ihr auf, und sie hatte Angst davor, ihr freien Lauf zu lassen, sodass sie nur durch winzige Löcher heraussickerte.

»Jetzt habe ich aber dazu passend schon die ganzen pfirsichfarbenen Schleifen für die Pralinen und die Einladungen gekauft!«

»So was fällt doch eh keinem auf!«, tat Muriel ihren Kommentar als nur noch eine von Dawns lästigen Kleinlichkeiten ab.

»Aber ich will es so«, sagte Dawn so trotzig wie möglich.

»Ach, heben Sie sich Ihr ›Ich will‹ lieber für Ihren großen Tag auf«, lachte Bette, sodass ihr fünffaches Doppelkinn erbebte.

»Okay, Mam, was sie jedenfalls nicht will, ist ein Junggesellinnenabschied«, spottete Demi, während sie mit dem Daumen auf Dawn deutete.

Ihre künftigen Schwägerinnen hatten also über sie getratscht. Wieder einmal. Jetzt kam sich Dawn erst recht fein und vornehm vor.

»Es ist nur so, dass ich eigentlich niemanden habe, den ich einladen könnte«, versuchte Dawn es zu erklären.

»Du hast doch uns und Bette«, sagte Muriel. »Und ich möchte behaupten, Demi und Denise haben ein paar Leute, die sicher gern mitkommen und für Stimmung sorgen werden.«

»Calum feiert seinen Junggesellenabschied am Samstag vor der Hochzeit«, sagte Demi.

»Ach ja?« Davon hatte Dawn noch gar nichts gewusst.

»Ach, hat er dir das gar nicht erzählt?«, sagte Demi hämisch. »Obwohl, wenn du bei ihm immer dieselbe saure Miene machst wie jetzt wegen deinem Junggesellinnenabschied, ist das ja kein Wunder.«

Autsch! Auf einmal fühlte sich Dawn von ihnen allen verstoßen. Das Blut in dieser Familie war ja zwölf Millionen Mal dicker als Wasser. Sie wünschte von Stunde zu Stunde mehr, sie hätte diese ganze Hochzeitsgeschichte nie angefangen. Sie hatte die Familie weitaus besser leiden können, bevor ihre Beziehung von Kuchen und Karaoke erdrückt wurde.

»Na ja, ich denke, ein Junggesellinnenabschied könnte doch ganz nett sein«, knickte Dawn jetzt ein, denn sie wollte nicht noch mehr gehässiges Gerede hinter ihrem Rücken. Was hätte es denn für einen Sinn, Calum zu heiraten, wenn seine Familie sie hasste? Sie wollte es vor sich selbst nicht zugeben, aber zu einer liebevollen Familie zu gehören hatte ihre Entscheidung, Calums Frau zu werden, doch beeinflusst. Natürlich hatte es das.

»Gut, dann überlass alles andere einfach uns.« Denise setzte wieder ihre übliche frech-fröhliche Miene auf. »Ich verspreche dir, das wird ein Abend werden, an den wir uns noch lange erinnern werden.«

Dawn hatte den Verdacht, es würde eher ein Abend werden, den sie am liebsten vergessen würde.

Vierundsechzigstes Kapitel

In der Küche des West House kochte Grace das Abendessen für ihre beiden Gastgeber auf Zeit. Sie war immer glücklich in einer Küche, vor allem in einer so großen, in der eine tröstliche, familiäre Atmosphäre herrschte. Sie wollte sich bei diesen beiden entzückenden, liebenswerten Leuten bedanken, die sich so gut um sie kümmerten und ihr Zuhause so selbstlos mit ihr teilten, daher zog sie alle Register ihres kulinarischen Könnens.

»Kann ich mich irgendwie nützlich machen?« Niki steckte den Kopf durch die Tür. »Ich bin der beste Kartoffelschäler auf dieser Seite von Leeds.«

»Ich mache aber keine Kartoffeln, also verschwinden Sie und lassen Sie mich für Sie kochen«, sagte Grace lächelnd. *Keine Kartoffeln!* Das allein war schon ein rebellischer Akt. Jahrelang hatte sie zu Gordons Schweinekoteletts jeden Samstagabend Kartoffeln gekocht. Selbst wenn sie Urlaub mit Selbstverpflegung machten. Dieser eine Gedanke an Gordon sorgte dafür, dass eine dunkle Wolke ihr Lächeln verscheuchte. Ihr allzu weiches Herz würde sich Sorgen machen, ob er allein zurechtkam, wenn sie es zuließ. Sarah hatte diesen Gedanken in ihr geschürt mit ihrem ständigen »Wer wird sich denn um Dad kümmern, wenn er nachhause kommt?« Aber Gordon war, wie sie ihrer Tochter erklärt hatte, neunundfünfzig, nicht neunundachtzig. Er würde eben lernen müssen, seine Wäsche selbst in die Waschmaschine zu stecken und sie anschließend zu bügeln. Aber trotzdem, gleichgültig zu sein und in erster Linie sich selbst zu schützen, das war ihr noch immer ein bisschen fremd.

»Ich schenke Ihnen ein Glas Wein ein«, sagte Niki. Er und Christie saßen in dem Patio im Garten und genossen den milden Spätnachmittag.

»Na ja, wenn Sie darauf bestehen.«

»Und ob ich das tue«, sagte Niki. »Ein schöner eisgekühlter Pinotage Rosé für Madame.« Er reichte ihr ein Glas mit einem langen, dünnen Stiel.

»Danke, Niki.«

Er starrte sie noch lange an, nachdem er ihr den Wein gereicht hatte, was sie verwirrte. Dann begriff er auf einmal, dass er sie in Verlegenheit brachte, und er entschuldigte sich.

»Es tut mir leid, Grace, verzeihen Sie. Ich habe eben nur daran gedacht, was Sie in letzter Zeit alles durchgemacht haben. Das würde Ihnen niemand ansehen. Sie sind so erstaunlich … gefasst. Ich weiß nicht, wie Sie das schaffen.«

»Innerlich bin ich es nicht, Niki, glauben Sie mir.« Grace rieb etwas Gruyère in die Weißweinsauce. »Dieses Wochenende geht mir nicht mehr aus dem Kopf, und ich frage mich ständig: ›Was wäre, wenn …‹. Was, wenn niemand gekommen wäre? Was, wenn man mich auf der Arbeit nie Ihrer Schwester zugeteilt und sie nicht Alarm geschlagen hätte? Wenn ich keine Tablette nehme, dann rauben mir diese ständigen Fragen den Schlaf, und wenn ich irgendwann doch einschlafe, dann träume ich, dass ich wieder mit Gordon zusammenlebe, und fahre fast zu Tode erschrocken hoch.«

Sie ließ die Käsereibe fallen, und Niki war im selben Augenblick zur Stelle, um sie aufzuheben, als sie sich danach bückte. Sie stießen mit den Köpfen zusammen, und Niki streckte eine Hand aus, um ihr besänftigend über den Kopf zu streichen.

»O Gott, Grace, es tut mir SO leid. Alles okay mit Ihnen?«

»Alles bestens«, sagte Grace. Sie lachte, obwohl sie im ersten Moment einen stechenden Schmerz verspürte. »Sie haben einen echten Dickschädel, wissen Sie.«

»Russische Gene«, sagte Niki. »Unsere Vorfahren haben dicke Schädel entwickelt, als sie vor der Revolution flohen.«

Er nahm seine besänftigenden Finger von ihrer Kopfhaut, blieb aber in ihrer Nähe.

»Grace …«, begann er mit seiner herrlich tiefen, klangvollen Stimme. »Grace, ich finde, Sie sind einfach wundervoll. Mehr wollte ich gar nicht sagen.«

Eine plötzliche Spannung baute sich zwischen ihnen auf, und Niki spürte, dass Grace nicht bereit dafür war, daher wich er einen Schritt von ihr zurück und lockerte die Stimmung wieder etwas auf. »Und es tut mir wirklich leid, dass ich Ihnen um ein Haar den Schädel eingeschlagen hätte.«

»Ich werd's überleben.« Grace war heiß und kalt zugleich, und sie war verwirrt, aber sie überspielte es. »Ich hoffe nur, dass ich mich nach dieser Gehirnerschütterung noch an das Rezept erinnern kann.«

»Wenn nicht, der Asiatische Drache ist gleich um die Ecke. Da gibt's die besten Frühlingsrollen der westlichen Welt. Jedenfalls – *Na sdarowje*, wie wir Russen sagen!« Er erhob sein Glas auf Grace. »Auf Ihr Wohl. Und vor allem natürlich auf das Ihres Schädels. Ich werde zu meinen Göttern flehen, dass er sich rasch erholt.«

»Zum Wohl, Niki.« Grace erhob ihr Glas auf ihn und hielt es vor sein freundliches, lächelndes, gut aussehendes Gesicht.

Vladimir wartete vor dem Darq House, eine hochgewachsene, ernste Gestalt mit seltsamen, schönen Augen, die in der Auffahrt nach Anna Ausschau hielten. Sie schluckte, als er ihr die Wagentür öffnete und eine Hand ausstreckte, um ihr aus dem Wagen zu helfen. Es war die Hand, die ihr Herz berührt hatte.

»Letzter Dreh heute, Anna«, sagte er. »Sind Sie bereit?«

»Und ob«, sagte sie, während sie dachte, wie kühl seine Haut doch war, trotz der herrlich warmen Abendluft.

»Hi, Süße«, rief Bruce herüber. Mark warf ihr eine Kusshand zu, Chas winkte, Flip hielt einen Kaffee für sie bereit, Leonid nickte ihr zur Begrüßung höflich zu, Jane umarmte sie fest, und Maria drückte sie auf einen Stuhl und begann, ihr Gesicht zu reinigen. Anna spürte, wie ihr die Tränen in die Augen traten, und sie hüstelte sie rasch weg, bevor Maria ihr einen leichten Klaps auf die Beine gab.

Für den ersten Teil des Abends wurde ihr ein »natürlicher Look« geschminkt. Aus dem Augenwinkel sah sie, wie Mark den Laptop aufbaute.

»O nein, nicht schon wieder!«, stöhnte Annna.

»Schscht«, lachte Jane. »Diesmal werden Sie begeistert sein.«

Sie hatten zwei Bilder von ihr auf die Hauswand des Gebäudes in Leeds projiziert. Das linke Bild war dasselbe wie beim letzten Mal, auf dem sie ihre abscheuliche Unterwäsche trug, und das rechte das Foto, das Leonid letzte Woche in dem ›Darqone‹-Bodyshaper von ihr gemacht hatte. Niemand war verblüffter als Anna selbst, als sie zugab, dass sie gar nicht so schlecht aussah. Zwischen den beiden Bildern bestand auf jeden Fall ein krasser Unterschied. Auf dem rechten sah sie schlanker und jünger aus, als sei sie mit Photoshop bearbeitet worden.

Sind das Vorher-Nachher-Bilder einer OP?, fragte ein Passant.

Ist das dieselbe Frau?

Diese Frau hier hat eine ganz nette Figur, aber die rechts hat eine richtig tolle Figur.

Absolut umwerfend. Die rechts ist die jüngere Schwester, stimmt's?

Ich würde sagen, sie ist vielleicht sechsunddreißig, höchstens siebenunddreißig.

»Was halten Sie von diesen Reaktionen, Anna?«, fragte Jane.

»Ich bin erstaunt, aber auch restlos begeistert«, sagte Anna schockiert. »Bei den zweiten Aufnahmen habe ich mich so viel wohler in meiner Haut gefühlt, und das sieht man offenbar. In Vladimirs Unterwäsche fühle ich mich wirklich selbstbewusst und feminin. Das hätte ich nie gedacht.«

»Schnitt!«, rief Mark. »Einfach fantastisch. Das wird so toll werden. Anna, wir werden das hier als Sondersendung sehr schnell herausbringen, als Pilotfilm zu der neuen Serie, also schalten Sie bitte am Donnerstag, den 19., den Fernseher ein.«

»Welchen Monats?«

»Diesen Monat.«

»So bald schon!«, stöhnte Anna.

»Zeit für Ihr volles Make-up und Ihr großes Fotoshooting-

Finale!«, lächelte Jane, während sie auf Marias Stuhl zeigte und Anna sanft vorschob.

Während Maria sie bepinselte und betupfte, hörte Anna zu, wie sich Leonid und Vladimir in sehr schnellem Rumänisch unterhielten. Es klang wie eine rückwärts abgespielte Aufnahme, die unterschwellige Botschaften über den Antichristen enthielt. Gott, sie würde diese irrsinnigen Abende vermissen. Sie würde sogar die mundfaule Maria vermissen, die jetzt ihr Haar anhob und herumwirbelte, fallen ließ und wieder anders zurechtzupfte. Anna mochte es, wenn man mit ihrem Haar spielte. Sie schloss die Augen und nickte unwillkürlich ein bisschen ein, bis sie auf einmal spürte, wie jemand sie hart mit einem Finger in die Schulter knuffte.

»Nicht einschlafen!«, bellte Vladimir, sodass sie erschrocken hochfuhr.

»Tue ich doch gar nicht!«, protestierte sie.

Ausnahmsweise gab es diesmal einen Wandschirm, hinter dem sich Anna vollständig entkleiden und in die Wäsche aus dem höchsten Preissegment schlüpfen konnte, die Vladimir entworfen hatte. Professionellen Models hätte es vielleicht nichts ausgemacht, dass Fotografen und Visagisten ihren Po sahen, aber Anna schon. Sie trat hinter den Wandschirm und zog ihre Kleider aus und den samtenen Schlüpfer an, den Vladimir gemacht hatte und der sich sanft an ihre Gesäßbacken schmiegte und ihr zu versprechen schien, nicht hochzurutschen. Und obwohl er sogar ihren Bauch flachdrückte, konnte sie darin immer noch atmen und sich bücken. Egal, wie hoch das Preissegment war, diese Dinger waren einfach *unbezahlbar*. Dann rief sie Vladimir zu sich, damit er ihr bei dem Korsett half, einem wunderschönen roten Teil, in dem sie sich fast wie eine Königin vorkam. Der ›Darqone‹ war eine wundervolle Kreation, der die Figuren tausender Frauen verschönern würde, aber seine teuerste Kollektion war etwas, wofür es sich wirklich zu sparen lohnte. Seine Finger schlossen langsam und behutsam einen Haken nach dem anderen, und als sie seinen kalten Atem an ihrem Nacken spürte, schauderte sie leicht. Seltsamerweise gab es an diesem Abend hier nirgends Spiegel, sodass sie sich nur vorstellen konnte, wie sie aussah. Sie hoffte, wenn sie sich später im Spiegel sah, würde die Vorstellung, die sie sich von sich machte, nicht zerstört werden: schmale Taille, volle Brüste, lange Beine und die Lippen eine scharlachrote sexy Linie.

Vladimir hielt ein Paar halterlose Strümpfe hoch, hauchdünn, schwarz und glänzend. Anna hatte noch nie so umwerfende Strümpfe gesehen. Zu ihrem Entsetzen bückte sich Vladimir, um ihr hineinzuhelfen.

»Nein, nein, schon gut, ich schaffe das schon!«, beeilte sie sich zu sagen. Wieder spürte sie, wie ihr die Hitze in die Wangen schoss, während sie vor ihrem geistigen Auge sah, wie Vladimir ihr die Strümpfe über den Beinen glatt strich und die Spitzen an ihren Oberschenkel befestigte. Ihre Fantasie ging fast mit ihr durch, und bis er sich wieder aufgerichtet hatte, entsprach ihr Gesicht ungefähr dem »gekochten Hummer« auf einer Dulux-Farbtafel. Er sah sie prüfend an und brüllte dann über den Wandschirm:

»*Maria, Şi-a dat cu prea mult fard de obraz!* Sie hat zu viel Rouge drauf!«

Niemand musste Rumänisch können, um den Sinn der Worte zu verstehen, die Maria zu ihm zurückschrie. Es war offensichtlich, was sie von seiner Kritik hielt. Anna fächelte sich verzweifelt Luft zu, um ihre Blutgefäße zu kühlen, damit sie sich wieder verengten.

Vladimir half Anna in das Kleid, das er für das Fotoshooting gemacht hatte, ein rotes Samtkleid mit einem Fischschwanzrock. Er war ausgesprochen schlicht und ausgesprochen hinreißend. Schweigend zog er ihr den Reißverschluss zu und strich den Stoff über ihrem Rücken glatt. Sie versuchte, ihre Fantasie zu zügeln, bevor ihre Wangen wieder zu glühen begannen. Dann hielt Vladimir die höchsten blutroten Schuhe hoch, die sie je im Leben gesehen hatte. Sie würde Sauerstoff benötigen, nachdem sie sie angezogen hatte. Zum Glück musste sie in ihnen nicht weit laufen, sondern nur dastehen wie eine Frau, die gern mit der Kamera flirtete. Das war ganz leicht. Ehrlich gesagt, war sie in diesen Kleidern sehr zum Flirten aufgelegt. Ihre Beine kamen ihr in diesen Schuhen ungefähr zwei Meter lang vor.

»Anna, wie fühlen Sie sich?«, fragte Vladimir.

»Gut«, antwortete sie atemlos.

»Gut?«, knurrte er. »*Gut?*«

»Okay, ich fühle mich fantastisch.« Anna schnalzte mit der Zunge über seine Empörung. »Kann ich mich jetzt sehen?«

»*Nu*«, antwortete Vladimir entschieden. »Anna, ich will, dass Sie sich gut einprägen, wie Sie sich jetzt fühlen.«

»Oh, oh, das klingt aber verdächtig danach, als ob ich nicht so gut aussehe, wie ich mich fühle«, seufzte Anna enttäuscht.

»Ich zeige Ihnen jetzt Ihren heutigen Spiegel«, sagte er. Er winkte sie hinter dem Wandschirm hervor, und sie gab sich alle Mühe, auf diesen hohen Absätzen möglichst anmutig zu gehen.

Das fröhliche Geplänkel der Filmcrew verstummte augenblicklich. Maria und Leonid hoben den Kopf, um sie anzusehen, und ihre Augen weiteten sich so sehr, dass ihnen fast die Augäpfel herausfielen. Leonid ließ seine Kamera fallen und fluchte in seiner Muttersprache: »*La dracu!*«, was Bruce noch einmal auf Englisch mit »Teufel nochmal!« wiedergab. Maria schüttelte jetzt völlig fassungslos den Kopf – und dann lächelte sie allen Ernstes. Zugegeben, es war kein strahlendes Lächeln, aber Maria sah ohnehin nicht so aus, als würde sie auch nur die Miene verziehen, selbst wenn sie von drei Kraken mit Staubwedeln gekitzelt würde.

»Na, na, na«, sagte Mark. »Anna, Sie sehen … sehen … wie soll ich es sagen …?«

»Ich bin mir nicht sicher, ob es überhaupt ein Wort dafür gibt«, lächelte Jane. »Vielleicht werden wir uns eines einfallen lassen müssen. Fanwundertastisch. Umwerfentzückend.«

Anna blies die Wangen auf. Sie bekam von so vielen Seiten zu hören, dass sie vielleicht gar nicht so schlecht aussah, dass es die Mauern ihres bescheidenen Selbstbildes durchbrach und eine angenehme Wärme durch sie strömte.

Leonid hielt ihr Bild eifrig mit der Kamera fest, und selbst Maria schien völlig gebannt von ihr zu sein und ging nur kurz dazwischen, um ein paar glänzende Stellen abzutupfen, wenn es nötig war. Dann musste Anna das Samtkleid fallen lassen und für ein paar sehr stimmungsvolle Aufnahmen in Vladimirs fabelhafter, luxuriöser Unterwäsche posieren.

»Oh, wow, Anna Brightside!«, lächelte Jane, die Hände wie zum Gebet an die Lippen gelegt. »Sie sehen einfach hinreißend aus.«

Anna zog einen Schmollmund und posierte wie ein professionelles Model. Sie genoss das Gefühl, sexy, kurvenreich und feminin auszusehen. Sie fühlte sich, als hätte sie sogar Johnny Depp herumkriegen können, wenn er im Raum gewesen wäre. Zum Schluss war sie so verausgabt, dass sie eine Zigarette brauchte. Alle brachen in begeisterten Applaus aus, als Mark rief, die Szene sei im Kasten.

Vladimir reichte ihr einen Kelch mit Wein.

»Entspannen Sie sich und genießen Sie das hier«, sagte er.

»Lassen Sie mich erst dieses Korsett ausziehen, ich will es mir nicht bekleckern«, sagte Anna.

»Nein, bitte setzen Sie sich«, beharrte Vladimir, daher ließ sich Anna auf einen Stuhl fallen, und Vladimir nahm ihr gegenüber Platz, die kräftigen Arme auf seine Schenkel gestützt. Licht tänzelte in seinen Augen, und der Anflug eines Lächelns umspielte seine weichen, großzügigen Lippen.

»Und, finden Sie, es ist alles gut gelaufen?«, fragte sie.

Vladimir starrte sie hart an, die Brauen in der Mitte gefurcht. Dann, als er begriff, dass sie keinen Witz machte, warf er den Kopf zurück und lachte. Er wiederholte auf Rumänisch, was sie soeben zu ihm gesagt hatte, für Maria und Leonid, und sie fielen in sein Lachen mit ein.

»*M-a întrebat dacă este destul de bună!*« Dann wandte sich Vladimir wieder an sie. »*Tue glumeşti?* Soll das ein Witz sein? Es war fantastisch. Sie waren fantastisch, Anna, eine Königin. *O regină!* Es war richtig von mir, zu warten, bis ich Sie gefunden hatte. Das weiß ich mit Sicherheit!«

»O mein Gott.« Anna nahm einen kräftigen Schluck Wein. Ihr Körper stand unter Schock von diesen ganzen Komplimenten, die sie auf einmal bekommen hatte.

Bald hatte die Filmcrew alles eingepackt und war fast schon im

Aufbruch. Das ganz normale Leben lauerte gleich um die Ecke auf Anna. Jetzt konnte sie sich wieder von ihrer hochnäsigen Mieze ignorieren lassen und darauf warten, dass ihr Freund sich endlich entschied, wer die tolleren Brüste hatte – seine Verlobte oder seine jugendliche Konkubine.

Anna kippte den letzten Rest Wein hinunter und schlüpfte dann hinter dem Wandschirm wieder in ihre Alltagskleider. Bruce wartete auf der anderen Seite auf sie, als sie wieder zum Vorschein kam.

»Ich habe mich noch gar nicht dafür bedankt, dass Sie Jane ein bisschen Verstand eingetrichtert haben«, sagte er. »Sie haben ihr ihren Job gerettet, und ein paar von uns anderen vermutlich auch.« Er drückte ihr einen dicken Kuss auf die Wange. Und dann tauchte Mark mit dem größten Blumenstrauß der Welt auf. »Von uns allen«, sagte er. »Ein paar Blumen für eine Frau, die vor unseren Augen völlig aufgeblüht ist.«

Anna brach aus allen möglichen unterschiedlichen Gründen in Tränen aus. Sie war völlig überwältigt von dem Geschenk, aber sie würde diese Samstage auch so vermissen. Der Gedanke, nie wieder diese heftigen rumänischen Wortwechsel zu hören und sich zu fragen, was sie alle zu bedeuten hatten, tat ihr fast körperlich weh. Aber das alles war gar nichts, verglichen mit dem Gedanken, nie wieder Vladimir Darqs Hände auf ihren Schultern zu spüren, und seinen Atem auf ihrer Haut.

»Sie werden begeistert von der Sendung sein«, sagte Jane lächelnd, während sie in den Crewwagen stieg. »Wir haben auch noch ein paar *Überraschungen*!«

»Das klingt ja bedenklich.« Anna verzog das Gesicht.

»Vertrauen Sie uns«, sagte Jane. »Sie waren wundervoll. Bleiben Sie so umwerfend.« Und dann fuhren sie weg und winkten und lächelten und warfen Kusshände, und Anna wischte sich ihre feuchten Augen und winkte zurück, bis ihr der Arm wehtat. Dann kamen Leonid und Maria und gaben ihr je drei Wangenküsse und schüttelten ihr kräftig die Hand. Sie würde sogar Maria vermissen, die sie herumkommandierte und sich mit Vladimir stritt. *Vladimir.*

Der Wagen fuhr vor, um sie nachhause zu bringen. Sie wollte

nicht abfahren. Aber das musste sie. Jetzt war alles zu Ende. Vladimir hielt einen kleinen schwarzen Koffer hoch.

»Wie versprochen«, sagte er. »Ein exklusives Set mit Vladimir-Darq-Damenwäsche, eigens für Sie entworfen.«

»Danke. Ich werde es in Ehren halten«, erwiderte Anna. Sie hoffte, dass ihre Stimme nicht versagen und sie in Verlegenheit bringen würde. Sie wagte es nicht, in seine hellblauen, golden gesprenkelten und schwarz umrandeten Augen hochzusehen. Sie war sich nicht sicher, ob sie nicht zusammenbrechen würde, wenn sie es tat.

»Anna, ich melde mich bei Ihnen«, sagte er und hielt ihr die Wagentür auf. Ja, na klar, dachte sie. Er beugte sich zu ihr hinunter und küsste sie auf die Wange. Seine Lippen waren weich und kühl, aber die Stelle, wo sie ihr Gesicht berührt hatten, brannte auf der ganzen Fahrt nachhause.

Grace, Niki und Christie aßen im Freien. Es war ein warmer Abend, aber Niki hatte trotzdem den riesigen Kamin im Garten entfacht, der viel Wärme verströmte, als die Luft allmählich abkühlte. Zitronenduftkerzen verscheuchten die Insekten von der Vorspeise, einem Riesengarnelen-Avocado-Salat, dem Gruyère-Champignon-Huhn und dem Sommerpudding mit Schlagsahne. Nachdem sie zum Abschluss auch noch Grace' selbst gemachte Schokoladen-Pfefferminz-Eiscremetrüffel vertilgt hatten, ließ Niki seine Schwester und Grace bei zwei Gläsern Cognac im Garten sitzen und entschuldigte sich, er müsse – typisch Mann – die Sportergebnisse im Fernsehen sehen.

»Er mag dich sehr«, sagte Christie, sobald ihr Bruder außer Hörweite war. Sie hatte von ihrem großzügig eingeschenkten Cognac bereits weitaus mehr getrunken als Grace.

»Ich mag ihn auch«, sagte Grace.

»Nein, ich meine, er *mag* dich.«

»Christie Somers, hör dir doch mal selbst zu. Du klingst, als ob du in der Schule wärst und versuchen würdest, zwei Mitschüler miteinander zu verkuppeln.«

»Er blüht auf, wenn du in seiner Nähe bist. Natürlich würde es ihm nicht im Traum einfallen, den ersten Schritt zu tun, solange du ein Gast in unserem Haus bist, dafür ist er viel zu galant«, trällerte Christie. »Gentlemen sind in dieser Hinsicht ein etwas zweifelhafter Segen.«

»Ach was. Das bildest du dir nur ein.«

»Ich bin die Tochter meines Vaters, und ich kenne mich aus mit Psychologie, Mrs. Beamish! Ich glaube, er schreckt viele Frauen ab, weil er einfach zu gut aussieht und zu nett ist. Sie können nicht glauben, dass er echt ist. Komische Geschöpfe sind wir Frauen, oder? Selbst wenn wir gefunden haben, was wir wollen, haben wir zu viel Angst davor, es zu glauben, und laufen davor weg.«

»Ja, nicht wahr?«, sagte Grace.

»Nur dass ich die Ausnahme von der Regel war und es nicht getan habe«, sagte Christie. »Ich bin mit weit aufgerissenen Armen auf die Liebe zugerannt, und es war wundervoll. Ich kann mir euch beide so gut zusammen vorstellen, weißt du.«

»Christie, es reicht.«

»Hast du Gordon eigentlich je geliebt, Grace?«, fragte Christie auf einmal ernst.

»Nein«, gab Grace nach einer langen, nachdenklichen Pause zu. »Ich wollte es. Und ich glaube, ich hätte es auch gekonnt, wenn ich die Chance dazu bekommen hätte.«

»Was meinst du damit?«

»Ich dachte, wir würden eine Art arrangierte Ehe führen, weißt du, dass wir mit der Zeit zusammenwachsen würden. Aber er hatte … Probleme … sexuelle Probleme. Von Anfang an. Mit mir jedenfalls.« Grace wusste, dass der Wein und der Cognac ihr die Zunge lösten, aber es war ihr egal. Es war so befreiend, endlich über all die Dinge zu reden, die sich so lange in ihr aufgestaut hatten. »Ein einziges Mal hat er es geschafft, aber das war sehr schwer. Da sagte er, es müsse meine Schuld sein, denn er hätte Rita schließlich drei Kinder geschenkt, und ich habe lange Zeit geglaubt, er müsse recht haben.«

»O Grace, wie grausam.« Christie berührte ihren Arm.

»Einmal habe ich mir beim Arzt ein paar Broschüren über Impotenz geben lassen, und er ist ausgerastet. Ich durfte das Thema nie wieder auch nur erwähnen. Nach den ersten paar Versuchen hat er mich nie wieder angerührt, er ist einfach ins Schlafzimmer gegenüber gezogen.«

Christie beugte sich auf ihrem Platz vor. »Aber war er denn gar nicht zärtlich zu dir? Habt ihr denn nicht andere Dinge ausprobiert?«

»Ich weiß nicht, ob er einfach nur einen schwachen Geschlechtstrieb hatte oder ob er ihn so hart unterdrückt hat, weil er ihn abtöten und sich die Peinlichkeit ersparen wollte, aber nein, es gab nichts dergleichen. Keine Umarmungen, keine Küsse. Ich habe natürlich nie erfahren, wie sein Liebesleben mit Rita war. Ich habe versucht, ihn danach zu fragen, aber wie du dir denken kannst, bin ich schon beim ersten Satz nicht sehr weit gekommen. Aber wenn ich mir jetzt alles zusammenreime, dann glaube ich, dass für ihn der Sex mit keiner von uns beiden je eine große Rolle gespielt hat. Ich glaube, er hat es nur als Teil seiner männlichen Pflicht angesehen, und nachdem er drei Kinder in die Welt gesetzt hatte, hatte er sich als ›echter Mann‹ bewiesen. Gordon verstand es sehr gut, Dinge zu ignorieren, die seinem Ego vielleicht einen Knacks versetzt hätten.«

»Grace, wie hast du das bloß ausgehalten?« Christie schüttelte den Kopf, außer Stande, eine solch ausgedörrte Wüste einer Ehe zu begreifen.

»Ich hätte Gordon niemals verlassen und es riskiert, die Kinder nie wiederzusehen. Ich weiß, dass er sie mir entrissen hätte, wenn wir uns je getrennt hätten.«

»Aber was war, als sie alt genug waren, um ihre eigenen Entscheidungen zu treffen?«

Grace schwenkte sanft ihren Brandy und sah in das Glas, als sei es eine Kristallkugel, aber eine, die ihr eher die Vergangenheit als die Zukunft erklären würde.

»Ich weiß nicht. Nach so langer Zeit hatte ich mich an dieses

Leben gewöhnt. Ich blieb einfach bei ihm; der Wunsch, aus all dem auszubrechen, regte sich hin und wieder, aber ich hatte nie den Mumm, es wirklich durchzuziehen. Eine erbärmliche Antwort, ich weiß.«

»Was für eine unglaublich traurige Geschichte, Grace. Diese ganze ungelebte Liebe.«

Grace schluckte schwer. »Ich wollte ihn so gern lieben. Ich war ihm so dankbar wegen der Kinder, aber ich wollte auch eine echte Ehe und eine richtige Familie haben. Er war ein sehr attraktiver Mann, als er noch jünger war, sehr ernst und gesetzt und *erwachsen*, und er hat mich interessiert. Wir haben für dieselbe Firma gearbeitet – er in einer anderen Abteilung. Ich hatte Mitleid mit ihm, als ich im Büro das Gerücht hörte, er hätte seine Frau verloren und drei kleine Kinder zuhause. Ich konnte selbst keine Kinder bekommen, weißt du. Mir wurde als junge Frau die Gebärmutter entfernt. Und eines Tages sind wir uns zufällig im Flur über den Weg gelaufen, wir kamen ins Gespräch, und er hat mich zum Essen eingeladen. Er war sehr korrekt, respektvoll – das dachte ich zumindest.« Grace lachte verbittert auf. »Nach dem zweiten Rendezvous lernte ich seine Kinder und seine Mutter kennen, und ich habe mich auf Anhieb in sie alle verliebt. Er brauchte eine Frau und Gefährtin, und ich wollte unbedingt eine Familie, also haben wir geheiratet und die Sache unter Dach und Fach gebracht. Ich dachte, ich könnte das alles gut hinbekommen.«

»Warst du noch Jungfrau, Grace?«

»Nein«, sagte Grace. »Ich hatte einen Liebhaber, bevor wir geheiratet haben. Einen guten, fürsorglichen Mann. Vielleicht wäre es besser gewesen, wenn ich noch Jungfrau gewesen wäre. Dann hätte ich nicht gewusst, was mir entgeht.«

»Du armes Ding«, sagte Christie sanft.

»Bitte, Christie, das ist nicht die ganze Geschichte. Die Kinder waren das alles wert. Ich liebe sie über alles.«

Christie seufzte. »Und ich dachte, das Leben hätte mir übel mitgespielt, als Peter starb. Aber jetzt hast du mir gezeigt, dass das gar nicht der Fall war«, sagte sie schließlich.

»Meinst du, du wirst je wieder heiraten?«

Christie zuckte die Schultern. »Wer weiß schon, was die Zukunft bereithält? Aber Peter Somers kann nur schwer jemand das Wasser reichen. Manchmal verfluche ich ihn dafür.«

»Warst du sehr glücklich?«

Christie lächelte, und ihr Blick wurde glasig vor Zuneigung. »Er war der wundervollste Mann der Welt: freundlich, leidenschaftlich, witzig. Er war mein Ein und Alles. Es ist witzig, ich habe Peter auch auf der Arbeit kennen gelernt. Er war mein Chef, verheiratet und viel älter als ich. Er lebte in einer sexlosen, kinderlosen, unglücklichen Ehe, und ich habe ihn mit meiner Liebe von seiner Frau losgeeist. Grace, erinnerst du dich noch an diesen Abend neulich im Pub, als Anna sagte, Frauen, die sich mit verheirateten Männern einließen, hätten alles verdient, was sie bekommen? Ich dachte lange Zeit, ich sei verflucht, weil ich seine Ehe zerstört hatte. Aber ich würde alles wieder genauso machen, um ihn zu bekommen. Und in gewisser Weise kann ich mich doch glücklich schätzen, denn manche Leute finden die große Liebe ihres Lebens nie, und ich kann wenigstens sagen, dass ich sie hatte. Eine Zeit lang. Meine Strafe ist, dass ich nie wieder jemanden wie ihn finden werde, und einen Geringeren würde ich nicht in mein Bett lassen wollen. Letztendlich bezahlen wir alle für unsere Sünden.«

»Hättet ihr denn Kinder haben können?«

»Ich nehme es an, aber sicher bin ich mir nicht. Wir dachten, wir hätten noch alle Zeit der Welt. Wir hatten vor, später welche zu bekommen, wenn wir unsere Reiselust ausgelebt hätten, aber dann ist er so früh gestorben. Wir haben unsere Chance vertan.«

»Oh, Christie.«

»Im Leben gibt es eben keine Garantien – das kann ich akzeptieren, das musste ich. Es gibt eben gewisse Dinge, Kinder und ein langes Leben, die Privilegien sind, keine Grundrechte. Wir können nur das Blatt spielen, das wir ausgeteilt bekommen. Noch einen Cognac, Grace?«, war Christies Antwort darauf. »Trinken wir auf unsere Gesundheit und unser künftiges Glück und ein Malcolm-freies Leben im Büro. Mein Gott, ich weiß, es ist gemein von mir, aber ich hoffe wirklich, dieser faule Sack wird bald gefeuert.«

Grace akzeptierte die Wendung, die das Gespräch nahm, und schenkte ihnen beiden noch einen Cognac ein, den sie in entspanntem Schweigen tranken. Wie es nur gute, enge Freundinnen tun können.

Fünfundsechzigstes Kapitel

Am Montagmorgen platzte Dawn mit einer Wucht ins Büro, als hätte sie stundenlang eine Rede einstudiert, die sie nun nicht länger für sich behalten konnte.

»Okay«, holte sie vor der versammelten Mannschaft zu ihrer großen Neuigkeit aus. »Ich gebe einen Junggesellinnenabschied, aber, und bitte versteht mich nicht falsch, ich will nicht unhöflich erscheinen, indem ich euch nicht einlade, aber ich weiß, dass es ein grauenhafter Abend werden wird, und ich wünschte, ich könnte mich davor drücken, aber meine künftigen Schwägerinnen haben ihn organisiert, und sie haben ein paar wirklich rüpelhafte Freunde, und diese dicke, fette Frau, die die Brautjungfernkleider macht, wird auch kommen, und es wird alles absolut grässlich und peinlich werden, und ich will nicht …«

»Würdest du dich bitte abregen!«, sagte Anna. »Und du solltest mal Luft holen, du läufst schon ganz blau an.«

Dawn ließ sich auf ihren Stuhl fallen und stützte den Kopf in die Hände. »Sie haben ihn für übernächsten Samstag geplant. Bitte sagt mir, dass ihr alle schon etwas vorhabt. Falls ich meinen Junggesellinnenabschied mit euch allen feiere, dann lieber so wie Annas Geburtstag – wir alle bei einem gemeinsamen Essen in der Setting Sun.«

»Machen wir, geht klar, kein Grund zur Aufregung«, sagte Christie, um sie ein bisschen aufzumuntern. »Wie lief denn die Anprobe der Brautjungfernkleider?«

Dawn brach in Tränen aus, und ihre Kolleginnen umringten sie augenblicklich, wodurch sie sich nur noch elender fühlte.

»Es tut mir so leid«, legte sie sich rasch eine Lüge zurecht, während Raychel ihr die Büropackung mit Taschentüchern unter die Nase hielt. »Ich weiß gar nicht, warum ich weine. Sie waren sehr hübsch; Bette hat gute Arbeit geleistet.«

»Na, das ist doch sehr schön«, sagte Grace. Ihr fiel auf, dass alle anderen über Dawns Kopf hinweg besorgte Blicke tauschten. »Es wird sich bald alles finden, du wirst schon sehen.« Du musst deine Eltern in dieser Zeit so vermissen, dachte sie, sagte es aber nicht laut, da sie wusste, dass es Dawn vermutlich erst recht aus der Fassung bringen würde.

Dawn nickte. Sie biss sich hart auf die Lippe, um diese dämlichen Tränen zu unterdrücken. Sie dachte ebenfalls an ihre Eltern. Was in aller Welt hätten sie gesagt, wenn sie sie in diesem Zustand gesehen hätten – und das wegen des Tages, der doch der schönste Tag in ihrem Leben sein sollte?

Sie war nicht die Einzige mit einem mürrischen Montagmorgen-Gesicht. Anna war sehr still und so in Gedanken versunken, dass Grace sie viermal fragen musste, ob sie einen Kaffee wollte.

»Erde ruft Anna, können Sie mich hören?«, sagte Grace.

»Entschuldigung, äh, ja, was hast du gesagt?«

»Willst du einen Kaffee? Ich bin an der Reihe, welchen zu holen.«

»Ja – ja, bitte. Entschuldigung.«

»Was ist denn los mit dir heute Morgen?«, fragte Christie. »Du siehst ja aus, als ob du eben aus einem körperlosen Schwebezustand zu uns zurückgekehrt bist.«

Sie sahen, wie Anna innerlich mit irgendetwas rang, als sei sie sich nicht sicher, ob sie es ihnen sagen sollte oder nicht. Dann sprudelte es einfach aus ihr heraus.

»Ich wollte eigentlich nichts sagen, aber ich bin so verwirrt. Vor ein paar Wochen hätten Tony und ich unseren Jahrestag gehabt, ich glaube, ich habe es erwähnt, als ich an dem Abend neulich im Pub so in die Luft gegangen bin – na ja, kein richtiger Jahrestag, weil wir ja nicht verheiratet sind, wie ich schon sagte, aber als ich von der Arbeit nachhause kam, stand da ein Teller vor meiner Tür. So ein Teller mit einem Bild darauf, wisst ihr, was ich meine? Mit einem Foto von mir und Tony, und darunter stand einfach nur: *Zusammen*. Und letzte Woche lag eine silberne Rose vor der Tür und diese Woche eine herzförmige Schachtel Ferrero Rocher.«

Sie schwiegen alle, während sie darauf warteten, dass Anna fortfuhr.

»Nein, das ist schon alles«, sagte Anna. »Drei Geschenke in drei Wochen und sonst nichts. Keine Anrufe, kein Überraschungsbesuch, nichts.«

»Gott, das ist ja wie in einem dieser tschechischen Märchenfilme, die ich als Kind immer in der Kiste gesehen habe«, sagte Christie. »*Drei Nüsse für Aschenbrödel* hieß er, glaube ich.«

»Na ja, dieses Aschenbrödel kann sich jedenfalls nicht denken, was der Märchenprinz im Schilde führt. Soll ich jetzt meinen drückenden Schuh vor dem Friseursalon fallen lassen oder was?«, knurrte Anna.

»Was spielt er bloß für ein Spiel?«, fragte Raychel.

»Wenn ich das wüsste. Aber am Samstagmorgen, als ich heimlich an seinem Salon vorbeigefahren bin, war er zu *ihr* so wie immer. Hat ihren Arsch begrapscht. Ich weiß einfach nicht, was ich davon halten soll.«

Dawn wollte eben schon sagen, sie würde die Geschenke einpacken, damit in seinen Laden stürmen und der anderen Frau sagen, sie solle ihn besser an die Leine nehmen. Aber es war eben leicht, anderen Leuten Beziehungstipps zu geben, und weniger leicht, diese Ratschläge selbst zu beherzigen.

»Und wie geht es dir dabei? Bist du aufgebracht? Oder wütend?«, fragte Christie.

Anna versuchte, sich selbst zu analysieren.

»Ich weiß nicht. Ich glaube, zuerst war ich richtig aufgeregt – voller Vorfreude. Und jetzt bin ich einfach nur sauer, weil ich nicht weiß, was das alles soll.« Sie sagte nicht, dass Vladimir Darqs zärtliche Hand auf ihrem Herzen irgendetwas in ihr verändert und ihr die rosarote Brille, durch die sie diese angeblich ach so aufregende Entwicklung in ihrer und Tonys Beziehung betrachtet hatte, heruntergerissen hatte.

»Klingt für mich, als ob er versucht, mal vorzufühlen, welche Rolle er in deinem Leben noch spielt, nur für den Fall, dass du ihn vergessen hast«, sagte Christie. »Ich kann mich natürlich täuschen, aber es sieht doch alles danach aus, als ob er versucht, dich für seine Rückkehr in Stimmung zu bringen.«

»Wie, du meinst, er überlegt sich wirklich, ob er zu mir zurückkommen soll?«, fragte Anna. »Und dass er mir nicht bloß den Kopf verdrehen will?«

»Pass bloß auf«, warnte Christie sie. »Er schickt dir völlig offensichtliche Liebessymbole. Er führt eindeutig irgendetwas im Schilde.«

»Würdest du ihn denn wiederhaben wollen?«, fragte Grace. »Nach allem, was er dir angetan hat?«

»Jetzt hast du es schon so weit geschafft«, sagte Dawn leise. »Du bist eine völlig andere Frau als die, die auf der Toilette zusammengebrochen ist und sich auf Christies Rock übergeben hat. Würdest du ihn wirklich wiederhaben wollen?«

»Nie im Leben«, sagte Anna. Aber ihre Stimme schwankte eindeutig.

Seltsamerweise klingelte Annas Handy zur Mittagszeit und unterbrach sie in ihren Gedanken an Tony und seine Hand auf Lynette Bottoms Gesäß, während sie in der Kantine geistesabwesend auf einem Rindfleisch-Zwiebel-Sandwich kaute. Es war Vladimir Darq. Ihre Hände zitterten, als sie abnahm.

»Anna, mein Wagen wird Sie am Samstagabend um acht Uhr abholen«, sagte er. »Ich habe etwas für Sie, das ich Ihnen geben will – es wird nicht lange dauern. Es ist kein Teller«, fügte er spitz hinzu. Und dann legte er auf, bevor sie auch nur ein einziges Wort erwidern konnte.

Und als ob das alles für einen Tag nicht geheimnisvoll genug gewesen wäre, benahm sich Christie an diesem Nachmittag ebenfalls sehr seltsam.

»Ja, ich werde mich darum kümmern«, sagte sie leise ins Telefon. »Ich werde schweigen wie ein Grab.« Und dann, als sie Anna in die Abteilung kommen sah, schlug sie rasch einen fröhlichen, beschwingten Ton an. »Ja, wunderbar, *Beryl*. Wir werden da sein«, sagte sie, bevor sie rasch auflegte.

»Schöne Mittagspause gehabt?«, fragte Christie.

»Äh … ja … ich denke schon«, sagte Anna.

»Gut, gut.« Christie schien irgendetwas durch den Kopf zu gehen. Anna konnte fast hören, wie ihr Gehirn ratterte. »Anna, du könntest mir nicht zufällig einen Gefallen tun? Ich würde dich nicht darum bitten, aber ich habe im Moment einfach so viel um die Ohren.«

»Ja, natürlich, was denn?« Anna nahm an, dass sie sie bitten wollte, Wasser aufzusetzen.

»Könntest du heute Abend auf dem Nachhauseweg bei Boots vorbeischauen und mir … mir ein Boots-Magazin besorgen? Ich will … mir ansehen, was für Essen sie im Angebot haben. Sandwiches. Du kannst eine Stunde früher gehen, damit du deinen Zug nicht verpasst.«

»Ich muss doch deswegen nicht eine Stunde früher gehen …«

»Doch, das geht schon in Ordnung. Eine Stunde früher. Ich bestehe darauf«, sagte Christie entschieden.

»Okay«, sagte Anna völlig verwirrt. Sie nahm es hin, aber sie hatte das Gefühl, dass Christie ein Boots-Magazin ungefähr so dringend brauchte wie ein Bräunungsspray à la Malcolm Spatchcock.

Dawn hatte an diesem Abend um sieben Uhr eine Anprobe in der Weißen Hochzeit. Sie zog das Kleid an, aber sie spürte, dass es sie nicht ein bisschen vom Hocker riss. Und Freya schalt sie, denn offenbar hatte Dawn deutlich abgenommen.

»Wenn Sie so weitermachen, wird Ihnen das Kleid auf dem Weg zum Traualtar noch herunterrutschen«, sagte Freya und steckte es noch einmal anders ab. »Sie brauchen schon ein bisschen Figur, wenn Sie dieses Design tragen wollen.«

»Könnten Sie vielleicht ein Foto von mir damit machen?«, fragte Dawn. »Mein Verlobter hat eine alte Tante in einem Pflegeheim, und ich habe versprochen, ihr mein Kleid zu zeigen. Sie wird selbst nicht zu der Hochzeit kommen können.«

»Ach, das ist ja schade«, sagte Freya.

»Ich hoffe nur, sie wird sich noch an mich erinnern. In den letzten Wochen ging es ihr offenbar nicht so gut. Ich wollte sie nicht noch mehr verwirren, da ich ihr erst ein einziges Mal begegnet bin und sie mich vielleicht nicht wiedererkennt. Aber ich habe versprochen, ihr ein Bild zu zeigen.«

»Solche Versprechen sollte man immer halten«, sagte Freya. »Du liebe Güte, Sie sind ja ein paar Zentimeter schmaler geworden!«

»Schade, dass Kleider nicht zaubern können, oder? Schade, dass sie sich nicht an die Figur anpassen können, die man hat, und sich die Frau aussuchen, die es tragen soll, anstatt umgekehrt.«

»Meine Kleider können alle zaubern«, sagte Freya. »Ich garantiere Ihnen, dass dieses Kleid Ihnen das größte Glück Ihres Lebens bescheren wird.«

»Ich wünschte, das könnten Sie wirklich garantieren«, sagte Dawn.

»Oh, aber das kann ich«, sagte Freya unbeirrt, legte eine Hand an ihr Herz und lächelte ein seltsames, warmes Lächeln. »Ich kann einer Braut auf jeden Fall einen absolut glücklichen Hochzeitstag versprechen, wenn sie eines meiner Kleider trägt. Vor allem dieses hier.«

Dawn wollte Freya in dem Punkt so gern vertrauen. Sie betrachtete sich im Spiegel, in dem Kleid, das jetzt so abgesteckt war, dass es ihr wie angegossen passte. Es war wirklich wunderschön, und sie zwang sich zu glauben, dass sie sich wundervoll fühlen würde, wenn sie darin zum Traualtar schritt. Alle würden sie in diesem Kleid lieben, und die Nörgeleien und Kritteleien während der Hochzeitsvorbereitungen würden vorbei sein, und sie und die Crookes würden glücklich vereint sein. Alle würden das Essen und das Karaoke genießen, und die grässlichen orangefarbenen Kleider würden etwas sein, worüber sie eines Tages lachen würden. Aber am wichtigsten war, dass sie und Calum durch den heiligen Bund der Ehe vereint sein und ein festes Fundament haben würden, auf das sie ihr künftiges Glück aufbauen konnten. Und Al Holly würde aus ihrem Leben verschwunden sein und in ihrem Kopf kein Gefühlschaos mehr anrichten können. Sein Bild würde verblassen, und sie würde ihn nur als einen netten Typen in Erinnerung behalten, der einmal ihren Lebensweg gekreuzt hatte, eine schöne Erinnerung.

Es fiel ihr ein bisschen schwerer, positiv zu denken, als sie an jenem Abend nachhause kam und feststellte, dass Calum die ganzen Schokoladenpralinen weggeräumt hatte, die Dawn so mühsam eingewickelt hatte – und zwar genau neben die Heizung, wo sie geschmolzen waren.

»Entschuldige die Verspätung, ich wurde auf der Arbeit aufgehalten«, sagte Raychel, sobald die Tür aufging.

»Schon gut, ich bin froh, dass du kommen konntest. Kommt herein.«

Elizabeth Silkstone begrüßte Raychel und Ben herzlich, zog sie ins Haus und führte sie dann in den entzückenden Garten hinter dem Haus, wo John und ein großer, stämmiger Typ mit einem freundlichen Lächeln Fleisch auf einem Grill brieten. John kam sofort herüber und umarmte Raychel herzlich.

»Hallo, Süße«, sagte er. »George, Janey«, rief er dem großen Mann und einer drallen, rothaarigen Frau zu, die in der Nähe stand. »Das hier ist Raychel.«

»Ich freue mich so, Sie kennen zu lernen, Liebes«, sagte die vollbusige Janey und beugte sich vor, um Raychel einen Wangenkuss zu geben. »Elizabeth und ich und das Pummelchen dort drüben, wir kennen uns seit der Schule. Wir mussten zusammen Latein büffeln. Ich bin noch immer in Therapie deswegen.«

»Vergesst mich nicht«, sagte eine schlanke, hübsche Blondine mit einem ausladenden Bauch und schob sich zwischen Janey und George. »Ich bin Helen, oder das Pummelchen, wie sie mich sicher genannt haben. Ich bin die Dritte im Bunde des lateinischen Triumvirats.«

»Sie hat eben erst geheiratet«, sagte Janey und deutete mit einem Daumen auf den kugelrunden Bauch ihrer Freundin. »Dieses schamlose Luder! Und er ist auch noch Partner in einer Anwaltskanzlei! In was für einer Welt leben wir eigentlich?!«

»Komm, hol dir was zu trinken«, sagte Elizabeth, hakte Raychel bei sich unter und zog sie beiseite. »Wir sind so froh, dass du gekommen bist.« Ben stand inzwischen bei John und George am Grill. »Du musst unbedingt meine Freundinnen kennen lernen.«

»Wissen sie Bescheid?«, fragte Raychel.

»Sie wissen, dass du Bevs Tochter bist«, sagte Elizabeth. »Sie freuen sich so für mich, dass ich dich gefunden habe. Und wie geht's euch inzwischen in eurer entzückenden Wohnung? Habt ihr schon alles so, wie ihr es wolltet?«

»Nein, das wird noch eine Weile dauern.« Raychel kam sofort zur Sache. »Elizabeth, heute Morgen habe ich einen Brief bekommen, der mir von unserer alten Adresse nachgeschickt wurde. Von meiner Mutter.«

»Hast du ihn dabei?«

»Ja.« Raychel kramte in ihrer Handtasche.

»Gehen wir ins Haus.« Es war schon ironisch, dachte Elizabeth, dass sie all die Jahre so erfolglos nach ihrer Schwester gesucht hatte und Bevs Brief Raychel nun so leicht erreichte.

In Johns Arbeitszimmer am Ende des Flurs händigte Raychel ihr den Brief aus.

»Liebe Lorraine/Raychel,

hab ich dich gefunden? Bitte las es mich wissen. Ich bin mit meiner Weißheit am Ende und weis nich, ob es dir gut get. Ich will dich widersehn. Ich will nix von dir, aber ich hab dir was Wichtiges zu sagen. Kann ich dich besuchen komen, oder kannst du mich besuchen?

Alles Liebe,
Deine Mutter.«

Obwohl sie längst erwachsen war, hatte Raychel den Brief mit zitternden Händen gelesen. Er war wie ein Schlüssel zu einer Tür in ihrem Kopf, hinter der all die Erinnerungen an ihre Kindheit verborgen lagen: das heruntergekommene Haus, die fremden Leute, die Drogen kauften, Nathan Lunn und seine Grausamkeit und ihre Mutter, die zu benebelt war, um ihn zu bremsen, wenn er in einem seiner Tobsuchtsanfälle wie wild um sich schlug und prügelte. Aber die Tatsache, dass Elizabeth sie gefunden hatte, hatte ihr neue Kraft gegeben. Sie hatte nicht mehr das Gefühl, dass sie und Ben allein auf der Welt waren. John kümmerte sich um Ben wie um einen Sohn, und sie konnte spüren, dass Elizabeths Liebe und Kraft auf sie ausstrahlten. Sie fühlte sich so geborgen wie nie zuvor in ihrem Leben in diesem neuen Familienkreis.

»Eigentlich will ich sie lieber nicht sehen, aber ich habe das Gefühl, ich muss. Sie kann mir sagen, was sie mir sagen muss, und dann kann sie mich in Ruhe lassen. Oder was soll ich tun?«

Elizabeth nahm Raychels Hände in ihre eigenen.

»Möchtest du, dass ich zu ihr fahre?«

»Das könnte ich nicht von dir verlangen.«

»Doch, das kannst du. Überlass es einfach mir.« Elizabeth holte einmal tief Luf, während sie entschied, diese Aufgabe auf sich zu nehmen. »Ich übernehme das. Ich werde sehen, was sie will.«

Es war längst überfällig. Elizabeth *musste* ihre Schwester sehen. Sie hatte selbst ein paar Dinge mit ihr zu klären.

Sechsundsechszigstes Kapitel

Im West House war inzwischen eine Routine eingekehrt, als sei schon immer alles so gewesen. Niki hackte in der Küche Gemüse, als Grace nachhause kam. Er hatte eine Flasche Wein geöffnet, und drei Gläser warteten ungeduldig daneben.

»Ah, guten Abend, Gracie«, sagte Niki. »Wo ist meine Schwester?«

»Christie wollte noch kurz in die Stadt. Sie braucht neue Schuhe.«

»Nein, sie braucht keine, sie *will* neue Schuhe«, sagte Niki mit einem laut dröhnenden und ansteckenden Lachen, über das Grace unwillkürlich lächeln musste. Wie anders als ihr eigenes ehemaliges war doch dieses Haus. Trotz des alten Gemäuers war es jung und lebendig, nicht mit dieser Atmosphäre, als stünde man schon mit einem Fuß im Grab. Auf Nikis iPod lief Lily Allen. Gordon hätte bestenfalls irgendeinen düsteren Radiosender eingestellt, der klang, als würde er aus einem Kriegsgebiet kommen. Sie fragte sich, wo Gordon war und was ihm in diesem Augenblick wohl durch den Kopf ging. Dann verscheuchte sie den Gedanken, als Niki ihr ein großzügiges Glas Chablis in die Hand drückte.

»Kosten Sie mal«, forderte er sie auf. »Ich persönlich finde ja, er schmeckt himmlisch.«

»Kann ich mich irgendwie nützlich machen?«, fragte Grace.

»Nein, nein«, sagte Niki. »Beim Kochen entspanne ich mich. Und ich hatte heute das reinste Nervenbündel als Patient. Ein achtundfünfzigjähriger Firmendirektor mit einer solchen Angst vor Spritzen, Sie würden es nicht glauben.«

»Wie beruhigen Sie so jemanden denn?«, fragte Grace.

»Akupunktur«, sagte Niki.

»Nein«, sagte Grace.

»War'n Witz«, sagte Niki und schnalzte mit der Zunge. »Erwischt, Grace!« Ihre Blicke trafen sich, sie starrten sich an, und Grace wusste, dass Christie nicht übertrieben hatte, als sie angedeutet hatte, ihr Bruder habe sie sehr gern. Seine nächsten Worte bestätigten es.

»Ich ... wir beide haben Sie so gern hier«, sagte er mit seiner entzückenden tiefen, bärenhaften Stimme.

»Danke, Niki. Ich bin euch beiden so dankbar. Ich werde versuchen, euch nicht allzu lange zur Last zu fallen.«

»Das könnten Sie gar nicht, Gracie«, sagte Niki. Dann streute er wieder ein bisschen mehr Witz ein, indem er eine Arie über seine Jakobsmuscheln sang, denn er würde, wie seine Schwester schon so treffend bemerkt hatte, Grace als Gast nicht kompromittieren, nicht nach dem, was sie in letzter Zeit durchgemacht hatte. Er wusste, dass in ihrem Kopf das reinste Chaos herrschen musste und dass das Letzte, was sie jetzt brauchte, ein unverheirateter Zahnarzt war, der ihr einen immer größer werdenden Haufen nicht zu leugnender Gefühle erklärte.

Aber sie war eine Frau, auf die es sich zu warten lohnte. Und Nikita Koslov dachte, dass er ja vielleicht sein Leben lang nur auf sie gewartet hatte.

Siebenundsechzigstes Kapitel

Ich kann gar nicht glauben, dass schon wieder eine Woche um ist!«, sagte Christie, während sie den eisgekühlten Zinfandel in fünf Gläser schenkte. »Hat eine von euch am Wochenende irgendwas Aufregendes vor? Es kommt mir vor, als ob es erst zwei Minuten her ist, seit ich diese Frage letzten Freitag gestellt habe.«

»Ich werde Calums Tante im Altersheim besuchen«, sagte Dawn mit einem Lächeln.

»O verdammt, mit so viel Aufregung kann ich nicht mithalten«, sagte Anna.

»Ach, sei nicht gemein«, lachte Dawn. »Sie will mein Kleid sehen, daher musste ich ein Foto von mir damit machen lassen. Sie ist zu gebrechlich, um in die Kirche zu kommen.«

»Christie und ich werden ins Theater gehen«, sagte Grace.

»Und mein Bruder kommt auch mit«, sagte Christie. »Er hat eine Schwäche für Grace.«

»Na, dann mal los, Gracie«, wiederholte Anna im Grunde nur das, was schon Paul und Laura zu ihr gesagt hatten. Auch für die beiden war sonnenklar, dass Niki ihre Mutter sehr gern hatte. In ihrer Nähe sprühte er immer vor guter Laune, und auch wenn Grace zu ihren Kindern gesagt hatte, so sei er bei allen Leuten, denn das sei eben einfach seine Art, glaubten sie ihr kein Wort. Mochte sie Niki genug, um Ja zu sagen, falls er sie zum Essen einladen sollte?, hatte Paul sie gefragt. Der Gedanke machte Grace Angst, ehrlich gesagt. Die Vorstellung, eine neue, *normale* Beziehung mit allem, was dazugehörte, anzufangen, war beängstigend. Vor allem, wenn man einen fünfundfünfzig Jahre alten Körper hatte, auch wenn er dank jahrelangem Yoga noch immer fantastisch in Form war. Aber andererseits, Niki war schließlich auch schon fünfzig. Waren Männer ebenso unsicher hinsichtlich ihres eigenen Körpers, wenn neue Partnerinnen ins Spiel kamen?

»Was wirst du denn jetzt machen, wo die Dreharbeiten abgeschlossen sind? Wirst du dich nicht verloren fühlen?«, fragte Raychel Anna.

»Na ja.« Anna beugte sich vor, um ihre Neuigkeiten mitzuteilen. »Mr. Darq lässt mich morgen Abend mit einem Wagen abholen. Er hat gesagt, er habe etwas für mich.«

»Was denn?«, fragte Dawn mit vor Aufregung leuchtenden Augen.

»Keine Ahnung. Aber ich werde offenbar nicht sehr lange dort sein, das hat er jedenfalls gesagt.« Sie seufzte schwer bei dem Gedanken, ein zweites Mal Abschied von ihm nehmen zu müssen.

»Oh, wie aufregend.« Christie grinste. »Ich frage mich, was das sein könnte. Kannst du es überhaupt noch erwarten?«

Anna spielte die Aufregung herunter, die allein schon bei dem Gedanken, ihn wiederzusehen, in ihr hochsteigen wollte. »Das werde ich wohl müssen, oder?« Sie wusste schon gar nicht mehr, wie oft sie in dieser letzten Woche an seine Hand auf ihrem Herzen gedacht hatte. Einmal hatte sie sogar von ihm geträumt, und er war wild und leidenschaftlich gewesen und hatte ihr damit gedroht, sie zu fressen. Auch wenn der Traum zu Ende gewesen war, bevor er sein Versprechen wahr gemacht hatte, sodass sie nie herausgefunden hatte, ob er es wörtlich oder metaphorisch gemeint hatte. Sie fragte sich, ob sie ihm nach dieser sexuellen Anspannung, die ihr nächtliches Gehirn erzeugt hatte, überhaupt noch würde in die Augen sehen können. *Vladimir Darq.* Er ging ihr kaum noch aus dem Kopf, was sie beunruhigte. Es hatte keinen Sinn, sein Herz an jemanden wie ihn zu hängen. Aber ihr war bewusst, dass sie genau das im Augenblick tat.

»Und ich werde mit meiner Tante shoppen gehen«, sagte Raychel, nachdem sie einmal tief Luft geholt hatte.

Sie ließ den Großteil der Geschichte aus und erzählte den anderen nur, sie sei von einer Tante, die sie aus den Augen verloren hatte, kontaktiert worden, die durch einen seltsamen Zufall hier in der Gegend lebte.

»Das ist ja eine unglaubliche Geschichte«, sagte Christie. »Ich dachte immer, so was gibt's im wirklichen Leben gar nicht. Du musst ja überglücklich sein.«

»Es ist eine lange und komplizierte Geschichte«, sagte Raychel. »Ich habe euch nur die Kurzfassung gegeben.«

»Und das Happyend«, sagte Dawn. »Das ist doch wunderbar so.«

Raychel strahlte von einem Ohr zum anderen. Sie hatte ihren Kolleginnen unbedingt einen Teil ihrer Geschichte erzählen wollen: den schönen Teil. Sie hatten es ihr so leicht gemacht, Freundschaft mit ihnen zu schließen, hatten sie akzeptiert, ohne ihre Vergangenheit bis ins kleinste Detail wissen zu wollen. Sie fühlte sich wie in eine große, bequeme Decke gehüllt. Sie war zufrieden, trotz des unguten Gefühls, dass ihre Mutter wieder in ihrem Leben aufgetaucht war. Aber sie hatte Elizabeth auf ihrer Seite, und damit fühlte sie sich auf eine Weise beschützt, auf die sie nicht einmal ihr lieber Ben beschützen konnte.

Nachdem die anderen gegangen waren, setzte sich Dawn an die Bar und sah der Band zu.

»Werden Sie wieder singen?«, fragte der Barmann, als sie ihre Bestellung aufgab. »Sie waren fabelhaft.«

»Das war nur eine einmalige Aktion«, sagte Dawn, obwohl sie insgeheim strahlte.

»Der Chef wollte Sie gern sprechen. Ich glaube, er wollte Ihnen anbieten, ab und zu hier zu singen.«

»Ach ja?« Dawn fühlte sich geschmeichelt, aber ihr gefiel der Gedanke nicht, allein auf dieser Bühne zu stehen. Al würde bis dahin wieder in Kanada sein, und sie hatte noch nie vorgehabt, als Solosängerin aufzutreten. »Sagen Sie ihm, vielen Dank, aber ich glaube nicht, dass ich mir das zutraue«, sagte sie. »Aber es war nett von ihm, mich fragen zu wollen.«

»Schade«, sagte der Barmann. »Aber Sie haben auch so gut zu

dieser Band gepasst. Vielleicht sollten Sie die Jungs fragen, ob sie Sie mitnehmen, wenn sie abfahren.«

Dawn lachte höflich, aber die Worte des Barmanns trafen einen wunden Punkt bei ihr. Sie stellte sich vor, wie sie und die Jungs mit einem Bus auf Tournee gingen, zusammen die Bühne aufbauten, Jamsessions unter freiem Himmel abhielten, vor kanadischen Bergen und warmen, orangeroten Sonnenuntergängen.

Al Holly legte den Arm um ihre Taille. Der Kontakt dauerte kaum eine Sekunde, aber es reichte, um Feuerwerksraketen hoch in ihr Gehirn zu schießen und dann weiter bis zum Mond.

»Du bist ja auf einem völlig anderen Stern«, sagte er. »Irgendwas Interessantes?«

»Doch, ja«, sagte Dawn. »Wie geht's dir? Hattest du eine schöne Woche?«

»Ja, hatte ich.« Er lächelte, und seine Augen funkelten wie polierte Rheinsteine. »Und wie geht's dir, Dawny Sole? Ich wollte dich heute Abend wieder einladen, auf der Bühne mit uns zu singen, aber du warst ins Gespräch mit deinen Freundinnen vertieft. Du hast nicht ein einziges Mal zu mir hochgesehen.«

Dawn spürte, wie ihre Wangen heiß wurden. Er hatte eine solch verträumte Stimme. Er konnte ihr Herz so viel schneller schlagen lassen als alle anderen Leute, denen sie je begegnen könnte. George Clooney eingeschlossen.

»Jedes Mal, wenn ich hochgesehen habe, hast du nach unten gesehen«, entgegnete Dawn. »Offenbar hatten wir unsere Augen schlecht koordiniert.«

»Ich habe dich sehr oft angesehen«, sagte Al. »Ich bin mir nicht sicher, wie ich meine Freitagabende verbringen soll, wenn ich dich nicht mehr dort hinten im Saal sehen kann.«

»Ich möchte wetten, das sagst du zu allen Mädchen«, sagte Dawn. Ihr Lächeln bebte auf ihren Lippen.

»Nein, Dawny«, sagte Al, »das tue ich nicht. Ich bin kein Frauenheld. Meine Musik ist meine Frau. Aber wenn …«

Der Raum hinter Dawn verschwamm zu einem großen Klecks. Es gab nur noch sie und diesen entzückenden Al Holly, und sie beschwor ihn im Stillen, seinen Satz zu Ende zu führen. Aber das tat er nicht. Stattdessen sagte er nur: »Also, Cola oder Bier?«

Dawn hätte auf ihn einprügeln können. Aber sie war nicht frei für einen Flirt. Es hatte keinen Sinn, alles kompliziert zu machen. *Ja, na klar, als ob es nicht schon kompliziert wäre!* Ein riesiger Teil von ihr wollte nicht aufrichtig und ehrbar und anständig sein. Er wollte, dass Al Holly sich zu ihr vorbeugte, sie hart auf die Lippen küsste und ihr zeigte, wie er schmeckte. Sie wollte Dinge mit ihm tun, neben denen Paris Hiltons Liebesleben so aussah wie Mutter Teresas.

»Eine Cola light, bitte. Eine kleine.«

»Zwei kleine Cola light, bitte«, sagte Al zu dem Barmann, bevor er sich wieder zu Dawn umwandte: »Und, wie kommen die Hochzeitsvorbereitungen voran?«

Dawn wollte nicht über ihre Hochzeitsvorbereitungen reden. Sie ignorierte die Frage und stellte ihm stattdessen selbst eine.

»Schreibst du deine Songs eigentlich selbst?«

»Ein paar schreiben wir selbst. Ehrlich gesagt habe ich erst diese Woche einen geschrieben.«

»Wie heißt er denn?«

»Bin noch nicht so weit. Nächste Woche habe ich ihn hoffentlich fertig«, sagte er. »Wir … äh … wir müssen heute Abend auf einer privaten Party spielen. Ich kann nur fünf Minuten bleiben.«

»Oh, na klar«, sagte Dawn.

»Du könntest mitkommen, die Jungs hätten nichts dagegen. Wir könnten dich als Roadie ausgeben, wenn ich dir meinen Hut leihe.«

»Danke«, lächelte Dawn. »Aber ich sollte besser nicht, ich sollte nachhause.«

»Ich würde viel lieber nicht zu dieser Party fahren und stattdessen nur mit dir hier sitzen und über Musik und Gitarren reden, oder worüber du sonst reden willst, und ein Bier trinken.«

»Das könnte ich sowieso nicht, ich bin mit dem Auto da.«

»Ich könnte dir die Autoschlüssel wegnehmen.«

»Und wie würde ich dann nachhause kommen?«

Die Frage schwebte in der schweren Stille zwischen ihnen, und sie wussten beide, wie seine Antwort lauten würde, wenn er sie laut ausspräche.

Dawn wurde so heiß, dass ihr Gehirn zu explodieren drohte.

»Wo ist denn die Party?«, fragte sie.

»Maltstone Lodge oder so ähnlich. Kennst du das?«

»Ja, das ist nicht weit.« Dawn nahm einen kräftigen Schluck. Ihr fiel auf, dass Al bereits ausgetrunken hatte.

»Du musst los«, sagte sie.

»Ja, ich weiß.« Aber er rührte sich nicht. Und Dawn sich auch nicht.

»Ich …«

»Dawn …« Sie ergriffen beide gleichzeitig das Wort. Al Hollys Hand kam abrupt hoch. Dann ließ er sie wieder sinken, nur um sie gleich darauf in einem eleganten Bogen ihrem Gesicht zu nähern. Seine Finger hatten ihre Wange kaum berührt, als die Stimme eines Mannes durch die Bar rief:

»Al, wir müssen los, Mann. Oh, hi, Dawny. Wie geht's?«

Al seufzte. »Samuels Timing war noch nie besonders gut.«

»Vielleicht ist sein Timing zu gut.« Samuel hatte sie vor weiß Gott was gerettet, denn sie wusste nicht, welche Bomben in ihr hochgegangen wären, wenn Al sie geküsst hätte. Sie versuchte mit aller Kraft, ihm zu widerstehen, aber es gelang ihr einfach nicht.

Al glitt mit einer Hand in die Gesäßtasche seiner Jeans und zückte ein Blatt Papier.

»Hier ist meine Handynummer. Nur falls du sie willst. Nur falls du mal reden willst. Als Freunde.«

Dawn nahm das Blatt Papier. Sie würde ihn nicht anrufen, sie konnte ihn nicht anrufen, aber es war trotzdem nett, seine Nummer zu haben.

»Ich weiß, dass du nicht anrufen wirst«, sagte er, als hätte er ihre Gedanken gelesen, »aber ich will gern hoffen, dass du es vielleicht doch tun wirst.«

»Danke. Und wenn ich nicht anrufe, wirst du dann nächste Woche hier sein?«

»Natürlich.«

»Mach's gut.«

»Du auch.«

Er berührte ihre Nasenspitze. Nur eine einzige kleine Berührung mit seinem Finger, und diese Bomben detonierten in ihr, und jede einzelne löste wieder eine neue in einem anderen Teil ihres Körpers aus.

Scheiße – sie war drauf und dran, einem Country-Jungen hoffnungslos zu verfallen, und sie wünschte, sie könnte, bevor er sie für immer verließ, seine Lippen auf ihren schmecken. Nur ein einziges Mal.

Als Anna nachhause kam, fand sie ein kleines Päckchen auf ihrer Türschwelle vor. Sie holte einmal tief Luft, riss es auf und sah, dass es einen winzigen schwarzen Tanga enthielt. Sie schloss die Tür auf und warf ihn auf den Dielentisch.

Achtundsechzigstes Kapitel

Zu sagen, dass Anna an jenem Samstagabend nervös war, während sie auf ihren Wagen wartete, war, als würde man sagen, die Sonne sei »ein bisschen heiß«. Was zum Teufel wollte er ihr geben? Was immer es war, es war zweitrangig neben der Tatsache, dass sie ihn wiedersehen würde. Die Vorfreude brachte sie fast um den Verstand. Sie war die Diele gefühlte 1000 Mal auf und ab gelaufen, bis sie den Wagen endlich sachte vor der Haustür vorfahren hörte.

Sie ließ die Hausschlüssel zweimal fallen, während sie die Tür absperrte, und versuchte ihre Unbeholfenheit gegenüber dem rumänischen Fahrer mit einer witzigen Bemerkung abzutun, die nicht dazu beitrug, ihr Selbstvertrauen zu stärken.

Vladimir wartete vor seinem Haus auf sie, mit gespreizten Beinen, die Arme vor einer langen, offenen Jacke mit einem Stehkragen verschränkt, die ihm ein sexy autoritäres Aussehen verlieh. Sie schluckte, als er ihr mit einer Hand aus dem Wagen half. Es war die Hand, die ihr Herz berührt hatte.

»Anna, ich freue mich so, Sie wiederzusehen«, sagte er. Gott, er war so galant. Das Galanteste, was Tony je zu ihr gesagt hatte, war, er würde nicht über sie klettern, um zu Angelina Jolie zu gelangen, wenn sie alle zusammen im Bett lägen. Und dann hatte er selbst das noch verdorben, indem er sie gefragt hatte, ob sie vielleicht mal Lust auf einen flotten Dreier hätte. Anna hatte rundheraus abgelehnt. So, wie Tony tickte, hatte sie sich sowieso gefragt, ob er sich, wenn er die Gelegenheit dazu hätte, vielleicht zwei andere Tussis dafür aussuchen und sie, Anna, außen vor lassen würde.

Sie betraten das Darq House. Anna war entzückt, wieder hier zu sein. Luno kam herübergeschlichen, mit wedelndem Schwanz, wie das surrende Rotorblatt eines Hubschraubers, und drückte seine Schnauze in Annas Hand.

»Hi, Junge, ich habe dich vermisst«, flüsterte sie ihm zu. Luno blieb kurz, um sich ein bisschen tätscheln zu lassen, kehrte dann in sein Körbchen zurück und ließ sich fallen, behielt aber sein Herrchen im Auge, der in diesem Moment zwei Kelche mit Wein füllte und einen davon Anna reichte.

»*Noroc!*«, sagte er. Sie nahm an, dass es »Zum Wohl!« bedeutete und wiederholte das Wort, bevor sie einen Schluck nahm. Für Jungfrauenblut schmeckte es gar nicht schlecht. Kein Wunder, dass Vampire ständig Durst hatten.

»Anna, nächste Woche ist der *Balul Lună Plină.*«

»Der was?«

»Ein Vollmondball. Ich gebe ihn hier im Darq House.«

»Einen Ball?«

»Ja.«

»Hier?«

»Genau. Sie werden natürlich kommen.«

»Ich?«

»Ja, Anna.«

»Ein Ball?«

»Ja. Und ich will, dass Sie kommen.«

Ein Gedanke durchzuckte Annas Gehirn, gefolgt von einem langen, dunklen Schatten.

»Das ist doch nicht wieder eine von diesen Überraschungen, oder? Ich meine, Jane wird doch nicht auftauchen und mich bitten, nackt über einen eigens dafür gebauten Catwalk zu laufen?«

Vladimir lächelte. Nur mit einer Seite seines Mundes. Seine Augen funkelten. Es waren auf keinen Fall Kontaktlinsen, wie sie früher einmal vermutet hatte. »Nein, keine Tricks, Sie werden ein Kleid tragen und mein Gast sein. Mein Ehrengast.«

»O Gott, ich habe gar kein Kleid, das für so einen Anlass elegant genug ist. Wie soll es denn sein? Lang, kurz?«

Er gebot ihr mit einem erhobenen Finger Schweigen, stand von seinem Platz auf, verschwand und kam keine Minute später mit einer langen, weichen, silbernen Kleiderhülle über den Armen wieder. Er zog den Reißverschluss auf, öffnete sie und zeigte ihr ein wunderschönes langes Kleid in einem Blauton, der an einen nächtlichen Himmel erinnerte. Anna klappte der Kiefer so tief herunter, dass er fast in ihrem Dekolletee verschwand.

»Ich habe doch gesagt, ich hätte etwas für Sie«, sagte er.

»Na ja, Sie haben recht, ein Teller ist das nicht!«, stöhnte Anna. »Aber das kann doch nicht für mich sein, oder?«

»Natürlich ist es für Sie«, sagte Vlad. »Keine Sorge, es wird Ihnen passen. Sie müssen es vorher nicht anprobieren. Vertrauen Sie mir. Ziehen Sie es erst am nächsten Samstag an. Ich werde Ihnen bis dahin noch die Unterwäsche schicken, aber an der muss ich noch ein bisschen arbeiten. Der Wagen wird Sie um neun Uhr abholen.«

»Soll ich eine Flasche mitbringen?«

Vladimir warf ihr einen missbilligenden Blick zu. Sie nahm an, dass das Nein hieß.

»Danke, Vladimir, es ist hinreißend. Ich habe noch nie ein solches Kleid besessen.«

»Natürlich, es ist ja auch ein Vladimir Darq. Wie könnten Sie denn?«

Anna lächelte und hob den Blick zu dem Mann mit dem schwarzen Haar und den vollen roten Lippen vor ihr, und sie musste rasch wegsehen. Er war einfach zu hinreißend. Wie sollte sie je wieder zu diesen gewöhnlichen Samstagabenden zurückkehren, an denen sie sich *Ant and Dec* im Fernsehen ansah und dazu ein trostloses, abscheuliches Fertiggericht für eine Person aß? Auf einmal fühlte sich Anna innerlich leer und den Tränen nahe. Sie nahm noch einen Schluck von ihrem Rotwein.

»Sie wissen, dass die Sendung am Donnerstagabend um neun ausgestrahlt wird, Anna? Die Wäsche wird am nächsten Tag in den Geschäften sein – das heißt, das Timing ist perfekt.«

»Ja, ich weiß.« Nur noch fünf Tage, bis sie erfahren würde, ob sie sich völlig zum Affen gemacht und Vladimir Darqs Karriere im Alleingang ruiniert hatte. O Gott, wie sollte sie sich am Tag danach noch zur Arbeit trauen? Und warum wurde die Sendung um neun Uhr abends ausgestrahlt? Nach der jugendfreien Sendezeit? Sie wagte nicht, danach zu fragen. Sie war sich nicht sicher, ob sie die

Antwort wissen wollte. Ihr blieb keine andere Wahl, als abzuwarten, sich die Sendung anzusehen und danach vor Scham zu sterben.

Anna stellte ihren Kelch ab. Sie wollte Vladimirs Gastfreundschaft nicht überstrapazieren.

»Na ja, vielen Dank für dieses wundervolle Kleid.«

»Mein Wagen wird Sie am nächsten Samstagabend um Viertel vor neun abholen.« Er küsste ihr die Hand. Sie hielt sie auf der ganzen Fahrt nachhause umklammert. Nicht einmal der Anblick des Tangas, den Tony ihr geschenkt hatte, konnte sie auf den Boden der Tatsachen zurückholen. Dort würde sie noch früh genug wieder landen. *Aber bitte, Gott, lass mich nur noch eine Woche auf dieser Wolke sieben schweben!*

Neunundsechzigstes Kapitel

Dawn war froh, dass niemand sie begleiten wollte, als sie am Sonntagnachmittag zum Altersheim fuhr, um Tante Charlotte zu besuchen. Ihr Versprechen, der alten Dame das Foto von ihrem Brautkleid zu zeigen, war die ideale Ausrede, um sich vor dem großen Lammbraten-Essen mit ihren künftigen Verwandten zu drücken – und vor den beängstigenden Anspielungen darauf, was sie an ihrem gefürchteten Junggesellinnenabschied erwartete. Denise war am Tag zuvor mit ein paar riesigen aufblasbaren Pimmeln zu ihr gekommen, und Demi wollte ein paar T-Shirts bedrucken lassen.

»Ich bekomme sie billig von Empty Head«, erklärte sie stolz. »Sie kosten dich nur vierzig Pfund, Dawn.« Das »Dich« entging Dawn nicht.

Dawn wollte nicht vierzig Pfund für T-Shirts für einen Haufen fremder Leute ausgeben, die garantiert mit irgendwelchen unfeinen und peinlichen Sprüchen bedruckt sein würden. Aber dann stellte sie sich Demis Miene vor, wenn sie ihr das laut sagte – eine Miene, die sich in null Komma nichts auch auf Denise' und Muriels Gesichtern spiegeln würde. Sie öffnete ihr Portmonee und reichte ihr zwei Zwanzigpfundscheine.

»Ganz schön frech von dir, sie um das Geld dafür anzuhauen, wo du sie doch bestellt hast«, sagte Denise.

»Na ja, sie bezahlt's doch eh von dem Geld, das Tante Charlotte ihr gegeben hat, oder?«, gab Demi zurück, als sei Dawn gar nicht anwesend.

»Ja, ich nehm's an.« Denise sah Dawn mit hoffnungsvoll hochgezogenen Augenbrauen an.

»Äh, bin ich dir irgendwas schuldig, Denise? Für die aufblasbaren, äh … Dinger.« Dawn hasste sich selbst dafür, hasste ihre

Schwäche, hasste die Tatsache, dass sie sich von den Crookes offenbar umso weiter entfernte, je näher sie ihnen stand.

»Vierzig Pfund werden alles abdecken«, sagte Denise.

»Kann ich dir zehn schuldig bleiben? Ich habe nur noch dreißig in meinem Portmonee.«

»Na klar.« Denise strahlte wie jemand, der eben ein Bombengeschäft gemacht hat.

Im Altersheim trat Dawn an den Empfang und fragte die Frau hinter dem Tresen, ob sie Charlotte Sadler besuchen könne. Die Frau lächelte fast mitleidig, als Dawn erklärte, wer sie war und warum sie hier war.

»Sie ist im Augenblick sehr schwach und verwirrt«, sagte sie. »Es wird ein sehr einseitiges Gespräch werden, fürchte ich.«

»Aber als ich sie das letzte Mal besucht habe, war sie doch noch so gesund und munter«, sagte Dawn.

»So kommt es eben manchmal, Liebes. Es kann so schnell gehen.« Sie kam hinter dem Tresen hervor und bat Dawn, ihr zu Charlottes Zimmer zu folgen.

»Ich werde nicht lange bleiben«, versprach Dawn, während sie ihr den mit Teppich ausgelegten Korridor hinunterfolgte, »aber ich habe ihr versprochen, sie zu besuchen.«

Die alte Dame war völlig verändert seit Dawns letztem Besuch. Sie saß halb aufrecht im Bett, von vielen dicken Kissen gestützt, ihr langes Haar fiel ihr jetzt in gespenstischen weißen Strähnen um die Schultern, und sie hatte sichtlich abgenommen. Ihre Knochen sahen so zerbrechlich aus wie die eines Kükens, und sie ruhte sich aus, mit offenem, zahnlosem Mund, die Wangen hohl und eingefallen.

»Charlotte, meine Liebe«, sagte die Frau leise und tätschelte ihre Hand. »Charlotte, Sie haben Besuch.«

Die Augen der alten Dame gingen flackernd auf. In ihnen lag kein Zeichen eines Erkennens. Sie huschten über Dawn hinweg, als wäre sie nur ein Möbelstück im Zimmer.

»Setzen Sie sich für eine Weile zu ihr«, sagte die Frau auf dem Weg zur Tür. »Kann ich Ihnen einen Kaffee oder Tee bringen?«

»Einen Kaffee, gern.« Dawn setzte sich an Charlottes Bett. »Mit Milch und einem halben Stück Zucker, wenn es keine Umstände macht.«

»Überhaupt nicht, Liebes«, sagte die Frau. »Heißes Wasser steht hier immer bereit!«

Dawn musterte die alte Dame. Sie schien schwer zu atmen, und sie sah so viel älter aus als noch beim letzten Mal.

»Hallo, Tante Charlotte«, sagte Dawn leise. »Erinnern Sie sich noch an mich? Ich bin Dawn. Ich werde Calum heiraten, Ihren Großneffen. Wir haben Sie vor ein paar Wochen hier besucht. Sie wollten ein Bild von meinem Brautkleid sehen. Bei meiner letzten Anprobe habe ich eines für Sie machen lassen, damit Sie sehen können, wie ich aussehen werde.«

Charlottes Augen wanderten zurück zu Dawn, und sie nickte fast unmerklich. Dawn öffnete ihre Handtasche und entnahm ihr das Foto.

»Es ist so hübsch«, fuhr Dawn fort. »Es ist elfenbeinfarben mit winzigen pfirsichfarbenen Rosen am Ausschnitt, einem V an der Taille und einem großen, ausladenden Rock. Möchten Sie es gern sehen?« Sie hielt Charlotte das Foto hin. Zu Dawns Freude blieb der Blick der alten Dame auf dem Bild hängen, und dann streckte sie die Hände danach aus.

»Ich wollte Sie nicht enttäuschen, nachdem ich doch versproch…«

»Sie sehen sehr glücklich aus«, sagte Charlotte mit einer kratzigen Stimme. »Ihre Stiefel gefallen mir.«

Wie schade, dachte Dawn. Sie konnte es nicht wirklich sehen.

»Wer ist denn dieser Mann?«

»Welcher Mann, Liebes?«, fragte Dawn.

»Dieser Mann da mit dem Hut.«

»Oh, äh …« Natürlich war da kein Mann. Dawn dachte sich spontan etwas aus, um die alte Dame nicht noch mehr zu verwirren.

»Das ist der Mann, dem das Bekleidungsgeschäft gehört«, sagte sie.

Tante Charlotte ließ das Foto fallen. Als Dawn eine Hand ausstreckte, um es aufzuheben, sagte Charlotte mit einer Stimme, die fest und schwer von Tränen war: »Oh, Dee Dee, was tust du da? Wir wollen doch nur, dass du glücklich bist.« Die linke Hand der alten Dame fiel auf Dawns und drückte sie mit einer Kraft, die Dawn einer solch gebrechlichen Frau nicht zugetraut hätte. Dann schien das Licht in ihren Augen zu verblassen, und sie schloss sie mit einem erschöpften Seufzer. Sie war wieder eingenickt, als die Frau mit dem Kaffee wiederkam.

»Haben Sie es ihr zeigen können?«, fragte sie.

»So halb«, sagte Dawn, während ihr Gedanken und Erinnerungen wild durch den Kopf schossen. *Ich muss mich verhört haben. Sie hat mich Dee Dee genannt?* »Sie hat mir gesagt, sie wolle, dass ich glücklich bin.«

»Aber sie hat doch sicher nicht gesprochen, oder?«, sagte die Frau leicht ungläubig. »Sie spricht jetzt schon seit einer ganzen Weile nicht mehr.«

»Es war so seltsam … sie hat mich Dee Dee genannt …«, *Mum und Dad haben mich immer Dee Dee genannt,* »… und dann hat sie meine Hand ergriffen …«

Dawns Stimme verlor sich. Es war offensichtlich, dass die Frau sie für verrückt hielt.

»Na ja, wenn sie das getan hat, dann ist das doch sehr schön«, sagte sie dennoch mitfühlend. Manche Leute sahen eben, was sie sehen wollten, das hatte sie schon oft erlebt, vor allem an diesem Ort.

Dawn leerte ihren Kaffee mit zwei Schlucken. Er war lauwarm, so viel Milch war darin gewesen. Sie drückte Tante Charlotte einen sanften Kuss auf die Wange. Ihr Atem ging so flach, dass sich ihre Brust kaum hob und senkte, während sie schlief, und Dawn fragte sich, ob sie die alte Dame überhaupt noch einmal lebend sehen würde. Sie war so froh, dass sie sie besucht hatte, wie sie es versprochen hatte, aber was Charlotte gesagt hatte, hatte sie so erschüttert, dass sie an der frischen Luft ein paarmal tief durchatmen musste, bevor sie es wagen konnte, nachhause zu fahren. Sie wünschte, sie hätte dieses Foto so sehen können, wie Charlotte es gesehen hatte. *Und Dee Dee? Wie überaus seltsam.*

Siebzigstes Kapitel

»Und, gab's wieder ein paar Geschenke vor deiner Tür?«, fragte Christie Anna gleich als Erstes am Montagmorgen.

»Einen Tanga«, erwiderte Anna tonlos.

»Was führt dieser Mann bloß im Schilde?«, sagte Grace. Beziehungen! Hatte überhaupt jemand eine glückliche Geschichte zu erzählen, abgesehen von der jungen Raychel, die mit ihrem Ben offenbar ein echtes Traumpaar war?

»Was will er denn damit sagen, dass er dir einen Tanga vor die Tür legt?«, fragte Raychel.

»Weiß der Geier«, sagte Anna. »Ich verstehe sowieso nicht, wie jemand so einen Tanga tragen kann. Der verhüllt ja nun wirklich gar nichts.«

»Ich denke, genau das ist die Absicht«, lächelte Christie. »Wie sexuell freizügig!«

»Was meinst du, was er dir nächste Woche dalassen wird?«, fragte Dawn. »Vielleicht sich selbst? Nackt auf der Türmatte?«

»Keine Ahnung«, sagte Anna. »Offenbar ist er noch immer mit dieser Tussi zusammen, die keinen Arsch in der Hose hat, aber falls er nächstes Wochenende wirklich persönlich auftauchen sollte, wird er feststellen, dass ich zu beschäftigt bin, um beeindruckt zu sein.«

»Wieso das denn?«, fragte Grace.

»Na ja«, begann Anna, »wenn ich das Land nicht fluchtartig verlassen habe, weil die Sendung am Donnerstag ausgestrahlt wird, werde ich bei Vladimir Darq auf einem Vollmondball sein. Ihr seht, die Woche wird eine echt actionreiche Achterbahn werden.« Dann erzählte sie ihnen alles über das Kleid, das er für sie gemacht hatte.

»Wow!«, sagte Dawn. »So viel Aufmerksamkeit von einem Mann!«

»Warum kriegt man eigentlich so viel Aufmerksamkeit von einem Mann, mit dem man gar nicht geht und den man nach dem nächsten Wochenende nie mehr wiedersehen wird, aber absolut keine von dem, mit dem man zusammenleben sollte? Wie passt das denn zusammen?«, murmelte Anna.

»Weil du mit dem falschen Mann zusammen bist, deswegen«, sagte Christie. »Mein Mann hat mich wie eine Königin behandelt. Ich war überglücklich an jedem Tag, den ich mit ihm hatte.«

Werde ich mich eines Tages so auch mit Calum fühlen?, dachte Dawn. Werde ich seinetwegen auch so verträumt blicken? Aber sie wusste die Antwort bereits, warum schleppte sie sonst diesen Zettel mit der Telefonnummer eines Gitarristen immer und überall mit sich herum? Sie bot an, für alle Kaffee zu holen, bevor ihr Kopf sie mit noch mehr Fragen bombardierte und völlig um den Verstand brachte.

An diesem Nachmittag saß Christie mit den Abteilungsleitern in einer Besprechung. James McAskill war ebenfalls anwesend und nahm seinen Platz neben Christie ein. Auf der anderen Seite des Tischs sah Malcolm, wie James' Augen aufleuchteten, als er mit ihr redete. Er sah, wie Christies Hand seine berührte, während sie ein paar private Worte mit ihm wechselte, bevor die Besprechung begann. Und als sie schließlich anfing, hörte er, wie James McAskill ihnen allen sagte, wie stolz er auf sein Flaggschiff-Programm sei und wie gut es sich unter der Leitung von Mrs. Somers entwickelte. Er hörte Christies Präsentation darüber, wie das Programm immer größer wurde, ihre Beispiele für ein paar der nützlichsten Ideen, die sie bekommen hatte – vor allem für ein neues Programm, die Absatzzahlen zu verarbeiten, das ein Manager der Filiale in Rothwell selbst entwickelt hatte. Sie beeindruckte alle mit ihrer Vortragsweise und ihrer Begeisterung. Dann war Malcolm an der Reihe, einen einschläfernden Vortrag über den Zustand der Käse-Abteilung zu halten, bei dem er versuchte, die enttäuschenden Zahlen zu beschönigen, und sein Bestes tat, um das unverhohlene Gähnen mehrerer Zuhörer zu ignorieren. Dann musste er sich ein paar aggressiven Fragen von McAskill stellen, und er stolperte und bluffte sich durch seine Antworten. McAskill stellte ihn wie einen Idioten hin. Alle am Tisch schienen sich zu freuen, dass er endlich die längst überfällige Standpauke bekam. Er hasste McAskill. Er hasste *sie*. Wenn die beiden keine Affäre hatten, dann war er selbst Tom Cruise. Vielleicht war es an der Zeit, dass Mrs. McAskill einmal erfuhr, was hinter ihrem Rücken los war. Er würde die beiden auffliegen lassen und sehen, ob sie dann immer noch so miteinander turtelten!

Einundsiebzigstes Kapitel

Am nächsten Tag, als sich Anna kurz vor Feierabend eben ausloggte, durchzuckte sie ein Gedanke und kam ihr mit der Geschwindigkeit – und Lautstärke – einer Concorde über die Lippen.

»Scheiße, ich habe keine Schuhe!«

»Ist dir klar, dass du das eben laut gesagt hast?«, fragte Dawn.

»Ich habe für Samstag keine Schuhe! Ich habe das Kleid, aber keine Schuhe! O Gott! Wie konnte ich bloß vergessen, dass ich mir dafür Schuhe kaufen muss?«

»Welche Größe hast du denn?«, fragte Christie.

»Achtunddreißig. So ein Mist! Woher soll ich denn jetzt noch passende Schuhe bekommen? Das Kleid ist dunkelblau! Und ich habe nur schwarze mit hohen Absätzen!«

»Aber das wird doch niemand sehen, wenn es ein langes Kleid ist«, sagte Raychel.

»Da werden mit Sicherheit alle möglichen todschicken Leute kommen. Denen wird es auffallen. Vladimir wird es auffallen. Mir wird es auffallen! Ihr könnt euch gar nicht vorstellen, wie hinreißend dieses Kleid ist, da will ich keine Schuhe tragen, die nicht dazu passen. Ich will mich von Kopf bis Fuß fantastisch fühlen, und ich will *ihn* nicht enttäuschen! O verdammt! Ich werde zur Meadowhall fahren müssen, aber ich weiß schon jetzt, dass ich da nichts finden werde, denn das tut man ja nie, wenn man unbedingt etwas braucht!«

Christie blieb die Ruhe selbst und fischte ihre Schlüssel aus ihrer Handtasche.

»Ich habe auch Größe achtunddreißig. Komm doch einfach mit zu mir nachhause, und ich suche dir etwas heraus. Schuhe habe ich in allen Farben, die man sich vorstellen kann. Oder noch besser …«

Sie dachte einen Moment nach, dann nickte sie. »Ja, machen wir uns doch alle einen gemütlichen Frauenabend bei mir zuhause. Wir können uns die Sendung mit dir zusammen ansehen, Anna.«

»Oh, das klingt wunderbar.« Raychel freute sich schon jetzt darauf.

»Ich bin mir nicht sicher, ob ich mich traue, sie mir mit Leuten anzusehen, die ich kenne.« Anna hielt sich die Hände vors Gesicht und stieß ein paar leise Flüche aus.

»Sei nicht albern.« Grace gab ihr zum Spaß einen leichten Klaps auf den Arm. »Wir können es kaum noch erwarten, sie zu sehen.«

»Am besten fahre ich gleich von der Arbeit aus zur Meadowhall«, seufzte Anna. »Danke für das Angebot mit den Schuhen, Christie, aber ich kann es nicht riskieren, das dem Zufall zu überlassen.«

»Du zerbrichst dir zu sehr den Kopf«, sagte Christie.

»O Gott, ich bin fix und fertig, ich weiß!«, stöhnte Anna.

»Stell dir einfach vor, dass ich deine gute Fee bin«, lächelte Christie. »Vertrau mir.«

Raychel öffnete Elizabeth, John und Ellis die Tür und bat sie herzlich herein. Ben hatte den kleinen Jungen so ins Herz geschlossen, er konnte wundervoll mit Kindern umgehen, und Raychel liebte es, »Tante Ray« genannt zu werden. Sie verscheuchte den Gedanken, dass sie selbst nie Kinder haben würde.

»Nur zur Warnung, es könnte sein, dass du bald wieder einen Brief von deiner Mutter bekommst«, sagte Elizabeth, während sie hinter Raychel in die Küche trat. Ben krabbelte bereits auf allen vieren mit Ellis auf seinem Rücken über den Boden und stieß wiehernde Laute aus. »Es ist alles gut, keine Sorge«, beschwichtigte Elizabeth sie. »Ich habe ihr einen Brief geschrieben. Ich habe es so hingestellt, als ob er von dir wäre. Ich habe sie gefragt, ob ich – *du* – sie am nächsten Sonntag um zwölf besuchen könnte. Mehr habe ich nicht geschrieben, und ich habe mit *Lorraine* unterzeichnet. Wenn eine Antwort kommt, gib sie am besten gleich mir.«

»Danke«, war alles, was Raychel sagte, und alles, was sie sagen musste.

Mr. Williamson, Annas Nachbar mit dem grauen Star, brachte ihr ein Paket, kaum dass sie von der Meadowhall zurück war. Wie sie befürchtet hatte, hatte sie die ganze Meadowhall abgeklappert und absolut nichts in irgendeinem Blauton gefunden. Die Farbe war offenbar »out«. Bis Designer wie Vladimir Darq sie zum neuen Schwarz erklärten.

»Ein Herr hat das hier vorhin für Sie abgegeben«, sagte Mr. Williamson. »Ich habe gesagt, ich würde es Ihnen geben.«

Tony? Anna nahm an, dass es wieder eine seiner Gesten war, die ihr, offen gestanden, allmählich auf den Geist gingen. Aber sobald Mr. Williamson es aus seiner altmodischen Einkaufstasche hervorholte, wusste sie, dass es von niemand anders als Vladimir Darq sein konnte. Sorgfältig in silbernes Seidenpapier verpackt war ein hinreißendes Fischbeinkorsett in demselben Blauton wie ihr Kleid, dazu ein passender Schlüpfer und eine hauchdünne blaue Strumpfhose. Das Korsett war mit winzigen blauen Perlen besetzt, jede einzelne von Hand aufgenäht. Warum hatte er sich diese Mühe gemacht, wenn es doch niemand sehen würde? In dieses Korsett war mehr Arbeit geflossen als in das Kleid – und schon in das Kleid war *viel* Arbeit geflossen. Ihr Herz begann auf eine Art zu hämmern, auf die es für Tonys Rose oder seinen Teller oder seine Ferrero Rochers nie gehämmert hatte.

Zweiundsiebzigstes Kapitel

Malcolm war die ganze Woche von gehässiger Vorfreude erfüllt gewesen, und es fiel ihm sehr schwer, sie im Zaum zu halten. Aber erst am Donnerstagmorgen sah es so aus, als würde das Süppchen, das er mit seinem anonymen Brief an Diana McAskill angesetzt hatte, den Siedepunkt erreichen. Er bekam kaum noch Luft vor Aufregung, als er die hochgewachsene, elegante Gestalt der Frau seines Chefs durch das Büro marschieren sah, vorbei an seinem Schreibtisch und genau auf den Platz zu, an dem dieses Biest Christie Somers saß. Er sah, wie Christie den Blick zu der Frau hob, die sie so offensichtlich mit ihrem Mann betrog, und er wartete darauf, dass Diana McAskill ihr dieses scheinheilige Lächeln aus dem Gesicht schlagen würde. Aber nein, dazu kam es nicht, leider. Diana neigte nur den Kopf und sagte irgendetwas zu Christie, die sich daraufhin erhob und Mrs. McAskill schweigend in einen der Konferenzräume folgte. Diana Mac, überlegte er jetzt, war eben zu klassisch für einen Zickenkrieg. Sie würde Somers unter vier Augen zur Schnecke machen.

Er wartete ein paar Minuten, bevor er sich wahllos eine Hand voll Unterlagen schnappte und entschlossen den Gang hinunterging, angeblich auf der Suche nach Christie. Was er durch die Glasscheibe der Tür zum Konferenzraum sah, war, gelinde gesagt, enttäuschend. Diana McAskill war sichtlich bestürzt, und Christie tröstete sie. Aber seine Stimmung hellte sich auf, als ihm der Gedanke durch den Kopf schoss, dass Christie ihr vielleicht die Affäre beichtete, die sie mit dem großen McAskill hatte, und dass das der Grund dafür war, weshalb seine arme Frau so weinte.

»Kann ich Ihnen vielleicht helfen?«, lenkte Grace seine Aufmerksamkeit von dem Geschehen hinter der Glasscheibe ab.

»Oh, äh, ich wollte Christie nur rasch das hier geben.«

»Ich werde dafür sorgen, dass sie es bekommt.« Grace streckte die Hände danach aus. Malcolm umklammerte seine Unterlagen fester. Er hatte keine Ahnung, was er da überhaupt in die Hand genommen hatte.

»Ach, schon gut, ich komme später nochmal wieder.«

Er warf einen letzten verstohlenen Blick durch die Scheibe. Christie reichte Mrs. McAskill ein Taschentuch. Er konnte es nicht erwarten, die weitere Entwicklung zu sehen. Er hielt es kaum noch aus an seinem Schreibtisch vor lauter Neugier, was da los war.

Aber zehn Minuten später kam Mrs. McAskill, jetzt wieder so gelassen und gefasst wie immer, mit Christie an seinem Schreibtisch vorbei. Zwischen den beiden Frauen war keine Feindseligkeit zu erkennen; sie plauderten sogar leise, wenn auch ernst, miteinander, während sie zusammen zum Aufzug gingen.

Natürlich war das alles nur Schau. Es konnte nur einen Grund geben, weshalb Diana Mac geweint hatte – weil sie herausgefunden hatte, dass ihr Mann vor ihrer Nase eine Geliebte vögelte. Diese Somers war einfach ein knallhartes Biest, das seine letzten Augenblicke der Gefasstheit genoss, bevor sein dreckiges Geheimnis wie Eiter aus ihm hervorquellen würde.

Malcolm lächelte, so sehr in seine Betrachtungen darüber vertieft, wie die Gerüchteküche demnächst brodeln und ihren Dreck durch die Luft wirbeln würde, dass er Christie gar nicht kommen sah, bis sie sich genau über seinen Schreibtisch beugte und ihren Kopf weitaus tiefer in seine Privatsphäre steckte, als ihm lieb war.

»Sie wollten mir ein paar Unterlagen geben?«, sagte sie bissig.

»Oh … äh … schon gut, ich glaube, das hat sich erledigt«, sagte er, auf kaltem Fuß erwischt.

Christie rührte sich nicht von der Stelle. Sie baute sich immer noch vor ihm auf, und dann zeigte sich ein grimmiges Lächeln auf ihren Lippen.

»Nun, ich kann nicht beweisen, dass Sie der geheimnisvolle Verfasser dieses anonymen Briefs sind«, begann sie langsam in einem bedrohlichen Ton, »aber wir wissen beide, dass Sie es sind. Wir wissen *alle*, dass Sie es sind.«

Abstreiten, abstreiten, abstreiten, dachte Malcolm. Sie kann dir gar nichts beweisen. Aber es beunruhigte ihn doch, dass er so leicht als der Anstifter zu durchschauen war, und erst recht, dass sie McAskill gegenüber etwas in der Richtung erwähnen könnte. *Aber sie weiß es nicht, sie hat nur einen Verdacht.*

»Ich weiß nicht, wovon Sie reden ...«

»Ach, lassen Sie doch den Scheiß, Malcolm«, fauchte Christie. »Diesmal haben Sie die Grenze wirklich überschritten. Sie haben keine Ahnung, was Sie da angerichtet haben.«

»Ich habe gar nichts angerichtet.« Malcolm hüstelte ein bisschen, um das verräterische Beben seiner Stimme zu überspielen, aber sie hatte sich schon beim zweiten Wort von ihm abgewandt. Ihr unerschütterliches Auftreten stand in einem krassen Gegensatz zu seinem. Er war sich sicher, dass man sein Herzflattern bis ins Regionalbüro in London hören konnte.

»Was zum Teufel war das denn eben?«, fragte Dawn. »Alles in Ordnung, Christie?«

»Alles bestens«, sagte Christie mühsam beherrscht. »Aber Diana McAskill hat offenbar einen anonymen Brief bekommen, in dem behauptet wird, ich hätte eine Affäre mit ihrem Mann.«

»Malcolm?«, sagte Grace.

»Komisch, dass jeder sofort an ihn denkt, oder?«, sagte Christie. »Seine Körpersprache sagt mir, dass er in die Sache verstrickt ist. Alle Anzeichen waren da, und das waren nicht wenige. Gott, ich würde ihn am liebsten an einen Lügendetektor anschließen.«

»Er ist hierhergekommen, um ein bisschen herumzuschnüffeln, als ihr beide im Konferenzraum wart«, sagte Dawn. »Er hat ständig zu euch hinübergeschielt, um zu sehen, was da los ist.«

»Aber warum sollte er etwas so Abscheuliches tun?«, fragte Raychel.

»Vielleicht weil er Malcolm heißt und ein Arschloch ist?«, schlug Anna vor.

Das war ein Grund, den niemand infrage stellte, auch wenn nur Christie wusste, was für ein Arschloch er in diesem Fall wirklich gewesen war. Indem er diesen Brief an Diana aufgegeben hatte, hatte er praktisch sein eigenes Todesurteil unterzeichnet.

Dreiundsiebzigstes Kapitel

Dein Haus ist wirklich wundervoll, Christie«, sagte Dawn an diesem Abend, während sie sich den letzten Bissen Pasta in den Mund steckte. »Ich will ja nicht herumschnüffeln und mir alles so genau ansehen, aber ich kann den Blick einfach nicht von deinen Sachen abwenden.«

»Dad hatte Glück, dass die Vorbesitzer nicht alle ursprünglichen Stuckleisten und Deckenrosetten abgeschlagen haben. So viele alte Häuser haben ihre ursprünglichen Details eingebüßt, nur wegen irgendwelcher modischer Launen.«

»Das heißt, du lebst hier schon lange?«

»Fast mein ganzes Leben«, sagte Christie. »Niki und ich sind hier aufgewachsen. Ich bin natürlich ausgezogen, als ich geheiratet habe, nur um wieder hier einzuziehen, nachdem ich zur Witwe geworden war.«

»Es ist schön, dass du dich mit deinem Bruder so gut verstehst«, sagte Anna. »Meine Schwester ist völlig durchgeknallt. Uns verbindet überhaupt nichts. Sie glaubt, dass Igel Götter sind, und raucht ›Kräuter‹.«

»Niki kommt mit allen Leuten gut aus«, sagte Christie liebevoll. »Er ist der entspannteste, geduldigste Mann, der mir je begegnet ist. Er hat sogar meinen Mann in den Schatten gestellt, und Peter war schon durch nichts aus der Ruhe zu bringen.«

»Und ein verdammt guter Koch ist er auch!«, sagte Anna, während sie seinen kulinarischen Beitrag zu diesem Abend beäugte, der in einer großen Schüssel darauf wartete, aufgetischt zu werden. Er hatte für sie alle ein »Böse-Mädchen-Trifle« als Dessert gemacht. Er war sehr alkoholisch, sehr schokoladig und sehr kalorienreich.

»Wollen wir den Kaffee vielleicht ein bisschen später trinken? Nachdem ich Anna ausstaffiert habe?«, schlug Christie augenzwinkernd vor. »Sie sieht nervös aus. Sie traut meinen Worten nicht, dass ich ihr Outfit abrunden kann.«

»Ich habe Barnsley und die ganze Meadowhall abgeklappert, und ich habe noch immer keine passenden Schuhe gefunden, könnt ihr euch das vorstellen?«, schniefte Anna.

»Kommt schon, ihr Kleingläubigen«, sagte Christie, erhob sich von ihrem Platz und ging nach oben.

Anna folgte ihr rasch. Sie wollte unbedingt sehen, was Christie für sie auf Lager hatte, auch wenn sie bezweifelte, dass sie ein passendes Paar für sie finden würden. Glück war einfach nicht Annas Sache.

Die anderen folgten, als Christie sie hochwinkte, und betraten Christies Schlafzimmer, das wie ein Miniatur-Landhauszimmer aussah, mit Eichentäfelung an den Wänden und einem großen, schweren Himmelbett mit Samtvorhängen, die an den Pfosten festgebunden waren. Christie öffnete eine Tür neben einem riesigen Kleiderschrank, hinter der sich ein weiterer höhlenartiger Raum mit Kleidern über Kleidern auftat – modernen und Vintage-Teilen, in allen Farben des Regenbogens und noch ein paar mehr. Es gab Schränke voller Handtaschen und Portmonees, Paschminaschals und Stolen, und Ständer über Ständer mit Schuhen.

»Du liebe Güte, wo ist Mr. Benn?«, sagte Anna.

Christie lachte. »Ich hatte schon immer eine Schwäche für Kleider. Einen Großteil davon habe ich von einer Tante geerbt, die einen Laden hatte. Und der Rest hat sich im Laufe der Jahre eben so angesammelt.«

»Großer Gott«, sagte Grace, während sie ein silbern schimmerndes Abendkleid hinter einer Glasscheibe betrachtete. »Trägst du davon überhaupt welche?«

»Früher schon«, sagte Christie. »Als Peter noch lebte. Wir sind oft auf Partys gegangen und haben viele Kreuzfahrten rund um die Welt unternommen. Damit will ich wieder anfangen, wenn ich so weit bin.« *Wenn ich so weit bin?*, fragte sich Grace. Was für eine riesige Lücke musste Peter Somers in ihr Leben gerissen haben, wenn sie so lange brauchte, um sich wieder zu fangen.

»Großer Gott, ich fasse es nicht!« Anna steuerte auf ein Paar lange, schmale blaue Schuhe auf einem Regal zu, in dem noch mindestens zwölf andere Paare in Dunkelblau standen. »Das kann doch nicht dieselbe Farbe sein, das wäre einfach zu unheimlich.« Sie zückte ein kleines Stück Stoff, das Vladimir dem Kleid beigefügt hatte, vermutlich als Muster, damit sie sich passende Accessoires dazu aussuchen konnte, und hielt es an den Schuh.

»Es passt genau. Ich fasse es nicht!«

»Nicht ganz«, sagte Christie. »Aber man müsste es schon mit einer Tausend-Watt-Birne anstrahlen, um den feinen Unterschied zu sehen.«

»Das war zu leicht, um wahr zu sein. Kneif mich mal, Raychel«, sagte Anna noch immer kopfschüttelnd. Sie lachte fast schon hysterisch auf. »Du bist einfach Wahnsinn, Christie Somers. Der reinste Wahnsinn.«

»Passen sie denn?«, fragte Christie.

»Wen juckt das denn?«, fragte Anna. »Entweder schneide ich mir die Zehen ab, oder ich stopfe ein bisschen Klopapier hinein. Sie *werden* passen.«

»Probier mal einen an«, sagte Raychel, die noch mehr den Atem anhielt als Anna.

Anna schlüpfte aus ihrem Schuh und in den blauen Stiletto. Er passte wie angegossen.

»Nein, das kann nicht wahr sein«, stöhnte Anna auf. »Kann ich mir die ausleihen, Christie?«

»Sag Nein, Christie. Das könnte witzig werden«, kicherte Dawn.

»Natürlich kannst du sie dir ausleihen, Dummerchen. Da muss auch noch irgendwo eine passende Handtasche sein. Ich habe mir nie Schuhe gekauft, ohne mir auch gleich die passende Handtasche zu schnappen. Ah, da ist sie ja.«

»Hier ist noch eine!« Raychel fand eine zweite in genau demselben Farbton tief unten auf einem der unzähligen Regale mit Handtaschen und Halstüchern. Sie war, genau wie die Schuhe, dunkelblau, mit glitzernden blauen Steinen auf der schweren Schnalle. Sie war leicht verstaubt, und sie rieb sie rasch an ihrem Knie ab.

Anna streckte begehrlich die Hände danach aus. Sie hielt sie ehrfürchtig hoch, dann ließ sie die Schnalle aufschnapppen. »Christie, bist du sicher? Sie ist noch unbenutzt. Sieh mal, da ist sogar noch das Preisschild dran. Ach nein, Augenblick, das ist kein Preisschild … da steht …« Auf einmal brach sie ab.

Christie streckte langsam die Hand nach der Tasche aus und las das handgeschriebene Schild.

Für dich, mein geliebtes Mädchen.

»Christie, alles okay mit dir?«, fragte Grace, als sie sah, wie sich Christies Miene mit einem Mal veränderte.

»Ja, ich …« Christie taumelte nach hinten gegen die Wand, und Grace stürzte auf sie zu.

»Großer Gott, Liebes, was ist denn?«

»Nichts, es geht mir gut.«

»Es geht dir nicht gut!« Anna trat rasch an ihre andere Seite, um sie zu stützen. »Dawn, bring den Stuhl her!«

Dawn schob den Stuhl hinter Christie, auf dem sie einen Sekundenbruchteil später zusammensackte. Sie rang um Fassung, während sie völlig ausdruckslos zu den vier Frauen hochsah, die sie besorgt und verwirrt ansahen, und dann brach sie in Tränen aus.

Sie schlossen den Kreis um sie wie Blütenblätter, die ihren kostbaren Mittelpunkt beschützen. Dann rannte Anna in Christies Badezimmer und schnappte sich genügend Toilettenpapier, um einen ganzen Wurf Labradorwelpen mit einem Taschentuch-Fetisch zu versorgen; Raychel lief los, um ein Glas Wasser zu holen, und Dawn suchte nach einem Flanelllappen, um ihn mit warmem Wasser zu tränken – ohne zu wissen, warum. Grace blieb bei Christie, die Arme um die Frau gelegt, die sie erst vor so kurzer Zeit in ihren schweren Stunden auf dieselbe Weise getröstet hatte. Christie schluchzte an ihrer Schulter. Und dann, wie ein Sommergewitter einen blauen Himmel verdunkelt und ebenso schnell aufhört, wie es gekommen ist, fing sich Christie wieder. Sie hob den Kopf, um diese vier rührenden Frauen anzusehen, die sie in so kurzer Zeit so lieb gewonnen hatte.

»Entschuldigung«, sagte Christie. »Er hat mir immer so viele Geschenke gemacht. Es tut mir leid, es war nur der Schock nach all den Jahren. Ich wusste gar nicht, dass er mir diese Tasche gekauft hatte. Ich habe sie noch nie gesehen.«

»Wie lieb von ihm«, sagte Dawn leise. »Er muss ein richtig netter Kerl gewesen sein.«

»Ich vermisse ihn so. Ich habe Jahre gebraucht, um wenigstens ein bisschen darüber hinwegzukommen. So jemanden wie ihn werde ich nie wieder finden. Auch wenn viele Leute denken, dass James McAskill mein Bett wärmt.«

»Dann sind sie eben dumm«, sagte Dawn entschieden. »Von uns denkt das keine.« Sie wusste, dass sie für sie alle sprach. »Auch wenn nicht zu übersehen ist, dass er dich mag. Und das sehen auch andere Leute und verstehen es völlig falsch.«

»James McAskill und ich kennen uns seit vierzig Jahren. Er war der sprichwörtliche Nachbarsjunge«, begann Christie mit einer Geste nach links. »Ich habe noch nie so kalte Leute wie seine Eltern erlebt: so negativ, so kritisch. Wenn er eine Eins in der Schule hatte, haben sie ihn gefragt, warum er keine Eins plus habe. Er hat immer mit Niki und mir gespielt, als wir klein waren. In diesem Haus hier, bei meiner Familie, hat er viel Wärme und Liebe erfahren. Er war, ist und wird immer einer meiner engsten Freunde sein. Er *und* Diana natürlich, die ich wie eine Schwester liebe. Das ist die schlichte Wahrheit. Es sind einfach wundervolle Leute. Als Peter starb, da waren es James und Diana – und Niki natürlich –, die verhindert haben, dass ich ihm gefolgt bin. Aber ihr sollt wissen, dass ich erst, seit ich angefangen habe, mit euch allen zusammenzuarbeiten, das Gefühl habe, wieder zu dieser Welt zu gehören.«

Grace sah auf die unzähligen Kleider rings um sie. Sie fragte sich, ob Christie Somers die Lücken dieses Verlusts in ihrem Herzen mit Shoppingtouren zu füllen versuchte. Diese Unmengen an Kleidern und Accessoires schienen eher eine Obsession als ein Hobby zu sein.

»Ich weiß, was du denkst, Grace. Ja, ich habe vor Trauer fast den

Verstand verloren. Und wenn ich mir dieses Zimmer hier ansehe, glaube ich, zum Teil habe ich das wirklich.«

»Ich denke überhaupt nicht, dass du den Verstand verloren hast«, sagte Raychel. Sie klang für ihr Alter sehr weise, als sie fortfuhr: »Man tut, was man tun muss, um stark zu bleiben und sein Leben weiterzuleben.«

Christie nickte langsam, zustimmend. »Ich hatte immer gehofft, dass Peter mir ein Zeichen schickt, um mir zu sagen, dass es ihm gut geht, aber das hat er nie getan. Ich habe so fest geglaubt, dass er es tun würde, habe mich an die Hoffnung geklammert, dass sein Geist weiterlebt. Das hätte mir sehr geholfen.«

»Ich weiß, mir ging es genauso. Aber ich glaube, dass das Leben eben weitergeht. Ich …«, begann Dawn, doch dann brach sie ab.

»Red weiter, Liebes, was wolltest du sagen?«, fragte Christie.

Dawn überlegte, ob sie es einfach abtun und nichts weiter sagen sollte. Dann sah sie die vier Frauen um sich herum an, und sie wusste, dass das, was sie im Begriff war zu sagen, nicht lächerlich gemacht oder durch den Schmutz gezogen werden würde. Egal, wie unbeholfen sie es ausdrückte.

»Ich habe euch das alles nie erzählt, da ich dachte, dann würdet ihr mich erst recht für durchgeknallt halten«, begann Dawn. »Aber als ich Calums Tante Charlotte in diesem Altersheim besucht habe, da hat sie auf einmal meine Hand genommen und gesagt: ›Wir wollen doch nur, dass du glücklich bist, Dee Dee.‹, und ihre Stimme klang gar nicht wie ihre eigene. Und das hat mich völlig umgehauen, denn wisst ihr … wisst ihr … meine Mum und mein Dad haben mich immer Dee Dee genannt. Das war ihr Kosename für mich. Ich weiß, es klingt völlig verrückt, aber es war, als ob sie mir eine Botschaft schicken wollten. Ich kann es nicht erklären, aber ich *weiß*, dass sie es waren.«

»Das muss so tröstlich gewesen sein.« Christie lächelte übers ganze Gesicht.

Dawn nickte. Aber sie sagte nichts davon, dass die Stimme, die aus Tante Charlotte sprach, auch gesagt hatte: *Was tust du da?*

»Ich habe noch nie geglaubt, dass mit dem Tod alles endet. Ich habe keinen Beweis dafür, ich glaube es einfach. Ich glaube, dass meine Mum und mein Dad ihre Ranch oben im Himmel haben und Dad auf seiner Strat spielt und Mum ihr Klavier hat und ich eines Tages dort oben wieder bei ihnen sein werde.« Dawn zwang die Tränen zurück in ihre Augen. »Dass du diese Tasche gefunden hast, ist vielleicht das Zeichen, auf das du gewartet hast, Christie.«

»Ihr seid alle so lieb«, sagte Christie. »Danke, dass ihr so nett zu mir seid. Das, was mich mit den McAskills verbindet, ist etwas sehr Kostbares, das durch nichts zu erschüttern ist. Und deswegen können Leute wie Malcolm Spatchcock uns auch gar nichts anhaben. Was er getan hat, um unsere Beziehung in den Schmutz zu ziehen, war unverzeihlich.«

»Dieser orangegesichtige Dreckskerl«, knurrte Anna.

»Diana hat es natürlich nicht eine Sekunde geglaubt. Sie ist zu mir gekommen, um mich zu warnen, dass es Tratsch gibt. Sie dachte, wenn man uns beide so vertraulich miteinander sieht, dann könnte das Gerücht damit im Keim erstickt werden. Aber es gibt natürlich keinen echten Beweis dafür, dass Malcolm diesen Brief geschrieben hat, und James kann ihn ja nicht vom bloßen Hörensagen feuern. Dafür ist er viel zu fair.«

»Er wird schon noch die Quittung dafür kriegen«, sagte Dawn.

»So läuft das Leben nicht immer, leider«, sagte Grace. »Schön wär's.«

Christie kochte eine große Kanne Kaffee, und dann setzten sich die fünf Frauen in ihr Wohnzimmer und zählten die Sekunden bis zum Beginn der Sendung. Anna umklammerte die Tüte mit der Handtasche und den Schuhen, als könnte sie ihr Halt geben.

»Nervös?«, fragte Dawn.

»Ich könnte eine große Menge Beruhigungsmittel gebrauchen«, entgegnete Anna in dem Augenblick, als ein Werbespot eingeblendet wurde, in dem es hieß: »*Janes Damen* wird Ihnen präsentiert von Treffé-Pralinen.«

Dawn packte Annas rechte Hand, und Grace ihre linke, als sie aufschrie: »O mein GOTT!«

»*Hi, ich bin Jane Cleve-Jones mit* Janes Damen, *und heute Abend werde ich ins sonnige Barnsley in Süd-Yorkshire fahren, um eine vierzigjährige Angestellte einer Backwaren-Abteilung zu treffen, Anna Brightside, die glaubt, dass ihr Spiegelbild ihr Feind ist. Wir haben fünf Wochen Zeit, um ihr inneres Mojo ausfindig zu machen und auf einem Foto festzuhalten, um ihr zu beweisen, dass es existiert!*«

Ein Bild einer lächelnden Anna in einem biederen, bequemen Jerseypullover mit Rundausschnitt erschien auf dem Bildschirm. Der *sofort* im Mülleimer landen würde, wenn sie nachhause kam.

»*Anna ist nicht nur vierzig – sie fühlt sich auch fett, verstaubt und vergessen. Wird der internationale Damenwäsche-Designer Vladimir Darq dafür sorgen können, dass sich unsere Anna stattdessen flott, fabelhaft und fantastisch fühlt?*«

»Ich kann gar nicht hinsehen!«, schrie Anna.

»Doch, das kannst du, mach die Augen auf, du Feigling!«, verlangte Grace.

»O mein Gott, ich wusste gar nicht, dass ich da schon gefilmt wurde!« Anna hätte sich am liebsten die Hände vor die Augen gehalten, aber die anderen Frauen hatten sie auf beiden Seiten zu fest im Griff. Da saß sie in einem Morgenmantel und redete mit Jane, während Maria ihr ganzes Make-up entfernte. Und sie hatte gedacht, die Kamera sei ausgeschaltet!

»*Als mein Partner mich verlassen hat, bin ich völlig zusammengebrochen. Ich fühle mich so alt und aufgedunsen, und ich kann mich einfach nicht aufraffen, irgendetwas an mir zu ändern. Entschuldigung.*« Und dann brach Anna auf dem Bildschirm in Tränen aus. Sie spürte, wie ihre Kolleginnen ihr mitfühlend die Hände drückten.

Dann kam eine Kurzbiografie von Vladimir mit einer sehr stimmungsvollen Aufnahme von ihm in seinem Haus, umgeben von seiner Damenwäsche-Kollektion.

»*Anna ist ein klassischer Fall einer Dame in Not, und ich bin hier, um sie zu erretten, und alle anderen Frauen, die so sind wie sie. Wann werden Frauen endlich lernen, dass sie mit vierzig so selbstbewusst und schön sein sollen wie noch nie? Sie verstecken sich in hässlichen Kleidern und der größten Modesünde von allen:* Minimizer-BHs! *Aber mit der richtigen Unterwäsche kann eine Frau umwerfend aussehen!«*

Dann erschien ein Bild von Anna in dem roten Samtkleid auf dem Bildschirm.

»Wow!«, ertönte ein Chor zu beiden Seiten von ihr.

»Aber sehen wir uns erst einmal an, was Anna eigentlich so schlimm an sich findet.«

»Aargh!«, kreischte Anna auf, als sie sah, wie sie sich bis auf die Unterwäsche entkleidete und vor dem Spiegel stand und eine Liste durchging: dass ihre Brüste zu groß waren, ihr Bauch nicht flach genug, ihre Hüften zu breit, ihre Beine nicht lang genug, bla bla bla …

»Siehst du etwa einen anderen Körper als wir alle?«, fragte Christie kopfschüttelnd.

Anna betrachtete sich im Fernsehen, und zu ihrer Verblüffung sah sie, obwohl die Kamera sie angeblich drei Kilo schwerer machte, gar nicht so schlimm aus, wie sie erwartet hatte. Trotz dieser grauenhaften Unterwäsche, die Vladimir auf dem Bildschirm in der Luft zerriss (nicht wörtlich – leider, dachte sie).

»Dieser BH ist zu eng und gibt Ihnen gar keinen Halt.«

»Er ist bequem«, gab Anna zurück.

»Wie kann er das denn sein?«, entgegnete Vladimir streng. *»Er gräbt Furchen in Ihre Schultern. Und dieser Schlüpfer!* La Naiba! *Ziehen Sie ihn aus und werfen Sie ihn weg! Gute Unterwäsche kann mehr für eine Figur tun als eine Extrem-OP!«*

Dann sah man Anna in ein paar ihrer abscheulichen Kleider in ihrem Schlafzimmer, mit Vladimir Darqs Stimme aus dem Off.

»Anna ist eine schöne, sinnliche Frau, und ich wünschte, sie könnte sich mit meinen Augen sehen.«

Vier Paar Augenbrauen wurden vor Anna hochgezogen.

»Frauen ohne Selbstwertgefühl zerbrechen sich zu sehr den Kopf darüber, was andere Leute von ihnen halten. Ich will, dass Anna sich sexy fühlt, denn sie ist sexy. Sehen Sie sich ihre wunderschöne reine Haut an, ihre Augen, ihre Haare, ihre Wangenknochen, ihre fantastischen

Brüste – und das Einzige, was sie sehen kann, ist ihr Bauch. Sie glaubt, dass sie nur aus einem dicken Bauch besteht – was für ein Jammer!«

Kurz vor der Werbepause sah man Vladimir, wie er auf Anna einredete, sie solle aufrecht stehen. Er bellte sie auf Rumänisch an. Jedes Mal, wenn er sie losließ, sackte sie wieder in sich zusammen. Er sah aus, als würde er jeden Augenblick entnervt den Kopf gegen die Wand schlagen.

Dann kam die Werbung. Christie drückte Anna einen Brandy in ihre zitternden Hände, als Grace und Dawn ihren Griff lockerten.

»Danke, das brauche ich jetzt.« Anna nahm einen kräftigen Schluck und spürte, wie er ihr in der Kehle brannte.

»Ich weiß nicht, warum, aber du siehst selbst in abscheulicher Unterwäsche und ohne Make-up fantastisch aus«, sagte Dawn. »Aber die Klamotten würde ich in die Tonne werfen. Ich kann's kaum erwarten, dich wieder in diesem roten Kleid zu sehen.«

»Das ist noch gar nichts, verglichen mit dem blauen, das er für mich gemacht hat.« Anna kippte den letzten Rest Brandy. »Keine Ahnung, wie ich am Samstag meine Hände ruhig genug halten soll, um mich selbst schminken zu können.«

»Psst, es geht weiter!« Dawn machte es sich wieder auf den großen, weichen Kissen bequem. Sie amüsierte sich köstlich.

»Was Anna nicht weiß, ist, dass wir ein zwanzig Meter hohes Bild von ihr auf ein Gebäude in Leeds projiziert und Passanten auf der Straße gefragt haben, was sie von unserem Mädchen halten.«

»Seht euch diesen Typen an, der da auf die Kamera zuläuft – der sieht ja aus wie Gok Wan«, sagte Raychel.

»Und, was für eine Überraschung, ein gewisser Gentleman, der zurzeit hier oben dreht, kommt zufällig in diesem Augenblick vorbei.«

»O mein Gott, das *ist* Gok Wan!«, stöhnte Anna. Davon hatten sie ihr gar nichts gesagt!

»Und, Gok, was halten Sie von unserer entzückenden Rose von Yorkshire?«

»Sie ist fan-tas-tisch – sehen Sie sich diese weibliche Figur und diese Haare an! Ich muss sagen, Vladimir Darq ist einer meiner Lieblings-

designer aller Zeiten, und wenn einer diesem hinreißenden Mädchen das Gefühl geben kann, hinreißend zu sein, dann er!«

Anna war völlig verzückt, als Gok Wan ihr vom Bildschirm aus eine Kusshand zuwarf.

Dann war Anna wieder in Vladimirs Haus, und er versuchte, ihr in ein Korsett zu helfen, das vorn zugemacht wurde. Anna versuchte zu übernehmen, aber er schlug ihre Hand weg.

»Ihr seht aus wie ein altes Ehepaar«, kicherte Dawn.

Schön wär's, dachte Anna. Sie fragte sich, wie es wäre, mit jemandem wie Vladimir Darq verheiratet zu sein. Wie verbrachten Promis wie er eigentlich ihre Tage? Bügelten sie zur *Coronation Street*, und aßen sie wie normale Leute? Oder flog er von der New Yorker Modewoche zum Filmfestival von Venedig, nach einer kleinen Erfrischung im Caffè Florian? Sie konnte sich nicht vorstellen, je ein solches Leben zu führen. Nicht dass jemand wie Vladimir Darq eine Frau wie sie je ernsthaft an seiner Seite sehen würde.

»Annas Freundinnen, Christie, Grace, Dawn und Raychel, hoffen ebenfalls, dass Vladimir seinen Zauber spielen lassen kann.«

Anna erstarrte. Dort auf dem Bildschirm waren ihre Kolleginnen.

»*Anna ist absolut blind dafür, wie schön sie ist*«, sagte Christie. »*Sie ist eine umwerfende Frau, die nicht das Beste aus sich macht.*«

»*Wir finden, Anna ist fantastisch, und wir wollen sehen, wie ihr Selbstbewusstsein zur Höchstform aufläuft*«, nickte Raychel in die Kamera.

»*Sie muss begreifen, dass sie erst vierzig Jahre alt ist – sie ist noch ein Baby!*«, lächelte Grace.

»Wann zum Teufel ist das denn alles passiert?« Annas Kiefer war bis unter den Meeresspiegel heruntergeklappt.

»Ach, irgendwann mal nach der Arbeit«, strahlte Christie.

»Nicht zufällig, als ich nach diesem Boots-Magazin suchen sollte, oder?«

»Kann schon sein«, sagte Christie augenzwinkernd.

Vladimir stand jetzt bei Anna, die den ›Darqone‹ trug. Der Bildschirm war in zwei Hälften unterteilt und zeigte sie einmal in dem ›Darqone‹ und einmal in ihrer alten, abscheulichen Unterwäsche.

Danach trug sie ein schlichtes T-Shirt mit V-Ausschnitt über der guten und daneben der schlechten Unterwäsche.

»Ein Riesenunterschied.«

Vladimir und Jane redeten jetzt über die Verfügbarkeit und das Preissegment seiner Designs, während Maria Annas Gesicht fachmännisch betupfte.

»Wer ist das denn? Die sieht ja unheimlich aus.« Raychel zeigte auf die kleine, weißhaarige Frau mit dem zornigen Gesichtsausdruck.

»Das ist Maria, die rumänische Visagistin. Sie kann einem ganz schön Angst machen, aber Vlad schwört auf sie. Er hat darauf bestanden, dass die Programmmacher sie nehmen und nicht ihre eigenen Leute.«

Dann wurden Anna die Haare gemacht, und auf einmal knuffte Vlad Anna in die Schulter und befahl ihr, nicht einzuschlafen. Dawn kicherte.

»Das ist so witzig, Anna. Hast du dich eigentlich mal gefragt, ob Tony es sieht?«

Christie stieß sie hart mit dem Ellbogen in die Seite.

Dann stand Anna da, eine Hand in die Hüfte gestemmt, in einem wunderschönen roten Korsett und halterlosen Strümpfen. Nach einer Überblendung sah man sie in dem roten Kleid, in dem sie wie ein Fünfzigerjahre-Starlet mit einer umwerfend kurvenreichen Figur aussah. Leonid knipste wie wild drauflos, und Anna Brightside strahlte von einem Ohr zum anderen.

»Oh, wow, Anna!« Raychel hatte die Hände wie zum Gebet gefaltet. »Du siehst hinreißend aus.«

Anna sagte nichts. Vladimir hatte ihr nicht erlaubt, sich zu sehen. Sie hatte keine Ahnung gehabt, dass sie so aussah. Das war nicht sie, das *konnte* nicht sie sein. Diese Frau hier war Sex auf zwei Beinen. Diese Frau *war jemand, für den man hunderte winziger Perlen auf ein blaues Korsett nähte.*

»Die Darq-Seite-Damenwäsche wird vom 19. Juni an in der High Street erhältlich sein. Vladimir, haben Sie zum Schluss noch eine Botschaft für Anna und die selbst erklärten ›vergessenen Frauen‹ dort draußen?«

Vladimir Darq lächelte in die Kamera. Spitze Eckzähne waren zu sehen.

»*Es gibt dort draußen keine vergessenen Frauen, denn Vladimir Darq hat sie nicht vergessen. Und, Anna, ich hoffe, Sie sitzen jetzt mit Ihren Freundinnen und einem Glas blutroten Wein beisammen und sagen sich: ›Darq hatte recht, ich bin doch sexy.‹*«

Abspann und Musik.

Anna atmete einmal tief aus. Sie hatte das Gefühl, zum ersten Mal Luft zu holen, seit die Sendung begonnen hatte.

»Das war so umwerfend, Lady!« Christie umarmte sie fest.

»Ich kann gar nicht glauben, dass ihr das hinter meinem Rücken getan habt!«, sagte Anna. Sie war aufrichtig gerührt. Hatten sie sie wirklich so gern? Auf einmal wurden ihre Augen feucht, aber Dawn brachte sie wie aufs Stichwort zum Lachen.

»Ich habe so viel gequasselt«, sagte sie, »aber ich glaube, sie haben meine Beiträge alle rausgeschnitten.«

»Ich frage mich, warum!« Christie knuffte sie wieder in die Seite, aber diesmal liebevoll.

»Kann ich mich morgen denn überhaupt aus dem Haus wagen?«, fragte Anna, während sie ihren Schlummertrunk, eine Tasse Kaffee mit einem Schuss Brandy, entgegennahm.

»Aber mit hoch erhobenem Kopf, Mädchen«, grinste Christie.

Vierundsiebzigstes Kapitel

Als Anna am nächsten Morgen den Bahnsteig betrat, fühlte sie sich wie mit einem Leuchtmarkierstift angemalt. War hier immer so viel Trubel? Musterte diese Pendlerin mit den Riesenbrüsten und dem schwarzen Mantel sie wirklich so gebannt? Sie spürte, wie ihr die Röte in die Wangen schoss. Typisch, dass der verdammte Zug ausgerechnet heute Verspätung haben musste. Sollte sie vielleicht diese riesige Jackie-O-Sonnenbrille aufsetzen, die sie eingesteckt hatte, um anonym bleiben zu können, oder würde sie damit erst recht Aufmerksamkeit erregen?

Sie nahm sich ein kostenloses *Metro*-Magazin, schlug es auf und verbarg ihr Gesicht dahinter.

»Entschuldigen Sie«, sagte der schwarze Mantel. »Waren Sie gestern nicht in *Janes Damen* zu sehen?«

Sie hätte es ruhig ein bisschen leiser sagen können, dachte Anna. Ein paar Leute wandten sich um und sahen sie etwas zu lange an.

»Äh … ja, das war ich«, lächelte Anna verlegen.

Der schwarze Mantel verzog den Mund zu einem breiten Grinsen. »Hab ich's mir doch gedacht. Ich habe Sie sofort erkannt. Ich wollte nur sagen, ich fand, Sie waren fabelhaft. Ich werde mir heute in der Mittagspause gleich einen dieser Darq-Bodyshaper kaufen. Sie haben mich wirklich überzeugt.«

»Danke, vielen Dank«, sagte Anna verblüfft. Sie spürte, wie ein paar Leute sie anstarrten, aber Anna Brightside kämpfte gegen den gewohnten Drang an, sich einfach einzuigeln. Sie stellte sich vor, wie Vladimir Darq hinter ihr stand und ihre Schultern durchdrückte. Sie reckte die Brust vor, hob das Kinn und lächelte.

»Und, freust du dich schon auf deinen Junggesellinnenabschied?«, fragte Raychel später in der Rising Sun, obwohl die Antwort an

Dawns entsetzter Miene deutlich abzulesen war. Ihr graute bei dem Gedanken, was am nächsten Abend los sein würde.

Und daher glaubte ihr auch niemand, als sie sagte: »Ja, ich habe mich allmählich an den Gedanken gewöhnt. Es wird bestimmt lustig werden.«

»Wohin fahrt ihr gleich wieder?«

»Blegthorpe-on-Sea. Wart ihr schon mal da?«

Niemand war je dort gewesen, bis auf Grace. Aber sie schüttelte mit allen anderen den Kopf, denn es wäre ihr sehr schwergefallen, Dawn davon zu überzeugen, dass sie in diesem gottverlassenen Nest einen wundervollen Abend verbringen würde.

»Der Gitarrist starrt schon wieder ständig herüber, wie üblich«, sagte Christie, während sie den Wein einschenkte.

Dawn spürte, wie sie errötete.

»Wir sind nur Freunde.«

»Ja, und ich bin Basil Brush«, sagte Anna. »Wirst du wenigstens mit ihm knutschen, bevor er nachhause fährt?«

»Anna!«, sagte Dawn mit jungfräulicher Empörung. »Ich hätte nicht gedacht, dass du so etwas sagst!«

Anna auch nicht, aber sie hatte ihr Mundwerk in letzter Zeit nicht mehr so gut im Griff, da sie nicht mehr wusste, wo ihr der Kopf stand zwischen einem Freund, der vielleicht zu ihr zurückkehren würde, und einem vampirhaften Damenwäsche-Designer, der durch ihre erotischen Träume spukte. Sie machte sich Sorgen um Dawn. Für sie war sonnenklar, dass Calum nicht der Richtige für sie war. An manchen Tagen, wenn Dawn zur Arbeit kam, sah sie aus, als würde die ganze Welt auf ihren Schultern lasten, überhaupt nicht so, wie eine aufgeregte künftige Braut aussehen sollte. Aber am Freitag war sie immer wie ausgewechselt und scheuchte sie alle zur Tür hinaus in Richtung Pub, mit einem breiten Grinsen im Gesicht. Und das nicht, weil sie so großen Durst auf Shiraz hatte.

»Dawn, die sexuelle Anspannung zwischen euch beiden könnte man nicht mal mit einer Texas-Kettensäge zerschneiden«, sagte Christie. »Wir sehen doch alle seit Wochen, wie sie sich aufbaut.

Du starrst ihn an, er starrt dich an. Was ist denn los mit euch beiden?«

»Nichts. Ehrlich. Das könnte ich nicht.« Dawn zuckte die Schultern. »Es wäre nicht richtig, egal, wie sehr …« Sie brach ab. Sie klang so traurig, dass keine der Frauen auf die Idee kam, sich wegen dieses unvollendeten Satzes einen Scherz zu erlauben.

»Ben küsst wundervoll«, warf Raychel schließlich ein.

»Ich bin schon lange nicht mehr geküsst worden«, lachte Grace leise.

»Vielleicht ist es an der Zeit, dass es mal jemand tut?«, sagte Christie mit einem schelmischen Augenzwinkern. Grace sah ihre Freundin mit zusammengekniffenen Augen an und schüttelte entnervt den Kopf.

Anna atmete hörbar aus. »Angeblich soll es ja richtig nett und romantisch sein, aber ich fand es eigentlich noch nie so toll – dieses Knutschen. Tony knutscht nicht gern.« Er hatte vielleicht ein bisschen mit ihr geknutscht, um möglichst rasch zur Sache zu kommen, aber danach hatte es ihn nicht mehr interessiert.

»Na ja, ich bin der festen Überzeugung, dass ein Kuss mehr verraten kann als alles andere«, sagte Christie. »Du«, wandte sie sich an Anna, »hast offenbar die falschen Männer geküsst. Und du«, und dabei zeigte sie mit einem Finger auf Dawn, »musst auf das hören, was dein Herz dir sagt. Mehr habe ich zu dem Thema nicht zu sagen.«

Nachdem die anderen gegangen waren, wartete Dawn an der Bar und sah der Band zu. Al Holly hob den Kopf und lächelte ihr zu, und das war für sie, als würde sie von der Sonne mit voller Kraft angestrahlt und fast zum Schmelzen gebracht. Sie dachte an Al Hollys Lippen, die sich auf ihre pressten, und so falsch es auch sein mochte, sie kämpfte nicht gegen die Fantasie an. Was hatte Christie gleich wieder gesagt – sie sollte auf ihr Herz hören? Sie konnte gar nicht anders, als auf ihr Herz zu hören, denn es schrie sie an und machte ihr Angst.

Als die Band fertig war, kam Al wie immer sofort zu ihr herüber.

»Hi«, sagte er.

»Hi, Partner«, sagte Dawn. *Nächste Woche wird er nicht mehr hier sein. Du wirst Calums »Partnerin« sein, die angesehene Mrs. Crooke, und eine andere Band wird auf dieser Bühne spielen.* Die Worte trafen sie mit voller Wucht aus dem Hinterhalt.

»Und, hattest du eine schöne Woche?«, fragte er.

»Ja, war okay. Und du?«

»Ich habe mich gefragt, ob du mich anrufst.«

»Um was zu sagen?«

»›Hallo‹ vielleicht.« Seine Augen waren hell, ein sanftes Grünbraun. Sie sahen sie an, als würde ihnen gefallen, was sie in letzter Zeit so oft sahen. Es tat fast weh, diesen Blick zu erwidern.

»Aber das wäre doch nicht richtig, oder? Dass ich dich anrufe, wenn …« *Ich nächste Woche jemand anders heirate.* Sie wollte die Worte nicht laut aussprechen.

»Dawny, kannst du kurz mitkommen? Ich muss dir was zeigen«, sagte er auf einmal eindringlich.

»Na klar.« Dawn folgte ihm, als er entschlossen an den Leuten an der Bar vorbei und zur Tür hinausging. Sie konnte kaum mit ihm Schritt halten, so groß waren seine eigenen. Er winkte ihr über die Schulter zu, ihm zu folgen, während er den Biergarten durchquerte, vorbei an den Bänken mit Gruppen und Pärchen und weiter bis zu der Stelle, wo die Beleuchtung aufhörte und das Gras hinter dem Pub zum Wald hin abfiel.

»Sieh mal!«, sagte er.

»Was denn?«, sagte Dawn, die nichts als einen Haufen Bäume und eine Grasböschung sah.

»Der Mond«, sagte er.

Dawn sah hoch. Sie wusste, dass es einen Tag vor Vollmond war, denn Anna würde morgen auf ihren Vollmondball gehen, aber er sah auch jetzt schon verdammt voll aus. Er war riesig, wie ein perfektes Loch im Himmel, eine Pforte zu einer anderen Welt, wo alles strahlend erleuchtet und klar und unkompliziert war. Aber es gab jeden Monat einen Vollmond, und Al tat, als sei er über dreißig Jahre in einem Schrank eingesperrt gewesen und hätte noch nie einen gesehen.

»Er ist wunderschön.« Sie hatte das Gefühl, etwas sagen zu müssen, da er sie so erwartungsvoll ansah. »Du magst den Mond, stimmt's?«

»Dawny.« Er schien schwer mit sich zu ringen, denn er schüttelte den Kopf, blies die Wangen auf und atmete aus, als litte er Schmerzen. Dann nahm er seine ganze Kraft zusammen und stürzte sich kopfüber in eine Rede, die er offensichtlich nicht vorbereitet hatte.

»Ich sollte das hier nicht tun, ich weiß. Ich habe dich nicht hierhergeführt, um dir den Mond zu zeigen. Ich habe dich hierhergeführt, um dich unter diesem Mond zu küssen. Nur ein einziges Mal.«

O Gott, o Gott! »Ach ja?«

»Ja, Ma'am«, sagte Al Holly, und obwohl jeder Nerv in Dawn Soles Körper sie beschwor, jetzt die Reißleine zu ziehen, da sie Gefahr lief, Pforten in sich zu öffnen, neben denen der Mond wie ein Nadelstich aussehen würde, stand sie nur reglos da und ließ zu, dass Al Holly den Arm um sie legte, ihren Kopf sanft nach hinten hielt und ganz langsam seine süßen Lippen auf ihre drückte. Und es war in jeder Hinsicht so gut wie ihre Fantasie.

Als er zwischendurch nach Luft schnappte, tat sie dasselbe, mit der festen Absicht, ihn wegzustoßen, aber stattdessen füllte sie ihre Lungen mit Sauerstoff und ließ sich wieder von ihm küssen. Sein Körper war so warm und kräftig an ihrem, und er hatte die Arme so fest, aber sanft um sie gelegt, als würde er etwas Kostbares und Zartes in Händen halten. Sie atmete seinen Geruch tief in sich ein, ein würziges Aftershave, seine Haut und einen Hauch Pfefferminz. Und als ihr Kuss sich sanft seinem Ende zuneigte, japste sie bei seinen Worten noch mehr nach Luft als ein Lachs, der eben aus einem Fluss auf einen trockenen Betonklotz gesprungen ist.

»Dawny Sole, du und ich, wir wissen beide, dass du niemand anders als mich heiraten solltest.«

»Sag das nicht.«

»Aber ich sage es.« Al Hollys Hände berührten zärtlich ihr

Gesicht und zwangen sie, ihn anzusehen. »Du gehst mir nicht mehr aus dem Kopf. Die Woche kann für mich nicht schnell genug vergehen, bis ich dich endlich wiedersehe. Ich will dich mit nachhause nehmen, ich liebe dich.«

»Al ...«

»Ich wollte dich nur einziges Mal küssen, um zu sehen, ob du genauso empfindest wie ich, und das tust du. Das weiß ich jetzt.«

Dawns Knie drohten unter ihr einzuknicken.

»Al, ich finde, du bist wundervoll, wirklich«, begann sie. Sie musste sich die Worte verbeißen, die ihr so leicht über die Lippen hätten kommen können: *Ich liebe dich auch, ich habe alles versucht, um es nicht zu tun, aber ich liebe dich ...* »Aber wir sollten uns zu nichts hinreißen lassen. Das hier ist doch nur eine Urlaubsromanze für dich. Du wirst mich vergessen haben, sobald du am Flughafen bist ...«

»Einen Teufel werde ich tun!«

»Bitte.« Sie legte ihm einen Finger an die Lippen. Gott, sie waren blutrot. »Wir kennen uns doch kaum.«

»Dann komm mit mir mit, damit ich alles über dich erfahren kann.«

»Ich kann nicht alles aufgeben, was ich habe«, sagte Dawn.

»Was hast du denn schon? Du heiratest einen Mann, den du nicht liebst, der deine Musik nicht mag, der dich nicht zum Lächeln bringt, und das alles nur, weil du zu einer Familie gehören willst. Ich kenne dich verdammt viel besser, als du glaubst, Dawny Sole. Du füllst mein ganzes Herz aus, Mädchen. Ich habe noch nie für jemanden so empfunden wie für dich. Das hat mich völlig umgehauen, und ich habe versucht, es zu ignorieren, aber das kann ich nicht, und ich will es auch nicht.«

Dawn stockte der Atem. *Aber ich liebe Calum.* Das hatte sie sich in den ganzen letzten Wochen immer wieder wie ein Mantra aufgesagt. Sie hatte das Gefühl, das müsste sie.

Al Holly legte Dawn seine kräftigen Hände auf die Schultern und drehte sie zu sich herum.

»Du glaubst, du bist nichts Besonderes, oder?«, sagte er. »Das kann ich dir an den Augen ablesen. Du glaubst, du bist nicht im Stande, solch starke Gefühle für dich in jemandem hervorzurufen.«

»Ich bin gar nichts Besonderes«, sagte Dawn. »Ich mache immer im falschen Augenblick den Mund auf, ich setze mich nicht durch, ich habe keine Allgemeinbildung …« *Dawn Sole, dein Rad dreht sich noch, aber der Hamster ist gestorben …* Sie dachte an die unvergesslichen Worte, die ein Lehrer in der Schule einmal zu ihr gesagt hatte.

»Ich möchte wetten, deine Mom und dein Dad fanden schon, dass du etwas Besonderes bist.«

»Ja, na ja, aber sie sind schließlich nicht mehr hier, oder?« Dawn zuckte tapfer die Schultern.

»Wo immer sie jetzt sind, sie wollen nur, dass du glücklich bist.«

Er sprach eine Wahrheit aus, die allzu nah an ihrer Schmerzgrenze war. Wieder einmal.

»Sag nichts weiter, bitte.« Sie litt, aber ihre Füße waren wie angewurzelt und wollten sich nicht vom Fleck bewegen.

»Ein Letztes noch, und dann werde ich gehen«, sagte er. »Denk über das nach, was ich dir gesagt habe. Und lass mich dir sagen, dass du wirklich eine ganz besondere Frau bist. Du bist schön, du bist witzig, und du hast die Stimme eines rauchenden Engels. Und ich habe so dagegen angekämpft, aber ich kann es nicht mehr, ohne dir zu sagen, was mein Herz dir schon so lange sagen will. Ich will dich, Dawny Sole, mehr, als ich je irgendjemanden in meinem Leben wollte.«

Dawn riss sich von seinem Anblick los. Wenn sie doch nur frei wäre, dann wäre alles so anders. Aber sie war es nicht. Das hier war so falsch. *Aber warum fühlt sich sein Körper an meinem dann so richtig an?*

Al trat einen Schritt zurück. Er nahm die Hände von ihren Schultern.

»Du hast siebeneinhalb Tage Zeit, bis ich nach London aufbreche. Du hast siebeneinhalb Tage Zeit, um deinen Koffer zu packen, dir deine Gitarre zu schnappen und mit mir mitzukommen, um das Leben zu leben, von dem du weißt, dass du es leben willst. Verdammt, es wird kein Luxusleben sein, aber du wirst singen, und du wirst glücklich sein, und du wirst mehr geliebt werden, als du je geliebt werden wirst, wenn du bleibst.«

»Al …«

»Siebeneinhalb Tage«, schnitt er ihr das Wort ab. »Ich habe alles gesagt, was ich zu sagen habe. Das ist eigentlich nicht meine Art, Dawny. Ich bin ein anständiger Mann, aber ich bin in dich verliebt, und wenn du nicht mitkommst, dann wird das meine Strafe dafür sein, dass ich der Frau eines anderen Mannes zu nahegekommen bin.«

Dann beugte er sich vor und küsste sie genau auf den Mund, unter dem Vollmond, und danach ging der große Al Holly einfach weg und ließ Dawn bebend wie ein Blatt in einem Tornado zurück.

Fünfundsiebzigstes Kapitel

Am nächsten Morgen wurde Anna um halb acht von einem großen Kerl in einer Lederkluft auf einem Motorrad geweckt. Es war ein Kurierfahrer, der ein kleines, quadratisches Paket für sie hatte. Sie wusste, dass es diesmal nicht von Tony war, da es das Logo der Corona Productions trug. Voller Neugier riss sie es hastig auf und fand eine DVD-Hülle und ein zusammengefaltetes Blatt Papier.

Liebe Anna, hier sind ein paar herausgeschnittene Szenen für dich persönlich. Viel Spaß dabei!

Alles Liebe, Jane, Bruce, Flip, Chas und Mark xxx

Herausgeschnittene Szenen? Sie legte die DVD in ihren DVD-Player und wartete darauf, dass es losging.

Nach dem offiziellen Corona-Productions-Logo füllte Vladimir Darqs Körper den Bildschirm aus, und sie spürte, wie sie dahinschmolz, obwohl er nur auf und ab schritt und dabei immer wieder sagte: »Sie treibt mich in den Wahnsinn!«

Dann schwenkte die Kamera erneut auf ihn, und man sah ihn dabei, wie er blaue Perlen auf *dieses* Korsett nähte.

»Das hier«, erklärte er, »ist ein Abschiedsgeschenk für Anna.«

»Das ist sehr kunstvoll«, kam Janes körperlose Stimme.

»*Desigur*. Natürlich. Sie ist es wert.«

Danach war Vladimir auf einmal wieder so leidenschaftlich wie immer und unterhielt sich auf Rumänisch mit Leonid, und dann blickte Leonid plötzlich in die Kamera und fragte Bruce auf Englisch, ob er filme. Warum in aller Welt haben sie mir das geschickt?, dachte Anna. Ich verstehe auf Rumänisch doch nicht mehr als »nein« und »natürlich« und ein paar Kraftausdrücke, dank Maria.

Dann sagte Flip zu Jane: »Ich dachte, wir haben es hier mit einem verdorrten Samen zu tun, aber stattdessen haben wir eine Blume, stimmt's?«

»Und zwar eine, die verdammt gut duftet«, entgegnete Jane mit einem entzückten Lächeln. »Sie ist einfach zauberhaft. Und ich habe sie auch wirklich gern, daher will ich, dass sie hinreißend aussieht.«

Dann übte Flip ein bisschen mit der Handkamera und beobachtete Bruce und Mark heimlich dabei, wie sie sich unterhielten.

»Meinst du, er ist wirklich ein Vampir?«, flüsterte Mark.

»Bevor ich hierherkam, hätte ich gesagt: ›Red doch keinen solchen Quatsch.‹, aber jetzt bin ich mir da nicht mehr so sicher.« Und das ausgerechnet von Bruce. »Hast du seine Augen gesehen? Unheim-lich!«

»Und diese Fangzähne sind auch echt.«

Bruce setzte sich heimlich ein Paar riesige falsche Fangzähne in den Mund, stürzte sich knurrend auf Mark und erschreckte ihn zu Tode. Die beiden kicherten wie zwei ungezogene Schuljungen.

Dann schnürte Vladimir Anna von hinten in ein Korsett, den Blick fest auf Annas Nacken geheftet. Er atmete den Duft ihrer Haut ein, befeuchtete seine Lippen mit der Zunge. Er sah aus, als könnte er sie jeden Augenblick verschlingen.

Dann fauchte Vladimir Mark auf einmal an.

»Ich würde alle Frauen wie Anna Brightside am liebsten in einer Gruppe zusammenscheuchen und ihre Köpfe gegeneinanderschlagen. Sie treibt mich in den Wahnsinn!«

Dann schwenkte die Kamera auf Leonid, der liebevoll lächelte, während er zusah, wie Anna und Jane etwas abseits interviewt wurden. Er redete leise mit Bruce.

»Vlad hätte kein besseres Model finden können. Sie ist wundervoll. Sie wird diese Kampagne zu einem einzigartigen Erfolg machen. Traumhaft.«

Das war das Ende.

Anna lächelte idiotisch. Das war so süß von Leonid, vor allem da er gar nicht gewusst hatte, dass er gefilmt wurde. Und wie Vladimir auf ihren Nacken gestarrt hatte! Es war unheimlich und aufregend und etwas, an das sie sich immer erinnern würde – dass er sie einmal wirklich begehrt hatte, wenn auch nur für ein paar Minuten. Wenn auch nur als Mahlzeit.

Anna steckte die DVD wieder in die Hülle und die Notiz mit dazu. Erst da sah sie, dass auf beiden Seiten etwas geschrieben stand. Sie drehte die Notiz auf die Seite um, die sie noch nicht gelesen hatte.

PS: Einer unserer Aufnahmeleiter ist Rumäne, daher haben wir hier eine Übersetzung dieses Gesprächs zwischen Leonid und Vladimir. Na los, Mädchen!

Leonid: Mein Freund, warum hast du so eine grässliche Laune?

Vladimir: Ich weiß auch nicht, es ist verrückt. Sie treibt mich in den Wahnsinn.

Leonid: Ja, ich habe mich schon gefragt, ob das das Problem ist.

Vladimir: Ich schicke sie nachhause zu einem Mann, der ihr Teller kauft! Woche um Woche habe ich gesehen, wie sie immer schöner wurde, und das alles nur für ihn – den Teller-Mann!

Leonid (lacht): Am Anfang vielleicht schon. Aber jetzt nicht mehr. Hast du nicht gesehen, wie sie dich ansieht, du Dummkopf?

Vladimir: Achte gar nicht auf mich, Leonid, ich habe schon viel zu viel gesagt. Und jetzt zu dieser Grundauswahl an Farben für den ›Darqone‹ …

Annas Hände bebten. Sie holte einmal tief Luft, um sich zu beruhigen. *Okay, jetzt komm mal wieder herunter*, sagte sie sich. Schauspieler schwärmten bei ihren Projekten doch ständig für irgendwelche Kollegen, oder? Sie konnten nicht mehr genau unterscheiden zwischen dem wahren Leben und dem Drehbuch. Es war nicht echt; sie verknallten sich ineinander, und sobald der Film im Kasten war, trennten sie sich. Sie musste sich vor Augen halten, was er über dieses Korsett gesagt hatte: es war ein Abschiedsgeschenk. Das entscheidende Wort war »Abschied«. Sie musste ihre Aufregung unbedingt in den Griff bekommen, bevor sie mit ihr durchging. Vladimir Darq war ihr dankbar, das war alles. Er hatte selbst gesagt, dass sie ihn in den Wahnsinn trieb. Morgen Früh würde sie nur noch eine Erinnerung für ihn sein. Und in ein paar Wochen vielleicht nicht einmal mehr das.

Um fünf Uhr an diesem Abend breitete Anna das Korsett sorgfältig auf ihrem Bett aus. Es war umwerfend. Sie hatte es immer wieder ansehen müssen, seit sie es bekommen hatte. Es waren diese ganzen kunstvollen Details, die sie so faszinierten: die unzähligen glitzernden dunklen Perlen, jede einzeln aufgenäht.

Warum? Jetzt, nachdem sie die DVD angesehen hatte, wusste sie es. *Sie ist es wert*, sagte diese Stimme in ihrem Kopf: eine tiefe, osteuropäische Stimme mit einem ungeduldigen Unterton. Sie schauderte vor Verlangen nach ihm. Aber wer konnte schon sagen, ob sie ihn nach dem heutigen Abend überhaupt noch einmal wiedersehen würde? Trotzdem, diese kleinen Perlen konnte sie sich einfach nicht aus dem Kopf schlagen.

Es klingelte an ihrer Tür. Zu dieser späten Stunde läutete es eigentlich nur, wenn der dämliche Pizzajunge ihre Hausnummer 2 mit der 2A nebenan verwechselte. Sie riss die Tür auf, um ihm – wieder einmal – zu sagen, dass das Haus, in das er die Supremo mit extra viel Mozzarella liefern sollte, nebenan war.

Aber sie hatte sich getäuscht. Als sie die Tür öffnete, stand Tonys größtes Geschenk vor der Tür. Tony selbst. Strahlend, die Arme weit aufgerissen, eine rote Rose im Mund.

»Schatz!«, sagte er mit zusammengebissenen Zähnen. Er nahm die Rose schwungvoll in die Hand und hielt sie Anna unter die Nase. Anna stockte vor Verblüffung der Atem.

In den letzten Monaten hatte sie sich immer wieder ausgemalt, was sie in diesem Augenblick tun würde: wie sie sich dankbar in Tonys Arme werfen und sein verlogenes, treuloses Gesicht mit Küssen bedecken, ihm verzeihen und ihn über die Türschwelle zerren würde. Aber jetzt, wo dieser Augenblick gekommen war, tat sie nichts von alledem, und niemand war verblüffter darüber als sie selbst. Sie stand nur da, eine sprachlose Statue, während er ihr noch immer seine Rose unangenehm dicht unter das linke Nasenloch hielt.

Als sie schließlich doch das Wort ergriff, da es allmählich albern wurde, für die Pizza kauenden und Katzen klauenden Nachbarn wie ein lebendes Bild dazustehen, sagte sie nicht mehr als seinen Namen.

»Tony.«

»Ja, ich bin's, Schatz. Oh. Ich. Habe. Dich. So. Vermisst.«

Er streckte die Arme nach ihr aus, und sie taumelte fast nach hinten unter der Wucht seiner Umarmung. Sie nahm sein vertrautes Aftershave wahr, das Aftershave, bei dem sie früher immer so dahingeschmolzen war wie ein Solero-Eis nach einer Minute in der Mikrowelle. Aber diesmal strömte es mit Sicherheit nicht durch ihre Geruchsgänge, und sie bekam keine weichen Knie davon. Er hatte es großzügig aufgetragen, nach dem Geruch zu urteilen, und sie konnte bereits spüren, wie sich ein gewaltiger Niesanfall bei ihr ankündigte. Er gurrte in ihr Haar wie eine verliebte Taube. Dann wich er ein Stück von ihr zurück und sah sie an, als sei sie nach langer Abwesenheit zurückgekehrt – von einer Rucksacktour durch Australien vielleicht – und als sei er erleichtert, dass sie wieder heil zuhause angekommen war.

»Wow, du siehst toll aus, Schatz«, sagte er. »Du siehst so anders aus. Hast du irgendwas machen lassen?«

»Nein, natürlich habe ich mich nicht operieren lassen«, sagte Anna, noch immer unter Schock.

»Ich bin wieder da, Schatz. Ich war ein Idiot. Gehen wir ins Haus.«

Er versuchte, sie rückwärts durch die Tür zu schieben.

»Hey, Tony, jetzt mal langsam«, sagte sie. Sie wand sich aus seinen Armen, scherte sich jetzt nicht mehr um irgendwelche Leute hinter zuckenden Vorhängen. Wenn Tony erst einmal im Haus wäre, dann würde sie ihn so schnell nicht wieder hinausbekommen. Und sie musste an ihren heutigen Abend denken. Heute war Vladimirs großer Abend. Sie durfte ihn nicht enttäuschen. Tony hatte vielleicht ein großes Mundwerk, aber sein Timing war grottenschlecht.

Tony zog irritiert die Augenbrauen zusammen. Es war nicht zu übersehen, dass er gedacht habe, fünf Sekunden nachdem er auf ihre Klingel gedrückt hatte, würden sie zusammen im Bett landen, wo er weiter versuchen würde, auf ihre Klingel zu drücken. Und noch vor ein paar Wochen hätten sie das vielleicht wirklich getan. Wie oft hatte sie sich in den Schlaf geweint und getrunken, während das Szenario seiner Rückkehr mit Liebkosungen und Küssen vor ihrem geistigen Auge ablief, und doch fühlte sie sich jetzt, als er hier vor ihrer Tür stand und genau das alles tat, völlig unbeteiligt. Nein, sie würde sich nicht so leicht wieder in seine Arme werfen. Sie war jetzt eine Frau, die es wert war, dass man für sie kleine Perlen auf ein Korsett nähte. Das würde Tony begreifen müssen.

»Es tut mir leid, aber ich gehe heute Abend aus.«

»Du gehst aus? Mit wem denn?«

»Einem Freund.«

»Du machst Witze«, sagte er, die Lippen vor Enttäuschung säuerlich gekräuselt. »Dann sag ab. Das Leben ist einfach nicht dasselbe ohne dich, Schatz.«

Ihr verwundetes Ego genoss einen Augenblick der Selbstgefälligkeit. *Er will mich mehr als Lynette Bottom.* Aber dieses Gefühl wurde rasch besiegt von dem weitaus stärkeren Verlangen, Vladimir Darq wiederzusehen.

Tony bedrängte sie noch einmal, versuchte, mit ihr zu knutschen, aber sie ließ ihn abblitzen, indem sie ihm entschlossen eine Hand auf die Brust legte.

»Nein, ich kann nicht«, sagte sie.

»Doch, du kannst.«

»Na schön, dann will ich eben nicht.«

Jetzt versuchte Tony nicht mehr, sie zu küssen.

»Was ist das denn für ein ›Freund‹, der auf einmal so wichtig ist?«, fragte er misstrauisch.

»Ein Designer. Ich habe für ihn gemodelt. Er gibt heute Abend eine Party.«

Tonys Miene verriet, dass er nicht wusste, ob er ihr glauben sollte oder nicht.

»Modeln? Du?«, fragte er schließlich.

»Ja, ich«, sagte Anna von oben herab. »Und ich sage dir noch etwas, Tony Parker, ich bin gar nicht schlecht.«

»Wie, als Nacktmodell? Für Künstler?«

»Nein«, sagte sie, während sie innerlich kochte und dachte: *Typisch*. Sie wollte ihm keine Einzelheiten erzählen. Egal, was sie sagte, er würde sie ja doch nicht für voll nehmen. Oder glauben, dass sie das Gesicht von »Jede Frau hat eine Darq-Seite« war.

»Ich habe dich so vermisst, Schatz«, sagte er. »Hast du meine Geschenke bekommen?«

»Ja, habe ich«, sagte Anna. »Ich habe mich schon gefragt, was das nach der ganzen Zeit auf einmal sollte.«

Tony lächelte sein schiefes, freches Grinsen. »Ich dachte mir, wenn ich sie nicht zertrümmert dort vorfinde, wo ich sie hinterlegt habe, würdest du mich vielleicht noch immer wollen.«

Aha, also hatte er sie damit doch weichkochen wollen. Christie hatte Recht gehabt. Das klang logisch. Er lotete seine Chancen aus.

Anna rieb sich die Stirn.

»Tony, ich kann jetzt nicht darüber nachdenken.«

»Dann komme ich eben später wieder, okay? Nach deiner kleinen Fete?«

Kleine Fete?

»Das heißt, falls du willst, dass ich …«, fügte er in einem Ton hinzu, der verriet, dass er bereits den Rückzug antrat.

»Ja«, sagte Anna. Ihre Stimme kam von einem letzten Rest der alten einsamen, verlassenen Anna in ihrem Inneren, aber sie war sich nicht sicher, ob sie das wirklich wollte oder nur eine mechanische Antwort abspulte.

»Na schön, dann mache ich das«, sagte er, jetzt wieder von einem Ohr zum anderen grinsend.

Sie würde sich später mit dieser Sache befassen; jetzt musste sie sich erst einmal zurechtmachen. Und sie wollte sich genügend Zeit dafür nehmen, um für Vladimir möglichst schön auszusehen.

»Ich weiß noch nicht, wann ich zurück sein werde«, sagte sie.

»Ich werde um Mitternacht hier sein. Wenn du bis dahin nicht zurück bist, werde ich auf dich warten.«

Anna sah ihn an. Er starrte sie an, wie er es früher immer getan hatte, als sei sein Herz noch immer erfüllt von ihr. Diesen »Liebesblick« hatte er immer so gut beherrscht. Sie musste wegsehen, sonst hätte sie vielleicht doch noch einem primitiven Verlangen nachgegeben, hätte ihn ins Haus gezogen und ihr leidendes Ego befriedigt.

»Na, dann fahre ich jetzt mal wieder«, sagte er und wandte sich ganz langsam zum Gehen, um ihr möglichst lange die Chance zu geben, es sich noch einmal anders zu überlegen.

»Bis später«, sagte Anna.

»Cinderella wird ihren Prinzen um Mitternacht zurückbekommen«, grinste er.

Anna schloss die Tür und dachte: *Du hast gewonnen, Mädchen! Tony kommt nachhause.*

Aber warum hüpfte ihr Körper dann nicht vor Freude darüber?

Eine halbe Stunde später starrte sie laut fluchend ihr Spiegelbild an.

Sie sah aus, als hätte sie sich in einem Autoskooter geschminkt. Maria hatte ihr Make-up immer so leicht aufgetragen, aber jetzt sah Anna bestenfalls so aus, als hätte irgendein Kraftprotz ihr links und rechts ein blaues Auge geschlagen. Außerdem zitterte ihre Hand so stark, als sie den Eyeliner auftrug, dass sie aussah, als würde sie als Panda mit einer Gothic-Fixierung auf einen Maskenball gehen. Sie seufzte, schnappte sich die Wattebällchen und den Augen-Make-up-Entferner und fing noch einmal von vorn an. Warum zum Teufel musste Tony ihr Leben wieder durcheinanderbringen, und das ausgerechnet heute?

Es klingelte an der Tür, als sie eben den zweiten Versuch mit dem Eyeliner in Angriff nehmen wollte, und ihr Herz stand vor Schreck fast still. *Bitte mach, dass er es nicht ist. Bitte mach, dass es wieder nur ein verirrter Pizzajunge ist.*

Als sie die Tür aufmachte, sah sie vier grinsende und wunderbar vertraute Gesichter mit Make-up-Etuis und Taschen in den Händen.

»Wir dachten, du könntest vielleicht ein bisschen Hilfe beim Schminken gebrauchen«, sagte Christie. »Und nach dem Zustand deiner Augen zu urteilen, denke ich, wir hatten recht.«

Dawn war selbst mächtig aufgedonnert. Sie konnte nur etwa eine Stunde bleiben, da sie auf dem Weg zu ihrem Junggesellinnenabschied war, und Anna beim Schminken zu helfen war tausendmal besser, als zuhause zu sitzen und darauf zu warten, dass sie nach Blegthorpe entführt wurde. Es war ihre Idee gewesen, spontan bei Anna vorbeizuschauen, um sie, selbst wenn sie keine Hilfe benötigen sollte, wenigstens in diesem Kleid zu sehen. Und natürlich brannten sie alle darauf, Anna herausgeputzt wie eine Prinzessin zu sehen.

Dawn, wieder ganz die Friseurin, die sie früher gewesen war, wickelte und steckte Annas Haar zu einem wundervollen Turm hoch und ließ dann ein paar lose Strähnen um ihr Gesicht fallen. Bei ihr sah es so leicht aus, sogar noch leichter als bei Maria. Sie wussten nicht, wie froh Dawn war, etwas zu tun zu haben, das nichts mit Hochzeiten oder Gitarren oder riesigen, aufblasbaren Penissen zu tun hatte. Sich ausschließlich auf Annas Frisur zu konzentrieren war genau das, was sie im Augenblick brauchte.

»Ich hatte von Anfang an zwei linke Hände, und als dann auch noch Tony plötzlich vor der Tür stand, war ich erst recht ein Nervenbündel!«, sagte Anna. Sie hatte ihnen alles über ihren letzten Besucher erzählt.

»Hast du denn schon entschieden, wie es jetzt mit ihm weitergehen soll?«, fragte Raychel.

»Ich versuche, gar nicht darüber nachzudenken«, sagte Anna. »Jetzt muss ich mich erst mal auf Vladimirs Ball konzentrieren. Und später, wenn ich nachhause komme, werde ich mich mit Tony befassen.«

»Das ist sehr weise«, sagte Grace. »Diese Party ist sehr wichtig für dich, und du hast einen wundervollen Abend wirklich verdient.«

Während Grace Wasser aufsetzte, nahm Christie Annas Gesicht in Angriff. Raychel übernahm später, als es um Annas Augen ging. Sie hatte die erforderliche ruhige Hand, um Anna diese dramatisch langen Wimpern zu schminken. Als sie fertig war, trat sie einen Schritt zurück und strahlte.

»Wow!«, sagte sie voller Stolz.

»Lass mich mal sehen«, flehte Anna.

»Warte, du Zappelphilipp«, sagte Raychel. »Erst noch die Lippen.«

»Ich kann nur noch fünf Minuten bleiben«, sagte Dawn, nachdem Raychel den letzten Strich von Annas scharlachrotem Lippenstift aufgetragen hatte. »Bitte zieh dieses Kleid an und lass es mich sehen.«

»Hast du es denn überhaupt schon anprobiert?«, fragte Christie.

»Er hat gesagt, das müsse ich nicht. Er hat gesagt, es würde passen.« Anna dämpfte ihre Stimme, als sei Vladimir in Hörweite. »Ich weiß, es klingt albern, aber ich dachte, er könnte es spüren, wenn ich es täte.«

»Okay, na dann, alle mal die Daumen drücken«, sagte Christie. Grace brachte das Kleid herein. Es hatte einen wirklich wunderschönen Blauton. Wie ein Sommerhimmel in der Abenddämmerung.

»Diese Haken und Ösen sind ja das reinste Geduldsspiel«, sagte Christie, als Anna aus ihrem Morgenmantel schlüpfte, um das Korsett vorzuführen, das Vlad für sie gemacht hatte. »Wie zum Teufel hättest du das denn allein schaffen wollen?«

»Ich weiß, ich bin zu nichts zu gebrauchen«, sagte Anna.

»Unsinn, du bist nur nervös«, sagte Dawn. »Das wäre ich mit Sicherheit auch, wenn mich alle den ganzen Abend von Kopf bis Fuß mustern würden. Ich möchte wetten, da werden jede Menge professionelle Models sein, die dich mit hoch erhobener Nase ansehen werden.«

»Dawn, halt doch bitte den Mund«, sagte Raychel.

»So, das hätten wir!«, sagte Christie triumphierend. »Du liebe Güte, wie lange hat er denn gebraucht, um diese ganzen Perlen aufzunähen?« Sie lächelte Anna an, und Anna strahlte. Christie wusste auch, warum er sich bei diesem Korsett so viel Mühe gegeben hatte.

»Das ist so Cinderella-mäßig, findest du nicht?« Raychel klatschte aufgeregt in die Hände.

»Ich weiß nicht«, schniefte Anna. »Wenn, dann ist es aber eine etwas verzerrte Version. Christie und Vladimir sind zwei gute Feen, aber es gibt keinen Märchenprinzen. Na ja, es gibt einen, aber der ist mit der jugendlichen hässlichen Schwester mit dem winzigen Arsch durchgebrannt.«

Sie lachten alle, denn sie konnten gar nicht anders, so, wie Anna es gesagt hatte. Dann schlüpfte sie in das Kleid, das Grace und Christie hochhielten. Es glitt über ihre Hüften und schmiegte sich wie angegossen an ihre Oberweite, als sie mit den Armen durch die Ärmel glitt.

»O verdammt«, sagte Dawn, die Augen so groß wie der Vollmond vor dem Fenster. »Ich nehme alles zurück. Diese Models werden dich nicht mit hoch erhobener Nase ansehen, sie werden vor Neid giftgrün anlaufen.«

Draußen hupte ein Taxi, und Dawns entzücktes Lächeln schwand schlagartig. Sie musste gehen. »Das muss meines sein. Ich habe mir ein Taxi zum Busbahnhof bestellt. Kann ich meine Sachen hier lassen?«

»Ja, natürlich. Jetzt geh schon, und viel Spaß«, sagte Anna.

»Du wirst mit Sicherheit mehr haben«, entgegnete Dawn. »Du siehst einfach hinreißend aus, Anna. Völlig anders als die Frau, die du vor deinem Geburtstag warst. Du bist wie eine kleine Knospe in einer Vase, die auf einmal zur größten Blüte im Strauß aufgeblüht ist.«

»Du liebe Güte«, brachte Christie sie jetzt alle zum Lachen. »Da hast du es ja tatsächlich mal geschafft, etwas Richtiges zu sagen!«

Dawn gab Anna einen leichten Wangenkuss. Es war ein trauriger kleiner Kuss, fand Anna.

»Und jetzt sieh dich mal im Spiegel an!«, sagte Grace.

Aber Anna verblüffte sie alle. So verlockend es auch war, sie musste an diese letzte Fotosession im Darq House denken, als Leonid und Maria angefangen hatten, Bemerkungen zu machen.

»Nein, ich will mich lieber nicht sehen«, sagte sie.

»Aber du siehst hinreißend aus, Anna«, sagte Grace.

»Und du *fühlst* dich doch auch hinreißend, oder?«, fragte Christie mit einem wissenden Lächeln und reichte ihr die blaue Handtasche, die ein Geschenk von ihrem geliebten Ehemann gewesen war, als sein Herz noch kräftig geschlagen hatte. »Und du genießt dieses Gefühl, oder?«

»Ja, Christie«, nickte Anna. »Aber ich könnte niemals so gut aussehen, wie ich mich in diesem Augenblick fühle.« Es war so wundervoll, verstanden zu werden. Von Freundinnen.

»Hier sind deine Schuhe.« Raychel führte Annas Zehen vorsichtig hinein. »Du siehst so umwerfend aus, Anna. Dawn hat recht. Du bist vor unseren Augen aufgeblüht.«

Ausnahmsweise einmal ließ Anna das Kompliment gelten; sie akzeptierte es uneingeschränkt und bedankte sich dafür. Sie fühlte sich gar nicht mehr wie Anna, die gewöhnliche graue Maus aus Barnsley. Sie fühlte sich wie ein fantastischer goldener Phoenix, der aus der Asche ihres einstigen erbärmlichen Selbstwertgefühls aufgestiegen war.

»O Gott, ich habe solche Angst!«

»Sag das bloß nicht heute Abend vor der versammelten Promi-Gesellschaft«, sagte Christie, während sie ihre Schminksachen einpackte. Ihre Arbeit war erledigt, und jetzt mussten sie Anna allein lassen, bis sie von ihrer Kürbiskutsche abgeholt wurde.

»Ich hoffe, ich werde nichts vermasseln«, sagte Anna und griff nach Grace' warmer, ruhiger Hand.

»Das wirst du schon nicht, keine Sorge«, sagte Grace. »Vergiss nicht, du wurdest ausgewählt, um deine innere Sirene vorzuführen.

Also lass sie raus, Mädchen. Oh, und wir wollen am Montag natürlich alles bis ins kleinste Detail wissen.«

»Wir werden eine Dringlichkeitsbesprechung in der Kantine abhalten«, sagte Christie. »Soll Malcolm doch versuchen, uns zu melden. James lechzt nach seinem Blut, wie es aussieht. Schönen Abend, liebe Anna. Viel Spaß!«

Sechsundsiebzigstes Kapitel

Der Wagen kam, und als Anna in die Nacht hinaustrat, sah sie, dass der sonst meist gleichgültige Chauffeur sie mit einem zweiten und dritten Blick musterte, während er ihr die Wagentür öffnete. Sie grinste still vor sich hin, stolz, dass sie vielleicht sogar Mr. Undurchdringlich geknackt hatte. Sie sah außerdem, wie er im Rückspiegel immer wieder verstohlen einen Blick auf sie warf. Aber er schenkte ihr natürlich kein Lächeln. Das wäre dann doch ein bisschen zu unheimlich gewesen.

Ihr neu gewonnenes Selbstbewusstsein sackte erst einmal schmerzhaft in sich zusammen, als sie in die Auffahrt des Darq House einbogen, denn da, genau vor ihnen, stand eine Reihe eleganter Wagen – Rolls Royces, Porsches, Bentleys, Stretchlimousinen … Sie erwartete halb, gleich einen Hubschrauber landen zu sehen.

Als der Mercedes den vorgesehenen Haltepunkt zum Absetzen der Gäste erreichte, sah Anna die ganzen spindeldürren Frauen, die in ihren feinen Kleidern aus den Wagen stiegen. Sie verschwanden fast vollständig, wenn sie sich zur Seite drehten. Aber sie trugen absolut hinreißende, wunderschöne Kleider, auch wenn Anna die Designer niemals an einem Knopf erkannt hätte, wie es die Leute im Fernsehen immer taten. Ein kleiner Teil von ihr wollte den Chauffeur fast bitten, einfach weiterzufahren und sie wieder nachhause zu bringen. Auf einmal erschien ihr das alles sehr ernst. Dann sah sie Vladimir in einem äußerst eleganten schwarzen Anzug und einem mondweißen Hemd mit einer extravagant gebundenen weißen Krawatte um den Hals. Er trug das Haar offen, eine herrliche Mitternachtsmähne, mit der er noch vampirhafter, ungezähmter und romantischer aussah denn je. Wartete er auf sie? Sie konnte es nicht sagen. Aber dann war klar, dass er es tat, denn er kam auf sie zu, um ihr die Wagentür zu öffnen, und streckte ihr die Hand entgegen. Sie stellte sich diese Hand auf ihrer Brust vor, über ihrem Herzen.

»Anna«, sagte er, »guten Abend. Sie sehen … wunderschön aus.«

Wirklich?, wollte sie eben schon sagen, bevor eine strenge Stimme verhinderte, dass ihr die Worte über die Lippen kamen. *O ja – das tust du. Beleidige den Mann nicht, indem du andeutest, du könntest in seiner Kreation weniger als fantastisch aussehen.* »Ich fühle mich einfach wundervoll«, sagte sie. »Es passt alles wie angegossen.«

»Natürlich«, sagte er halb von oben herab, halb verblüfft. »Was haben Sie denn von mir erwartet? Wie ich sehe, haben Sie eine Handtasche gefunden.«

»Und Schuhe«, sagte Anna. »Ich hatte fast schon aufgegeben, aber dann habe ich doch noch welche gefunden.«

»Sie waren es sich wert, welche zu suchen«, nickte er. Ein amüsiertes Lächeln umspielte seine Lippen. »Ich hatte es gehofft.«

Er führte sie ins Haus, als sei er ein Kronprinz und sie seine auserwählte Braut. Sie spürte, dass sie beobachtet wurde, dass man sie anstarrte und über sie redete, und sie versuchte, nicht noch mehr zu erröten, damit ihre Grundierungscreme nicht zerfloss. Und dann, als sie eintrat, begriff sie, weshalb sie so viel Aufmerksamkeit auf sich zog, denn sie wurde nicht nur von Vladimir Darq selbst begleitet, sondern sah auch – von der Galerie herabhängend – ein *riesiges* Poster von sich in einer körnigen, film-noir-artigen Aufnahme. Es war schwarz-weiß, das Korsett rot hervorgehoben, und darunter standen die Worte: *Jede Frau hat eine Darq-Seite*. Es war umwerfend.

»Was halten Sie davon?«, fragte Vladimir.

»Es … äh … es überwältigt mich«, sagte Anna leise.

»Das ist, weil es überwältigend *ist*«, sagte er. Er wandte sich zu ihr um, seine golden gesprenkelten Augen auf sie gerichtet wie Eine-Million-Watt-Birnen. »*Eşsti ameţitoare! Sie* sind überwältigend, Anna.«

Leonid kam mit zwei Gläsern Champagner angerauscht und küsste Anna auf beide Wangen.

»*Eşti o regină!* Mein Gott, Sie sind eine Königin!«, sagte er, was aus seinem Mund irgendwie witzig klang.

Irgendjemand zog Vladimirs Aufmerksamkeit auf sich, und er schlug auf militärische Art die Hacken zusammen, um sich zu entschuldigen.

»Und, gefällt Ihnen das Poster?«, fragte Leonid.

»Ich finde, es ist … es ist …« Anna rang um das richtige Wort. Wäre es zu anmaßend, das erstbeste Wort zu sagen, das ihr durch den Kopf schoss? *Scheiß drauf*, sagte sie sich. Sie sprach es aus: »Es ist hinreißend, Leonid.«

»Vladimir – er will Sie vorführen. Wie Pygmalion.«

»Na ja, aber das hat er doch sehr gut gemacht.«

Anna sah sich um. Da stand eine Frau in einem goldenen Kleid, die weniger auf die Waage bringen musste als Annas linkes Ohrläppchen. Alle sahen fabelhaft und wunderschön aus. Und Anna wunderte sich, dass sie sich wie eine von ihnen fühlte.

»Anna Brightside«, begann Leonid in einem warmen, sanften Ton, den sie bei ihm noch nie gehört hatte. »Sie erfüllen mich mit so viel Stolz. Sie sind eine echte Frau. Eine Dame. Vladimir wird den Erfolg des Darqone nur Ihnen zu verdanken haben.«

»Ich hoffe für ihn, dass er Erfolg damit haben wird«, lächelte Anna. »Aber den Erfolg wird er nur seinem Design zu verdanken haben. Das ist ein wahres Wunder.«

»Ja, seine Auftragsbücher sind prall gefüllt. Ich denke, da muss er sich keine Sorgen machen. Aber Sie spielen Ihre Rolle herunter.«

Annas Aufmerksamkeit wurde von dem Rücken einer Frau abgelenkt, deren Schulterblätter weiter hervorragten als ihr Gesäß. Sie lehnte das Tablett mit Kanapees, das ihr angeboten wurde, mit einer Handbewegung ab. Eine einzige winzige Bruschetta enthielt vermutlich ihre Kalorienration für die ganze Woche. Tony mochte diese superdünnen Frauen nicht. Er sagte, echte Männer hätten in Zeitschriften vielleicht Lust auf sie, aber was hätte man denn davon, Brüste anzufassen, die flacher waren als die eigenen? *Tony*. In weniger als drei Stunden würde er vor ihrer Haustür sitzen und darauf warten, dass sie ihn hereinließ. Und sie würde dieses Kleid ausziehen und ihr Make-up entfernen, und ihre Wolke sieben würde sie wieder auf der Erde absetzen, wo sie ihr Bestes tun würde, um wieder in ein normales Leben zu passen. Auch wenn sie das Gefühl hatte, dass ihr neues normales Leben vielleicht etwas anders als ihr altes sein würde – egal, ob mit oder ohne Tony.

Eine spindeldürre Frau in den höchsten Stöckelschuhen, die Anna je gesehen hatte, rauschte auf Leonid zu und küsste ihn links, rechts und dann wieder links auf die Wange. Anna erkannte sie auf Anhieb aus Zeitschriften, auch wenn sie keinen Namen mit ihr verbinden konnte.

»Leonid, ich freue mich ja so wahnsinnig, dich zu sehen«, sagte das Klappergestell und lächelte dabei mit einer Reihe weißer Zähne, bei deren Anblick ein Krokodil vor Neid erblasst wäre.

»Das ist Oona Quince«, stellte Leonid sie vor.

»Ja, ich weiß«, sagte Anna. »Wow!«

Das Supermodel nickte, als sei es für sie ganz normal, solch schmeichelhafte Ausrufe auf sich gemünzt zu hören. Was es vermutlich auch war. Anna fühlte sich verpflichtet, ihr zu sagen, wie schön sie aussehe, was für sie offenbar ebenfalls selbstverständlich war.

»Entschuldigt mich bitte«, sagte Leonid in dem Augenblick, winkte jemandem zu und verschwand in der Menge. Anna sah, wie er auf einen Mann in einem silbernen Smoking zuging, der die Leute sehr überschwänglich begrüßte. Als sie sich wieder zu Oona umwandte, sah sie eine weitaus kältere Frau als die, die noch vor zwei Minuten um Leonids Hals gehangen hatte.

»Du bist also Vlads kleines Lieblingsprojekt«, sagte Oona spitz und nahm einen kräftigen Schluck aus ihrem Champagnerglas. Offenbar nicht ihr erstes an diesem Abend.

»Wie bitte?«, sagte Anna, noch immer höflich lächelnd. Sie war sich nicht sicher, ob Oona sich nur unbeholfen ausgedrückt hatte oder ein echtes Biest war. Vermutlich Ersteres, entschied sie zu Oonas Gunsten. Aber die Großzügigkeit hätte sie sich sparen können. *Muh*.

»Du bist Vlads aktuelle Fixierung. Sein *plat du jour*.«

»Ach ja?«, gab Anna zurück. Sie versuchte, nicht auf den Köder anzubeißen. Wenn Oona weiter gegen sie sticheln sollte, dann würde sie ihr einfach einen kräftigen Schubs geben, und schon würde diese Zicke aus ihren Stöckelschuhen kippen. Komisch, auf Fotos sah sie immer so umwerfend aus. Von Nahem betrachtet hatte ihr Gesicht unter diesem ganzen Make-up mehr Pickel als ein jugendlicher Dalmatiner.

»Na, dann genieß es, solange du es noch kannst«, sagte Oona mit boshaft funkelnden Augen. »Er wird dich aussaugen und dann wegwerfen wie eine benutzte Windel. Du wirst in null Komma nichts wieder bei deinem Putzjob landen.«

Und mit diesen Worten wandte sich Oona gekonnt auf ihren Killerabsätzen um, setzte ihr charmantes Barrakuda-Lächeln auf und stolzierte davon, um irgendjemandem auf der anderen Seite des Raums ein »Darling« entgegenzuschmettern.

Anna machte ihren sperrangelweit offenen Mund zu und begann zu kichern. Wow, offenbar sorgte ihr Anblick wirklich dafür, dass ein paar Leute die Nasen ein bisschen höher trugen. Das musste man sich mal vorstellen – Oona Quince stichelte gegen sie! War das nicht einmalig? Anna nahm noch einen kleinen Schluck von ihrem Champagner. Sie durfte ihn nicht zu schnell trinken. Sie nahm an, dass es auf dieser Party bald jede Menge Betrunkene geben würde, und sie war es Vladimir schuldig, nüchtern und würdevoll zu bleiben. Außerdem konnte sie so das Geschehen viel besser beobachten. Das hier war auf jeden Fall *der* Ort, um zu sehen und gesehen zu werden.

Aus dem Raum neben dem großen, offenen Empfangssaal dröhnte Discomusik. Eine Liveband spielte mit ungefähr elf Millionen Dezibel. Leonid war ins Gespräch mit dem Silberjackett-Mann vertieft, und Vladimir plauderte fröhlich mit irgendwelchen Leuten. Sie bemerkte, wie er zu ihr hinübersah und winkte. Er machte eine winzige Geste, und sie verstand, was sie bedeutete: *Alles okay mit Ihnen?* Sie nickte entschieden zurück, schnappte sich ein Kanapee, um ihre Hände zu beschäftigen, aß und sah sich um. Sie entdeckte ein paar Promis – ein paar kannte sie dem Namen nach, andere nicht. Sie sah jede Menge großer, umwerfender Frauen, die aussahen, als seien sie soeben von den Titelseiten irgendwelcher

Hochglanzmagazine gestiegen, und Männer mit gestrafften Botox-Gesichtern und Haaren, die für ihren Teint zu dunkel gefärbt waren. Dann sah sie noch ein paar Leute, die so orange im Gesicht waren, dass Malcolm neben ihnen wie ein Albino ausgesehen hätte. Und sie sah viele unverschämt gut aussehende Typen mit klassischer Adlernase und Kirk-Douglas-Kinn. Aber bei keinem von ihnen bekam Anna so weiche Knie wie bei Vladimir Darq, wenn sie ihn in der Menge entdeckte. Es fiel ihr so schwer, *nicht* nach ihm Ausschau zu halten, dass sie sich fragte, ob er sie vielleicht in seinen Bann geschlagen hatte.

Oona hatte sich noch eine Champagnerflöte geschnappt und hing jetzt in Vladimirs Nähe herum, bemüht, nicht zu schwanken. Offenbar versuchte sie, seine ganze Aufmerksamkeit für sich zu bekommen, was er gekonnt verhinderte. Sie zog einen beleidigten Schmollmund, sodass ihre Unterlippe ungefähr zehn Zentimeter unter ihrem Dekolletee hing, da er ganz offensichtlich nicht zu der »Ist Oona nicht umwerfend?«-Truppe gehörte. Das erklärte so einiges, dachte Anna mit einem ironischen Lächeln.

Als Dawn in ihrem »Letzte Chance mich zu vögeln, ich bin die Braut«-T-Shirt, das sie auf Drängen der anderen über ihrem neuen Kleid tragen musste, in Blegthorpe aus dem Minibus stieg, war sie die einzige der dreizehn Frauen, die noch nüchtern war. Demi, Denise und ihre ganzen Freundinnen waren alle in unterschiedlichen Stadien zwischen halb beschwipst und sternhagelvoll. Morgen Mittag um ein Uhr würde die Generalprobe für die Hochzeit stattfinden. Ihr graute davor, in welchem Zustand ihre künftigen Schwägerinnen dann sein würden.

Demis beste Freundin, Sherideen, war bis jetzt am weitesten hinüber und hatte sich bereits auf ihr »Kleines Huhn sucht großen Hahn«-T-Shirt übergeben. Zum Glück gab es im Bus noch ein paar Ersatz-T-Shirts, die Demi mitgebracht hatte, für den Fall, dass sich irgendjemand auf seines übergeben sollte – wie gut, dass sie ihre Leute kannte. Sherideen erklärte Dawn lallend, sie habe auf nüchternen Magen getrunken, und stolperte gleich vom Bus zur nächstbesten Frittenbude, um eine Grundlage in den Magen zu bekommen, bevor sie weiter in die Bars von Blegthorpe zogen. Dawn warf einen Blick auf ihre Armbanduhr. Vor die Wahl zwischen diesem Abend und einer Wurzelkanalbehandlung ohne Betäubung durch einen blinden Zahnarzt gestellt, hätte sie sich ohne Zögern für Letzteres entschieden.

Sie waren nicht die Einzigen, die hier ihren Junggesellinnenabschied feierten. Die Stadt wimmelte von Frauengruppen, die »Vorsicht, Fahranfänger«-Schilder oder Schleier trugen, die offenbar aus Netzvorhängen gemacht waren. Dawn versuchte, eine fröhliche Miene aufzusetzen, nur damit Denise oder Demi ihr nicht wieder vorwerfen konnten, ein Trauerkloß zu sein, aber sie konnte sich Lustigeres vorstellen, als einen riesigen, aufblasbaren Pimmel durch eine Stadt zu schleppen, in der sie nicht sein wollte, mit Leuten, die sie nicht kannte.

Bette und Muriel trugen weit geschnittene Sommerkleider, die ihre schwabbeligen Oberarme möglichst gut zur Geltung brachten. Empty Head hatte offenbar keine T-Shirts, die groß genug für sie waren. Dawn wollte sich lieber nicht vorstellen, wie Bette in einem weißen T-Shirt aussehen würde. Es würde Lawinenwarnungen geben, wenn sie den Hügel hinunter zu den Pubs ging. Bette konnte sich mit ihrer üppigen Figur nicht lange auf den Beinen halten, daher suchten sie und Muriel sich eine stille Ecke, in die sie sich mit ihren Gläsern mit Lager und Limes zurückzogen. Zum Glück waren die meisten aus ihrer Truppe bereits zu weit hinüber, um sich an Dawns Existenz auch nur zu erinnern – wenigstens etwas, wofür sie dankbar war. Dawn hielt sich im Hintergrund, während sie zusah, wie die Frauen auf den Tischen tanzten und mit irgendwelchen Typen flirteten. Sie presste ihren Fingernagel hart in den aufblasbaren Penis, bis sie hörte, wie die Luft seufzend aus ihm entwich. Dann wurde neben ihr auf einmal Jubel laut, und als sie sich umwandte, sah sie, dass Demi ihr T-Shirt ausgezogen hatte und mit nackten, wippenden Brüsten auf und ab sprang. Der Türsteher kam herüber und forderte sie auf, ihr Top wieder anzuziehen, aber dafür, dass er so ein riesiger, schwabbeliger Kerl war, bewegte er sich sehr langsam durch das Gedränge.

Zwei der Frauen waren um halb drei Uhr morgens praktisch bewusstlos, und Denise fragte Dawn, ob sie etwas dagegen hätte, den Busfahrer anzurufen, damit er sie schon jetzt und nicht erst um fünf abholte. Dawn hatte nichts dagegen; im Gegenteil, sie war überglücklich, aber sie warf zum Schein trotzdem immer wieder ein »Och, wie schade« ein, um es sich nicht anmerken zu lassen. Sie kletterte mit allen anderen in den Bus, erklärte überzeugend, was für einen fantastischen Abend sie gehabt habe, und tat, als sei sie ebenfalls ordentlich beschwipst. Selbst Bette und Muriel waren zu betrunken, um zu merken, dass Dawn stocknüchtern war und alles nur vortäuschte, so gut sie konnte.

Demi schlief über ihrem Kebab im Bus ein. Das Fleisch hing ihr noch von den Lippen, sodass sie aussah, als hätte sie es eben erst aus dem Rücken eines Tiers gerissen. Dawn hatte ehrlich gesagt Angst vor Demi. Sie dachte an die kommenden Jahre, in denen sie sie immer mit Samthandschuhen anfassen müssen würde, um sie ja nicht bei Familienfeiern aus der Fassung zu bringen. Dann schossen ihr auf einmal wieder Al Holly und sein Antrag durch den Kopf. Aber wie könnte sie einfach aufstehen und gehen und ihr ganzes Leben hier zurücklassen, nur um einen Traum zu verfolgen? Was, wenn das alles nicht klappte? Dann könnte sie nie wieder nachhause zurückkehren, da sie immer Angst haben müsste, hinter ihrem Rücken könnte eine der unheimlichen Crooke-Schwestern lauern. Nein, das war etwas, was sie für immer in dem Schatzkästchen in ihrem Kopf bewahren würde; Leute wie sie machten sich nicht einfach auf über den Atlantik, nur mit einer Gitarre und ein bisschen frischer Unterwäsche und einem Mann, den sie kaum kannten, mit dem sie nur ein paarmal über Gibsons und Stratocasters geplaudert hatten. Sie hatten Jobs von neun bis fünf und heirateten Männer, die ihre Schmutzwäsche nie in den Wäschekorb warfen, machten sich Sorgen um die Rechnungen und ließen sich samstagabends der Form halber vögeln, während sie von einem Leben träumten, zu dem sie einfach nicht den Mut hatten.

Dawn wünschte, sie hätte sich doch betrunken. Sinnlos und völlig betrunken, um mit einem Kater alle Gedanken an Gitarren und Hochzeiten und Kleider und halluzinierende alte Damen aus ihrem Kopf zu vertreiben. Sie war so müde, so entsetzlich, schrecklich müde.

Anna war ebenfalls stocknüchtern. Ein paarmal hatte sie gesehen, wie Vladimir offenbar zu ihr herüberkommen wollte, aber dann wurde er immer im letzten Augenblick von irgendjemandem aufgehalten. Er war ein Opfer seines eigenen Erfolgs, heute Abend mehr denn je. Wenigstens hatte sie seinen großen Hund, Luno, zur Gesellschaft. Er war zu ihr herübergeschlendert, als sie ihn mit einem winzigen Yorkshirepudding-Kanapee gelockt hatte. Zu ihrer Verblüffung war er noch länger bei ihr geblieben, nachdem er es gefressen hatte, hatte es sich bei ihr gemütlich gemacht und seinen großen Kopf auf seine zotteligen Pfoten gelegt.

Annas Porträt schien Aufmerksamkeit zu erregen, aber sie selbst war offenbar völlig überflüssig. Sie war nur ein Anhängsel von Vladimir, und der Mann war selbst anwesend, warum sollte also irgendjemand etwas von ihr – dem Kleiderständer – wollen?

»Sie sind doch das Mädchen auf dem Poster, oder?«, dröhnte auf einmal eine heisere Stimme in ihr Ohr. Als sie sich umwandte, sah sie einen Moderator der Frühstückssendung *Morning Coffee*. Einen, den sie als Ersatz nahmen, wenn Drusilla Durham und ihr Mann Gerald Mandelton irgendwo auf Achse waren. *Wie zum Teufel hieß er gleich wieder?*

»Tony Barrett«, sagte er wie aufs Stichwort und hielt ihr eine große, fleischige Hand hin. Natürlich: *Tony*. Wie hatte sie das vergessen können? »Ich musste herüberkommen. Ich finde, Sie sehen einfach fantastisch aus.«

»Oh, vielen Dank«, sagte Anna, erleichtert, mit jemandem reden zu können, wenn auch nur für ein paar Minuten.

»Und in Fleisch und Blut sind Sie sogar noch besser!«

Er zog ständig die Nase hoch. Und seine Augen sahen glasig aus, fiel ihr bei genauerer Betrachtung auf.

»Ich glaube, Vlad hätte keine bessere Frau finden können«, sagte

Tony, während er sich ein bisschen zu nah zu Anna vorbeugte und dabei in ihr Top schielte. Offenbar hatte er dieselbe Anmachtechnik wie der andere Tony. Vermutlich würde er gleich zur Sache kommen und sie im nächsten Atemzug fragen, ob sie nicht mit ihm vögeln wollte.

»Na ja, das ist sehr freundlich von Ihnen«, sagte Anna, während sie ein Stück zurückwich, um ein bisschen Privatsphäre zu haben.

»Ich hätte Sie gern in meiner Sendung. Was halten Sie davon?«

»Klingt gut!«, lächelte Anna, während er nach vorn und gegen sie taumelte, sodass er ihr den Rest ihres Getränks über ihr Kleid schüttete. Zum Glück war nicht mehr viel in ihrem Glas, und es war Champagner, der keine Flecken hinterließ, aber es gab Tony die Ausrede, die er brauchte, um mit seiner Hand entschuldigend über ihren Körper zu streichen. Er begrapschte sie ganz plump. Anna wich höflich einen Schritt von seiner Hand zurück.

»Schon gut«, sagte sie. »Das macht doch nichts.«

»Tanzen Sie mit mir«, sagte Tony und packte sie beim Arm.

»Später vielleicht«, sagte Anna, jetzt etwas verkniffener lächelnd.

»Nein, kommen Sie schon, wir können über die Sendung reden. Ich habe viel Einfluss, wissen Sie. Ich kann Sie da sehr gut einschieben.« Sie mochte nicht, wie er »einschieben« sagte – mit diesem sexuellen Unterton.

»Anna, kommen Sie, ich brauche Sie«, sagte eine willkommene Stimme an ihrer Seite. Leonid. »Tony, verschwinden Sie. Sie hat keine Zeit zum Tanzen, sie muss mit mir mitkommen.«

Tony zuckte die Schultern und entfernte sich, wobei er gegen die Dame mit dem Kanapee-Tablett stieß, sodass ein paar Mini-Quiches in Lunos Richtung flogen.

»Er hat irgendwelchen Stoff geschnüffelt«, sagte Leonid. »Ich musste Sie retten. Er ist ein grässlicher Mann. Er versucht, alles ins Bett zu kriegen.«

»Sehr schmeichelhaft!«, sagte Anna kopfschüttelnd.

»Vladimir hat mich geschickt, um Ihnen zu sagen, wie leid es ihm tut, dass Sie so viel allein sind. Sie sind ein Riesenerfolg.«

»Nein, er ist der Erfolg«, sagte Anna. »Ich bin nur die Schaufensterpuppe.«

»Er wird gleich bei Ihnen sein«, sagte Leonid. Er konnte kaum glauben, wie sie sich selbst heruntermachte, und gab ihr einen sanften Klaps auf den Po. »Gehen Sie nicht weg.«

Er ersetzte das leere Glas in ihrer Hand durch ein volles, das er geschickt von dem Tablett eines vorbeikommenden Kellners nahm, und entfernte sich.

Sie warf einen Blick auf ihre Armbanduhr. Es war elf Uhr. In einer Stunde würde Tony vor ihrer Tür stehen. Sie dachte daran, wie sehr sie ihn sich zurückgewünscht hatte, aber jetzt spürte sie bei der Aussicht auf seine Rückkehr gar nichts. War sie von dem Schock, dass es endlich dazu kommen würde, vielleicht einfach wie betäubt?

Sie sah hinüber zu Vladimir in seinem hinreißenden Anzug und dem gestärkten weißen Hemd, und irgendetwas regte sich in ihrem Herzen, das sich dort nicht regen sollte. Es schien von Wärme und Lächeln und Seufzern durchströmt zu werden. Vladimir war mit einer rundlichen älteren Schauspielerin aus *Emmerdale* ins Gespräch vertieft. Er ging so charmant und locker mit seinen Gästen um. Aber das hier war schließlich seine Welt, nicht ihre. Er war Glanz und Glamour und Mercedes mit Chauffeur. Sie war eine Frau aus Barnsley, deren Vorstellung von aufregender Mode, bevor sie Vladimir Darq kennen gelernt hatte, ein Schlussverkauf bei Dorothy Perkins gewesen war. Sie war sein *fait accompli*. Die Worte dieser spindeldürren Oona-Frau schossen ihr wieder durch den Kopf. Zickig, aber wahr. Ja, Vladimir hatte ihr das Gefühl gegeben, schön zu sein, wie er es geschworen hatte. Er hatte ihr ein mit winzigen Perlen besetztes Korsett geschickt, und ihr Körper war so stolz darauf, es für ihn zu tragen. Sie, Anna Brightside, vierzig Jahre alt, aus der Courtyard Lane, war *die Mühe wert, die Zeit wert, den Aufwand wert*. Und Frauen weltweit würden bald ihre eigene Darq-Seite entdecken, weil dieser inspirierende Mann der Ansicht war, sie sollten mindestens ebenso hoch, wenn nicht noch höher geschätzt werden als seine Promi-Kundinnen.

Ihre Arbeit hier war erledigt. Sie gehörte in die gewöhnliche Welt, und sie sollte besser früher als später dorthin zurückkehren, denn die Komplikationen kündigten sich schon jetzt an. Sie lief höchste Gefahr, sich in seine zärtliche Wesensart und seine Verehrung für sie zu verlieben, und dabei konnte sie nur verletzt werden. Ja, er hatte ihre innere Sirene zum Leben erweckt. Das Problem war nur, diese Sirene wollte ihn. Er hatte sie auf ein so hohes Podest gestellt, dass sie sich nicht sicher war, ob ein normales Leben für sie überhaupt noch möglich war.

Es war an der Zeit, nachhause zu fahren und sich mit Tony zu befassen. Sie würde sich anhören, was er zu sagen hatte, und dann entscheiden, was sie wollte. Was *sie* wollte.

Sie warf einen letzten Blick in den herrlichen Saal, der mit riesigen Monden und Sternen vor schwarzen Samtvorhängen geschmückt und voller Musik und Geplauder und beeindruckender Leute war. Sie erhob ihr Glas in Vladimir Darqs Richtung und nahm einen kräftigen Schluck Champagner.

Viel Glück, Vladimir. Ich wünsche dir alles, was dich glücklich macht.

Anna strich Luno über seinen großen Kopf, und dann schlüpfte sie zur Haustür hinaus, wo die kostenlosen Taxis für die Gäste warteten. Sie glaubte, unbemerkt entkommen zu sein.

Der Taxifahrer nahm eine falsche Abzweigung. Er tippte wie wild in sein Navigationssystem, während er zur Entschuldigung erklärte, er habe den Job erst seit einer Woche. Er fuhr keinen großen Umweg, aber als sie um die Ecke in die Courtyard Lane einbogen, sah Anna, dass Vladimir Darq bereits vor ihrer Haustür stand, im Mondschein so blass, dass er wie ein Besucher aus einer anderen Welt aussah.

»Wie … wie sind Sie denn so schnell hierhergekommen?«, waren ihre ersten atemlosen Worte an ihn, nachdem sie aus dem Taxi gestiegen war und sich mit einem Wink von dem Fahrer verabschiedet hatte. »Und warum haben Sie einen blauen Stöckelschuh in der Hand?«

Er hielt ihr den Schuh hin.

»Den haben Sie verloren, als Sie von meinem Ball davongelaufen sind, Cinderella. Oder etwa nicht?«

Anna hob ihr Kleid an, sodass Vladimir ihre Füße sehen konnte. Beide steckten in Schuhen.

»Nein, habe ich nicht«, sagte sie.

»O Gott«, sagte er und rieb sich die Stirn. »Ich habe ihn draußen bei den Wagen gefunden. Ich dachte ... na, dann wird bald irgendjemand sehr wütend auf mich sein.«

»Stinksauer«, sagte Anna lächelnd. »Außerdem ist der Schuh riesig!«

Er hätte gut in die Norfolk Broads gepasst.

»Warum sind Sie geflüchtet, Anna?« Wie immer sprach er ihren Namen eher wie Ah-na als wie Anna aus. Wie einen Seufzer.

»O Vladimir, was glauben Sie denn?« Anna seufzte nun selbst tief. »Sehen Sie mich doch an. Sehen Sie, wo ich lebe!« Sie deutete hinter sich auf das kleine Haus. »In einem Reihenhaus mitten in Barnsley. Ich arbeite in einem Büro. Ich jette nicht nach Mailand. Ich habe keine Freunde, die Popstars sind. Sie haben mir das Gefühl gegeben, wundervoll zu sein. Und jetzt muss ich in meiner eigenen Welt wundervoll sein.« *Falls ich das überhaupt noch kann, nachdem Sie meine Welt so auf den Kopf gestellt haben, dass ich nicht mehr weiß, wohin zum Teufel ich gehöre, Sie Vampir-Monster.*

»Sie könnten nach Mailand fliegen und sich unter die Popstars mischen.«

»Ja, na klar, ich könn... Mw!«

Sie hatte keine Chance, ihren Satz zu beenden, denn Vladimir Darq überbrückte die Distanz zwischen ihnen in einer Nanosekunde, nahm Anna unsanft in seine Arme und erstickte ihre Worte mit seinen Lippen.

Großer Gott, sagte ihr Gehirn anstelle ihres Mundes, der anderweitig beschäftigt war. Vladimir hatte ihr einen Arm um die Taille gelegt, und mit dem anderen strich er ihr das Haar nach hinten und drückte ihren Hals an sich. Sie sahen aus wie das Umschlagbild eines schnulzigen Liebesromans. Mit dem Titel *Verschlinge mich*.

O Gott, er wird mich umbringen, dachte sie. Und gleich darauf: *Und es ist mir egal!* Seine Lippen liebkosten ihre Halsschlagader, schossen schlummernde Feuerwerksraketen an ihren Nervenenden ab. Diese riesigen Feuerwerksraketen mit den vielen Köpfen, die unentwegt in den Himmel schossen, sodass ganze Städte »Wow!« riefen.

Sie konnte seine schwarzen Haare sehen, ihn an ihren Lippen schmecken, das wundervolle Alphamännchen-Aftershave riechen, das er aufgelegt hatte, ihn atmen hören, seinen kräftigen Körper spüren, der sich an ihren presste … Sie wünschte nur, sie hätte noch mehr Sinne gehabt, um ihn wahrzunehmen, denn fünf schienen ihr nicht genug. In der Vergangenheit hatte sie sich – öfter, als sie zugeben wollte – gefragt, wie es wohl sein würde, ihn zu küssen, aber nicht einmal in ihren kühnsten Träumen hatte sie sich ausgemalt, dass es so schön sein würde. Es war eine Erfahrung, die nur noch von seiner Stimme übertrumpft wurde, die an ihrem Nacken bebte und flüsterte: »Anna, du hast mich in den Wahnsinn getrieben, als ich dich das erste Mal sah, und jetzt treibst du mich aus ganz anderen Gründen in den Wahnsinn. Ich will dich so sehr. Du gehörst in meine Welt. Du gehörst zu mir.«

Natürlich, das konnte nicht wahr sein. Sie hatte zu viel Champagner getrunken und halluzinierte. Aber konnte man nach zwei Gläsern denn halluzinieren? Vielleicht hatte ihr jemand irgendwelchen »Stoff« ins Glas gekippt? In Wirklichkeit war Vladimir im Darq House und baggerte diese langbeinige, magere Zicke an, und sie war hier allein im Mondlicht und träumte den schönsten Tagtraum ihres Lebens. Aber sie halluzinierte nicht, es geschah tatsächlich. Vladimir sagte diese Dinge, und sie atmete schwer, da sich sein Mund über ihrem Hals bewegte, als würde er auf einer Harmonika einen langsamen Blues spielen.

Dann richtete er sie auf und stellte sie vor sich hin und sah ihr tief in die Augen.

»Ich habe Gäste, ich muss zurück. Morgen Früh um elf werde ich dich abholen. Ich werde dir die wahre Welt des Vladimir Darq zeigen.« Er nahm ihre Hand und küsste sie, und dann drückte er ihr noch einen langen, sinnlichen Kuss auf die Lippen. Er zog sich quälend langsam von ihr zurück und ließ Anna in seinem Nachbeben zurück, voller Angst davor, die Augen aufzuschlagen und ihn gehen zu sehen.

Als sie sie wieder öffnete, war er verschwunden. Sie fühlte sich, als hätte sie soeben zehn Runden mit einem liebestollen Rocky Marciano gekämpft. Ihr war so schwindelig, dass sie glaubte, sie würde wie ein Heliumballon zu diesem großen Vollmond aufsteigen, wenn sie ihre schwere Handtasche losließ.

Sie lehnte sich gegen die Tür, um nicht den Halt zu verlieren, reckte den Hals und hielt ihn einem imaginären Vladimir hin, um noch mehr von ihm zu bekommen. Was meinte er mit »seine wahre Welt«?, fragte sie sich. Würde er ihr seinen und ihren Sarg im Keller zeigen? Die Flaschen mit Jungfrauenblut? Der Mond strahlte ein weiches, silbriges Licht auf sie hinunter. Sterne funkelten am Himmel. Sie waren wie winzige Perlen, die auf ein Samttuch genäht waren.

Sie stand da, seufzte wie in einem Hollywood-Musical und dachte, sie würde in dieser Nacht niemals einschlafen können, nicht in einer Million Jahren, als sie auf einmal das leise Tuckern eines sich nähernden Wagens hörte, der im nächsten Augenblick in ihre Straße einbog. *Tony*. Sie hatte ihn ganz vergessen. Sie hatte ihn allen Ernstes vergessen. Noch vor einer halben Stunde war sie bereit gewesen, sich seine Entschuldigungen anzuhören, aber nach diesem Kuss war das ein Ding der Unmöglichkeit. Er grinste selbstgefällig, während er vorfuhr, dann zog er verwirrt die Stirn in Falten, und dann lächelte er wieder, breiter als je zuvor.

»Anna! Wow! Ich habe dich im ersten Augenblick gar nicht erkannt. Ich dachte, das muss jemand anders sein. Du siehst hinreißend aus – wie ein Model. Bist das wirklich du? Wow!«

Er sprang aus dem Wagen, und sie sah sofort die Koffer auf der Rückbank.

»Ich bin früh dran, Schatz«, sagte er. »Und du auch. Du konntest es nicht erwarten, was? Ich auch nicht. Dieses Kleid steht dir fantastisch. Ich kann es kaum noch erwarten, es auf dem Schlafzimmerboden liegen zu sehen. Komm her, ich habe dich so vermisst.« Er trat auf sie zu, die Arme weit ausgebreitet, um sie zu umarmen, aber sie hielt ihn mit einer Hand auf und sagte entschieden seinen Namen.

»Tony.« Sie wusste nicht, was sie sonst noch sagen sollte außer: »Nein.«

Er blieb wie angewurzelt stehen, die Arme noch immer ausgebreitet. »Nein?«, fragte er schließlich. »Was soll das heißen – *nein?*«

»Ich habe nachgedacht. Ich will dich nicht wiederhaben.«

»Ach, komm schon«, sagte er, noch immer mit diesem breiten Grinsen im Gesicht. »Du weißt doch, dass du es willst. Deswegen hast du mir doch gesagt, ich soll um Mitternacht wiederkommen.«

»Das habe ich nicht gesagt. Das hast du gesagt«, stellte Anna richtig.

»Ist doch dasselbe.«

»Tony, das vorhin … du hast mich da überrumpelt. Ich war völlig durcheinander. Aber jetzt bin ich es nicht mehr.«

»Du nimmst mich auf den Arm«, sagte er. Er lächelte noch immer, jetzt offenbar entzückt. »Ah – verstehe. Du willst mich noch ein bisschen zappeln lassen!«

»Nein, das will ich nicht. Du wirst zurück zu Lynette gehen müssen.«

»Das kann ich nicht«, sagte er. »Ich meine, das will ich nicht. Ich will dich, nicht sie.«

»Tony, ich will dich nicht.«

»Doch, das willst du. Wie oft bist du denn an meinem Salon vorbeigefahren, um mich zu sehen?«

So eine Frechheit, dachte Anna. Er hatte sie gesehen. Und zweifellos hatte es ihm einen Kick gegeben, hatte ihn glauben lassen, ihre Tür würde für ihn offen sein, sobald er sich dazu herabließ, zu ihr zurückzukehren.

»Gehen wir ins Haus und reden wir darüber«, sagte er.

»Nein«, sagte Anna und hob wieder die Hand. »Ich will nicht, dass du ins Haus kommst. Ich will dich nicht, Tony. Es ist aus.«

Er lächelte noch immer, als würde er ihr nicht glauben. Bis einen Augenblick später die quietschenden Reifen eines zweiten Wagens die Nachtluft durchschnitten und ein rostiger rosa Fiat Punto keinen halben Meter hinter Tonys Stoßstange zum Stehen kam. Dann schwand sein Lächeln schlagartig.

»Hab ich doch gewusst, dass du hier steckst, du treuloser Schuft«, schrie eine sehr aufgebrachte, knallrot angelaufene Lynette Bottom und sprang auf den Gehsteig. Ein Vorhang zuckte im oberen Schlafzimmer der Katzendiebin. Dann sah Lynette die glamouröse Frau in blauem Samt, und ihr Gesicht verzog sich vor Verwirrung und Verlegenheit. Als sie noch einmal genauer hinsah, erkannte sie, dass es tatsächlich Tonys Exfreundin war. Gott! Sie wickelte ihre Strickjacke fester um sich und kam sich auf einmal sehr schäbig und abgerissen vor.

»Na ja, du kannst ihn gern haben«, sagte Lynette zwischen heißen Tränen der Wut. »Er ist zu nichts zu gebrauchen, wofür man keine Schere und keinen Kamm braucht. Zum Beispiel … im Bett!«

»Hey«, sagte Tony.

»Er hat die Wörter ›Qualität‹ und ›Quantität‹ ein bisschen verwechselt!«, fuhr Lynette bissig fort. »Er glaubt, wenn er es dreimal bringt, kriegt man nicht mit, wie beschissen er ist!«

»Lynette …«

»Hat er dir eigentlich erzählt, dass ich letzten Monat dachte, ich sei schwanger?«

Tony hielt sich eine Hand vor die Augen. Vielleicht tat er genau das, was kleine Kinder taten, die dachten, wenn sie die Augen zukniffen, könnte auch niemand sie sehen.

Anna stockte der Atem. »Nein, das hat er nicht.«

»Aber du bist nicht schwanger«, sagte Tony, zwischen seinen Fingern hindurchschielend.

»Nein, aber ich dachte es, und ich habe dir gesagt, ich könnte es sein«, sagte Lynette und schnellte zu ihm herum. »Und wo warst du, während ich beim Arzt saß? Hast dich wieder hier herumgetrieben, stimmt's, du … du … du Arschloch.« Sie zeigte mit einem spitzen Finger auf Anna, doch dann ließ sie ihn wieder sinken, denn neben dieser Frau in dem langen Kleid kam sie sich ein bisschen gewöhnlich vor. »Na ja, du kannst ihn gern haben. Der Dreckskerl hat mir eine Nachricht dagelassen, auf der stand: ›Ich brauche ein bisschen Abstand.‹ und ›Es gibt keine andere.‹, und dann hat er sich einfach davongestohlen und gedacht, ich würde es gar nicht mitkriegen. Aber ich habe gesehen, wie er seine Koffer ins Auto gepackt hat, denn seine Art sich zu verabschieden ist genauso beschissen wie sein Vorspiel. Und ich wusste einfach, dass er wieder hier zu Kreuze kriechen würde! Nimm ihn ruhig, er gehört dir!«

»Danke für dein großzügiges Angebot, Lynette, aber ich muss es leider ausschlagen«, sagte Anna. Sie war beherrschter, als sie es selbst für möglich gehalten hätte. »Ich wünsche euch beiden noch einen schönen Abend. Tony, wir sprechen uns noch wegen der Aufteilung der Vermögenswerte.« Obwohl sie – nach dem Schrei zu urteilen, den sie hörte, als sie die Tür aufgesperrt und hinter sich wieder geschlossen hatte – vermutete, dass Lynette vielleicht schon angefangen hatte, Tonys Vermögenswerte aufzuteilen.

Wenig später hörte Anna erst den einen Wagen mit quietschenden Reifen abfahren und dann den anderen, weitaus langsamer, als hätte Tony den Schwanz eingezogen. Sie wusste nicht, ob beide in dieselbe Richtung fuhren. Und es war ihr, wie sie mit einer gewissen Befriedigung feststellte, auch egal.

Sie hörte ein empörtes Aufkreischen zu ihren Füßen, als sie in die dunkle Küche ging, um Wasser aufzusetzen, und auf etwas Weiches trat. Offenbar hatte auch Butterfly sich diesen Abend ausgesucht, um nachhause zu kommen. Auf eine typisch männliche Art, mit eingezogenem Schwanz.

Siebenundsiebzigstes Kapitel

Elizabeth hielt den Brief ihrer Schwester an Raychel in der Hand, in dem sie ihr schrieb, wie sehr sie sich freue, dass sie sich bereiterklärt hatte, sie zu besuchen, und ihr den Weg zu der Pension schilderte, in der sie zurzeit wohnte. Elizabeth versuchte, ruhig zu bleiben, aber das fiel ihr wirklich sehr schwer. Gott sei Dank saß John am Steuer. Er war ihr sprichwörtlicher Fels in der Brandung. Das war er schon immer gewesen. Sie war so froh, dass ihre Nichte mit Ben ebenfalls einen Fels hatte.

Der kleine Ellis war zuhause bei seiner »Tante« Janey. Ihr Mann George war so herrlich albern, und zweifellos würde der kleine Junge einen Riesenspaß dabei haben, mit Janeys Sohn Robert und ihrem neuen, riesigen Bernhardinerwelpen Jimbo zu spielen. Dieser Ausflug hier war nichts für ein Kind.

Die Fahrt nach Newcastle dauerte zwei Stunden. Elizabeths Nerven spannten sich noch mehr an, als sie am »Engel des Nordens« zu ihrer Rechten vorbeifuhren. Sie schloss die Augen und beschwor ihn, ihr Kraft zu verleihen, denn sie war sich nicht sicher, was sie empfinden würde, wenn sie Bev sah. Das Monster, das sein eigenes Kind geschlagen und tatenlos zugesehen hatte, wenn ihr Freund dasselbe tat, war auch das kleine Mädchen, das sie im Bett weinen gehört hatte, weil ihr Dad sie missbraucht hatte, als sie Kinder waren. Sie wusste nicht, welche Bev sie sehen würde, wenn sie die Tür öffnete.

Das Navigationssystem kündigte an, dass sie hinter der nächsten Ecke ihr Ziel erreicht haben würden. John fuhr langsam weiter, versuchte, ein Schild der Pension zu finden, in der Bev lebte und in diesem Augenblick eine große Versöhnung mit ihrer Tochter erwartete.

»Ich komme mit«, sagte John.

»Nein, warte hier«, sagte Elizabeth. »Das hier ist nicht unbedingt die Gegend, in der man einen guten Wagen unbewacht stehen lassen sollte.«

»Und das hier ist nicht unbedingt das Gebäude, in das ich meine Frau allein gehen lassen will«, sagte John hartnäckig. »Ich werde dich zumindest bis zu Bevs Tür begleiten.«

Elizabeth protestierte nicht. John wollte sie nur sicher in dieses Haus bringen. Und ihre Nerven gingen ohnehin schon fast mit ihr durch.

Der Eingangsbereich erinnerte an eine chinesische Imbissstube in einer etwas heruntergekommenen Gegend. Billige Holztäfelung und ein halbherziger Versuch, die Wände mit ein paar kitschigen Bildern in Plastikrahmen fröhlich zu gestalten. In einer Wand befand sich eine Durchreiche, offenbar die »Rezeption«. Dahinter sah Elizabeth eine Frau mit dem Rücken zur Luke sitzen, die Musik auf einem iPod hörte und gleichzeitig auf einem tragbaren TV-Gerät fernsah.

»Hallo«, rief John durch die Luke und hämmerte, als seine laute Stimme nichts half, gegen den Rahmen, um die Frau auf sich aufmerksam zu machen. »Wir wollen gern Marilyn Hunt besuchen.«

»Oberster Stock, Zimmer acht«, sagte die Frau knapp, bevor sie sich wieder zu dem Fernseher umwandte.

»Offenbar eine sehr sichere Pension«, flüsterte John.

»Geh zurück zum Wagen«, sagte Elizabeth.

»Ich habe doch gesagt, ich bringe dich erst noch hoch«, beharrte John.

Sie gingen eine sehr kahle, schmale, gewundene Treppe hoch bis zum obersten Stockwerk. Ein schmuddeliges, mit Spinnweben verhangenes Dachfenster ließ ein bisschen graues Licht hinein, sodass das ganze Gebäude noch deprimierender aussah. Der Teppich auf dem Treppenabsatz war verkrustet, und Raumduft-Wunderbäume konnten den muffigen Geruch nicht wirklich überdecken.

Elizabeths Herz hämmerte wild, als sie die Hand hob, um an die Tür zu klopfen, aber im letzten Augenblick zog sie sie noch einmal zurück und nahm sich einen Moment Zeit, um ihre Gedanken zu sammeln. Sie hatte keine Ahnung, was sie sehen würde, wenn diese Tür aufging, und keine Möglichkeit, sich darauf vorzubereiten. *Komm schon, Elizabeth*, sprach sie sich Mut zu, hob wieder die Hand und klopfte laut. Ein Rumoren war hinter der Tür zu hören, dann ging sie auf, und da stand die Schwester, die sie seit ihrer Kindheit nicht mehr gesehen hatte, die Schwester, um die sie eimerweise Tränen vergossen hatte, nach der sie gesucht und für die sie gebetet hatte. Ihr stockte der Atem, als sie die erwachsene Version des Mädchens erblickte, das sie vor all den Jahren zuletzt gesehen hatte. Sie hätte diese aufgedunsene, blondierte Frau nicht wiedererkannt, die so viel älter aussah, als sie war. Nur in ihren grauen Augen war noch eine Spur der Bev, die sie einmal gekannt hatte.

Die beiden Frauen standen da und starrten sich an, außer Stande, sich von der Stelle zu rühren. Es war Bev, die das Schweigen schließlich mit einem einzigen atemlosen Wort brach.

»Elizabeth?«

»Ja, ich bin's.«

»Gott. Damit habe ich nicht gerechnet. Wo ist Lorraine?«

»Gehen wir rein«, sagte Elizabeth. »John, du kannst jetzt gehen, es ist alles gut. John!« Sie musste ihn aus einem Tagtraum zurückholen. Einem unangenehmen, seiner Miene nach zu urteilen. Er nickte ihr zu und ging langsam die Treppe hinunter.

Bev trat zur Seite, um Elizabeth in ihr Zimmer zu lassen.

»Es ist ein Loch, ich weiß, aber es ist ja nur vorübergehend.« Bev deutete etwas verlegen in das Zimmer.

»Das ist doch egal. Ich bin nicht gekommen, um zu sehen, wie du lebst.«

Es war ein schlichter, funktionaler Raum, aber er war tipptopp sauber. An der linken Wand war ein Doppelbett, und unter einem schrägen Velux-Fenster standen ein Tisch, ein Stuhl und ein altes Sofa, aufgehübscht mit einer roten Tagesdecke. Auf der rechten Seite standen ein alter Walnuss-Kleiderschrank, eine ramponierte Kiefern-Kommode, ein Schuhregal mit Herren- und Damenschuhen und drei Küchenschränke, zwei weitere Kommoden und eine kleine, glänzende stählerne Spüle. Ein dicker chinesischer Teppich lag über einem bunt gemusterten Teppichboden, und der Geruch von Zitrus-Raumspray lag in der Luft. Zwei Tassen und ein Teller Schokoladenkekse standen neben einem Wasserkocher bereit. Die Tür war noch immer offen, und Bev warf einen Blick in den Flur.

»Ist sie hier? Wird sie gleich hochkommen?«, fragte Bev. Sie hatte inzwischen einen echten Geordie-Akzent. Er vertiefte die Kluft zwischen den beiden Schwestern noch mehr, falls das überhaupt möglich war.

»Nein, sie ist nicht hier«, sagte Elizabeth. »Du kannst die Tür zumachen.«

»Warum ist sie nicht gekommen? Sie hat es doch gesagt.«

»Rede erst mit mir. Mach die Tür zu.«

Bev machte sie zu und ging dann hinüber zu dem Wasserkocher und schaltete ihn ein.

»Möchtest du etwas trinken?«

»Nein, danke«, sagte Elizabeth, als Bev eben schon die »Tee oder Kaffee«-Frage stellen wollte. Bev häufte etwas Nescafé in einen Becher, und Elizabeth sah ihr zu, während sie versuchte, in dieser Fremden vor ihr die Schwester zu sehen, um die sie so lange so tief getrauert hatte. Es gelang ihr nicht.

»Es ist seltsam, dich zu sehen, Elizabeth. Es ist lange her, was?«, sagte Bev unbeholfen. Sie fröstelte, als sei ihr kalt, und wickelte sich fester in ihre Strickjacke, wie um sich zu schützen. »Wie hat Lorraine dich denn gefunden? Geht es ihr gut?«

»Es geht ihr gut«, war alles, was Elizabeth zu Stande brachte. Sie hatte sich tagelang zurechtgelegt, was sie zu Bev sagen würde, aber das Skript war vom »Engel des Nordens« zerrissen und dort liegen gelassen worden. Elizabeth konnte nicht mehr sagen, wie sie vor »Marilyn« reagieren würde.

Bev schüttete in aller Ruhe etwas Zucker aus einem Tütchen in ihren Becher und rührte vorsichtig um, den kleinen Finger abgespreizt, was so gar nicht zu ihrer unbeholfenen, massigen Gestalt zu passen schien. Offensichtlich tat sie es nur, um ihre Hände zu beschäftigen, denn danach trank sie gar nicht aus dem Becher, sondern rührte nur immer weiter um.

»Ich weiß nicht, was ich zu dir sagen soll«, flüsterte sie.

»Ich auch nicht«, sagte Elizabeth in einem deutlich kühleren Ton.

»Aber ich muss wirklich mit meiner Tochter reden«, sagte Bev. »Ich muss sie sehen.«

»Rede stattdessen mit mir. Sie will dich nicht sehen, Bev.«

»Sie hat mir geschrieben und …«

»Ich habe diesen Brief geschrieben – mit ihrem Einverständnis natürlich. Ich war mir nicht sicher, ob du dich bereiterklären würdest, mich zu sehen.«

»Oh.«

»Sie hat mir alles erzählt, und ich muss sagen, ich kann es ihr nicht verdenken, dass sie nicht selbst kommen wollte.«

Bev legte ihren Löffel in die Spüle. »Ich hatte gehofft, sie würde mich sehen wollen, nur ein einziges Mal. Ich wusste, dass sie mich nicht öfter sehen wollen würde. Da mache ich ihr keinen Vorwurf. Ich wollte mich nur bei ihr entschuldigen. Für alles, was ich ihr angetan habe.«

»Das könntest du ihr in einem Brief sagen und ihr den Schmerz ersparen, dich persönlich sehen zu müssen«, entgegnete Elizabeth.

»Ich habe es für sie getan. Ich dachte, sie würde sich vielleicht … vielleicht …« Bev brach ab. Sie holte einmal tief Luft. »Ich dachte, sie würde sich vielleicht an mir rächen wollen.«

»Wie – du wolltest, dass sie hierherkommt und dich schlägt?«

Bev zuckte die Schultern. »Oder mich anbrüllt oder anschreit. Was immer sie tun muss.«

»Sie ist kein rachsüchtiger Mensch. Sie ist ein wundervolles, gutherziges Mädchen.«

»Ich habe bei ihr so viel falsch gemacht.«

Die Ehe und die Mutterschaft hatten Elizabeth sanfter gemacht, aber in diesem Augenblick war sie fast wieder der wilde Teenager, der sie einmal gewesen war. »Falsch gemacht? Das ist aber leicht untertrieben, oder? Wie konntest du ihr das alles antun? Wie konntest du all diese Dinge geschehen lassen? Mit deinem eigenen Kind?«

»Weißt du denn überhaupt, was *mir* als Kind angetan wurde? Nein, das weißt du nicht!«, gab Bev zurück. Ein unterdrückter

Schluchzer war aus ihrer Stimme herauszuhören. »Du hast keine Ahnung, was ich durchgemacht habe.«

»Doch, das habe ich«, sagte Elizabeth, jetzt ebenso laut. »Ich weiß, was du durchgemacht hast, denn nachdem du weg warst, hat Dad bei mir damit angefangen!«

Bevs Mund öffnete sich zu einem langen O. »Das tut mir leid«, sagte sie schließlich. »Das habe ich nicht gewusst.«

Elizabeth lachte freudlos auf. »Na ja, woher hättest du das auch wissen sollen? Du hast mich schließlich damit alleingelassen. Bist du nie auf die Idee gekommen, dass er versuchen könnte, mir dasselbe anzutun wie dir? Du hättest jemandem sagen können, was er getan hat, als du gegangen bist, nur zur Sicherheit, aber nicht einmal das hast du getan.«

Elizabeth dachte zurück an die blasse, große, launische Schwester, die sie immer aufgezogen hatte, ohne zu wissen, dass ihr Vater Bev missbrauchte. Jahrelang hatte sie sich vorgeworfen, es nicht erkannt zu haben, weil sie zu jung gewesen war, um ihr zu helfen, bis John Silkstone in ihr Leben getreten war, der sie liebte und sie gezwungen hatte, zu erkennen, dass sie es doch wert war, geliebt zu werden.

»Ich kann die Uhr nicht zurückdrehen, und es gibt zu vieles, was ich nicht wiedergutmachen kann, aber ich wünsche mir nichts sehnlicher, als dass ich es könnte. Ich habe viel getrunken und viele Drogen genommen«, sagte Bev, ohne ihrer Schwester in die Augen zu sehen, »aber ich versuche nicht, mich damit zu entschuldigen.«

»Das ist auch keine Entschuldigung«, warf Elizabeth ein.

»Nein, das ist es nicht. Es war alles meine Schuld. Aber jetzt bin ich clean. Ich habe mich in den Griff bekommen, als ich aus dem Gefängnis kam. Aber ich habe schon ein paar Jahre dafür gebraucht. Nächste Woche ziehe ich hier aus. Ich habe eine kleine Sozialwohnung bekommen.«

»Das ist gut«, sagte Elizabeth leise. Sie wusste nicht, was sie sonst sagen sollte.

»Ich hätte niemals Mutter werden sollen, ich weiß. Ich hätte sie zur Adoption freigeben sollen. Ich kann nie wiedergutmachen, was … was ihr vor meinen Augen angetan wurde. Und der anderen Kleinen. Die Drogen haben sie getötet. Ich konnte nicht aufhören damit. Ich musste damit klarkommen, dass ich mein eigenes Kind getötet hatte, hat Lorraine dir das erzählt?«

»Ja, ich weiß«, sagte Elizabeth.

Bev ließ sich aufs Sofa fallen und spielte nervös mit ihrer Halskette. »Ich hatte solche Angst davor, Lorraine wiederzusehen. Ich … ich hatte das Gefühl, das müsste ich. Aber ich wusste nicht, wie ich es sagen sollte.«

»Ich werde ihr sagen, dass es dir leidtut«, sagte Elizabeth. Sie wollte diese erbärmliche Frau hassen, aber es gelang ihr nicht wirklich. Mitleid, Abscheu und Wut wirbelten wild in ihr – aber kein Hass.

»Es ist nicht nur das.« Bev hüstelte, um die Heiserkeit in ihrer Stimme zu vertreiben. »Da ist noch mehr.«

»Was denn?«, fragte Elizabeth, als Bev ihr Gesicht in den Händen vergrub und immer wieder »O Gott« seufzte.

»Es ist … ich bin mir nicht hundertprozentig sicher …«

Elizabeth war davon ausgegangen, dass Bev sich nur entschuldigen wollte. Was konnte es denn sonst noch geben? »Nicht sicher, dass was?«

»Erinnerst du dich noch an die Siddalls in der Schule? Ich glaube, sie hatten in jedem Jahrgang ein Mädchen. Charlene Siddall ging in meine Klasse. Sie hatte einen Zwillingsbruder, der auf eine Jungenschule ging: Michael.«

»Ich kann mich an sie erinnern«, sagte Elizabeth, nicht sicher, worauf Bev hinauswollte. Aber sie erinnerte sich an die Siddalls: eine rüpelhafte, große Familie. Der Name tauchte noch immer hin und wieder im *Barnsley Chronicle* auf, im Allgemeinen im Zusammenhang mit Drogen, Gewalt und Ladendiebstahl.

»Ich hatte mal Sex mit Michael Siddall«, fuhr Bev fort.

Jetzt war Elizabeth verwirrt. »Was hat das denn mit Ra … Lorraine zu tun?«

Bev holte einmal tief Luft, um Kraft zu schöpfen, aber das grausame Geheimnis, das sie über achtundzwanzig Jahre lang gehütet hatte, kam nur im Flüsterton ans Licht.

»Er könnte Lorraines Dad sein. Ich bin mir nicht sicher, aber ich denke, er könnte es sein.«

»Was?«

»Als Baby sah sie ihm ähnlich. Sag ihr, es tut mir leid, so leid.«

Bev begann, leise in ihre Hände zu schluchzen, während Elizabeth versuchte, diese Information zu verarbeiten: dass Raychel vielleicht gar nicht das Kind einer Inzestbeziehung war, dass sie vielleicht doch Kinder bekommen konnte.

»Mein Gott. Warum hast du ihr das nicht schon längst gesagt?« Elizabeth konnte es nicht fassen. Warum hatte Bev so etwas für sich behalten? Warum hatte sie ihrer Tochter erzählt, sie sei aus einer Inzestbeziehung entstanden, wenn das vermutlich gar nicht der Fall war?

»Ich war damals ein völlig anderer Mensch. Ich war verletzt, und ich wollte selbst verletzen.«

Da wusste es Elizabeth. Bev hatte ihre Tochter für das hassen und bestrafen wollen, was sie selbst durchgemacht hatte. Es war so verkorkst, dass ihr fast körperlich schlecht wurde.

Bev spielte noch immer mit ihrer Halskette, und als Elizabeth sah, dass es ein Kruzifix war, rastete sie fast aus. Sie war mit zwei großen Schritten bei ihr, zerrte Bev an den Rändern ihrer zerschlissenen Strickjacke hoch und schleuderte sie gegen die Wand.

»Du hast einem kleinen Mädchen erzählt, ihr Vater sei ihr Opa, obwohl du es nicht sicher wusstest? Was bist du nur für ein Tier!«

Bev kreischte auf, aber sie versuchte nicht, sich zu verteidigen. »Ich weiß, ich weiß, es tut mir leid. Es tut mir leid, was ich getan habe. Und es tut mir leid, dass ich dich im Stich gelassen habe. Es tut mir leid, dass ich abgehauen bin und niemandem etwas gesagt habe, um dich zu schützen.« Sie zuckte zusammen, wartete auf den Schlag, der nicht kam. Aber Elizabeth lockerte ihren Griff. Noch mehr Gewalt würde zu nichts führen. Davon hatte sie genug erlebt. Bev blieb zusammengekauert an der Wand sitzen.

»Ich werde ihr sagen, was du mir erzählt hast.« Elizabeth beruhigte sich allmählich. Sie wollte jetzt nachhause fahren und sich überlegen, wie sie das alles Raychel beibringen sollte. Nur eines gab es noch zu tun: den Grund, weshalb Elizabeth ihre Schwester überhaupt hatte sehen wollen. Sie griff in ihre Handtasche, zückte einen Scheck und drückte ihn Bev in die Hand.

»Als Dad starb, habe ich sein Haus verkauft. Ich habe das Geld auf ein Konto für dich eingezahlt, für den Fall, dass ich dich je finden sollte. Ich habe nie auch nur einen Penny davon angerührt. Es gehört von Rechts wegen dir.«

Bev sah völlig ausdruckslos auf den Scheck. Dann streckte sie langsam die Hand nach Elizabeth aus. »Es ist Bev Colliers Geld«, sagte sie. »Aber hier gibt es keine Bev Collier.«

»Aber da steht ja auch nirgends ›Bev Collier‹. Ich habe die Empfängerzeile frei gelassen. Ich wusste nicht, welchen Namen ich daraufschreiben sollte«, sagte Elizabeth.

»Egal, welchen Namen du daraufschreibst, es ist immer noch Bev Colliers Geld, und diesen Menschen gibt es nicht mehr.«

»Es gehört trotzdem dir.«

Bev hatte die Hand noch immer ausgestreckt. »Ich will es nicht.«

»Du hast diesen Scheck doch richtig gelesen, oder? Auf diesem Konto liegen über vierzigtausend Pfund, und das gehört alles dir.«

»Ich kann lesen. Aber ich will es nicht. Nimm es wieder an dich.«

»Du schlägst es aus?«, fragte Elizabeth ungläubig. »Niemand schlägt eine solche Summe aus.«

»Du selbst hast es doch auch getan. Sonst hättest du es doch anderweitig verwendet«, sagte Bev.

»Ich lasse ihn bei dir.« Elizabeth wandte sich zur Tür. Sie hatte getan, wofür sie hergekommen war. Aber das Geräusch von zerreißendem Papier ließ sie noch einmal innehalten.

»Es gehört mir nicht«, sagte Bev, den Scheck noch immer in der Hand, der jetzt in acht Teile zerrissen war. »Ich will dieses Geld nicht. Ich lebe einfach und ohne Komplikationen. Ich habe lange gebraucht, um an diesen Punkt zu kommen.«

Elizabeth guckte noch immer nicht überzeugt.

»Bitte, Elizabeth«, beschwor Bev sie. »Dadurch würde sich für mich so vieles ändern, und das will ich nicht. Ich könnte damit nicht umgehen. Gib es Lorraine. Aber sag ihr bloß nicht, dass es von *ihm* kommt. Erzähl ihr irgendetwas anderes, etwas Nettes«, fuhr Bev fort. »Sag ihr nicht, dass es von mir kommt. Denn das würde uns aneinanderbinden, und wir beide gehören nicht zusammen. Sie muss frei von mir sein. Bitte. Deswegen wollte ich sie heute sehen. Ein letztes Mal.«

Da begriff Elizabeth, dass Bev jedes Wort ernst meinte.

»Ich werde tun, worum du mich bittest.« Elizabeth öffnete die Tür zum Gehen. Sie hielt es in diesem Zimmer nicht mehr aus.

»Elizabeth.« Bevs Stimme klang auf einmal zart und zerbrechlich. Es war die Stimme ihrer Schwester aus längst vergangenen Zeiten, die Elizabeth jetzt erkannte. Sie zerrte sie zurück in die Vergangenheit, zu den beiden Mädchen, die zusammen ein Puzzle machten. Früher. Tränen brannten in Elizabeths Augen.

»Sag mir nur – sie ist doch glücklich, oder?«

»Ja«, nickte Elizabeth. »Sie ist glücklich.«

»Das freut mich. Mach's gut, Elizabeth.«

»Mach's gut, B… Marilyn. Viel Glück.«

»Dir auch.«

Elizabeth schloss die Tür hinter sich und ging eine Treppe tiefer. Auf dem nächsten Treppenabsatz blieb sie stehen und weinte die letzten Tränen, die sie je um ihre Schwester vergießen würde. Dann tupfte sie sich die Augen ab und nahm sich zusammen, damit John nicht sah, dass sie geweint hatte bevor sie weiterging. Sie trat auf die Straße hinaus und ging auf den Wagen zu. Frische Luft in ihren Lungen hatte ihr noch nie so gutgetan.

Achtundsiebzigstes Kapitel

Vladimir Darq war ein Mann, der glaubte, vom Glück gesegnet zu sein. Er war in Titesti geboren, einem kleinen Dorf am Fuße der transsilvanischen Berge an dem wunderschönen Fluss Mureş, bei freundlichen und liebevollen Eltern. Aber irgendetwas hatte die Familie Darescu schon immer vom Rest des Dorfs unterschieden. Es ging das Gerücht, dass sie von einer alten Linie nachtaktiver Geschöpfe abstammten, die verehrt, gefürchtet und vor allem respektiert worden waren. Tatsächlich litten die männlichen Abkommen der Darescu-Linie seit Generationen unter einer starken Lichtempfindlichkeit, und ihre von Natur aus länglichen Eckzähne verliehen den Gerüchten zusätzliche Glaubwürdigkeit. Dennoch begegnete die Gemeinde der geheimnisvollen Familie mit fürsorglicher Herzlichkeit, und Vladimir senior wollte mehr als ein Leben in den Minen für seinen Sohn, der ein erstaunliches künstlerisches Talent an den Tag legte und seiner Mutter, einer Näherin, gern zur Hand ging. Leider erlebten seine Eltern nicht mehr, wie ihr Sohn mit seinen erstaunlichen Kreationen und seinem geheimnisvollen Vampir-Gehabe an die Spitze der Modewelt aufstieg.

Die Leute in dem Dorf in Yorkshire, in dem er jetzt lebte, waren freundlich, offenherzig und aufrichtig – die englische Version der rumänischen Dorfbewohner, mit denen er aufgewachsen war. Sie entwickelten allmählich sogar einen gewissen Stolz auf ihn, je mehr sie über ihn und seine Leistungen erfuhren. Er besaß Häuser in Italien, Paris und London. Aber sein eigentliches Zuhause war das Darq House.

Vladimir war der dunkle Liebling der Designer. Die Paparazzi himmelten ihn an, Reporter bemühten sich um ihn, Models versuchten, ihn ins Bett zu kriegen, und der junge Vladimir war so manches Mal mit einer wunderschönen Frau an seiner Seite aufgewacht.

Von außen betrachtet, hatte Vladimir Darq alles. Fast alles. Denn im Grunde seines Herzens war er noch immer der einfache Junge aus Rumänien, der sich nach der Liebe und Wärme einer Familie sehnte, die in seiner dynamischen Karriere leider noch immer fehlte.

Als er an jenem Abend Anna am Bahnhof gesehen hatte, hatte das irgendetwas in ihm entfacht. Er konnte sich nicht erklären, wieso der Anblick dieser traurigen Frau mit den langen, kastanienbraunen Haaren eine solche Wirkung auf ihn gehabt hatte. Er hatte ihr Potenzial als *das* Model für sein geplantes Projekt gesehen. Aber es war mehr als das für ihn gewesen. Irgendetwas tief in seinem Inneren hatte eine verwandte Seele erkannt. Ein anderes menschliches Wesen, das sich danach sehnte, zu lieben und geliebt zu werden. Ihre Verletzlichkeit hatte sein Herz gerührt.

Woche um Woche hatte er zugesehen, wie Anna aufblühte, und der Geruch ihrer samtigen Haut brachte ihn fast um den Verstand vor Lust. Er musste seine ganze Kraft aufbieten, um seine Lippen nicht auf diese Haut zu pressen.

Und auf dem Vollmondball hatte er sich gewünscht, die Party möge sich früh auflösen, damit er mit Anna allein sein könnte. Er hatte vorgehabt, sie hinaus auf seinen Balkon zu führen und im Mondlicht mit ihr zu tanzen. Er hatte ihr einen schönen und romantischen Abend bereiten wollen. Er hatte ihr sagen wollen, dass er sich in sie verliebt hatte, während sie unter den Sternen Walzer tanzten. Und er hatte sich gewünscht, dasselbe von ihr zu hören.

Er war zu ihrem Haus geeilt, als er bemerkte, dass sie gegangen war. Er hätte diesen Kuss ebenso wenig aufhalten können wie den Fluss Mureş, als er eines Sommers, als er noch ein Kind war, über die Ufer getreten war. Aber war es für sie nur ein Kuss gewesen?

Er war ein Nervenbündel, als er am nächsten Morgen in seinen Wagen stieg, um sie abzuholen, wie er es versprochen hatte.

Die Generalprobe für die Hochzeit fand am Sonntag nach dem Morgengottesdienst statt. Es gab eine kleine Verzögerung, als sich die beiden Brautjungfern auf dem Friedhof übergaben und der Trauzeuge des Bräutigams aus dem nahe gelegenen Laden erst noch etwas Paracetamol und Red Bull besorgen musste. Der Bräutigam hatte nur noch eine Augenbraue. Die andere war ihm abrasiert worden, als er im Zentrum von Wakefield nackt an einen Laternenpfahl gebunden worden war. Er war ungewöhnlich still, benahm sich sehr anständig während der Generalprobe und erlaubte sich keinen Scherz, als sich die Gelegenheit bot, sich über das Lispeln des Pfarrers lustig zu machen, wie es sein Trauzeuge gern gewollt hätte.

Während er seine künftige Braut an seiner Seite ansah, begriff Calum Crooke, was für ein gutes Mädchen er mit Dawn hatte. Er war an diesem Morgen neben Mandy Clamp aufgewacht – seinem letzten Seitensprung, von Killer und Empty Head arrangiert. Aber jetzt kam er sich wie ein Mann auf Diät vor, der soeben eine ganze Schwarzwälder Kirschtorte vertilgt hat – beschämt, reumütig, mit einem flauen Gefühl im Magen und in dem Bewusstsein, dass die Vorfreude auf ein solches Vergnügen die Realität bei weitem übertraf. Mandy Clamp war eine echte Schlampe, für die es sich nicht lohnte, Dawn aufs Spiel zu setzen. Diese Erkenntnis war ihm heute Morgen gekommen, als Mandy eindeutig klargestellt hatte, dass ein Ehering keinen Unterschied für sie machte und dass er gern mehr von ihr bekommen könnte, wann immer – und wo immer – er wollte. Er war schon immer mit Schlampen gegangen, die ihre eigenen Grenzen nicht kannten, und auch wenn Dawn keine war und ihm niemals angetan hätte, was er ihr letzte Nacht angetan hatte, hatte er sie doch ebenso respektlos behandelt wie all die anderen Mandy Clamps dieser Welt. Er sah Dawn an, elegant in ihrem Sommerkleid, das lange, rote Haar hinten zusammengebunden, das Gesicht hübsch zurechtgemacht, und verglich sie mit seinen Schwestern, die weiß wie Zombies waren und in Jeans und billigen Designertops schwankten. Seine Mutter, in ihren allgegenwärtigen Flipflops, schubste die beiden auf ihre Plätze und schnauzte sie an, flüsternd, wie sie glaubte, obwohl sie alles andere als leise war, und er dachte, kein Wunder, dass er immer bei Frauen wie Mandy Clamp gelandet war, denn das war das Einzige, was er je gekannt hatte, bevor Dawn in sein Leben getreten war. Demi und Denise hatten über jede Frau hergezogen, mit der er je zusammen gewesen war, hinter ihrem Rücken natürlich, was eine Frechheit war, denn sie waren selbst mindestens genauso schlimm, vor allem Demi, denn seine ganzen Kumpels hatten sie gehabt. Aber in letzter Zeit hatte er sich, wenn sie Dawn auslachten, weil sie gern farblich passende Schleifen auf ihren kleinen Pralinen haben wollte, insgeheim geärgert. Wenn sie sich das nächste Mal über sie lustig machten, würde er etwas sagen und ihnen den Mund verbieten. Sie hatte sich solche Mühe gegeben, und er hatte es ihr alles andere als leicht gemacht. Er hatte sich Tante Charlottes Geld von ihr geborgt – ohne die Absicht, es je zurückzuzahlen oder ihre Hochzeitsreise damit zu finanzieren. Und während er nun dort in der Kirche stand, schämte er sich auf einmal aufrichtig dafür, dass er die Art Mann war, der sich für besonders toll hielt, wenn er sie betrog. Wenn sie verheiratet wären, würde er sich alle Mühe geben, seine Hose zuzulassen.

Vladimir blickte sehr ernst und grimmig, als er vor ihrem Haus vorfuhr, und Anna erwartete halb, dass er ihr sagen würde, er sei gestern Abend ein bisschen betrunken gewesen und hätte sie eigentlich gar nicht küssen wollen. Na ja, wenn er das vorhatte, dann konnte er sich gleich wieder verpissen. Sie hatte in den letzten vierundzwanzig Stunden schon einem erbärmlichen Weichei den Laufpass gegeben, und sie würde es auch noch einmal tun, wenn es sein musste. Sie drückte ihr Rückgrat durch, bereit für eine Konfrontation, und dann stieg Vladimir aus seinem Wagen, nahm sie schwungvoll in seine Arme und drückte ihr einen solchen Kuss auf die Lippen, dass sie glaubte, wenn er jetzt seine Fangzähne in ihren Hals schlagen sollte, dann würde sie gern vor den Nachbarn hier verbluten.

»Es ist helllichter Tag«, sagte sie, während sie nach dem bisschen Luft schnappte, das er ihr nicht abgedrückt hatte. »Wirst du nicht zu Staub zerfallen?«

»Gott schütze uns vor den Romanschriftstellern«, sagte Vladimir. »Steig schon ein.«

Sie tat gern, was er ihr sagte, und wurde zum Darq House gefahren, wo ein Heer von Reinigungskräften dem Haus seinen herrlichen gotischen Glanz zurückgegeben hatte. Er führte Anna durch sein Zuhause, seine Welt. Er zeigte ihr den überdimensionalen Kühlschrank, in dem eine Hackfleischpastete von Marks & Spencer und ein Glas Hellman's-Majonäse neben einer Flasche Cristal-Champagner und italienischen weißen Trüffeln standen. Er führte sie in das höhlenartige Wohnzimmer mit dem wuchtigen Fernseher, den eintausend DVDs und CDs, die die Regale an der Wand säumten, und dem größten und weichsten Sofa aller Zeiten. Er zeigte ihr die Bäder, sein Arbeitszimmer, einen Lagerraum voller Hundefutter und Zimmer, in denen sich Stoffe und Nähmaschinen türmten. Es gab keine Särge, keine Flaschen mit Jungfrauenblut, keine Altäre für schwarze Messen.

Und dann führte Vladimir Darq Anna Brightside hoch in sein kunstvoll geschnitztes gotisches Schlafzimmer, wo er sie auf sein Himmelbett warf, sie wie an einem Kruzifix ausstreckte und alle möglichen unheiligen Dinge mit ihr anstellte.

Neunundsiebzigstes Kapitel

»O mein Gott, hattest du etwa eine Schönheits-OP?«, sagte Dawn zu Anna, als sie am nächsten Tag wie Mae West ins Büro stolzierte. »Du siehst ja zwanzig Jahre jünger aus als am letzten Samstag – und schon da sahst du höchstens aus wie neunzehn! Bist du in Wirklichkeit etwa auf eine dieser Botox-Partys gegangen?«

Jetzt drehten sich auch alle anderen zu diesem Phänomen um, das Anna mit ihrem jugendlich frischen Teint und ihren strahlenden Augen war. Selbst ihr Haar sah auf einmal lebendiger aus – es fiel ihr in kastanienbraunen Locken ums Gesicht und wippte, wenn sie sich bewegte, als sei sie soeben aus einer alten Harmony-Haarspray-Reklame getreten.

»Ich habe keine Ahnung, wovon ihr redet«, sagte Anna mit einem selbstzufriedenen Grinsen, das von einem Ohr zum anderen reichte.

»Dringlichkeitsbesprechung, schlage ich vor«, sagte Christie, schaltete ihren Anrufbeantworter ein und ging voran in Richtung Kantine.

»Habt ihr Spatchcocks Gesicht gesehen, als wir eben an seinem Schreibtisch vorbeimarschiert sind?«, fragte Raychel. Ihr war an diesem Montagmorgen so leicht ums Herz wie schon seit Jahren nicht mehr. Ihre Tante war einfach wundervoll, und sie liebte sie über alles. Sie war wirklich zufrieden mit ihrem Los.

»Scheiß auf ihn«, sagte Christie. »Es ist mir egal, was dieser kleine Widerling von mir oder einer von uns hält.«

»Ich hasse ihn«, sagte Dawn. »Ich habe ihn sowieso noch nie leiden können, aber nach dem, was er dir und Grace anzutun versucht hat, hasse ich ihn erst recht. Wie die Pest.«

Anna kam als Letzte mit ihrem Cappuccino an den Tisch. Die anderen brannten darauf, alles von ihr zu erfahren, aber sie begann ganz langsam, um sie ein bisschen zappeln zu lassen: »Es war einmal vor langer Zeit …«

»Wenn du nicht gleich loslegst, wirst du es bereuen«, sagte Dawn.

»Na ja, ehrlich gesagt stand ich fast den ganzen Abend allein da und habe mir mit dem Hund Kanapees geteilt …«

»Davon kannst du uns später erzählen.« Christie forderte sie mit einer Handbewegung auf, gleich zu den pikanteren Details vorzuspulen.

»… also bin ich schon früh wieder nachhause gefahren, aber Vladimir ist mir gefolgt und hat mir einen Gutenachtkuss gegeben, und gestern Morgen hat er mich zuhause abgeholt, und ich habe fast den ganzen Tag mit ihm verbracht.«

»Und was habt ihr gemacht?«

»Wir haben uns einen Film angesehen, er hat für mich gekocht …«

»Und? Du Hexe!«, sagte Dawn.

»Wir haben Musik gehört, und dann …«

»Anna!«

»Dann hat Vlad mich gepfählt …«

»Halleluja!«, rief Grace, und alle applaudierten Anna.

»Ist Tony wiedergekommen?«, fragte Dawn.

»O ja.«

»Ich hoffe, du hast ihm gesagt, was er dich kann.«

»Mehr oder weniger«, sagte Anna. »Und ihr werdet es nicht glauben – sogar der verdammte Kater ist zu mir zurückgekommen.«

»Den Kater kannst du von uns aus behalten«, sagte Grace. »Der hat schließlich keine Eier.«

»Hat die überhaupt irgendwer?«, erlaubte sich Raychel, was sie nur selten tat, einen gewagten Witz.

»Ich kenne jemanden, der hat garantiert welche«, sagte Anna verträumt. »Auch wenn sie heute Morgen nicht besonders voll sein werden.«

»Anna Brightside, du dreckiges Luder!«, lachte Grace.

»Wie war denn nun eigentlich dein Junggesellinnenabschied?«, wandte sich Christie jetzt an Dawn. Sie machte sich Sorgen um Dawn.

»Grauenhaft«, sagte Dawn. »Aber gestern hatten wir die Generalprobe für die Hochzeit, und Calum war … ein völlig anderer Mensch. Es war so seltsam. Er ist nicht in den Pub gegangen und hat mich auch nicht zum Mittagessen zu seiner Mutter gezerrt. Er wollte, dass nur wir beide zusammen sind.« *Er war so wie am Anfang*, fügte sie im Stillen hinzu.

»Er kommt eben allmählich in Hochzeitsstimmung«, sagte Grace. Sie hatte angefangen, Dawn in ihre Abendgebete mit einzuschließen. *Lieber Gott, bitte mach, dass sie aus den richtigen Gründen heiratet.* »Wann holst du dein Kleid ab?«

»Heute Abend, nach der Arbeit.«

»Das heißt, der Countdown beginnt?«, fragte Anna.

»Auf jeden Fall«, sagte Dawn. Sie versuchte, genauso zu lächeln wie Anna, aber tatsächlich würde Calum sie niemals so von innen erleuchten, wie Vladimir Darq es offenbar bei ihrer grinsenden Kollegin schaffte. Calum war gestern zuckersüß zu ihr gewesen, aber das änderte im Grunde nichts, denn jeder ihrer Gedanken galt noch immer Al Holly. Sie hatte sich leise in den Schlaf geweint, und sie hatte Stunden dafür gebraucht, denn es stimmte: Die Countdown-Uhr für ihre Hochzeit tickte jetzt laut und deutlich, aber die, die für Al Holly tickte, der mit seinen Koffern in einen Bus steigen würde, tickte noch viel lauter.

Achtzigstes Kapitel

Dawn starrte auf ihr Spiegelbild. Sie sah hübsch aus, selbst wenn sie es sich selbst sagte. Wie könnte sie das auch nicht, in einem solchen Kleid? Aber sie lächelte ihr Spiegelbild nicht ein bisschen an.

»Das passt ja wie angegossen«, sagte Freya. »Sie sind sicher schon ganz aufgeregt.«

»Ja, ja, das bin ich.« Dawn versuchte, fröhlich die Mundwinkel hochzuziehen. Aber gegen die Wolken von Tränen, die sich hinter ihren Augen zusammenbrauten, kam sie einfach nicht an. Sie kullerten schneller über ihre Wangen, als sie sie wegwischen konnte.

»Sie würden sich wundern, wie viele Bräute ich hier schon habe schluchzen sehen.« Freya reichte ihr ein Taschentuch, das schon bereitlag.

»Wirklich?« Das konnte Dawn ihr nur schwer glauben. Bräute sollten doch fröhlich und munter und der strahlende Sonnenschein sein, oder? Bräute schritten doch nicht zum Altar, wenn sie Gitarristen im Kopf hatten, die im Begriff waren, in ein Flugzeug zu steigen.

»Ich habe als Braut selbst geweint«, sagte Freya. »Ich habe so heftig geweint, dass mein Vater am Eingang der Kirche zu mir sagte: ›Weißt du, Freya, wenn du da jetzt nicht hineingehen willst, dann kehren wir einfach um und fahren wieder nachhause. Denk nicht, dass du irgendjemanden enttäuschst, konzentrier dich nur auf das, was du willst.‹«

»Und sind Sie hineingegangen?«

»Ja, das bin ich«, sagte Freya. »Aber ich habe mir selbst etwas vorgemacht. Ich wollte niemanden enttäuschen. So viel Geld war schon ausgegeben worden, die Kirche war voll besetzt, die Gäste waren von weither angereist und hatten Geschenke mitgebracht;

ich konnte den Gedanken nicht ertragen, dass die Leute über mich reden würden, wenn ich die Sache im letzten Moment platzen lassen würde – daher habe ich sie einfach durchgezogen.«

Sie begann, den Reißverschluss von Dawns Kleid aufzuziehen und half ihr heraus.

Dawn wagte es kaum, sie zu fragen.

»Und ist letztendlich alles gut geworden?«

»Nein«, kam die Antwort von hinten. »Nichts ist gut geworden. Jedenfalls nicht in dieser Ehe.«

»O mein Gott«, sagte Dawn. Das war nun wirklich nicht das, was sie hören wollte.

»Aber dann habe ich die große Liebe meines Lebens getroffen«, sagte Freya lächelnd. »Und ich wurde die glückliche Braut, die dieses Kleid als Erste getragen hat.«

»Es war Ihres?«, fragte Dawn.

»Ja«, gab Freya zu. »Es war meines. Und als ich erfahren habe, wie viel wahres Glück die Liebe bringen kann, habe ich beschlossen, nie wieder eine andere unglückliche Braut zu sehen.«

Bis jetzt.

»Die Liebe ist der beste Zauber von allen«, sagte Freya, während sie begann, das Kleid am Tisch behutsam zwischen Schichten aus Seidenpapier zusammenzulegen. Sie sah nicht auf, während sie es in die Schachtel packte. »Wenn man verliebt ist, kann man alles schaffen. Nichts kann einen erschüttern. Seien Sie tapfer, und lassen Sie sich von der Liebe Kraft verleihen. Wenn Sie sie in Ihr Herz lassen, können Sie auf die andere Seite der Welt fliegen, oder?«

Einundachtzigstes Kapitel

Am Donnerstag stattete Dawn ihren künftigen Verwandten einen Pflichtbesuch ab, um festzulegen, wann genau die Wagen eintreffen sollten. Seit wann ist es eigentlich eine lästige Aufgabe, hierherzukommen?, dachte sie, während sie den Fußweg hochging, wobei sie nur knapp einem eingetrockneten Kothaufen des Windhunds auswich. Das Leben war so viel unkomplizierter gewesen, als sie sich noch zu der Familie gehörig gefühlt und sich nach ihrer Liebe gesehnt hatte. Warum zum Teufel musste sie das alles jetzt mit einer Hochzeitstorte zementieren? Andererseits war Calum seit seinem Junggesellenabschied untypisch zärtlich gewesen. Vielleicht war an jenem Abend, als er an diesen Laternenpfahl gefesselt gewesen war, tatsächlich etwas Blut in die Teile seines Gehirns geflossen, die für Bekundungen von Zuneigung zuständig waren.

»Ich weiß, ich war ein kleiner Idiot in letzter Zeit, Dawn«, hatte er an jenem Abend im Bett gesagt. »Aber ich liebe dich. Und ich weiß, dass dir das Heiraten wichtiger war als mir und ich nur eingewilligt habe, aber jetzt will ich wirklich heiraten. Stell dir vor, in weniger als achtundvierzig Stunden werden wir Mann und Frau sein.«

Dieser neue, nette Calum weckte in Dawn erst recht das Gefühl, mit ihm zum Altar schreiten zu müssen. Sie wünschte fast, er würde sie wieder schlagen – diesmal richtig hart –, damit sie eine Ausrede hätte, einfach davonzulaufen, aber das tat er nicht. Stattdessen hatten sie Sex, und sie ließ die Augen geschlossen und täuschte ihr Vergnügen vor, während die Tränen unter ihren Augenlidern gefangen blieben.

Zweiundachtzigstes Kapitel

Sind wir alle so weit?«, fragte Christie.

»Und ob«, sagte Grace.

»Na dann, auf in den Pub für den Junggesellinnenabschied der Braut!« Christie ging mit großen Schritten den Gang hinunter. Sie alle hörten Malcolms lautes »Na, na, na«, als Christie auf einer Höhe mit ihm war. Er stand mit verschränkten Armen neben seinem Schreibtisch, und der Ärger strömte ihm aus jeder Pore.

Sie wandte sich langsam zu ihm um. »Wollten Sie mir irgendetwas ins Gesicht sagen, Mr. Spatchcock?«, fragte sie. »Oder möchten Sie es mir vielleicht lieber in einem anonymen Brief schreiben?«

Malcolm zog die Augenbrauen zu zwei unschuldigen, buschigen Bögen hoch. Er hasste diese Frau, die da vor ihm stand. Er war an diesem Nachmittag in einer Besprechung mit McAskill gewesen, und der Mann hatte jeden einzelnen seiner Vorschläge in der Luft zerrissen und rundheraus abgelehnt. Malcolm wusste, dass er es getan hatte, da er ihn im Verdacht hatte, diesen Brief an seine Frau geschrieben zu haben. Es gab zwar keinen Beweis dafür, aber er spürte das Gift von McAskill dennoch in Wellen auf sich zu schwappen. Er hätte diesen Brief nicht abschicken sollen, das war ihm inzwischen klar, aber *sie* hatte ihn schließlich dazu getrieben. Und jetzt stand sie da wie ein Unschuldsengel und machte vorwurfsvolle Bemerkungen.

»Nein«, sagte Malcolm mit einem aalglatten Lächeln. »Haben Sie denn etwas für mich?«

»Nein«, sagte Christie.

»Aber ich«, sagte Anna. Sie ging rasch die zwei Schritte vor, die sie voneinander trennten, und riss einmal kurz ihr Knie hoch, sodass sie Malcolms Hoden zusammenquetschte. Beflügelt wurde dieses Tun von einer Mischung starker femininer, östrogengesteuerter Emotionen, die durch ihren Organismus schwappten – alle zusammengefasst in einer kreisförmigen, schwungvollen Beinbewegung voller Adrenalin.

»Ich denke, damit spreche ich für uns alle«, sagte sie und klatschte einmal in die Hände, wie um zu zeigen, dass sie gute Arbeit geleistet hatte, während sich Malcolm stöhnend vor Schmerz auf dem Boden krümmte.

»Schnell, verschwinden wir von hier.« Christie rief ihre Truppe zusammen und scheuchte sie rasch durch die Tür. »Oh, Anna, warum in aller Welt hast du das getan? Dafür wird er dich mit Sicherheit melden.«

»Nach all dem, was ihr in den letzten Monaten für mich getan habt, war ich euch das schuldig«, sagte Anna, während sie sich insgeheim vornahm, ihr Knie auf der Toilette der Setting Sun mit starker Seife gründlich abzuwaschen.

Sie aßen ein thailändisches Bankett, wie an dem Abend, an dem sie Annas Geburtstag gefeiert hatten, und kicherten wieder über die Namen der Gerichte. Und sie tranken ein Glas Champagner auf Dawn und wünschten ihr von Herzen, dass sie wusste, was sie tat. Ausnahmsweise einmal gab sich Dawn alle Mühe, fröhlich über ihre Hochzeit zu plaudern, und erzählte den anderen, wie entzückend ihr Kleid sei und dass ihre Brautjungfern versprochen hätten, nüchtern zu bleiben, zumindest während der Trauzeremonie. Sie blickte unnatürlich fröhlich.

»Hast du es denn auf den letzten Drücker noch geschafft, eine Hochzeitsreise zu organisieren?«, fragte Grace, während sie Dawn den letzten Rest Champagner einschenkte.

»Nein«, sagte Dawn. Dieser neue, aufmerksame Calum war leider zu spät geboren worden, um eine zu organisieren, und ohnehin war die Hälfte von Tante Charlottes Geld inzwischen bereits aufgebraucht. Außerdem hatte Muriel über die Stränge geschlagen und die halbe Welt und ihre Bingo-Leute zu dem Hochzeitsempfang eingeladen, wofür morgen der Rest des Geldes draufgehen würde, wenn sie die Abschlussrechnung beglich. Ihren Gewinn vom Pferderennen, den sie eben erst angebrochen hatte, hatte Dawn nicht mit in den Topf geworfen. Dieses Geld würde sie verwenden, um nach der Hochzeit ein paar gefährliche offene Leitungen im Haus verputzen zu lassen. Wie aufregend. Im Augenblick lag es sicher verwahrt auf ihrem Bankkonto, zusammen mit der anderen Hälfte von Tante Charlottes Geld, die Calum bis jetzt noch nicht in die Finger bekommen hatte.

»Calum sagt, er wird sich nächsten Monat ein bisschen frei nehmen, und wir werden sehen, ob wir übers Wochenende in einen Butlin's-Ferienpark oder so fahren können«, plapperte sie fröhlich weiter.

»Hast du dich schon von deinem Cowboy verabschiedet?«, fragte Anna.

Das brachte das Fass zum Überlaufen.

Dawn vergrub den Kopf in den Händen und brach in ein gequältes Schluchzen aus.

»Ach, Dawny«, sagte Anna.

Dadurch wurde alles nur noch schlimmer. *Er* hatte sie immer Dawny genannt. Und morgen würde er abfahren. Für immer. Aus ihrem Leben verschwinden.

Christie nahm ihre Hand. »Du weißt, wenn du morgen am Eingang dieser Kirche stehst und die Hochzeit nicht durchziehen willst, dann werden wir alle da sein und dir zur Seite stehen. Du musst keine Angst haben.«

Dawns Gedanken huschten zurück zu Freya. Selbst nach dem, was sie ihr erzählt hatte, wusste Dawn, dass sie morgen zu diesem Traualtar schreiten würde, egal, wie viele Zweifel sie hatte. Sie wusste, dass sie erbärmlich war.

»Entschuldigung.« Dawn riss sich zusammen und versuchte, wieder ein Lächeln aufzusetzen, aber der Klebstoff hielt nicht mehr, und es wollte ihr nicht gelingen. Sie dachte sich einen Grund für ihre Tränen aus, ohne damit irgendjemanden zu überzeugen. »Es ist nur, weil Mum und Dad nicht da sein werden. Sie hätten sich so gefreut, dass ich eine große Hochzeit in Weiß feiere.«

»Süße, ich bin sicher, deine Mum und dein Dad hätten nur gewollt, dass du glücklich bist, ob mit oder ohne Baiserkleid«, sagte Grace. Sie wusste besser als alle anderen, wie schwer eine lieblose Ehe sein konnte.

»Ich werde glücklich sein«, sagte Dawn. »Versprochen.« Freya in der Weißen Hochzeit hatte gesagt, sie würde es sein. Und Dawn brauchte unbedingt etwas, woran sie sich klammern konnte.

Al Holly saß bei einem Drink an der Bar, als Dawn später zu ihm ging. Ihr Gig war vorbei, Gott sei Dank, denn sie glaubte nicht, ihre Musik jetzt ertragen zu können, und schon gar nicht Samuel, der in diesem Augenblick sagte: »Danke, dass ihr so nett zu uns wart, Leute. Ihr habt uns in Barnsley so herzlich aufgenommen, und wir werden eure Freundlichkeit mit zurück nach British Columbia nehmen.«

Al Hollys Rücken war breit und lang, und sie wollte am liebsten ihre Wange dagegenpressen und seine Wärme durch sein schwarzes Hemd hindurch fühlen.

Er spürte ihre Gegenwart, wandte sich um und lächelte sie an. Aber es war nicht das übliche fröhliche, lässige Lächeln, das sein ganzes Gesicht erhellte, sondern ein zurückhaltendes, sanftes.

»Dawny Sole, du bist gekommen«, sagte er. »Ich habe dich in der Menge gar nicht gesehen, ich dachte schon, vielleicht …«

»Ja, ich bin gekommen. Um mich zu verabschieden.« Die Worte blieben ihr in der Kehle stecken, als hätten sie sich in Stacheldraht verheddert. »Das wollte ich mir nicht nehmen lassen.« *Ich musste dich sehen.*

»Du hast meinen Song verpasst«, sagte er. »Ich habe ihn heute Abend als unser letztes Stück gespielt. Darin geht es um einen Mann, der eine Frau liebt, die er nicht haben kann.«

Dawns Lippen bebten. Was, wenn sie ihn diesen Song singen gehört hätte? Sie wäre zusammengebrochen, das wusste sie. Das Schicksal war eingeschritten und hatte sie wieder auf den rechten Weg geführt, indem es dafür gesorgt hatte, dass die Kellnerin in dem Restaurant die Rechnung verloren und sie alle eine Viertelstunde länger aufgehalten hatte. Aber ein großer Teil von ihr wollte diesen

Song so gern hören; sie wollte zusammenbrechen und dem folgen, was ihr Herz ihr befahl.

»Es tut mir leid, dass ich ihn verpasst habe.«

»Der Bus fährt morgen Nachmittag um drei hier ab. Du hast«, er warf einen Blick auf seine Armbanduhr, »achtzehn Stunden, um es dir anders zu überlegen und mit uns mitzukommen. Mädchen, ich würde dich so lieben …«

»Sag das nicht, Al.«

Er neigte die Lippen zu ihrem Ohr.

»Ich liebe dich, Dawny Sole. Und du liebst mich auch, denn ich habe dich geküsst, und ich habe dein Herz an meinem gespürt, und ich *weiß* es. Komm mit mir nachhause.«

»Ich kann nicht.«

Er küsste ihr die Wange. Ein langsamer, sanfter Kuss, der jede Zelle, jeden Nerv, jedes Atom in ihrem Körper entflammte. Diesen Kuss würde sie stets als den traurigsten und schönsten, den sie je bekommen hatte, in Erinnerung behalten.

»Leb wohl, mein lieber, süßer, entzückender Al Holly. Bleib immer glücklich und gesund«, sagte sie und wandte sich dann ab, ohne noch einmal zurückzusehen, damit er die Tränen nicht sah, die ihr übers Gesicht strömten.

Dreiundachtzigstes Kapitel

Gut sehen Sie aus«, sagte Niki, als Grace in einem marineblauen Kostüm in die Küche trat, mit dem ihr Haar aussah, als würde es im Mondschein silbrig schimmern.

»Oh, danke«, sagte Grace etwas verlegen. Sie fummelte an einer Halskette, die sie nicht schließen konnte.

»Lassen Sie mich mal«, sagte er.

Sie ließ die Halskette in seine ausgestreckte Hand fallen. Sie schauderte, als sein Finger ihren Nacken leicht berührte. Er machte sie allzu schnell zu, fand sie.

»So, jetzt sind Sie perfekt«, sagte er und betrachtete sie von vorn.

»Das ist aber ein bisschen übertrieben.«

»O doch, Grace, Sie sind wirklich perfekt«, sagte er noch einmal, diesmal bedeutungsvoller.

Grace spürte, wie ihr die Hitze in die Wangen schoss. Niki wurde allmählich immer kühner mit seinen Komplimenten. Sie wusste, dass er seinen Hausgast niemals ausnutzen würde, dafür war er zu sehr ein Gentleman. Aber irgendetwas, das in ihr schlummerte, wurde jedes Mal zum Leben erweckt, wenn er ihren Namen sagte. Grace spürte, dass ihr die Vorstellung, dass Nikita Koslov die Sache vorantrieb, gar nicht so unangenehm war.

»Komm her, du Zausel. Du hast dich ja ganz falsch zugeknöpft.« Ben zog Raychel nicht allzu sanft zu sich herüber und knöpfte ihr die obersten beiden Knöpfe ihrer neuen Bluse noch einmal neu zu. Sie hatte sie eine Nummer größer als sonst gekauft, da sie in den letzten Monaten ein paar Pfund zugenommen hatte. Ben war begeistert, da sie so noch femininer aussah. Er hätte diese Frauen, mit denen sie zusammenarbeitete, dafür umarmen können, dass sie sie ein bisschen aufgepäppelt hatten. Und Elizabeth und John mit diesen ganzen Grillpartys.

»Zum Glück habe ich ja dich«, lachte Raychel. Während sie auf die Hochzeit ging, würde Ben John helfen, im Garten ein Spielzeughaus für den kleinen Ellis aufzubauen. Sie nahm an, dass John das auch leicht allein schaffen würde, aber offenbar hatte er den jüngeren Mann gern um sich. Es war wundervoll, zu einer solch liebevollen Familie zu gehören. Und Freundinnen zu haben wie die Frauen, mit denen sie zusammenarbeitete. Und kürzlich hatte sie eine Riesenüberraschung erlebt, als Elizabeth ihr einen Scheck über zweiundvierzigtausend Pfund überreicht hatte, offenbar ihr Anteil an irgendwelchen alten fällig gewordenen Familien-Wertpapieren, die kürzlich aufgetaucht waren. Sie hatte protestiert, aber Elizabeth hatte darauf beharrt, das Geld stünde ihr von Rechts wegen zu, und sie gezwungen, es anzunehmen. Auf einmal gab es in ihrem Leben reichlich Sonnenschein und nur noch diese eine Wolke zu klären – die Identität ihres wahren Vaters. Aber heute wurde dieser Gedanke in den Hintergrund gedrängt. Heute war Dawns Tag.

»*Vino înapoi, în pat!* Komm wieder ins Bett, meine Anna!«

»Wirst du mich wohl aufstehen lassen!«, sagte Anna, als Vladimir sie wieder nach hinten in ein Bett zog, das mit Rosenblütenblättern übersät war, und sich über sie rollte, um sie festzuhalten. Sie hatte Tonys zügellosen Geschlechtstrieb einmal mit Liebe und Romantik verwechselt. Aber das war nichts, verglichen mit diesem Mann, der ihre Lippen liebkoste und Dinge mit ihrem Körper anstellte, bei denen die katholische Kirche sie exkommuniziert hätte, wenn sie sie im Beichtstuhl zugegeben hätte. Er war leidenschaftlich und doch sanft, und er war so gut, und wenn er das mehr als einmal pro Nacht tun würde, dann würde ihr noch das Gehirn aus den Ohren fliegen.

»Warum verlässt du mich? Es ist Wochenende«, sagte er.

»Weil ich a) den Kater füttern muss und b) mich für eine Hochzeit fertig machen muss – und ich bin schon spät dran, weil du darauf bestanden hast, dass wir ein Schokoladenfrühstück im Bett einnehmen.«

»Wie kannst du einen Mann verlassen, der dich morgens mit Trüffeln verwöhnt?«

»Weil meine Freundin heiratet«, sagte Anna. »Und mein Kater muss fressen.«

»Ich muss auch fressen.« Vladimir begann, an ihrem Nacken zu knabbern. Anna stöhnte auf. Wenn es nicht ausgerechnet Dawns Hochzeit gewesen wäre, dann hätte sie jetzt allen Widerstand aufgegeben.

»Hör auf, ich muss los. O Gott, bitte hör auf, bevor ich sterbe!« Anna versuchte, sich zu befreien, aber das fiel ihr einfach so schwer.

»Na schön, diesmal gebe ich mich geschlagen«, sagte er und ließ sie schweren Herzens los. »Aber heute Abend werde ich für dich kochen. Ein traditionelles rumänisches Gericht.«

»Was denn? Blutig gebratene Opfer?«

»Mein Schatz, mach dich niemals über *Vampiri* lustig«, sagte er und fletschte die Zähne. »Sie werden dich für weniger umbringen.«

»Und was ist ihre bevorzugte Methode?«, fragte Anna verschmitzt.

»Tod durch tausend Bisse«, sagte Vladimir und glitt mit einem Finger über ihre Brüste.

»Oooh – da werde ich dich beim Wort nehmen«, strahlte Anna.

Vierundachtzigstes Kapitel

O mein Gott, hier geht's ja zu wie in einem Wartesaal für die *Jeremy Kyle Show*«, sagte Anna, als sie in der Kirche saßen, allein auf der Seite der Braut – bis auf eine alte Dame ganz hinten, die immer wieder vor sich hin hüstelte. Sie nahmen an, dass sie eine der entfernten Tanten war, von denen Dawn gesagt hatte, sie würden vielleicht kommen.

Aber das war sie nicht. Sie war Mavis Marple, ein regelmäßiger Gast bei kirchlichen »Veranstaltungen«, und mit ihrem grauen, unscheinbaren Erscheinungsbild fiel sie in der Menge der Trauer- oder Feiergäste zumeist gar nicht auf. Mavis mochte es, sich für eine Weile unter den Trubel einer solchen Feier zu mischen, fremde Leute um eine Mitfahrgelegenheit zum Hochzeitsempfang anzuschnorren, und sich dann mit geübter Souveränität über das Büfett herzumachen. Sie brachte sogar ihre eigene riesige Serviette mit, um anschließend einen Teil der Beute nachhause zu schleppen.

Die vier Frauen sahen staunend zu, wie sich die Bänke auf der Seite des Bräutigams mit üppigen Frauen in grell bunten Kleidern und hageren Teenagern füllten, von denen ein paar elegante Hosen trugen, die meisten jedoch Jeans und Turnschuhe, und manche sogar Kapuzenshirts.

»Psst, Anna«, sagte Christie. »Solche Räume hallen immer so.«

»Stellt euch mal vor, Anna hätte Malcolm hier das Knie in die Eier gerammt«, sagte Raychel. »Das Echo hätte man bis nach Aberdeen gehört.«

»Dieser Tritt war aber auch längst überfällig«, erwiderte Anna.

Sie kicherten alle.

»Hast du an das Geld gedacht, Christie?«, fragte Raychel. Sie hatten für Dawn gesammelt, anstatt ihr ein Geschenk zu kaufen.

»Es ist hier in meiner Handtasche.« Christie klopfte auf ihre leuchtend gelbe Tasche. Sie war von Kopf bis Fuß zitronengelb gekleidet und sah aus wie ein Sonnenschein auf zwei Beinen. Und genauso sahen sie auch die anderen: eine warme, wundervolle Kraft. Ihr Mittelpunkt.

Grace ließ die Blicke durch die Kirche schweifen. Es war ein wundervoller Bau. Binnen eines Jahres würde sie wieder hier sitzen und zusehen, wie Charles und Laura zum Altar schritten. Sie waren am Donnerstag mit Paul vorbeigekommen, um ihr die wundervolle Neuigkeit zu überbringen. Christie hatte eine Flasche Champagner geköpft, und die Frauen hatten in dem Patio gesessen und zugesehen, wie Charles, Paul und Niki mit Joe Fußball spielten. Genau wie Christie verströmte auch Nikis Seele eine solche Wärme. Es war einer der wundervollsten Abende gewesen, an die sie sich erinnern konnte, der nicht einmal von der traurigen Neuigkeit gedämpft wurde, dass Sarah beschlossen hatte, sich von ihnen allen loszusagen und sich auf die Seite ihres Vaters zu schlagen. Offenbar brauchte sie sie nicht mehr für Babysitterdienste, da Hugo in ein Au-pair-Mädchen aus dem Ostblock investiert hatte. Sehr jung, billig zu haben und zweifellos hübsch. Paul sagte, er könne schon jetzt riechen, wie sich der Ärger zusammenbraute. Grace hoffte, dass Sarah es sich noch einmal anders überlegen würde, und hatte ihr einen Brief geschrieben. Vielleicht würde das neue Baby, wenn es kam, ihnen ja helfen, die Kluft zu überwinden. Und Gordon würde offenbar in der nächsten Woche aus der Klinik entlassen werden, wie Paul ihr schonend beigebracht hatte. Grace hatte festgestellt, dass sie deswegen nicht so nervös war, wie sie zunächst befürchtet hatte. Sie fühlte sich jetzt wirklich geborgen, vor allem in Gegenwart des soliden, freundlichen Nikita Koslov und seiner wundervollen Schwester.

»Denkst du dasselbe wie ich?« Christie knuffte sie in die Seite, als ein sehr lautes »Scheiße, halt doch die Klappe, Mann!« von einer Zeremonienmeisterin am Eingang der Kirche ertönte.

»Vermutlich«, seufzte Grace.

»Großer Gott!«, stöhnte Anna, als eine Frau, bei der es sich nur um die Mutter des Bräutigams handeln konnte, durch die Kirche nach vorn schritt, in einer weit geschnittenen rosa Hose und rosa Jacke, die farblich nicht zusammenpassten, und einem schwarzen Hut, der besser zu einer Beerdigung gepasst hätte. Sie hatte offenbar versucht, mit schwarzen Schuhen und einer schwarzen Handtasche eine Art Ensemble zu bilden, aber irgendwie passte alles nicht so recht zusammen. Dazu trug sie einen rosa Lippenstift, mit dem ihre Lippen aussahen, als hätte sie Verbrennungen dritten Grades erlitten. Mit all dem, und dann noch der aufgesprühten Sonnenbräune, sah sie aus, als hätte sie zu nah an einem Grill gestanden. Sie ähnelte einer Statistin aus *Shameless*, die eben gefeuert worden war, weil sie einfach zu krass aussah.

Der Bräutigam war an seiner fehlenden Augenbraue leicht zu erkennen. Er trug einen eleganten Frack mit einer pfirsichfarbenen Krawatte. Er sah gut aus, gewollt lässig, aber überhaupt nicht so, wie sich die vier Frauen einen Partner für Dawn vorgestellt hätten.

»Das kann er doch nicht sein, oder? Calum?« Anna zog die Augenbrauen bis zum Himmel hoch.

»Ich denke, das muss er sein«, flüsterte Grace.

»Ich würde Dawn am liebsten an der Kirchentür entführen und mit ihr durchbrennen«, sagte Anna. Die süße, naive, hübsche, feinsinnige Dawn gehörte doch wohl nicht zu diesem Haufen. Oder?

»Vielleicht täuschen wir uns ja alle, und sie wird im siebten Himmel mit ihm sein«, sagte Grace.

»Ja, und die Erde ist eine Scheibe«, sagte Anna.

In der Kirche kehrte allmählich Ruhe ein. Fünf Minuten nach der offiziellen Anfangszeit ertönte auf einmal ein blechernes »Hier kommt die Braut«, sodass sich jedermanns Nerven anspannten, aber es war nur das Handy des Trauzeugen des Bräutigams, das in diesem Augenblick losging.

Er stand auf, wandte sich zu allen um und riss seine spindeldürren Arme auseinander. »Entschuldigung, Leute«, sagte er und schaltete sein Handy aus. »Killer, du Vollidiot«, brüllte jemand aus der Mitte, womit er ein leises Gelächter auslöste.

Raychel war sich nicht sicher, ob sie dafür hätte beten sollen,

Dawn möge zur Vernunft kommen und mit diesem kanadischen Gitarristen durchbrennen, aber jetzt tat sie es insgeheim doch.

Dann setzte die Orgel mit voller Lautstärke ein, und die vier Freundinnen erhoben sich, die Herzen erfüllt von allen möglichen gemischten Gefühlen, und wandten sich um, um eine verschleierte, wunderschöne, hochgewachsene Dawn in einem hinreißenden Kleid und mit einem tränenförmigen Strauß pfirsichfarbener Blumen langsam zum Altar schreiten zu sehen. Tränen traten ihnen in die Augen. Sie versuchten, nicht die zwei Brautjungfern in Satsuma-Orange hinter ihr anzusehen, eine mit einem Dekolletee, das so weit hoch- und vorragte, dass es fast noch vor der Braut den Altar erreicht hätte.

Sie sahen, wie Dawn sie durch den Schleier anlächelte. Es war das Lächeln einer Frau, die sagte: »Danke fürs Kommen.«, kein Lächeln, das sagte: »Heute ist der schönste Tag in meinem Leben.«

Als sie den Altar erreichte, erwiderte Dawn Calums Lächeln, aber sie wollte am liebsten schreien. Sie wünschte, sie hätte gestern Abend den Mut aufgebracht, vor ihren Freundinnen mit der Wahrheit herauszuplatzen, als sie angefangen hatte, in ihren Jasminreis zu schluchzen. Warum hatte sie sie nicht angefleht, ihr zu helfen, als sie noch die Gelegenheit dazu gehabt hatte? Jetzt blieb ihr keine andere Wahl mehr, als die Sache durchzuziehen und zu heiraten, denn wenn sie bis jetzt nicht beherzt und mutig genug gewesen war, um die Sache abzublasen, dann würde sie es in diesem Moment auch nicht mehr tun können. Wenn es ihr doch nur jemand abnehmen könnte. *Büütte!*

»Wenn einer der hier Versammelten einen Grund zu nennen weiß, weshalb diese beiden nicht im heiligen Bund der Ehe vereint werden sollten, so möge er jetzt sprechen oder für immer schweigen«, lispelte der Pfarrer.

Auf der Seite des Bräutigams wurde ein paarmal amüsiert gehüstelt. Der Pfarrer blickte finster, als Calum sich zu ihnen umwandte und ihnen den Mittelfinger zeigte, bevor ihm wieder einfiel, wo er war, und er sich entschuldigte.

Hätte eine von Dawns Freundinnen den Blick gesenkt, so hätte sie gesehen, dass alle vier ihr die Daumen drückten. Jede von ihnen wünschte oder betete oder flehte zu einer kosmischen Kraft, wenn diese Hochzeit glücklich werden solle, dann möge sie jetzt über die Bühne gehen. *Und wenn nicht, bitte, Gott, dann lass jetzt sofort irgendetwas dazwischenfahren.*

Während sich die Stille hinzog, wartete Dawn darauf, dass Al Holly die Kirchentür aufreißen, zum Altar schreiten, sie hochheben und mit ihr hinausrennen würde. Aber das tat er nicht. Der Pfarrer ergriff wieder das Wort. Calum und Dawn knieten sich vor den Altar. Irgendjemand hatte »SH« auf Calums linke Schuhsohle und »IT!« auf seine rechte geschrieben, was für etliche Lacher sorgte. Aber Dawn lachte nicht. Sie hatte ihren inneren Autopiloten eingeschaltet, spulte ein Ehegelübde ab, das ihr nichts mehr bedeutete, und war an dem Punkt angelangt, an dem ihr sowieso schon alles egal war. Ihr Kleid konnte eben doch nicht zaubern. Wie hatte sie diesen Schwachsinn bloß glauben können, den Freya da von sich gegeben hatte?

Braut und Bräutigam tauschten die Ringe, die sie aus dem Argos-Katalog ausgesucht hatten, und Jubel brach in der Kirche aus, als Calum und Dawn zu Mann und Frau erklärt wurden. Ihre vier Freundinnen tauschten freudlose Blicke. Das war's also. Dawn war verheiratet. Ungeachtet der möglichen Folgen. Es war erledigt. Während Braut und Bräutigam, gefolgt von dem mandarinenfarbenen Gespann, in die Sakristei hinausgingen, um die Urkunden zu unterzeichnen, setzte die Musik zu der Hymne *Leite mich, o mein Erlöser* an.

Grace' entzückende Stimme durchschnitt die misstönende Kakofonie so klar wie die einer Nachtigall. Es war ihre Lieblingshymne. Grace, insgeheim eine Christin, betete jeden Abend und bezweifelte nie, dass Er ihr durch ihre schwersten Stunden hindurchgeholfen hatte. Sie hoffte nur, dass Er dasselbe auch für die junge Dawn tun würde. Annas Kehle war von Tränen verstopft, sodass sie nur lautlos die Lippen bewegen konnte. Und es wurde auch nicht besser dadurch, dass Dawn kreidebleich in dem Moment wieder aus der Sakristei trat, als die Hymne mit einem holperigen Diskant ein paar großspuriger Crookes endete. Ihr

Lächeln hätte nicht aufgesetzter sein können, selbst wenn sie es versucht hätte.

Die Crookes versammelten sich vor der Kirche für die Fotos, und etliche von ihnen steckten sich Kippen an, sobald sie aus der Kirche traten. Anna sah, wie die üppige Mama in Babyrosa die Braut hart in die Seite knuffte und sagte: »Kopf hoch, es ist dein verdammter Hochzeitstag!« Niemand schlug vor, ein Foto von Dawn mit ihren Freundinnen zu machen. Offenbar hatten die Brautjungfern das Sagen, welche Leute sich wie für die Fotos aufstellen sollten.

Christie fuhr im Konvoi mit den anderen zu dem Hochzeitsempfang. Der Parkplatz des Pubs war bereits voll, und sie musste ihren Wagen auf der Straße abstellen, aber von dort würde sie wenigstens leichter wieder wegkommen.

»Ich habe das Gefühl, hier sind mehr Leute als bei Prinzessin Dianas Hochzeit!«, bemerkte Grace.

»Ich habe das Gefühl, hier sind mehr Leute als bei Prinzessin Dianas Beerdigung«, sagte Anna.

»Ja, und ich frage mich, wie viele davon Dawn überhaupt kennt«, sagte Christie. Sie nahm sich einen kleinen Sherry von einer Kellnerin, verzichtete aber auf die »Kanapees«, eine Auswahl von gebratenen Schweineschwarten in der Größe von Rubik's-Cube, dreißig Zentimeter langen Würstchen im Schlafrock, geschmorten Rindfleischscheiben auf gevierteltem Fladenbrot und glühend heißen Ofenkartoffeln, an denen sich jeder die Finger verbrannte, der zufällig eine in die Hand nahm.

Die Essensgäste saßen dicht zusammengedrängt an den Tischen. Grace gab keinen Kommentar zu dem Essen ab, aber der Blick, den sie Christie zuwarf, während sie das plastikartige Stück Fleisch auf ihrer Gabel hochhielt, bevor sie es wieder zurücklegte, sprach Bände. Anna sah die dicke Staubschicht an den Fußleisten hinter ihr. Nicht unbedingt das sauberste Lokal, dieses Loch. Als sie Dawn entdeckte, sah sie, dass sie ihr Essen kaum angerührt hatte. Calum spießte sich mit der Gabel ein Stück Fleisch von ihrem Teller auf, und sie sagte ihm, er könne es sich gern nehmen. Sie sah aus wie eine Degas-Tänzerin vor einem Lowry-Hintergrund: einfach absolut fehl am Platz.

Nach dem Essen, als ein megastarker Kaffee serviert wurde, sagte Calum, er habe »mit Reden nicht viel am Hut«, daher wolle er »nur auf die Braut anstoßen«, und das war's. Der Trauzeuge des Bräutigams machte das mehr als wett mit seinen fast schon peinlich schlüpfrigen Geschichten über Calums früheres Liebesleben, die die Braut beschwichtigen sollten, dass Calum niemals fremdgehen würde, tatsächlich aber genau das Gegenteil erreichten, zur großen Belustigung der inzwischen lauten und schwankenden Crooke-Familie und ihres Gefolges.

Die ersten Leute gingen jetzt hinüber in die Bar, unter ihnen auch Dawn. Sie brauchte etwas Frischluft.

»Wohin willst du denn?«, sagte Muriel zu der Braut. »Ich habe ein paar Tanten und Onkel, die dich gern kennen lernen wollen.«

»Ich muss auf die Toilette«, sagte Dawn. »Ich bin gleich wieder da.«

»Okay«, sagte Muriel und hielt Ronnie ihr Glas hin, damit er ihr noch einmal nachschenkte. Sie konnte es kaum noch erwarten, bis das Karaoke endlich losging.

An der Wand vor der Toilette war ein langer Spiegel. Dawn ging an ihm vorbei, dann wandte sie sich noch einmal um und starrte ihr Spiegelbild an. Was zu ihr zurücksah, war die kläglichste Braut der Welt, eine todunglückliche Frau. Sie würde keine schönen Erinnerungen mit diesem Kleid verbinden. Sie konnte es morgen wieder einpacken, es Freya zurückgeben und nicht mehr darüber nachdenken. Außerdem war sie sich sicher, dass Freya sich mit den Maßen vertan hatte, denn sie bekam kaum Luft darin, so eng lag es an ihrem Körper. *Seien Sie tapfer*, hatte Freya gesagt. Sie war alles andere als tapfer gewesen; sie war dumm und idiotisch und schwach gewesen. Wie mit den Worten dieser letzten Hymne: *Ich bin schwach, doch Du bist mächtig*. Sie hätte diese Zeile genauso gut vor dem ganzen Crooke-Clan singen können. Sie hatte sich von ihnen allen herumschubsen, -kommandieren, einschüchtern und kontrollieren lassen, weil sie sich nach ihrer Liebe und Anerkennung gesehnt hatte, genug, um sich wie ein Opferlamm hinzulegen. Und das Einzige, was sie sich damit wirklich eingehandelt hatte, war ihr eigener Ärger darüber, dass sie sich so leicht plattwalzen ließ. Sie warf noch einmal einen Blick in den Spiegel, und mit einem Mal gingen ihr die Augen auf. Sie war dabei, überzuschnappen. Ihr Spiegelbild war weiß gekleidet, aber die Farbe machte sie überhaupt nicht blass, denn sie sah sonnengebräunt und gesund aus. Sie trug ein schlichteres Kleid, in Ballerinalänge, dazu Cowboy-Stiefel, einen Stetsonhut und eine mit Rheinkieseln besetzte Weste. Hinter ihr stand Al Holly, ebenfalls in Weiß. Sie strahlten übers ganze Gesicht, denn das Paar in diesem Spiegel war verliebt. Keine Frau sollte ein Brautkleid für einen Mann tragen, in den sie nicht verliebt war, und sie wusste, dass sie für Calum Crooke niemals solche Gefühle haben würde wie die, die sie für Al Holly entwickelt hatte. *Was tue ich da?*

Oh, Dee Dee, was tust du da?

Dawns Augen schwammen vor Tränen, und nachdem sie sie mit den Fingerspitzen trockengetupft hatte, war das Bild verschwunden, und sie war wieder die Dawn in einem bodenlangen elfenbeinfarbenen Kleid, allein, weinend.

Dawn musste eigentlich gar nicht auf die Toilette, sie hatte nur vor einer langen Reihe von Crookes flüchten wollen, Cousins zweiten oder dritten Grades. Aber sie musste unbedingt *durchatmen*. Sie fühlte sich, als sei der ganze Sauerstoff aus dem Gebäude gesaugt worden und durch irgendetwas Schweres, Klebriges ausgetauscht worden.

Wer ist denn dieser Mann? Dieser Mann da mit dem Hut?

Charlottes Worte schossen ihr durch den Kopf, und auf einmal begriff Dawn, was sie auf diesem Foto gesehen hatte.

Wir wollen doch nur, dass du glücklich bist.

»O Gott, kann ich wirklich? Darf ich's wagen?«, fragte sie die Braut im Spiegel. Die Braut nickte.

Dawn schlüpfte durch den Notausgang neben der Toilettentür ins Freie und trat in den hellen Sonnenschein des Tages.

Auf der Toilette zog Denise ihren Lippenstift vor dem Spiegel nach, während Demi sich etwas Parfüm ins Dekolletee spritzte.

»Killer sieht gut aus in seinem Anzug, was?«, sagte sie. »Ich werde später vielleicht mal mein Glück bei ihm versuchen, wenn Liam nicht hinsieht. Hast du gehört, wie er gehustet hat, als es hieß: ›Wenn einer hier einen Grund weiß, warum diese beiden nicht vermählt werden sollten‹?«

»Ich hatte halb damit gerechnet, dass in dem Augenblick Clampy aufkreuzen würde.«

»Zugetraut hätte ich's ihr ja. Hat unser Calum Dawn eigentlich noch gebeichtet, dass er sie an seinem Junggesellenabschied gevögelt hat?«

»Glaube ich kaum. Hat er doch sonst auch nie, oder? Dieser Vollidiot, an dem Abend hat er's echt übertrieben.«

Sie erstarrten beide, als sie die Toilettenspülung in der hintersten Kabine hörten. Keine von ihnen hatte bemerkt, dass sie besetzt war. Als sie sich bückten, um einen ängstlichen Blick durch den Spalt unter der Tür zu werfen, sahen sie weißen Stoff, der den Boden berührte.

»Scheiße!«, flüsterte Demi. »Das ist Dawn. Nichts wie weg!«

Sie und Denise taumelten aus der Toilette, nervös kichernd. Trotz ihres Versprechens, nüchtern zu bleiben, hatte jede von ihnen mindestens eine Flasche Lambrini geleert, seit sie die Kirche verlassen hatten.

Auf der anderen Seite des Parkplatzes bot sich Dawn der willkommene Anblick von Anna, Grace und Raychel, die in einem Halbkreis um Christie standen, die eine Zigarette rauchte. Christie versuchte, das Rauchen einzuschränken, und qualmte in letzter Zeit nicht mehr so viel, nur hin und wieder, wenn sie das Bedürfnis verspürte, sich mit ein paar Lungenzügen zu beruhigen. Und heute war einer dieser Tage.

»Hallo, Süße«, sagte Grace, als die schöne Braut auf sie zukam. »Hast du einen tollen Tag?«

»Nein«, sagte Dawn, während sie Grace' Hand verzweifelt umklammerte. »Oh, Mädels, ich habe einen Riesenfehler begangen. Könnt ihr mir helfen?«

»Ist das dein Ernst?«, fragte Christie.

»Ich war erbärmlich, ich weiß. Ich habe Calum geheiratet, weil ich zu viel Angst davor hatte, jetzt noch einen Rückzieher zu machen, aber ich liebe ihn nicht. Ich liebe Al Holly, und er hat mich gefragt, ob ich mit ihm nach Kanada gehe, und ich habe Nein gesagt, dabei will ich das mehr als alles andere, und ich muss es tun, denn er ist der Mann auf dem Foto, und ich habe meine eigenen Gefühle ignoriert und auch das, was Tante Charlotte gesagt hat und was sie gesehen hat und was meine Mum und mein Dad mir zu sagen versucht haben … Ich weiß, das klingt für euch alle absolut unverständlich, aber für mich nicht, denn ich habe mich eben im Spiegel gesehen, und ich weiß, wo ich sein sollte.« Sie holte einmal tief Luft, was dringend nötig war. »Ja, es war mir noch nie im Leben so ernst. Ihr müsst mir helfen!«

Christie warf ihre brennende Zigarette auf den Boden und trat sie mit ihrem gelben Absatz aus.

»Okay«, sagte sie. »Dann nehmen wir das jetzt besser in Angriff, oder?«

Fünfundachtzigstes Kapitel

Sie gingen vor wie eine gut trainierte militärische Eliteeinheit, die von Anfang an für Manöver dieser Art ausgebildet wurde.

»Steigt ein«, sagte Christie, während sie die Autoschlüssel aus ihrer gelben Handtasche fischte. »Na los.«

Sie kletterten alle auf einmal in Christies BMW, Grace vorn, die anderen drei zusammengezwängt auf der Rückbank, mit Dawns riesigem Kleid, das fast so viel Platz wie noch ein weiterer Passagier einnahm. Sie schnallten sich alle synchron an, und Christie riss den Automatikhebel in die Drive-Stellung.

»Wohin soll ich fahren? Ihr müsst mich dirigieren!«, sagte sie, während sie im Rückspiegel einen Blick auf den Pub warf. Ihr Abgang war offenbar nicht bemerkt worden, obwohl sie mit quietschenden Reifen im James-Bond-Stil um die Ecke gebogen war.

»Geht die Uhr da richtig?« Dawn deutete auf die Uhr auf dem Armaturenbrett.

»Auf die Minute.«

»O Gott. Ich muss erst noch nachhause. Bieg hier links ab und dann immer geradeaus. Ich schnappe mir nur schnell einen Koffer und nehme dann einen Bus.«

»Nicht zufällig einen Tourneebus voller Cowboys?«, fragte Raychel.

»O doch.«

»Wunderbar!«, sagte Anna. »Um wie viel Uhr fährt er ab?«

»Ich habe eine halbe Stunde. O Gott, was wird Calums Familie dazu sagen?«

Allen fiel auf, dass sie sich offenbar mehr Gedanken um seine Familie machte als um den Mann selbst.

»Scheiß auf seine verdammte Familie. Du musst jetzt ausnahmsweise mal an dich denken.« Und das ausgerechnet von Anna.

»Tue ich das Richtige?«

»Das weiß nur Gott!«, sagte Grace. »Aber du bist jung genug, um ein Risiko einzugehen, Süße. Und jeder, der in den letzten Wochen dein Gesicht gesehen hat, konnte sehen, dass du im Begriff warst, das Falsche zu tun.«

»Ich hätte diese Hochzeit schon vor Monaten abblasen sollen!« Dawn vergrub den Kopf in den Händen.

»Na ja, das kann schon sein«, sagte Grace. »Aber jetzt hast du sie ja abgeblasen. Im Nachhinein ist man immer schlauer.« Wie sie selbst nur zu gut wusste.

»Ich möchte wetten, wir stecken gleich im Stau«, sagte Dawn, denn der Verkehr schien immer dichter zu werden, je näher sie der Stadt kamen. Aber es gab keinen Stau. Wie durch ein Wunder blieb oder wurde jede Ampel grün, an die sie kamen. Christie überschritt das Tempolimit, aber sie nahm an, dass das Risiko eines Bußgelds in dem Fall gerechtfertigt war.

»Okay, halt am vorletzten Haus rechts an!«, befahl Dawn.

Mit quietschenden Reifen kam Christie vor Dawns Haustür zum Stehen. Raychel zerrte Dawn aus dem Wagen, denn in ihrem Kleid konnte sie unmöglich ohne fremde Hilfe aussteigen. Sie zitterte zu sehr, um den Schlüssel ins Schloss zu stecken, sodass Grace ihn ihr aus der Hand riss und die ehrenvolle Aufgabe übernahm.

Angeführt von Dawn, stürmten sie die Treppe hoch. Grace riss zwei Koffer vom Kleiderschrank. Anna kippte Schubladen mit Unterwäsche hinein und warf Kleider an Bügeln darüber. Raychel sammelte Schuhe ein. Dawns Kleid kam ihr inzwischen so giftig wie Herkules' Hemd vor, aber jetzt war keine Zeit mehr zum Umziehen.

»Wo hast du dein Handy und das Ladegerät? Sparbücher? Make-up? Schmuck?« Grace dachte an all die wichtigen Dinge, die sie erst kürzlich aus ihrem eigenen Haus hatte mitnehmen müssen.

Dawn zog eine Schublade auf und sammelte alles, was darin war, ein.

»Es ist alles hier!«, sagte sie.

»Hast du deinen Pass?«

»Ja. Alles.«

»Du hast einen so herrlichen, wundervollen, fantastischen Ordnungsfimmel!«, sagte Anna, während sie von einem Ohr zum anderen grinste. Sie drückte Dawn einen dicken, schmatzenden Kuss auf den Mund. Gott, sie liebte Frauen! In Krisenzeiten waren sie einfach wundervoll.

»Ich wünschte nur, meine Gedanken wären auch nur annähernd so gut organisiert«, sagte Dawn. Sie schnappte sich ihre beiden Gitarren, die neben ihrem Bett standen, und sagte: »Fertig. Ich habe alles, was ich brauche. Gehen wir.«

Sie warf nicht einmal einen Blick zurück auf das Haus, während sie wie ein geölter Blitz in Richtung Rising Sun davonschossen.

Sechsundachtzigstes Kapitel

Wo steckt denn die verdammte Braut?«, fragte Muriel. »Dein Onkel Walter und deine Tante Enid wollen los, und ich habe schon alles nach ihr abgesucht.«

»Keine Ahnung«, sagte Calum. Auf einmal begriff er, dass er sie schon seit einer ganzen Weile nicht mehr gesehen hatte. Die Bar und das leutselige Geplauder mit seinen ganzen Kumpeln hatten ihn völlig in Beschlag genommen.

»Habt ihr zwei sie vielleicht gesehen?«, wandte sich Muriel an ihre Töchter, die einen sehr gedämpften Eindruck machten.

»Äh, nein.« Demi tauschte einen Blick mit ihrer Schwester.

»Was ist denn?«, fragte Muriel. Sie hatte ihre Töchter noch nie so still erlebt.

»Gar nichts!«, sagte Denise.

»Was ist los?« Calum sah misstrauisch von der Schwester zur Mutter.

»Na los, spuckt's schon aus!«, sagte Muriel, die Hände in ihre breiten, rosa umhüllten Hüften gestemmt. Sie ließ nicht locker, bis eine von ihnen schließlich einknickte.

»Es ist vielleicht gar nichts, okay«, begann Denise zögernd. »Aber du weißt doch, als wir dich vorhin gefragt haben, wo Dawn ist, und du gesagt hast, dass sie auf die Toilette gegangen ist …«

»Ja-a.« Muriel machte sich auf alles gefasst. Sie konnte sich nicht denken, was als Nächstes kommen würde, aber bis jetzt hörte es sich nicht allzu gut an.

»Na ja, wir müssen alle zur selben Zeit auf der Toilette gewesen sein …«

»Gott, wie aufregend.« Calum wandte sich eben wieder zu seinen Kumpels um. Er hoffte, seine Schwester würde nie beschließen, Kriminalromane zu schreiben.

»Red schon weiter«, sagte Muriel, die Arme jetzt vor der Brust verschränkt – ein sicheres Zeichen dafür, dass sie alles andere als glücklich war.

»Na ja, wir hatten keine Ahnung, dass sie mit uns da drin ist …«

»Na los«, sagte Calum, auf einmal wieder ganz Ohr. »Spuck's schon aus.«

»Und wir … wir …« Demi weinte jetzt fast.

»Wir haben angefangen, über unseren Calum und Mandy Clamp an seinem Junggesellenabschied zu reden«, führte Denise den Satz für ihre Schwester zu Ende.

»Aber wir sind uns nicht sicher, ob das da drinnen wirklich sie war«, warf Demi ein.

»Aber wer immer es war, hatte ein langes weißes Kleid an«, fügte Denise hinzu.

»Habt ihr denn nicht nochmal nachgesehen?« Muriel rieb sich ungläubig die Stirn.

»Äh … nein. Da haben wir nicht dran gedacht.«

Calum schnellte herum und fuhr sich mit den Fingern durchs Haar.

»Ihr habt nicht dran gedacht! Wer hätte hier denn sonst ein langes weißes Kleid anhaben sollen? Ein Engel, der uneingeladen die Party stürmt? Aarrrghh!« Er wollte sich eben schon auf seine Schwester stürzen, aber er wurde von Denise' Kerl, Dave, weggezerrt, bevor er sie zu fassen bekam. Dave versetzte dem Bräutigam einen Faustschlag gegen den Kiefer, sodass er quer über den Tisch flog.

»Es ist mir egal, ob heute deine Hochzeit ist, Kumpel, man schlägt keine Frauen.«

»Das sind keine Frauen«, schrie Calum. »Das sind idiotische, bescheuerte Schlampen, die mit ihrem dämlichen Gequatsche Hochzeiten ruinieren und nur Scheiße im Kopf haben.«

»Du bist hier der, der nur Scheiße im Kopf hat, du Vollidiot! Die Braut war doch die Einzige, die nicht wusste, dass du Clampy an deinem Junggesellenabschied gevögelt hast – was hast du denn gedacht, wie lange es dauert, bis sie es herausbekommt?«, fauchte Denise ihn an.

»Nein, niemand hat es gewusst, aber jetzt wissen es alle, du dämliche Kuh!«, sagte Calum, während er in die entgeisterten Gesichter rings um sich starrte.

»Na ja, du hättest deine Hose eben zulassen sollen, dann gäb's jetzt nichts zu reden, oder, du Wichser?«

Auf einmal war die Hölle los. Denise stürzte sich mit ihren künstlichen Nägeln auf ihn, um sich an ihm festzukrallen. Empty Head wollte Calum zu Hilfe kommen und traf stattdessen aus Versehen Demi. Dann ging Demis neuer Freund, Liam, mit den Fäusten auf alles los, was sich bewegte, bevor er im nächsten Moment von Muriels Handtasche außer Gefecht gesetzt wurde. Dann stieß irgendjemand die oberste Schicht der Hochzeitstorte herunter, und Bette, die eben die Flucht ergreifen wollte, rutschte darauf aus. Das Letzte, was Calum sah, bevor er mit einer Gehirnerschütterung im Krankenhaus aufwachte, war Bettes riesiges Gesäß, das auf seinem Kopf niederging.

Niemand sah, wie Mavis Marple mit ihrer riesigen weißen Serviette voller Knabbereien davonschlüpfte. Sie hatte sie auf dem Boden abgelegt, das Essen sicher darin verstaut, als sie auf der Toilette war, und diese Frauen über den Bräutigam und seinen Junggesellenabschied reden gehört. Und obwohl noch immer reichlich Würstchen im Schlafrock zu haben waren, war diese Hochzeit doch ein bisschen zu krass für sie.

Siebenundachtzigstes Kapitel

»Du wirst also wirklich so verrückt sein und es durchziehen?«, fragte Raychel.

»Meinst du, ich bin verrückt?«, fragte Dawn.

»Ich glaube, das ist das Klügste, was du getan hast, seit ich dich kenne«, sagte Anna. »Folge deinem Herzen, Kleine. Sei tapfer.«

Sei tapfer. Genau das hatte Freya auch gesagt. War das letztendlich doch der Zauber dieses Kleids? War das der Grund, weshalb es so eng und unbequem saß? Als wollte es nicht zu einem unglücklichen Anlass getragen werden? Wenn das der Fall war, dann hatte es jedenfalls geklappt. Sie konnte es kaum noch erwarten, es endlich abzulegen, so schön es auch war. Sie würde es Freya mit bestem Dank zurückschicken und hoffen, dass eine künftige Braut es für den richtigen Mann tragen würde. Dieses ganze Geld zum Fenster rausgeschmissen. Und es war ihr scheißegal.

»Ach ja, bevor wir's vergessen, hier ist noch dein Hochzeitsgeschenk.« Christie fischte in ihrer Tasche und warf Dawn einen Umschlag mit Bargeld in den Schoß. Und dann purzelte noch etwas mehr darüber, als die Mädchen ihre Portmonees über ihr ausleerten.

»Nein, das kann ich nicht …«

»O doch, das kannst du, du wirst es brauchen«, sagte Grace.

»Aber es ist ein Hochzeitsgeschenk, und ich bin nicht wirklich verheiratet.«

»Dann ist es eben für die nächste Hochzeit.«

Dawn grinste von einem Ohr zum anderen. Ihr ganzes Herz hüpfte bei dem Gedanken, in Cowboystiefeln zu heiraten. Denn sie wusste, dass sie das tun würde. Sie hatte es gesehen. Sie konnte spüren, wie ihre Mum und ihr Dad sich im Himmel entspannten. Sie wollten doch nur, dass sie glücklich war, und verdammt, das würde sie sein. Für sie alle.

»Bin ich jetzt denn gesetzlich verheiratet?«

»Ja«, sagte Christie. »Aber ich denke, du wirst feststellen, dass die Ehe annullierbar ist. Lass das alles von einem Anwalt für dich klären. Konzentrier du dich nur darauf, der junge Liebestraum eines durchgeknallten Cowboys zu sein.«

»Mein Kopf kommt mir vor wie ein Wäschetrockner.« Dawn rieb sich die Schläfen. »Ich weiß gar nicht, wie ich euch für das alles danken soll. Ich kann kaum glauben, dass ich das wirklich tue.«

»Besser spät als nie«, warf Grace ein.

»Wir wollen alle signierte CDs, wenn ihr diese Alben aufnehmt.« Raychel legte Dawn eine Hand auf die Schulter. Ihre Berührung war so tröstlich, dass Dawn schon wieder die Tränen in die Augen traten, und jetzt ließ sie ihnen freien Lauf, denn diesmal waren es glückliche, süße Tränen, und sie fühlten sich warm und willkommen auf ihren Wangen an.

»Ihr seid einfach wundervoll«, sagte Dawn. »Ihr wart alle wie Mütter und Schwestern zu mir. Ich werde euch wahnsinnig vermissen.«

»Wir werden dich auch vermissen«, sagte Anna. »Wie sollen wir es bloß aushalten ohne deine Klappe, und ohne alles über Frauen zu erfahren, die Sex mit Gartenschuppen haben? O Gott, was rede ich denn da?«

»Haltet eure Hüte fest«, sagte Christie mit einem Blick auf die Uhr. Es war Punkt drei Uhr, und da vorn war der Tourneebus im Begriff, vom Parkplatz auf die Straße einzubiegen.

Christie drückte das Gaspedal durch und hupte wie wild, dann holte sie einmal tief Luft, trat auf die Bremse und brachte ihren eleganten Wagen neben dem Bus perfekt zum Stehen.

»O mein Gott, ich hänge fest!«, kreischte Dawn. Der Griff der Wagentür hatte sich irgendwo zwischen den Falten ihres Kleids und ihrer riesigen Handtasche verheddert.

Raychel musste aus dem Wagen springen und Dawns Tür von außen öffnen. Anna half von innen mit und schob Dawn und ihr riesiges Kleid aus dem Wagen. Ohne Hilfe würde sie bis in alle Ewigkeit auf diesem Sitz festklemmen.

Al Holly kam die Stufen des Busses heruntergeklettert und erstarrte, als er den Boden erreichte. Sein Gesicht hatte alle Züge eines Mannes, der glaubte, zu halluzinieren und dass sich die Vision, wenn er sich bewegte, in Luft auflösen würde. Dawny Sole hatte gedacht, sie würde in seine Arme fliegen, aber das Gegenteil war der Fall. Sie bewegte sich ganz langsam auf ihn zu, den Blick fest auf ihn geheftet. Wie konnte ich je glauben, ich würde ohne ihn leben können?, dachte sie.

»Du bist hier«, krächzte er im Flüsterton. »Ist das ein zweiter Abschied?«

»Nein«, lächelte Dawn. »Das ist ein dickes, fettes Hallo.«

»Oh, Dawny.« Seine Augen glänzten vor Rührung, als er seine Hand nach ihrer ausstreckte, schüchtern wie ein kleiner Junge vor einem kleinen Mädchen auf dem Spielplatz. »Ich werde dich so glücklich machen.«

»Das solltest du auch besser«, sagte Anna hinter ihm, während sie einen von Dawns Koffern anschleppte. »Dawn, konntest du dir keine Koffer mit Rollen kaufen wie normale Leute?«

»Ich bin nicht normal«, grinste Dawn.

»Wem sagst du das!«, lachte Raychel, die mit dem anderen Koffer kämpfte.

Samuel sprang aus dem Bus und witzelte leise darüber, dass Frauen wirklich das schwache Geschlecht seien, während er die Koffer mühelos an Bord hievte.

»Pass gut auf sie auf!«, rief Christie Al zu. »Auch wenn sie ein Albtraum ist, unsere Nerven blank liegen und wir nach dem heutigen Tag alle eine Stresstherapie brauchen – pass wirklich gut auf sie auf.«

»Ja, Ma'am, versprochen«, sagte Al Holly mit dem breitesten Grinsen, zu dem er seinen Mund verziehen konnte. Er legte einen Arm um Dawn und drückte sie fest an sich. Sie passten perfekt zusammen, und zwischen ihnen waren Schwingungen, die ausreichten, um ein vorbeifliegendes Insekt zum Absturz zu bringen.

Dann machte Dawn einen Satz nach vorn und umarmte der Reihe nach all ihre Freundinnen. Dicke, feste Umarmungen voller glücklicher Kraft. Die dickste von allen hob sie sich für Christie auf.

»Du warst wundervoll«, sagte sie. »Ich werde nie vergessen, was du alles für mich getan hast.«

»Sei glücklich, mein liebes Mädchen«, sagte Christie. »Und jetzt geh und lass dich lieben und genieße jede Minute davon.«

»Passt auf euch auf, ich werde euch alle so vermissen.« Dawn strahlte, während sie allen eine Kusshand zuwarf. »Ich liebe euch. Ich melde mich, versprochen.«

»Das will ich dir aber auch geraten haben«, sagte Anna. »Du verrücktes Huhn.«

Al Holly nahm Dawns Hand und zog sie sanft in den Bus, und sie sahen Dawns grinsendes Gesicht von einem der Fenster umrahmt, als der Motor angelassen wurde. Die vier Frauen standen da und sahen dem Bus nach, wie er auf der Straße immer kleiner wurde. Die Arme taten ihnen weh vom Winken, als er schließlich verschwunden war.

»Wer auch immer behauptet hat, dass das Leben in Barnsley langweilig sei, sollte mal herkommen und eine Weile hier leben«, sagte Raychel.

»Und jetzt? Sollen wir zurück zum Dog and Duck fahren und uns ein bisschen Kuchen holen?«, fragte Anna mit unschuldig hochgezogenen Augenbrauen.

»Na ja, ich weiß ja nicht, wie's euch dreien geht, aber ich denke, ein Gläschen Champagner könnte jetzt nichts schaden.«

»Ich habe kein Geld dabei«, sagte Anna. »Ich habe mein Portmonee eben in Dawns Schoß ausgeleert.«

Christie zückte elegant eine Visacard aus ihrer sonnengelben Handtasche.

»Wer braucht denn heutzutage Bargeld?«, fragte sie.

Epilog

27. Juni – ein Jahr später

Anna stand in einem festlichen schwarzen Kleid in dem ummauerten Garten hinter dem Darq House und schloss die Augen. Sie atmete den Duft der roten, roten Blumen, die sie in Händen hielt, tief in ihre Lungen ein und seufzte zufrieden auf.

»Geht's dir gut, Süße?«, fragte Christie, ebenfalls in Schwarz gekleidet, in einem wesentlich kürzeren Ensemble mit raffinierten Rüschen an den Ärmeln und am Ausschnitt. Ihr eigener unnachahmlicher Stil. Selbst in Schwarz sah sie farbenfroh aus.

»Und ob«, sagte Anna.

»Und auch noch so ein herrlicher Tag.« Christie legte den Kopf in den Nacken. Die Sonne senkte sich sanft und verschwamm an den Rändern mit dem Blau des Himmels. Die Pennines erhoben sich diesig in der Ferne.

Grace schlängelte sich zu ihnen durch, eine Flasche Dom Perignon in der Hand. Hinter ihr folgte Raychel mit vier Gläsern. Auch diese beiden trugen elegante schwarze Kostüme.

»Wisst ihr noch letztes Jahr um diese Zeit, da haben wir auch Champagner getrunken«, sagte Christie, während Grace ihr ein Glas einschenkte.

»Als Dawny Mrs. Crooke wurde.«

»Und jetzt ist sie Mrs. Holly und singt sich ihr kleines Herz aus dem Leib.«

Sie blieben in ständiger Verbindung, und dank des Wunders der Webcam konnten sie sehen, wie dieses Lächeln sie noch immer vom Bildschirm aus anstrahlte. Es war ein Lächeln, das, so nahmen sie an, wie die Sonne war und niemals erlosch.

»Eine wundervolle Feier«, sagte Grace, während sie den kalten, perlenden Champagner schlürfte.

»Absolut!«, pflichtete Raychel bei. »Und du siehst hinreißend aus, Anna.«

»Danke«, lächelte Anna. Sie fühlte sich auch hinreißend. Sie war *erst* in den Vierzigern, und eines Tages würde sie auf dieses Jahrzehnt mit dem sicheren Wissen zurückblicken, dass sie es in vollen Zügen gelebt hatte.

»Hört, hört«, sagte Grace.

»Bei der Feier waren ein paar wirklich tolle schwarze Kleider zu sehen«, sagte Anna.

»Oh, seht sie euch an! Sie ist schon jetzt ganz modemäßig drauf. Sie ist erst seit zwei Stunden Mrs. Darq, und schon hat sie sich in Zandra Rhodes verwandelt.«

»Tolle Idee, eine schwarze Hochzeit zu haben«, sagte Raychel.

»Ach, na ja, so ist das eben, wenn man einen Untoten heiratet.«

»Ist er wirklich untot?«, fragte Raychel.

»Ein paar Teile von ihm sind sehr lebendig«, grinste Anna frech.

Für den Rest der Welt war Vladimir Darq ein Rätsel, ein Geheimnis und ein Geschäftsmann *par excellence*, dank seiner erstaunlich erfolgreichen Damenwäsche-Kollektion. Allein schon die Darqone-Kreation galt für über ein Fünftel der weiblichen Bevölkerung Englands als Grundbestandteil der Garderobe, und seit ihrem offiziellen Start in Amerika zu Weihnachten hatte sie auch dort ihren Siegeszug angetreten.

Anna ganz allein gehörte der Mann, der sich gern Harry-Potter-Filme ansah und dabei selbstgemachtes Popcorn aß und im Garten Walzer mit ihr tanzte. Aber trotzdem gab es noch immer jede Menge dunkle Darq-Seiten an ihm, die sogar Anna ein Rätsel waren. Seine Künste im Schlafzimmer waren nicht von *dieser* Welt, so viel stand fest.

Anna klopfte auf ihren ausladenden Bauch unter ihrem Kleid, wo ihr Baby warm und gemütlich lag und heranwuchs.

»Christie, komm doch nächste Woche mal zum Essen zu uns, wenn Grace und Niki weg sind. Ich werde in diesem Zustand nirgends mehr hinfahren. Und du solltest nicht einsam sein.«

»Mache ich.« Christie zwinkerte Grace zu. Grace würde eine

zweiwöchige Mittelmeerkreuzfahrt mit ihrem Bruder unternehmen. Nikita Koslov war bereit, viel verlorene Zeit nachzuholen. Grace war nervös und aufgeregt zugleich wegen der bevorstehenden Reise. Mit sechsundfünfzig zum ersten Mal flotte Damenwäsche kaufen zu gehen war eine echte Offenbarung gewesen, vor allem mit dem eigenen Sohn und dessen neuem Partner, die ihr beim Aussuchen mit Rat und Tat zur Seite gestanden hatten. Aber Grace hatte von der jungen Dawn gelernt, dass man die Gelegenheit zum Glück, wenn sie sich bot, mit beiden Händen beim Schopf packen musste.

Das Geld von ihrer Scheidung war endlich eingegangen, und eine ausgiebige Shoppingtour hatte ihr gutgetan. Gordon hatte sich, wie erwartet, mit Händen und Füßen gegen die Scheidung gesträubt. Entgegen allen Erwartungen war es Sarah gewesen, die ihn schließlich überzeugt hatte, loszulassen und Vernunft anzunehmen. Sein erster Akt als Geschiedener bestand darin, auf Dauer in seinen Wohnwagen in Blegthorpe zu ziehen.

»Wann ist denn der Termin für euer Baby?«, fragte Raychel.

»Einunddreißigster Oktober«, seufzte Anna. »Als ob es irgendwann anders sein könnte. Und bei euch?«

»Vierzehnter Februar. Als ob es irgendwann anders sein könnte!«, grinste Raychel zurück. Sie war heute überglücklich, denn es war der erste Tag, an dem ihr nicht schlecht geworden war. Sie hatte gar nicht gewusst, dass die Morgenübelkeit den ganzen Tag anhalten konnte, aber es war ihr egal, denn sie würde das Baby bekommen, das sie und Ben nie zu zeugen gewagt hatten. Die Siddalls waren eine große und weit verzweigte Familie, und viele von ihnen lebten in Barnsley. Dank Elizabeths Überredungskünsten hatte sich Michaels Zwillingsschwester bereiterklärt, etwas DNA für einen Test zur Verfügung zu stellen, nachdem man der Familie versichert hatte, dass sie nicht von der Unterhaltsbehörde verklagt werden würde, und ja, es gab eine Übereinstimmung. Das hieß, dass Raychel doch nicht aus einer Inzestbeziehung entstanden war, wie sie ihr Leben lang geglaubt hatte. Michael war nicht unbedingt aus dem besten Holz geschnitzt, um einen guten Dad abzugeben, denn er saß wegen bewaffneten Raubüberfalls im Gefängnis, aber Raychel hatte ohnehin nicht die Absicht, Beziehungen zu fremden Leuten aufzubauen. Sie hatte an Familie alles, was sie wollte, in Elizabeth, John, Ellis, Ben und den Frauen, von denen sie jetzt umgeben war.

»Ich werde meine Abteilung völlig umstrukturieren müssen«, sagte Christie kopfschüttelnd. »Alle werden denken, dass ich als Chefin ein echtes Monster bin, weil meine Mitarbeiterinnen mich in Scharen verlassen!«

»Ach was, die Leute stehen doch Schlange, um bei dir zu arbeiten!«, lächelte Raychel. »Und ich hoffe, du wirst mich nicht ersetzen, denn ich werde nach meinem Mutterschaftsurlaub zurückkommen. Wenigstens wird Malcolm mir nicht auf die Brüste starren und sehen können, wie sie immer größer werden.«

Malcolm war längst auf und davon. Er hatte versucht, Anna dafür zu melden, dass sie ihm das Knie in die Eier gerammt hatte, aber wie James McAskill mit unverhohlener Schadenfreude erklärt hatte, gab es »keinen Beweis«. Malcolm war nicht bereit, die Sache auf sich beruhen zu lassen; es *gab* allerdings einen Beweis dafür, dass er eine junge Sekretärin in den Po gekniffen hatte. Und verglichen mit dem, was ihr Vater daraufhin mit Malcolm machte, war Annas Kniearbeit nur ein kleines Vorspiel gewesen.

Anna schenkte sich noch einmal nach. »Ich glaube, so viel darf ich mir erlauben. Das Baby wird doch nichts dagegen haben, oder?« Sie glitt mit einer Hand über die Vorderseite des Hochzeitskleids, das ihr Mann für sie entworfen hatte. Darunter trug sie ein weit geschnittenes, aber unglaublich sexy Schwangerschaftskorsett. Vladimir hatte es so entworfen, dass man es von hinten besonders leicht aufreißen konnte.

»Einen Toast«, sagte Christie. »Auf Anna und ihren frischgebackenen Ehemann und all die entzückenden Babys, die kommen werden.«

»Und auf uns«, fügte Anna hinzu. »Auf uns Frauen, denn wir sind einfach verdammt wunderbar.«

»Auf Freundinnen«, sagte Raychel.

»Sowohl anwesende als auch abwesende, die irgendwo dort draußen Gitarre spielen«, ergänzte Grace.

Sie erhoben alle ihre Gläser und prosteten einander zu. Und dann in Richtung Westen. Nach Kanada. Zur Sonne.

Danksagung

Ein großes, herzliches Dankeschön den folgenden Personen: Meinem Agenten Darley Anderson und seinen Engeln, meinen Lektorinnen Suzanne Baboneau und Libby Yevtushenko und meinem Publizisten Nigel Stoneman, den ich regelmäßig in den Wahnsinn treibe, aber mehr schätze, als ich in Worten ausdrücken kann.

Meinem alten Kumpel »Super«-Intendant Pat Casserly, der mir geduldig alles über polizeiliche Vorgehensweisen und Verfahren erklärt hat – alle Fehler sind meine!

Meinen Grußkarten-Kumpels – Alec Sillifant, Paul Sear, Fraz Worth und Pete Allwright – danke ich für ihre Unterstützung und ihr dringend benötigtes Kichern während der »Robert de Niro«-Wochen. Und Freya Halvorsen für ihre unverzichtbare Musik auf *myspace.com/freyahalvorsen*, die selbst die wildesten Monster (d. h. mich, sagen die Kinder!) besänftigt.

Meinen Freundinnen – Cath Marklew, Maggie Birkin, Tracy Harwood, Rae Hobson und Judy Sedgewick – ich schätze mich so glücklich, euch zu haben. Und dem Meisterfotografen und Ersatzbruder Chris Sedgewick *(www.untitledphotography.co.uk)*, der die einzigen Fotos von mir aufgenommen hat, bei denen ich mir nicht die Pulsadern aufschneiden will.

Mr. Gary »Jaws« Tiplady *(www.garytiplady.co.uk)*, der in jedem Sinne des Wortes ein Riese ist und meiner Familie solch witzige, denkwürdige Bond-Erinnerungen geschenkt hat – und eine Fülle an Material noch dazu.

Dem *Barnsley Chronicle*, der *Yorkshire Post*, dem *Sheffield Star*, dem *Barnsley Eye*, Sadie Nicholas und der absolut umwerfenden Darryl Smith bei der *Sunday Post* für die tolle Presseunterstützung. Und der *bellissima* Franca Martella, Gareth Evans und dem ganzen Team bei

BBC Radio Sheffield – die nach dieser ganzen Zeit wie meine eigene Familie sind (ihr Ärmsten!).

Dr. Peter O'Dwyer, der weiß, dass ich durchgeknallt bin, mir aber immer das Gefühl gegeben hat, als ob ich eher ein leidendes Genie sei. Sie waren in all den Jahren eine echte Stütze – ich wünsche Ihnen Liebe, viel Glück und alles Gute.

Camelia Popescu und Jaiken Struck von Kwintessential für ihre hervorragenden Übersetzungsdienste. Dank euch kann ich jetzt auf Rumänisch fluchen und jeden zufällig vorbeikommenden Vampir verführen. Und der supertollen Heidi Sheeran bei TalkbackThames dafür, dass sie mir in Rekordzeit bei allen Filmcrew-Details geholfen hat, bevor die kleine Anna gekommen ist.

Meinen schreibenden Kolleginnen Sue »Dalai Lama« Welfare, Louise Douglas, Tara Hyland, Jane Elmor, Katie Fforde, dem besten Dichter der Welt James Nash und der wunderschönen Lucie Whitehouse dafür, dass sie nicht nur meine Freunde sind, sondern auch Schriftsteller, die ich aufrichtig verehre. Wie auch meine Neue-Romantik-Kumpel – Lucy Diamond, Sarah Duncan, Matt Dunn, Kate Harrison und JoJo Moyes. Danke, dass ihr mich in eure Gang *www.thenewromantics.org* aufgenommen habt. Ich fühle mich geehrt, einer solch illustren Gesellschaft anzugehören.

Stu Gibbins, der der beste Webdesigner ist, dem ich je begegnet bin, aber sagt ihm das nicht, damit er nicht seine Preise erhöht. Seine Adresse ist *sg@sn4s.com*, und er ist einfach umwerfend.

Lynsey Thompson bei Toni & Guy, denn ohne ihre magische Schere kann ich nicht leben!

Meinem »Gateway-Plaza-Miteigentümer« Martin Brook und Matthew Stephenson von The Brook Group Richard Ward und Dean Cook von Bapp Industrial Supplies, David Sinclair von Civic, Jill Craven von der Bibliothek, Louise Weigold vom Lamproom Theatre und »Mrs. Barnsley« Mel Dyke, die echte Mäzene der Künste in unserer Stadt sind. Wir haben hier so viele Talente, und dank ihnen fangen die Leute allmählich an zu begreifen, dass wir mehr als nur Schirmmützen und Whippets zu bieten haben – endlich!

Emma Bruce und Wayne Smith bei Morrisons und Mike Bowket und Celia Chappell bei Reedmoor Distribution dafür, dass sie mir die Art Unterstützung gegeben haben, von der Autoren im Allgemeinen nur träumen können.

Meinen P&O-Kumpels Liz, Elle und Wayne »Mr. Bump« Baister, die die wichtigsten Bekleidungsgeschäfte zu Lande besitzen – *www.bertie.co.uk* – und die mich zur See so zum Lachen bringen, dass ich in ihrer wundervollen Gesellschaft jeden Tag ein Buch schreiben könnte.

Meinen einfach wundervollen *»Come Dine With Me«*-Mitköchen für die tollste Rock'n'Roll-Woche, die ich je erlebt habe, Phil Davies, Paul Hoyle, Verene Farrell und Christian Whiteley-Mason. Und den liebenwerten Leuten im Team – Natalie Watts, Nicole Taylor, Nicola Cornick, Laura Harding, Hugh Lambert, Martyn »der Bär« Brake, Russell Scoltock und Steve Grealey. Und meiner fabelhaften Floristen-Freundin Gail Lawrence. Ihr alle habt mir noch ein Buch zu schreiben gegeben.

Und nicht zuletzt meiner Familie: meiner lieben Mam und meinem lieben Dad – Jenny und Terry Hubbard, die immer für mich da sind. Und meinen frechen, witzigen, schnell heranwachsenden Söhnen Terence und George, die mich zum Lächeln bringen, in den Wahnsinn treiben und mein Herz mit Sonnenschein erfüllen.

Ich finde, ihr seid alle eins a.

Von der Schönheit der Wildnis und dem Zauber der Liebe – ein Abenteuer aus Kanada

Claire Bouvier
IM LAND DES
ROTEN AHORNS
Kanada-Roman
400 Seiten
ISBN 978-3-404-16034-1

Die junge Hamburgerin Jaqueline wandert 1875 nach Kanada aus, voller Vorfreude auf ihre neue Heimat. Alan, ein alter Freund ihres Vaters, will ihr zur Seite stehen. Aber obwohl er sie freundlich empfängt, verfolgt er nur egoistische Ziele und wird bald zu ihrem schlimmsten Feind. Jaqueline bleibt nichts anderes übrig, als vor ihm davonzulaufen. Die Flucht in die Wildnis überlebt sie nur dank der Hilfe des liebenswürdigen Sägewerksbesitzers Connor. Er gewährt ihr Zuflucht und verliebt sich so sehr in sie, dass er sie mitnimmt auf eine gefährliche Floßfahrt über die Großen Seen. Doch der eifersüchtige Alan sinnt auf Rache ...

Bastei Lübbe Taschenbuch